U0666511

主编 凌翔 　　　　　　　　　　　　当代作家精品·散文卷

光阴的脚丫

樊小华 著

北京燕山出版社

图书在版编目（CIP）数据

光阴的脚丫 / 樊小华著 . — 北京 : 北京燕山出版社 , 2023.2

ISBN 978-7-5402-6811-4

Ⅰ.①光… Ⅱ.①樊… Ⅲ.①小学—校长—学校管理—经验 Ⅳ.① G627.1

中国国家版本馆 CIP 数据核字（2023）第 006206 号

光阴的脚丫

GUANGYIN DE JIAOYA

著　　者：樊小华
责任编辑：杨春光
装帧设计：邓小林
出版发行：北京燕山出版社有限公司
社　　址：北京市西城区琉璃厂西街 20 号
邮　　编：100052
电话传真：86-10-65240430（总编室）
印　　刷：北京军迪印刷有限责任公司
开　　本：710mm×1000mm　　1/16
字　　数：550 千字
印　　张：36
版　　次：2023 年 2 月第 1 版
印　　次：2023 年 2 月第 1 次印刷
ISBN 978-7-5402-6811-4
定　　价：128.00 元

序

拾一寸旧时光，将岁月都温暖

2019年8月的一天下午，我接到了点军区教育局的电话，通知我到艾家小学报到，并告知我需要提前和艾家小学樊小华校长联系。组织好语言后，我就怀揣着紧张的心情拨通了樊校长的电话，电话一接通，传来了温柔亲切的女声，我内心的紧张情绪瞬间得到了缓解。原本以为会是简短而严肃的对话，没想到竟会如此的温暖，樊校长细细地问着我知不知道学校的具体位置、如何来学校、需不需要来接我……在得知我确实没问题时才放下心来，电话挂断后又把学校的定位给我发了一遍，并叮嘱我注意安全。我只是一个新老师，而樊校长对于素未谋面的新老师如此关切，我认为这是十分难能可贵的。

第二天爸爸妈妈陪伴我前来报到，樊校长和学校的其他两位领导又热情地接待了我们，详细地跟我们介绍学校，带着我们参观校园，还精心为新老师们准备了欢迎会。欢迎会上，每一位老师都是那么的热情和善，我能感觉到自己进入了舒适而理想的工作圈。那一刻，我在想：老师们都如此的温暖、团结、向上，而作为这个学校的管理者，樊校长该有何等的智慧和情怀啊！

没错，樊校长是一个有智慧、有情怀、有仪式感的人，在日后的工作、生活中，我越发肯定了自己的这一观点。迎接新教师会举行欢迎会，送别老教师会举行欢送会，每逢重大节日将美好定格的合影必不可少……最最让我感动的是每一年的年末樊校长会给每一位老师手写一封信，将自己的祝福尽数写透。二十多位老师，性格不同，愿望各异，樊校长该花了多少心思、多少时间去思考呀！而且我想，这封信若是通过网络发送，或者直接打印出来，将会简单许多。但樊校长并没有这样做，而是采用了最原始却又最深情的方式，手写信笺，纸短情长。诸如此类，还有许多。

拾一寸与樊校长交往的旧时光，温暖了我的点滴岁月。再三翻阅了樊校长的这本书，与书中的她一同重拾过去的时光，更觉温暖的同时也收获颇丰。

樊校长以细腻柔软的笔触，记录了自己对学校管理、教学智慧、温馨家事等的体悟，从花样美食谈到家庭教育，一粥一饭中能溢出深切的母爱；从教育趣事谈到管理智慧，记录对学生们、同事们深深的情谊；从一花一叶谈到文化之美，无论春华秋实，还是旧时情怀。

古人云："善用人者能成事，能成事者善用人。"学校不在大小，教师不在多少。凡重用众才之能者必兴，凡善聚众智之光者必明。管理好一所学校，是需要智慧的，而管理智慧的关键在于用人。通过樊校长的记录，我知道了她是一位知人善任的校长。她熟悉每一位老师的个性、爱好、特长，给每一位老师安排合适的工作，做到了人尽其才，才尽其用，用尽其效。除此之外，她常常会走到老师们中间去，或是在就餐的时候，或是在工作之余，和老师们融为一体，听听老师们的心声，并从不吝惜自己的表扬和鼓励。

樊校长对待老师们都亲和有加，对待孩子们就更不必说了。她有一双十分漂亮且得体的高跟鞋，在阳光的照耀下分外闪耀，而且还是细跟。第一次见樊校长穿这双鞋子，我惊叹于它的美丽，而且感觉在它的映衬下，樊校长更加气度非凡。樊校长告诉我，这双鞋子的背后还有一个有趣的故事呢。原来是某一天，她走在校园里，一名学生跑过来告诉她："樊老师，我觉得您今天的服饰搭配得不大好，您穿了一条这么美丽的裙子，应该搭配一双漂亮的高跟鞋呀！"听完孩子的话，樊校长重新审视了一下自己，觉得孩子说的确实有道理，于是真诚地向这名学生道了谢，也抽时间为自己挑选了这双高跟鞋来搭配裙子。试想，要是其他人遇到这件事会怎样呢？或许不以为然，听听就罢了。当即火冒三丈也有可能，岂容一个孩子对我的穿搭评头论足。如此一对比，樊校长真是名副其实的好校长。常常蹲下身子与学生对话的她自然和学生分外亲近，这给学生营造了和谐友爱的学习氛围。浸润在这样温馨的氛围中，孩子们也带给樊校长不少的惊喜。

在管理者和教师的角色之外，樊校长更是一位爱子心切的母亲。透过她的文字，我还看到了母爱的深沉与细腻。在她的眼里，儿子是最可爱的。为了拉近与儿子之间的距离，成为孩子成长路上最坚强的后盾，她学习聊天的技术，学习心理学，努力成为孩子的好伙伴。她与千万个母亲一样，尽自己所能培养自己的儿子，唯愿他成长为优秀的人，这份深沉的母爱，怎能不让人动容呢？

　　如点军区组织部原部长赵春梅同志所说的那样，樊校长为点军教育的发展作出了突出贡献，她用自己的实际行动，对"人类灵魂的工程师"做出了最好的诠释。尽管获得的成就已是多数人所无法企及的，但她仍然没有停下学习的脚步，始终在不断地更新育人理念和管理模式。除了自身对事业的无限奋斗和不懈追求，更为人称赞的是她对于同事的付出，想方设法为年轻老师搭建成长的舞台，将自己的教学经验倾囊相授，体谅照顾身体抱恙的老教师……流星划过，稍纵即逝，人生之于世界上的多数人而言，是短暂且无价值的。但樊校长不同，她是一盏明灯，点亮了自己，更照亮了他人。

　　韶光易逝，岁月难求，让我们回味，让我们眷恋的是那些美好的旧时光，樊校长笔下的旧时光，温暖了她的岁月，温暖了我，也将温暖你……

谢姣

2021 年 8 月 29 日

目 录

学校管理篇

教育教学篇

多彩生活篇

点亮同行篇

学校管理篇

让表扬直抵心底最柔软处

2017 年 2 月，由于工作需要，我到点军区地域最偏僻，规模最小的农村小学——艾家小学任校长。初来乍到，我很少说话，总是静静地，用一双眼睛观察着这里的人和事。通过大半年的观察，我发现，艾家小学有很多默默奉献的人。

六年级的牟同学，脑中长了一个囊肿压迫了运动神经，大脑反应快，但是动作缓慢，比如很难按时完成作业，不能做完一张试卷。但是，无论是烈烈炎日还是瑟瑟寒风，他总是一天不落地帮助食堂阿姨清理餐桌、打扫地面。特别是寒冬腊月，饭菜一旦落在饭桌上立马凝固成一坨一坨的，让人看着就恶心反胃，唯恐避之不及。但是，牟同学总是以最快的速度吃完饭，然后端着盆子，拿着抹布，一丝不苟地擦拭着一张一张的餐桌。桌子擦拭完毕，他就开始打扫地面。有很多长着一副乖巧面容的孩子嘲笑他：是不是想用这种行动来弥补学习的缺陷？对于种种言论，他总是充耳不闻，默默做着自己认为该做的事情。我很是奇怪这孩子的举动，问他：谁要求你这样做的呀？他站直了身子，看了我一眼，低着头，顺着眼，一字一顿弱弱地回答道：没有谁要求，是我自愿的。

学校总务主任鲜老师 9 月份上任。上任不久，年仅 13 岁的女儿到北京求学。第一次到学校去报到，他答应女儿去送她。结果，女儿报到的时间正是学校改水项目完工阶段，一系列的手续需要他去办理，为了开学后全校师生能够用上自来水，他对女儿的承诺没有兑现。国庆节放假七天，他计划把学校的照明事情解决了就去北京看女儿，以弥补没有送女儿的遗憾。为了不影响正常上课，国庆节放假后他就到三峡物流园批发市场挑选灯具。学校规模小，经费少，需要货比三家，讨价还价。他家经济宽裕，买东西只管喜欢不看价格。学校的事情可不能这样啊。只能是用最少的钱买最好的东西。他东奔西跑，极尽他那三寸不烂之舌，终于运回了挑好的灯具，挑选了一间教室进行实验。一阵捣鼓之后发现，灯具虽然物美价廉，但是安装后室内不够敞亮。他立马决定退货。再到市场，再挑选，再运回，再看效果。等效果好了，假期也过了一多半，国庆假期的愿望又没能实现。

二年级秦同学的妈妈，经常主动帮助老师和孩子们做一些力所能及的事情。2017年10月，艾家小学舞蹈队第一次到宜昌市参加比赛。她主动请缨，帮助孩子们挑选衣服、头饰、道具，减轻了老师和家长们的负担。节目虽然没有得到一等奖，但是孩子、老师、家长通过这次活动学会了互相帮助、互相体谅、互相包容。

这样的人，我们怎样把他们推到舞台聚光灯下，让他们鲜为人知的故事被大家知晓，让他们的高尚品质得以传承、发扬光大呢？一番思量后，我决定让教导处在全校开展"寻找身边默默无闻英雄"的活动。为了让结果更加真实可靠，学期最后一天，学校给全校师生及家长发放了近六百份的推荐表：推荐名单及理由。收上来的推荐表惊人地相似：牟同学、鲜老师、秦同学妈妈。看来，群众的眼睛是雪亮的！这些默默无闻的人，做的一些默默无闻的事情，都被群众看在眼里，记在心头。好的榜样，是最好的引导；好的楷模，是最好的说服。

人，已经找到了。怎样用一种特别的方式公布于众呢？

每年的开学典礼，是学校最为隆重、最为庄严的日子。就在这样的日子里大肆表扬他们吧。

2018年春季开学典礼上，三位幕后英雄被主持人请上台，校长宣读颁奖词：

牟××：每天午饭后的餐厅都有你的身影，残羹剩饭都是你轻轻拾起，不怕脏，不怕累，不怕他人的言语。你每天的坚持，让平凡的举动变得不平凡。谢谢你，我优秀的孩子！

鲜老师：椅子坏了，找你；灯不亮了，找你；屋顶漏雨了，找你；厕所有堵了，找你……正因为有了你的义不容辞，你的不分昼夜、不分节假日，才使得学校环境焕然一新，硬件设施更加给力，孩子们的学习，老师们的工作没有后顾之忧。谢谢您，我优秀的老师！

秦××妈妈：您是孩子的依靠和支撑，是孩子的第一任启蒙老师，也是孩子的朋友，伴随着孩子健康成长；您更是学校工作的坚强后盾：作为家委会的一员，您一贯支持学校建设，积极配合学校与班级工作，主动帮助老师和班级做一些力所能及的事情，密切与老师联系，共同教育好孩子。家校共建，少不了您的奉献与支持。谢谢您，我优秀的家长！

在全校师生和家长面前给他们颁奖，让他们拥有了刹那间的成就感。这，足够了吗？我希望看到的更多的鲜老师、牟同学、秦同学妈妈！目前我们做的这些远远不够！

我想起了和鲜老师的聊天。他说，他年轻的时候特别调皮，经常犯事，笋子炒肉是家常便饭，父母恨铁不成钢。尽管他停薪留职这段时间挣了不少钱，但是爸爸妈妈还是感觉他不够优秀。我想起了沈丽新老师写的《山高水长来生再见》怀念她父亲的文章。她在文章中说，年迈的父母最喜欢吹牛，吹嘘自己的子女如何优秀。于是，她经常向父母报告自己取得的成绩。父母听了特高兴、特有精气神。向父母报喜，也是一种孝顺老人的好行为。

我记起来，牟同学学习成绩不是很理想，爷爷奶奶、爸爸妈妈常常当着他的面对外人说：这个孩子读书没有用。尽管后来北京医院检查出来他是因为囊肿才导致动作缓慢，作业难以完成，试卷难以做完，分数不高，但是，周围老乡的唯分数论，让他的家人总是低着头走路，自怨自艾怎么有这么一个不争气的儿子。

我了解到，秦同学的家就住在学校附近，她妈妈比较好强。那一年，村子里相继有四个孩子出生，就她生的是女儿。在重男轻女、封建落后的农村里，她可没少受村民的白眼和鄙视。她那时就暗暗下决心：谁说女儿不如男？我一定要好好培养女儿，让他们刮目相看。她的用心陪伴，悉心教育，让孩子成绩出类拔萃，品行端正。可是，这些只有学校和她自己知道。

那就用家访慰问的形式再次表扬他们吧！

所有的班子参加，讲一讲英雄的故事，夸一夸英雄的品质，贺一贺英雄的父母。

第一家，是鲜老师父母家，他父母的房子正在搬迁之中。估计父母的房子面积不是很大，装修不是很豪华，他想把父母接到他家，我们再去家访。说明我们去的目的之后，他打消了疑虑，让我们去了他父母家。见了我们，他父母就像孩子在学校做错了事老师来家访一样紧张、窘迫。当我说出我们来的目的之后，他们放松了许多。当每个班子讲了一个鲜老师的故事后，他父亲，一名退伍干部，高兴的不知道说什么好，反反复复说：这都是他该做的！

第二家，牟同学家。他妈妈在家接待了我们。我们一一表扬后，他妈妈眼圈红了：我都不知道我儿子这么优秀，谢谢老师告诉我！班主任肖老师借机给妈妈上了一课：优秀品质胜于一切。妈妈说：我们会给爷爷奶奶做工作，也告诉他们：教育是全面的，不能只看分数。谁说我的儿子很差？！学校领导和老师都给我们报喜来了！

最后一家，秦同学家。班子和科任老师一群人浩浩荡荡地朝她家走去，她家左邻右舍都出来探究竟。等一切明白过来，满是惊讶、羡慕的眼光。她妈妈高兴地涨红了脸，乐得忙前忙后。静坐细听老师们的表扬故事，她腼腆地说：都是为了孩子！

就像一节出色的课堂教学一样，课前我们必须熟悉学生、了解教材和课标。表扬也是如此。我们需要了解被表扬者的内心需求，针对这个需求有的放矢，就会有事半功倍的效果。

寻找、表彰、走访一系列活动下来，被表扬的人更加积极主动：牟同学劳动的范围更大了，帮助教师打扫办公室，清理垃圾，协助低年级的学生打扫清洁区。劳动，让他更加快乐，更有存在感。鲜老师现在不仅关注学校后勤工作，还关注教学和课程了。有一天，他找到我，说他想在学校开设轻排球课程。以前躲事的他不见了，让我们看见的是主动谋事做的他。秦同学妈妈到学校更勤了，为学校正面宣传更多，为师生志愿服务更多。

美国哈佛大学教授威廉·詹姆斯说："真正的文化以同情和赞美为生，而不是以憎厌和轻蔑为生。"

常有人问我：为什么艾家小学的团队这么有力量，做任何事情都这么漂亮？

现在我告诉你，那就是：以赞美为主，让表扬直抵心底最柔软处！

随时随地表扬

中午和政教主任张老师经过种植园，我边走边说："你看，这畦田种子撒得太密了，挨挨挤挤的，生长空间明显不够；这畦田撒种子的时候肯定是测量了的，一窝一窝，整整齐齐的；这畦田苗多，有人扯了一些，这样他们就能够痛痛快快地生长了。"话音刚落，停在种植园旁边的车门突然开了，胡老师探出头来，眉开眼笑地说："种得整齐的和株距正好的田地，都是我班级的。"自信和自豪，满脸满眼都是。老师此时需要的，和学生一样，就是一句表扬的话语，一个肯定的眼神。这么一个小小的需求，有什么理由不能满足呢？我笑着说："我就猜得到这是您的一亩三分地。学校除了您，还有谁会把庄稼种得这么好？"胡老师笑眯眯地，低着头说："那确实！"

随时随地表扬，不吝惜，不浮夸，不矫情！

赞美的力量

学期结束，总结是必须和必要的。这学期的总结用什么主题和形式进行呢？经过商讨，我们把主题定为"最难忘的一件事情"。题材不限，可以是生活，也可以是工作，也可以是情感。时间不限，可长可短，讲述清楚一件事情即可。形式不限，可以是 TED 演讲，也可以是情景剧。

今天所有教师上台进行了分享。让我非常诧异的是，大多数教师都在赞美：这学期刚调来的赵老师赞美静静老师辅导学生有爱心，有毅力；赞美她帮助他无条件，无私心。刚刚走上工作岗位的胡老师感谢全校老师对她的倾囊相助和毫无保留的传授经验。肖老师感谢牟老师在他生病期间值班时的顶班与叮嘱。彭老师难忘生病期间闵老师嘘寒问暖与送偏方。郭老师感动班级学生扯皮拉筋时班子的全力支持与帮助。一向喜欢埋怨与责怪同事的张老师也在赞美同一个办公室的同事为学生成长尽心尽力，为同事安心工作想方设法。……

我相信，通过这次分享大会，教师的凝聚力会更强，战斗力也会更强。因为赞美，会产生巨大的力量，会推动人们变得更加努力，更加完美！

这样做，废物变成宝

开学不久，我以前工作的学校——点军小学校长给我打电话，新学期他们每间教室安装了新的一体机，把旧黑板卸载下来了，共有24个黑板框架，九成新，问我要不要。我在思考要不要的时候，她补了一句话：黑板框架比较大，比较重，需要人力上车下车，估计运送成本比较高。我说："我们班子商量一下再回答你吧。"我知道她是一片好心：我在农村小规模学校任校长，经费少，办事难，她想帮衬我一下。我也有我的难处：这些她不要的东西我劳神费力弄回来怎么用呢？本来就缺钱，还需要花费一笔不少的运输费！转念一想：不同的人对待同一个事物有不同的看法。万一有着很大的用处呢？不要浪费任何一个机会。

我和见多识广的总务主任鲜老师说："你去点军小学看一看他们拆下来的旧黑板框。如果你觉得有用处，你就把它们运回来。"鲜主任是一个急性子，马上开车去了。一小时后回来和我汇报："东西倒是蛮新。但是弄回来干什么呢？"我说："没有用处，就不要运回来。你想清楚了给我回话，我给他们校长回话。"

第二天我一到学校，鲜主任就到我办公室说："我们要！"我看了他一眼，他两眼放光，脸上有抑制不住的笑容："我已经打听清楚了，我们请区内货车一次运回，路程比较近，500元可以搞定。"我点了点头。他接着说："弄回来之后，我请人把黑板框进行拆分。框子，安装在围墙上，里面张贴车贴，进行学校文化的部署。24个黑板框里有48块小黑板。黑板，安装在每间教室和办公室两扇窗户之间，做板报或者专题展示。你看行不行？""想法非常好！拆分的费用多少？"作为单位一把手，我必须考虑费用。他马上回答："2000元。""很好！你负责框子和黑板的安装，办公室闵主任负责准备框子里的君子故事内容，政教主任张老师负责教室外黑板的内容和部署，教导主任姚老师负责办公楼黑板！"说罢，鲜主任高高兴兴地出办公室。各部门领到任务迅速行动。

五天之后，"君子文化"在校园各处彰显。这不仅让曾经斑驳陆离的墙面消失殆尽，校园焕然一新，而且文字的力量让学生安静下来，文明起来。下课后，孩子们不再疯赶打闹，而是安安静静在围墙下读一则又一则的君子故事，或者在室外黑板下欣赏同学们有主题的手工、手抄报、书法等等作品。读着读着，孩子们的行为规范了，思想提升了，视野也更开阔了。此后校园内外经常可见君子学生身影和言行。

小小的黑板，大大的改变。

世界上没有完全的废物，只要转变观点，变换视角，废物就可以变宝。

破窗效应

我和教师们坐在餐厅吃午饭，总务主任鲜老师走了进来，看着我，一脸尴尬地说："今天你的朋友请我给你带一大袋雪饼。我提着饼干去找胡主任（男性，曾经是体育教师），他不在办公室。我把饼干放在他办公室的沙发上就去上厕所。等我返回的时候发现他已经拆开了饼干包装，拿着一小袋正在吃。我非常惊讶，问：你怎么吃了呀？！他说：饼干不是吃的吗？我说：这个饼干不是我的，是校长的。他听了极不好意思，把剩下的饼干给了我。我就带回学校了。"

他说到这儿的时候，刘老师端着饭碗走了进来，也是一脸的尴尬。刘老师说："我去鲜主任办公室找他，他不在。我看见李经理（女性，食堂负责人）坐在他办公桌旁在吃饼干，一大袋饼干就放在办公桌上。我问这是谁的饼干。李经理说是鲜主任的。我说鲜主任今天怎么突发奇想买饼干来吃呢？既然买了，大家就应该一起分享啊。我也拿了一小袋饼干吃了。"

我说："饼干本来就是吃的。独乐乐不如众乐乐。一起分享更美味。"我扫描了一下，大家刚刚尴尬的表情好了一些。

我问鲜主任："今天这个事情是什么效应？"他咧了咧嘴："我哪里知道什么效应呀？"我环视了一下周围，没有一位教师有回答的欲望或者趋势。

我说："这就是破窗效应。"大家一脸惊愕。我接着说："当一个干净整洁的地方，出现一堆垃圾，如果没有人及时的收拾，你会发现陆续的会有更多的垃圾出现在这儿。当一个房子，窗户破了没有人修补，不久后你会发现，其他完好的窗户也被人打破了。当饼干袋子撕破了放在无人看守的地方，你拿一块，我拿一块。这些现象都可以用心理学破窗效应来解释。"老师们边吃饭边点头。

我接着说："勿以恶小而为之，勿以善小而不为。当我们发现我们的管理有一点点问题的时候，我们的工作有一丁点儿漏洞的时候，我们一定要想方设法、全力以赴及时弥补、修正、完善。否则，针尖大的窟窿能漏过斗大的风，换言之，千里之堤，溃于蚁穴。"我说的时候，着重看了看班子成员的表情。他们神情肃穆，若有所思。我想，通过今天的现身说法，大家一定牢牢记住了"破窗效应"，今后的工作中也会努力不出现"破窗效应"。

写到这儿，我忍俊不禁：教师的职业病又犯了！！！不仅喜欢给学生当老师，也喜欢给老师们当老师。

鲜老师的故事

（一）保二争一

区里马上要进行足球比赛了。作为校长，我还是希望学校能够在这个活动中取得好成绩的。我问足球教练鲜老师："我们男足女足怎么样呀？"鲜老师回答得非常斩钉截铁："男足不行，女足还蛮行。"女足还蛮行？！这话惊掉了我的下巴。女子踢球就是一窝蜂，球在哪儿，人都在哪儿。而且踢球的时候喜欢拉拉扯扯，嘟嘟囔囔，埋埋怨怨，有时候还喜欢骂骂咧咧。我不是很喜欢。体育竞赛也要文明。为了不打消教练的积极性，我说："既然你觉得女子队强，你就要多花费一些心思，力争取得好名次。"他点点头。

此后每天下午都能看见他和足球队队员在操场上驰骋、呐喊，每天挥汗如雨，汗流浃背。

一次训练后，他找到我说："孩子们训练太苦了，每天自己带的水不够喝。能不能给他们购买大桶的纯净水？"教师把学生当成自己的孩子，学生才会"亲其师，信其道"，才会不顾一切地在赛场拼命，才会有爆发力，才能取得好成绩。我点点头，说："可以。你征求一下孩子们的意见，他们想喝什么品牌的水，你就去买。"他高兴极了，马上跑进孩子堆里，分享了这个好消息。

一次下班后，他走进我的办公室，郑重其事地说："我想收拾一间房间出来，让女孩子们更换衣服。孩子们都大了，在厕所换衣服也不是很方便。"看起来大大咧咧的他，没有想到是心细如发。正是因为他爱这群孩子，才会为他们考虑这么多。学校空房子很多，只要他们愿意，挑选一间，自己动手，何乐而不为呢？我答应了。女足更衣间就此诞生了。

比赛前，按照文件要求，校长需要带队参加开幕式。鲜老师问我："校长，你去吗？"我笑着说："我今天有事，就不去参加了。刘书记会和你一起去的。"估计他没有想到我会这么说。他停了停，问："那你给我们定一个目标吧。"和体育老师说话，我向来不转弯抹角，我说："男足全力以赴进入决赛，女足保二争一。因为去年的比赛，女子就是全区第二名。女足争夺第一二名的时候，我参加。"他什么话也没有说，点点头，走了。

第一场比赛，我们女足所向披靡，遥遥领先。孩子们是不会掩饰自己的喜悦的，返回学校就将这个消息传遍了每一个角落。我通知食堂为所有参加比赛的孩子加一个荤菜。参赛学生知道之后欢呼雀跃。鲜老师带队回校之后，没有和我说什么。一场比赛，又能说明什么呢？我要的是"保二争一"。

第二场比赛，我们女足士气十足，再接再厉，和东道主学校最强的女子队踢了平局。这是我预料之中的，东道主学校的特色课程就是足球，足球课程开设多年，从一年级开始，每天都有训练，聘请的是校外专业足球教练。我们学校的孩子们初生牛犊不怕虎，取得这个成绩，已经不错了。

在教练和学生还没有返校之前，主裁判已经给我打电话分享了这个喜悦，并帮我分析，我们拿第一名很有可能。

第三场比赛，也是决定冠亚军的时候，按照事前的约定，我去参加了比赛。我坐在遮阳棚下面，学生在足球场练习。鲜老师坐到我的旁边，笑着说："校长，我的任务完成了，我们现在已经是第二名了。"我瞥了他一眼，一本正经地说："还没有完成任务呢，我说的是保二争一。对于你和队员，我可是鼎力支持的，又是纯净水又是更衣室，有哪所学校校长能够像我一样呢？我这样做，就是不想要第二的结果，况且目前的形势对我们非常有利。和我们争夺冠军的东道主最强有力的队员在和我们比试的时候，腿受了伤，估计她在决赛时是上不了场的，其他的队员和我们最弱的队员水平一样。我们的队员，虽然经过几次密集的比赛，但是没有一个受伤。天时地利人和，我们都占尽了。所以，现在必须争夺第一。"他若有所思地看着正在训练的我们的女足队员。我说："你觉得我说的有道理吗？"他点点头，然后狠狠地抽了几口烟，走向了我们的孩子。

一会儿，他走向我，说："能不能给每一个参赛的孩子买一罐红牛？"我最不喜欢孩子喝饮料。他提这样的要求，肯定有他的理由。我不问，沉默寡言的他是不会说的。我问："为什么呢？"他看了一眼学生："这段时间学生天天比赛，有时候一天两三场。不管参赛几次，我们始终就是这几个孩子，没有替换的。他们也够辛苦了。喝一罐红牛，增加他们的体能，提提他们的精气神。"好吧，为了鼓舞她们的士气，这个要求还是可以有的。我说："可以，你去买吧。买了之后提前喝，不要喝了上赛场。要不然，肚子里的水荡来荡去，影响发挥。"他仍然用"点头，转身，落实"来回答我。

女足队员在他的激励下越战越勇，两队得分始终持平，比赛史无前例地激烈。东道主受伤的主力队员也拖着伤痕累累的腿上场了，最后罚点球。对手抢到了"先手球"。我们失利了，女孩子们闷闷不乐地回到我的身边。我笑着说："我要祝贺你们通过自己的努力，得到了第二名的成绩。我们学校规模小，队员少。但是你们赛出了水平，赛出了风格。通过比赛，你们练出了气势，不怕。这一点比金杯更为重要。"在我的安慰之下，女孩子们耷拉着的嘴角好些了。

鲜老师走过来，咧了咧嘴，但是什么都没有说。我知道。他是因为没有完成我规定的任务感到惭愧。结果并不重要，重要的是过程。

我看见了正在崛起的艾家小学女足。

（二）不要去了就回

因为在区里的比赛大家都有目共睹，区教育局经过研究决定，我们学校女足代表区去参加宜昌市足球比赛。

接到这个通知的时候，教练和学生都高兴得跳了起来。随即，也紧张起来。我们学校是点军区规模最小的学校，全校只有204名学生。优中选优，只有这8名球员，比赛前一周才通知。这么短的时间，就算我们打肿脸充胖子自掏腰包去聘请专业教练，也来不及了呀。鲜老师是体育老师，但是他的专业是田径。他是第一次带足球队，经验不足。一切都是靠他观察，琢磨，讨教。靠着师生的摸爬滚打，不屈不挠，一路前行，才走到了市级比赛的舞台上。现在这情形，也只有"自助者天助"了。

宜昌市足球比赛赛场在秭归，三天的比赛时间，衣食住行费用自理。一个主教练一个副教练，加上八名参赛的学生，开支也不小。兵来将挡，水来土掩。因为考虑到比赛的第一天和第二天，学校正常上班，而且有重大活动，我安排书记带队。临走时，鲜老师又走进我的办公室，把烟放在背后，说："校长，你说，我们这次的目标是什么？"我看着他说："参加市级比赛，对于我们这所小学校来说是史无前例。我们可以说是举全校之力在做这件事情，因为费用自理。这你也是知道的，我们不能浩浩荡荡地去了就回来，在那儿待的时间越长越好。就算当作交钱开眼界了，参加培训了。"他满脸惊讶，眼睛一眨不眨地盯着我说："待的时间越长，说明我们要打的比赛就多，取得的成绩就高。"我点了点头。担心他心理压力太大，影响发挥，我宽慰他说："三天的赛事，至少待两天。可以吧？"他笑了笑，点了点头。

此后两天，我的手机都有收到副教练的短信，都是我们和哪个县市区的哪支代表队比赛，我们赢了。越往后，压力越大，胜出越难。但我只敢看短信，不敢回。

第三天，是决胜前三的日子。一大早，我乘车赶到了赛场。出现在现场的时候，只有一个孩子看见了我。她一声惊呼，所有的人都围了过来，七嘴八舌地告诉我，马上就要和夷陵区最强的女队比赛了，她们看了她们和别的球队的比赛，感觉压力蛮大。我一边听，一边从包里掏出两盒巧克力递给离我最近的两个女孩子："一人两颗巧克力，吃了我送的巧克力，结果就会和巧克力一样让人甜蜜。"这群女孩子一边嘻嘻哈哈，一边接过巧克力，剥了放进嘴巴里。仿佛我的话和巧克力真有魔力，吃完了之后，她们表情轻松多了，谈话也轻松多了。

女孩子三五成群闲聊的空档，鲜老师走过来，对我说："校长，你的工会福利水果卡我还没有给你。"春节的福利，现在都四月了，时间快半年了，我都忘了这件事情了，我点点头。他接着说："我发现赛场外有一家水果店，可以用这张卡消费。我能不能用这张卡给孩子们买一些水果？"作为校长，老师都这样说了，我还能说什么呢？我点点头。他飞也似的跑出赛场，抱回来一大包水果，分给了孩子们。拿到水果的孩子们，笑得更灿烂了。

轮到我们上场了。对手比我们选手普遍要高，要壮。我们选手一点儿不畏惧，一副"我的地盘我做主"的架势，大大方方和她们握手，信心满满进入赛场。场内，我们的学生奔跑，停球，传球，踢球，一个个动作干净漂亮。场外，我们的教练来回奔跑，呐喊助威。人气旺，叫声大，气焰高。我们女足领先进一个球。这一个球，增强了她们的信心，打消了对手的气势。接着，又进了一个球，跟着又进了一个球。我们连连得分，对方连连失利。这一局，我们又赢了。

最后，两个赛场的第一名进行总决赛，竞争进入白热化状态。这次的对手是西陵区联合组队。无论从哪个方面，她们都胜我们一筹。我们调整心态：重在参与，胜负均可。包袱放下，万般自在。学生们在赛场全力以赴，教师们在场外声嘶力竭。尽管师生全力以赴，也无法挽回第二名的结局。一位不知名的头发花白的观众一路跟着我们看比赛。在比赛后和教练说：你们这么小的学校，取得这样的成绩真不简单，堪称励志传奇故事。

一所农村小规模学校的女足，从区走向市，从最初的战战兢兢到这次的大大方方，从名不见经传到排名第二，让一批县市区实验小学的女足望而生畏，这个中间，不仅有教练的成长，更有学生的成长。

一场场球赛，让你我走得更近，更加熟悉了解，更加团结协作，更加勇往直前。

一个目标，一个任务，一条心，只要一起使劲，就一定能成功！

（三）你要想办法解决这个问题

市教育局翟局长带队检查艾家幼儿园。因为艾家幼儿园和艾家小学同一个校门，为了礼貌起见，我也一同迎接了检查人员。走的时候，翟局长突然拐弯进了我们学校的男厕所。看见他这个举动，我心里就打鼓。翟局长多次在宜昌市校长会议上批评学校厕所有异味，厕所文化没有开展好，学生如厕习惯没有养成。艾家小学的厕所是旱厕。尽管学校想了很多办法，比如师生每天洗刷厕所，燃放檀香，开窗通风，摆放绿植，但仍然有少许异味。

翟局长从厕所走出来，眉毛间的"川"字没有那么明显。我忙不迭地解释道："翟局长，我们学校在山顶上，经常因为压力不够停水……"没有等我把话说完，翟局长说："你们的现状我已经看见了，厕所卫生搞得还不错，可见你们平时下的功夫不小。但是还是要想办法，尽量消除异味。"我连忙说："好的。"说罢，翟局长大步流星奔向公车。

厕所有异味，严重影响学生的身心健康，折射出学校的管理问题，反映出学校没有把师生的"身体健康，生命安全"放在首位。这个问题必须想办法解决。

怎么解决呢？我围绕厕所转了几圈，思考着解决办法。

艾家小学是一所有着四十年历史的学校。厕所由一间教室改建而成，男女厕所各占一半。厕所定时流水冲洗，早中晚由教师带领学生手动洗刷。厕所后面是一个粪坑，粪坑上面盖了几块预制板，以防学生掉到里面去。粪坑周围长满了肥硕的杂草。

荀子在《劝学》中说："假舆马者，非利足也，而致千里。"我想到了鲜主任曾是建筑业的行家里手。

我找到他的时候，他正拿着钳子、锤子在墙上钉钉子。我说："市教育局翟局长觉得我们的厕所还是有异味，你一定要想办法解决掉这个问题。"他牙齿咬着一颗铁钉，他点点头算是对我工作部署的回应。

第二天早上我刚到办公室，他走进来说："问题我已经解决了，你去看一看吧！"这么快就解决掉了？！我跟着他来到学生厕所，走进去。尽管有学生进进出出上厕所，但是确实没有一点儿异味。我诧异地问道："你是怎么解决的？"他环视了一下厕所，波澜不惊地说："昨天下班后我在厕所周围看了又看，想了又想。我觉得应该是粪坑周围的杂草长得太茂盛了把粪坑严严实实遮掩起来，气味就从厕所里冒出来了。我就把粪坑周围的杂草用割草机都割掉了。半个小时之后我再去厕所，厕所就没有异味了，异味已经从粪坑上的预制板缝隙出去了。"好办法！不花一分一厘就轻轻松松解决了这个问题。不得不为他的工作作风和工作能力点赞。

每个人都有长处，也有短处。作为管理者的我们要用人之长，避人之短。这样才能人尽其才，人人成才。

《孙子兵法》有言："故善战者，求之于势，不责于人，故能择人而任势。"一个团队需要不同的人才配置，学校发展是不可能只依靠一种人才，学校管理一定需要不同才能的人才团队。所以，我们在人员管理中应以每个员工的专长为思考点，安排适当的位置，并依照员工的优缺点，做机动性调整，形成一个有各种才能的团队组织，这样学校才能达到管理团队效能最大化。

你弱的方面，总要有人强

湖北进入梅雨季节多日，天天下雨，处处灾难。这不，地处山顶之上的我们艾家小学，不像低洼处发生内涝，但是校舍历史悠久，当初建设时因为资金不足，都是将就。四十多年过去了，就像进入耄耋之年的人，垂垂老矣，不堪一击。昨天下午四点钟，大伙儿正在热火朝天大扫除的时候，鲜主任拖着两个大垃圾桶去垃圾屋倒垃圾，忽地听见"轰隆"一声，脚底瓷砖破裂，院墙墙体裂缝，并向外倾斜。我马上电话报告区教育局、艾家镇政府、刘家村支书。一会儿各路人马赶到学校查看现场，建议马上排险。

今天上午区国土资源局专家来查看。下午区教育局通知我，下午他们安排排险，用挖机拆除倾斜较为严重的院墙。区教育局出钱出力，学校现场督办，确保万无一失。摇摇欲坠的院墙被四根黑粗黑粗的电缆线兜着，所以没有垮下去。院墙上面，布满了各种各样的细线，比如电话线，移动铁塔专用电线，电信网线等。院墙外面是堡坎，五米下面是农田，农田里种满了庄稼，院墙里面的地面已经裂缝。挖机在哪儿作业比较安全？墙上的线怎么处理？区教育局让我们学校处理。我一听头就大了，长这么大，我从来没有处理过这样的事情。没有见过，也没有听人讲过。我问总务主任鲜主任："排险的时候你到学校吗？"他没正面回答，反问道："你一个人搞不搞得定？"我哑然失笑："这不是我的强项，我搞不定。"他说："那我就去学校。"

下午两点半，大卡车拖着挖机开进学校。鲜主任站在最前方，指挥着挖机在哪儿作业，怎么挖，需要注意一些什么。挖机司机按照他的要求，把挖机停在离地面裂缝三米处，伸着长臂，调整手腕高度，一鼓作气，把倾斜最严重的院墙往怀里一搂，整堵墙往里倒塌，没有一块砖头掉落到外面的堡坎下面，大家连连叫好。随着院墙的倒塌，墙上墙外的线也散落在倒塌的砖面上。七八个男子和鲜主任过去，吃力地抱起了电缆线，放在挖机的一只脚边。这么重这么多的线怎么到挖机的另一边去呢？太重，不可能用人力从挖机车顶甩过去；太脆弱，不能碾压。大家众说纷纭，没有一个建议行得通。这时候，鲜主任走到挖机驾驶室旁，告诉师傅怎么让挖机金鸡独立。开挖机的是一个小伙子，反应特快，一听就会，马上行动。挖机抬脚，人力移动线缆到挖机两脚之间，再抬起另外一只脚，众人将线缆拉到了另外一只脚外。问题就这样轻轻松松解决了。

险情很快就被排除了。

国土资源局的一个技术专家给我建议，把学校院墙周围的地面用土填高，这样下雨的时候水通过校门往外流，学校就安全了。乍一听，我觉得这个方法特别好，连连表扬专家就是专家，考虑问题就是不一样。

在回家的路上，鲜主任问我："你该不会真的听信那个专家的话吧？"我说："专家的建议的确是很好啊，不用多少钱就可以解决我们学校的问题。"鲜主任说："如果我们把校园内填高，雨水就会汇集到校门，冲向正对着校门的农户家里，说不准会把农户的房子冲毁。"是呀，我怎么没有想到这个问题呢？学校在山顶，校门是一个陡坡，陡坡下面是一排排的住户。校内平坦，雨水从四面八方流到山下。如果让校内的水汇集到一条道上，水量大，水流急，破坏力不堪设想。自己倒是安全了，却把更多的人置于危险之中。教书育人的学校怎么能够这样处理问题呢？我问他怎么办？他说，让水有更多的途径到山底，那就是在院墙堡坎处设置多个水管，让水从水管里流到山底。

幸好，有一个懂工程的鲜主任。

幸好，他给我提建议，出主意。

要不然，学校遇到这样的问题我该是多么的焦头烂额。

我弱的地方，有人比我强，这是最美的画面。

又打了漂亮一仗

学校有 10 名教师参加了区教育局陶局长发起的"江南教育家成长圈"打卡活动。六月，陶局长想让圈子里的人开展线下活动，大家认识认识，互相学习，争取后面的打卡质量越来越高。我很想把我的团队拉出来练一练，磨一磨，所以，我自告奋勇请求承办这个活动。非常幸运，陶局长把这个机会给了我们。

承办这个活动，参与者都是来自四面八方的积极向上的年轻优秀教师，主题定为什么呢？各方征求意见，没人给出想法和建议。再三思考，我认为"聚是一团火，散是满天星"比较合适。教师们也比较认可。

有了活动目的和活动主题，活动议程也就好确定了。经过我们的商讨，我们确定十个环节：1."遇见你"——现场签到；2."了解我"——江南教育家打卡圈点军成员宣传片；3.开心一刻——暖场游戏；4."欢迎你"——校长致辞；5."讲述我"——我的打卡故事分享；6.快乐时光——节目展示；7."帮助我"——打卡困惑现场答疑；8.凝心聚力——领导讲话；9."送给你"——现场手工制作礼物；10."记住你"——合影留念。

每个环节我们还可以做些什么？我们又进行了一番讨论。学校打卡团教师建议：第一个环节，来宾签到后，每人发一张名片卡，名片卡自带胶，撕掉背后的贴纸直接贴在衣服上。名片卡设计为圆形，底色是我们学校两个吉祥物喜笑颜开，蹦蹦跳跳欢迎大家的到来，面上由学校书法较好的郭老师现场用记号笔书写"××学校，××教师"。如果彼此不认识，不知道怎么称呼，看看名片卡就知道如何称呼。第二个环节，活动开始前播放打卡圈点军成员宣传片，就像《非诚勿扰》节目开始一样，大家有个初步印象。点军区外的教师我们不便安排，但是区内的我们可以要求。点军区十所学校均有教师参加，时间要有所限定，否则喧宾夺主。所以，每校制作一分钟左右 MP4 视频，人人参与，有集体有个人。第三个环节，考虑到女教师比较多，年轻有点儿腼腆，让参会的年轻男教师先演示，大家不拘谨了，言行放开了再通过班级优化大师选择人员参加。参加的教师一律有奖，颁发艾家小学学生亲手制作的书签。第五个环节，时间有限，每校参与，质量要高，每校派一名教师代表分享，要提前报送分享人姓名及文稿。第六个环节，有四名（含四名）打卡成员的学校需出一个节目，形式不限，积极向上，展现教师良好的精神风貌即可。我们作为活动承办者，选择难度比较大的节目形式——情景剧，把配乐诗朗诵、唱歌、跳舞等容易想到、便于排练的节目交给其他学校。我们的情景剧通过"发现—实现—呈现—再现"四个环节把打卡的喜怒哀乐，可圈可点的做法一一呈现。第七个环节，为了避免答疑解惑环节冷场，各校打卡管理员收集、汇总打卡困惑，提前报送文档给主持人。

　　讨论的时候，大家畅所欲言，集思广益，让每一个环节越发完善。除了十个环节，其他的方方面面、点点滴滴也考虑进去了。比如，既然承办了这个活动，就应该做好东道主，拿出最好的物资和诚心来迎接客人。宜昌城区以外的教师，如需要接站，学校可以安排。我们写在通知里，让每个人都知道并享受这个福利。再比如，疫情还没有结束，防控需要强调，温馨提示参加活动人员按照疫情防控要求，做好个人防护。校门口一如既往地提供口罩、手消等。学校共有 20 名教师，全员参与，哪个人适合哪个岗位，立马责任到人，开始准备相关工作。郭老师谦逊有礼，字写得好，她负责签到。肖美老师普通话说得好，文字功底深厚，负责主持。胡老师年龄大，识人多，知规则，负责车辆停放。信息技术张老师懂移动录播设备，负责录像。谢姣老师手机像素高，内存大，审美强，负责拍照。鲍老师年轻手脚快，负责端茶倒水。美术向老师专业功底强，负责学校指引牌的设置、设计、摆放。总务主任鲜老师负责物资到位和午餐到位。

　　一切都在紧张有序地进行。

　　这一天如期而至。

　　我们学校前台教师白衬衣、黑短裙服务，后勤教师身着红马甲，头戴小红帽各就各位，履职尽责。

　　远道而来的客人陆陆续续前往，每一个环节都有相应的教师服务。他们对学校的一切都感到新鲜和好奇。种植园里走一走，看一看。香樟树下踱踱步，嗅嗅味，感受学校历史，倾听树叶歌唱。教室和办公室瞧一瞧，看看班级文化，体悟学校管理。

活动中，一双双炯炯发光的眼睛，一张张惊讶惊奇的嘴巴，无不在肯定活动的细致与精彩。

客人的好评，领导的称赞，如一缕缕夏日空调的凉风，吹走了我们学校教师脸上的疲惫，送来了"下一次活动一定要更加精彩"的信心。

感谢大家的齐心协力，众志成城，让我们又打了漂亮一仗！

主动作为，勇于担当

今天学校承办了打卡圈线下活动。当初安排工作的时候，考虑到胡老师52岁多了，腿脚不是很方便，于是就安排他在会场搬桌子，端盘子，收桌子。

哪知，今天在操场指挥停车的张老师临时有事，不能到位。刘书记找到胡老师让他顶一下。胡老师二话不说，戴上小红帽，就往停车场跑。看见车来了就模仿交警手势指挥。司机朋友们也比较配合，一看他那手势，立马明白他的意思，按照他的要求把车停得整整齐齐的。

主会场的活动正式开始了。走进会场一看，胡老师坐在最后一排，拿着手机正在各种拍摄。看见我走过来，胡老师笑了一下说："老师们把车都停好了，进会场了，我也没事儿了，就在这里帮忙拍拍照片。"我笑着点了点头。胡老师本是一名普普通通的教师，甚至连党员都不是，但是他的眼里始终有事，在学校各项活动中主动担当，主动作为。

活动进行完毕，胡老师又加入了搬桌子、端盆菜的行列。他以前在农村做过支客先生，做什么，怎么做，他心里明明白白。他一边自己带头做，一边安排其他教师和他一起做。不到十分钟的时间，会场会桌变成了餐桌，客人们打完饭菜坐在桌旁津津有味地吃了起来。

艾家小学的教师，总是把学校当成自己的家，把自己当成主人，定准位，做列位，站好位，缺位有补位，工作不断线。

如果你把自己当主人，你便会有主人的姿态和意识，你的工作就会做得更好，成绩就会更显著，机会和平台也就会更多。如果你把自己当奴隶，事事被动，时时糟心，最终将被团队淘汰出局。

所以说，认识自己，摆正位置，不问前程，主动作为，是一个人最好的工作状态。

完美的他

为了确保今天全区校长会议在我们学校顺利进行，昨天下午我们进行了一个彩排。彩排的时候，52岁的胡老师让我很是揪心，稿子不熟练，经常出现断句错误，大脑短路的情况。考虑到他年龄偏大，自尊心较强，我没有多说什么。让姚主任把纸质稿子按照发言顺序，一一放在发言席上。万一有人忘了台词，还可以瞄一瞄，继续讲下去。不至于尴尬太久。

今天早上，活动如期进行。轮到胡老师分享了。他理了理熨得笔挺的西装，自信地走上前，得体地鞠躬，不疾不徐地开始了他的故事。他的眼睛始终看着观众，不曾望一眼桌面上的稿子。自始至终，他侃侃而谈，流利顺畅，非常自然。我想，他背后一定花了不少时间，费了不少心思，才有今天这番效果。

活动结束送完客人，我发现他一个人在种植园伫立。我走过去。看见我走过来，他马上把拿烟的那只手放到背后，笑吟吟地看着我。

"您昨天晚上什么时候睡觉的呀？"

"昨天彩排的时候，我的稿子读得结结巴巴，我很惭愧。您也知道我是一个好强的人。稿子里我也说了，我比黄忠年轻，我一定行。回家的路上我就对自己说，一定要想办法记住稿子。第一遍，我读稿子，作记号。第二遍，我在草稿上记下每个句子的第一个字提醒自己，试着背诵。第三遍，我去掉提示字，全盘背诵。三遍下来，已经是十一点钟左右了。我只有上床睡觉。上床之后，我怎么也睡不着。只好把手机拿出来，打开记事本，边背边写每句第一个字。您看，这是我记录的。"胡老师一边说，一边打开手机，调出记事本，递给我看。胡老师五十多岁了，视力不是很好，字体很大。我隔一米就可以看到他写的什么。

"尊，就是尊敬的领导。"胡老师指着"尊"这个字给我解释。"我，就是我叫××。"他逐字给我介绍。

他一边说，我一边点着头，心里却五味杂陈。52岁的年龄，30多年的教龄的他，为了一个展示，想方设法把一千多字的文章背诵下来。在众人的面前呈现了一个完美的自己。教师都为学校这么拼了，作为校长的我还有什么理由不拼呢？

总有一款适合你

电影《嗝嗝老师》中的奈娜老师认为：人人可教，皆可成才。街边赌博常赢的拉文德、汽车修理厂自暴自弃的克拉姆、喜欢涂指甲油的塔曼娜……无论是 9F 班的哪一个孩子，奈娜老师总能找到他们身上的优点，激发他们的学习兴趣，指引他们找到自己实现梦想的航线。

不仅学生是人人可教，皆可成才，老师也是如此。

艾家小学实行全员辅导员制：班子辅导 1—2 名学生，班主任自愿，其余老师必须辅导学生。开学前，2—6 年级学生选辅导员。既不是班子，也不是班主任的张老师却没有一个孩子选他。怎么办？总得给他找一个路径让他成长呀。

张老师，因为业务精湛在教育局装备站工作过，也因为小学科教师缺乏在学校待过。但是，每个工作地方，他待的时间都比较短。面对工作任务，他总是能够找到各种各样的借口拒绝拉着你滔滔不绝，循环播放，让你抓狂。

一位老教师告诉我：张老师是话痨，抱着一棵树就能够讲三天三夜。我仔细观察，老教师说的果真如此。空堂课的时候，他喜欢串办公室，张家长李家短，上至国家方针政策，下至邻里矛盾，他似乎无所不知。每次他都是主讲，别人只有倾听的分儿。他讲得是否科学、正确、客观据，老师们也持怀疑态度。时间长了，影响工作效率，老师们怕了，不听，不回应。没有了可倾诉的同行，他便到门房找保安聊天。保安读书少，见识短，很快成了张老师的忠实听众。因为听得入神，保安多次忘记了自己的工作。我们找到了保安公司张总，一起制定了艾家小学门房工作职责，特别强调：上班期间不得和村民、老师闲聊。保安也不听他胡侃了。他只有老老实实待在办公室里。

开学第一天，一年级的孩子们对学校的一切都感到新鲜和好奇，课后围着语文和数学老师叽叽喳喳问个不停。时间短，问题多，无法满足孩子们的好奇。张老师不是话多，又没有倾诉对象吗？那就让他来试一试吧！我们建议他走近孩子，和孩子们聊聊天。得知自己有合法的倾诉对象后，他高兴极了，爽快地接受了任务。每节课间，他主动走进教室，给孩子们讲一讲他知道的科学知识，学校的规章制度，学生应该知晓的安全常识。有时候，他通过提问来了解孩子们的家庭、爱好、习惯等。

大课间操的时候，他主动把孩子们带下楼，在小操场上排好队，走到操场上锻炼。集体锻炼的时候，他在孩子们中间来回巡视，一会儿提醒孩子们队站歪了，一会儿暗示孩子们把鞋带系好。分班锻炼的时候，他和班主任一前一后带着孩子们在操场上跑步，叮嘱孩子们跟上队伍，不要推，不要挤，注意安全。跑步结束后，他给孩子们擦汗、脱外套、隔毛巾、聊天，比妈妈还要细心、耐心。一个星期后，学生选择辅导员，大多数的一年级孩子选择了他。

从此，早上我看见他带领孩子们打扫清洁；课间，和孩子们聊天，给碰伤的孩子们擦药；午饭后，他和孩子们在办公室走道上聊天；放学前，他到班级提醒孩子们收拾书包，打扫卫生。

他成为辅导员的第二周，政教主任张老师跑来和我说："樊校长，张老师经常到保健室为一年级的学生擦药，从张老师办公室到保健有段距离要花费一些时间。我们能不能为他专门配医药棉棒和酒精？"我说："行啊！"有了专用的医药棉棒和酒精，去找他的孩子更多了。不仅有一年级的，还有其他年级的。孩子们有一点点的蹭伤、碰伤、擦伤，就飞快跑去找他，边跑边叫："张老师，张老师，快帮我抹一下。"张老师一边回应，一边马上拿药水。看了孩子们的伤之后，他总是很温柔地问："你怎么弄伤的呀？"一边问，一边抹药。抹完药，还叮嘱一句："注意安全，不要奔跑！"有的时候，孩子们去他那儿不是为了抹药，而是为了寻求安慰和关注。而张老师，总是能够悉心倾听，耐心解答，有时候，他给孩子们讲一讲他知道的知识。只要孩子们去找他了，总能够满意而归。

10月份，经过全体教师、家长、孩子无记名投票，张老师被评为学校"君子老师"中的"辅导老师"奖。他的照片以及学校给予他的颁奖词张贴出来之后，孩子们围着展板尖叫道："快看！我们的辅导员张老师被评为君子老师了。"张老师很有成就感，觉得自己很不一般，工作更带劲儿了。对于君子老师，学校不仅会大肆宣传——在学校展板展出，还会在学校微信公众号、网站上推出，每学期期末，每位君子老师还会奖励 4 个工作量。

有一天，我和他说，他的清洁区有一点儿橡皮泥。他就戴着眼镜，低着头，在地上寻找。

有一天，一位老师向他说起了一个学生的家庭特殊情况。他马上联系班主任和主要学科教师，约定好家访的时间，一起前往一探究竟。

学校工作林林总总，教师形形色色。无论教师有多优秀，抑或多糟糕，学校工作总有一款适合你。

教？还是不教？

为了让孩子们在学校有更多的游戏场所，拥有更多的快乐，我们在校园很多地方画了一些图形。比如，在一棵大槐树下画了两个圆圈，内小外大，两个圈之间又均匀画了一些格子，按顺序标上了数字。

画好之后，我找来学校的两位体育教师，建议他们教教孩子们怎么玩儿。他们听了我说的话，先是面面相觑，然后异口同声地说："不用教，他们会玩儿的。"

不教，他们会玩儿吗？我很是怀疑，也很好奇。

我一有时间就站在图形旁边，看孩子们怎么玩儿。

最初，孩子们的玩法是：A 站在小圈的中间，闭上眼睛，其他的同学站在两个圈之间。A 说："开始！"两个圈之间的人顺时针跑着。A 不动，始终闭着眼睛。A 叫停，他们停住不动。A 随便说一个数字，站在这个数字格的人离队，接替 A 的工作。如果有多个人站在这个数字格里，他们通过划拳的方式决定谁是下一个 A。

今天，我发现他们又有了新的玩法。A 这个角色伸长了手臂，拿手臂当指针。外面的人在跑的时候，指针也在匀速转动。A 闭着眼睛喊停的时候，手臂（也就是指针）也停住，指向一个方向。被指针指向的人就是下一个 A。如果指针指向不明朗，指针左右的人划拳决定。无论是以前的玩法还是现在的玩法，孩子开心的笑颜，震天的喊声就是我们最想看到的画面。

感谢体育教师给我上了生动的一课。不是所有的知识都必须由教师来教。爱玩，爱探究，爱创新，是孩子的天性。给他一个东西，给足时间，他自会探索出他们的规则和玩法。

好教师的影响

今天是一年级第一天上学。

为了让他们更快更好地熟悉校园，学校安排了游园活动。一些关键场所有一名教师在那儿等待新生来访，完成相应任务。如果完成任务，教师给学生奖励一颗星星。如果学生集齐星星，回到教室里，班主任会有更大的奖励：艾家小学一年级新生专属名片卡。因为学校教师人手比较少，其他年级学生正常上课，引领员的角色就落在了六年级大哥哥大姐姐的头上。每个引领员带领五名新生去熟悉校园，完成打卡。

很有意思的是，每名引领员像好老师一样。我坐在办公室，听见门外的引领员压低声音说："同学们请看，这里是校长办公室。我们的校长姓樊，大家可以称呼她为樊校长；她是上一届六年级学生的英语老师，大家也可以叫她樊老师。樊校长正在办公室办公。进去的时候先喊报告，得到樊校长应允后再推门进去。进去之后，脚步要轻，音量要小，不要影响其他教师办公。说话时眼睛看着樊校长，多用请、谢谢等文明字眼。出门时和樊校长说再见。大家记住了没有？"几个新生前前后后说记住了。有一个男孩子奶声奶气地喊报告。我说请进。门推开了，露出几个小脑袋。他们好奇地打量着屋子里的所有，你推着我，我拉着你，想进来但又不敢。引领员用手势提醒他们排队进入。他们进来列队站好之后，用统一的格式向我作自我介绍，比如我叫某某，今年几岁，喜欢什么。我问他们怎么说的都很相似。站在第一个的是一个男孩子，咧着嘴，指着引领员。我变明白了一切。在这么短的时间内，让这些什么都不懂的小朋友会自我介绍，引领员使用了什么方法呢？引领员告诉我，就像语文课上口头作文一样，先示范，再练习，一一过关，然后出发。如果她长大之后是一名教师，一定是优秀的。

新生完成任务，拿到小星星之后，引领员在门口让他们集合，整顿，表扬做得好的学生，提醒下一次面对教师应该注意的问题。说这话的时候，她真像一位优秀的教师。可见，到目前为止，她遇到的都是优秀的教师。从这些优秀教师身上，她耳闻目睹了如何当一名好教师。就像习近平总书记说的：一个人遇到好的老师是人生的幸运，一个学校拥有好的老师是学校的光荣，一个民族源源不断涌现出一批又一批好老师则是民族的希望。

我们身边是一群优秀的教师。这些优秀的教师影响了一批又一批的学生！

这是学校的光荣，学生的幸运，家长的幸福！

改变，从来就不难

王老师是学校的报账兼劳资人员。他曾经在另外一所学校工作得不是很好，学校不再聘用他。于是他来到艾家小学参与竞聘，有了岗位。

2017年2月，我到艾家小学的时候，他是五年级的数学老师兼班主任。他为人和善，和学生说话轻言细语，笑容满面。学生不是很畏惧他，上课讲话，不做作业，顶撞老师。他依旧不愠不火，和学生摆事实，讲道理。学生的数学成绩可想而知，班风每况愈下。

2018年秋，区教育局组织六年级毕业考试，他带班的成绩全区倒数第一，全班35名学生只有几个人及格，家长一怒之下告状到一把手局长那里。局长找我谈话，让我约谈他，停课学习，跟岗半年，取消绩效。他和我年龄相差不大，孩子也相差不大。他平常和人说话比较谦逊，对我恭敬有加。这样的人，必须想好了再开口。思量些许，我走进他所在的办公室，在饮水机倒了一杯水，坐下，喝了一口水，说道："王老师，这次六年级的数学考试，您怎么评价呀？"他连忙停止了批阅作业，扭头盯着我，笑着说："樊校长，学生这次没有考好，我觉得主要原因在我。一个是我多年没有教学数学，生于业务。二者是教材变化较大，我是边学习边教学，我经常请教彭老师，毕竟我年龄大了学习新事物比较慢。第三是学生变化太快，和我以前教的学生不一样了，我要重新认识现在的学生。不过，樊校长，请您放心，我一定会努力，帮助学生把成绩提升起来，让学生和家长，还有同事看得起我。目前，学生这个成绩我觉得很惭愧，很对不起学生和家长。我会努力的。"王老师这么自责，这么信誓旦旦了，我还能说什么呢？作为管理者，我们应该给一个有良知的人知错就改的机会，不能一棒子将人打死。我决定还是让他继续任教六年级数学。我说："王老师，我30岁在教研室工作的时候，您的同事。王老师经常在我面前表扬您，说您很聪明，书教得好，教学在联棚出类拔萃，为人也好。您是有底子的，只不过荒废了一些时日。我相信您通过一段时间的调整和努力，一定会达成自己的愿望，再次成为一名优秀的数学老师的。"王老师听了不停点头称是。

从此，王老师雷打不动的午睡取消了，每天中午在办公室或者教室为学生面对面补习；数学课后也舍不得离开教室，在教室后面批改作业。两个月后区教育局再次组织考试，班上的数学成绩提升了，尽管提升幅度不大，但是有进步。学校给了他一个"教学质量进步奖"。

王老师很努力，但是效果不是很显著。如果这样，还不如让他做他擅长做的事情——劳资报账。他曾经是联棚小学多年的劳资报账人员，业务精通，做事细致，从未有过疏忽。我找他谈话，说了我的想法，他很是高兴。2018年秋开始，他转行专职科学老师，兼学校劳资报账人员。

劳资工作人员的工作比较复杂，常常一笔费用需要跑几个单位，审核几次，盖几个章。他从不抱怨，从不拖沓。他总是开着私家车奔来跑去为学校办着事情，加油费、停车费，有时罚款，他从未在我面前提及。尤其是暑假，炎炎烈日，大家在空调房休息时，他还在加班加点为老师们的工资、五险一金等忙前忙后，不得休息。我曾经在食堂午餐的时候提醒他可以按照学校规定报销一定的交通费。他总是笑了笑，说："这是我的职责范围，开车是方便我自己办事，不需要单位报销。"我也提醒学校总务主任要他报销交通费，他仍然一口拒绝。

王老师工资劳资事情办得漂漂亮亮，稳稳妥妥，但是学科教学仍然不是很理想。他平时的科学课教学内容就像脚踩西瓜皮，滑到哪儿是哪儿。PPT不够精美，设计不够完美，学生不是很喜欢。自然，他带班成绩在区级统一考试中不甚理想，甚至差强人意。人的精力总是有限的，他是一个凡人，不能要求他面面俱到，项项优秀。得饶人处且饶人，我不批评他，让他自省、自悟、自律。

2020年新冠肺炎疫情，老师成了主播，让我走进教室听课更加便捷。钉钉直播是边上课边录制，我可以随时随地调取视频观看。王老师是我着重关注的对象，因为他的课一直有问题。如果以前课堂效率不好是因为他工资劳资的事情分散了他的时间和精力，而疫情期间，人人宅家，城市按下了暂停键，他现在可以一门心思琢磨上课了。综合组的老师也有时间和精力来帮助他这个"学困生"了。第一节课，他教学目标不清楚，实验过程和目标不清楚。综合组老师掏心窝子帮他指出来，他频频点头称是，一再表态会再改。第二次，上次的问题改了一点儿，这次又出现了新的问题。不停地听课，不停地提建议，他也不停地改正。他逐渐明白课程标准的含义，弄清了课时目标，理解了用身边的事物当实验用品，鼓励学生大胆实践，通过实验得出结论。他自己越来越清楚，学生听得越来越明白，越来越喜欢科学课。

疫情好转，小区解封，生活逐步进入正轨。他一边上网课，一边处理工资劳资的事情。两头的事情处理得井井有条。

不知不觉，我们迎来了五月，疫情逐渐向好。王老师也在成长，也在进步。他在此期间为了老师们的工资劳资加班了好几天。我安排办公室主任去问他加了几天班，以他说的加班时间为准。办公室主任回话我："王老师说那都是他工作分内的事情，不算加班。"好吧，王老师硬是这样认为，那就遂了他的意。

一个人，尤其是过了四十岁的人，改变一个习惯，转变一个态度很难。而王老师，四十五岁了，还在不停地改变自己，还在不断进步的路上前行。

这样的人，让我们尊重。

这样的人，让我们引以为豪。

从王老师的身上我们可以看出，改变，从来就不难！

刘书记二三事

（一）棒棒糖解决大问题

2017 年 2 月，我到艾家小学任校长，开始完善学校章程。

在山东卜老师的带领下，学校师生齐心努力下，我们的校歌《君子吟》亮相了。新闻媒体嗅觉真是敏锐，立马得知了这个消息，给我打电话说近几天会来学校采访。采访什么呢？他们说随意。一般这样的采访，无外乎：一是问校歌是怎么诞生的，二是问怎么理解歌词，三是问会不会唱。前两个问题不是问题，因为全体师生及家长都参与了填写歌词的活动。关键是"唱"的问题。

怎么解决"唱"的问题呢？有班子建议，在早间、课间、午间，校园广播循环播放校歌的原唱带和伴音带，可以耳濡目染，加深印象，缩短学唱时间；班主任建议，把它发在班级 QQ 群里，布置家庭作业，家长和学生一起学唱校歌；音乐老师建议，本周每班的音乐课老师来教学这首歌。真是千个师傅万个法，每个人站在不同的角度去看问题，想办法，这些办法合计起来就臻善臻美了。我立马安排到人去落实。

下午放学的时候，刘书记站在队伍前面，整顿了纪律，强调了一个奖励：明天找刘老师唱校歌过关的同学，刘老师都会奖励一颗棒棒糖。——全校学生都认识刘书记，把刘书记称呼为"刘老师"。

一颗棒棒糖，能够诱惑学生回家之后听、唱、练吗？我很是怀疑。再说，要是学生回家之后和家长分享了这个消息，说不准家长还会因为吃了棒棒糖会长蛀牙而阻止学生过关呢。不管怎样，刘书记是我的左膀右臂。他已经说出了口的事情，我还是应该尽力支持。

学生离校后，刘书记找到我说："樊校长，我打算自己买一罐真滋味的棒棒糖明天带到学校来奖励学生。我觉得这个办法可以。"搭档都说到这个分儿上了。我还能说什么呢？

第二天早上我一到学校，就看见刘书记办公室门口排着长长的队伍，不分年级，不分性别。相同的是他们手里都拿着歌词，有模有样地唱着、练着、学着。有的在倾听别人在怎么唱，有的在给别人纠错，有的自顾自地演唱着。我走过去，明知故问："你们这是在干什么呀？"他们扭过头，看着我，笑着说："我们找刘老师过关唱校歌。如果过关了，就可以得到一颗棒棒糖哟。"看着他们满怀期待、信心满满的样子，我用微笑回应着他们。

刘书记走近办公室，看见这么多孩子，一点儿也不诧异，仿佛一切都在他的掌控之中。刘老师在他们背后问："你们吃早餐了没有？"听见声音，孩子们纷纷回头，看见刘老师，摇了摇头，三三两两说："我们过关了再去食堂吃早餐。"刘老师进入办公室，把一罐棒棒糖放在办公桌上，满脸严肃说："一个一个进来唱，我认为过关了就奖励一颗棒棒糖。"孩子们异口同声地说："好！"一个个摩拳擦掌，跃跃欲试。一个个孩子走到刘老师面前，把歌词放在背后，小身板站得像小白杨一样挺拔，清了清嗓子，放开歌喉唱了起来。刘老师一边听，一边打着节拍。为了让站队的孩子都得到棒棒糖，刘老师自己的早餐也顾不得吃了。

晨读后，刘书记走进我的办公室，喜笑颜开："樊校长，已经有一多半的学生在我手中过关了。如果大课间再表扬，再鼓动，人人会唱应该不是问题。"刘书记的第一招已经是"开门红"了，后面的成绩自然不用说。

大课间学生做完两操，在操场集合，刘书记拿过话筒，宣读了过关的名单，再次强调人人会唱。音乐响起，全校齐唱。接着，没有过关的人留下。过关了的同学脸上无比自豪，蹦蹦跳跳离开集合地点。没有过关的人如热锅上的蚂蚁，向周围的人求助着。我在教学楼拦住一群孩子，问："今天的棒棒糖有什么不一样？"有的学生说因为是自己的努力得到了老师的认可，是老师奖励的，意义不一样；有的说平时在家爸爸妈妈不让吃棒棒糖，但是自己太想吃了，在学校过关了老师奖励棒棒糖，能够犒劳一下自己；有的说这个棒棒糖太有意义了，要留着做纪念……

原来，棒棒糖的诱惑力这么大！不管黑猫白猫，抓到老鼠就是好猫。

在好奇心的驱使下，我问了刘书记选择棒棒糖是不是做了功课，他笑着点点头：我提前做了调查，他们最希望的奖品就是棒棒糖，既然这样，我就投其所好，用棒棒糖来奖励他们。

看来，古人说的"凡事预则立，不预则废"。真是放之四海而皆准！

（二）我们送学生回家吧

最近不断有学生家长投诉自己的孩子没有坐上接送学生的专车，让家长很担心学生回家晚不安全。其实，投诉的这位家长，家离学校很近，学生原本可以步行上下学。但是孩子为了偷懒，家长为了图简单，就让孩子乘坐专车。特别是下午放学的时候，乘坐专车的人特别多。为了等待那一辆专车，有些学生就在学校附近的大路边嬉戏玩耍，有时候一等就是一个小时。明明步行二十分钟就可以到家的，却为了乘坐专车，耗费一个多小时。浪费光阴不说，还存在很大的安全隐患。为了增强学生体质，发展体育运动，消除放学回家安全隐患，我们决定倡导学生步行回家。

首先，由大队委在全校发起倡议提倡步行回家。接着，在全校师生中征集步行回家的宣传语。无论是老师的，还是学生的，一律由学生在大课间的时候统一投票，一人只能投一票，学校大队委监督。将学生投票出来的宣传语在 LED 显示屏滚动播放，全体师生大声朗读。学校也给获奖的师生颁奖。最后，落实到行动上，离校近的学生步行回家。

一切都有条不紊地进行着。最后一步的那天早晨，刘书记和我说："樊校长，我有一个想法不知道可不可以？今天下午放学的时候，所有老师分路队将学生送到家。一是教师走一趟，确定路程和时间，核定哪些人可以步行回家，哪些人可以乘坐校车；二是边走边对护送的学生进行安全教育，告诉他们怎么在农村人车混行的道路上行走；三是到部分学生家里坐一坐，聊一聊学校的想法，争取家长的支持。"这个想法真不错，教师送学生回家一举三得，何乐而不为呢？当天，我们就让刘书记的想法变成了现实。没有一位教师反对，没有一名学生不愿意。

当别的学校还在为步行回家焦头烂额的时候，我们已经把这件事情处理得妥妥当当。

每个一把手都希望有这样一个副手：当一把手指挥有误时，副手能够适时地纠错；当一把手有想法时，副手能够锦上添花。非常幸运，我遇到了这样的副手！

（三）老师，我被蜂子蜇了

学校地处山顶，群山环绕，绿树成荫。凡事有利必有弊。这山，这树，也有让人头疼的时候。

每年秋季开学，教学楼后面的山坡下，野蜂纷纷出动，四处飞舞，寻找目标。一不小心，就有小朋友被它蜇了，疼得大呼小叫，"老师，我被蜂子蜇了。这儿，在这儿！"叫喊声让人听了心惊肉跳，凸起的红包块让人看了心疼不已。又是给孩子处理伤口，又是忙着和家长联系，每天都会上演这出故事。孩子在学校，安全由学校负责。出现了问题，我们就要解决问题。

班子会议的时候，我讲述了学生被野蜂蜇了的事故。要求总务主任鲜主任带领保安、男教师在教学楼后面寻找蜂窝，力争一锅端掉，以除后患。

刘书记既是班子成员，也是男教师。会后，他主动和鲜主任到教学楼后面，看见杂草丛生，他说："鲜主任，你先用割草机把草割掉，我去叫其他的男教师。然后我们进行地毯式搜寻。"分工明确了，两人立马行动。

鲜主任割完草，学校所有男教师到场。他们排着一字形队伍，低着头，一双眼睛来来回回在地面搜寻，一双脚慢慢向前挪动着。往返了几次，没有发现蜂窝。"蜂窝也可能在树上。"有人提议。于是，他们又抬头，一人一棵树，寻找着野蜂老巢。但，都没有发现。

既然不能从根本上消除野蜂，那就只能做好防范。

大课间的时候，刘书记拿起话筒，说："最近有同学被野蜂蜇了。老师们很想把野蜂除掉，但是没有找到它的家。为了避免再次被蜇，我们要做好防范。首先，教学楼后面的窗子不能打开，打开了野蜂就会飞进教室，就有可能蛰同学。第二，我们要讲究个人卫生，野蜂总是喜欢肮脏腐烂的东西。如果你每天没有洗澡洗头，浑身臭烘烘的，野蜂就会找上门来。第三，我们学校文化是君子文化，培养出来的学生是君子学生。既然是君子，那么要坐有坐相，站有站相，要好好走路，不要蹦蹦跳跳。同学们，野蜂一般蛰的都是什么样的同学呀？""喜欢动的同学！"台下的学生异口同声地回答。"对！所以，我们最好一动不动，就算要动，比如走路，也要慢慢地走。"刘书记接过学生的话说。

　　我站在学生后面，一边听，一边想：刘书记的防范办法可真好，既教会了学生如何防范，又培养了学生良好的学习习惯和生活习惯，还巧妙地和学校文化、培养目标结合起来了。

　　如果每位教师在面临教育教学的时候，能够像刘书记一样开动脑筋，积极想办法，我这个校长，当得可多轻松呀！

学校管理，可以更心平气和一些

为了把教师社团做得更好，在舞蹈动作编排接近尾声的时候，主教练张老师建议把教师队伍拉到操场上去练习。因为操场正中央是一个足球场，有一个圆圈，舞蹈中正好有个造型是老师们围成圆圈，如果老师们站在圆圈上，队伍就非常整齐。再者，最后的演出也在足球场，可以提前熟悉场地。我觉得张老师的提议很好，就采纳了。中午训练的时候，她把队伍拉到操场上，讲解动作，示范队形，带领老师们训练了四十分钟。在这中间，我发现有几个女老师只要教练不说话，就躲到树荫下面去了，也有个别女老师把衬衣搭在头上，像印度女人一样。

是不是我的决策有问题，老师们才会用这种行为抵触？足球场正中央没有一点儿可以遮阴避阳的地方。中午的太阳虽不是骄阳似火，但是也有一点儿热量。我摸了摸头，头发在发烫。抬头看了看天，太阳晃眼的很，根本就睁不开眼睛。阳光照在身上，刺皮肤，但是不是很难受。人散之后，我找到刘校长，说了我的发现，建议以后中午不要再训练，更不要放在操场上。刘校长欣然接受了。

下班后，看到了五十多岁的胡老师给我的 QQ 留言："樊校长，我希望能把中午舞蹈练舞放到下午放学后，一是中午太阳太大了，晒得受不了。二是每天都有两位老师值日，人总是到不齐，练习效果不佳。三是像我这样身体不好的人，中午不休息，下午基本无法正常工作。今天我值日，中午完全没有休息，结果放学回到家，心里乱跳，躺倒在沙发上无法动弹。"老师们的建议必须第一时间回复，这是我对自己的要求。如果我不及时回复，以后老师就不会开诚布公给我提建议了。我马上回复："谢谢您的建议。您一定要量力而行，健康第一。您发现的问题我们已经想到了，我们今天中午班子讨论决定，社团活动在五一后会放到下午放学后进行。今天已经是星期四了，中途更换时间也不是很妥当。"胡老师回复："好的，行！"

是不是老师们太娇气了？正值五一放假，遇见了一位医生朋友，讲了这个故事。朋友听完后说："现在是初夏，太阳光有一点儿强。长期没有晒太阳的人晒了是头疼，特别是顶门心那儿皮薄，有些人一晒就头晕头疼。"原来，是我误解了老师们。

第二次再集合跳舞，正当大家伙儿兴致正浓的时候，胡老师说："我建议啊——"胡老师又有什么建议啊？该不会是建议不练了吧？马上就要展演了，不练习怎么能够整齐划一呢？我竖起耳朵听她的建议。胡老师说："我建议，张老师把舞蹈动作写在纸上。这样，我们这些学困生回家之后就可以对照纸条练习了。"我心中的石头落地，也为自己的胡思乱想感到愧疚。老师们都是向上向善的，都是想把事情做好的。瞧！我们的胡老师就一直在琢磨怎么把动作记住！她多可爱呀！想到了做笔记，想到了回家做家庭作业！回忆当年我学习开车的时候，也是经历了做笔记、背诵、操练这些环节的。也正是这些环节，让我操作熟练，一气呵成，考试及格，拿到驾照。既然胡老师这样建议，我们何不试一试呢？张老师马上按照胡老师的建议，做了笔记，分发给了每一位老师。按照笔记去操练，老师们动作更流畅，更有信心了。

通过胡老师的两次建议，我觉得，学校管理，可以更心平气和一些，可以把老师想得更美好一些。有些时候，我们太着急了，老师的话还没有说完，我们就简单粗暴地打断了老师的讲话，转移了老师的话题；有些时候，我们用"我认为……"来灌输我们的想法，让老师被动地接受我们的观点。让老师把话好好说完，充分采纳老师的建议，成则继续，不成改正。这样，学校领导和老师才能够齐心协力把学校建设的更加美好！

难忘的午餐时间

　　没有到艾家小学工作前，我一般不吃午餐。一是我习惯早餐吃饱，中午不饿，所以不用进食；二是趁大家都去吃午餐了，办公室安静下来了，赶快读读书，码码字。但是到了艾家小学，我迷上了吃午饭，从不落下，而且都是稳居进餐前三名。

　　这不，今天我又是第二名。我坐在圆桌最里面的位置，把盛满饭菜的碗放在桌上。其实，我一点儿也不饿，不想吃饭。我望着餐厅的大门，老师们端着饭碗陆陆续续进来了。有的眉开眼笑，有的愁眉苦脸，有的步伐轻盈，有的沉重拖沓，有的弄点儿菜就走，有的和我一样坐在餐厅里……每个表情每个动作后面都有一个什么故事呢？我猜测着，我期待着。

　　今天的午餐话题会是什么呢？会是谁发起的呢？谁会是主讲呢？……细细梳理和老师们一起团团坐，吃午饭，聊家常的内容，我发现我们的午餐论坛每次是有主题的，每次参与都让我大受裨益。这就是我为什么迷上午餐、期待午餐的原因。

　　没有想到五十多岁的肖老师今天成了主讲。他给我们分享的是"榜样的力量"。他说他上学的时候很喜欢模仿老师写字、说话，自己当了老师之后发现学生也喜欢模仿他。所以，他特别注意自己的一言一行。比如，给学生批改作业打钩，他都是小心翼翼、规规矩矩，因为他担心学生长大成人后不会打钩；他给作业写评语的字也是工工整整、一笔一画，他写的时候脑中就是学生背后模仿他写字的画面，他希望学生的字能够像他一样规范、美观。他说有些老师有口头禅，有典型的奇怪的动作，同学们课堂上暗暗发笑，课后戏谑模仿。金无足赤，人无完人。每个人都有缺点，但是身为教师，就要努力将缺点弱化，甚至改掉。他上课说话也有多余的语气词，为了提醒自己，他写在纸上，贴在教材封面上。

　　肖老师惟妙惟肖地、有理有据地讲述着。圆桌边的每位教师静静地聆听着。他们时而开怀大笑，时而陷入沉思，时而两眼发光，时而黯然伤神……听着肖老师一个接一个发人深省的故事，我也在默默反思自己：我还有哪些需要改进的地方？应该怎么改进？肖老师都快退休了，还这么严格要求自己不断进步，作为一个管理者，我应该更加严于律己，日臻完美，为学生和教师做好榜样。

一天天的接触，一次次的闲聊，让我一点点走近教师，了解他们，也激发了我工作的激情，滋生了"一定要为他们做点什么"的想法。当然，在这个过程中，我也被他们裹挟着前进，被他们点燃成长的梦想，被他们激励超越自己。

这样的午餐，让我难以忘怀！

这样的聚会，让我感恩前行！

管理，需要智慧

10月中旬，学校接到上级部门的工作安排，有9个红卡13个黄卡精准扶贫的任务。学校正好有22名一线教师。这22名教师中，有的是在哺乳期，有的是带病上班的老教师，有的是生于外地长于外地对艾家极不熟悉的教师。学校本来在2017年秋季学期人手就特别紧张，在人员紧张的情况下，怎么把这个任务安排下去？我思量了很久，觉得学校在确保安全的情况下，第一要务是教学。既然现有人员最大限度只能站在讲台上，那么，精准扶贫工作交给家校联系员来做就比较合适了。一是因为家校联系员的工作本身就在村里，面对的就是农户，艾家小学精准扶贫村就在艾家村，是他们的联系村；二是家校联系员也是艾家小学的一员，在艾家小学遇到困难的时候，他们有责任有义务为学校排忧解难。

和刘校长商量好后，由刘校长来召集学校6名家校联系员开会。由刘校长打前锋，摸底细，不是因为我胆小怕事，而是考虑到万一他们不配合工作，那就能便于我们再想办法，这样我们就有退路了。

会议上，刘校长首先组织大家学习了《点军区家校联系员考评办法》；接着，说了学校精准扶贫的事情；最后，坦诚了学校目前的困难和想法。一轮会议下来，结果不尽人意。6名家校联系员4名同意，剩下的2名是两口子，他们2人不仅自己不同意，还阻止其余的家校联系员为学校做精准扶贫的事情。

不做就不做呗！这有什么了不起的。他们不做，我们来做！多做一些事情总是有好处的。在这橙黄橘绿、层林尽染的秋天走出校门，到山间里，田野里去看一看，呼吸一下新鲜的空气，这是多么美好的事情啊。平常我们在学校里埋头苦干，精心育人，苦于没有时间锻炼身体，活动筋骨。这个活动正好，我们不仅帮助他人，而且健康自己。这等美事儿，我们何乐而不为呢？平时，我们的课堂教学有教材，有任务，有测试。我们做的有声有色的，心甘情愿的。现在，这个精准扶贫任务，既没有现成的教材，也没有考试。这是一件多么简单的事情啊！教学这件难事我们能够做好，精准扶贫这等易事我们更能够做好！我们立马召集全体教师大会，讲清楚精准扶贫的必要性和政治性，大家热血沸腾，摩拳擦掌，跃跃欲试。拿着精准扶贫的本子，直奔农户。

我们每一位一线教师在精准扶贫的时候，那两位不同意精准扶贫的家校联系员正在教育局诉说他们的苦楚。家校联系员负责人熊主任也是我们艾家小学的党代表。他听了家校联系员的诉苦，马上和我联系，批评了我不该让家校联系员做学校的精准扶贫事情。因为他们自己也有精准扶贫的工作。教育局张主席也给我电话，批评了我不该让家校联系员做学校的精准扶贫事情。我立马回答：我开始是这样想的，他们没有答应，我就没有勉强。这不，我们现在都在走村入户呢。见我这样说，张主席忙说：你们做得很好！

既然有领导都在批评我不该这么做，我也就没有必要这样做了。多年的管理经验告诉我，和领导对着干，是没有好果子吃的。我不想因为我一个人的意气用事，导致全校师生跟着我倒霉，我和刘校长说了我的想法。

第二天上班后，刘校长找到我，说他有办法让家校联系员帮我们完成精准扶贫的工作。他们能够帮我们，自然是更好。我不喜欢强人所难，所以，我给刘校长说，可以让他们去做，但是不能勉强他们，他们要心甘情愿。刘校长胸有成竹地点了点头。

第三天下午，刘校长把四位家校联系员的申请书及局领导的批示拿给我看，内容是这样的：

申请书

家校联系中心各位领导：

您们好！

我们是艾家小学家校联系员。由于艾家小学教师编制紧张，近期又有两名教师生病住院请假，人员显得更加不足。我们四位教师作为艾家小学的一员，看在眼里记在心里，自愿承担学校22户精准扶贫工作。对其他家访工作同样恪尽职守，不落下。

特此申请！

望领导批复为谢！

×××

这样的结果，很出乎我的意料，细问刘校长是如何做到的，刘校长一五一十地说开了。通过打听，刘校长得知家校联系员喜欢自由自在的工作方式，不喜欢固定的、琐碎的工作，比如，每周一的全体教师大会，每月的班主任工作会议。如果他们承担精准扶贫的工作，每周的全体教师人队和每月的班主任工作会议就不用全部参与。人和人之间情感是相互的。他们大力支持学校的工作，学校一定也会大力支持他们的工作。除此之外，学校必会在区教育局领导面前大力表扬他们的工作，他们则会名利双收。刘校长和他们摆事实，讲道理。家校联系员本是教师出生，很明白事理。所以，他们就写了申请书，提交给局领导，局领导为他们的行为深受感动，学校的困难也迎刃而解了。

通过这个事情，我总结出：

第一，做事情一定要有决心。艾默生说过：一个朝着自己目标永远前进的人，整个世界都给他让路。有了决心，不怕没有做不成的事情。这件事情的成功，归功于刘校长的坚持。

第二，做事一定要知己知彼。言外之意，一定要做好方方面面的调查。毛主席说过：没有调查就没有发言权。没有调查，没有了解他们的喜好，也很难把事情办好。

第三，做事一定要有智慧。刘校长在处理这件事情的过程中，因为有着智慧，所以，最后的结局是皆大欢喜。

选择和谁在一起很重要

经过 2017 年春季学期的观察，2017 年秋季学期学科选岗的要求，这学期的中层班子，我做了略微的调整。以前任办公室主任的姚老师这学期轮岗到教务处，新教师屈老师主动要求做教务员的工作。屈老师是一位经验丰富的老教师，曾经在教育强区伍家岗中南路小学任校长。姚老师年轻，没有做过教导主任的工作。

在近一个周的工作中，我发现，姚老师有一点儿安排不动屈老师。属于教务员的工作，姚老师去安排的时候，屈老师总是找出很多的理由来拒绝，这让年轻的姚老师很是左右为难。事情总是要完成的，你不做，那我来做吧。做着做着，姚老师发现自己分身乏术，心有余而力不足。紧接着，姚老师因为事多人手少，事情完成不了，而焦躁不安。心情不好，牢骚自然也就多了。牢骚多了，就影响了中层办公室的工作氛围和办事效率。

为什么会出现这种情况呢？

一、学校没有尊重教师的需求。在选择和谁搭档的时候，学校没有尊重老师的个人意愿。在当初安排这些岗位的时候，我更多的考虑是谁愿意做，谁能够做好。其他的就没有多考虑了。就正如两口子过日子，如果终身伴侣不是自己自由选择的，而是父母之命，媒妁之言，这样的伴侣能够长久吗？可能！会很悬！如果让老师自己选择的话，姚老师可能会选择年轻的合作人。如果是让屈老师选择的话，也许她会选择能力比她强的人。因为彼此不是自己的意中人，日子自然过得别扭，彼此难受。

二、学校没有及时指导。姚老师是教务新手，很多工作她不是很熟悉。在开展工作的时候，她需要高一层领导的指导与帮助。如果这个时候，高一层领导的指导和帮助缺席，就让她无比惶恐与害怕。每一个人都有向上向善的一面，特别是年轻人更是如此。在她需要帮助的时候，高一层领导及时帮助，她也就有了力量和信心。自身底气不足，加上无人撑腰，她就感觉寸步难行。

基于以上原因，在下一轮的岗位设置中，我们应该这样做：正副校长是区教育局任命的，是不参加岗位设置的。校长聘任副校长，副校长聘任中层干部，中层干部聘任自己的手下。上一层领导公布自己需要的岗位、岗位需要具备的条件、工作职责及考核办法，下一层人员根据条件自愿申报，竞聘上岗，双向选择。人员定好后，或者在招兵买马前，根据区教育局核定的科室工作量给与科室，科室自行安排。如此，都是你情我愿的搭档，开展工作起来就比较得心应手了。而且因为实行捆绑式评价，两人的凝聚力和合作力也由此增强了。

菜汤泼到罗老师身上

今天我值日。午餐时分，我站在食堂就餐口维持孩子们排队就餐的纪律。

师生同一窗口就餐，为了错峰就餐，一二年级和第四节课没有课的老师可以在11点50分到食堂就餐。罗老师是一名五十多岁胖得走路都喘气的男老师。他来就餐的时候，正是孩子们就餐的高峰。

我听见队伍中有人讲话，我循声走了过去，听见罗老师"唉！"的一声餐队伍瞬间鸦雀无声。我看见罗老师粗粗的裤管从臀部到膝盖部位都湿淋淋的。罗老师正吃力的扭着脖子往后看自己的裤子。三年级的胡同学端着一碗热气腾腾的饭菜，尴尬地站在罗老师的旁边。胡同学是我的学生，平时乖巧伶俐，非常讨人喜欢。该不会是胡同学把碗里的汤泼到罗老师的身上了吧？往胡同学的碗里一看，果不其然，她碗里没有一点儿汤。这大热天的，地表温度四十多度，师生都还在按部就班学习和工作，心里的火气本来就随着温度噌噌地上升。换了谁，干干净净的衣服被泼了菜汤，都会火冒三丈。罗老师该不会不由分说，对学生发脾气吧？我正担心着。罗老师弥勒佛似的笑脸又出现了："你看你弄得，大家还以为我这么大年纪尿裤子了呢？"听了这话，孩子们马上明白罗老师是在自我解嘲，给自己和胡同学一个台阶下。大家咧了咧嘴，做了一个微笑的姿势，没有发出声音。在学生的注目礼下，罗老师费劲的走到食堂旁边的水龙头旁边，用手沾水，擦拭着裤子。学生可不能什么事情都不做啊？我轻轻拉了拉胡同学，悄悄对她说："快去给罗老师赔礼道歉，说一声对不起。"胡同学点了点头。她走到罗老师旁边，鞠了一个躬，说："罗老师，对不起！"罗老师一边洗去裤管上的菜叶，一边笑呵呵地说："没事儿。下次转身的时候，动作慢一点儿，看清楚了再转身。这次泼到我身上了没事儿，万一泼到一年级的小朋友的身上呢？"胡同学点了点头："我知道了，下次一定会注意的。"

不随便批评学生、不倚老卖老、不让别人尴尬，这就是艾家小学老教师的风骨，这也是我敬仰的老教师精神！

镇委书记来电话

为了保障学生上下学的安全，今年开学初，也就是二月底，学校请人在校门口画了斑马线。在画斑马线的时候，校门口唯一的住户——老陈两口子还来凑热闹，帮忙牵线，画线。

四月初，老陈两口子在校门口卖冰水、冰棒、雪糕。他们在学校铁门那儿呼唤孩子，孩子跑过去，一手交钱，一手交货。值日领导和老师发现了这个事情，觉得孩子们没有教育好，没有养成在校不带零食，不吃零食，不买三无产品的习惯。政教主任张老师在一次集合放学的时候告诉孩子们，现在气温不是很高，要注意饮食安全，不要吃冰的东西，更不能购买小摊小贩的东西。如果想要吃，回家让爸爸妈妈在正规超市里买了在家里大大方方、安安心心地吃。这一说，不得了，老陈的老婆马上跑到学校，吼了学生一顿，凶了张老师一次。从此，学校再无安宁。

首先是艾家镇镇委魏书记给我打电话，老陈两口子天天在镇政府坐着，要求解决问题，他们的问题是学校的斑马线晃了他们的眼睛，影响了他们的生活。我问："那您是怎么解决的？"魏书记说："学校能不能把斑马线画成白色的？"我毫不犹豫地回答："那不行！首先，学校是传道、授业、解惑的地方，作为学校，我们不能传授给孩子错误的东西。斑马线是白色和黄色相间的，如果画成白色，孩子就会产生误解，斑马线是白色的。走出艾家镇，孩子们看见不一样的斑马线，就会疑惑：究竟是学校的斑马线是对的，还是街上的是对的？第二，艾家小学现在声名鹊起，来来往往的人比较多。比如4月份，承办了宜昌市清明祭英烈的活动，来的都是城区教育局和宣传部的领导，给予艾家小学很高的评价；5月份，潜江市教育局一行人到艾家小学考察学习也是赞不绝口。如果我们把斑马线画成白色，下次到学校来参观学习的同行，会不会耻笑我们？当然，如果，镇政府硬是想换成白色的，你们可以换，学校不参与。这样，有人来访时我们可以解释清楚了。第三，也是最主要的原因，学校是要办人民满意的教育，这里的人民，指的是大多数，而不是少数人。我希望艾家小学培养的学生，是匡扶正义，明辨是非的人，而不是是非不分，向邪恶势力屈服的人。我相信，作为艾家镇政府最高长官的您，也和我怀有一样的希望，我不能在全体老师和学生都知道他是在无理取闹的情况下，向他屈服。我屈服了，老师和学生都会对我失望，我自己更不会原谅自己。因为，我为艾家镇，培养了一片垃圾。"

我的一番言语，让魏书记瞬间无语了。

作为一校之长，一定要坚定自己的立场：我想培养什么样的人？怎样培养人？不要因为外界的纷纷扰扰就放弃自己的立场和做法。只要是为师生成长发展着想，方向没错，做法没错，就要坚持！

教师们的建议

开学后我找学校总务主任鲜老师，一推办公室门，门把手下面脱落了，吓我一跳："这怎么像春晚小品《真假老师》情景再现啊？！"他说："教师办公室有几扇门把手都成这样了。我正想和你商量呢。我打算把门把手改一下，由斜着的换成横着的，然后在空余的地方贴上提示语。"他边说边在门上比画着。他边说我边想象着：按照他说的去做，不仅美化了办公环境，而且规范了所有人的言行举止。这么好的建议不采纳，那就是一个糊涂蛋！不到半月，办公室门旧貌换新颜啦。

LED 显示屏在教师办公室后面。每间办公室后面都有一扇大窗子，每次集会时学生面向显示屏，拍摄出来的照片总是怪怪的。前不久学校举行配乐诗朗诵活动的时候，胡老师建议：在显示屏下面安装一幅红色窗帘，既有舞台效果，又经济实惠。我觉得这个建议挺不错，马上和鲜主任说了。鲜主任立即找来几个商家进行询价，选择了价格最低的一家进行施工。瞧！挂上红色窗帘，舞台效果立马显现。孩子们有舞台感觉了，表现更带劲了，老师为孩子们拍摄的照片和视频更美观了。效果不错吧！

把学校当作自己的家来经营；把学生当作自己的孩子来培育；把同事当作自己的兄弟姐妹来对待。拥有这样的老师，是学校的幸运，也是学生的幸运。

借贴窗花之名

每次从老师们的办公室窗前走过，看见玻璃上厚厚的一层灰，我心里总是不好受。让老师们擦吧，摇摇欲坠的玻璃框，四分五裂的玻璃，让人无从下手，也担心教师安全。不擦吧，有碍观瞻，也影响对学生的卫生教育和健康。这件事情一直在我心里盘桓，琢磨着怎么解决这个问题。

临近元旦，学校应该有一个新面孔。应该有什么？现在提倡传统节日传统习俗，那就挂灯笼、贴窗花吧。我让总务主任到批发市场买了一些窗花，分发给各个老师，让老师们把窗花都贴起来。

会后，老师们高高兴兴地领了窗花，同一个办公室的老师琢磨怎么张贴。

下班的时候我发现每间教室、办公室、功能室都焕然一新，张贴上了漂亮的窗花。站在操场上，老师们指指点点的，评出张老师办公室的窗花最漂亮。她是怎么张贴的呢？牟老师叫来了张老师分享经验，一看张老师走近牟老师，其余的老师也自觉不自觉地走近了她。我也是一样。她笑嘻嘻地说："首先，把整个玻璃里里外外擦干净。不能只擦贴窗花的那个地方。要不然，就像脸上有牛皮癣，一块白一块黑的。贴窗花的那个地方尤其要擦得干干净净的，玻璃上不能有水。我的经验是用废旧的报纸擦，又干净又不沾水。第二，贴之前确定位置。用透明胶粘一点儿窗花的边，贴在玻璃上。退后看一看，看是否位置合适。不合适，把透明胶扯下来挪动，直到满意为止。我发现数学胡老师利用数学知识，用直尺和三角板画线、做记号，这样就更准确。第三，贴的时候一定要小心。用尺子把它擀平。这个环节不能太着急，慢慢的，便于随时修正。"

我不得不为张老师的机敏和聪慧点赞。班子会上我说了为什么要张贴窗花。全体教师会上把任务分给了老师们。都是成年的教师们有一颗不甘人后的决心。为了把窗花贴好，他们不耻下问、反复实践，事后还进行评价和总结。我的初衷和目的也在教师贴窗花这一活动中得以达成。

贴窗花让玻璃，变干净了；校园，变美丽了。

窗明几净，风景如画，心情就好了。心情好了，工作就顺心了。

做任何事情，都要用心。

从张老师的痛说开去

张老师是学校年轻的体育老师，同时也是学校的中层——政教主任。

上周，区体育课堂革命活动她参加上课之后，回到学校她一边哽咽一边断断续续地告诉我，她的课不是很成功，和以往相比，退步了。我安慰她：你哭，说明你已经知道哪些地方没有做好；你急，证明你想把事情做好。有时候越急越是糟糕。慢下来，给自己拟定一个计划，一个一个问题逐个击破。她含着泪点了点头，回家了。她回家之后做了什么，想了什么，又计划了什么，我不知道，也不想问。毕竟，一次不成功的课，对一个上进的老师来说，是一个不小的打击，是一个很痛的经历，作为校长，对待下属的失误要更能共情和包容。所以，我决定静观其变。

今天的教研活动，是分享自己如何培养孩子倾听习惯的做法。在这个活动中，张老师的讲述深深打动了我，震撼了我。经过上次上课评课一事，她仔细反思，总结出来：老师说的话越多，孩子越不爱听，课堂教学效果越差。所以，她决定改掉话多的坏毛病。她尝试着做了一些实验。三年级体育课前，她和覃雅茜——班上最懂事的孩子约定好，在老师上课期间，给老师计数，看一看老师上课说了多少句话。课后，覃雅茜跑过来告诉她，她一节课说了58句话。她当时惊呆了：在这节课中，她已经一而再，再而三地约束自己，让自己少说话。可是，尽管如此，她还是说了58句话。以前没有约束自己，肯定是比58句话还要多啊。这是一个多么可怕的数字呀。接着，她在第二个班、第三个班的体育课中做了相同的实验。她想看到自己的进步，看到说话减少的数字，看到孩子竖着耳朵聆听她说每一句话。

听见她讲述自己的教育教学故事，我仿佛听见了竹子在春天破土而出拔节的声音。

金无足赤，人无完人。人人都有短板，也就是人人都有自己的痛。有痛的时候，我们是一笑而过，置之不顾，还是头痛医头，脚痛医脚，还是追本溯源，对症下药？很显然，我们应该追本溯源，对症下药。当张老师觉得课上的不满意的时候，她不是听之任之，而是积极反思：为什么会出现这种情况？我还有什么地方可以改进？不断地分析，反思，她找到问题症结：老师总是担心孩子们没有听懂，反反复复讲。久而久之，孩子们放松警惕，走神，开小差，各种坏习惯养成，并且心安理得，宽慰自己：不要紧，老师还会再讲一遍的。老师讲得口干舌燥，疲惫不堪，学生两耳长茧，心底生厌，课堂效率自然是低下。如果老师想让自己的话变少，就会思考：我该怎么说，言语才会更精练，孩子们才会听得更明白？我是不是可以不说，让孩子们去说？如果让孩子们去说，怎么让他们去说？思考到这些，也就回归到了老师在课堂上要"精讲多练"，要开展"小组合作"，要把课堂还给学生等等理念。

但凡是敢从自己的痛开始研究，开始实践的人，最终，会走向自己所从事行业的顶峰。俞敏洪刚进北大的时候他不会讲普通话，全班同学第一次开班会的时候互相介绍，他站起来自我介绍了一番，结果他们的班长站起来跟他说："俞敏洪你能不能不讲日语？"他后来用了整整一年时间，拿着收音机在北大的树林中模仿广播台的播音，现在，他被邀到处演讲，成为一名名副其实的演讲家。

希望，我们每一个人，都像张老师一样，像俞敏洪一样，从自己的痛开始研究，开始实践。唯有如此，我们才会更快更顺利地走向成功！

开心的暖场活动

（一）传悄悄话

这学期开始，我要求，每周一的全体教师大会第一项议程为暖场游戏。暖场由学校35岁以下的班子主持，限时三分钟，不能重样，人人参与。

通过两个月的观察，我发现，游戏非常受老师们的欢迎。会前，大家翘首以盼，悄悄询问主持人今天是什么游戏。主持人一旦上台，辛劳了一天的老师们立刻精神抖擞，容光焕发，聚精会神聆听游戏规则，唯恐漏掉一个字眼，到时候出洋相。游戏中，老师全神贯注，屏气凝神，眼神随着游戏的递进而移动。一旦有人犯错，大家笑得前俯后仰。犯错的人也不介意大家肆意的笑声，憨憨的站在那里，任凭主持人给予惩罚。在一阵高过一阵的笑声中，开始了一周的例会。因为有了游戏的引入和铺垫，枯燥乏味的例会大家也不那么排斥了。

这不，今天的暖场活动是张静老师主持的，游戏名称是"传悄悄话"。这个悄悄话是不能发出声音的，只能用动作由一个人传给另外一个人，最后一个人站出来说出动作所表示的意思。参加会议的有17人，她把参会人员分成两组上台。第一组有七个人，顺序是：陈芳、我、郑艳、陈雪君、肖君芳（男）、姚白露、鲜军（男）。张静把写有动作的成语纸片给陈芳看了看，问她：记住了吗？陈芳点点头。陈芳转过头来，冲我笑了笑，又扭回了头。我很纳闷：这是什么意思？难道是回眸一笑？我慌了，唯恐错传了信息，问道："回眸一笑？"主持人张静笑了笑，调皮地说："请注意游戏规则，不能发出声音。"我马上悟出我猜的成语是正确的，于是照着陈芳的样子，回头对郑艳笑了笑，又回过头来。第四个人是陈雪君老师。每次的暖场活动她总是喜欢犯一些低级的错误，比如把乘法口诀表背错，比如把"正说反做"的游戏做成"正说正做"。这次，她格外小心，生怕担心自己再次犯错，她眼睛一眨不眨地盯着郑艳。郑艳回头对她笑了一下，回过头去。不过，这次郑艳在回头的时候眨了一下眼睛，这个细小的动作被陈老师看在眼里。她以为我们前面的人都是这样做的动作。她扭过头，对后面的肖君芳老师眨了眨眼，苦了苦脸。此时此景，全场已经笑岔气了。肖君芳老师是六年级语文老师，平时文质彬彬，不苟言笑。这时，他也是一本正经，以他多年教语文的经验，他认为陈老师是"挤眉弄眼"。他仿着陈老师的样子对后面的姚白露笑了笑，眨了几下眼睛。姚白露看见平常正正经经的肖老师今天做这个动作，忍俊不禁，笑得不顾平常的淑女形象，捶胸顿足。担心接力在她那儿断线，她马上回过神，扭过头，对最后一位老师鲜军笑了笑，眨了三四下眼。年轻温柔的美女老师对鲜老师这样，鲜老师早已眉开眼笑，手舞足蹈起来。主持人问鲜老师："你前面一个人对你做的动作用一个什么词语来表达？"鲜老师一副得意样："抛媚眼呗。"他话音还没有落，老师们已经笑得上气不接下气。

第二组传递的是"鸡犬不宁"。传到半路变成了"鸡鸣狗盗""鸡飞狗跳"，各种鸡叫声和狗吠声让大家笑出了眼泪。幸好站在最后的胡正荣老师虽说是数学老师，但语文功底深厚，对自己的理解坚信不疑，当主持人问他前面老师的动作用一个什么词语来描述的时候，胡老师毫不犹豫地说："鸡犬不宁！"在主持人高昂的"回答正确"声中，第二组兴高采烈、乐不可支地走下舞台。

在开怀大笑中，一天的烦恼也就无影无踪了，一天的疲倦也就消失殆尽了。

愿，在今后的学校工作中，我能够开展更多的活动，让老师们每天开怀大笑。

我不想看到老师们愁眉苦脸，唉声叹气，萎靡不振的样子。

我想看到，无论男女老少，都是开开心心，快快乐乐，健健康康！

（二）青蛙跳进水里

今天的暖场是由90后美女张晓芸主持的，游戏名称是"青蛙跳进水里"。

一群人站成一排，每人每次说两个字。例如，第一个人说"一只"，第二个人说"青蛙"，第三个人说"跳进"，第四个人说"水里"，第五个人说"扑通"，第六个人说"两只"，第七个人说"青蛙"，以此类推。有几只青蛙就说几个"扑通"。先从右到左，然后从左到右。

张老师把游戏规则讲述了一遍之后，大家都点头表示听明白了。她把全部老师分成两组，每组十个人，我在第一小组。第一轮，从右到左，大家反应都很快，语速很快，传得也很快。在从左到右的时候，传递的应该是"两只青蛙跳进水里"，传到我这儿的时候，一句话刚刚结束，我应该接着说"扑通"。不知道当时是怎么想的，我脱口而出"去了"。台上台下笑成一片的时候，我才明白我犯错了。我怎么犯了如此低级的错误呢？哈哈！大家开心就好。校长也没有必要在每个活动中都占尽风头。校长犯错，可以让老师们更加自信——我比校长强！按照规矩，犯错的自动出列，我笑着走上了自己的座位。咧着嘴，张着眼，观赏着后面的人继续玩这个游戏。在台下观察和在台上参加活动感觉完全不一样，台下的人大脑清晰得很，应该怎么说，怎么做，一目了然。可是，站在台上的人，可能因为紧张，可能因为爱面子的心理问题，注意力不是很集中，就很容易犯错。第一组说到十只青蛙的时候，台上剩下了三个人：孙洪波、姚白露、彭冬梅。这三个人就是第一组的获胜者。

第二组上台的时候，我们发现，他们做的比我们第一组要顺畅。可能是他们在台下仔细观察，吸取了我们的经验教训，也有可能是他们都是数学老师，本身计算的快一些。他们这一组，居然在说十二只青蛙的时候，产生了三个胜利者。一般来说，年轻人反应快一些，应该是胜利者。奇怪的是，这一组剩下的阮老师，今年55岁；罗友明老师，今年51岁；张静老师，不足30岁。看来，能否获胜与年龄无关，与心态有关。如果抱着玩一玩的平和心态，不在乎输赢，不追求完美，反而就会赢。

浸润在亲情的温馨中

学校教师在云上见面，每人分享了一道为家人做的美食。平时看见老师们在学校忙忙碌碌，风风火火，一副不食人间烟火的样子。没有想到回到家，来到厨房的老师们个个身怀绝技：姣姣的彩色汤圆，小向的奇异芋圆，静静的黄金蝴蝶虾，姚姚的阖家团圆，燕子的咖喱饭，小肖的孔雀开屏武昌鱼……一张又一张的美食图片让人垂涎三尺，不能自已。

而我最喜欢的是姣姣制作汤圆的画面。其他的教师制作美食时，尽管难度很高，工序复杂，色香味俱全，但均是一个人完成的，家人是享受者。姣姣制作的汤圆虽然比较普通，但是画风很温馨，她是和爸爸妈妈一起做的。

姣姣是学校比较年轻的语文教师，大学毕业参加工作还不到二年。我至今还清晰地记得她父母送她到学校上班的样子：父母全心全意为孩子着想，目标一致，行动一致，恩爱有加，女儿聪明伶俐，乖巧懂事，谦逊低调。在我心中，幸福的家庭就是这个模样。在工作中，姣姣乐于助人，做事暖心，很快得到了全校教师的好评，大家喜欢她，帮助她，成全她。很多教师和我说：幸福的家庭培养出的孩子就是不一样，他们天生具有幸福感染力。

姣姣和爸爸妈妈一起做汤圆前，他们首先开了家庭会议，一起商量做什么，怎么做，怎么分工，怎么展示。然后，他们一起去超市购物，回家按分工行事：洗、切、榨汁、揉面、备馅儿、包汤圆、煮汤圆、吃汤圆。妈妈是美食达人，是活动的策划者、指挥者、参与者。如果妈妈是老师，那么爸爸和闺女是学生，而且是乖乖的学生，在妈妈的带领和教导下，认真听讲，勇于实践，搓出来了一个又一个圆圆的，大小一致的，色彩斑斓的汤圆。妈妈也是一个优秀的激励者，看见谁有进步，谁有亮点就及时表扬。整个过程三口之家有说有笑，互帮互助，不是一个人在厨房手忙脚乱后的锅碗瓢盆叮当乱响。最后，吃着一家人一起做的汤圆，他们感觉格外香，格外甜。难道说，仅仅是汤圆香，汤圆甜吗？不！还有幸福的味道，家的味道，爱的味道！

　　为什么姣姣的脸上始终挂着幸福的微笑？那是因为她一直在幸福中浸染着。

　　新年，愿我们每个人都被幸福浸染着。

关于荣誉的思考

以前学校工作做得不出彩，无论是学校集体还是教师个人，上级给予的荣誉和机会比较少。最近学校工作频频得到上级的表扬和认可，机会多了，荣誉多了。面对这些机会和荣誉，很多教师都蠢蠢欲动，趋之若鹜。今天，我想谈一谈我对于荣誉的思考。

2017年2月宜昌市教育局要进行宜昌市级人才年度考核，作为宜昌名师的我，自然也要参加考核，准备了一沓表格和文字资料。看着自己一年来获得的各种证书和取得的各级荣誉，我以为自己会被评为"优秀"。证书，说明了我曾经做过了多少事，做事的效果怎么样。没有想到的是，我在区教育局就被评为"合格"。当初听到这个消息的时候，我很是诧异，很是吃惊：那么努力的我，那么多成绩的我，怎么可能是合格呢？我反思自己，是自己实力不够，还是人际关系没有处理好？思来想去，也没有找到答案。算了吧，不要无故寻愁觅恨，自寻烦恼。不过就是一个考核呗。既不涉及到金钱，也不影响自己荣誉。全国名师都评上了，为什么还要在乎区级考核呢？不要把所有的好事儿都揽到自己的身上，这可不好。作为一名名师，胸襟应该更宽广一些。没有想到，4月的一天，督导室刘主任电话我，说区教育局党组会议决定让我申报点军区五一劳动奖章，必须申报，不得商量。匆匆填完表格，写好材料，按时上交。五一前夕，在点军区总工会接受了颁奖。

2018年2月初，又要进行宜昌市级人才年度考核。去年的故事又上演了。无论我的材料分量有多重，证书有多厚，在区教育局里，我已经被贴上了"合格"的标签。这次，我坦然的很，给自己做工作都不需要了。2月底，区教育局人事科林科长电话我，让我申报点军区三八红旗手，也是区教育局党组开会研究决定的。听到这个消息，我第一反应就是：这个荣誉我不能要。早在2009年，我就被宜昌市总工会评为"宜昌市建功立业女标兵"。已经有了类似的更高的荣誉，还要这个荣誉干什么呢？我坦诚地说："我建议区教育局还是把这个荣誉给别人吧，有很多想要评职称的人就差这样的综合表彰。再说，我已经有了这样的荣誉。"林科长马上打断我的话："这是区教育局党组开会研究决定的。你还是填了这个表格，准备材料上报吧。"军令如山，我只有乖乖地照做了。三月，我被区总工会通知三八参加颁奖。尽管这个荣誉我不想要，我想，这也是领导的安排吧。

通过这两件事情，我觉得，不要太过要强去争一些东西，是你的就是你的，不是你的，争也争不来。领导自有领导的安排。我们做的，就是安安分分、规规矩矩、全力以赴做好分内的事情。在每一个不曾起舞的日子，都要埋头苦干，增强实力。在有舞台的时候，才能够做到"不鸣则已，一鸣惊人"。

敢批评你的人才是你的贵人

批评，也是一种服务。这句话是魏局长在今天的教学工作会议上说的，我很认同这个观点。关于这个观点，我讲两个故事。

第一个故事，是魏局长和周科长之间的故事。大家都知道，魏局长是区教育局的一把手，脾气不怎么好，喜欢批评人，很多人很畏惧他。周科长，年轻有为，心直口快，是行政审批科的科长。按照工作要求，魏局长每月要到区行政服务大厅驻窗，周科长要为他拍照留存资料。有一天，魏局长在驻窗前准备好，示意周科长可以拍照了。周科长拿起手机，看了看镜头，又看了看魏局长，严肃地说道："魏局长，背挺直。"魏局长像一个小学生接到了老师的指令一样，马上挺了挺背，抬起来头。周科长说："嗯，很好。这样就精神多了。"她把拍好的照片传给魏局长看，魏局长非常满意，笑着说："要是早有人像周科长一样给我指出问题，我也不会驼背了。这张照片拍得非常好，我要珍藏。"那一天，魏局长的嘴角都是上扬的。

第二个故事，是我和杨老师之间的故事。杨老师，是点军区中小学体育教研员，有点儿恃才傲物，桀骜不驯。我在教研室工作的时候，他和我在同一个办公室。一天中午，他对我说："樊小华，我要给你提一个建议。"当时我正在电脑前赶一篇稿子。从来没有一个人这样赤裸裸的说要给我提建议。他会给我提什么建议呢？我很是好奇，也很诧异。于是立马放下手头的工作，抬起头，望着他。他说："我听了你的很多发言，觉得你的观点都与众不同，让人耳目一新。但是，你知不知道？你的声音有一点儿尖，让人听了感觉不是很舒服；你说话的速度比较快，让人感觉不是很稳重。"嗯，他说的是事实。我看过自己的录像课和发言视频，深有体会。我问："我怎么改正呢？"他一直觉得他和我差距很大，我能说会写，高不可攀。见我一脸真诚地求助于他，他很高兴。他说："生活中，你说话的时候，放低几个音量，说话的速度慢一点儿，再慢一点儿。公众场合讲话的时候，也一样。你要时刻提醒自己。"我点点头，连忙说："好的，好的。"他笑了，指着我说："说话慢一点儿。你把你刚才说的话再说一遍。"我控制语速，说："好——的。"这时，他才点点头。在他不断的提醒和帮助下，我说话的音量低了很多，语速也慢了很多。在我的心里，他也成了我专业发展路上的贵人。

批评是真诚的爱护，批评是宝贵的支持，批评是崇高的奖赏，批评是珍贵的礼物！

受到批评，首先是一种被关爱的表现，说明自己还很有人缘，出了问题有那么多人关心你。其次，可使自己少走弯路，较快地走出生活或工作上的阴影，轻松地走向正常的生活。再次，可视作一种待遇，受到的批评越多，自己的失误就会越少，进步就会越快，成长就会越迅速。至此，可以对批评你的人说一句："谢谢"。能直言不讳地指出你缺点的人是你的大贵人！接受批评意见的过程，实际上是人们思想交锋的过程，是世界观、人生观、价值观的转变过程，是从自我否定走向新的肯定的过程，是我们的思想在洗礼中得到升华的过程。在这个过程中，我们从错误中吸取教训，从批评中汲取营养，逐步走向成熟，走向成功。严是爱，松是害。批评是一种严，因此，批评本身也就是一种爱，而且是一种高层次的爱。

批评是一种"忠言逆耳"，真正要做到"拉下脸"去批评一个人，批评一件事，是对被批评者的信任和寄予期待，也彰显出批评者的胸怀坦荡、光明磊落和真诚待人的优秀品质，这样的人是我们人生中的良师益友。

敢批评你的人才是你的贵人！

我愿做和事佬

早上，食堂门口是校园最热闹的地方。我每天早上都会在食堂门口待上半个小时，和前来就餐的孩子们聊聊家里的事情，班上的故事，也和老师们家长里短聊一聊。这个时候，我是他们的朋友，无话不说。

今天早上，牟老师一边吃早餐，一边和我讲昨天发生的故事。

昨天中午，牟老师想到四年级的学生还没有进行视力检测，吃完午饭就带领着学生在餐厅进行视力检测。她一个人，一边给学生指着视力表，一边做着记录。忙完了三四个学生之后，班上辅导员孙老师进来了，站在她的旁边看着。明明是辅导员做的事情，因为他不履职，她班主任只有帮忙完成。现在人来了，却像看戏的观众一样。她心中的火蹭蹭地往上冒，没好气地说："孙老师，你是来干什么的呢？"孙老师没有作声，继续扮雕像。牟老师说："你要么来指点符号、做好记录，要么来拍照，你不要来了什么事情都不做。"孙老师手足无措，抓耳挠腮，沉默不语。六年级调皮学生唐同学把这一幕看得清清楚楚、明明白白。他走到孙老师旁边说："孙老师，你这么大一个块头的男老师，也有挨批的时候呀。我以为只有学生做错了事情会挨批，原来老师做错了事情也会挨批啊。"孙老师猛地一抬头，冲着唐同学说："学校所有的事情都一视同仁，公平公正，谁做错了都要受批评。"唐同学本想看老师笑话的，被孙老师这么一说，自知理亏，闷闷不乐地走了。

牟老师说，我真是后悔，不应该当着学生的面批评孙老师。孙老师事情是做得不对，该批评。但是，孙老师比我年长，而且是一名老师，我应该尊重他，在学生面前给足他面子，比较明智的做法是我应该背着学生批评他。牟老师已经意识到问题所在，已经后悔莫及了。对于反思力这样强的老师，我们就不应该再批评她了。我安慰她说："我们和孙老师共事不是一两年了，他不是那种小家子气的人。放心吧，他不会放在心上的。"牟老师虽然点点头，但她的尴尬的笑容还是暴露了她的自责与不安。

牟老师和我聊这个故事的目的是什么呢？是倾诉？是后悔？还是想在我的面前标榜自己觉悟高，认错快？不！我认为都不是。她是认为我可以帮她的忙，可以帮她缓释悔意。举手之劳的事情，何乐而不为呢？

吃完饭，找到孙老师聊了聊，转述了牟老师的歉意。孙老师咧着嘴说："没事儿，没事儿，我压根儿就没有放在心上。"我看了看孙老师的眼神和表情，确认是认真的。我说了句："嗯，你真的很 man。"

走到牟老师办公室，复述了孙老师的话。牟老师连连向我致谢。

让教师之间和谐共处，是校长的责任和使命。学校不是校长一个人的，学校的发展也不能是校长一个人的进步。校长要带领所有教师成长、进步。如果教师钩心斗角，互为敌人，怎么谈到共同发展和进步？

"天时、地利、人和"三个条件中，"人和"是最为重要的。人心齐，泰山移。

希望教师们爱校如家，爱生如子，爱人如兄。希望学校一年比一年有进步。当然，前提是我这个领头羊或者火车头要做好。

孩子，你要开心；老师，你要爱孩子

上完课，我匆匆下楼。走到二楼，我瞥见一年级的一个小朋友跟在我后面。我没有停住脚步，继续噔噔下楼。因为穿着高跟鞋，担心摔跤，我两眼只顾着看脚下的台阶。我速度快，孩子也跟着快。

突然，左边传来一个男孩子稚嫩的声音："老师，您穿高跟鞋不能走得太快，否则容易摔跤。"我还是低着头，看着路，下着台阶："哦，谢谢你的提醒。"我没有停下来，孩子也没有停下来，紧跟我的步伐。

我走到平地，停下来，回过头，一个有着大大脸盘的男孩子站在我的背后，笑盈盈的看着我。我转过身，蹲下来，理了理他的上衣，问道："你是不是还有话对我说？"他点点头，停了一会儿说："您穿高跟鞋走不快。您不要着急，小心摔跤。"不知道小小年纪的他怎么知道这么多的事情，还这么暖心，太可爱了。

"你怎么知道关于高跟鞋的这么多知识呀？"我问。

"我妈妈经常穿高跟鞋，我妈妈对我说过，我也观察到了。"

"你一定很爱你的妈妈吧？"他幸福地点点头。"你妈妈在哪儿呢？"

"在郑州。"

"郑州离宜昌很远呢。你妈妈常常回家看你吗？"都是当妈的人，都希望每个孩子有人疼，有人爱。

"妈妈从去年到了郑州，再也没有回来过。"孩子突然黯然神伤。我意识到孩子的背后一定有一个悲伤的故事，马上转换话题。

"谢谢你提醒我，我喜欢暖心的你，我们一起照一张照片吧？"孩子高兴极了，开心地和我照了相。

回到办公室和孩子的班主任一聊，知道孩子的爸爸妈妈离婚了，妈妈到了郑州，再婚了。他非常喜欢穿高跟鞋的老师，因为那是妈妈的样子，妈妈的感觉。

孩子，无论妈妈在不在身边，一定要阳光，一定要开心。

老师，无论你是不是班主任，一定要爱孩子，关心他们，让他们健康快乐成长。

从学生的做来看教师的教

第一节课去教学楼巡视，发现一楼台阶前放了一辆崭新的轮椅。这是哪个学生的呢？TA 是怎么受伤的？现在情况怎么样？我一脑袋瓜子的问题。正在这个时候，下课铃响了，学生如放箭一般从教室里冲出来。有的径直去了厕所，有的去餐厅喝水，有的奔向操场，有的跑向教师办公室、有的慢慢踱着步子，欣赏着校园热闹的景象。三年级的小黄同学就是最后一种人。他走到我的面前站定，一双小小的单眼皮眼睛看着我，好像有很多话要和我说。

"小黄，你知道这是谁的轮椅吗？"我问。

"这是我们班上小肖同学的轮椅。"他用有着六个手指头的手指了指轮椅，不紧不慢地告诉我。听见小肖的名字，我脑子里马上浮想起她那瘦弱又胆小的模样。

"她是怎么受伤的呀？"

"她上个周末和爸爸妈妈回长阳的老家。在那里和小伙伴在马路上跑呀跑，突然有一辆小轿车驶过来，来不及躲避她，就把她的腿撞骨折了。"他一边说，一边做着在马路上奔跑的动作。这个时候的他，表述非常清楚，动作非常可爱，让人爱怜。

"哦。是这个样子呀。那她怎么下楼到轮椅上的呢？"

"早自习是老师和同学们扶的。这节课她的妈妈来了，估计她妈妈要背她下楼。"他关注的事情倒还挺多的。

"谁能推这个轮椅呢？"我很担心同学们看见学校多了一件新物件，争着抢着去坐或去推，谁受伤了都不好。

"我们班主任说了，这是小肖同学的轮椅，只能她的爸爸妈妈或者老师去推，其他人都不能动。"班主任肯定是强调了又强调，所以，一向调皮捣蛋的他才记得这么牢。

"班主任说了谁能坐这个轮椅没有？"

"说了，说了。这是小肖的轮椅，只能她坐。"看样子，班主任周一清晨就上了一节让同学们记忆深刻的安全专题课。我问什么，他才能答什么，而且还是标准答案。

"通过她受伤这个事情，你吸取了什么教训呀？"

"不能在马路上玩耍。哪儿的马路都不行。艾家的不行，长阳的也不行。"他边说边摆手。

"这是你得出的结论，还是班主任的提醒？"

"班主任说的。"他低下了头，不好意思地说。

"无论是你自己悟出来的道理，还是班主任说的，只要你记得，不违背它，我就要为你点赞。"想要知道教师在课堂上说了什么，学生们学习得怎么样，和学生聊一聊便一目了然，了然于胸。

在这里，我要为三年级班主任肖老师点赞。班上有学生发生安全事故，他第一时间召开安全专题会议，用身边活生生的案例教育学生怎样安全嬉戏玩耍，同学受伤坐轮椅了我们该怎么办。刻骨铭心的事件，不容置疑的要求，让学生记得住，记得牢。

教师是否按照要求传道、授业、解惑，问一问学生，看一看学生，便一清二楚。

用爱语结善缘

上学期为了让教师们安心课堂教学和培优辅差工作，学校精简了一些会议，尽量少开会，开短会，不得不开的会议我们采取了"精简人员，层层传达"的形式。通过一学期的运行，我发现有一些弊端。比如，如果参会人员理解能力有限或者带有抵触情绪参会，会后他向其他教师传递的可能就是背道而驰的会议精神，或者像瘟疫一样迅速蔓延的负能量。为了避免这种情况的发生，我们决定这学期沿用以前的周一召开全体教师会议的做法。这个通知，肯定是由办公室主任严老师来解释说明。

细细一想，这个话还真不好说。如果照搬我的原话，上学期参会的教师肯定会想：我牺牲了休息时间参加会议，又是做笔记又是发言，会后还要三请四催把教师集中在一起传达会议精神，结果还落了一个不是。吃了这个亏，上了这个当，今后学校的工作我一定不接受。如果不复述我的话，那将怎么说才合适呢？

严老师人年轻，反应快，再加上她心理学学得杠杠滴，她一定会有办法的。

果不其然，开会前她说："老师们，经学校班子开会研究，上学期开会方式增加了参会人员的工作量和压力，影响了他们的正常工作，增加了他们的工作难度，所以，学校决定恢复以前的集会模式。"瞧瞧，这话多有水平，既肯定了参会人员所做的工作，理解了他们的不容易，又宣布了今后的做法。让学校和以前的参会人员皆大欢喜，顺利步入正轨。

严老师解释说明的话语，使我想起了"好言一句三冬暖，恶语伤人六月寒"这句话。这句出自《增广贤文》的谜面，告诉我们要学习用"爱语"结善缘，很多时候，一句同情理解的话，就能给人很大安慰，增添勇气，即使处于寒冷的冬季也感到温暖。而一句不合时宜的话，就如一把利剑，刺伤人们脆弱的心灵，即使在盛夏六月，也感到阵阵的严寒。

在工作和生活中，我们如果多用"爱语"，工作会更顺利，生活会更甜蜜。

一路上有你们

学校外面是密密匝匝的农户。只要领导走访他们，谈及学校，总有人说学校操场周围的樟树遮天蔽日，影响了庄稼的生长，导致了收成不好。樟树是学校教师在建校之初种植的，到现在已有三十多年的历史。这片郁郁葱葱的树林，见证了学校的发展，方便了师生夏季运动，搭建了师生一起劳动的平台，提供了师生交心谈心的场所。除掉这些树木，对学校而言是极为不妥当的。如果任其发展，树根延伸，又将院墙不保，跑道裂缝，产生新的安全隐患；校外农户又对樟树怨声载道，处处讨说法，僵化了学校与村民关系，滋生了新的矛盾。于人于己，是该给这些树木修剪修剪一下了。

学校总务主任鲜老师找绿化、市政等专业机构咨询，因树木多，树干高，紧邻农户房舍，作业耗时长，难度高，费用要三万多。一所农村小规模学校，哪里有这么多经费办这件事情呢？因为经费，这事儿一拖再拖。

上周，村民找镇政府领导，镇政府领导找区教育局领导，请求解决树木过于繁茂影响作物生长的问题。作为当家之人，我焦头烂额，找不到两全其美的办法，前天和鲜主任说了我的苦恼。

今天早上第一节课，操场上传来了电锯的声音。循声过去，鲜主任带领着保安正在修剪树枝。他举着长达七米的修枝剪，慢慢地伸向影响学生活动的树枝，拉动绳索，锯子开始来回锯动。树枝开始摇落，随着锯子的继续工作，树枝缓缓落下，着陆在安全地带。完成这一系列的动作，需要始终昂着头，目不转睛地盯着工具和树枝，还需要一定的臂力和技巧。每当树枝落地，鲜主任总要低一低头，扭一扭脖子，甩一甩胳膊，估计是累了。两位保安见树枝落下，一位保安去把大树枝上的小树枝砍下，另一位保安推着小车，把大树枝和小树枝分门别类运走。一切是那么的井然有序，配合默契。

在鲜主任稍有空档的时候，我问："这些工具是哪儿来的？"他看了我一眼，笑了笑说："我买的。"我明白，他笑是因为他不好意思，没有和我支会一声便把工具买了。他接着说："上面不是催着把这些树木处理一下吗？询价费用那么高。学校哪里出得起这个钱呢？买工具，自己动手肯定要便宜一些。"我看了他一眼，很感激他把学校当成自己的家，用最少的钱办最漂亮的事情。估计他认为我心疼钱了，连忙说："工具的费用不贵，所有的加起来一千元左右。"我接着问："保安帮忙的费用你怎么处理的呢？"尽管学校经费不足，该给的还是要给的，不能克扣员工费用，这是我一贯坚持的原则。他说："我说请他们帮我私人的忙。他们就愉快地答应了，他们不要钱。"我知道，他经常去保安室和他们聊天，他们关系处理得比较好。我说："你们要注意安全。安全是第一位的。"我可不希望我这么尽心尽职的员工受一点点伤害。他点点头，说："我知道。我规定了，我在现场他们才能动用工具。使用工具前，我给他们进行了培训的。我干最危险，难度最大的工作。他们只是配合我。相对安全一些。"我点点头。

　　学校各方面工作能够顺风顺水地开展，全得益于一群把校当家的伙伴们。学校条件有限，经费不足，他们不等不靠，自己动手，丰衣足食，做了一件又一件不可思议的漂亮活儿。他们的这股"艰苦朴素，自力更生"的精神，也激励着我不断开动脑筋，发动群众，广开言路，献计献策，为学校发展，学生发展，教师发展贡献每个人的力量。

　　身在这群小伙伴中，我是何其有幸！

　　与这群小伙伴同行，我更加信心百倍！

风雨中

今天学校举行了"百年党史学起来，健康快乐动起来"趣味运动会。

最让人感动和难忘的是开幕式。

开幕式刚刚开始，老天不作美，淅沥淅沥下起了雨。怎么办？是冒雨继续进行，还是等雨停了再开始？如果按计划行事，学生淋雨生病了怎么办？现在正是流行病高发期，一年级上周因为有四人确诊为咽峡疱疹停课一周，今天刚刚复学。他们年龄小，免疫力低，最容易生病，我将目光投向一年级。他们个个精神抖擞，站得笔挺笔挺，一幅"万事俱备，只欠东风"的模样。再看看其他年级，也是如此。《曹刿论战》中说："夫战，勇气也。一鼓作气，再而衰，三而竭。"仪式刚刚开始，学生的情绪刚刚被调动起来，如果暂停活动，等雨停了再开始，学生的士气还能像此时一样高涨吗？我们运动会的初衷是什么？还不是为了让学生在情境中模拟红军为了党和人民的事业，不畏艰难险阻，勇往直前。如果我们遇到一点点困难就望而却步，听到少数人的抱怨和责备就止步不前，那么我们培育的就是温室的花朵，他们将经不起日后的风吹雨打，千锤百炼，不能成为国家栋梁。今天这雨，是为我们创设更加真实的环境，让我们更加紧密团结，克难奋进。

雨，时而如豆大，时而如牛毛，时而如烟雾。

六名鼓手站在前面，如同被点了穴位，一动也不动。雨淋湿了他们的头发，顺着发尖往下流，没有一个人伸手去撩拨一下。睫毛上落满了雨珠，眨巴一下，雨水就顺着脸颊流下来了。五位评委教师坐在前排，任凭风吹雨打，始终挺直了脊梁，伸长了脖子。国旗方队的同学如同平时训练一样，英姿飒爽，蓄势待发。运动员方队和裁判方队整齐划一，只等一声令下。

鼓声阵阵，直捣人心，催人奋进。一个一个方阵有序入场，齐步走，喊口令，展示节目。一个环节接一个环节，一个团队比一个团队表演精彩。

在风中，我们砥砺前行！

在雨中，我们攻坚克难！

何其有幸，与你同行

　　一天上午，我经过胡老师办公室的时候，听见她正在打电话。我刚刚进办公室坐下，胡老师就敲门进来了。胡老师站在我办公桌前面，看着我，笑着说："樊校长，今天镇派出所到学校检查安全了。他们要求学校门口再安装两处减速带，八月底必须整改到位。"又是需要花钱的地方！钱从哪儿来呢？我心里盘算着。转念一想，安装减速带应该是交警部门的事情呀，现在怎么轮到学校了呢？我正在琢磨着让其他部门来解决这个问题的时候，胡老师接着说："送走派出所工作人员，我就给区教育局董科长打电话了，说了派出所工作人员的要求和学校的困难。董科长建议我们去找学校所在村——刘家村支书想办法。我和他说，我和樊校长跟村支书不熟悉，开口了他不一定会答应。我就央求董科长和村支书联系。一则他们都是男人，说话方便，二则他们是亲戚，好说话，三则他们长期有工作联系。董科长听我这么一说，便答应了。所以，您也不用着急。说不准，董科长能够帮上我们的忙呢！您知道这个事情就可以了。"说完，胡老师就离开了我的办公室。

　　我一直在学校工作比较顺心顺手。以前还觉得是因为自己很不错。今天才发现，不是我有多厉害，而是因为有很多人替我负重前行了。比如胡老师，一位年逾五十的女教师，在安全管理员的岗位上兢兢业业，勤勤恳恳。一位普通的教师就能够站在学校的立场上来考虑问题，想办法解决问题。胡老师一生可能为自己的事情很少求过人，但是当学校有难题的时候，马上想到的是自己可以求谁解决问题，学校的事情重于个人的事情。这样的同事多了，我才倍感轻松。

　　我何其幸运，遇上这么一群把校当家的教师队伍！

　　又是何其有幸，遇上这么一群把同事当兄弟姐妹的同行！

为你们点赞

一天下午，区教育局办学水平评估小组到我们学校来检查。

早上7点10分，我到达学校的时候，三位保安师傅和罗老师已经把大小操场打扫得干干净净。我很诧异，不是通知八点钟做清洁吗？一位保安大叔说，早些做完，早些检查，有问题才会有时间弥补。我问他们什么时候开始打扫的。他们笑着告诉我，打扫面积大，五点多钟他们就开始了。我问他们对安排他们打扫卫生有没有想法。他们说，既然在一起工作，就要精诚团结，为学校做贡献。说得我心里就像夏天喝了冰镇饮料。

下午送走检查组领导，我和刘书记在我办公室讨论近期工作。办公室门开着，我看见办公室主任严老师和政教主任张老师在门外站着。我马上停止了和刘书记的对话，让她们两人进来。一向举止大方的张老师却往门边挪了挪，我在里面只看见她右边小部分身躯。她今天是怎么了？不仅不露脸，还用右胳膊挡住了脸。难道是最近安排工作比较繁忙，累了，心情不好啦？我再次说："你们两个进来啊。"张老师依旧如此。严老师笑着说："来，我拉你进来。"有了严老师的牵引，张老师进了办公室。这时候我才发现，张老师在哭！她不停地用右手擦着眼泪，不能自已。女汉子落泪，这是有多么严重的事情啊。我连忙问："怎么啦？"她只是一个劲儿地哭，不说话。严老师在一旁急了，说："这样吧。我来说今天检查我这边的情况。"严老师说领导检查了哪些资料，问了哪些话，她是怎么回应的。说完了，我们都看着张老师。张老师还是泣不成声，涕泪涟涟。

我给她递过一包抽纸，搜索着她的目光，问道："什么事情让你这么伤心呢？"她深吸一口气，克制住自己，断断续续说："我这边有问题。刘主任要看我们君子学生的评比方案，可是我只有2020年秋季学期的方案。刘主任说这不行，必须是2021年春季学期的。"说完，又泪如雨下。我笑着说："刘主任是逗你玩儿的。评选君子学生是我们持之以恒、最具特色的活动。这么重要的活动评比方案怎么可能一学期一个呢？""真的吗？"听我这样一说，她停止了抽泣，睁大了眼睛看着我。我非常有力地点点头，她见状，须臾露出了笑容。

无论我们的工作是否真的有问题，但我们每一位教师态度都是端正的，集体荣誉感是超强的，他们把学校的荣誉看得高于一切，只想为学校增光添彩，从未想过要为学校抹黑、扣分。

我要为学校每位教职工的集体荣誉感点赞！

做搭建舞台的人

上午年轻教师的情景剧表演真是让我大吃一惊，惊叹不已：她们不仅每个人表情动作相当到位，而且能够根据剧情的发展来添枝加叶，使内容更加生活化，情节更加吸引人。

小胡老师平时比较内向，话语不多，走路总是低垂着头，说话也是怯怯地。今天她一出场，就让大家眼前一亮。她没有带台词稿，很自然地走上舞台，一招一式都很得体。尤其是她的声音非常洪亮，让听众听得清清楚楚。

向老师平时斯斯文文的，一步一摇，一言一语都是淑女的样板。当然，也是她长期自律的体现，她是大家公认的淑女型教师。今天她扮演的是一个活泼有趣的教师。其实我们的脚本只有简简单单的几行文字，具体的动作和表情还需要自己揣摩。我以为她会放不下，会忸怩作态。没有想到她蹦蹦跳跳、眉飞色舞地出场，接着，小淘气一般拍了拍同事的肩膀，开始了她的台词。

还有很多年轻教师的表演都是可圈可点的。看着她们活灵活现的表演，我发现，我给她们搭建的平台，开展的活动真是太少了。

2019 年秋季学期中央党校（国家行政学院）中青年干部培训班 9 月 3 日上午在中央党校开班。中共中央总书记、国家主席、中央军委主席习近平在开班式上发表重要讲话强调，广大干部特别是年轻干部要经受严格的思想淬炼、政治历练、实践锻炼，发扬斗争精神，增强斗争本领，为实现"两个一百年"奋斗目标、实现中华民族伟大复兴的中国梦而顽强奋斗。

实践锻炼需要机会，需要平台。而我却认为她们当务之急是熟悉本职工作，做好教书育人的事情。刚刚走上工作岗位的她们哪里能迅速成为本专业的行家里手呢？课堂教学漏洞百出，班级管理一团糟。大会小会美其名曰帮助她们，其实也是变相地批评她们。长此以往，她们哪里还有自信？而这样的活动，让她们大放光彩，找回自信。

激励一个人成长的方式有很多。首先我们应该让她们相信自己，这就要从她们感兴趣、有特长的地方入手，让她们觉得自己能够把这件事情做好，也能把其他事情，如教育教学做好。其次，让她们由此及彼，触类旁通，进入教育教学的实践研究之中，从中找到乐趣。

年轻真好，错了可以从头再来。

舞台真好，可以让我们展示自己。

为了年轻人的成长与成才，我愿意做那个搭建舞台的人。

如果成功有捷径

一天，我们学校三年级学生开始了游泳课程的学习。我全程参与其中。尽管我认为我们前期工作做得很细致、很全面，但是还是发现了一些细节考虑的不缜密、不深入。比如校车出发的时间。开私家车从学校到奥体中心需要 30 分钟，9 点整开始上课，我们 8 点 20 分从学校出发应该没有问题。没有想到客车限速是 40 千米 / 小时，到达游泳馆已经是 9 点 5 分。进馆之后，学生集合，认识教练，更换衣服，又花了 20 分钟。

回到学校，我走进班主任肖老师办公室。肖老师说："樊校长，我正准备去找您的。您今天全程参加了我们的课程，给我们提提建议，便于明天工作开展得更顺利。"这样认真负责的教师，有哪个校长不喜欢，又有哪个校长会保留自己的建议呢？我问："肖老师，您觉得我们今天没有按时上课的问题在哪里？怎么去解决呢？"肖老师说："首先，我们出发的时间晚了。我明天打算最晚 8 点 10 分出门。第二，我们学生换衣服的时间长了。学生不熟悉环境，加上家长买的都是新泳衣，不知道怎么穿。我打算明天让学生在家里穿好泳衣，外套校服。到达游泳馆后把外套脱了就去游泳池，这样可以节约很多时间。第三，家长志愿者没有责任到人。四十名学生，四名家长，一名家长负责十名学生。我马上来给家长发通知，提要求的。您看我分析得对不对，方法是否得当？"肖老师五十多岁了，工作兢兢业业，勤勤恳恳，取得了不少成绩。现在还这么谦虚、上进！这样的老师，就应该帮助他，支持他！

我说："您说的也是我想说的。我给您补充一下，车上座位要固定，十天一样，不能更换。上下车要排队，鱼贯而入，不能拥挤。学生更换衣服速度慢，除了环境、衣服因素外，不会穿衣也是重要原因。所以，您还要强调家长在家要培养孩子学会穿衣，不能宠溺孩子，十来岁了还由爷爷奶奶帮着穿衣。"

肖老师一边听，一边做好记录。我不由得为他的认真细致所打动。

其实，在做事的过程中肯定会出现这样或者那样的问题，这很正常。只要我们向肖老师一样爱思考，会求助，一定会更快更好地走向成功的彼岸。越是藏着掖着，越是不能进步。如果成功有捷径，那就是站在巨人的肩膀上看世界。

被需要是一种幸福

今天全体教师正式上班。

忙忙碌碌一上午，刚在办公室落座，准备喘口气，肖老师推开门，探进头，环视了一下，走进来，和我笑着打了一声招呼，在我办公桌对面的一把椅子上坐下。肖老师黑了，瘦了，但更有精神了。我说："肖老师，您今天不是请假去考驾照科目三了吗？怎么又到学校来了呢？"肖老师说："我申请延后两天考试了。所以今天上班了。"我说："在工作上您尽心尽职，在学驾照上，您也勤奋刻苦，所以短短的时间您顺利通过了二门考试。"听我这么一说，肖老师滔滔不绝地讲起了他是怎么学习，师傅是怎么教的，其他学员比他年轻为什么没有通过考试。我笑着看着他的眼睛，一边听，一边点头。也不知道过了多久，门"砰"的一声推开了，胡老师走了进来，边走向我，边说起了安全隐患排查的事情。肖老师见状，连忙退出办公室。胡老师坐在肖老师刚刚坐的座位上，说她为什么设计这样的表格。我表扬胡老师考虑比较周到，做事比较积极，遇事有安全意识。胡老师随即绘声绘色地讲起了她身边的亲戚朋友因为没有安全意识上当受骗的案例。我安静地听着，想着。不知不觉，楼下的教师在喊"吃午饭啰！"我们才结束了会谈。

我越来越觉得自己就像一个家长。无论是比我年长的，还是比我年幼的，都喜欢和我说说工作的困难与收获，生活的烦恼与确幸。这种关系，让我感觉自己被信赖，被需要，心中有些许的美好与感动。

"爱管闲事"的保安

（一）蒋同学没有按时回家

放学时，我将孩子送到校门口，正准备返回办公室。胡老师问："樊校长，您今天不回家啊？"我停住脚步，笑着回答："是的。天气冷，桥滑，我车技不好，住学校安全。"门房杨师傅在一旁听见了，一脸真诚："樊校长，您在我们门房拿一个取暖器。这大冷天的，没有取暖器怎么过？"我笑着说："不用，不用。"他接着说："您不用担心我们呢，我们这儿真的有一个多的取暖器。"寒冬腊月，天寒地冻，取暖器是人见人爱，保安两人值班，一人一个是最好的。作为校长，我不能这么不明事理，横刀夺爱，我还是笑着拒绝："真的不用，我不喜欢用取暖器。"

回到办公室，正准备读书，电话响起。拿起来一看，是门房杨师傅！我不是说过了我不要取暖器吗？怎么又打电话了呢？按下接听键，只听杨师傅不紧不慢地说："樊校长，三年级的蒋同学因为伞丢了，到处找伞，没有赶上 512 路公汽，现在折回学校。我让他在门房烤火，我给班主任郭老师打电话了，郭老师没有接电话。我不知道蒋同学家长的电话，您能不能帮忙联系一下，让蒋同学爸爸来门房来接他？"他本是学校保安，学生怎么回家与他无关。此时此刻，他想到的是孩子冷不冷？今晚在哪儿渡过比较合适？他能够为他做什么？这么好的保安，到哪儿去找？我忙说："谢谢您站在学校角度来考虑孩子回家的交通问题，帮助学生和老师联系。我来想办法和他爸爸联系。"挂掉电话，我和班主任联系。果真，班主任没有接电话。我突然想起我在他们班级 QQ 群里，当初为了家校交流方便，每位家长加群时备注了"×× 家长＋电话号码"。在 QQ 群里找到他爸爸电话号码，告诉他爸爸具体情况。他爸爸很是感动，连忙说："好，我马上来学校接他。"挂掉电话，我担心杨师傅着急，给他电话："我已经联系了蒋同学爸爸。他爸爸马上来接他，谢谢您为学校做的一切。"他连说："应该谢谢您，帮我联系上了他爸爸，这下我就放心了。"

放下电话，接进另一个电话，电话屏幕上蹦出"杨师傅"三个字。因为对方还没有挂掉，我不便接他的电话。他的电话挂了，我收到一条短信："学生已接走。"

这是多么负责任的保安啊。现今社会，太多人本着"事不关己，高高挂起"的处事原则，混迹于世间。保安，在很多人的眼里是社会的底层，素质不高，工作简单，薪水不高。而我们的保安，从踏进艾家小学开始，把学校的每一个孩子当成自己的孙子，上下学时段保他们安全，课间陪他们体育运动，上课时段校园巡查。如果哪位家长给孩子送书送衣到校门，他一定会在课间准确无误地送到相应孩子的手中。他常说："帮助别人就是帮助自己。"良心使然，责任心使然，让他做了一件又一件的"闲事"。

这样爱管闲事的保安，家长、学生、老师都喜欢！

这样真诚助人的保安，哪里都欢迎！

《礼记·访记》中说："君子贵人贱己，先人而后己。"艾家小学的君子文化看来深入人心，把保安也熏陶成了"君子"。

（二）让我来教你们吧

学校开运动会，新购置了许多体育器材。其中就有铁环。

这么古老的玩具是怎么玩的呢？

先让六年级的孩子探索要领吧。他们年龄大，学得快。如果他们学会了就可以教低年级的学生。这样在短时间之内全校学生都可以学会。

可是，六年级的学生，无论是学习成绩优秀的，还是运动技能极强的，都不能让铁环滚动起来。学生很着急，站在一旁的老师也很着急——老师们也没有玩过这玩意儿。东西都已经买回来了，怎么办呢？

保安罗师傅五十多岁了，平时喜欢运动，常常和学生一起打乒乓球。远远地，他看到了这一幕，大步流星跨到操场上，麻利地拿起一个铁环和铁钩，把铁钩钩在铁环上，轻轻一推，铁环滚出去了，罗师傅用铁钩控制着铁环的方向，跟着铁环小步跑着。十米之后，罗师傅控制住铁环，用铁钩钩住铁环，挂在空中，迎着同学们惊讶与崇拜的眼神，走了回来。他用他那弥勒佛似的笑脸，和学生逐一打招呼："来，来，来，我来教你们！"仰慕的男神教自己，这是一件多么幸福的事情啊。平时非常调皮的男生，这时候也是满脸虔诚地走向罗师傅。罗师傅边示范边说："看，左手扶着铁环，右手拿着铁钩，钩住铁环。注意，铁钩一定要钩在铁环的下面，但是不能挨着地。"估计长期在学校工作，见惯了体育老师上课，罗师傅对怎么上课驾轻就熟了。他示范完了，挨个挨个看学生做得是否到位。没有到位的，他再示范，再指导。每个孩子都做到位了，罗师傅提高嗓门："看好啊，左手轻轻推动铁环，右手拿的铁钩不离铁环，控制铁环前进的方向，人跟着跑起来。记住，铁钩不能钩的位置太低，也不能太高。大家试一试。"有的孩子在罗师傅的示范下，一下就成功了。有的孩子没能够让铁环转动起来，着急地呼唤着罗师傅："罗爷爷，罗爷爷，快来帮帮我。"收到呼叫，罗师傅马上奔向需要帮助的孩子，耐心教他们。不一会儿，六年级的一批学生学会了，在操场上兴高采烈地追逐着铁环。罗师傅用铁钩钩住铁环，看着孩子们飞奔而去的身影，望着孩子们随心所欲控制着的铁环，又露出了他那弥勒佛似的笑容。

"让我来教你们吧！"罗师傅把自己看成是艾家小学的一员，把自己当成主人，觉得自己有责任有能力教好孩子。就是因为艾家小学有着许许多多像罗师傅一样有责任感的人，艾家小学的各项工作才被各级领导交口称赞。

一个团队，每位成员急人之所急，想人之所想，那么这个团队必将拉之能战，战之能胜。

做负责任的人

上午第二节课，我正在和一位教师说事儿。保安杨师傅抱着一沓厚厚的报纸走进了我的办公室，像以往一样，将报纸放在门口的茶几上。然后，站在原地两眼看着我，估摸着他有话和我说。我旋即停止和老师的对话，问道："杨师傅，您是不是有事儿和我说？"

"是这样的，开学初，总务主任鲜主任买了一些劳动工具放在储藏室，让我保管。上次六年级劳动课学生找我拿了 3 把铁铲和 1 把挖锄，结果他们用完了没有还。我今天在储藏室、校园和教学楼找了好几遍，都没有找到。我想问问您，您看见了没有。"杨师傅一脸严肃地说道。

"杨师傅，您看看茶几下面是不是有 3 把铁铲？"我一边说，一边用手指着。杨师傅顺着我手指的方向，马上看见了铁铲，两眼放光，脸上露出了笑容。他走过去，将铁铲拿起来，紧紧握在手里。

"杨师傅，您看看那个墙角，挖锄就在那儿。"我用手指着说。杨师傅立即走过去，一只手拿起挖锄，扛在肩上。

找到了失而复得的劳动工具，杨师傅高兴极了。他拿着工具，走到我办公室门口，停下来，转过身，对我说："樊校长，劳动工具有时候也可能变成凶具。既然鲜主任把东西交给了我，我就要保管好，不能让它们成为伤人的物件。"

"我为您有这样的觉悟感到骄傲和欣慰，我为您的责任心和使命感点赞。"我笑着说。

杨师傅低下头，不好意思地笑着说："这是我们应该做的。"说完，昂着头，满脸笑容地离开了我的办公室。

穆尼尔·纳素曾说过："责任心就是关心别人，关心整个社会。有了责任心，生活就有了真正的含义和灵魂。这就是考验，是对文明的至诚。它表现在对整体，对个人的关怀。这就是爱，就是主动。"是啊，责任是我们身上不可或缺的一样东西，是它让我们知道自己存在的意义。让我们一起学会负责任，让这个社会变得更加和谐，更加充满真情真意！

杨师傅的君子风范

12点30分，我正在电脑前聚精会神整理资料的时候，有人敲门，我说了一声"请进"。杨师傅推开门，伸进头，露出他那标志性的笑容，说道："樊校长，吃午饭了。"说着，他把四份盒饭放到茶几上。我忙问："您拿了没有？"他笑着说："拿了，拿了。"然后，退出办公室，关上门。

细细一想，杨师傅在学校当保安三年多，进入任何一间办公室前，他总是轻轻敲门，得到应允后慢慢推门进去，放下报纸或者物件后，总是退出办公室，轻轻关上门。三年来，我们老师们已经适应。只要有人轻轻敲门，大家不约而同地猜到是杨师傅。

学校的文化是"君子文化"。其实，保安杨师傅进门、出门、关门的言谈举止，给学生和教师也是一个示范，一个方向，一个目标。

"固执"的杨师傅

今天轮到我值班。7点多钟，到达学校。巡视校园，检查卫生，查看资料，一切妥当。我穿上红马甲，戴上小红帽，到校门口的志愿者服务岗。

门房当班的是杨师傅。见我走近，他滔滔不绝地讲起昨天的故事来。其实，对于昨天领导检查的前前后后，我早就一清二楚。但是我还是装作不知道，耐心地听他讲述。

昨天市局领导检查，杨师傅要求领导扫健康码、行程码，测温，登记，出示工作证。前面几个环节领导很是配合，一一落实。最后一个环节，出示工作证，领导有些生气——不知是真是假。领导说："我到这么多学校检查，没有一个保安让我出示工作证。"杨师傅执意要查看，毫不退让："您先让我按规矩办事。如果事后校长批评我不该查看您的证件，我再向您赔礼道歉。"领导不情愿地出示了证件。杨师傅仔细查看了证件，弯腰低头，伸出右手，做出"请"的姿势。领导进校，一番查看和询问，对学校工作比较满意，高兴地出了校门。领导走了，杨师傅心里却一直忐忑忑忑：领导该不会因为我的不当要求而迁怒于学校吧？

杨师傅当着我的面，把他的疑惑说了出来。如果我不给出一个肯定的答复，估计他寝食难安。我笑着说："您做得非常好。领导是明事理的人，他表面上不高兴，心里暗暗地在为您点赞——您是一位负责任的保安。"杨师傅听了，咧着嘴说："您不批评我就行了。""您是大家的榜样，守土有责，守土尽责。表扬都来不及，哪里会批评您啊。"杨师傅低下头，扭了扭脖子，不好意思地笑了。

任何人，无论男女老少都喜欢表扬，有时候一句话就足够。作为管理者，要好好利用表扬，充分调动员工的积极性和主动性。

可敬可爱的罗师傅

午睡铃声响起，热闹非凡的校园顿时安静了。批改作业完毕，我头昏脑涨，昏昏欲睡，大脑似乎在说：我累了，需要休息了。我拿过枕头，放在办公桌上，脸贴在枕头上，一会儿就进入了梦乡。

迷迷糊糊的，感觉办公室有响声。我极不情愿地抬起头，睁开眼睛，发现门房罗师傅双手正忙不迭地去扶摇摇晃晃，发出声响的撮箕。他的左胳膊上放着一沓厚厚的报纸。原来，是他放报纸时不小心碰撞到了桌旁的撮箕，撮箕发出的声音。他发现我睡眼惺忪地看着他，尴尬地笑了笑，蹑手蹑脚地出去了。本来就是一个膘肥体壮、动作幅度大、走路带风、行动起来就地动山摇的中年男子，这个时候为了不发出任何声响，影响他人休息，却像一个滑稽的小丑，咧着嘴巴，抡着右胳膊，轻轻地提腿，又轻轻地落脚。一系列的动作就像让人在看一部无声电影。一时间，我觉得罗师傅是那么的可爱与可敬。

就像《查令十字街84号》中说的一样：人与人之间就如小夜灯，一开始，也许我们并不知道彼此的存在，但你如果向外界亮起光芒，一定会被别人捕捉到。

罗师傅就是那道光芒，经常温暖着我们师生，照亮我们前行的道路。

点亮孩子的心灯

今天我值日。中午站在食堂门口维持秩序，所有学生快要打饭完毕的时候，三年级的子悦急匆匆赶到，站到队伍后面。这个孩子因为家庭原因有着很多的坏习惯，让教师们头疼不已，学校这学期为他召开专题会议多次，他的父母三天两头往学校跑。我们尽心尽力，家长勉强配合，他略有改变。

学校按照年段错峰就餐。三四年级就餐的时候，我看见他来打饭了。五六年级就餐的时候，他怎么又来了呢？难道他把刚刚打的饭菜倒了？还是不小心泼了？如果饭菜泼了，他至少应该手里还有一个饭碗呀？他手里空空如也呢。

"子悦，你怎么又来打饭啦？"我问话的语气不好。

"樊老师，我们班的××同学脚受伤了，不能来打饭，我来帮他打饭的。"他目光柔和，表达流畅。

"你自己的饭吃完了吗？"

"没有。我正在吃饭，听同学说他在教室里，没有打饭。我就放下碗筷，拿起自己的饭卡来食堂了。等我把饭端给他，我就接着吃去。"他看着我说。他一双小小的三角眼看起来可爱极了。

"好。老师要表扬你乐于助人，希望你今后做什么事情都能像今天一样，站在他人的角度来想问题，做事情。这样，你就成了一个人见人爱的好孩子。"我看着他说。他抿起薄薄的嘴唇，仰着头，看着我，点点头。

问题再多的孩子，身上也有闪光点——只要我们有一双善于发现的眼睛。用心观察，用心点拨，总能点亮他的心灯。

越狱的泥鳅

早上上班，刚走近办公楼，一年级的几个小朋友围过来，叽叽喳喳地说："樊校长，樊校长，水缸里的泥鳅跳出来了。"有的在和我说话，有的在拉我的衣角，有的在给我指方向。为了丰富学生的课余生活，学校买了三口水缸放在餐厅和办公楼之间。水缸里养了莲藕、泥鳅、鳝鱼、金鱼、水草。课间和饭后，学生们常常三五成群地围在水缸周围指指点点，说说笑笑，热闹非凡。水缸里生物和植物的细微的变化都逃不过他们犀利的法眼。

"跳出了几条泥鳅？还是不是活的？"我问。他们不说话，有的推我，有的拉我。

在他们的簇拥下，我来到中间的水缸前。因为连接几天的阴雨连绵，水缸里的水满了，估计泥鳅就是趁这个机会跳出了水缸。一条泥鳅在水缸外的水湾里一动也不动，该不会死了吧？学生这么喜欢观察水缸和围着水缸聊天，如果水缸里的生物或者植物死了，我们还是再买一些吧。我这样想着的时候，四年级的小明同学顶着一本作业本冲进雨帘，走到泥鳅旁边，蹲下来，用另外一只手去捉泥鳅。咦！泥鳅在雨水里快速地游来游去。原来，它没有死啊！小明的手追着泥鳅。我明明看见小明抓住了它，哪知道它一摆一摇，顺顺当当地从他的指缝间溜走了。泥鳅游到哪儿，小明追到哪儿。一只手怎么能够捉住滑溜溜的泥鳅呢？

"小明，把作业本放在老师办公桌上，两只手捉。"我对小明喊道。接着扭过头对旁边打着雨伞看热闹的小朋友说："你给小明去撑伞。"小明放下作业本，跑到泥鳅旁边蹲下来，撸了撸袖子，两只手指并拢、弯曲，朝着泥鳅轻轻一合拢，泥鳅捧了起来。小明迅速把泥鳅抛到水缸上空，泥鳅稳稳地落在水缸里。在水面挣扎了一下，迅速潜入水底，没了踪影。看热闹的小朋友一阵欢呼，引来了另外一些小朋友和教师。

有了一次成功的经验，小明越来越有信心。他径直走到最边上的水缸，找到另外一条越狱的泥鳅，用同样的方法把它成功地送回家。不到三分钟，两条泥鳅成功回缸，师生向小明投去赞许的目光。小明高兴极了，满脸成就感，迈着轻盈的步伐跑开了。

三个水缸，一年四季，一日两餐，给师生带来了无限的欢乐和精彩的故事。

你，值得拥有！

有爱，就有家

种植园的庄稼陆陆续续成熟了，师生们去那儿的频率也越来越多了。尤其是学校总务主任鲜主任，他去的次数多，待的时间长。

每天早上7点钟左右，他就到达了学校。他先在校园里溜达一圈，看看有没有异常。如果一切正常，他就手挽一个方便袋，径直走到种植园里的黄瓜地里，一双鹰隼一样的眼睛把黄瓜架上上下下、左左右右审视一番，把他认为可以吃了的黄瓜小心翼翼摘下来，轻轻放进方便袋。如果有哪根黄瓜没有站直或者没有躺正，他就像摆弄新生儿一样把他们纠正过来。侍弄完了黄瓜地，他也在其他地里，如辣椒地、苞谷地、空心菜地、西红柿地、秋葵地快速巡视一番，一切正常。他提着黄瓜走进教师办公室，在每张办公桌上放上一根带着露珠，小刺头还黏手的黄瓜。

下午晚托快要结束时，他再次巡视一番，在辣椒地里摘辣椒，在空心菜地里掐菜尖儿。然后平均分成几份，每位教师分发一小袋。下班的时候，教师们提着自种的新鲜蔬菜，迎着熔金似的夕阳，聊着家长里短，快快乐乐回家。

家里因为有爱自己的家人而让自己牵肠挂肚，魂牵梦绕。

学校因为有兄弟姐妹一样的同事而和睦共处，彼此成全。

有爱，家就在！

有爱，情更浓！

人文作业，让老师爱完成

我希望我的老师满身书卷气，而又有生活情趣。所以，2017年秋的寒假，每位老师都有作业：读一本书，看一部电影，做一道菜。2018年春开学后先组内分享，然后校内分享。要求有课件，三分钟说清楚。

我们的方案如下：

艾家小学教师寒假"享受学习·享受生活"活动方案

一、活动目的

为进一步促进教师专业成长，让教师有系统地读书，同时也让教师享受职业幸福，特制本方案。

二、参加对象

全体教师

三、活动时间

2018年1月——2018年2月

四、活动内容及要求

（一）阅读一本书籍

选择一本自己喜欢的书，认真阅读，做好笔记（书上圈点），写好读后感（不低于200字）。开学第一次教研组活动时进行交流，每组评选出一篇读后感，选拔一人参与学校交流，参与学校交流的要求制作课件。

（二）观看一部电影

寒假期间，观看一部自己喜欢的电影。看后写一篇不少于200字的观后感。开学后第一个周末以组为单位上交教务处，每组评选出优秀观后感。推荐观看《地球上的星星》或《心灵捕手》，艾家小学QQ群下载。

（三）学做一道菜

可以是假期"别人向你学"，也可以是"你向别人学"的一道菜，必须是自己做成功的。按照自己做菜的步骤写一篇说明文下水文。题目自拟，字数不限，要求读后能让读者做好这道菜。开学第一次教研活动每组评选出一名最佳下水文。

五、奖励措施

被评选为优秀者，颁发证书，发放奖品。

今天是校内分享的时间。参与分享的老师提前将课件放在一体机桌面上。先是读书分享，然后是看电影分享，最后是美食分享。按照语文组、数学组、综合组的顺序逐一上台分享。

语文组胡老师分享的是她寒假读的《非暴力沟通》，这本书是2017年全球最畅销的书之一。胡老师结合书中的观点和教学中的一些事例来进行阐述，让老师们耳目一新。非暴力沟通包含四个要素：观察，感受，需要，请求。观察，即我们此刻观察到什么？清楚地表达观察结果，而不进行判断或评估。感受，表达此刻观察给自己带来的具体的心理感受。需要，体会是内心的哪些需要（或价值、愿望等）导致产生那样的感受。请求，为了改善此刻情况，我的请求是什么。在教育教学的过程中，为了让学生心悦诚服接受自己的观点或者建议，老师要多采用观察性语言，少用评论性语言。感谢胡老师让我们认识了一本新书，掌握了一些教学经验。

胡老师的分享，让大家醍醐灌顶，豁然开朗。尽管她分享完毕，但是大家还沉浸回味在她的话语之中。以至于轮到数学组王老师分享，王老师还端坐在座位上沉思。王老师是一名数学老师，平时不爱读书。这次上台分享读书，出乎我的意料之外。他坦承了自己不爱读书、爱玩手机的坏毛病。但是为了培养和教育儿子，寒假他和儿子约法三章，率先垂范，和儿子一起读了曹文轩的《草房子》，并督促儿子写了一篇读后感，得到了儿子语文老师的高度赞扬。感谢王老师儿子语文老师的协作，让王老师拿起了书，读起了书。很多老师既是别人孩子的老师，又是自己孩子的家长。要求家长做到的事情，我们做到了没有呢？我们给自己的孩子起到了模范带头的作用了吗？这个寒假作业，让老师们作为家长更加约束自己。

闵老师是一名年轻的老师，年少的时候就特别爱读书。她和我们分享的是她一家人共读的白岩松的《白说》。分享了一些做人与处事的哲理：幸福像鞋，舒不舒服自己知道；又像百分百的黄金，可以无限靠近，无法彻底到达。有了感触不必立即表达，中间该有一段追寻的时间。学校的寒假作业，一家人来完成。学校的影响力该有多大呀！一家人共读一本书，边读边分享。既增长了学识，又增进了感情。

老师们的讲述，在我的脑中勾画出一幅幅读书的场景和画面。一所学校的老师们爱读书，这所学校还会差到哪儿去呢？

牟老师是一名语文老师，平时不爱看电影。为了完成寒假作业，和儿子一起看了我推荐的印度电影《地球上的星星》。因为是外语影片，她第一遍没有看懂，又看了第二遍。她带领大家温习了电影情节，说出自己的三点感受：多听听孩子们的心里话；多搭建平台，让孩子们体验成功的喜悦；因材施教，多思索让孩子们能够接受的方法。

我和大家分享的是《心灵捕手》。先介绍了 Will 和 Chuck，接着分享了印象最深的片段——Will 和 Chuck 在工地的对话。然后是分享片段理由——真正的朋友，是发自肺腑地希望对方过得好。

看来，优秀影片的影响力是非常大的，比很多的说服更有效果。

张老师是一名 90 后的独生女。她分享的美食是《糖醋排骨》。糖醋排骨是一道家常菜。会做的人大有人在。这个看似不食人间烟火的小女孩真的会做吗？张老师边讲述边播放 PPT。从 PPT 上看来，这道菜确实是她亲手所做，而且做成功了。在大家惊讶的眼光和惊喜的掌声中，张老师走下来，数学组的彭老师上前了。彭老师曾经是学校的事务长，食堂管理得井井有条。食堂师傅的菜做的是师生称赞，她自己做菜的水平怎么样呢？她分享的是《芙蓉鸡蛋汤》。她女儿做的，她负责拍照和品尝。这道菜做法简单，食材新鲜，食用健康，比 KFC 的便宜三分之一。她最后一句"谁想品尝，我给谁做"让听众笑声不断，掌声不断。最后上来的是综合组的张毅老师，他是信息技术老师，经常在家给老婆儿子做饭。他分享的是《糖不甩》。他首先说，美食不是女人的专利，酒店的大厨一般都是男的。引得老师一阵欢笑。看了他的美食题目，大家充满了期盼：这是什么菜？怎么会甩不掉呢？等他讲完，大家奚落他道：你说的就是汤圆！给它取了这么一个名字骗我们听得津津有味！

在大家的嬉笑之中，寒假作业分享结束。从这个分享可以看出，老师们都很喜欢这样的活动，都认认真真完成了作业。尽管有些老师没有机会上台分享，但是他们听得都很认真，很享受，很有收获。

这个分享，也让我看见了老师们的另一面。我一直认为艾家小学的老师年龄偏大，不愿意接受新鲜事物。这个寒假作业是我今年开展活动的一块敲门砖，没有想到这个砖一敲，门就开了。门开了，我想做苏霍姆林斯基笔下的安娜·萨莫伊洛英娜，在我的带领下，走向教师专业成长之路，让更多的老师们有获得感。

感谢老师们的参与，感谢这次不经意的活动，让我更有信心筹划更多的教师活动。

一场活动带给我的思考

　　新版 PEP 五上第四单元 Part A　Let's talk 中有这样一个句型："We'll have an English party next Tuesday." "What can you do for the party？"有一天，大课间操的时候，班上英语课代表在同学们的簇拥下找到了我，问我这些句子是什么意思。看着孩子们期盼的眼神，我没有立即回答他们的问题，我眼光扫过每个同学的眼睛，揣摩着他们的用意。一个学生仰着头，望着我，小声问"Ms Fan，什么是 English party 呢？"是啊，对于我们农村的孩子们来说，无论是在家里，还是在学校里，几乎没有为孩子们举办过 party，孩子们好奇的天性促使他们到处搜寻答案。既然孩子们现在想知道，何不让他们亲身体验一下呢？于是，我和孩子们共同商定"举办一次 English party"。得知这个消息，孩子们高兴极了，我顺势引导他们："What can you do for the party？"孩子们兴趣十足，纷纷谈论自己的特长。原来，为孩子们创设真正的语言环境是如此重要，孩子们也渴望一次活动来丰富自己的生活。

　　既然要举行一次 English party，肯定少不了孩子们自编自演自娱乐，让孩子们站在中央，成为活动的主角。于是我倡议孩子们利用课余时间，自己编排文艺节目，形式不限，但要传递正能量。两周之后，英语组老师来验收，把关节目质量。明确要求之后，孩子们纷纷开始行动起来了：每天课间和午休时间，各班学生自发来到操场上编排节目。操场上少了一些追赶打闹的现象，多了一些三五成群的小队伍：有的班级开始排练"动感啦啦操"，有的同学自编自导自演小品，还有平时爱打闹的男生开始说相声。原来，只要是孩子们喜欢的、乐意的，他们都会主动排练，积极参与。

　　除了孩子们的文艺节目外，如果 party 中有一些小零食，孩子们可能会觉得轻松愉快，好玩更好吃。于是我又和孩子们共同商量零食的问题："自己买，自己带，自己吃自己的。""不行，这样就不能分享了。""而且有些人就会买很多，活动时就只顾着吃零食了。""大家一起买，平均分。"……孩子们"你一言，我一句"的商量对策了。"那该买多少呢"我又抛出问题，我们的目的不是要吃多少零食，只是为你们提供一种氛围。"那我们就每人交两元钱，请家长为我们统一购买吧，这样，大家都是一样的啦，就不会嫌多嫌少了，而且也能一起分享"聪明的小潼总会有办法，大家一致通过，当我在家长群中告知家长孩子们的想法时，家长们纷纷表示赞同，而且小辉的妈妈非常积极的承担买零食的任务，小潼的妈妈也主动申请午休时来收钱，有了家长朋友们的支持，零食问题迎刃而解了。

虽然本次活动以孩子们为主，但我们英语老师还是要为孩子们搭建好这个舞台：选拔主持人。我们的宗旨是让每个孩子都有展示的机会，凡是有节目的同学就不再承担其他任务，这样一来，我们在没有节目的孩子中间选出了两名双语主持人。

主持人——小辉，小俊分别是五年级的一名男生和六年级的一名女生，他们学习成绩中等偏上，但是不善于表达，这次正好让他们利用这次机会来学会表达，展示自己。两位孩子都很珍惜这次机会，积极认真准备：每天课间和午休时间，他们主动拿着主持稿，大声练习，遇到不认识的单词，他们或者自己查阅，或者寻求老师的帮助，相互合作，总会通过自己的办法来解决。

在国庆节前夕，一个阳光灿烂的下午，我们全校师生一切准备就绪，如期迎来了"English party"。伴随着清脆的《The more we get together》，欣赏着美丽的舞台背景，绚烂的气球，孩子们个个嘴角上扬，眼睛发光。校园里还多了一些客人：有关爱我们的社工人员和家长朋友们，食堂奶奶们也自发的为我们准备了广场舞，好不热闹呢。就这样，我们开始了孩子们期盼已久的、难忘的活动。

整个party由三个环节组成：自编自演自娱乐、英语趣味小游戏、幸运数字对对碰，所有环节交叉进行。

最精彩的要数"自编自演自娱乐"的文艺节目的展演了：本次party共有10个节目，都是三至六年级的同学们自己编排的，节目内容丰富多彩、形式多样：有三年级8个小女生自编的《牛奶舞》，虽然孩子们还小，动作不太整齐，但孩子们稚嫩的脸庞上洋溢着参与的快乐；有四年级7位女生自编的

《牛仔舞》，她们中有两位同学一直在校外参加拉丁舞培训，她们不仅自己跳得好，而且她们乐于分享，将校外学习的技能扩散到校内，她们自发组织班上的其他6名女生，每天午休时间耐心的教她们，指导她们，和着动感的牛仔音乐，孩子们释放着激情，着实让我们眼前一亮，不得不赞叹孩子们的多才多艺了。

还有六年级的两组相声，分别是一对男生和一对女生，让我惊讶的是这四位学生平时上课都不喜欢积极发言，不善于表达，但在这次活动中，他们模仿着相声演员，滔滔不绝，表情丰富，一颦一笑中为我们传递着满满的正能量：要好好学习，奋发向上，要为人正直，不能做不遵纪守法的事，据说有些台词还是学生自己想出来的，孩子们太有才了。

还有五年级8位女生的《动感啦啦操》也给我们留下了深刻的印象，8位女孩中有5位参加了暑期的舞蹈培训班，为了让更多的人参与进来，她们又组织其他三名女生，每天午间自发练习，相互学习，她们迷人的笑容，动感十足的舞姿，炫酷的造型，引来师生的一片喝彩。

最让我感动的是五年级小潼同学带领6位学生编排的小品《学会认错》，他们从日常生活入手，以孩子们经常犯错为题材，自己组织故事内容，自己准备道具，在第一次审核节目时因为小品不完整而没通过，但是这7位孩子利用周末又重新构思，悟出了道理"要学会认错，知错就改"，重新申请审核，正是因了孩子们喜欢钻研的精神，我们毫不犹豫的给了他们演出的机会，孩子们投入的演出，认真的说着每一句台词，感染了在场的所有观众。

最乐呵、最耀眼的当属食堂奶奶为我们带来的《广场舞》了，在一次吃早餐时，食堂奶奶听说我们要举行"party"，有学生演节目，便小心翼翼的问我她和她的伙伴们能不能来演出呢？"当然可以啊，你们能来最好啦！"我高兴得答应了她们，大家一起乐最好啦！活动那天，奶奶们早早的来到了学校，还请我们的音乐老师为她们化妆，看得出来，化了妆的她们虽然有几分羞涩，但是多了一些自信，她们精神饱满，热情十足，一下为我们跳了两支舞蹈，"夕阳无限美"真心喜欢她们的状态，愿她们每天都开心度过。

最让我们惊讶的是特邀一年级小朋友的动感拉丁舞，本来活动中没有安排一二年级的小朋友演出，但是听说一年级的小倩同学拉丁舞特别棒，于是我们特邀她来一段，小姑娘毫不怯场，有了妈妈给她的精心装扮，她尽情的展示着自己，将业余三年时间的学习成果展示给所有观众，同学们个个对她充满了敬佩，向她投去了羡慕的眼光。

Party 中我们还穿插着进行了两个英语小游戏。第一个是分班进行单词"萝卜蹲"游戏，从三四五六年级学过的单词中选取 5 到 6 个英语单词，每个班选 5 到 6 个学生，依次体验小游戏，让孩子们在游戏的过程中掌握英语单词。可能是第一次玩这种游戏，很多孩子还不太熟练，但是孩子们参与的热度还是比较高的；第二个小游戏是所有人员一起玩的"击鼓传花"游戏，我们将所有人员分成两组，家长、老师都可以参与进来，随着音乐传递玩偶，音乐停时，拿到玩偶的完成以下任务：一二年级的小朋友，可以唱歌、背古诗；三四年级的同学每人说出 5 个学过的单词；五六年级的同学说出三个英文句子，寓教于乐，乐不思蜀。

孩子们最期盼的是"幸运对对碰"，活动开始时，我为孩子们每人发了一个不同的数字，同时也准备了相同的数字在"幸运箱"里，每三个文艺节目演出之后，我们就邀请不同的嘉宾来抽取 10 名"幸运星"，为他们送上一点小礼品，将 party 一次次推向高潮。

就这样，整个 party 在孩子们边品尝着零食，边欣赏着丰富多彩的节目，参与着趣味互动的小游戏中欢快的结束了，孩子们玩得不亦乐乎，又开始憧憬着明年的 party 了。

活动结束时，我们对本次活动进行了表彰与总结。感谢了为本次活动付出辛勤努力的老师和同学们；表彰了优秀的文艺节目、主持人；布置了制作贺卡的实践作业；同时指出了在活动中暴露出来的一些礼仪问题：如何文明欣赏，如何鼓掌等问题，要求班主任老师利用出题班会时间对同学们进一步教育。

一次活动就是一门课程。在这次活动中，孩子们学会了怎样策划、准备、参与，更重要的是，通过参与体验这次活动，亲自制作贺卡，传递爱心，孩子们更加学会了如何"爱与被爱"，这也许就是当下我们所追求的生动课程、教育之美吧！

孩子，把我们紧紧连在一起

在本学期冬季趣味运动会上，有一场特殊的比赛——两组家校联合队的拔河友谊赛。老师和家长同心协力，身体向后一致倾斜，紧握一根绳，劲往一处使，不遗余力，争取最终的胜利。孩子们在一旁呐喊助威，诠释着最和谐的家校画面。

新年将至之时，艾家小学为了给学生们提供一个更大、更自由的展示舞台，节目以班级为单位，学生自主进行筹备。由于临近期末考试，各学科的复习紧张而有序，同学们很难利用有限的在校时间进行系统排练，于是班主任叮嘱同学们在家要勤加练习。二年级的家长们了解情况后，自发组织家距离较近的同学一起练习，给他们指导，为了提升表演的效果，家委会还购买了人物形象道具；四年级的家长们看到孩子们在练习跆拳道和拉丁舞，为了让他们的展演更加吸引眼球，家长相互联系，一致购买了专业服装；五年级的家长们为了使《白雪公主和七个小矮人》的话剧更动人，在家辅导孩子为故事进行配音，一遍又一遍地和老师沟通，使节目不断地完善……元旦汇演在师生们的期待中如约而来，每一个节目都让在场的师生和家长感到惊喜而有趣，每一个孩子的笑容和自信都让大家感觉温暖与欣慰。

陶行知先生说："没有家庭的协助教育，学校教育是办不下去的。"艾家小学近年来各方面稳步发展，与家长们的理解支持和默契配合是分不开的。我们深知，唤醒家庭、唤醒家长比唤醒孩子更重要，因此，艾家小学在推进家校共育工作上，一直在不断探索，为开创更加美好的家校共育蓝图而不断迈进。

一、建章立制，增强主人翁意识

学生在校活动以班级为单位，家长也应是一个集体，让他们融入班级管理之中，找到归属感，充分发挥他们在学校教育中的作用，因此，分级成立家委会是家校工作的第一步，并为家委会成员颁发家委会聘书。

自学校首届家委会成立以来，全体成员统一认识，明确责任与义务。家委会的职能除了目前现存于家长心中诸如帮忙收费、订校服等常规印象以外，更重要的是要关心、参与到学校管理、重大教育、教学活动中来，发挥家委会组织的牵头作用；协助学校调解家长与学校、教师之间的争议和矛盾；同时提升自己，更好的服务学生，创造良好的家庭氛围等等。学生校服订制、研学旅行、大型活动的举办等，都需要由校级家委会代表家长与相关负责人、基地、旅行社等进行事宜的商议和沟通，充分发挥他们的职能和社会能力。

每学期初，学校依据现状完善家委会组织结构和职责，建立健全校级家委会和班级家委会的组成和分工。通过家委会的协调配合，让家长积极参与到学校举行的各类活动之中，让其见证孩子的每一次成长，感受自己的每一次参与都是在为孩子创造更好的环境，不断促进家委会成员的主人翁意识。

二、榜样示范，转变家庭教育理念

自 2016 年习总书记提出"家风建设"以来，艾家小学开展了多次"传承好家训，培育好家风"实践活动及多场家长培训会，以此挖掘家庭教育中的传统风尚与美德，帮助学生认识理解家训家风，为全民重视家庭教育打开了一扇大门。在活动及评比过程中，推选出了一批有代表性的传承家风家训、教育氛围浓厚的家庭，在全校进行了表彰。随后邀请这些优秀的家长在各班家长会上进行经验分享，班主任又根据学生的个体性进行具体分析，帮助一部分家长解决了同样的困惑，为家长之间相互沟通交流家庭教育问题提供了一个平台，也为一些不敢寻求老师帮助的家长指点了迷津，让他们懂得了知不足，就要主动学习。

学校还通过每周君子学生故事分享，发现了许多智慧型家长，我们把他们从幕后请到台前，给他们颁发君子家长证书，将他们的"金点子"教育方法推送到家长群、公众号、报纸上，以此带动其他家长学习借鉴优秀教育方法，转变教育观念，认真做好孩子的第一任老师。榜样的示范作用，无论是对于学生，还是对于家长，都是不容轻视的。现在在教室里听课、主动请教教育方法的家长越来越多了；家长停留在办公室里与老师交流家庭辅导方法的时间越来越长了；除了找主科老师了解孩子情况，他们还会找副科老师沟通学习技巧了；家长会通过看书、看报等其他方式来了解更多的教育方法了……

同时，根据每个家庭的特点和喜好不同，结合我校君子研行课程，学校提倡了科学家庭教育，鼓励家长们发扬个性，构建属于自己的特色家庭，在活动持续的过程中，"书香家庭""爱心家庭""和谐家庭""运动家庭"等，已经基本形成了的家庭学习氛围，并通过打卡、故事分享、评比等方式进行宣传，获得了家长、子女"双提高"的显著效果。

三、活动引领，提升家长参与热情

最初开展家长进校园活动时，由学校统一安排每日家长进校园数量及具体班级，每位家长来校参与的活动项目也可以根据其时间自行安排。但当学校有大型活动时，家长不知道自己可以做些什么，也很难有家长主动参与。在一步步地完善家长进校园制度和时间表后，我们人性化地细化了安排与活动，在日程安排上，家长每日参与上下学安全值日，为学生安全入校保驾护航；每天第五节课是校长交流开放时间，家长可以根据疑虑与校长沟通或提出合理建议；每周有家长参与升旗仪式，感受庄严而隆重的国歌；根据一日听课、巡视，记录进校园的感受和心得等。在学校特色课程上，让家长参与到我校每年春季学期的风筝课程中，教学生做风筝，并评选出谁做的最美，谁做的风筝飞的最高；新学年开学的第一次家长会，我们会统计家长的特长和技能，每周请一名家长进课堂为学生教授一项有趣的又实用的技能，不仅让家长参与到学校现有的课程中，也通过家长上课探索新的课程。在大型活动上，每学期初学校提前计划、安排好，并告知家长，招募家长志愿者，在家长志愿者积分表上为他们加分。家长通过丰富的活动契机，可以根据自己的时间、特长和兴趣随时选择进校时间，相比之前"被安排"来的次数更多了，对学校老师和自己的孩子了解更全面了。

在校园文化布置和设计上，我们也积极给家长提供展示空间。艾家小学有一大片花坛，为了让学生能享受到这片花坛的美景，学校利用劳动教育课指导学生分班划片认领，并进行栽种。有一次家长会结束后，班主任发动家长们对种植园进行除草和整理，有的家长就自告奋勇地说以后可以来帮忙，还对种植的植物提出了自己的专业见解。在学校举办文化现场会前，我校就绿化问题和家委会开会商议，提出了一系列环境改变学习氛围的建议，家长非常认同和支持，并做好了其他家长的工作，一次性解决了买花、种花、养花的难题。花苗一到学校，爸爸妈妈没空来的，爷爷奶奶扛着锄头来，他们用多年的种植经验使艾家小学焕然一新。随后，学校又开辟了一块新的生态种植园，通过与校级家委会的沟通，获得了全体家长的支持，从运土、开垦，到种植、施肥，他们像关心自家田园一样关心和关注。每学期初，学校经过一个长假的休息，花坛里的花儿和植物园里的蔬菜都枯萎了。有心的家长就会主动询问班主任，今年我们种点什么呢？家长会一经讨论，总是能给校园增添一番生机勃勃的景象。放假前，教学楼后的小花园刚刚落成，家长们看到后就主动提出自己的设想，似乎已经迫不及待地要为小花园的绿化建言出力了！

每学期的开学典礼是学校的重点工作，每次都会邀请家长来参与，并设计了一些亲子互动环节，如温情拥抱、互送礼物、给孩子一封信、共挂灯笼庆元宵、合按心形手印互送祝福等等，让家长感受到学校教育的良苦用心。2018年秋季学期开学典礼，正在进行时，天突然下起了雨，所有的学生和老师都站在自己的位置上纹丝不动，似乎对这"捣乱者"视若无睹，只为保证典礼正常进行直至结束。后来在家长的观后感中，得知我们当时的行为深深感动着在场的每一位家长。后来，无论是运动会、科技节需要家长志愿者的参与，抑或是区级足球赛、合唱比赛、啦啦操展演需要家长的支持和陪伴，还是学校晚托的顺利开展、校园文化的布置、研学旅行的方案拟定等等，学校都和家长互商互量，和家长站在同一个位置上，为孩子的成长服务。渐渐地，家长把学校的出发点当成自己努力的方向，把学校的事情当成自己的事情，全力以赴，这便是家长乐意与老师并肩而行的最好诠释。

四、评价跟上，家长子女共同成长

围绕"君子文化"为主线，艾家小学一直以"一月一评比一颁奖"的模式进行君子学生的评选活动，激励了一批又一批优秀学生学君子、做君子。为了让家长见证这个光荣的时刻，学校邀请了君子学生的家长作为嘉宾参与颁奖仪式，为君子学生在庄严的国旗下佩戴"君子学生"胸牌。2018年秋季学期，我校在家校共育的新形势下开启了全新的君子学生颁奖仪式——每周一期，每期学生、家长、老师分别分享一个他们之间的小故事，学生自己最喜爱的老师宣读颁奖词，校长为"君子学生"和"君子家长"颁奖。同时，学校还赠送给每位君子家长一本精心挑选的家庭教育书籍，以此帮助他们通过阅读了解科学的亲子沟通方法和教育方法，提升文化内涵，促进学校教育的高度有效。另外，为了更好地评价家长的付出、家庭教育质量的提高以及家校的合作成效，学校每学期根据家长志愿者积分表评选出一批优秀家长志愿者进行表彰。这样多角度的评价方式，给了师生及家长不一样的感受，促使家长更好地审视自己与孩子的关系，在教育的路上一起成长，也可以清晰地看到，一个孩子的健康成长，是需要家校共同努力的，缺一不可。

孩子，是学校教育的主体，是家庭的希望与未来。孩子，让那些我们曾经以为不可能的事情变成了可能，还收获了意外的喜悦。孩子就如那根拔河绳，被我们紧紧地握在手心，只要你不松手，我不松手，我们一起齐心协力，为共同的目标奋力一搏，和谐的教育一定还会掀开更新的篇章。

美，在艾家

——艾家小学家校共建发言稿

在刚刚结束的点军区第五届中小学生足球比赛中，艾家小学发生了一些有趣的事情。

11月15日，在男子甲组决赛的赛场上，有一名穿着西装的年轻男子在教练席上坐立不安、来回跑动着大喊："传中""分离""大脚""对，就这样""好球"……中场休息时，他焦急地把大家聚拢，细心地帮孩子们检查装备和鞋带，严肃地总结场上的问题，大声鼓励小球员们继续打好配合。他在场边指挥着大局，气势如虹，吸引着场内很多体育老师的目光。有一位老师跑过来好奇的问我："咦，这是你们刚请的足球教练吗？看着好面生啊！"我手指着场上说："当然不是啊！这是7号球员的爸爸。"帅气的爸爸看见自己的儿子和其他同学通过一次次精彩的传球配合，忍不住连连感叹："支持、体谅老师，就是在帮助孩子提升！"

11月20日，依然是联棚小学的足球场上，我带领着20名学生参加体育"1+N"的展演活动。刚坐到指定位置，就有其他学校的老师过来打招呼，看到我们的学生一个个化着精致的妆，穿着靓丽的服装，扎着高高的马尾，显得精神气十足，便问我："这么短的时间，你们在哪儿租的服装啊？还有这么漂亮的妆，请人化花了不少钱吧？"其实这都是三四年级家委会的功劳，她们周末去买的服装，一大早主动赶到学校给孩子们化的妆。当孩子们走上表演场地，就成了场上最亮的星星，引起一阵阵掌声和赞扬。陪同而来的家长骄傲的把视频转发在班级群和朋友圈里，说：比自己站在台上表演了还兴奋。老师负责教学，我们负责后勤，孩子就能登上广阔的舞台。

像足球队员爸爸和啦啦操展演的妈妈们这样，出现在活动现场，为孩子们加油助威的家长还有很多，他们利用自己的专长支持孩子参加各级活动，就是为了和学校一起并肩前行，给孩子们提供更丰富的资源和保障。

都说"家校共育"是"最完美的教育"。通过足球赛期间的故事可以很好地反映出，之前我校在家校共建方面所做的一系列努力，已获得了部分家长的认同，使得他们愿意主动配合学校教育，并乐于服务学校。"唤醒家庭、唤醒家长比唤醒孩子更重要"，对于现代化学校而言，教育成果的体现离不开家长的配合和参与。而要达到 1+1>2 的教育效果，家长素质的提高是我们努力的核心。在 2019 年里，我校在推进家校合作上，除了坚持常规动作外，一直在不断探索新方法，不断迈进。

一、各美其美，不可或缺

"家庭是人生的第一所学校，家长是孩子的第一任老师。"家庭教育的使命是"要给孩子讲好'人生第一课'，帮助扣好人生第一粒扣子"，夯实孩子成长的起点和基点。而学校教育职能的专门性、组织的严密性、作用的全面性、内容的系统性、手段的有效性、形式的稳定性恰恰和家庭教育构成了有机互补。

我校有许多"身怀技能"的家长，家委会通过开学统计的家长技能特长，每周邀请他们深入课堂，做一次老师，站上讲台给学生传授一项技能。有家长参与的课堂，既丰富了课堂学习内容，又为学生树立了榜样，满足了学生个性发展的需要，同时也为家长提供了一个展示的平台，让他们来体验一次教师这份职业，感受讲台上的这份荣耀与责任。这对我校教学起到了难得的补充作用，更让家长通过备课、上课，对教师工作多了一份理解和敬重。

同时，结合我校君子研行课程，及德育品牌学校、文明单位、诗歌校园等创建工作，家委会提倡的科学家庭教育，构建属于自己的特色家庭一直在持续，一年多以来，"书香家庭""爱心家庭""和谐家庭""运动家庭"等等，已经基本形成了的家庭学习氛围，获得了家长、子女"双提高"的显著效果，与家长达成了教育一家人的共识。

二、美人之美，既"合"又"作"

家校合作的关键是"各美其美"，既要扬长避短，更要扬长补短。因此，在教育目的、方法、评价等方面要"合"，在"作"上方向、认识、行为上要达成一致。

我校全新的君子学生颁奖仪式已经连播了27期。从去年的冬天到今时今日，不论是家长还是学生，为能站上这个平台，都各自在想方设法地寻求家庭教育方法，提高白身家庭教育质量。除了与班主任、科任老师、家校联系老师各方面的交流沟通以外，我们在全民阅读的氛围中，为每位君子学生家长精心挑选了不同的家庭教育相关书籍，在颁奖仪式上赠送给他们，以此帮助他们通过阅读了解科学的亲子沟通方法和教育方法，提升文化内涵，促进学校教育的高度有效。

三、美美与共，任重道远

目标一致、行动一致的家校关系是心甘情愿、心满意足的合作，是服从成长、服务成长的合作，是遵循规律、遵守规则的合作，是各司其职、各尽其能的合作。

学期初，学校经过一个长假的休息，花坛里的花儿和植物园里的蔬菜都枯萎了。有心的家长就会主动询问班主任，今年我们种点什么呢？家长会一经讨论，乡村人民的热情就被点燃了，都争当"专业户"，个个都提出了专业的种植建议。最后经校级家委会讨论确定了方案：花坛里种花，孩子们下课可以随时欣赏；生态园里种大蒜，经济实惠收成好；种植园里种绿色植物，健康环保还能做科学研究。那这些材料从哪里来呢？"简单啊！大蒜每个学生带三头，植物从山上挖，花儿家长出钱购买呗！"二年级校委会家长说。看上去最难解决的问题，似乎成了最简单的问题。一个星期的时间里，爸爸妈妈、爷爷奶奶，只要有空的家长都扛着锄头来到学校，他们用多年的种植经验使艾家小学焕然一新，学校里有了绿色的草、彩色的花和直冒牙尖儿的蒜苗，给枯黄的秋天增添了一片片生机勃勃的景象。

　　人民满意的教育必是"家校合作"取得实际成效的教育。我们要看的不仅是"好的学习过程"，更重要的是有一个"好的教育产出"，既学得有趣、学得愉快，又要学有所获、学有所成。在家校共建的道路上，挑战一直都有，但我们乐观面对，积极解决，从不单向灌输、彼此挑剔，尽力搭建平台，创造机会，汇聚资源，把这项工作做好做实，为彼此共同的目标携手共进。

家校共建，形成合力，共育新苗

——艾家小学家校共建总结

　　2018年5月17日，艾家小学承办了点军区校园文化现场会。现场会的前前后后发生了很多的故事。

　　故事一：四年级的一个妈妈主动请缨，希望分享学校"君子老师"的故事。学校欣然答应了，妈妈非常高兴，但是，又担心做不好会影响学校。得知妈妈的顾虑，我立马打电话与她沟通，希望她甩掉思想包袱。第二天，妈妈带着稿子来到学校，征求我的建议。这位全职妈妈，平日油盐酱醋茶麻利的很，但是，写稿子却一头雾水。怎么帮助她呢？樊校长建议我和她聊天，聊孩子的学习和生活，从她的聊天中找故事。一个小时的交谈，我和她达成了共识，并共同完成了君子老师的文字稿。我建议她最好背着稿子讲，她吓地连连摆手。我鼓励她说：做老师和家长的，都要给孩子们做好榜样。平时我们对孩子严格要求，这时候我们怎么能退缩呢？她低着头默认了我的观点。第二天大清早，她又找到我，在我面前自然流畅地演讲了一遍，让我又惊讶又欣喜。她说："昨天离开学校之后，我就不停地再读，再记。女儿也给我很多的指导，还一直鼓励我，这个活动让我和女儿的关系更密切了。我们做家长的和老师在以后的活动中应该形成合力，给孩子做好榜样！"

　　故事二：这幅图也有一个故事，在学校文化现场会举办前，我校一直在头疼学校绿化的问题，当家委会知道后，他们主动和家长沟通、和学校联系，并顺利达成共识，一次性解决了买花、种花、养花的难题。花苗一到学校，爸爸妈妈没空来的，爷爷奶奶扛着锄头来，他们用多年的种植经验使艾家小学焕然一新，给参加现场会的领导、老师们不一样的视觉感受。

　　通过这些图片传递出来的故事很好地反映出，之前我校在家校共建方面所做的一系列努力，已获得了部分家长的认同，使得他们愿意配合学校教育，并乐于服务学校。为了避免家庭和学校冲突，达到家校配合，成为1+1>2的教育效果，在 2018 年秋季学期，我校将从以下几个方面着手，进一步推进家校合作：

一、厘清职能，增强家委会主人翁意识

苏霍姆林斯基说："有良知的人有责任心和事业心。"鉴于此，我们相信每一位家长都是有良知的人，都是希望自己的孩子学习和生活的环境好、氛围好。我们固化开学报名日的全校集体家长会。学校说明成立家长委员会的初衷和目的，告知家委会成员条件，由家长推选、自荐、全体家长讨论通过成立新的家长委员会，并与班主任、辅导员、任课教师共同商议出家委会的职能与分工。新上任的家委会成员上台进行表态，这样家委会成员就有了一种责任感和使命感。

二、开展活动，达成"我们是一家人"的共识

我校根据区家长"三进"校园要求，结合实际情况，拓展家长参与教育、教学活动面，让家长每一次来到学校，都能有不同感受。

1.他们走进教室，听孩子们讲解班级文化，为孩子们建言献策；

2.进入学生食堂餐厅，实地查看，与自己的孩子共进午餐，品评饭菜质量，共享亲子时光；

3.深入课堂，和孩子们一起跟着老师学习，抑或站上讲台给学生传授一项技能；

4.走进各自班级的开心农场，和孩子们一起劳动，一起查看农场作物生长情况，讲讲自己的种田经验或科学知识，感受果实丰收的喜悦；

5.走入办公室，和班主任交流班级管理，和辅导员沟通孩子的情况，和校长谈一谈学校管理和建议。

同时，通过家委会的协调配合，让家长积极参与到学校管理和各类活动之中，让其见证孩子的每一次成长，感受自己的每一次参与都是为了和孩子

更近一步。学校为家委会颁发聘书，为优秀家长颁发君子家长证书，达成教育一家人的共识。

三、多方联手，共建教育合力

教育不是个别人的事情，而是需要齐心协力共同完成的。

1. 校内联手

班主任作为班级的主要管理者，在家校合作活动中是一名策划人、组织者和参与者。在这里尤其值得一提的是学期中的班级家长会，将传统的"班主任讲，家长听"模式改变为家长分享会、家长讨论会，让家长讲给家长听，班主任及辅导员牵线搭桥，做梳理，适当总结方法和疑虑，共同学习和解决。

在辅导员的工作评价上，我们不仅仅是看辅导员的记载和自己的陈述，同时根据家长、学生、老师三方打分后综合评价。辅导员还要走进孩子家中，与学生同劳动，让家长了解孩子的表现与变化，全面地认识孩子，从而因材施教。

家校联系员作为在校老师完整了解学生的另一扇窗，使其更加快捷有效地对学生有针对性的进行个别指导和教育活动。

2. 校外联手

在校外，家校联系员以村教育副主任的身份走进社区，利用周末、寒暑假开展志愿者"送教下社区""希望家园"等活动，为孩子们进行辅导，举行丰富多彩的活动，以丰富学生的假期生活。

同时，结合我校君子研行课程，家委会通过家长学校向全体家长发出科学家庭教育倡议，倡导构建属于自己的特色家庭氛围，比如"书香家庭""爱心家庭""和谐家庭""运动家庭"等，每学期末，对有成果、有影响力的家庭进行表彰。希望通过特色家庭的创建，不仅促进家庭良好学习氛围的形成，更是可以获得家长、子女"双提高"的效果。

校内与校外的有效沟通，使家校工作有了基石。在每月、每学期结束时，我们会对在家校共建中得到社区、学校、家长认可并有一定成效的老师进行表彰，评选"君子班主任""君子辅导员""君子联系员"，通过这种榜样作用带动家、校、社的合作更加和谐。

花有花的光彩，叶有叶的荣耀，而根也有根的骄傲。只有各部门功能互补，形成强大合力，孩子走向社会，才能更好的适应社会，创造自己的价值，教育才能看到一方新的灿烂天地。让我们一起携手，共育新苗，静待花开！

为雏鹰起飞助力

习近平总书记说："办好中国的事情，关键在党，关键在人，关键在人才。"艾家小学近年来蓬勃发展，得益于有一群敢想敢做的年轻人。

2019年秋季学期，学校来了两名应届大学毕业生——谢姣和向鸿泉。谢老师毕业于湖北师范大学文理学院汉语言文学专业，学士学位；向老师于华中师范学院美术专业本科毕业。

这么年轻、优秀的大学生，我们首先应该让她们"下得去，留得住"。

8月20日，学校安排专人将两位新进教师接至学校。了解到两位老师离家较远，学校总务处迅速安排周转房间，配备相关生活设备，解决新进教师的后顾之忧。

为了让两位新进教师尽快融入艾小这个团队，拉近彼此的距离，学校于8月21日召开了"泓""燕"展翅，花开"姣""美"新进教师欢迎会。欢迎会上，新老师与其父母全程参与。为了让年轻的老师有归属感、认同感，更为了使全体老师对这难得的两位高学历的新进老师刮目相看，校长不吝赞美之词进行介绍。接着，艾家小学每位老师对她们表达了祝愿。年纪稍长的老师以父母的角度对她们的到来表达了欢迎，提出了希望；班级合伙人说搭班之后，会秉着"年长的多做事，年轻的多出主意"原则，分工不分家来开展工作；学科老师说会不遗余力帮助他们；年轻的老师则讲述了自己在艾小成长的经历希望她们更快融入到艾小大家庭。简洁温暖的话语，不仅展现了艾小人团结和谐的集体氛围，更让新进教师的父母感到暖心、安心。两位新老师的父母由开始走进校园的失落和担忧，变为放心与开心。谢老师妈妈离开宜昌时，给樊校长发了一条短信："樊校长，遇到您这样的校长，真是我家孩子的幸运。希望在您的带领和帮助下，她能早日成长为一名合格的人民教师。这是她的梦想，也是我们的梦想。"向老师妈妈临走时，和校长说："我们在送孩子来的时候，在网上搜索了，您是宜昌名师，孩子跟着您一定成长的很快。

这次来学校，老师们都很淳朴和善良。姑娘在这儿工作我们真是太放心了。"

理想与现实总有些距离。开学一周，多位班主任找我，"樊校长，能不能不要新老师上我们班的课了？她们管不住学生，把我们班风都带坏了，家长意见也挺大的。"教研组长找到我说："他们完全是零起点，独生子女，家庭优越，不能吃苦，难于上路啊。"第二个问题——"教得好"终于来了。

问题来了怎么办？想办法！办法总比问题多。2019 年 4 月习主席在重庆考察时说："要从最困难的群体入手，从最突出的问题着眼，从最具体的工作抓起，通堵点、疏通点、消盲点。"为了帮助他们"通堵点、疏通点、消盲点"，学校开展了一系列活动。这，也是我们学校 2019 年的工作亮点。

一、通堵点

他们的堵点在哪儿？在于难于将理论和实践有机结合。

只有跟对人，才能走对路，做对事。谢老师是语文老师。我们为她安排了师德高尚、经验丰富、水平突出的牟玉红老师作为学科教学指导老师，闵校长为她的组织教学和专业成长指导老师。向老师是学校唯一的美术老师，学校无人对她的学科教学指导。学校积极与区教研室余主任联系，申请专家指导。在学校和区教研室的共同努力下，向老师有了专业师傅——至喜小学的史华林老师和石堰小学的汪珏老师。

有了领路人，我们就要有相应的约定。我们规定：结对师徒每两周互相听课一次，徒弟每两周跟导师学习半天，完成一节课的教学设计，并将平时的备课教案、教学反思交给导师检查，由导师提出指导意见。每学期师徒共读一本书，从书中寻找教育真谛。所有的活动不走过场，不务虚功。校长每月一查。谁都不敢含糊。

二、疏通点

成长的路上总会遇到形形色色的困难。虽然困难还没有降临，但是学校积极预测做好部署。去党校培训，学校安排有车的老师接送。学习中电话询问学习、生活是否适应，有无困难；返程后，要求他们进行分享，指导老师进行手把手指导。

每周，班子邀请各学科骨干教师、他们的师傅，一起走近他们的课堂，实地了解她们的课堂组织教学，课间学生辅导，课余学习提高，并有针对性的提出改进意见。校长为了了解他们下班后的生活，和她们同住周转房，讲述自己成长故事，鼓励她们在艾家小学脚踏实地，建功立业。

三、消盲点

一个人走得快，一群人走的远。为了让新进教师的脚步走的更扎实，学校也充分发挥了团队的力量。学校每月召开一次新进教师成长研讨会，会上，老师们各抒己见，说进步、说惊喜、说不足、说方法。针对新进教师的课堂教学、学生辅导、班级管理、部门工作细细分析，既不吝于赞赏她们的每一点进步，也不掩饰她们工作中存在的不足，就事论事，说出存在的问题，指明解决的方法。目的只有一个，希望她们成长的步子大一点，再大一点。

短短一学期下来，两位新进教师的改变显而易见。从课堂组织教学到课堂活动安排，从班级事务管理到部门工作完成，从学生学业辅导到思想问题沟通，从课堂教学到课后反思，从教学能力提升到业务水平学习，我们都能看到她们明显的进步。虽然相较于有经验的老师，她们还存在着这样那样的不足，但是我们不得不承认她们的虚心好学和认真努力带来的一系列可喜变化。

今后，学校将继续加强对两位新进教师的跟踪指导，让这两位新进教师在自己的工作领域能够早日独当一面，成为一名成熟的优秀的人民教师。

我们的风筝课程

风筝，友谊的象征，和平的使者，幸福的寓意；风筝，即为爱的传递者。阳春三月，恰新学期之际，艾家小学掀起"爱在春风里"之系列风筝课程，让学生遨游知识的海洋，享受动手的乐趣，沐浴灿烂的阳光，放飞童年的梦想，旨在开阔学生的视野，丰富学生课外活动，提升学生想象力和创造力，提高学生的动手能力，拉近亲子邻里关系，培养学生阳光大气品质。让爱在风筝上流淌，在春风里荡漾。

每年春天，学生都盼望着风筝课程的开展。我们的课程主题是"爱在春风里"。活动分为六个环节：识风筝、做风筝、放风筝、评风筝、画风筝与写风筝、赏风筝。

在识风筝这个环节，各班班主任、辅导员首先发动学生在课外利用网络、请教等方式查询风筝相关知识，包括风筝的历史起源、风筝的作用、风筝的种类、风筝的文化、风筝的故事传说、中国风筝与外国风筝的比较及风筝之最等内容。接着，学生分享活动。以班级为单位，班主任组织学生在班级内进行分享，选择几名学生当"小老师"，跟同学们一起分享风筝的相关知识。（注：风筝的历史起源、风筝的作用、风筝的种类、风筝的文化、风筝的故事传说、中国风筝与外国风筝的比较、风筝之最等类别均需包含在内）参与分享的学生须以文章、PPT、图片等形式进行分享。

做风筝有两种形式：1.学生自己制作。各班班主任、辅导员发动学生在周末自行购买制作风筝的材料，通过请教别人、查询等方式制作一支风筝（不允许购买风筝成品）。各班需上交制作风筝的过程图片；学生人手一支风筝。2.家长进课堂。每个班级请1名家长进课堂，对学生进行教学，现场制作另外一支风筝。各班需上交家长讲课内容和上课照片；学生人手另外一支风筝。

学生最喜欢的就是放风筝了。学校统一组织放风筝活。低年级段的在学校操场上，中高年级的在班主任和辅导员的带领下，出校放风筝。

风筝放完了，马上进行评风筝活动。首先班级进行评选，然后学校进行评选。评选出"最佳创意奖""最佳放飞奖""最佳形象奖"等奖项。

活动需动静相结合。活动完了，该静下心来了。画风筝与写风筝就上场了。一二年级画风筝，画自己心目中最爱的风筝。三至六年级写风筝，书写此次风筝活动的制作过程、收获与感悟等。学生人人参与。

"赏风筝"就是将学生评出的风筝悬挂在教学楼进行展示，打造出学校一道最靓丽的风筝线。将"画风筝"和"写风筝"的优秀作品进行展板展示，组织学生欣赏风筝及风筝相关作品。

经过一系列风筝活动，学校将从"识风筝""做风筝""放风筝""画风筝""写风筝"活动中评选出不同类别的奖项，举行"爱在春风里"之风筝活动颁奖典礼。

成长，我们在路上

2016 年 2 月，樊小华名师工作室在宜昌市教育局主管部门指导下成立了。樊小华名师工作室有 10 名人员，主持人 1 名，成员 9 名（8 名女性，1 名男性），来自于 6 个县市区，平均年龄 37.2 岁，市级名师 1 人，学科带头人 2 名。一年来，在各级领导的关怀与大力支持下，工作室全体成员努力探索构建学习型组织的各种途径，精心策划团队研修的系列活动，倾力打造新的学习共同体，一起走过了艰辛而充实的研修旅程。

一、我们的初心

2016 年 3 月 14 日，宜昌市教育局组织了第一届名师工作室考核和第二批名师工作室成员培训。会上聆听了 11 个名师工作室主持人的工作汇报，我诧异着他们活动的精彩纷呈，成果的高端大气上档次。我们是第二批工作室，工作刚刚起步，人员不熟，工作不熟，第一次全体成员大会上，我提出工作室的奋斗目标是确保 2016 年年度考核为"合格"。谭天平老师说："樊老师，别人能够做到优秀，我们也一定能够做到，我们要争取年度考核为优秀。"其余的成员纷纷发言表示支持。

不同层面的人有不同的需求。工作室成员有一线老师、学校中层、副校长、县市区的教研员。在"如何把工作室工作做到优秀"讨论会上，大家建言献策，统一思想：要把工作室活动做到学校领导、一线老师、中层干部的心窝子里去，让工作室受到不同层面的老师的欢迎；要搭建各种平台，让工作室成员和一线老师的成长更快更好。

目标的达成，需要成员的齐心协力。"人心齐，泰山移。"如果说，一个工作室就是一个大家庭，那么，我们的工作室就是一个积极向上、团结和睦的大家庭。当我想做一件事情时，他们说：好！我们支持你！当我在做事的过程中遇到困难或者麻烦时，他们说：让我来帮助你！余苗老师身体不佳，输完液就投入工作室活动的事例不止一次，身体稍微好一点儿就主动要求送课。严春燕老师是最年轻的工作室成员，每当活动没有人响应时，她总是说：我来吧！王爱华老师是一名年轻的教研员，在工作室活动中既做专题报告，又上下水课……雅思贝尔斯在《什么是教育》中说：教育意味着"一棵树摇动另一棵树，一朵云推动另一朵云，一个灵魂唤醒另一个灵魂。"工作室成员的言行举止"摇动"着我，"推动"着我，"唤醒"着我。而回到工作岗位的我，又接着去"摇动"、"推动"和"唤醒"周围的人。

结合工作室成员的工作精神和生活状态，我们设计了一个 Logo。Logo 是一个盒子形状。其灵感来源于《阿甘正传》阿甘的妈妈说的："Life is like a box of chocolates. You never know what you're gonna get."（人生就像一盒巧克力，你永远也不知道下一个吃到的是什么味道。）樊小华名师工作室就是一盒装满了各种各样巧克力的盒子，希望全体成员带着好奇，一起探索，一起品味小学英语教学教研的酸甜苦辣！盒子的基色是蓝色。蓝色是大海的颜色。象征知识无边，学无止境！盒子上面的 FXH 代表樊小华，侧面 E 代表 English，S 代表 Studio。

二、我们的阵地

工作室所在地是点军区教研室，尽管只有一房一桌一投影，简陋的不能再简陋，但是我相信，它是我们灵魂的栖居地。工作室里"天道酬勤"这四个字时时警醒我们，无论何时何地，都要不断进取！

国家督学成尚荣老先生说：名师，首先是一个爱读书的人。2016 年春季学期，围绕我们的课题，在王爱华老师的带领下，集中学习了《核心素养，重构未来英语教育》。每人做了三千字的读书笔记，写了心得体会。2016 年秋季学期，工作室开展了"与书会友，共享智慧"活动。全体成员通过"读"（阅读）、"写"（撰写读后感）、"讲"（阅读分享）三个环节开展读书月活动。通过读书，提升了自我，为工作室活动的顺利开展提供了有力的支撑。

我们的灵魂栖居地在点军区教研室，但是我们的脚印在学校。我们的活动，都是在乡村学校开展的。枝江安福寺小学、点军区石堰小学、秭归三峡工程希望小学、宜都市高坝洲小学、枝江市董市小学等学校都留下了我们活动的身影。

网站和微信公众号我们今年刚刚起步，随着工作室工作的深入和不断学习，我们的网站和微信公众号内容越来越丰富。

三、我们的做法

1. 明确任务

通过仔细研读宜昌市基础教育干部教师培训中心下发的《2015 年首批宜昌名师工作室材料汇编》、《宜昌名师工作室建设工作指南（试行）》和观摩第二届全国名师工作室建设博览会，我们明确了自己该做什么和怎样做。我们讨论通过了工作室三年规划、2016 年计划及考评办法，签订了责任书。

2. 完善活动

在开展工作前，工作室 3 名教研员充分发挥教研员的优势，在全市范围内进行了问卷调查或现场座谈。通过充分的调研，我们明白，学校领导希望工作室能给学校带来新鲜信息，引领教师思想的转变；学科教师希望工作室能够送课送研，让老师会上课，上好课。

不同的学校有不同的具体要求。每次活动前，我们和教研员、学校校长、一线老师联系，问清他们的需求，开展"订单式"服务。

活动究竟开展得怎么样？我们有学生、一线老师、校长的问卷调查，来帮助我们完善下一次活动。工作室在活动的开展过程中，不断提炼总结，立项了国家级课题《培养学生核心素养的英语课堂教学设计的研究》。

3. 活动效果

最初开展活动时，我们主动联系学校。7 次送教下乡活动，我们用实实在在的行动赢得了学校、老师和教研员的认可。2016 年 12 月 16 日在枝江市董市小学开展完活动，参与活动的齐凡玲老师说："送课老师的课各有千秋，樊老师的讲座都是干货，让我们受益匪浅，期待着您们的下一次活动。"因为受欢迎，工作室 2017 年春季送教活动在 2016 年 11 月份就被预定完毕。

一系列活动让工作室形成一个实践共同体：唤醒专业自觉，锻造专业内核，培植专业眼光，磨砺专业技能，塑造专业品质，帮助学员剥开思维的口子，打开世界的天窗，找到审视课堂的镜子，规划专业成长的路径，实现知识的传承与创造，促进自身专业成长。

四、我们的财务

工作室各种制度牌花费 1860 元，购买图书 1169.9 元，外出培训 4647 元，7 次送教下乡活动经费 14131.5 元，合计 21808.4 元。从数据中可以看出，我们经费主要用在开展活动上。

五、我们的成果

一年来，工作室成员发表文章 25 篇，指导 10 人优质课获奖，成员在市级优质课比赛中 2 人获一等奖，2 人获得"宜昌市学科带头人"荣誉称号，2 人获得"区级骨干教师"荣誉称号，1 人获得"区级五一劳动奖章"荣誉称号，活动新闻分别在《三峡商报》和《三峡晚报》刊登。

行者无疆，追求无限。我们将保持自己的行走姿态，坚持不懈地探索下去，让更多的优秀教师在通往"最好的自己"的修炼中，获得生命的充盈和成长的幸福！

路在脚下，梦在前方

2015 年我幸运地被宜昌市教育局评为"宜昌名师"。拿到红红的证书，我给自己定了一个小小的目标：成为一名名副其实的名师！不知不觉中，成为名师的又一年光阴从指缝间过去。回顾这一年的工作，我思绪万千，感慨颇多。既有奋斗的艰辛，又有成功的喜悦；既有些许的无奈，又有一丝的遗憾；既有取得成绩的激昂，又有得不到理解的失意；既有永不服输的精神亢奋，又有废寝忘食的身心疲惫。现将一年的工作述职如下：

一、立身练志正师德

古人云"己身不正，焉能正人。"教书者必先强己，育人者必先律己。而名师，作为教师中的佼佼者，其道德、品质和人格，对周围的其他教师具有重要的影响。一年里，我刻苦学习教育理论，拥护党的路线、方针、政策，忠于人民的教育事业，模范遵守教师职业道德规范，爱岗敬业，廉洁自律，甘于奉献；认真贯彻党和国家的教育方针，大力倡导素质教育，积极推行基础教育课程改革，工作中注重言表风范，加强人格修养，率先垂范，做教师们的榜样；虚心向同事们学习，严于律己，宽以待人，团结协作，共同进步，为集体建树和个体发展创建和谐的工作氛围。我勤恳工作，乐于奉献；服从大局，不计较个人得失，满腔热情地奋斗在教育、教学、教研工作的第一线。教育学生时，我能够做到以身作则、为人师表，用自己的行动来感染学生、影响学生。无论教哪个年级、怎样的班级，我都能努力做到让学校放心、家长满意、学生欢迎。我指导老师时，身先士卒，率先垂范，将理论和实践有机结合，让老师学得快，上手快。作为"宜昌名师"，我认为传、帮、带青年教师是我义不容辞的责任和义务。无论省内省外，无论男女老少，凡是向我请教的，我都是知无不言，言无不尽，尽自己最大的努力去帮助别人。

"帮助别人就是在帮助自己。"就是这种境界，让我在成就别人的同时也成就了我自己。

二、示范引领强师能

作为一名名师，应是一股源源不断的清泉；作为一名名师工作室主持人，更应努力成为终身学习的典范。随着课堂革命的推进，我越发认识到作为一名名师，理论匮乏，那么工作充其量也只能是应付，哪儿谈得上创造性地开展工作。因此广泛地学习与反思已成为我每日必不可少的一部分：一是向身边榜样学。每天穿梭于教师与学生之间，亲眼目睹老师们敬业爱生、求真务实的身影，我无不为之感动，更激励着自己也要沿着他们的脚步坚定不移地走下去。那老教师的执着、那青年教师的热忱、那党员的高风亮节都值得我去借鉴，时刻鞭策着我在这样的群体中更要以身作则，率先垂范；二是向书本学。一年来，我不断学习先进的教育理论，积淀教育教学管理的先进经验；利用网络平台涉猎教改信息、汲取专业知识，不断了解改革现状，更新自己的教育思想；潜心攻读高效课堂理论书籍，向教师们传递信息并指导教师们开展高效课堂教学论坛活动；三是在教中学。尽管我身为艾家小学的校长，事务性事情比较多，但是，我一直坚持任教自己的专业课。这一年里，我任教六年级的英语课。课前我坚持反复研读文本，学习教参，认真备课，借鉴网络中优秀教案，结合班级现状进行二次备课。外面的课堂更精彩，外面的名师各有风格。各级教研活动中，我从不落队，总是带领学校英语教师积极去聆听名师的教诲，一起去品味教学的真谛，致力于自己课堂效益的提高。

我坚持工作在教育教学一线，遵循教育规律，在教育教学和科研方面发挥示范引领作用，积极参与各级各类教学研讨、送教下乡等活动，主动承担专题讲座。2016 年 11 月 17 日在宜都市高坝洲小学送教下乡活动中，我做专题报告《PEP 对话教学的误区及其对策》。

三、课题研究促发展

课题研究是教师专业成长最为有效的方法。2016年6月，工作室申报了国家级课题《培养学生核心素养的英语课堂教学设计的研究》。作为课题主持人，我经常收集有关教学设计的理论和研究成果，结合新课程理念和有关理论对新课程课堂教学设计的涵义、特点、理念、思路、内容、一般过程、与传统课堂教学设计的区别与联系等，进行理性分析和归纳，形成基本的理论框架，并在指导教学实践过程中不断完善。我立足于课堂实践，立足于解决课堂教学中的一个个实际问题，立足于问题即课题的指导思想，认真制定课题研究计划、实施措施等。

四、教学指导明方向

作为一名宜昌名师、宜昌名师工作室主持人，我知道，"一枝独秀不是春，百花齐放春满园。"我总是对青年教师倾囊相助，不分学科和学段，一节节课听，一节节课评，甚至给教师以每一句语言和每一个动作的示范。

校外，我和严春燕老师结对师徒，采用传统联系方式（面谈）+ 现代网络联系（电话、QQ、微信）；校内，我和姚白露结为师徒，天天见面，互相听评课，取长补短。一次次的听评课，一次次的手把手的指导，大到一个教学环节，小到一个动作。我的点拨，加上他们自身的奋发向上，在点军区2017年小学英语"一师一课"中他们两人纷纷获奖。

五、继续内外促提升

有一句话是这样说的："学习就像画圆，你的知识越多，直径越大，但周长也越大，与外界的接触会越多，因而你会感到陌生的越多，懂得的越少。"因此，这一年来，我经常利用课余时间认真学习新课程理论、国内外现代教育教学理论，带头学习和应用现代教育技术。每一次培训，不仅更新了我的一些旧的教育观念，还让我的专业理论和专业技能得到了较大提升。

2016 年 10 月到浙江外国语学院参加小学英语工作坊高端培训一周；2016 年 11 月到北京师范大学参加"湖北省卓越工程小学教师高级研修班"培训 20 天；2017 年 3 月到西安参加"第四届全国中小学外语教师名师大会"培训 3 天；2017 年 5 月，到武汉参加"湖北省小学英语工作坊"培训 3 天。

六、教学成果展风采

"一分耕耘，一分收获"，经过不懈努力，我在课堂教学、论文写作、课题研究等方面均取得了一定的成绩。

一年里，在核心期刊《小学教学设计.英语》发表 5 篇；其中《浅谈新版 PEP 教材整合的方法》被中国人民大学复印资料《小学英语教与学》转载；在《少年智力开发报》发表 6 篇。

2016.12 论文《依托校本课程提升学生核心素养》被省教科院评为一等奖；2017.3 论文《整合 PEP 教材提升教学效率》被中国教育学会评为一等奖；2017.3 微视频《北风？太阳？》被中国教育学会评为鼓励奖；2017.12 论文《创故事之境提课堂效率》被省教育学会评为参与奖；2017.12《演绎故事的精彩》被省教育学会评为一等奖。

2017 年 3 月我被国家基础教育实验中心授予"第四届全国中小学外语教师名师"。

成绩只能代表过去，而且这些成绩并非属于我个人，更属于学校、工作室的全体成员。在此，我深深地感谢我的学校，为我搭建了展示的舞台；感谢我的团队，团结一心，同舟共济，圆满地完成各项任务。

回顾一年走过的路程，只感到自己走得艰辛而又沉稳，平凡而又实在。当然自己也在不断反思：如何发挥优势，弥补不足，成为名副其实的学科领域带头人，成为新课程改革的引领人，成为教育创新与教学方法改革的带头人，成为构建学科教师团队的引领人。我今后将在上级领导的关注与支持下，把今天的工作成绩当作明天的工作起点，把它作为人生的一个驿站，下一段行程的起跑线，事业道路上的一个加油点，积蓄力量，充实行装，一如既往，奋力争先，不断地从各方面提升自己，更好地在各方面协助引领，使自己无愧于"宜昌名师"的光荣称号！

在"小圈子"里实现"大成长"

——樊小华名师工作室 2018 年总结

2018 年，樊小华名师工作室以课堂教学为主线，以课题研究为载体，以团队学习、同伴互助、独立实践为表征，以学术交流、教艺切磋、互动提高为基本宗旨，以青年教师的培养为重要任务，开展了一系列扎实有效的工作，让工作室成员及其帮扶教师在"小圈子"里实现了"大成长"。现将工作室一年的工作总结如下：

一个主题：培养学生核心素养的英语课堂教学设计的研究。

随着课改的继续深化，我们的课程结构、教学内容都发生了翻天覆地的变化，我们的学生和老师们，也不仅仅满足于教材中所罗列的知识内容，强烈需要对课程进行重组或再构建；尤其是小学英语核心素养的出现，大家开始关注怎样让"核心素养"从顶层设计到小学英语学科落地。基于此，樊小华名师工作室在 2018 年立项了国家级课题《培养学生核心素养的英语课堂教学设计的研究》。课题研究的基地，在课堂，在一线。2018 年工作室围绕课题，着重开展了绘本教学、故事教学和读写教学的研究。

4 月 13 日，樊小华名师工作室成员赴宜都市枝城小学，与宜都市小学英语教师就"绘本教学"提升学生英语素养的研究展开研修活动。活动以"关注教学设计，培养学生核心素养"为主题，以"课堂"为阵地，以"教学设计"为核心，进行了观摩教学，议课评课，专题讲座。第一节课是杨守敬小学李俊蓉老师指导的青年教师肖涛执教的《Pete the cat》。第二节课是工作室成员王爱华老师指导的青年教师郑幸子执教的《The Day Without the Morning Call》。

为了将绘本教学设计研究进行到底，6 月 14-15 日，樊小华名师工作室的成员们聚集在点军区艾家小学开展了绘本教学研究。王爱华老师辅导的青年教师赵元媛、樊小华老师辅导的青年教师姚白露老师分别执教了两节内容不同的绘本课。两节课，充分体现绘本教学引领英语核心素养的理念，视觉"新"、方式"奇"、过程"智"、感觉"爽"，在绘本教学这个领域本着"重引领、齐发展、共进步"的原则，以师生共同成长为宗旨。

10月20日，伴着冬日暖阳，樊小华名师工作室一行来到宜都市聂家河镇中小学开展送教活动。来自宜都市的袁晓璐老师和来自枝江市青年教师张丽分别上了一节故事教学研讨课。本次研讨课两位老师上课内容相同，进行同课异构。两位老师从不同的着眼点挖掘教材内容，牢牢抓住本节课的教学目标，采用不同的教学方式展开教学，课堂充满激情与活力，学生兴趣盎然，教学目标达成度高，得到了听课教师的一致好评。在接下来的议课活动中，名师工作室成员谭天平老师结合两节课谈了自己对于故事教学课的一些心得，他提出：故事教学就是引导学生从阅读到达悦读，故事教学过程可以分为五步，即听故事——讲故事——读故事——演故事——编故事。谭老师的故事教学五步法让老师们豁然开朗，对故事教学不再迷茫。还有名师工作室成员宋胜男和王爱华都提出课堂上要更多关注学生的学习过程、学习习惯、学习能力和思维品质。这些也引起了大家的思考，课堂上更多地关注学生的学，聚焦生本课堂，课堂效率才会不断提高。

12月14日，工作室成员在宜都市实验小学开展了2018年最后一次线下集体研讨活动。一节是由宜都市实验小学罗倩执教的绘本课《Whose house is it？》，另一节是宜都市清江小学祝亚玲执教的PEP五上Unit 4《What can you do Part B read and write》。两节课，让前来参加活动的老师受益匪浅，纷纷表示不虚此行。

两组成员：工作室成员及其帮扶教师。

工作室成员李俊蓉是一位驰骋优质课沙场经年的老师。她觉得"一枝独秀不是春"，她给自己定计划，一定要让自己的帮扶教师——肖涛尽快成长起来。工作室2018年重点研究的是绘本课。那就指导她上绘本课吧。她找来一些关于绘本的文章，和肖涛老师一起阅读，一起谈体会。然后，找绘本，找适合四年级学生学习的英语绘本。网上书店溜达，实体店逛逛，买了一本《Pete the cat》。李俊蓉按照自己的思路，设计了一堂课，在自己的班上试讲了这本绘本，请来了肖涛老师来听。孩子们反响很不错，很喜欢这个绘本。教学设计还要根据肖老师内敛的性格特点再改一改，有些环节还要更优化。怎么改呢？肖老师一遍一遍地上，李老师一遍一遍地听。课一结束，两人就腻在一起，针对这堂课，没完没了。一分耕耘一分收获。在工作室2018年第一次送教活动中，肖老师的课受到了送教学校师生和参会老师的一致好评。一位听课老师说：肖老师采取限时二十秒小组不间断不重复说规定的单词或者词组，既达到了暖身的效果，又为后面环节的展开做好铺垫，这种开课方式让听课老师眼前一亮。另一位听课老师说：肖老师采用了读一读，看一看，说一说，唱一唱，演一演的方式让学生参与其中，学生乐此不疲，笑声掌声一片，达到了较好的课堂效果。"台上一分钟，台下十年功。"他们不知道，为了一个环节，一个动作，甚至是一个眼神，李老师和肖老师不知讨论了多少次，预演了多少回。

工作室成员王爱华老师是一位年轻的教研员。她总是把枝江市小学英语老师当作自己的兄弟姐妹。仅2018年一年，她指导老师在工作室送教下乡活动中献课三次，自己做专题报告一次。"在成就别人的同时也成就了自己。"就是这种境界，让她和她帮扶的老师不断钻研教材教法，不停迈着前进的步伐。

李俊蓉、王爱华老师只是工作室成员的一个缩影。在工作室成员和他们的帮扶老师的共同努力下，樊小华名师工作室送教活动得到了更多老师和领导的认可，他们普遍认为：樊小华名师工作室送教下乡活动能够真正实现菜单式服务，问需于民，问计于民，辐射了更多的老师，帮助了更多的老师成长起来。

三种修炼：会读书、能写作、善研究。

读书：一个人在短时间内的自我成长必定有限，何不站在巨人的肩膀上看世界？！本着终身学习、多元交流的原则，樊小华名师工作室购买了大量的图书，有专业的，也有非专业的；有期刊杂志，也有专家专著。樊老师要求每位学员每一学期读一本书，可以是一本教育教学经典书籍，也可以是优秀文学。樊老师还经常鼓励成员们要精读各类教育文章，力求学习渠道丰富多彩，与时俱进。为了促进学员读书的热情，工作室提供优秀书目，让学员根据自己钻研方向进行选择，购买后赠与学员。同时，鼓励学员多读多写，互相交换和交流读后感悟。在线下交流的时候，经常有老师分享自己近期的读书感触和读过的优质图书或文章。这样，在集体效应的作用下，每位老师在心里将终身学习、不忘初心的根深深扎下，无需任何提醒。

写作：如果说读书是成长的入口，那么，写作就是出口。为了写好教育教学故事，樊小华名师工作室在2018年春季学期一改以往撰写总结的模式，改为写"一个最得意的教育故事"。人人动笔，制作课件，分享交流。夏玉珍老师的《让学生的思想行走》，严春燕老师的《我和TA的故事》，宋胜男老师的《小苹果大故事》，杜新苗老师的《孩子，我允许你慢点，但不允许你不努力》等教育教学故事，激活教师的灵感，刺激教师的反思，不仅方式新颖，故事精彩的还激起与会者的极大兴趣，掌声不断，笑声不断：与特殊孩子一波三折的感情经历；与家长斗智斗勇的智慧故事；突破瓶颈后的再一次成长；一次意想不到的感动历程；破茧成蝶后的又一次重生……绘声绘色的描述，抑扬顿挫的语调，出乎意料的爆料，精美绝伦的PPT，把老师们带入到一个个新鲜的工作空间，玩了一次刺激的"穿越"，让人回味无穷。

研究：如果说阅读属于个人，那么活动属于团队。怎样可以发挥团队的作用呢？樊小华名师工作室提出线上、线下一起研究。线下，一起做集中教研活动，我们先后前往宜都枝城小学、点军艾家小学、宜都聂家河小学、宜都市实验小学开展活动。每次活动，我们关注更多的是磨课、学习的过程。线上，我们依托宜昌教育云平台的"樊小华名师工作室"网站，开展观课评课活动。

工作室主持人樊小华老师对名师工作室是这样理解的：以一个名师带动一群名师，再以这一群名师继续带动身边的老师也能成为名师……倘若如此循环，我们的教育必定兴旺，孩子会更喜欢学习，社会才能不停进步，民族的未来更有希望。一个人的力量是有限的，一个团队的潜能却是无限的！身处这样一个团体，我们时刻被激励也时刻被警示：人生不是只有眼前的苟且，还有诗与远方！

读书、写作、研究，应该是名师成长的必经之路吧！

四大收获：课例研究新，培训讲座实，获奖发表多，荣誉级别高。

在课例研究上，工作室的老师们一直走在小学英语课例研究的最前沿。这两年来绘本教学一直是小学英语课例研究的热点，工作室老师们抓住这一热点，在工作室的活动中指导青年教师上好这一课型的研究课。4月，李俊蓉老师指导肖涛老师《Pete the cat》，王爱华老师指导枝江市仙女小学郑幸子授课五年级绘本教学《The Day Without the Morning Call》，参加工作室在枝城小学的研究课。6月，王爱华老师指导枝江市南岗路小学赵媛媛老师授课五年级绘本教学《The very hungry caterpillar》，樊小华老师指导点军区艾家小学白露老师上绘本教学。11月，廖瑜华老师指导袁晓璐老师上研究课《The can's way home》，随后又亲自在五峰县英语教师国培培训会上绘本示范课《My lucky day》。12月，廖瑜华老师指导罗倩上绘本课《Whose house is it？》。工作室的谭天平老师一直专注于绘本教学的研究，他将绘本教学总结为五步教学的模式在五峰县教学研究及培训会上进行推广！

除了绘本教学研究外，老师们在其他课型研究上也不断在创新、求实上下功夫，真正让学生站在课堂的中央。6月，余苗老师指导闫薇老师《复习课》获得西陵区小学英语优质课竞赛一等奖。10月，樊小华老师参加湖北省国培计划（2018）项目县小学英语省专家巡回讲学活动，在枣阳上示范课《Unit 4 At the Farm Part A Let's Spell》。11月，王爱华老师指导枝江市瑶华小学张丽老师授课 PEP 五上第五单元《Part C Story time》。12月，李俊蓉老师为省国培教学网点示范课《Dinner's ready》。

在培训讲座中，工作室的老师们都结合自己的平时工作从"实"字上下功夫。4月16日，潜江市教育局教师管理科和教师进修学院带领潜江市名师工作室主持人13人，在宜昌市教育局领导带领下来到宜昌市樊小华名师工作室开展了为时半天的活动，共有25人参加了此次活动。樊老师以"凝聚团队智慧，引领教师成长"为题介绍了工作室的工作开展情况。工作室成员进行了分享——杜新苗老师分享了《感动成长温暖》，宋胜男老师进行了《走近名师携手同伴成长与共》的分享。三位老师的分享，让客人耳目一新，醍醐灌顶的同时，也感受到了工作室每一个人向善、向上、和谐、幸福的状态。潜江市一位名师工作室主持人说："这次学习真是不虚此行。樊小华名师工作室传授给我们掏心窝子的方法，让我们回去开展工作倍有信心。"9月，李俊蓉老师在宜都市陆城一小为宜都市全体小学英语老师培训，主讲《小学英语阅读课教学的几点建议》。10月，樊小华老师参加湖北省国培计划（2018）项目县小学英语省专家巡回讲学活动，在枣阳专题讲座《核心素养下的小学英语教学设计》。

工作室的老师们非常注重反思自己的课堂教学。2018年来多名老师的论文和案例或获奖或发表在国家级核心刊物上。1月，李俊蓉老师在核心期刊《小学教学设计. 英语》第1期发表《My favorite season》，樊小华老师在同一期杂志上发表《Story Time》。7月，宋胜男班主任论文《做，就是得到》获得国家级一等奖。同月，夏玉珍老师在《班主任之友》第七八期合刊中发表《课桌口袋构建瘦身图书角》。樊小华老师在《少智报》发表试卷四套。10月宋胜男教学课件获得省级二等奖，杜新苗教学课件获得省级三等奖。

2018年来工作室老师们个人获得表彰的级别也越来越高。3月，樊小华老师被点军区总工会评为"点军区三八红旗手"；6月余苗老师获得"小学英语学科优质课竞赛评委"称号；11月，夏玉珍老师获得"县级学科带头人"称号；12月樊小华老师被点军区组织部评为"点军区第五届区管优秀人才"。

2018年，是樊小华名师工作室11位成员不忘初心、砥砺前行的一年。工作室成员和帮扶的教师在工作室这个小圈子里实现了大成长。他们，不仅仅是专业能力得到了很大的提升，管理能力和师德师风也得到了进一步的发展。2019年，樊小华名师工作室将不断学习，慧心思考，不倦追求，深深扎根教育教学土壤深处，根深叶茂，厚积薄发，在润物细无声中，定会听到拔节的生长声！

创新工作方式，凸显工作实效

——樊小华名师工作室工作总结

樊小华名师工作室成立于 2016 年 1 月，目前工作室有 10 人，其中教研员 3 人，一线老师 7 人。从成立之初到学期结束，工作室共开展活动 4 次（3 次送教，1 次课题研讨），受到了学校师生的一致认可。

一、问需于民，让工作做到师生心窝里

如何有效发挥名师工作室的引领、示范、辐射作用？怎样满足学校、学科教师需要？在开展工作前，工作室 3 名教研员充分发挥教研员的优势，在全市范围内进行了问卷调查或现场座谈。通过充分的调研，我们明白，学校领导希望工作室能给学校带来新鲜信息，引领教师思想的转变；学科教师希望工作室能够送课送研，让老师会上课，上好课。枝江安福寺小学是一所农村学校，学校只有 1 名专职英语老师——廖杨，是语文老师转岗过来的。廖老师年轻好学，很想把英语课上好。针对这种情况，我们的几次送教都采取：工作室成员提前一天到达基地学校，上示范课，课后说设计目的及理由。廖老师消化吸收，第二天仿照名师上一节课，谈反思的方法。我们觉得这样才有针对性，廖老师才会真正成长起来。学校需要，我们就按需服务。

二、融洽关系，让工作开展更顺畅

工作室工作的顺利开展，需要学校、领导的大力支持，更需要工作室成员的齐心协力、众志成城。

由于工作室成员都是单位的中坚骨干，平常事务性工作较多，教学教研任务繁重。怎样让成员协调好时间和关系，心无旁骛地参加活动呢？首先，

统一思想：积极沟通，明确工作室是我们大家的，一荣俱荣，一损俱损。其次，提高认识：我的地盘，我做主。每次活动前，工作室全体成员讨论通过活动时间、地点、活动过程。针对自己的长项，选择活动中的任务。这样，每次活动人人有事做，事事有人做。最后，体验成功：我能行！活动后真诚点评做的好的成员，让其他成员看到差距，明白今后努力方向。这样，工作室内的人际关系就轻松敲定了。

工作室外围的关系，主要是加强和学校、上级的沟通交流。政令畅通，上下齐心，活动开展起来就顺风顺水，容易的多了。

三、搭建平台，让教师成长更快

工作室的任务之一就是带一支队伍，带出一批名师。名师成长需要平台，需要磨炼。樊小华名师工作室围绕市教育局的"六个一"职责，搭建了一系列的平台。如：微信、网站平台；送教下乡平台；课题研讨平台。通过这些平台，成员以及和成员结对的老师成长起来了，工作更有方向和动力了。

半年的时间，工作室成员以及结对的成员，成长的还不是那么显著，但是，我们坚信，只要我们方向选对了，坚定了把事情做好的决心，教师的成长与成功就指日可待了。

教育教学篇

找准方向再前进

学生重点单词和句子听写结果真是让人抓狂。而重点单词和句子是基础，是必考点。为了解决这个难题，我今天尝试了三种方法。

第一种，听写全对的人在班级优化大师上面加五分。一般在课堂上发言有亮点加一分。而一次听写满分就可以得五分。我认为这一奖励措施会极大地激发学生识记的兴趣和主动性。结果，得满分的人寥寥无几，而且她们都是平常上课表现极佳的人。加分的人认为自己努力了得满分是正常的，没有加分的人认为无所谓，自己本来就不可能得满分。看来，这一举措不佳。不能再继续采用。

中午，我再听写了一次。如果小组四人都是满分，那么每人加十分。这样做的目的是发挥小组团队的力量，让学优生带一带学困生。结果是，大家的积极性仍然不高。原因是每组总有一到二个比较弱的人。无论学优生怎么帮助他们，他们在短时间之内不可能突飞猛进。既然达不到加十分的目标，还不如不用力，管好自己，确保自己得满分，还能在班级优化大师上面加五分。大家依旧是各自为政。结果不尽人意。看来，这一激励措施也不奏效。

晚托的时候，我进行了第三次听写。四人小组总分第一的，每人加十分。听到这个规则，小组成员兴高采烈，马上行动，组合两两小组，一帮一。学优生锦旗大声对学困生新卓说："单词要根据读音来识记。你看，bird 中 ir 读 /□□/ 的音。这不就记住了吗？" 新卓看看书，点点头。这边的学优生已经给学困生报听写了。那边的学优生正在传授自己的记忆窍门。教室里热闹非常，我仿佛听见他们正在拔节生长。准备时间一到，马上听写，各小组成绩相差无几，学困生成绩均有提高。有学生窃窃私语："老师，明天我们还是用这个办法听写下一个单元。我们小组下去之后一定好好准备，明天会得第一名的。"哈哈，要的就是这个效果！——课后主动记忆单词！

认准一个目标，找准一个方向，跌倒了爬起来再往前走。不要害怕失败，也不要畏惧黑暗。从失败中不断总结经验，不犯同样的错误。跌倒的次数少了，前进的步伐就快了，离目的地也就不远了！

兵教兵，永远是良方

今天是英语晨读。晨读的铃声还没有响，我便走进了六年级教室。班主任牟老师不知什么时候已早早地坐在教室里，低着头，批改着作业，黑板上写着语文背诵的内容。我一看这阵势，心里凉了半截：我没有抢先，学生肯定在复习语文。昨天说好的今天英语听写咋办？我大脑迅速思考着要不要取消听写。我一边想，一边在教室巡视。没有想到的是，学生两人一组或四人一组都在复习今天要听写的内容。我心里一阵窃喜，看来昨天的奖励制度蛮起效。

不一会儿，牟老师抱起作业，走出教室。我们马上进行了听写、批改、打分、计算总分和平均分。全班七个小组，第七小组均分第一，第四小组第二，第一小组第三。第一名的小组每人加十分，第二名每人加五分，第三名每人加二分。每组选派一人到班级优化大师上面给组员加分。我的话音刚落，第一小组组长欣怡站起来说："樊老师，我们小组泽安在成员的帮助下进步非常大，他昨天听写得了 20 分，今天 70 分。按照规定，我们小组每人加二分。我建议，泽安比我们多得一点儿分。"我点点头，说："泽安确实进步很大。给他加五分。大家同意吗？"同学们异口同声说道："可以！"

第一小组是第三名，他们选派的是进步最大的泽安到一体机上为组员加分。泽安站在讲台上有些局促不安，也有一些骄傲自豪。在同学们的指导下，他迅速找到组员头像，逐一给他们加分。当他完成这一系列动作，坐在台下的组员激动地为他鼓掌。泽安满怀感激地看着他们，那表情，那眼神分明在说："下次我一定会更努力，争取得更多的分。"第二名和第一名小组见状，纷纷效仿，让组内进步最大的同学上台加分。看来，同学们情商不错，懂得谦让，明白怎么让最弱的人更加努力向上。

为了让更多的学困生提高成绩，我让第一名小组成员分享他们的成功经验。静姝说："我们四人小组中，我们又结了两个对子。我负责诗涵的过关，文昊负责海峰。诗涵不会记忆单词，我主要教她怎么记单词。今天早上我们一起晨扫时，我说汉语，她说英语，有时我说英语，她拼写。"她说完之后文昊站起来补充："海峰主要是句子不会。我就教他句子的构成，单词的摆放。反反复复练习，他就会了。"他们两个人的倾囊相授让其他小组受益匪浅，也让我顿悟：兵教兵，永远是良方。

永远不要小觑学生！他们有时会比你更有智慧，更有方法！

永远不要丢失奖惩机制，它会让你事半功倍！

在改进创新中提高效率

今天英语晨读听写，大多数同学成绩有所提高。昨天名列前茅的第七小组今天成绩却不咋地，我让组员说说原因。静姝是组长，她站起来指着海峰说："海峰没有找到三年级下册书，他昨天回家之后就没有复习，导致他今天听写只得了80分。"

"没有找到书的同学大有人在。别的组是怎么解决这个问题的呢？我想请第三小组的同学帮帮第七小组。"我说。第三小组的鑫杨站起来，耸着肩膀说："我也没有找到书，但组长俊豪把书借给了我，让我把重点单词和句子抄在笔记本上。我抄了两遍，回家之后读了两遍，默写了两次，并进行了改错。今天我听写得了90分。"说完，他的眼睛笑得成了一条缝。

"好方法，好成绩！静姝小组明白了没有？"静姝小组成员纷纷点头，一副马上效仿提高成绩的样子。

我看了看小组写在黑板上的总分和均分，发现英语科代表小组是全班倒数第一。

"浩冉，按照我们的约定，倒数第一的小组每人扣两分。你是英语科代表，也是这组的组长。请你来给你们小组每人扣两分。"浩冉站起来，表情极为尴尬地走到讲台，给成员扣了分。

"浩冉，你再给自己扣两分。"浩冉似乎要哭了。

"为什么老师要给浩冉再扣两分？"我必须要让他明白原因，让他下次不犯同样的错误。

"他英语成绩最好，但是只顾自己，没有带领同学们一起学习，一起进步。"瑞杰说。

"是的。瑞杰说的我很赞同。一个人优秀不算优秀，带领大家一起优秀那才算是真正的优秀。"我提高嗓门，一字一顿地说。浩冉强忍着泪水，点点头。

"我相信通过今天这个教训，你会明白今后应该怎么做。我期待着你们这一组在下一次听写中脱颖而出。"我盯着他的眼睛说。他含着眼泪用力点点头。

任何一个措施的推行都有一个边践行边修正的过程。如果不行动，不总结，不修正，再好的办法变成了下下策。工作也就无法创新，无法提高效率。

没有多媒体的教学也很精彩

今天我上的内容是四年级上册第一单元 B 部分的 Let's learn。Let's learn 有五个单词——teacher's desk, wall, floor, computer, fan；一段话——Look! This is the new classroom. The door is orange. 五个单词要求学生能够听、说、认读，并能运用以前学过的知识如颜色来介绍自己的新教室。

在这节课中我没有使用多媒体来进行教学。因为学生由三年级进入四年级换了教室，也可以说是他们的新教室。在教室里，也有电脑、电扇、讲台、计算机等硬件设施。在我的理解中，多媒体是为教学服务的，不能为了多媒体而使用多媒体。

开课前，我和学生一起律动复习了 A 部分的 Let's do，用"What's this? What's in the classroom? Where's ××'s seat?"等句子复习了第一节课学习过的单词，进行了日常交际。指着学生的课桌问：What's this? 学生齐答：It's a desk. 肯定了他们的答案后我接着问：What's this? Is this a desk? 在学生一脸茫然之际，我笑着告诉他们：Yes, this is a desk. It's a teacher's desk. 虽然 teacher's desk 对于学生来说是一个新词组，但是构成词组的两个单词对于他们来说并不陌生。带读了两遍之后，我接着问：What colour is the teacher's desk? 我们学校每间教室的讲台都是蓝色的，在学习颜色的单词时我也曾指着讲台问过学生这个问题，学生踌躇满志的大声回答：It's blue. 学生老是说这么简单的句子怎么能行呢？得进一步进行引导：Please make it into a long sentence. 有学生明白了，马上举手发言：This is a blue teacher's desk. 就这个句型吗？还有！"Any more? Think it over."在我的再次鼓励下，以前学过的各种句式说出来了：I like the blue teacher's desk. We have a blue teacher's desk. 见这个词学生掌握的很不错了，我指着讲台上的电脑问：What's this? 两三个孩子小声的在下面说：[kəm□pju□tə（r）]。看来这个单词的重点就在 o 这个字母的发音上了。我把这个单词板书在黑板上，分成三个音节，在发音的元音字母或字母组合下画上横线，写下音标。从我接手这个班级开始，我就一直坚持在教单词的时候教孩子们根据读音记忆单词，教孩子们音标。看见熟悉的音标，孩子们也会自己试着读一读。我分别让三个孩子读了不同的三个元音，再让全班孩子一起试着读这个单词，嘿嘿，孩子们都读对了。下一步该用它说句子了。先同桌之间说一说，再展示。有了第一个新词的铺垫，孩子们再用这个词说句子时不仅说的多了，长了，也更丰富了。The computer is grey. I can use the computer. I have a computer book. My father likes computer.…

在教学 fan，floor 和 wall 的时候，我采用的是旧单词带出新单词读音的方法。比如，fan 由 ant，and 带出；floor 由 door 引出；wall 由 ball 引出。拓展了 fall，call，mall 等词。并将 fun 和 fan 的读音和词形进行比较。单词掌握好后同样用造句的方法进行了巩固。

现在小学英语教学提倡教学最后要回到教材上。怎么回到教材上呢？Do you like Zoom？ Do you want to see Zoom's classroom？ What colour is the computer？ Let's listen! 先听录音，回答提问；再打开书，听音，给单词标号，跟读。How does Zoom introduce his classroom to us? Let's read. 先读 Zoom 的介绍，然后自己介绍自己的教室。先小组说，后展示。

纵观本节课，我觉得有以下优点：

一、板书整洁，一目了然

板书如下：

The —
teacher's desk
computer
wall
floor
fan

is —
blue.
grey.
white.
orange.
green.

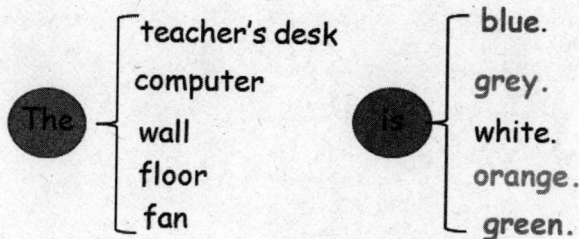

先板书单词，后板书句子。词和句子兼顾，给学生示范，科学合理。

二、注重知识联系，教会学习方法

学生在学习英语时，前后的知识并不是孤立存在的，而是有机结合在一起的。如学习 wall 这个词时，先板书复习的是 all 这个词，找到这个词是在哪儿学习过的，是在一个什么样的句子中。复习了 all，找到了 all 的读音，再加上 b，学生想起了三下学习过的 ball，再把 b 换成 c，w，f 等，孩子们一看就能读出新词。在学习单词时，用以前学过的句式说句子，做到了学习新知识不忘记旧知识。所以，我认为在我的英语课堂上，孩子们学习到的不仅仅是书本上的知识。学习到的知识不是死的，而是活的。

三、层次清晰，面向全体

上课的思路是条清缕晰，先词，后句，后段，一环套一环，螺旋上升。教授新词时，面向中下等生；造句时，面向中上等生；说一段话时，面向尖子生。一节课，让不同层次的学生有所发展，有所成就感，有进一步学习的愿望。

虽然在这节课中我没有使用多媒体进行教学，但是我感觉孩子们对这节课的知识掌握的还比较好，达到了预期的目的。

在学习中进步，在研究中成长

PEP 小学英语新教材从 2012 年秋季学期在三年级开始使用。非常幸运，我们点军小学的六位英语老师在 2012 年暑假参加了人民教育出版社的新教材培训。在 2012 年秋季学期，我们有三位老师执教三年级英语。这学期的主要教研活动我们紧紧围绕"新教材新课标"这一主题来开展活动。通过近半学期的实践、研究、学习、反思，我们对新教材又有了进一步的观点和看法：

一、教材整体框架微调，让教材更实用。

如三年级上册单元数量不变，但是单元顺序有所变动。每个单元分为 A，B，C 三部分。每个单元有主情境图，即教材中的蝴蝶页部分。Part A 部分第一页为对话，第二页为词汇，第三页为字母、语音页。Part B 第一页为对话页，第二页为词汇页，第三页为阅读页，即 Start to read。第四页为检测页。Part C 为故事页。新教材没有 Good to know。修订后的教材将文化内容融合在：情景图、对话、词汇、任务活动之中。

新教材在单元数量上有所微调，如六下的两个复习单元合理减少为一个主复习单元，且各单元顺序、话题有所调整，更符合学生的认知规律。学生书后的词汇表加上了音标，程度好的学生教师可以提前教音标，有更多选择余地。这给学生的学和老师的教提供了极大的便利。教师可以根据学生的实际情况，对音标学习制定不同的教学目标，体现因材施教。

二、单元内部结构微调，让教材更理性。

除了教材整体框架的微调，单元内容教学板块也进行了调整。

（一）三年级 A、B 部分变为三页，A 部分第三页改为语音页。三年级将重点学习辅音在单词中的发音以及元音的短音。B 部分增加了一页 Start to read，综合复习 A、B 部分所学知识，为进一步学习打好基础，而且增强了趣味性。

（二）四年级对话板块调至词汇板块之前，提倡在语境中教学词汇，减少单元容量，由原来的每单元 12 页变为每单元 10 页。

（三）取消了五、六年级"Let's start"部分，但采用蝴蝶页设计情景图，呈现本单元的核心句型以及词汇，减少单元教学容量。取消了"Good to know"部分，但将原有的文化内容渗透体现在话题交流中。本次 PEP 教材修订，虽然课程容量变小，但给老师提出了更高的要求，比如如何利用背景、图片等隐性的材料，让学生有更多的语言输出和语言实践机会，如何鼓励学生在现有语言支架的支撑下有自我创造的成果，都是我们今后需要思考的问题。

三、调整语音安排，让学习更科学。

老版本的教材四年级下学习元音字母的发音，从五年级开始涉及音标和字母组合发音的系统教学。新版本更加重视语音教学，重新安排了语音学习的顺序：字母名称音——辅音字母发音——原音字母发音——字母组合，体现了语音学习的规律性和渐进性。如：字母教学提前至三年级上册，为以后的字母名称音以及辅音字母的发音的学习做准备。三、四年级改进了语音歌谣，并使其更加朗朗上口，便于小学生记忆，弥补了原教材语音教学和儿歌教学分离的弊端。六年级是对所学音标进行归纳复习，使小学阶段的语音教学更具系统性和完整性。三年级则是上册字母拼读，从教材内容设计和排版上都更有韵味，符合儿童认知特点。

四、强化读写训练，让能力更突显。

"学习任何语言都需要大量阅读。学习英语也需要大量阅读。英语学得好的人，一般说来，都读过相当数量的书；反之，只有读得比较多的人，才能真正学好英语。"英语专家指出大量的阅读会使学生受益匪浅，英语阅读在发展学生的各种英语能力中起着无法替代的作用。因此新版的教材对阅读板块作了较大的调整，如原阅读材料多数为对话，而修订后的文体多样化，拓宽了学生的阅读面。从三年级开始采用多样化文体形式，循序渐进培养学生的阅读能力，增加了语篇的可读性和趣味性。新教材增加了语篇的可读性和趣味性，让学生 It's fun to read. 降低了难度，由低年级到高年级循序渐进，注意与其他技能的结合，提高了阅读效率。同时对课文中的对话进行了修改，精简了话轮，充分利用非语言情境。如：修改成了，将原来的 8 句话减少为 4 句话，虽然话语减少了，但不减少意思的表达韵味，所以减轻了学生的记忆负担。在写方面也有微调，字母书写提前至三年级上，单词书写提前至三年级下，依次类推，难度由低年级到高年级循序渐进，增加有意义的写，如短广告、其他应用文体小短文等。这样的微调使学生听说读写综合技能得到更早的锻炼，从而更有效地发展学生综合语言运用能力。如通过三上 U4 和三下 U2 之间的书写对比，我们可以看出在字母书写中更加注重系统呈现，循序渐进。当然本次 PEP 教材调整还在教材的人物设计、图案描绘等方面进行了很大的调整，如教材里的小朋友都换了造型，更加具有时代特征，更能吸引孩子的兴趣。

新教材修订总的来说紧扣课程标准，循序渐进培养学生的能力，包括书写，拼读以及阅读能力地培养。虽然从教材看难度有所降低，但是从总体要求来看对学生能力地培养没有降低，这更需要我们一线老师进一步转变观念，深刻认识英语课程对学生发展的价值，把教学理念自觉地转化为课堂教学行为。

新教材对我们一线教师提出新的挑战，如何真正把握教材改革的内涵，让新课程理念融入课堂教学，使学生真正受益 ..... 我们才刚刚起步，与教材改革同行。不管教材如何变化，我们教学生英语学习应该考虑：Interesting, interesting, and interesting! 只要我们在教学中的任何一个教学设计都充分考虑到了这点，在新课标下的小学英语教学就一定会获得成功！

孩子，谢谢你的帮助

这学期，我带三年级的英语课。

11 月 15 日，孩子们第一次参加了全区的英语期中水平检测。他们很兴奋，也很期待。考试 20 分钟后，我走进教室，发现孩子们都做完了试卷，在那儿无所事事。我问道：试卷做完了吗？孩子们齐声答道：做完了！我问：检查了吗？他们又整齐划一地答道：检查了。我问：能够得到一百分吗？他们自豪地答道：能！我在教室里走了一圈，发现并不是人人都可以得到一百分。怎么让他们学会考试呢？

考试完当天，我批改完试卷，走进教室，将试卷发给学生。

孩子们拿到自己的试卷，看了看试卷和分数，面带羞涩。我拍了拍手，教室里顿时鸦雀无声。孩子们坐得端端正正的，一双双黑黝黝的眼睛盯着我。我环视了一圈，张嘴说道："这次的水平检测，Miss Fan 要表扬班上的一个同学。他的名字叫——"孩子们屏住呼吸，竖着耳朵听着。我顿了顿，大声宣布："谢文昊！"同学们的羡慕的眼光都投向了谢文昊同学。谢文昊不自在地正了正身子，吸了吸他的鼻子——这是他习惯性的动作。"老师为什么要表扬他呢？"我期待着有人站起来进行大胆猜测。我用目光扫视了每一个孩子的脸庞，很是失望。——没有一个人想要说。我只有自言自语："他在这次检测中得了一百分。"孩子们再次把羡慕的眼光投向谢文昊。"他为什么能够得到一百分呢？"我的语速很慢，我希望，我的话能够在孩子们的心中激起一阵阵的涟漪，他们能够和我对话。我的余光告诉我有人举手了，我很是高兴。定睛望去，是谢文昊！他仍然坐得端端正正的，小手举得规规矩矩的，一双眼睛满是表达的渴望。"谢文昊，你有什么话要说啊？"谢文昊站起来，吸了吸鼻子："我本来得不到一百分的。"听见这一句话，我心里咯噔一下，难道我把试卷改错了？不可能吧？那么简单的试卷，那么容易记住的答案，我怎么可能给他把试卷改错抑或是分数统计错呢？我满脸疑惑地望着他。他慢悠悠说道："我把试卷做完了，仔细检查了一遍。发现，我有一题做错了。""哪一题？"他做错了我还给了他满分？！我马上追问道。他看了我一眼说："第五题。"我打算不打断他的话了，让他把话说完。他接着说："第五题是听句子，选择正确的答句。我检查的时候，发现我第一次做的是选择听到的句子。所以，5小题都做错了。然后，我就把它改过来了。这样，我才得到了一百分。"看着同学们恍然大悟的样子，我说："孩子们，从谢文昊同学分享的考试经验，我们可以得出：要想考一百分，我们要怎样做呀？"孩子们异口同声回答："做完以后要检查。""仅仅是检查吗？""还有，要仔细读题。""按照你们说的，我们把它记下来，贴在教室里，让它时刻提醒我们该怎样做试卷。好不好？""好！"这样，三年级英语考试约定就出台了。

这节课前，我还在琢磨让孩子们学会考试，学会在考试中拿到一个理想的成绩。直接告诉孩子们，似乎效果不大怎么好；不说吧，担心孩子们懵懂，一而再再而三地犯同样的错误。谢文昊同学的无心之举，却帮了我的忙。借用他的经验，他的嘴巴，让孩子们心悦诚服地、牢牢固固地记住了应该怎样考试。

孩子，谢谢你帮助我！

我们不可能每一节课都有这么好的机运，遇到优秀的学生来帮我们解决问题。但是，在课堂中，我们应该始终营造一种民主、轻松的氛围，让孩子们敢说、能说。当机运到来的时候，我们就能够抓住机会。

率性的生日派对

昨天在三年级上完英语课，正准备离开教室的时候，启豪跑过来，满脸笑容告诉我："樊老师，明天就是我的生日了。"我笑着对他说："老师提前祝你生日快乐。"然后，我让全班安静下来，说："同学们，明天是启豪同学的生日。正好明天有一节英语课，我们一起为他过庆祝生日。好不好？"同学们欢呼起来。我接着问："我们需要准备什么呢？"孩子们异口同声回答"生日礼物。"我说："好！今天加一门英语作业：为启豪准备一份生日礼物。"同学们再次欢呼起来。启豪高兴地跑回到座位。

启豪快乐高兴的样子把我拉回了开学初的家访。启豪九岁了，从出生到现在没有见过自己的母亲。母亲生下他就走了，去哪儿了谁也不知道。爸爸常年在外打工，从不回家，爸爸的模样在他的脑中也很模糊。他从小和爷爷奶奶在一起生活，爷爷奶奶六七十岁，年老体衰，病魔缠身，家境一般。在这样的环境中长大的启豪爱读书，爱看科普类的电视，知识面广。他脸上总是挂着阳光一样的笑容，给人温暖和舒服。可能是因为他的出生，他的家境，他不允许任何人欺负他。只要有语言或者肢体的不舒服的感觉，他就动手，而且是狠狠地下手，打得别人跪地求饶才肯罢休，这样的孩子让人心疼也心急。

同学们都在准备他的生日礼物，作为英语老师，我送什么呢？想了想，还是送书吧。他喜欢书，喜欢读书，送礼物就是要投其所好。送什么书呢？在书店里逛了一圈，看见狄更斯的《大卫.科波菲尔》，就定下了目标。

今天当我走进教室，看见孩子们期盼的眼神，我问：准备好了吗？学生们心领神会，拼命地点头。快嘴的美琪说：我们都把礼物送给启豪啦。我说：这节课，我们还是按照原计划执行——给启豪过生日。送礼物环节改为樊老师送礼物。好不好？学生们欢呼雀跃。有一个什么样的仪式感让他铭记在心呢？一个孩子提建议，在一体机上写"Happy birthday"。因为三年级的孩子还没有学习书写单词。这个任务就交给我了。我书写的时候，孩子们聚精会神地看着老师是怎么写单词的。写完之后，孩子们接着说，还要画上气球、蛋糕、蜡烛、礼物盒，这些物品才有生日派对的氛围。我说我也想画，可是我的美术很垃圾。话音刚落，三个孩子站起来，走到一体机前开始勾线了。

在等待时机，我抛出一个又一个问题，引导他们如何设计活动，做到极致。他们边说我边记下。达成一致意见时，板报也完成了。

按照既定的环节，我们逐一开展。首先我们面向启豪，带着笑，拍着手，为他唱生日歌。我从来没有教学生用英语唱生日歌，没有想到他们人人都会唱，而且唱得还很整齐。启豪始终咧着嘴巴，眼睛笑成弯弯的月亮。接着，每个孩子站起来说了一句祝福的话，可英文，可汉语。有的祝福他长得更胖一点儿，有的祝福他能够开心每一天，有的祝福他学习进步，有的祝福他的体育成绩能更高一些……启豪笑着照单全收。然后，我代表三年级的教师送礼物，送祝福。我说：这套书虽然很厚，你目前读起来有一定的困难。但老师相信你，总有一天你能够读懂这套书，能够读懂老师的用心。大卫·科波菲尔真诚，善良，勤奋，刻苦，无论遇到任何困难都能坚定不动摇，任何时候都满怀信心和希望，所以，他最后在事业上取得了成功，家庭上获得了幸福。老师希望你能够像大卫一样，无论是儿时遭受了多大的磨难，还是青年时代充满了艰难困苦，他都不屈不挠地与命运抗争，无时无刻不在努力奋斗。老师也希望你也能拥有大卫一样的纯朴善良的品格，发愤图强的自立精神，以及对他人宽厚，仁爱的温暖之心。最后，启豪说感想。他说：同学和老师的话都让我感动，我今后再也不和同学动手。他的话音刚落，台下掌声一片。

因为爱，所以爱。希望我们真的能够用爱心，融化他心中的冰山。也希望他能够像大卫一样克服重重困难，走向事业的成功，家庭的幸福！

我们要在同一频道上

今天学习的故事是 Zip 和 Zoom 到农场参观。看见了奶牛 Zoom 就想到了牛奶，看到了母鸡就说自己喜欢鸡肉和鸡蛋；看见了绵羊就想吃羊肉。通过梳理，我们得出：一是 Zoom 是典型的吃货，看到什么都想到吃的，而且还是一个肉食动物，不爱吃蔬菜，爱吃肉类；二是 Zip 和 Zoom 不在同一频道上，Zip 看到的都是美好的东西，而 Zoom 想到的都是吃的。

学习完了故事，我们进行拓展，turkey 的读音，意思以及第一个字母大写是什么意思。第一二个问题很好解决，在四年级上学期的时候我们学习过这个单词。Turkey 是什么意思呢？没有一个人举手回答。一秒钟，二秒钟，三秒钟……。十秒过去了，我正要考虑我是不是该出场了，一只小手果断地举了起来。看那阵势，一定是十拿九稳的。我定睛一看，是聂瑞杰，他最喜欢举手了。老师的问题没有说完，他就在举手。有时候，老师没有提问，他也举手。他能够说什么呢？既然没有一个人能够回答这个问题，就把机会给他吧。他站起来，抬头挺胸，大声说："从视频听声音我们就可以知道 Me too 是奶牛说的，而不是 Zip 说的。"他的话音刚落，同学们已经笑成了一片，有的甚至笑得趴在了桌子上。他莫名其妙，一脸懵懂地环视了一下周围同学。坐在他身后的俊豪笑着指着他说："你和樊老师不在同一频道上。樊老师问的是 Turkey 是什么意思，你却在说 Me too 是谁说的。我们早就翻篇了，进入了下一个环节的学习。"瑞杰听了，幡然醒悟，一脸尴尬。我听了，心中一阵窃喜：孩子们活学活用，用的符合场景，符合意境。把我想说的该说的话都表达出来了。瞧，瑞杰都尴尬的要命，头都要低到胸口了。多好啊，不用我说，孩子们说，效果比我说的还要好。

既然已经走到这一步，我问："课堂上我们怎样提高学习效率？"没有想到的是学生们异口同声回答："和老师在同一频道上。"是的，我们要在同一个频道上，这样才会成全彼此。为了在同一频道上，老师要根据学生已有知识和生活经验来备课，来提问，来点拨。而学生，则要顺着老师的提问，来思考，来回答。

不仅在课堂上师生要在同一频道上，而且在生活中，在工作中，我们要和同事、伴侣、家人在同一频道上。

我们，无论因为什么原因走在一起，都是有缘人，都要在同一频道上。

孩子们教我上课

从教二十年，获得了大大小小的荣誉，觉得自己算得上一名成熟的教师。直到遇上了这群小天使，我才发现，我压根儿不会教书育人。

这是第二单元的故事课教学。上课伊始，我和孩子们玩一个游戏，如果老师说的是对的，学生就左手指尖放在右胳膊肘下面，右胳膊成举手的状态，嘴巴大声说："Yes，yes，yes！"。如果老师说的是错的，孩子们左胳膊和右胳膊交叉放在胸前，大声说："No，no，no！"第一轮，老师示范，我说："I am a man.（我是一个男人）"孩子们反应相当快，两胳膊交叉在胸，大声说："No，no，no！"我接着说：I am a teacher. 孩子们边做动作边说："Yes，yes，yes！"。第二轮，学生欣雨描述，其余孩子判断。她站起来，说：I have a brother. 哇！这个句子说的太好了。在三年级上学期我们学习了 I have a pen. 这学期我们学习了 brother. 她居然用以前的句子，用上刚刚学会的家庭成员单词，告诉大家她有一个弟弟。记得她曾经在课间告诉我，她有一个弟弟，不到两岁，她非常喜欢他，每天放学回家就抱他。多么和谐美好的家庭关系，多么鲜活的活学活用的例子啊！我大声赞扬她：Good！ You are so clever！她高兴得不得了，双手举起在空中挥舞着，扭了扭屁股，坐了下来。

欣雨的一个句子，让我心头一颤，一直自诩自己对教材非常熟悉，却不如学生这般对教材了解，对知识如此融会贯通。

最后一个环节是表演故事。尽管以前帮他们总结了怎样表演，但是，孩子毕竟是孩子，轮到表演的时候还是会犯错误。怎么解决这个问题？孩子们在下面小组合作表演的时候，我发现有一组表演的很不错。我把她们四个人叫到一旁，让她们重新表演一遍，我来录像。教室里静悄悄的，只有四个孩子表演对话的声音。等他们表演完了，其余同学七嘴八舌说开了："樊老师，我觉得他们应该戴上红领巾！""樊老师，他们还应该穿上校服！""老师，我觉得他们表演完了，应该一起敬一个礼，表示表演结束。""老师，我觉得他们应该在表演前，先上前一步，介绍自己扮演的角色，然后退回原位。这样，观众看起来就不会糊涂了。""樊老师，我还觉得妈妈回来看见儿子穿着自己的连衣裙，应该是很吃惊的。所以，应该有一个吃惊的动作，比如，张大嘴巴，瞪圆眼睛。""樊老师，我觉得今后就让优秀的学生做示范，你录像下来，大家一看就明白了。免得你说那么多，我们还是不明白。"多好的建议呀！尽管上课前，我不停地思考，反复修改，但是，正儿八经上起课来，还是会感觉考虑不足，没有为学生充分考虑。按照孩子们的建议，我重新修改了教学设计，修正了课件。在班上重新上了一遍。这一遍，效果好多了。看来，真是"三个臭皮匠，顶个诸葛亮。"

　　和孩子们打交道，让自己不再感到教学路上的孤独，不再让自己感到志得意满。

　　所谓的师生一场，其实是互为成全，共同成长。

谁送的栀子花？

一如既往，早上 7：20 到校。打开电脑，清理办公室，去食堂吃早餐。

等我再返回办公室的时候，闻到一股沁人心脾的栀子花香。寻香过去，原来是我办公桌上的一朵白色栀子花散发出来的。是谁送给我的呢？难道是三年级的孩子们？我平时和他们亲近最多了，估计是他们吧。看来，平日对他们的付出，他们还是知晓的，还知道悄悄送给我一朵栀子花。我寻思着，今天没有英语课，一定要找一个机会去班上问问，究竟是哪个惹人喜爱的小东西送给我的，我一定要当面谢谢 TA。

第二节大课间操结束后，我在电脑上忙着写我的一篇文章，听到门外有孩子的声音。我扭头一看，是二年级的文馨。她咧着嘴巴，望着我，傻傻地笑着。我对她招了招手，她蹦蹦跳跳到我身边，紧紧挨着我。我顺势拉着她的手，笑着问："找我有事儿吗？"她用手指了指我办公桌上的栀子花，嗲声嗲气问我："香吗？"我立马明白了，这朵花儿，是她送给我的。她现在来问我是否喜欢了。她对我的亲热，对我的撒娇，我知道，那是因为她和她妈妈聚少离多，她渴望母爱。平时最讨厌小女孩儿嗲声嗲气的我，能够完全接受她，理解她。甚至，觉得她那么可爱，又那么可怜。我笑着，使劲儿点了点头。她高兴地像天线宝宝一样，将头左右歪了歪。我看着她笑得像弯弯月儿的眼睛，问："你在哪儿摘的花儿呀？你家里种了栀子花吗？"她摇了摇头，噘着嘴巴说："我家里没有栀子花，但是我家隔壁有。"天哪，她该不会是偷的栀子花吧？我立马紧张了起来："你和人家打招呼了没有呢？""说了呀！别人允许我摘四朵，我就摘了四朵。"她边说，边伸出右手的四个手指头在我的眼前晃了晃。我心中悬着的石头终于落地了。这个时候，上课铃声响了，她看着我，似乎在询问我她能否离开。我拍了拍她的肩膀，笑着说："你先上课去吧！"她转过身，奔向大门。在门转角处，扭过头来，给了我一个笑脸："我喜欢你！"多么率真的表白呀！说完，她就消失在我的视线中。我心底对她说："我也喜欢你！"

我对她好吗？我也说不清。我只是觉得她没有母亲的陪伴惹人怜，她又是那么的聪明伶俐，我不想世界又少了一个天使。所以，我经常和她聊聊天，说说话。瞧！这么一个小小的举动，就感化了她。她就觉得我是一个值得信赖的人，一会儿送我画儿，一会儿手工。这次还好，把从别人那儿央求得到的花儿也送给了我。

作为老师，是多么的幸福啊！天天和天使打交道，不仅心态年轻，而且满足感倍增。因为，那些天使常常会给你意想不到的惊喜！

我来给樊老师当老师！

今天和三年级孩子一起学习《论语·学而时习之》。

因为不知道孩子们能够认识多少字，所以，我先让孩子们自己读。孩子们在读的时候，我在他们中间来回穿梭，发现他们有几个字不会读。然后把这些生字写在黑板上，一起认读了这些生字，了解了这些字的意思。模仿语文老师的做法，接下来，我给他们示范朗读。读完之后，浩冉举手，我以为他听了有什么感想。示意他站起来说。他满脸严肃，一本正经的说："樊老师，我要给你指出两处错误。一个是"吾"字的读音，应该是第二声；另外一个是"寝"应该是 qǐn，而不是 qǐng。"天啊！一个老师示范朗读，居然读错了？我小时候的语文成绩可优秀的啦。这两个字我清清楚楚记得他们的读音，我怎么会读错呢？我再次读了读这两个汉字。孩子们竖着耳朵听。我读完了，孩子们争先恐后帮我纠正。我一直坚信"群众的眼睛是雪亮的。"看来，无论我是否真心愿意接受浩冉的批评，事实告诉我，我确实读错了。要不然，不会有这么多孩子来帮助我。师不必贤于弟子。还是服输吧。我说："今天老师来当学生，你们来当老师，教我读准这两个字。好不好？"孩子们可兴奋了，音量提高了好几倍："好！"像巧八哥一样的欣雨，站起来说："我来给樊老师当老师！"我点点头。她像一个小老师，认真地给我示范着，读一遍，让我也跟着读一遍。其余的孩子像一个个鉴定师，给我评论是否再次读错。直到我朗读准确了，欣雨像平时我表扬他们一样，笑着大声说："Yes！"

给孩子们当学生，让我看到了自己平时的教学对学生的影响力量之大，也让我更加看见自己的不足。

我要和孩子们一起互相学习，取长补短，每天有进步！

让我们都成为聊天高手吧

　　我发现，中国的孩子似乎越来越不会聊天了。有时候，我们满腔热情和他们聊天，他们一开口，天都已经聊死了。为什么会出现这种情况？一是家长和老师们没有认识到聊天是一门学问，认为聊天是小事儿，不足以挂齿，从而没有正确引导；二是师生接触到的聊天资源比较少，也就是教学情境很少。幸好，人教版 PEP 教材上有的对话就有"如何聊天"这样的范例。

　　今天上课内容是 PEP 四年级上册第三单元 My friends Part A 部分的对话，具体如图：

　　上课课后，我问：How do you think of John's mom?（你认为 John 的妈妈是一个怎样的人？）孩子们有的说：She is beautiful. 四年级的孩子们接触英语的时间仅仅一年，词汇量有限。听到要评价 John 的妈妈，而且是一个女性，就想到了 beautiful，信手拈来的，很自然。为了用好教材，也是为了培养他们的观察能力和表达能力，我接着问：Why? 孩子们七嘴八舌说开了：She is tall and thin.（她长得又瘦又高。）孩子们都认为长得又瘦又高的人很顺眼，符合他们的认知水平。我指着妈妈的头发说：She has ___. 孩子们接着说：

long! 因为他们没有学习 hair 一词，我将句子说完整：She has long hair. 觉得孩子们表现出来的和我想要的答案不一致，我接着问：Do you want to know my answer?（你们想知道我的答案吗？）孩子们争先恐后大声回答：Yes! 我说：She is a chat master.（聊天高手）Look! Really? A Chinese friend? Yes, he is. What will your mother say when you say"I have a new friend."? 孩子们小手举的老高老高，欣雨说："我妈妈会边做着家务边说"哦""。我追问：And then? What will you do?（然后呢？你会怎么做？）欣雨说：I will do my homework（我会去做家庭作业。）言外之意，妈妈已经把天给聊死了，孩子觉得无趣，只有自顾自地去做家庭作业。欣雨妈妈是我们喜欢的聊天对象吗？我接着问：Is Li xinyu's mum a chat master?（李欣雨的妈妈是聊天高手吗？）同学们摇了摇头。我接着再问：Is John's mum a chat master? 同学们纷纷点头：Yes! 我接着问：How to be a good chat master?（怎样成为一个聊天高手？）孩子们似乎有很多话要说，但是不知道如何用英语表达出来。还是班长勇敢，问道：Can we speak Chinese? 我一声"Yes"换来了学生的争先恐后。有的说，要成为聊天高手必须先做一个优秀的倾听者，有的说不仅要会听，而且要会回应，讲述者才有兴趣讲下去；有的说……

仅仅是自己知道了还不够，还得帮助我们周围的人，这样我们的生活才会更加丰富多彩。我又提问了：Do you want to change your mum into a chat master?（你想把自己的妈妈变成聊天高手吗？）孩子们点点头，说：Yes! 我趁机问：Then how to do? 孩子们有的说：Teach her. 有的说 Tell her. 我追问道：Teach what? 孩子们把刚刚总结出来的怎样成为一个聊天高手，温习了一遍。

瞧！就这样，不仅我们学会了聊天，也让自己周围的人都学会了聊天！

学生帮我教育学生

早上在食堂门口，我看见兴旺坐在花坛边低着头在吃包子。他那长长的、黄黄的头发，是全校独一无二的。他昨天就没有上交英语作业，不知道今天是否有作业上交。如果我不管，放任自流，长此以往，头脑聪明的他不就入了歧途了？我蹬着高跟皮鞋走过去，站到他的面前。他仍然低着头，津津有味地吃着包子。他没有听见由远及近的脚步声？也没有看见自己面前的那双鞋？难道是我认错了人？"兴旺！"我叫了一声。他仍然没有抬头，右手拿着包子不停地往嘴巴里送，我开始怀疑自己。究竟是谁？这么大胆，老师和他说话还置若罔闻。我们可是君子学校，培养出来的都是君子学生呢。我厉声喝道："把头抬起来！"头缓缓抬起来，果然是兴旺。他嘴巴里塞满了包子，腮帮子鼓了起来，停止了咀嚼，一双眼睛可怜巴巴地望着我。看着他那可怜的眼神，我心软了，柔声问道："把家庭作业交给我吧。"他低下了头。我发现，书包就在他背后。"跟着我到我的办公室，边吃边找作业吧。"我在前，他在后。我抬头挺胸，他低头耷脑。我在办公室坐下，让他坐在沙发上吃包子，找作业。他一点儿都不难为情，不紧不慢地吃着。吃完包子，放下书包，开始寻找作业。一分钟，二分钟，……时间一分一秒地过去，他还在书包里倒腾。有经验的人都知道，他没有作业。怎么办呢？正在这时，晨读的铃声响了。我对他说："别找了。先去晨读。"他如获大赦，马上收拾书包，一路小跑到教室。望着他的背影，我想，一定要好好教育教育他！

上课铃声响了。我把早上发生的事情讲给全班的孩子们听。边讲边提问：为什么老师叫兴旺不抬头？教室里小手林立。启豪说："他做贼心虚。因为他经常不做作业。他昨天放学之后肯定没有做家庭作业，害怕老师批评。所以，他不敢抬头。"四年级的学生不仅知道"做贼心虚"的意思，而且用得挺准确的，必须赞一个。欣雨说："因为他心里有恶，所以不敢抬头。我通过读书知道心里有恶的人，害怕阳光，害怕正直的人。"看来她是读了与《圣经》有关

165

的书籍，才知道善恶之分。爱读书的孩子，也必须给一个大拇指！我看了兴旺一眼，他的头垂得更低了。看样子，同学们的批评比老师的还有效果。平时他做错事后像刘胡兰一样坚贞不屈，绝不低头。

有效果，接着又来了第二个问题：大家为什么这么笃信兴旺没有做家庭作业？美琪说："我们平时都要为自己的人品积攒分数，这是语文牟老师说的。因为兴旺经常不做作业，所以，他一旦这个样子，大家都会怀疑他没有做作业。如果他平时按时完成作业，同学们也就不会这样怀疑他了。""平时都要为自己的人品积攒分数"说得多好啊。这不仅是对孩子们说的，也是对我们所有老师说的。鑫杨说："就像狼来了的故事一样。郑韩兴旺以前经常欺骗大家，说他做了作业，但是掉在家里了。实际上，他没有做作业。如果他今天再次说自己的作业掉在家里，所有的人都不会相信。"是的，我们不能撒谎。一次的撒谎，就会引来大家今后对他所有事情的怀疑。兴旺的头更低了，脸开始红了。

既然同学们把我想说的话都说了，那就抛出第三个问题：兴旺为什么没有找到他的作业？考虑问题要全面，一次说完原因。锦绮说："首先，他没有做作业，所以，肯定找不到作业；其次，他书包里乱糟糟的。就算有作业，也找不到。"咦！孩子们怎么和我心里想的一模一样。兴旺在我办公室找作业的时候，我发现，他的书包和垃圾堆一样，书本摆放杂乱无章，作业散了架，一页一页的，皱巴巴的。在提问的时候，我还担心孩子们说不出第二个原因，没有想到孩子们一口气就把原因说得清清楚楚，明明白白。"同学们，现在大家可以下位，去郑韩兴旺的书包旁看一看，看他的书包是怎么收拾的。"同学们边看边指指点点，主要是脏和乱得问题。郑韩兴旺就站在他的书包附近，同学们的点评他听得真真切切。他的脸红到脖子处了。为了以儆效尤，举一反三，全班同学互查了一下课桌和书包的整理，评出最乱书包和书桌。经过同学们的现场察看，得出的结论是：兴旺的书包和书桌最乱。同学们不仅得出了结论，还说出了整理书桌和书包的方法。如山的证据，难听的批评，让兴旺的头垂到了胸口。但这，远远不够，我们必须要他知晓今后他怎么做。我们大家该怎么帮助他呢？这样，第四个问题就出来了。同学们七嘴八舌地，有的说科代表要辅导他，有的说组长要督促他，组员要监督他，有的说他家附近的同学要提醒他。……兴旺边听边点头，眼里慢慢有了光亮。

一节课，四十分钟。这场教育活动却花了近十分钟。有人觉得我不务正业，浪费了学生学习英语时间。但我不这样认为，"磨刀不误砍柴工。"相信这次的教育，会让孩子们铭记在心。谢谢可爱的四年级的孩子们，你们的表现，出乎我的意料之外。看来今后我要把我棘手的事情，交由你们。

群众斗群众，效果不是一般的好！

我不能传授给孩子们错误的知识

英语课时，学生问我："樊老师，英语笔记写在哪儿呢？"小学四年级学生的问题真是多，让他们做笔记，他们就问写在哪儿。写在哪儿呢？写在笔记本上吧？他们三天两头换本子。本子换了，却没有把笔记及时补上去。写在书上，时间长了他们不知道写在哪一面了。对！就写在扉页上。翻开书他们就能够看见自己做的笔记。四年级的笔记，又能多到哪儿去呢？一面扉页已经足够了。我说："请同学们把笔记做在扉（fēi）页上。"话音刚落，浩冉，我的英语科代表，站起来不紧不慢地说："樊老师，我要帮你指出来，你有一个字读错了。不是 fēi 页，而是 fěi 页。牟老师刚刚在语文课上教了我们这个字的读音。"好吧，我不是语文老师，多年前语文老师教我的知识我已经还给老师了，我宁愿相信是自己读错了。我说："谢谢浩冉帮我指出问题。现在，请同学们把笔记做在 fěi 页上。"我重读了 fěi。浩冉高兴地坐下来，按照要求做了笔记。

有的学生明明知道老师读错了，写错了，做错了，却不敢说，更不敢在公众场合指出来。而浩冉，发现老师读错了字，第一时间就帮老师指出来了。如果每个人发现别人的错误或问题，帮别人指出来，改出来，每个人将会进步得特别快。我要为龙浩冉点赞，为他不惧权威、不畏师者的大无畏的精神点赞，也为他的严谨点赞。我立马把这个故事和他们的班主任，也是语文老师——牟老师分享了。我以为，牟老师会和我一样表扬浩冉。没有想到，我讲述故事时手舞足蹈，眉飞色舞，而牟老师低头不语，双眉紧皱，好像在思考什么。牟老师是怎么了？是我讲的这个故事不够精彩？还是我小题大做？还是她今天身体不舒服？……讲完故事，我灰溜溜地回到了自己的办公室。

第二天，英语课上，我再次对全班同学们说："请同学们把笔记做在 fěi 页上。"话音刚落，学生炸开了锅："樊老师，这个字不读 fěi，而是读 fēi。牟老师让我们在语文课堂上专门查了字典，这个字读 fēi。"我尴尬了：我作为老师怎么这么不自信呢？明明自己是对的，却听信了学生的。最要命的是，牟老师会怎么看待这件事情呢？她该不会以为我质疑她的专业水平吧？要是她想多了，今后没有工作积极性了怎么办呢？我一定要找她谈一谈，而且一定要及时。下课后，我直奔牟老师办公室，讲述了课堂上发生的故事，说出了心中的想法：我没有挤兑她专业知识的意思。我一番滔滔不绝之后，牟老师笑了："樊校长，您不要多想。我只是觉得我们老师不应该传授给孩子错误的知识，要不然影响孩子们一生。您上次在和我说这个字的读音时，我没有作声，因为我心里在犯嘀咕：是不是我读错了？究竟该怎么读？我一定要查一查字典，给孩子们纠正过来。后来我查了字典，您读的是对的。我就在语文课上给孩子们讲了。"

心中的一块石头落地了。牟老师没有多想！而我，确实应该多想一下：作为一名老师，学生怎么说，就怎么相信学生，任由其发展，没有做到和学生一起查一查资料，确认一下谁对谁错。

是的，我们每一位老师都应该像牟老师一样，做到：不传授给孩子们错误的知识。

谢谢你，让我更加清晰地认识自己

——我的教育遗憾

北山坡 BRT 候车处，我站在栏杆边极目远眺，心里嘀咕着：20 路公汽怎么还没有来呀？正在这时，一个声音传来"请问您是不是樊老师啊？"我收回目光，一位青春靓丽、衣着清爽的女孩子站在我的身边，望着我，笑吟吟地问。我一脸诧异：这是谁呀？怎么认识我？叫我樊老师，一定是我的学生了。那她是谁呢？我在大脑里迅速搜索。真的不记得这个人了。我朝她尴尬地点点头，说："我是樊老师。"她高兴极了，嘴巴裂开得更开："我是 A 呀。"哦。我想起来了，她是我在点军小学曾经教过的学生，经常不做作业，我也经常批评她。我一定给她留下了不好的印象，或者是心理阴影。她这个时候是来报复的。赶快逃吧！我指着缓缓驶来的 20 路公汽，说到："我乘坐的车来了，再见！"她追上来："樊老师，不着急，我也乘坐 20 路。"她跟着我踏上公汽，坐在我的旁边。两人说什么好呢？我如坐针毡。没有想到她主动开口了："樊老师，我觉得您是一个好人。"她没有指责我，在表扬我。我扭过头，看着她。她一脸真诚："您是一个很自律的人。对自己要求严格，对学生要求也很严，您总是希望学生和您一样优秀。"我点了点头。她说的完全正确。她接着说："我们那时都非常怕您，生怕犯错误。因为犯了错误您就要批评我们，每次批评我们的时候声音很大，语气很严厉，表情很严肃。"我又点了点头，我儿子曾经用这样的字眼描述过我。她说："我们知道您这是为了我们好，可是，哪有孩子不犯错误呢？樊老师，您小时候犯过错误吗？"我点了点头；"人非圣贤，孰能无过？"她说："是啊。在后来的学习和生活中，我发现，自己曾经犯过的错误，给自己留下的印象特别深，自己再也不会犯那样的错误了。可是家长老师们的告诫，或者教育，好像怎么都记不住。您是这样的吗？"我再次点点头。她说："要是您教我们的时候，对我们放手一些，让我们敢犯错误，让我们能从错误中吸取教训，那就好了。"我不好意思点点头。不知不觉，一站公汽站到了，她下车了。

她走了，我却陷入了深深的反思之中。对自己要求严格是好事儿，为什么对别人也如此呢？每个人都不一样。自己也犯过错误，为什么就不能允许别人犯错误呢？这是典型的"只许州官放火，不许百姓点灯。"学生犯错之后，不是批评指责，应该和她做朋友，了解他们的想法，帮助他们分析问题，找到答案。学习的方式多种多样，为什么不能让学生在体验实践中学习呢？

幸好，一切都不晚。我还是老师，还是站在讲台上。我还有改正的机会。

谢谢你，A同学，你让我更加清晰地认识了自己，明白了今后应该努力的方向。

学生当小老师

今天，学习六种动物的叫声：猫是 meow，鸭是 quack，狗是 woof，母鸡是 cluck，奶牛是 moo，马是 neigh。

我首先让学生观察，说一说表格有什么特点。孩子们七嘴八舌，一个观点：左边的是动物，右边的是动物的叫声。说得很好，不用我告诉他们了。六个单词，我教了猫和鸭的叫声。我指着后面的单词："Who can teach us？"静姝举手："我们由 book 的读音，可以读出 woof 和 moo。"三年级是孩子们学习英语兴趣最为浓厚的时候，学习的片言只语他们印象深刻。同学们认可吗？我问："Do you agree？"学生们一边点头一边大声说："Yes！"

剩下的 cluck 和 neigh 有一定的难度。瑞杰举手了，信心满满的样子。他平时最喜欢举手了。每当老师提问的话音刚落，他就高高举起手来，说："老师，我来！我来！"给他机会，他的回答和答案总是风马牛不相及，只留下同学们的一阵笑声。剩下的单词那么难，他会吗？反正现在也没有同学举手，给他一个机会吧。我说："瑞杰，请你到前面黑板来给同学们讲解。"他高兴极了，小跑到讲台，在一体机希沃白板上用食指迅速写上 duck，气喘吁吁讲道："请同学们看这儿。duck 是鸭子，我们都会读。它后面三个字母和 cluck 后面的三个字母是一样的。我们去掉 duck 前面的 d，就可以知道 uck 读 /ʌk/。ccc，/k/ /k/ /k/；lll，/l/ /l/ /l/。所以，母鸡叫的声音读 /klʌk/。"他由 duck 想到 cluck，这一点，我都没有想到。这个学习方法真是不错。他讲述完了，站在讲台上，踌躇满志。我说："同学们，他的读音方法大家赞同吗？"同学们说："赞成！"还有一个单词，会有学生来教吗？我环视了一下教室，露珧怯怯地举起了手。她是一个做事稳当的女孩子，没有十足的把握，她是不会举手的。我示意她来教。她说："我们三年级时候学习单词 eight，去掉 t，读 /ei/，前面加上 n，就成了 neigh，读 /nei/，就是马的叫声的读音。"太棒了！孩子们太厉害了！

一直以为他们年龄太小，知识面太窄，不能做到举一反三，由此及彼。瞧！他们真的做到了。尽管只有两个人，但是也让我看到了希望。他们就是燎原之火，是火种，是希望。在今后的教学中，我一定要像今天一样，大胆放手，赋予他们权利，让孩子们教孩子们。这远远比我一个人唱独角戏有趣又轻松多了！

教学相长

　　六年级英语下册教材第一单元有一道练习非常有趣：What size are your shoes?（你穿多大鞋码的鞋子？）Whose shoes are bigger?（谁的鞋子比你大？）我觉得这两个问题问得非常好。班上很多学生是独生子女，从不关注自己的吃穿用度，因为家长向来都是提前安排的妥妥当当的，比如衣服和鞋子；学生的眼睛很少向下，关注周围人的脚和鞋，大课间和体育课的时候，可能会关心谁穿了一双什么颜色的新鞋。一言以蔽之，学生很少关注生活。这道题，正好可以引导学生观察生活，关注身边的人和物。

　　今天晨读的时候，我让学生完成这两个问题。我发现有的学生在教室里脱了鞋子，翻来覆去在鞋底、鞋里寻找鞋码。有的同学见附近的人脱了鞋，撅着嘴巴，用手在鼻前扇风。有的学生很快完成了第一问，弯腰低头看同学们的鞋子。有的学生完全不顾我在场，转身和同桌窃窃私语，估计问 Ta 的鞋码。教室里一片乌烟瘴气，看得我火冒三丈。学生乱成一锅粥是必然。平时没有观察，现在完成作业就很困难。为了在规定时间内完成任务，他们只有各显身手，按照自己的办法去做。作为教师，不仅要教知识，更要教办法。

　　我拍了拍手，让他们停下来。听见信号，他们马上放笔坐正，两眼看我。

　　"Who is the tallest in our class?（谁是班上最高的？）"

　　"Yang Jichen（杨基辰）"学生异口同声回答。

　　"Whose feet are the biggest in our class?（谁的脚是班上最大的？）"我接着问。

　　"Yang Jichen."学生一致表示。

　　"Why do I ask the two questions?（我为什么要问这两个问题？）"

　　"一般来说，个子高，脚就大。"牟美琪说。"Yang Jichen's feet are bigger. That is Yang Jichen's shoes are bigger.Right?（杨基辰的脚比我们班上每一个同学的脚大。也就是说，他的鞋比我们的鞋都大。对不对？）"我说。

　　"Yes！"学生大声说。

"Are you clear?（会做了吗？）"我问。

"Yes！"学生一边说，一边拿笔准备写。

这个时候，杨基辰扭了扭头，扭扭捏捏地举起了他的右手。

"杨基辰，你有什么问题？"我问。

"老师，那谁的脚比我大？"他站起来，低着头，小声问道。

他这个问题问得好，他的脚是班上最大的。谁的脚比他大呢？我正想着怎么回答的时候，欣雨小声冒了一句："樊老师呗！"

我的脚比杨基辰的大？不可能。平时上操的时候，我仔细观察了，杨基辰比我高，脚也比我大，估计在42码左右。尽管我的脚在女性中属于比较大，40码，但是，和他相比我的脚还是小了。欣雨的提示给我一个启发：不要仅仅局限于同学和同学之间进行比较。

"樊老师的脚比杨基辰的脚小。"我纠正道。

"杨基辰，你爸爸的脚比你大。"有同学提醒杨基辰。

有可能啊。杨基辰毕竟是一个12岁的孩子。说不准，他爸爸的脚比他大。

"我爸爸穿40码的鞋子，我穿42码的鞋子。"杨基辰说道。

教室一片寂静。同学们都低下了头。

"杨基辰，你是篮球运动员，也是篮球爱好者，你应该知道姚明吧？"我问。

同学们马上都抬起了头，两眼发光，频频点头。

"姚明穿多大的鞋？"

"53码。"他斩钉截铁地说。

"现在知道怎么回答了吧？"

他点点头。

"思考问题，不能局限于我们班上，我们学校，我们家人，视野应该更开阔一些。"说给学生听的同时，也是说给我自己听。

《礼记·学记》中说："是故学然后知不足，教然后知困。知不足然后能自反也，知困然后能自强也。故曰教学相长也。"

好的课堂，教学相长，共同成长。

175

你的课堂，还给你

（一）人人有机会展示自己

今天的教学内容是四年级下册第五单元 B 部分的对话教学。第一遍，看视频，回答问题：What are they doing? 一遍后，聂瑞杰举手，边想边说：They are put away the clothes. 我纠正道：They are putting away the clothes. 聂瑞杰真不错，P49 面学习了 Put away your pants，在这里他就想到了 Put away the clothes. 学了就能用，该点赞，该在班级优化大师加一分。他时态没有用对情有可原，因为五年级才会学习现在进行时。表扬了他，加了分，他高兴地扭了扭身子，笑眯眯地坐下来。

第二个环节是文中有一些生单词，如：coat, pants, Sam, funny。哪个同学能够上台当小老师，看看谁是最棒的小老师：教态、语言、眼神等要到位。林静姝走到讲台上，在一体机上写下 goat 后说："请同学们看这里，这是 goat，山羊，我们在 P43 面学习过。我们现在把 g 换成 c，c 一般读 /k/。那

么这个单词就读 /kəʊt/。请同学们跟我读。"林静姝一本正经的样子真像一名老师，她用以前学习过的单词来读新单词，是我们一直坚持的学习方法。这个旧单词找的好。掌声送给林静姝，林静姝蹦蹦跳跳回座位。王璐珧也举起了手，我示意她走到讲台上。她性子向来很好，稳重的很。她写下 panda 这个单词，一字一顿地说："这个单词读 panda，是熊猫的意思，我们在三年级的时候学习过。这个单词 pants，前面三个字母和 panda 一样，所以，读音一样，读 /pæn/。ts, ts——"同学们一起回应她："/ts/，/ts//ts/"。孩子们配合的真是天衣无缝。不得不为全体孩子的合作精神点赞。王璐珧说："所以这个单词读——"学生异口同声回答："/pants/"。了不起的孩子们。小老师棒棒的，学生们也是棒棒的。我正准备让王璐珧上位的，结果她不紧不慢地说："我还教大家一个单词，Sam。这个单词是 hat，帽子的意思，P49 学习过的。它和 Sam 有一个共同特点，a 在单词的中间，所以应该读 /æ/，这个单词应该读 /ˈsæm/。"最后一个单词是龙浩冉教的。他说：sunny 是我们在第三单元学习的，把 s 换成 f，就是 funny。新单词单独放在一边大家都明白了怎么读，放在文中还会读吗？小组读课文，读准单词，读出语气。第一名举手读准确的加一分，第二名 0.5 分，以此类推。评价的激励，让孩子们在最短的时间内完成了任务。

第三个环节是看图，读文，回答：Sarah 的妈妈和 Sarah 怎么看待 Sam 穿父母的服装的？为什么？林静姝说：外国的爸爸妈妈都比较包容孩子，给孩子的总是肯定。比如我们以前学习的 Zoom 穿妈妈的连衣裙，妈妈看见了说的是 Zoom, You're beautiful。在这里 Sarah 的妈妈说的是 You're funny. 都是褒义词，都是肯定。如果换成我们的爸爸妈妈，可能就会挨一顿打，一顿骂。同学们纷纷点头认可。既然没有意见，我们接着分析 Sarah 的看法。大家都认为 Sarah 觉得弟弟这样做不好。李欣雨说：适合自己的才是最好的。Sam 穿父母的衣服，明显都大了。大家看，大衣的袖子那么长，手都不能伸出来，还有裤子，那么长。这样穿着不好看，也不方便运动。所以，Sam 穿父母的衣服不好。胡欣怡说：妈妈穿的是无袖的连衣裙，Sarah 穿的也是裙子，说明是夏天，气温比较高。而 Sam 穿的是大衣和长裤，Sam 就会热，会流汗，容易感冒。所以 Sarah 觉得这样做不好。聂瑞杰说：Sam 穿的是妈妈的大衣，爸爸的长裤。特别是长裤这样长，一走路可能就会绊倒，不安全。所以，Sarah 说 Oh, no！Sam！

孩子们的读图能力完全超过成人。一是看得全，二是看得细，三是想得远。

只要把舞台给孩子，把课堂还给他们，他们就会还我们一个个惊喜！

（二）蓝色大衣是谁的

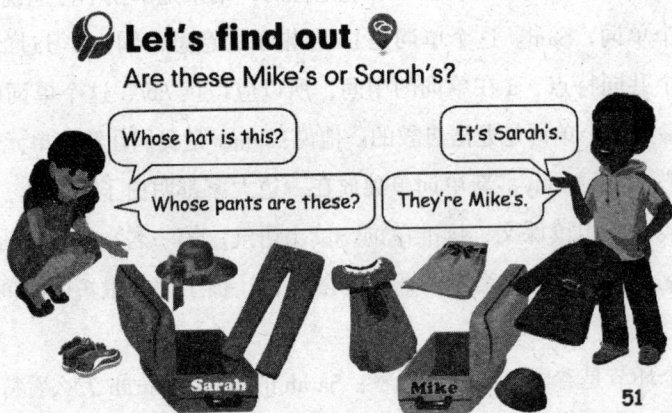

Let's find out

Are these Mike's or Sarah's?

Whose hat is this?
It's Sarah's.
Whose pants are these?
They're Mike's.

Sarah
Mike
51

这是游戏部分，学生非常喜欢。尽管我们的课时不够，我还是非常喜欢和学生一起完成。

这学期我主要是培养学生读图说图的能力。所以，这个部分，我仍然是引导学生读图能力。谁和谁在对话？Chen Jie and John. 图上有两个行李箱，分别是谁的？Sarah 和 Mike 的。他们谈论了什么？这些衣物是谁的。问句中用的是 this 和 these，是以谁为参照物的？Chen Jie。是不是所有物品都用 this 或者 these？不！离 Chen Jie 比较远的就用 that 或者 those。这些问题一提出来，学生们就能够异口同声回答。也就是说，这些问题对于他们来说比较简单，能够在最短的时间内找到答案。接着我们就模仿 Chen Jie 和 John 来进

178

行问和答。这些衣物大多有着显著的性别特点，一看就知道是 Sarah 的还是 Mike 的。Sarah 是女孩儿，Mike 是男孩子。在 Whose coat is that? 回答中，有些学生说是 Sarah 的，有些学生是 Mike 的。

聂瑞杰说："我认为是 Mike 的。因为男孩子都比较喜欢蓝色。"他的话音刚落，同学一阵唏嘘，尤其是女孩子，愤愤不平："我们女孩子也比较喜欢蓝色。"聂瑞杰眼神黯淡下来，环视了一下同学们，看了一眼图片，眼睛发亮："大家请看，这件蓝色的大衣上有一个皮带。只有男的才系皮带。"同学们先是一阵声讨："咦！"然后目光都投向了我的腰部。今天我穿的是一条蓝色的牛仔长裙，腰间系了一条白色的皮带。我想他们的目光是想告诉聂瑞杰："你还说只有男的才系皮带，樊老师不就是女的吗？她就系了皮带。"聂瑞杰不甘示弱，急吼吼地说："女的皮带都比较窄，男的皮带都比较宽。大家看樊老师的皮带，细细的。而书上的皮带宽宽的。所以这是 Mike 的。"胡钰嘉马上站起来，着急地说："我妈妈有一根皮带，有这么宽。"说着，伸出右手拇指和食指比画了一下。牟美琪也站起来说："我妈妈的皮带也很宽。我妈妈说了，宽皮带系着舒服。"这件蓝色的大衣究竟是谁的呢？蓝色比较中性，男的女的都可以穿。我正准备把自己的想法说出来，杨凌薇举了手。我示意她说。她不慌不忙说："这些衣物要么是 Sarah 的，要么是 Mike 的。Sarah 是女孩子，那顶粉红色的帽子应该是她的。粉红色的帽子配粉红色的裙子，这样才美。那么这顶蓝色的帽子就是 Mike 的。蓝色的衣服配蓝色的大衣才合适。所以，这件蓝色的大衣是 Mike 的。"杨凌薇从审美，从衣服搭配，判断出了大衣究竟是谁的，有理有据，让人心服口服。

庆幸自己把课堂还给学生，让自己也长了见识，寻找到了答案，明白了今后怎么进行教学。

大拇指送给谁?

今天学习的是一个故事:一个易拉罐想回家,它请求小鸟帮助,小鸟说抱歉他很忙。一个淘气的小熊走过来,踢飞了易拉罐。易拉罐从小猴和小兔的头上飞过。小猴说:"看那个可怜的易拉罐。"小兔说:"快走吧。我们上学要迟到了。"易拉罐落到水里两条鱼之间。一条鱼说:来了一个易拉罐。另一条鱼说:"我们把它给 Zoom 吧,Zoom 能够帮助它。"Zoom 把易拉罐扔进了垃圾桶。

这个故事有六幅图。PEP 故事都可以当成绘本来学习,不仅要看图,还要看文。最后一幅图是 Zoom 把易拉罐扔进垃圾桶的时候,他的好朋友 Zip 在背后对他竖起了大拇指。

我用课件出示了 Zip 的大拇指,大拇指图片后面写着 means ____. 学生看题,马上回答 "Good." It is for _____. 陈金鹏站起来说:It's for Zoom. 因为 Zoom 帮易拉罐回到了自己的家。我点点头。聂瑞杰说:It's for the monkey. 因为 monkey 说:Look at that poor can. 从这句话中我们可以看出小猴子是比较可怜易拉罐的。我说:小猴子确实是很可怜易拉罐,但是它仅仅是言语上的可怜,它为易拉罐付出了行动了没有呢? 同学们摇摇头。我紧接着问:"仅仅是可怜,不付出行动,这样的人是语言的巨人,行动的矮子。我们能不能把大拇指送给它? 同学们摇摇头。听我这么一说,同学们没有人举手了。我又说:Ms Fan 有一个不同的答案。你们想听吗? 孩子们立马睁大了眼睛,竖起了耳朵。我回答:我想把大拇指送给易拉罐。同学们一听答案,"咦"的一声。我问同学们:易拉罐是一个有梦想的人。它的梦想是什么? 同学们说:回家。我接着说:为了梦想,它不断在努力,它自己能力有限,它不停地在向周围的人求助。它求了……。同学们说:小鸟,熊,鱼,Zoom。我说:在追梦的路途上,它遭到了别人的白眼,排挤,奚落……学生们在下面七嘴八舌,把自己能想到的贬义词都说上了。我接着说"尽管遭受了种种困难,他放弃了自己的梦想了吗？同学们摇摇头。我说：因为他的不放弃，他的不断努力，最后，它回到了自己的甜蜜的家。现在，你们回过头来看，它是不是应该得到这个大拇指呢？同学们异口同声大声说道：Yes！

网课期间不一样的英语晨读

每周的英语晨读，都是我发起的视频会议。每次晨读，都是背诵对话。朗读，背诵，过关。学生对每一个环节都熟悉了。我还没有开始他们已经知道了过程。作为老师的我都厌倦了，想必学生也厌倦了。必须改一改了。

我想起二年级语文老师肖君芳分享的有趣的活动——猜一猜屏幕后面的同学在干什么，不仅提醒了注意力不集中的同学，也调动了学生的参与性，满足了学生的好奇心。这个方法在五年级运用，效果好不好呢？我得试一试。

本周学习的是第五单元，主要是现在进行时态的学习。好吧，我们先复习一下进行时态，然后猜一猜同学们正在干什么。我先请同学们打开书，翻到53面，读课文，进行时态怎么问，怎么答。同学们很快就找到了问句和答句：What are you doing, Robin? I'm _____ ing. 接着，我们就开始游戏了。由我先发起对话。找谁呢？对，就找胡钰嘉！据她妈妈反映，她上课总是喜欢做小动作，有时候还喜欢边上课边玩游戏。而且这个时候，她正没有按照我的要求开着摄像头，把摄像头关着在。我问："What are you doing, Hu Yujia？"我的提问，让胡钰嘉防不胜防，马上打开摄像头，嗫嚅着说："我没有干什么呀。我在晨读。"我接着说：既然你在晨读，请用我们刚刚总结出来的英语来回答。提醒你一下，我们正在英语晨读，也可以说是正在上英语课。胡钰嘉眼神不定，估计在寻求帮助。无奈大家都在网上，都开着视频，一言一行都被大家看的清清楚楚的。没有人敢帮助她。不能让她把我们的活动扼杀了。我接着问："What are you doing, Long Haoran？"龙浩冉是英语课代表，是大家学习的榜样。龙浩冉打开麦，不紧不慢地说：I'm having English class. 我马上评价：Good! Now it's your turn to ask another student. 龙浩冉反映特别快："What are you doing, Liu Junhao？"刘俊豪也是一个好学上进的孩子，他马上回答了问题，又把问题抛向了另外一个同学。我巡视了一下课堂，同学们都坐得端端正正，竖着耳朵在听同学们的发言，唯恐被同学点名了自己跟不上，被同学怀疑在开小差，做别的事情。启豪的答案与众不同，他说出了 I'm looking at Ms Fan.（我正在看樊老师。）一向循规蹈矩的吴浩宇说出了 I'm looking at English book.（我正在看英语书。）能够用所学的单词和句型表达出自己正在做的事情，也就是"学以致用"，这是英语教学的最高目标。这样的学生必须点赞，必须加分。我在班级优化大师上面给他们加了1分。同学们的想象力和表达力被点燃了，个个摩拳擦掌，跃跃欲试。氛围起来了，我们就应该有更难的挑战，更高的要求。说完了陈述句，我们来操练一般疑问句吧。

班上李欣雨和陈金鹏平时表现还不错，但是他们的网课设备没有摄像头，他们只能发语音。这是一个很好的切入口。我示范：Is Li xinyu sleeping? 聂瑞杰是麦霸，最喜欢发言，而且口无遮拦。让他来回答吧。聂瑞杰说：No, she isn't. She is having English class. 瞧，李欣雨平时上课认真听讲，积极发言，就算我们这个时候看不到她，在同学们的想象中她在上英语课。聂瑞杰猜的对不对呢？让李欣雨自己来说。李欣雨说：Yes, I'm having English class. 黄海峰爸爸告诉我们老师，他前段时间抱着手机不放，通宵达旦玩游戏，上午十点多钟起床还算早的。不知道我们语数英老师集体找他谈话了之后，他是否有所改进，是否按时起床，参加晨读。他那边的设备也没有摄像头。我话锋一转：Is Huang Haifeng sleeping on the bed? Ding Zihan, please answer. 丁紫涵打开麦说：Yes, he is. 我追问道：How do you know? 丁紫涵说：因为他经常不按时参加晨读，老师叫他几次他都没有反映，说明他还在睡梦中。哇哦，同学们的批评比老师的批评更为直接，更为鞭辟入里。我隔空喊道：Huang Haifeng, please say Yes or No. 黄海峰那边的话筒终于传来了久违的声响，"嗯……嗯……"他说不说英语已经不重要了，他已经在我们的课堂，在关注同学们的发言。参与，就会有收获。接着，同学们猜其他同学正在干什么，被猜的同学打开麦进行判断。这时学生想说想猜的欲望空前被点燃。

不知不觉，半个小时的晨读时间到了。今天的晨读，学生没有以往昏昏欲睡的表情，也没有"又是那一套"的厌烦情绪。竟然是意犹未尽的感觉。

看来，每节课，包括晨读，老师都要创新，活动都要有趣味。

不一样的晨读，带给了每一个人不一样的感受。

不一样的感受，不一样的收获。

网课在曲折中前进

在六一前夕，我结束了新课，开始进入了复习。

既然是复习，不能耗费太多的时间和精力。以前是八个课时一个单元。复习的时候，我调整为一个课时一个单元。这样，我就有足够多的时间进行综合复习。

第一第二单元复习的时候，我各使用了一个课时。为了激发学生的参与度和学习热情，我采用有奖竞答的方式进行复习。只要是回答正确的，都能够在班级优化大师上面加上一分。班级优化大师得分最多的，班主任每月会颁发电子奖状，这一点很受学生的喜欢。

两个单元的备课，花费了我不少的时间。我反反复复翻看教材和教师用书，回忆学生新课掌握情况，设计一个个抢答题，制作一张张课件。我以为我的辛劳会被学生追捧和认可。没有想到的是，课堂上，参与抢答的人寥寥可数，仍是平日上课发言比较积极的同学。我寻思着问题出在哪儿。学生们答不上来，不是我问题设计的不够好，也不是学生不想参加。而是，学生没有掌握好这一单元的知识点。课前让学生自主复习。又有多少学生能够落实呢？好玩是孩子的天性。更何况，新授的网课学生也不是人人都掌握。正应了那句"不是教了学生就会了，会了就做了。"我调整复习方案，每个单元复习2-3课时。第一个课时出示本单元的重点对话和词汇，让学生朗读、背诵，说出新发现。第二个课时处理阅读、语音、故事和其他知识点。第三个课时进行单元知识竞赛。这样一来，虽然复习步伐放慢了，花费的时间多了些，但是每节课学生参与度高了一些，我能够感受到更多的同学有新的收获。

在进行第四单元复习的时候，我发现，在晨读的时候，带领学生提前朗读背诵课文，会对复习的课堂有很大的帮助作用。随着4月进步君子故事的分享，五年级陆陆续续有小组长在下午课后发起视频会议，四人一组进行朗读和背诵。老师加以指导和鼓励，更加减轻了课堂教学的压力。

在有效复习的路上尽管不是一帆风顺，但是既然起步，就要行动起来，边做边修正，边修正边总结，总比纸上谈兵强。

网课期间作业的那些事儿

网课之初，作业都是我自己设计的，量比较少，难度比较低，人人都能动笔，学生完成的不错。

网课中期，家长为孩子们购买了《亮点激活》。学生拿到教辅的时候，一本教材六个单元我已经进行到了第五单元。前面没有做的，没有时间补做了。于是，我按照教学进度，每天布置适量的《亮点激活》题目，每天有一多半的学生是全对，少数有这样那样的小错误。尤其是复习二要求写出 our 的主格。当我看到这个题目的时候，我傻眼了。这个题目超标了。小学英语严禁讲句子结构。我谨记这条要求，从来没有给学生讲什么是主格。估计学生看到这样的题目是一脸懵圈，能够做对的同学少之甚少。我得在英语晨读或者英语课堂上把这题拎出来讲一讲。令我诧异地是，大多数学生都做对了。第二天晨读的时候，我让学生说说自己的答案和理由。林同学说她因为不会做题，在网上查了，主格就是主语的意思。樊老师以前讲过人是可以做主语的，主语一般放在动词前面。所以，她填写的就是 we。有的同学在网上小猿搜题，找到了答案，但是不知道所以然。我把林同学的答案和理由重复了一遍，同学们都听明白了。通过这次的作业，我突然明白，所有的知识不一定经由老师传授。给学生布置作业，就是给一个任务，学生自有方法，会找到答案的。学生学习的方式和途径不一样，找到解决问题的办法就 OK。

每天都有作业，每天的作业不一样，学生做的仍然很理想。

有一天，我给李同学妈妈打电话说李鑫杨的网课问题。他妈妈突然说："樊老师，钉钉中的家校本可以看见优秀学生的作业耶。"我猜想，为儿子网课学习忧心忡忡的妈妈肯定是担心他不动脑筋，抄写答案。我明白，钉钉家校本这个功能是想关注更多的学困生，让学困生也能完成作业。我回答道："是的。我知道。这个功能主要是帮助学习有困难的学生的。您的孩子李鑫杨以他的智商，不用查看班上的优秀作业，抄写答案，他自己就可以成为优秀作业的创造者。"他妈妈连忙说："李××，听，樊老师说的"。估计，李××就在旁边。从此，李××每天都按时提交作业。就算做错，或者空着，他不抄写优秀作业的答案。幸好，钉钉第二天更新升级了家校本的功能，只有提交作业的同学才能看见优秀作业。这个功能，避免了不想做作业的或者不会做的同学抄写答案。让他们先动脑筋，自己做，提交了作业，才能看见正确答案。

有些学生做错了题目，不知道错在哪里，也不知道正确答案是什么。他们害怕问老师，担心老师批评，尽管他们的担心是多余的。作为老师的我们也能够理解孩子们大了，有面子观了。怎么解决这个问题呢？我想到了学习小组。五年级的学习小组共有七组，每组四个人。组长是班上同学们公认的品学兼优的学生。那就充分发挥他们小组长的作用吧，我在英语课堂上公布，小组长负责小组内组员的答疑，每天下午第一节课后，小组长可以发起视频会议，进行作业讲解。如果小组长也不会，可以小组长内讨论，可以问老师，可以上网查询。总而言之，必须解决组员的困难，让他们真正掌握知识。这样一来，学生的作业改错和评讲在课外就解决了。好为人师，人人似乎都有这个嗜好。学有余力的学生乐于帮助同学。学有困难的学生也非常乐意听同学的讲解和帮助。一举两得。

问题在不停地出现，也在不停地被解决。

只要学生在学习，就会有相应的作业。学习不停，练习不止。

只要我们还在为人师表，我们就要不停学习，不停解决学生学习路上的一些困扰，就像修剪花草树木一样，让他们更苗壮，更漂亮！

但行善事，莫问回报

每天晚上七点多钟去夷陵中学接十点钟下课的儿子回家。这中间，就有了很多空余的时间。一般我在车里补觉——每天早上五点钟起床为儿子做早餐，晚上十一点钟等儿子上床睡觉了才上床。中间上班工作，回家做家务，没有片刻的休息。所以，每天感觉睡眠严重不足。

昨天接儿子的时候我没有补觉，我遇见了曾经的同事，王老师。她的女儿也在夷陵中学读书，也是走读。看见我，她非常高兴，连忙说要和我分享一个故事。而且这个故事和我有关。和我有关？那是一个什么样的故事呢？在故事中我是好人还是坏人？我迫切想知道。

有一天，她在校门口等待女儿。有一个中年男人走向她，问她是不是点军小学的老师。她离开点军小学已经有11年了。11年前发生的事情，随着工作环境的变化，年龄的增长，她已经模模糊糊了。后面要发生什么事情呢？她不知道。出于礼貌，她点点头，没有说一个字，希望就此打住。没有想到，那个男人没有离开，自顾自地讲了起来，他也是来接姑娘放学回家的。他的姑娘在点军小学读的小学。2010年入学的时候，点军小学校舍和师资有限，只能开设两个班级，最多容纳一百人，但是前往登记的学生人数已过二百。区教育局和学校最后敲定，辖区内的学生要想入学需达到两个条件：一要足龄，差一天也不行；二要考试，语文和数学笔试，成绩位于前面优先录取。他的姑娘还差一个星期就足龄，这已经让他们心虚不已。让他们雪上加霜的是，别人家的孩子语数两门至少在八十多分，而他的孩子，只有六十多分。他们更加底气不足。一家人非常伤心与懊恼，后悔没有教女儿一些学科知识。女儿很想上学，家长很想满足女儿的愿望。无奈之下，他找到了我，他也称我为樊校长。向我说明了情况，我马上就为他写了一张单子，盖了学校的章。他拿着那张单子，就顺利地报了名，上了学。姑娘小学成绩一般般，中学在宜昌市四中读的，成绩也是一般般，中考踩着分配生的分数线进了夷陵中学，一年级分在普通班。她默默努力，不断进步。二年级分在 B 班。三年级，也就是现在，清北班，夷陵中学最牛的班。随着孩子读书年级的变化，他的脸上表情也发生着变化，越来越骄傲，越来越欣慰。末了，他自言自语，孩子求学路上，他非常感谢我。王老师听罢，连忙告诉他，我的儿子也在夷陵中学。他非常惊喜，说想见见我，谢谢我。

其实，王老师在讲述这个故事前，我的心其实是忐忑不安的。我从三十岁开始从事管理工作。没有中层管理的经验，直接从教研员到点军小学。点军小学当时是点军区规模最大，师资最强的小学。任点军小学教学副校长的时候，那时年少轻狂，不谙世事，做了一些现在回想不算妥当的事情。人非圣贤，孰能无过？我不可能让所有人都满意。当她说这个故事和我有关，我心里害怕是我曾经的言行举止伤害了别人，让别人记恨一辈子。她一边讲述，我一边努力回忆。确实是有这么一件事情。2010 年 9 月 3 日午后，一个陌生的男子在校园多方打听，走进我的办公室，走到我面前，像一个做错事情的小孩子一样站到老师面前，局促不安，自惭形秽，而又小心翼翼。我看着他，他快速地说着孩子读书的事情。他说学校张榜公布了录取的学生和报名须知，他知道自己的孩子没有被录取。但是还是抱着一丝希望。连续两天在校门外守望，期望有一丝机会，学校能够收下他的女儿。当时的点军小学周围都搬迁了，没有住户，没有吃饭和喝水的地方。校门口光秃秃的，没有一处阴凉。开学前，骄阳似火，上有火球一样的太阳，下有蒸笼式的地面。而他守在校门口两天，这需要多强的毅力与决心呀。我是一位母亲，儿子比他的姑娘小一岁，我做的远不及他。我也是职场一员，明白一个人不到迫不得已，走投无路，不会向一个陌生人低声下气，尤其是一个壮年男子。所以，我马上签字盖章了。

他的女儿顺利进入点军小学就读。每天，我都看见这个男人在校门口接女儿。看见女儿，他的脸笑成一朵花儿。然后拉着女儿的小手，一边聊着一边走回家。夕阳西下，一高一矮两个背影，时而平行，时而矮的叠加在大的影子上面，变成一个高高大大的影子。无论影子怎么变换，在我的脑中，始终是温馨和美丽的。

自从我们打过一次照面，无论在哪里，只要他看见我，他都会非常高兴，一路小跑到我的面前，叫一声"樊校长好。"最后一次见面，是 2015 年 9 月的一天我去宜昌市实验小学接儿子。时间还早，我在校门口的店铺闲逛。也不知道他从哪里冒出来，在我面前突然停住，毕恭毕敬叫道："樊校长好！"接孩子回家的家长驻足侧目相看。最不喜欢成为焦点的我，脸一下子就红了，脑中一片空白，不知道说什么好。见我尴尬，他笑着说："您住在这儿吗？"我摇摇头，解释道："接儿子。"他"哦"的一声，始终保持着谦卑的微笑站在路边，满眼的虔诚和欢喜。我和他摆摆手，逃也似的离开了。

　　一晃，五年没有再见面。

　　没有想到的是，他一直把这件事情放在心底。

　　因为一个善举被一个人乃至全家人惦记着，是一件非常幸福的事情。幸福就是这么简单。为了让自己余生幸福和平安，但行善事，莫问回报。

童言无忌

（一）不能在屋里打雨伞

上课铃声响起来的时候，秋雨还在淅淅沥沥地下。我把雨伞放在教室外，没有收。下课了，我走出教室，拿起雨伞，走下楼梯。四年级的一个高高胖胖的女孩子追上来，仰着头，非常认真地和我说："樊老师，您不能在屋里打雨伞。"小时候我奶奶也这样叮嘱我，难道现在的奶奶还这样叮嘱孙子吗？我很是好奇，问："为什么呢？"她看着我的眼睛，一眨也不眨地说："我奶奶说了，下雨在屋里打伞会长不高的。"我想笑，但是看见她一脸严肃的样子，我忍住了，假装恍然大悟，"哦"了一声。我打着雨伞，继续往楼下走。心想：就算你奶奶说的是正确的，对于我来说也不起作用了。我都已经 45 岁了，我也无法抗拒自然规律，我只会越长越矮。哪知道，她又追上来，说道："樊老师，你要收起雨伞哦。"好吧，看在你这么一板一眼的份上，我还是照办吧。

（二）一年级小朋友上厕所没有带纸

走到一楼，上课铃声又响起来了，孩子们从四面八方冲向教学楼入口处，我站在原地提醒他们注意安全。这时，蒋思琪气喘吁吁地跑到我的面前，上气不接下气地说："樊校长，有一个一年级的同学在男厕所里……"在厕所里干什么呢？他这个孩子说话真是让人着急。是不是把厕所里的洗手液按压出来，流进水池了？上次蒋思琪犯了这样的错误，我们对他进行了思想教育，要爱惜学校的一草一木，不得损坏公物。难道是一年级的小朋友不知道这个规矩，所以重蹈覆辙？还是有人把厕所里的卫生纸扯出来，丢进了厕所，堵住了厕所？学校也有学生曾经这样做过。我的头脑中搜索着学生在厕所干下的种种坏事，想着怎么处理。蒋思琪歇了一口气，终于说话了："一年级的同学在厕所里拉了粑粑，但是他没有带纸，我也没有带纸。所以，他还蹲在厕所里。他很着急。"我想笑，一年级的小朋友真是可爱，上厕所居然不带纸？我摸摸蒋思琪的头，说："谢谢你告诉我。也谢谢你帮助一年级同学求助。"我摸了摸口袋，我身上也没有带纸。怎么办？这时候，教师们陆陆续续走进教学楼。肖美老师听了，马上对蒋思琪说："我教室里有，你跟着我去拿，然后送到厕所里。"

不能用老眼光去看人，不能总是想到学生会做坏事。

（三）学君子，做君子，不动手

走到小操场上，两个一年级的男同学就像两只斗鸡公一样，脸红脖子粗，一个边哭边用手紧紧拽住另外一个男生的衣角，一个使劲往外奔，想挣脱掉。我走过去，瞪着双眼，板着脸。两个小家伙立马分开了。

"你为什么哭呀？"我问正在哭的小朋友。

"他打我。"他一边用右手食指指着对面的小朋友，一边哭着回答我。

"是他先动手打我的。"他也不甘示弱，撅着小嘴巴，也用右手食指指着对方。

我瞪了他们一眼，他们迅速安静下来，两眼望着我。

"你们两个都是男子汉，都是君子啊。古人说"君子动口不动手"，知道是什么意思吗？"我软化了刚刚板起的脸，温柔滤掉了恶狠狠的语气。

"我们要学君子，做君子。"没有哭的那个男孩子在我话音刚落的时候补充道。

我忍不住想笑：一年级的学生，入校还不到一个月，居然把校训记在心里，还活学活用。

"嗯，你说的很好。我们要学君子，做君子，不动手。"我强调了一遍。

两个小家伙点点头。

"你们两个去操场上玩吧。"刚刚水火不容的两个人听了我说的话，马上手拉手，相视笑了笑，跑向了操场。

因为年幼，所以无忌；因为纯真，所以可爱。

192

变着花样布置作业

每次批改灵活性的作业，都让我有着一种坐过山车的感觉：有的让人情不自禁，大声夸好，有的让人难以辨认，火冒三丈，有的让人直呼没有新意，平淡无奇。不喜欢一成不变的我想着改变方式布置作业了。

第一单元的四会单词，我让学生预习，自己尝试用旧单词或者书后的音标读出米，并且进行抄写：一词四遍，四个一行，笔顺到位，不能有误，不能涂改。抄写单词属于机械训练。之所以这样安排，原因是希望大半年没有进行面对面授课的学生感觉作业比较简单，容易完成，便于博得老师的认可。从收上来的作业来看，同学们能够按照老师的要求去做，出乎意料地书写工整、干净、到位。我大大地表扬了他们。他们也信心满满。

第二次的作业是用四会单词造句，我没有过多的要求。有的同学们在书本上找的含有新单词的句子，有的同学是在网上搜索的句子，有的同学是哥哥姐姐教授的，有的是自己用以前学过的句子加入新单词，有的是自己胡编乱造的。这次学生的作业给我分层布置作业有很大的启发。

第三次的作业和第二次一样，用四会单词造句。不同的是，我有要求，学生自主选择：A 在本单元找到含有新单词的句子，抄下来。B 用老师本节课讲授的重点句型，根据自己的实际情况写一个句子。C 用以前学习的句子和新单词写一个句子。ABC 三项作业是学生根据自己的实际情况选择的。如果你认为自己学习英语有困难，请选择 A；如果认为自己学习英语一般般，选择 B；如果认为学习英语还不错，能够将所学知识融会贯通，请选择 C。通过上交的作业可以看出，学生能够正确地评价自己的英语学习，选择相应的作业。尽管选择 C 的学生的作业有这样或者那样的小错误，但是总的来说很不错。他们已经勇敢地迈出了一步，不拘泥于老师本节课所讲的知识。作为教师，我也在分层布置作业上勇敢地迈出了一步。

教与学的路上，总会遇见各种各样的问题。对待问题，我们要不回避，不放弃，想方设法解决。那么，我们的教学就又向前迈了一步。如果遇到问题绕道走，或者停滞不前，那么师生将永远不会真正进步！

学习，我们一直在路上

2020 年的春节，因为一场没有硝烟的战争而变得特殊；2020 年的寒假，因为新冠病毒来袭而变得漫长；面对疫情，英语组老师不退缩，漫长假期，一直在学习的路上。

学校英语组就我和姚白露两个人。我们一起学习，一起研讨。学校直播课期间，我和姚白露互相听课、评课。除此之外，我和她一起向清华附小的英语老师直播课学习。薛雅琴执教的 Unit 2 My school 词汇教学课。薛老师的网课教学让我耳目一新，让我有以下收获。

一、教师基本功永远是老师安身立命之本。

一节录播课 15 分钟，既要有热身开课，也有新授过程，最后有课堂小结。这对于老师来说，有一定的难度，难得在 15 分钟上完 40 分钟的内容。但是薛老师做到了。

薛老师年轻，亲和力强，说起话来，眉眼都在含笑。最让人钦佩的是她的语音语调，让人如沐春风，乐在其中。口语是教师的基本功之一。英语作为一门语言学习，教师的一言一行对学生有着潜移默化的影响。尤其是小学生，模仿力强，对老师的要求就更为高。听了薛老师的课，我觉得自己要加强口语练习，不仅有中文，还有英语。尽管基本功不是一朝一夕就可以看到效果的，但是，只要长期坚持，我相信一定会有收获。

薛老师的基本功强不仅表现在流利地道的英语口语，还表现在她的课堂掌控能力及课件制作上面。尽管录播室里没有学生，薛老师的眼里都是爱，当她提问时，满是期待的眼神；当学生录音答对时，她毫不吝惜自己的笑容和赞美之词。薛老师的课件制作的非常有童趣，符合儿童的审美情趣，时不时的动画表扬，让屏幕外的学生心里喜滋滋的。

二、教师的眼界决定了教学的高度。

本来这是一节词汇课。但是，薛老师不是枯燥地教学词语。而是把词语融于情境之中——Yaoyao 给新来的同学 Lucy 介绍校园，Lucy 拿到学校地图自己寻找了一些功能室。在功能室单词的学习中，学生不仅学会了单词，还学会了在这些场所中应该注意什么，比如在图书馆不能大声喧哗，知道功能室有什么，能够干什么。尤其是学习到图书馆这个单词时，对学生进行德育渗透 Reading is fun. 鼓励学生多读书，读好书。

在学习卫生间时，老师除了教学 toilet，还告诉学生厕所另外一种说法 restroom，家里的卫生间叫 bathroom. 提醒大家在疫情期间多洗手。

所以，想要设计一节好课，老师的眼界非常重要。因为老师的眼界，决定了一节课的高度。

活到老，学到老。在姚白露这个同伴的相伴和激励下，我会一直跟着时代的节拍，不断学习，不断进步！

停下来，等一等我们的灵魂

不知不觉中，十八线女主播的日子已经一月有余。回头看看自己的录播课，有得有失，有惊喜也有遗憾。现分享如下：

一、由最初的会直播，到现在关注直播效率。

开始直播时，考虑到和面对面授课不一样。钉钉直播不能看见每一个学生，学生是否在听，听得怎么样，心中没有底。疫情期间，家长和孩子都宅在家，会和孩子一起上直播课，自己能否得到家长和学生，乃至社会的认可，心中也没有底。在忐忐忑忑，患得患失中，开始了第一次直播课。由于是第一次直播，把姚白露示范课的操作步骤及磨课经验的笔记读了又读，看了又看。凡事预则立，不预则废。可能是准备比较充分，第一次直播还算比较成功。有了良好的开端，就有信心做好第二次，第三次……

直播课第三次后，我在会直播的基础上，开始琢磨怎么让 40 分钟更有效。为了提升课堂效果，关键处需要师生互动，连麦的时间长短取决于网速。无形之中，白白浪费了宝贵时间。但是又不得不进行师生互动，便于教师掌握学生学习状况，及时调整教学进度和难度。为了在短时间内达成教学目标，这就需要老师精讲多练，充分预设。每节课前，我研读教材，精心备课，制作课件，反复修改，直至自己满意为止。这期间，自己对课堂教学思考的多了，研究的多了。教学效果与自己所预料的相差无几。

二、由关注教到关注学生的学。

语音课时，我拓展了一个自编的小故事。原以为学生看不懂，读不会。

没有想到谢文昊一口气读完，而且朗读流利，理解正确。课后让学生仿照 Chant，找含有 sh，ch 的单词自编 Chant。从学生上交的作业来看，大多数学生完成的非常好，学生的想象力和创造力出乎我的意料之外。可见，不是学生不行，而是我以前的课堂是多么的不放手，多么的不放心学生。总是以为他们什么都不懂，需要老师的帮助，需要老师的絮絮叨叨。通过这节语音课，我重新认识了自己的学生，也反思了自己的课堂。

课上完之后，学生掌握的怎么样，会遇到怎样的问题，作为老师怎样帮助学生解决问题。我经常和五年级语文数学老师探究。比如，学生网速不好时，参与课堂时间不足，学生课后及时和老师沟通即可，不能一味批评，伤及学生求知欲。比如，学生作业做错时是因为没有掌握课堂知识，我们可以采取开小范围视频会议加以指导，也可以采用钉钉留言或者电话一对一指导。

除了关注学生学习知识情况，我在刘老师的影响下，关注学生网课期间的生活和心理状况。学生只有拥有了积极向上的精神状态，才能全身心投入到网课学习之中。老师在生活和心理上的关心，让学生更信任老师，更愿意和老师沟通交流。亲其师，信其道，学习也就自然而然有了兴趣和信心。

存在的不足：

一、偶尔还会犯技术小错误。比如 3 月 23 日下午的一节英语课，在关闭学生的麦时，不小心将直播课结束，后马上重新发起直播。由此可见，上课期间不能慌里慌张，毛手毛脚。

二、对学生不够放手。尤其在等待学生发言期间，喜欢重复问题，喜欢引导学生朝着自己想要的答案思考。参加了语文组分享彭老师的课堂语言学习之后，试着克制自己不能重复说话，不能刻意诱导。但是，时不时还是控制不住。

今后的设想：

一、更关注学生学的过程。

二、更精心备课。

三、课堂效果争取提得更高。

白岩松在《别走太快，等一等你的灵魂》中说："在墨西哥，有一个离我们很远却又很近的寓言。一群人急匆匆地赶路，突然，一个人停了下来。旁边的人很奇怪：为什么不走了？停下的人一笑：走得太快，灵魂落在了后面，我要等等它。"在直播课期间，我们确实要隔一段时间，停一停，想一想，理一理，有什么进步，有哪些需改进，便于下一次的出发更为顺畅。

删繁就简，一切刚刚好

直播课进行中，五年级语数英老师经常交流、分享。我们最初商定，开课前，首先对上一节课参与直播课情况进行点评，没有全程参与的在班优上扣分，积极发言的及时加分；接着对昨天的作业进行评价，优劣进行加减分；最后，对这节课提出具体要求和评价方式。看似很完美，但是到了实际操作中，三个环节花费了不少时间，学生学习的黄金时间都用来强调了纪律和要求，最初安排的教学内容没有完成，目标没有达成，课堂效率低下。为了让有限的四十分钟有效，我不断尝试，不断总结。现分享如下：

一、开门见山，直入正题

一节课，四十分钟，每分钟都应该用在刀刃上。所以，每个环节，都应该细细思考；每句话，都应该思量再三。因此，我去掉了前面的课堂回顾和作业反馈，直接出示课题及本节课特别要求。是不是说总结反馈不重要了呢？也不是。它们也非常重要。既然重要，它们去哪儿了呢？每周的作业评讲前，我们进行上一周的总结，进行加减分。如果本节课没有特殊要求，也不出示本节课要求，直接进入课堂。

二、认真备课，设计环节

不能打无准备的仗。上课前，我会根据单元目标和课程目标，结合学生实际，自己备课，自己做课件。尽管过程辛苦，但是没有浪费学生的时间，提高了课堂效率，心中还是蛮舒畅的。对于平时课堂上使用的一些小游戏或者小活动，因为备受学生的喜欢，我没有舍弃，只是少了一些，精炼了一些。

一节课学生应该会读的，应该总结出来的规律，我尽量多连几次麦，便于加强记忆。

三、经常反思，及时改进

一节课的教学任务完成不了，是因为什么原因？该怎么改进？我经常思考，不断尝试。比如，以前总是觉得应该让足够多的学生参与课堂，让他们发言。就算网速不佳，我也不能掐断，应该耐心等待。结果，时间过半，任务还没有开始。我逐渐认识到，如果不当机立断，将会由于网速影响了全班的进程。所以后来，我发现学生网速缓慢，直接终结，寻找网速快，可能回答准确的学生。比如，学生参与课堂的问题。我采用了家庭作业的形式，通过课堂上所传授知识，在布置作业的时候反复提醒学生，不会的回看直播课，找到答案。也意识到作业准确率和参与课堂是休戚相关的。作业有误，说明没有认真听讲，或者没有参与，将在班优扣分。这样一来，学生为了把家庭作业做准确，上课没有出现中途退场的学生，直播课回看的人数也多了。

按照以上方法，现在我的直播课效率提高了，学生参与度高了，作业准确率提升了。有些方法也许不尽完美，我还在不断地探索和完善之中。

不要低估任何一个孩子向上的决心

今天英语晨读，我们的任务是背诵 P48 面的对话。

自然，由我这个英语老师发起视频会议，我开门见山说出晨读的内容和要求。三分钟后，小手陆陆续续举了起来。根据举手的先后顺序，打开麦，关上书，看着摄像头，开始背诵。每个同学背诵完毕，我进行点评，下结论"过"还是"不过"，同时也表扬优秀的倾听者。举手的背诵完了，接着就是没有举手的人。三十分钟的晨读，28 名学生有 6 名没有完成任务。没有过关的人中有熊同学。

熊同学这个孩子，做事比较急躁，毛手毛脚。老师上课他神游，作业错误连连。测试时，常常题目没有读完就动笔做，成绩差强人意。我把他单独叫到办公室，不厌其烦讲解，可是任凭你讲十遍乃至百遍，他依旧不明白，错的还是错的。老师的言语对他不奏效，那就换同学。我让英语课代表和他结对子，两人到我的办公室，英语课代表讲，他听，他依旧听不懂。我到他家家访，告诉他怎么自学，不懂就问。他点点头，现实是他从没有问过我。种种方法尝遍之后，在他面前，我有着很强的挫败感。为了不让自己气馁和尴尬，我对他没有过多的要求，有时甚至是没有要求。就像今天的晨读，他不会背诵，已在我的意料之中。

下午四点钟，我的钉钉响了。我打开手机，居然是熊同学发过来的视频，书对着摄像头，是封面。难道是他背诵的视频？可是我没有要求没有过关的同学课后背诵了再发给我呀？他能够背诵吗？早上他只背诵了我起头的那个句子。满腹疑惑，满心好奇，我点开视频。嗯，真不错，他都背诵下来了，我兴奋不已。主动要求进步的孩子，我一定要抓住时机，好好表扬，好好辅导。我立刻打他的电话，是他接的。

"喂，是熊 × × 吗？"

"樊老师好。我是熊 × ×。"

"熊××，是你爸爸妈妈要求你背诵了发给我的，还是你自己？"

"是我自己。"

"哦，真棒。老师要为你点赞。你是怎么做到的？"

"我跟点读机读了几遍。自己又读了很多遍，就会背诵了。"

"谁帮你录制的呢？"

"我自己。"

"你可真厉害。你怎么录制的呀？"

"我爸爸在疫情期间用竹子做了一个手机支架。我首先把手机放在支架上，调整角度，然后把英语书对着摄像头，人也面向摄像头，点击摄像，就开始录像了。"

"你爸爸动手能力真强，让老师仰视。你的动手能力也让老师惊讶。你刚刚背诵的有两处小错误，跟着老师读两遍，半个小时后再发背诵视频给我。行不行？"

"行！"

我把他读错的单词分解，让他一个音节一个音节读给我听，单词读准确了，再读句子。反反复复，不厌其烦。十分钟后，熊同学能够正确读出句子，就是不够流利。不能永远依靠拐杖，我得放手，让他自己来。

二十分钟后，我收到了他的视频。真是棒极了，一个单词都没有读错，一个句子也没有问题！我高兴极了，给他发了一个动画的大拇指。

熊同学这个孩子的举动让我沉思良久。我以为，老师和同学对他没有什么期望，他对自己也没有什么要求，他就像路边的一株小草，不会让行人为他停下前进的脚步，驻足观看，大加赞赏。他会一直默默地在那里，孤寂地看着大家匆匆向前。而我，并没有发现，春天来了，这株小草也向上蹿了。他也有他成长的季节，他也有向上的时候。作为老师，我们要仔细观察他，找到他生长的时机，加以表扬和鼓励，给他施肥、浇水，让他长得更茁壮一些。

春天来了，再羸弱的小草都会蓬勃生长。

时机到了，再平庸的人也有向上向善的决心。

不要小瞧小草的生长力量。

不要低估学困生向上的决心。

不要一味的退让

从周一到周五的晨读，我和语文牟老师两人分了。她周一、周三和周五，我周二和周四。

牟老师的晨读在前，我观察她怎么操作。周一8：20，她在学生钉钉群发通知，布置晨读的内容。学生按照老师布置的内容朗读了吗？是躺在床上还是坐在书桌前朗读的？是蓬头垢面、睡眼惺忪还是精神抖擞、蓄势待发的模样？……不行，不能布置了任务就算了。一日之计在于晨。一定要将晨读落到实处。

中午，我和牟老师视频会议，说出了我的想法，哪知道她和我一样的为效果忧虑。我提议："我们用视频会议的形式进行晨读吧？能够监控和检测学生的学习。"牟老师一听："您和我想到一块儿去了。这样吧，今天下午直播课结束后，我来试着给学生视频会议，教学生怎么做。另外，我有一个想法，我想让学生把学习手机的号码固定，并备注某某同学学习号，便于我们视频会议时进行人员选择，免得我们选择"全选"，骚扰别人，遭人嫌弃。"牟老师真不愧为老班主任，考虑问题全面，方法多。我连连为她点赞。

下午，牟老师如期对学生进行了视频会议培训，反复强调了学生必须把学习手机号码固定并备注。培训结束后，牟老师查看学生的钉钉备注，发现还是有四名学生没有备注手机号码。牟老师马上将情况反馈给我，末了，牟老师快快地说："怎么办呢？我已经反反复复强调了，学生还是没有备注。会后给他们打钉钉电话，也没有人接。如果他们不备注，发起视频会议就要把这个学生的亲人手机号码都选上。这样，势必影响一些人的生活。"牟老师已经考虑够多了，做得够到位了。我安慰她说："不要紧的。明天就是我的晨读。看我的吧！"

第二天8：20我发起视频会议，凡是没有备注学习号的，全部没有选。28名学生我只选择了23名参加。晨读过程中，陆陆续续有学生给我发信息：

"樊老师，今天不晨读吗？""樊老师，您为什么没有选择我参加晨读呢？"哈哈，学生这个时候着急了。我回复："按照牟老师说的要求备注了吗？没有的话，我不知道哪个号码是你用来学习的。"学生没有再说了。

中午，牟老师兴致勃勃地给我钉钉电话："樊老师，还是您这个方法好，不按照要求做的不参加。瞧！一个英语晨读，所有同学都备注了，他们还告诉我：牟老师，我已经备注了手机号码，明天您要选择我参加语文晨读啊。"

学生特别会察言观色，喜欢偷懒耍滑，和老师玩拔河的游戏。你轻轻一松，他们借势就歪；你稍微一紧，他们就暗暗使劲，跟着你扑来。五年级的学生，关于规则，只需一遍，就可记住。如果不遵守，自食其果。一次试探失败，终身记住不犯。所以，作为老师的我们，不要一味退让。学生不按要求做，我再想办法，再想办法。哪有这么多的时间和精力来处理这些事情呢？又哪儿有这么多的办法呢？既然不能做到，就要受到惩罚，这就是规则。既然是规则，人人必须遵守。掌握规则的人，不能退让。否则，后患无穷。

嘉能之印象

嘉能是大家公认的美女，23岁芳龄，武汉科技大学英语外贸本科毕业。她面容姣好，身材修长，衣着时尚，家境殷实，是父母的掌上明珠。这样的美眉，选择了清贫而又艰辛的教师工作。是否真心加入这个行业，我持怀疑态度。

按照我们的工作惯例，对新上岗的老师要跟踪听课。第一次听她的课，她一身名牌服装，举手投足之间透露出她的温文尔雅：老师在前面轻言细语讲课，学生在下面窃窃私语讲话，师生之间一副井水不犯河水的样子，让心急的我很是着急。一堂课上的很不尽人意。在这样的年代，以她这样的条件站在讲台已实属不易了，我肯定了她上课时的镇定自若，处变不惊，对她提出了一个建议——搞好组织教学，告诉了她一些具体的操作方法。

第二次听她的课，是这学期开学后她主动邀请的。接到她的邀请，我非常高兴。原来，她这样优越的女孩子确实是喜欢英语教学的，也是求上进的。尽管手头的事情很多，我还是挤时间听课了。这节课，给我真有一种"士别三日，当刮目相看"的感觉。从开课到结束，都像一个老手了，上的非常成功，让人很高兴。第一次我还担心她专业不对口，说多了她无法消化。看来她的确很喜欢这个职业，要不，她不会这么肯钻研，爱学习的。第二次，我与她说了很多，关于上课的细枝末节、点点滴滴。她拿了一支笔，很认真的记载下来了。

今天，是第三次听她的课，给我的感觉，完全成熟了。课间她在教室辅导学生，我在她的办公室坐。看见她的办公桌上草稿纸一张又一张，全是简笔画的练习。——校本研修一丝不苟。书上的批注密密麻麻的。——上课备课是认真的。她上的是四年级下册第六单元B部分的词汇教学。

这节课中，她注重培养学生的学习习惯。她要求学生回家在家听磁带、查词典进行预习。上课的时候，教师进行教学检查。当学生单个读单词的声音很小时，她停留片刻，教室鸦雀无声，她将手放在自己的耳边：Louder, please．有了这一招，后面的学生发言时就大声多了。教师听得清楚明白，也就能及时给予帮助，学生掌握的也就到位了。听她的课，看学生表现，达到了我对学生发言时的要求：大胆、大声、大方。

她注重知识的融会贯通。洋葱是 smelly（难闻的）。怎么由洋葱过渡到这个词，并且让学生理解这个词的意思呢？嘉能是颇费了心思的。她拿了一个洋葱，放在自己的鼻子下闻了闻，皱了皱眉，用手在鼻子下扇了扇："It's smelly．"然后，让学生逐一闻洋葱：Please smell the onion. Is it smelly？教师让学生闻的时间尺度把握的很好，说话语速合适，学生马上明白了 smelly 的意思。西红柿是多汁的。嘉能是这样处理的：I like orange juice．Look！This is tomato juice. 嘉能撕掉一个西红柿的皮，使劲的挤，西红柿红红的的汁就源源不断的流出来了。大胆的学生在下面叫道：好多的汁啊！嘉能接着那个学生的话说：Yes，it's juicy．黄瓜是 tender。怎么教呢？秀气的嘉能装作很轻而易举的样子，撇断一根黄瓜，说道：It's tender．她的这些动作和言语，将学生学过的知识和将要学习的知识巧妙地的联系起来，很好的帮助学生理解了新词。

她注重了课堂板书。瞧瞧照片，她的简笔画画的多好，板书是多么的正规，给人是一种美的享受，一如她的外貌。

听完她的课，"孺子可教也"这个词不停地在我脑中闪现。

爱学习的老师，我喜欢。

会学习的老师，我喜欢。

热爱英语教学工作的老师，我喜欢。

把英语教学作为自己的事业来经营的人，我喜欢。

嘉能就是这样的一个人。

想着法子奖励学生

今天是 302 班的午自习。

上午的教学内容很少，就是三年级上册第一面 9 个人物的认读。在英语课堂上我采用了齐读、小组读、个人读等练习方式来巩固这 9 个人名，但是仍然只有寥寥几个人会读。中午必须让大多数的孩子会读。

我把上课的教学顺序重新上了一遍，先是 2 个动物的名字，强调了 z 这个字母的发音；接着是 2 个外国英语老师的名字，告诉孩子们男老师姓前用 Mr，未婚女老师姓前用 Miss；接着是三个外国小朋友的代表：John，Mike，Sarah；最后是 2 个中国学生的代表：Wu Yifan 和 Chen Jie。我耐着性子带读了 6 遍，齐读的时候 Miss 和 Mr 读的还不是很准。怎么办呢？"会读的同学请举手！"有 2 个同学跃跃欲试。我请他们站起来展示，其余的同学认真倾听，判断他们读的是否正确。他们读的结结巴巴，但是很准确，同学们都认可了他们。我在他们书上相应内容那一面签了"已读"一词，写上了日期。孩子们高兴极了，得到了老师的签字就像中了五百万一样。我说："凡是完成老师任务的同学老师都会签字。Ms Fan 不仅签字，而且前十名还标上序号，一月颁发奖状一次奖励前三名。"孩子们满眼的期待。我接着说："今天前十名完成任务的人还有一次在前面当小老师的机会。"孩子们满眼的期待似乎要溢出来了一样。一个一个的学生站起来展示，得到同学们的同意后，老师签字，然后走到前面领读。满满的成就感溢于脸上。

学生们陆陆续续过关了，一个班 48 个孩子，还有 12 个人不能站起来读。估计这 12 个孩子就是学困生。怎么办呢？不能让他们在开学之初就掉队了啊。现在的教育是"面向每一个学生"。我想到了我以前使用过的比较奏效的"同帮互助"。酝酿好后，我接着公布另外一道奖励办法："凡是在老师手中过关的同学，如果帮助那些没有过关的同学过关了，帮助一个同学奖励一颗助人为乐之星。也是一月一奖励。被帮助的人来过关的时候和自己的小老师一

208

起来。"话音刚落，过关了的学生纷纷下位，走到那些没有过关的学生面前，有模有样的当起了小老师。放眼望去，有一个小老师教一个学生的，也有一个老师教两个学生的。没有一个孩子无事可做，孩子们一小组一小组的，一个在认真的教，另外的在一旁刻苦的模仿，有的小老师还不停的学着我对没过关的同学进行了及时表扬。场面真是让人欣慰，我此时此刻也感到非常有成就感。三分钟过去了，2人一组的开始站队到我面前来过关了。一人在读的时候，另外一人，也就是小老师在一旁仔细的听着。不能过关的，还没有等我评价就被自己的小老师拉回去再学习去了。能够过关的，两人都欢天喜地的回到了自己的座位。欣赏着老师的签名，老师画的星星。其实，孩子们都很容易满足的。老师的签名，老师的简笔画，奖励一个给他们，他们都兴奋的不得了。

　　下一步，我要做的就是，怎么坚持评价。

彭老师的语言像春风

我特别喜欢直播课。因为老师的课可以回放，让我多了一些向同行学习的机会。彭老师的课，我经常听，常常陶醉于她的课堂。今天上午再次学习了彭老师的数学课。

彭老师连通学生之后，总是说："××，你好！"学生回答完了之后，彭老师说："××，再见！"我们学校是君子文化，教师要做君子教师，学生要做君子学生。为了让学生成为君子学生，老师就得时时处处为学生做好榜样，尤其是一二年级的老师。而彭老师作为二年级的老师，将人与人之间打招呼、分手的礼节演绎得淋漓尽致，学生上数学课就是良好的语言和行为习惯的熏陶。

彭老师善于鼓励学生。肖婧杨在班上不是出类拔萃的学生，但是在母亲的眼里她就是天使，精灵。今天的数学课上，彭老师也给她发言的机会，19和9用大于符号、小于符号还是等号。连通话筒，肖婧杨感觉这幸福来得太早了，有一点儿兴奋，有一点儿怀疑，"嗯"之后没有了声响。妈妈在一旁急的不得了，压低声音说："什么符号？大声说。"姑娘看了妈妈一眼，还是不敢说。这时候，彭老师轻言细语，笑意盎然地说："嗯，大声说，说错了也不要紧。"听了彭老师的话，肖婧杨正了正身子，对着摄像头，大声说："大于符号。"彭老师听了，说："你真棒，一下子就答对了。"在比较泰山、香山、华山、黄山的高度时，彭老师要求学生两个两个地进行比较。而陈琪瑞告诉彭老师他将四座山都进行了比较。听了陈琪瑞的话，彭老师没有因为陈琪瑞没有按照老师的要求来进行比较而批评他，而是说："你真厉害。你是怎么比较的？"让孩子把想法表达出来，耐心倾听孩子的心声，站在孩子的立场上来想问题，不是每一位老师都能够做到的。

彭老师数学语言精准，没有一个废字，没有一个多余的句子，没有一句是啰里吧嗦的。其实，她也是通过自己讲话的方式向学生传递数学思维和数学语言。相信她教出来的学生，将来说话和她一样，有礼有节，有理有据。

在大多数人的心中，数学文字是枯燥的，是无味的。彭老师用她的抑扬顿挫，让这些枯燥的文字和数字变得有趣和有味道。除了数学表述，彭老师的过渡语也注意了起承转合，形象描述。比如，在过渡到四座大山的时候，彭老师是这样说的：我们的祖国地大物博，四大名山让人神往。一名数学老师课堂上四字成语一个接一个，而且恰到好处。这种功夫，不是一朝一夕就可以拥有的。

彭老师的课堂语言，就像一缕春风，学生上数学课，就是如沐春风，极其享受。

我要向彭老师学习这种语言艺术。

你就这样征服了我

2016年8月12—14日，我和严春燕老师应《教师博览》杂志社的邀请，到井冈山参加"全国中小学名师工作室联盟首届名师论坛"。参加这个活动给我很多的感触。

（一）给我一点儿阳光，我就灿烂

8月13日晚上，是分学科交流。英语学科设置在宾馆二楼会议室，来自全国各地各学段的英语工作室成员共计一百多人参加了活动。

交流的第一个议程是各个工作室主持人介绍自己的工作室。没有想到，第二个就轮到了我。我上台拿起麦克风说道："各位老师，大家晚上好！我叫樊小华，来自湖北宜昌。我是宜昌市最年轻的工作室主持人。"话音刚落，我注意到第一排的一个男老师低着头捂着嘴巴在笑，有人开始交头接耳。我顿了顿，接着说："我的工作室估计也是在座最年轻的，2016年1月才成立。"那个男老师笑得更厉害了，浑身都在颤抖，周围窃窃私语的声音更大了。我稍微提高了一点儿音量："宜昌是湖北省域副中心城市，宏伟的三峡大坝和葛洲坝就建在宜昌。2015年8月，宜昌市教育局按照'百里挑一'的比例，评选出了400名'宜昌名师'。其中，包括湖北省名师和湖北省特级教师。2015年12月，宜昌市教育局从400名'宜昌名师'评选出了9个名师工作室。我的工作室就是其中一个。"会场顿时安静下来，所有目光投向了我。我压低了声音："宜昌市政府人才办给每个工作室划拨10万元的经费，第一年5万，第二年和第三年各2.5万。"老师们的眼中亮光闪闪，羡慕之情溢于言表。"宜昌市教育局成立宜昌市名师工作室是经过深思熟虑的。他们出台了《宜昌市"宜昌名师工作室"年度考核评估细则》，对工作室主持人和成员的工作做了详尽的说明，比如主持人每年度市级示范课不能低于2节次，成员不低于 20 节次等等。工作室每半年要接受市教育局的中期检查，年末要向教育局进行述职。市教育局结合平时的检查和年末的述职进行考核定级。这就迫使我们工作室的活动不得不扎实有效，不得不推陈出新。我工作室的成员目前有 9 人，分别来自宜昌市各县市区，通过层层选拔而来，个个出类拔萃。我们工作室的每一次活动，成员都是翘首企盼的，生病住院也不愿意落下；我们工作室的每一个活动，学校都是热烈欢迎的，校长自掏腰包请吃饭，给我们活动出谋划策；我们的每一次活动，一线老师都是满心期待的，在活动中厕所都不想上，为的就是想从成员身上多学一点儿。为了让我的工作室走得更快，走得更远，今天我和成员严春燕老师来了！谢谢大家！"鞠躬的时候，我已被掌声包围。后面的工作室主持人陆续上台都说："樊老师工作室做的太好了，我们都不知道说什么了。"听见这些话，我心里乐开了花。

活动的第二个议程是交流工作室的具体做法。因为有了第一次的发言，在这个环节中，就不是我唱独角戏了。大家的问题可多了，一个接一个——"樊老师，你们工作室的经费是怎么使用的？""樊老师，你们是怎么做到让学校欢迎的？""樊老师，你是怎样让成员都喜欢工作室活动的？"……我需要做的，就是逐一回答他们的问题。会议室的气氛逐渐活跃。不知不觉中，两个小时就要过去了，会务组的工作人员来催促我们赶快完成第三个议程。

第三个议程是推荐首届名师工作室联盟理事。因为有着前两次的发言，大家一致推荐我为理事。

给了一个交流的平台，就像给了我一束阳光，我就像一朵花儿绽放，一样灿烂。

（二）不给你阳光，你也灿烂

参会老师在食堂吃自助餐。10 名食堂工作人员穿着工作服列队站在墙边，有的负责刷卡，有的负责用对讲机和厨房师傅叫菜，有的负责清理餐盘，有的负责摆放菜肴、水果、面食……

我习惯向为我服务的人报以微笑并说"谢谢"，习惯于"坐有坐相，站有站相"，习惯于吃饭不发出声响，也习惯于吃自助餐饭前饭后餐桌一样干净。这是我对自己定的最低的标准。第一次就餐完毕，去放餐盘的时候，食堂服务员动聚拢到我周围，七嘴八舌说开了。

"老师，您真优雅！"

"是的，我们站在墙角一直在观察，您是与会老师中最优雅的一位。"

"老师，您就坐的时候背很直，走路也很端庄，吃饭很文雅。"

……

从第一次就餐被他们关注到每餐前后被他们点赞，我感觉生活是多么的美好，人和人之间是多么的和谐。

就餐时，我注意到一个老师，身高在一米八左右，走路一瘸一拐的，在人群中特别显眼。他是谁呢？他肯定不是老师。因为身体有残疾的人是不可以报考师范院校的。他难道是参会教师的家属？哪个身体健康的女老师愿意嫁给一个残疾呢？我感到疑惑。

我也注意到食堂工作人员对他不像对我满是赞美之词。

会议的最后一个议程是对参会的名师工作室进行授牌，工作室的主持人上台接受授牌。他，居然和我一起走上台揭牌，拍照，下台。他是工作室主持人？我诧异着。

井冈山之行，有人建了一个QQ群，与会教师加入了这个群。每天，都有人将自己的作品在群中分享。在这个QQ群里，我是一个忠实的读者。每个成员分享在群里的文章我都仔细拜读了的。有一天，一个叫卜庆振的老师发了一篇文章——《不只是博览人的情怀》。这篇文章文笔清新，架构独到，浓浓的人情味打动了我。文中的照片让我发现了卜老师就是那个残疾老师，他就是名师工作室的主持人。他是怎样的一个传奇人物？带着强烈的好奇心，我关注了他工作室的公众微信号，读完了微信上所有的文章。

不看不知道，一看吓一跳。他是山东省东平县东平街道中学语文教师。刚上班就因为"心太软"被学校末位淘汰制淘汰到打印室，一待就是八年。后来在孙明霞《生命浸润生命》书中找到人生的目标和方向，重返语文讲坛。他喜欢音乐，经常作词，为班级、为学校、为某个场景，30余篇音乐作品发表在音乐类报刊，获得了苏州之歌征集特等奖，海南省原创音乐金椰奖，因而也成了中国音乐文学学会会员；他爱好写作，40余篇教育类作品发表在教育类报刊。他敢于创新，率先在学校开发了音乐与语文、电影与语文等校本课程，实现了山东语文老师和四川音乐老师开发课程的梦想，获得全国校本课程大赛一等奖，山东省校本课程优质课一等奖；他达人达己，在成就孩子成长的同时，也成就同行，他参加全国"教育行走"教师公益研修夏令营活动，分享自己的成长经验，带动更多的老师和他一起成长。

每读一篇文章，我的心就重重地震撼一次。

他，一个生理有缺陷的老师，就像路边的一株野草，从未得到别人的关注，但是，他就实实在立在那里，无论土壤多么的贫瘠，环境多么的恶劣，他都一心向阳，疯狂地成长着。

和他相比，我真是自惭形秽。

一个生理健全的老师，一个被服务员认为"优雅"的老师，生活和工作环境比他优越的老师，却没有他那么多专长，那么多耀眼的成绩。

这使我想起了一个故事。乡村泥泞的小道上，有很多车痕，那是车挣扎过的印迹。小道上回想着车轮的空响声。爸爸告诉儿子，响声大的，是空车；没有响声的，是实车。我是空车还是实车？不言而喻，我是一辆空车。也许，车辆外面装饰不错，看起来还比较华丽，但是里面空空如也。

卜庆振老师就是一辆"实车"。在这次活动中，他没有发出一点儿声音，埋着头，向着光亮的地方，一步一步走去。

梦，该醒了；行动，是时候了。

我要像卜庆振老师一样，默默地，无论是否有人关注，踏实走好每一步。

巧创情境促有效课堂

　　早就听彭主任说过天问学校的杨老师课上的很好，也很早就想找个机会向杨老师学习学习。机会终于来了！我们随同市教研中心的教研员到天问视导。

　　教研员听哪个老师的课，是学校临时安排的。市、区教研员随学校领导带队走到了502班，有一个笑容可掬的、穿着鸭宝宝黄色羽绒服的老师站在教室门口欢迎。我想，她就是我要学习的对象——杨老师了。我们刚落座，上课音乐就响起来了。和学生相互问好后，杨老师在讲台上走来走去，不停地搓着手，愁眉苦脸的，自言自语的说："今天来了这么多的领导来听课，上什么呢？"那神情，那动作，让我怀疑站在讲台上的是不是杨老师了。老师在讲台上走了两个来回之后，眉头紧锁，一脸真诚："同学们，你们能不能告诉老师该上什么课？"学生在下面窃窃私语开了。有的说上阅读课，有的说上作文课，有的说做习题……。老师巡视了一下全班学生，指着坐在最前排的一个女生说："你来帮帮老师吧！"那个女孩站起来说："我觉得我们应该像平时一样上课。要不然，我们感觉压力会很大的。""嗯！我觉得你的建议很好。下面，请同学们猜猜老师刚才在想什么。"同学们听到问题就争先恐后要发言，一个女孩子站起来说："学校没有通知领导要听课，上砸了怎么办啊？""嗯！是啊！上砸了怎么办啊！这是老师的独白内心，内心独白属于心理活动。心理活动除了内心独白还有什么呢！"学生一时回答不上来。"想想老师刚才的神情、动作、语言。"学生都想说，都有自己的独到看法。

　　"杨老师在井台上走来走去。"

　　"走来走去，属于什么？"

　　"动作！"

　　"对！我们可以用动作暗示法来描述心理活动。"教师板书"动作暗示法"。

　　"杨老师愁眉苦脸的。"

216

"愁眉苦脸是……"

"表情。"

"还有什么？"

"杨老师在讲台上来回走着，并且不停地搓手。杨老师以前从不搓手的，今天搓手，说明老师很紧张。"

"还有，老师今天的眼睛都变小了。以前，上课老师很高兴，眼睛很大。"

"今天老师的腰都弯了，以前是直的。今天没有以前的神采飞扬。"

……

学生畅所欲言，教师巧妙引导，我越来越肯定站在前面上课的教师就是我一直仰慕的杨老师。

杨老师今天的课确实比较成功，成功最大的原因之一就是教师在不断的创设情境，让学生根据上课主题有话可说。如，上课初的真实情境创设。领导听课紧张，上什么？再如用景物衬托法时，教师创设的情境是：心情好时看见地上的易拉罐会怎么做，不好时会怎么做。杨老师情境的创设和良好教学效果的达成，使我想起了德国一位学者有过一句精辟的比喻：将15克盐放在你的面前，无论如何你难以下咽。但当将15克盐放入一碗美味可口的汤中，你早就在享用佳肴时，将15克盐全部吸收了。情境之于知识，犹如汤之于盐。盐需溶入汤中，才能被吸收；知识需要融入情境之中，才能显示出活力和美感。我把这句比喻解读为：创设情境的课堂才会有滋味，有趣味，有深度，有广度，有生机，有美丽；才会有激情的碰撞，灵性的涌动，精彩的生成；才会实现价值的引领，个性的张扬，心灵的对话……没有情境的课堂是机械的、单调的、枯燥的。

听郭老师复习课有感

6月3日研训中心小学部在五龙小学视导，郭老师上的是 Where sentences。为了便于大家研究复习课的上法，我还是简单的说一下她的上课流程：先通过自编的 Song 复习国家名称，如 China，America…。然后带领学生复习了6个方位介词，即：on，in，in front of，near，behind，under。接下来进入正题：第一步，Where is your …？复习文具在哪里；第二步，Where are you from？第三步，复习 Where did you go on Children's Day？第四步，复习 Where are you going on your summer holiday？最后，布置作业：1.写自己暑假旅游计划；2.写到宜昌市儿童公园路线。她的这节课给我有以下感受：

一、找准了复习切入点

复习的切入点有很多，比如，单词、话题等，郭老师采用的是疑问词切入点。我觉得这个切入点也很好。在小学阶段，学生学习过的疑问词并不是很多，而且一个疑问词可以带出几种时态表达法。选准了切入点，就要据按照自己的复习计划和方法进行下去，不要今天觉得 A 的复习方法好我就仿效 A 的，明天她 B 的复习方法好我就学习 B 的，不能朝三暮四，频繁更换复习方法，毕竟，复习的时间有限。

二、综合了全册知识点

郭老师的复习课，就时态而论，既复习了一般现在时，又复习了一般过去时和一般将来时；就单词分类来看，既复习了方位介词，又复习了国家名称、交通工具，动词词组。

三、关注了学生知识构建

郭老师复习现在时，是对话，是两个句子构成的对话；复习过去式时，是 6 个句子构成的对话；复习将来时，是六个句子构成的一段话；布置作业，是一篇文章。这样，即使是复习课，也做到了词——句——段——篇，符合学生的认知规律和英语教学理念。

郭老师是点军区第一批骨干教师，教学经验丰富，治学严谨，基本功过硬，有很多地方值得我们学习。通过她的这节复习课，我建议英语教师们在复习时要做到以下几点：

1. 通览教材，做到心中有数。

PEP 教材共有八册书，每册 6 个单元 6 个话题。带毕业年级的英语教师，在进行复习时一定要静下心来，仔细研究 1 ~ 8 册教材，找出知识点之间的相互联系，做到心中有数。比如，Where 的意思是"在哪里"，回答时有可能要用到方位介词。全册教材中有多少个方位介词呢？是不是只有这 6 个？不！比如说，五年级上册第五单元还有 above，六年级上册第二单元就还有 next to。说到这里，我还要提醒大家注意：above 和 on，next to 和 near 意思相近，但又有区别，也许我们曾经讲过，但是教师讲了并不代表学生记住了，在复习时我们还是有必要再次提及。还有，in the tree 和 on the tree 的区别。再比如 Where 一般现在时的复习，除了问文具、问 × × 来自何方，还有哪些？比如问路是否也要用到这个疑问词？应该说，问路的难度是要比问什么东西在哪里要高些。既然要难一些，是不是花费的时间和气力要大一些？

2. 研究课标，做到有的放矢。

八本书，知识点很多，是不是都是考试范围呢？这就需要我们研究课程标准了。特别是要仔细研究英语二级标准应该掌握什么知识，学生该达到什么要求。

3. 熟悉学生，做到因材施教。

在这里的意思是要根据学生对知识掌握情况来进行复习，该放手的时候还是要放手的。比如，学生学习了哪些以 Where 开头的句子，我们是不是可以让学生自己先梳理一下，再一起归纳小结？这样，我们就了解学生哪些知识掌握了，哪些还需要再次重复。

4. 写好计划，做到全盘规划。

凡事预则立，不预则废。PEP 小学英语这套教材，词汇量，句型、日常交际用语非常多，在复习前，每位英语教师应对复习内容及复习安排做到心中有数，目标明确。根据学生实际情况，针对他们在学习上的薄弱环节制定切实可行的复习计划，合理安排复习时间，然后依照计划精心设计好每一节复习课进行有效的复习。要避免复习的盲目性，不能想到什么就讲什么，东一榔头西一棒，造成知识点的疏漏。

最后，我要强调的就是大家要明白复习的目的是什么，不是"炒现饭"，而是查缺补漏，培养学生的英语综合语言运用能力。

别低估了孩子们

今天下午听了六年级数学刘老师上的《旋转》一课，孩子们细致入微的生活观察能力和表达能力让我感到惊讶。

开课之后，刘老师问学生教室里哪些物体是圆柱形。有的学生说他们使用的固体胶，有的说教室上方的灯管，有的说讲桌上的笔筒，有的说中性笔的笔杆……学生边说边比画，他们指到哪儿我就看到哪儿。发现学生说的果真如此。这些稀松平常的物件我平时没有怎么留意，更谈不上观察。如果要我不假思索回答这个问题，我难以做到。接着，刘老师问了第二个问题：我们生活中哪些物体是圆锥？必须是看得见、摸得着的。因为是生活中，而不是教室里，所以，学生全凭在记忆中搜索。举手发言的学生寥寥可数，其中有两个学生的回答让我瞠目结舌。一个是林静姝，她说圣诞帽就是一个没有底的圆锥。另外一个人就是谢文昊，他说冰淇凌下半部分也是一个圆锥。没有平时生活中的观察和积累，一时半刻是难以回答上来的。因为我们生活中的圆锥实在是太少了。

因为学生说出的物品较少，刘老师补充了一个生活中的物品——泥瓦匠砌墙砖使用的吊线。刘老师话音刚落，学生异口同声地说：哦！是的。"看样子，刘老师说的答案，能够让学生立马想象此物形状，和老师迅速达成共识。如果学生以前从来没有见过吊线，是不会听见答案就恍然大悟般地"哦"。

所以，不要以为学生年龄小，见识少，就低估了他们的能力和水平。

221

放手，让孩子们在更广阔的天空翱翔

这学期是点军区教育局进行课堂革命的第二轮了。在中期总结大会上魏局长强调课堂革命要有六个转变，即：在教学结构上，变以教师讲授为主，为学生自学为主；在课堂组织纪律上，变学生安静听讲为主，为学生讨论为主；在师生双边关系上，变教师主导型为主，为学生主体性为主；在目标获取上，变教师"泄露天机"为主，为学生"发现真理"为主；在学习方式上，变独自冥思苦想为主，为小组合作共赢为主；在学习进度上，变集体绑架齐步走，为个体选择分层走。怎么在英语课堂上"发现真理""共赢为主"？英语不同于其他学科。其他学科都是汉字，都是孩子们的母语，孩子们能够自学，能够用母语顺畅进行交流。英语课堂上，孩子们的词汇量有限，表达有障碍，怎么能够做到"开课后的讨论展示环节"呢？我一直在思考，在犹豫，在彷徨。

今天的英语课上，我决定更改以前"老师讲学生听"的模式，把课堂还给学生。

我让孩子们打开课本，翻到 71 面的单元词汇表，完成下列任务：①给第五单元的黑体单词标上序号；②给单词分类；③根据单词猜这个单元的主题；④分享自己读这个单词或者记忆这个单词的方法。1 至 3 的任务很简单，孩子们很快就完成了，而且完成的很好，没有一个异样的声音。第四个任务，我以为会冷场的。事实是，举手发言的孩子也很多，小手林立的。最让我吃惊的是李欣雨分享的 beef 的记忆法：我们可以用加一加的方法来记忆这个单词。bee，是蜜蜂的意思，在后面加一个 f，就变成了 beef。她的记忆方法好极了，能不能推而广之呢？孩子们是学习的主人，还是让他们决定吧。我问孩子们："李欣雨的方法好不好？"孩子们异口同声地大声回答："好！"我紧接着追问："用李欣雨这种加一加的方法，我们还可以学习这个单元的哪个单词？"孩子们齐刷刷低下头，在单词中寻找。一会儿，龙浩冉站起来说：

"fork 这个单词就可以用加一加的方法来学习。for，是给，为了的意思，后面加上 k，就变成了新单词 fork。"他发言完毕，孩子们掌声一片。"看来这种认读单词的方法是得到了同学们的认可。还有没有别的方法呢？"问题抛出来后，孩子们又低下头读单词，希望从中能够发现什么。一分钟，两分钟，三分钟，五分钟……时间一分一秒过去了，没有一个学生举手。看来，他们遇到了麻烦，作为老师的我得帮他们一把了。"同学们请看黑板。"我在黑板上写下了 cat 一词，又写了 hat，fat，rat，"你们会读这些单词吗？如果会，是用什么方法认读的？"孩子们抬起头，大声读着这些单词，举起的小手慢慢多了起来。林静姝站起来说："我用换一换的方法读这些单词。cat 是人人都会读的单词，我们把 cat 的第一个字母换一个，就能够读出新单词出来。""嗯，很好！你能不能举一些例子？"不能让孩子们的知识浮于表面，我不停提问。林静姝不紧不慢回答："比如 he，更换第一个字母，可以换成 we，me，be。"不能仅仅会认读单词，还是得会记忆呀？我问："刚刚同学们用加一加、换一换的方法，会认读新单词。有没有方法可以记忆单词的形，也就是单词的写法？先自己开动脑筋想一想，然后小组讨论一下，最后我们班上来分享。"学生立马行动。分享时间，孩子们的记忆单词方法五花八门，让我瞠目结舌。比如，聂瑞杰"形象记忆法，如 eye，bed"；李鑫杨"加一加、减一减方法"；……直至下课铃声响起，孩子们还在争先恐后说自己的方法。

今天的课堂给我三个启示：第一，学科教学是触类旁通的。加一加、换一换等方法，是孩子们一二年级学习生字时语文老师教会的识字方法。这个方法孩子们记忆犹新，现在学习英语单词，孩子们就把这种方法迁移到英语单词学习之中，迁移很到位。看样子，英语学习中可以大胆采用语文教学中比较成功有效的办法，比如，记忆生字，朗读感悟等等。第二，故事的力量不可估量。bee，是 PEP 英语四年级上册第一单元故事中的一个单词。PEP 教师用书上面说，教材上的故事教学可以选上。因此，有很多老师因为课时不够而放弃故事教学。因为我发现孩子们特别喜欢故事，每一个单元的故事，我都是花了大量气力去教学。没有想到，孩子们把故事中的新单词记忆的这么牢固，以至于我都忘了具体的故事情节，但孩子们不仅记得单词，还记得是在故事中的那一句话里出现的。看来，故事教学还真的不能舍弃。第三，大胆放手。你有多放手，孩子们遨游知识海洋的空间就有多大。如果想让孩子们真正成为学习的主人，老师确实要多放手。这一点，是我这节课感受最深的。

给孩子搭一个到达梦想的梯子

那天我值日。中午走进二年级教室，目光习惯性地扫向杨××。她一直是老师们关注的对象，像一个男孩子一样调皮捣乱，让老师应接不暇，手忙脚乱，心力交瘁。三个月前，她趁回家吃午饭的机会，带着班上另外一个回家就餐的女生跑到路边玩水。下午上课铃声响了，她们两个还没有到学校。全校老师急的像热锅上的蚂蚁，不顾山高路远，荆棘满山，野狗乱吠，到处找啊找。那个情境，那个心境，我，不，我相信是所有的老师，今生今世都不想再有。当老师在学校附近桥底下的找到她们的时候，她们正玩得欢，拿着捏着各种形状的泥巴给我们看。让我们悲喜交加，心中五味杂陈。她，因为此事，在我的脑中留下了深深的烙印，让我时时惦记。

此时，她低着头正在画画。我悄悄走向她，画面上，太阳金灿灿的，蝴蝶在花丛中翩翩起舞，树上结满了红彤彤的果子，小女孩穿着漂亮的裙子带着璀璨的皇冠在大自然中尽情歌唱。画面所有的景物，都是小女孩认为最美好的；所用颜色，也是小孩子认为最漂亮的。画面上，还写了一行字：你别走，好不好？我低下头，悄悄问："画儿挺漂亮的，布局和用色很不错哦。这么漂亮的画儿送给谁呀？"她扬起头，看着我，满脸的幸福："送给我妈妈的！""妈妈？！为什么送妈妈画儿呢？"我很疑惑。据说，她妈妈生下她就离家出走了，再也没有回来。提及妈妈，她一改以往咕咕隆隆，模糊不清的发音，她口齿清晰，表达流畅：她妈妈昨天下午回家了。这是她出生以后她妈妈第一次回家看她。她很高兴，昨天晚上和妈妈睡在一起，感觉幸福极了，就像吃了一个大大的棉花糖。说着说着她眼中的光暗淡下去了，嗫嚅着说，她妈妈今天晚上九点钟就要乘坐火车离开了，妈妈要去哪儿，什么时候再见面，她也不知道。她说，她很想很想妈妈留下来希望妈妈能够和爸爸在一起，希望妈妈和爸爸说说话，希望爸爸妈妈和她三人在一起，幸福的生活。她一边说，一边用左手的食指不停地顶一下右手的食指。从来没有见过她如此伤心落寞，也从来没有见过她是如此渴望想得到一种东西。原来，她也有梦想啊。拥有一个完整的家庭和暖人的亲情，大多数孩子习以为常，见怪不怪。而对于她，却成了一个遥不可及的梦想。真是一个可怜的孩子！我要帮她实现这个梦想。我抱了抱她，在她耳边说："把这幅画用心画完，然后送给妈妈，勇敢地告诉妈妈，你爱她，希望她留下来。好不好？"她就像童话故事里得到白胡子老爷爷点化的孩童一样如获至宝，使劲儿地点点头，跑开了。

三天后，看见办公室只有我一个人，她悄悄溜进来，从背后迅速拿出一个像纸灯笼一样的小玩意儿放在我的手掌里："送给你的。吹吹看吧！"望着她满是期待的眼神，我像一个听话的小学生在她的指导下，鼓起腮帮子使劲地吹，折纸慢慢儿鼓起来了。"哦！成功了！"她拍着手欢呼着。"为什么送给我礼物呢？"我很好奇。"我妈妈答应我，为我留下来了。"她满眼的幸福。"哦！太好了！你要更加努力，不断让自己优秀，这样，你妈妈就因为你的优秀而更加舍不得离开你了。"她使劲点点头。"对了，你妈妈怎么突然改变决定，不走了呢？"我像一个孩子似的好奇。"我回家之后，按照你说的，把画儿送给妈妈，然后对她说'妈妈，不要走，好不好？'。她接过我的画儿，看了一阵子，也想了一会儿，然后就答应我了。"她一脸的骄傲和自豪。我对她说："祝福你的梦想成真，也祝愿你今后所有的梦想在你勇敢的坚持和努力下，能够成真。"她腼腆的点点头，笑着跑开了。

从此，无论我什么时候走进二年级教室，她总是在安静地学习，要么读书，要写字，再也没有犯过错，违过规。

教育家苏霍姆林斯基曾说过，教育的理想就在于使所有儿童都成为幸福的人。幸福是现代教育的终极价值，"有灵魂的教育"不仅要将孩子培养成为有用之人，而且应教他们追求幸福，将他们培育成幸福之人。当孩子在追梦的过程中，有困难的时候，老师给一个建议，其实就是给了一个目标，搭了一把梯子。顺着梯子，孩子就能够够得着梦想。如果每一个孩子的梦想能够实现，我们做的也就是"有灵魂的教育"。

看新闻，学衔接

我一直很喜欢看《直播宜昌》，原因有二：一、可以知晓宜昌最近发生的事情；二、也是最重要的原因，可以学习播音员是怎样由上一个新闻过渡到下一个新闻的。《直播宜昌》几个板块非常分明，中间，播音员用几句话，将几个板块及板块内容非常巧妙的连接起来，形成了一个整体，就像一篇可读性很强的义章一样。我看过很多台的新闻，包括央视的新闻，他们播放的新闻与新闻之间都是孤立的，给我的感觉就像珍珠没有被穿起来一样。

喜欢看《直播宜昌》，喜欢听语文课，那是因为英语和汉语一样，都是语言教学，他们之间有着很多的相通之处，"他山之石，可以攻玉。"我希望从语文课上，从身边的事情上，学习到一些有利于教学的东西。

最近，听了一节英语课。老师是老手，知道上课要进行热身活动，设计了唱歌和 Chant 环节。唱歌前，老师对学生说："Let's sing ."教师播放课件，学生开始唱歌；唱完后，教师说："Let's chant."教师又点击课件，学生开始 Chant. 本来很好的教学设计，由于缺乏衔接语，导致环节与环节之间显得那么的生硬。

其实，在小学英语教学实践中，部分教师时不时会错用、滥用或者干脆不用教学衔接语，他们常常会在学生兴味索然之中匆匆完成教学任务。有些教师过度使用"Yes""OK""Now"等，或者干脆借助多媒体课件，用一个"Next"就把上下两个环节生硬地串联起来。学生只能在简单的语言环境中发挥想象，揣摩着教师的意图，或者用不解和求助的眼神看着老师，这大大影响了教学效果。如何提高英语课堂衔接语的有效性，真正发挥其在课堂中承上启下、创设情境的作用？这已经成为英语教师，尤其是青年教师关注的问题。

课堂衔接语又称过渡语、转换语等，是指运用在教学各个环节或问题之间的过渡用语。巧妙的过渡语可以起到自然过渡、上下贯通、深化逻辑的作用。过渡语也是引路语，可以提示和引导学生一步步地完成学习任务。过渡语也是粘连语，可以把一节课的内容衔接成一个整体，给学生以层次感、系统感。

衔接语在教学的过程中能够起到承上启下的作用，它既能帮助学生总结回顾学习内容，又能激起学生学习新内容的强烈愿望。它既具有对已学过的教学内容进行总结梳理的功效，又能对下文所要出现的内容进行启发，使学生在思维上平稳过渡，在浑然不觉中学习新的内容。

1. 教师口语表达的基本功不扎实，导致衔接语贫乏，在授课时找不到合适的表达方式和词汇来表达自己的意图。

2. 教师误认为语音语调好就是口语能力强，平时疏于训练口语，上课不敢流畅地使用衔接语。

3. 教师课前准备不充分，对教学内容预设过于死板，课堂上一旦出现"预设外"情况，就难以使用恰当的衔接语。

提高衔接语的对策：

1. 认真备课。

教师备课时，要认真钻研教材，分清每项具体内容的主次；根据学生的实际，找准疑点、难点和关键，优化教学过程。教学设计要把落脚点放在引导学生参与学习过程上，对学生在获取知识的过程中可能出现的问题、困难要有充分的估计和对策。教案应突出师生活动的内容、形式、时间、空间以及对重难点的处理。教师在教学环节的预设中，应充分发挥学生的主观能动性，尽可能多的把学生考虑在内，让学生成为教学互动的主体，保证课堂教学的顺利进行，避免课堂上的紧张（特别是在有人听课的情况下），教师在写教案时要预设各环节活动的衔接语，做到具体、明确、合适。

2. 教学机制。

叶澜教授认为：一堂好课应该是一堂生成性的课。课堂教学不完全是预设的结果，而是教师和学生真实情感、智慧交流的结果，这个过程既有资源的生成，又有过程状态的生成。这样的课可以称之为丰实的课，能够给人启发。在听课中，我们发现有些优秀教师的课之所以吸引人，出了他们精湛的教学艺术、精妙的教学设计、独特的教学风格外，更重要的是他们能够及时关注"学情"，把握教学中生成的特点，掌握课堂中生成的规律，适时做出反应和调整，变"预设外"为宝贵的课程资源，在课堂中创设出不曾预约的精彩。

针对课堂上出现的预设外问题，教师应该有较强的应变能力，提高捕捉、激活和利用动态生成资源的能力，要顺其自然、因势利导。要做到这一点，老师就应该具备驾驭衔接语的能力，为学生创设一个较好的语言环境，使生成的教学部分和预设的部分浑然天成，使教师和学生高效的完成教学任务。

3. 教学反思。

教师要不断反思自己的课堂教学行为，验证自己教学目标的可行性、教学理论的适用性和教学策略的有效性，从而做出新的决策。就课堂衔接语而言，教师除了要有意识地加强学习以提高自身的语言表达能力以外，还可以多听课、多学习、多积累、课后多反思教学环节的过渡、思考以怎样的方式过渡效果更好。例如，教师可以拿 mp3 把整堂课录音下来，在课后好好研究授课过程中衔接语是否恰当有效。

我收到礼物啦

　　和往常比起来，今天到校稍微迟了一些，7：30 才到校。到校后我站在楼道上观察孩子们和老师们的活动。等我收回目光的时候，我发现有一个长相熟悉的小女孩怯生生的站在我的身边，抬着头望着我，似乎等我很久了。我俯下身子，望着她："你找我有什么事情啊？"她马上低下头，看着自己手中握着的东西。我顺着她的目光看了看，早上下大雨，走道上光线不好，我只看到黑乎乎的一团东西。我想大概是钱吧，昨天一个小男孩在操场上捡到了五毛钱就交给了我，说不准这个黑乎乎的东西也是她捡到后准备交给我的。嗫嚅了很久，她把那个东西递给我："Miss Fan，这是什么？"尽管声音很小，我还是听见了。我在大脑中也搜寻出来了，她是我班的一个学生。我小心翼翼的把东西接过来，放在眼前仔细打量了又打量：这是一个发育不好的海螺，里和外都不光滑，坑坑洼洼的，曲线也不优美。看看这个胆怯的小女孩，又看看海螺，我笑着告诉她："这啊，这是一个海螺，一个漂亮的海螺。"听见我的话，小女孩非常高兴，两眼发光："Miss Fan，那我把这个海螺送给您。"没有想到这个女孩会说这么一句话。为人师者，怎么能够接受孩子的礼物呢？"我想，这个海螺对你来说很有纪念意义，还是你自己收藏吧。""不！Miss Fan，我就是要送给您！"语气很坚决，不容推辞。"你给了我，你就没有了啊？你自己留着，你的心意我已经领了。"见我执意不收，小女孩着急了："Miss Fan，教师节马上就要到了，我想提前祝您节日快乐！"哦！原来，在她的心目中，这个海螺是最美的，最珍贵的，她想在这个节日把它送给我。一个性格内向、生性胆小的女孩是鼓足了多大的勇气向我表达的啊。如果我还坚持不收，那又有多伤害她啊。见我收下了，小女孩高兴极了，蹦蹦跳跳的走远了。

　　作为一个非班主任老师，在开学才一周学生还不熟悉的情况下，在教师节还没有到来之际，我收到了一个比金子还宝贵的礼物，我感觉我是多么的幸福啊！

230

一句话，一辈子

照片上的这个女孩儿叫向彩虹，四年级的学生。她矮矮的个子，瘦瘦的身子，一双眼睛清澈明亮。

去年英语期末考试，我带的四年级是全区第五，在区处于中等的成绩。这对于我来说，是一个不小的打击。因为整个区的老师都知道我课上得好，带的学生成绩也好，所以，才获得了一些专业荣誉和综合表彰。得知这个结果后，我很伤心，把成绩汇总表仔仔细细看了几遍：班上八十分以上的孩子很多，有满分一百的。为什么会出现这种情况呢？有四个学生不及格。咦！向彩虹怎么也没有及格呢？她平时上课认真听讲，作业按时完成，得个九十几分应该是没有问题的。为什么她没有及格呢？可能是期末考试采用答题卡的形式，对于第一次使用答题卡的她来说，可能没有按照要求涂黑，没有得分。批评她吗？不行！她瘦小的身材本就让人心生爱怜。加上平时和她大声说话，就让她双眼躲闪，双腿发抖。这样的孩子，怎么能够批评她呢？只能鼓励，鼓励，再鼓励！

开学第一天，英语没有及格的另外三个孩子的家长被我约到办公室谈话了。我始终没有说英语没有及格的有哪些人。向彩虹一如以前，上课坐得端端正正，听讲认认真真。

第二个星期，有一天放学，我送路队。我跟随着向彩虹，边走边说："向彩虹，你知道吗？你的英语没有及格。老师没有告诉大家你没有及格，是因为老师相信你是失误的。新的一学期，你要好好学习，拿出你的真本领，让大家瞧一瞧。好不好？"向彩虹一边走，一边点头。不知道这些话对她究竟有多大的作用。作为老师，我必须说，必须这样做。

第二天，我到四年级班主任牟老师的办公室，看到牟老师正在批阅作文。我惊呼道："这是谁的作文啊？字迹这么工整，卷面又整洁。"牟老师说："你来读一读吧。这是向彩虹的作文，她写的就是您。"我拿过来，文笔之优美，叙事之生动，让我一口气读完了。她写的就是期末考试前后，我和她说话前后她的所思所想。原来，她早就预测英语不及格，心里一直忐忑不安，等待着我去批评她。没有想到我不但没有批评她，还认为她是失误。她惊喜不已，她踌躇满志，她要奋发向上做一个名副其实的有本领的人。当她再次遇到困难，遭遇失败时，她说她就想起了我说的"我相信你是失误。"信任，是对一个人最好的鼓励，也是前进最大的动力。

从此，英语课上，她的眼睛最亮，她的小手举得最高，她的回答总是准确无误。她一天比一天有进步，脸上的笑容一天比一天多，胆子一天比一天大。有一天还告诉我，她妈妈带她到图书馆读书了，读书是她最大的爱好。

"良言一句三冬暖，恶语伤人六月寒"。在孩子们学习和成长的道路上，遭遇失败，我们要学习用"爱语"结善缘，很多时候，一句同情理解的话，就能给人很大安慰，增添勇气，即使处于寒冷的冬季也感到温暖。就像我的一句"你是失误的"，改变了向彩虹的性格，改变了她对学习英语的兴趣，温暖了她和家人的一生。

高效课堂，学生为本

在英语教学中，我特别不喜欢因循守旧，比如沿用以前的教案、课件等等。我喜欢变着花样上课，享受着师生共同成长的乐趣。

今天六年级的英语课，我先让学生丁子涵朗读单词，说发现。接着，我用学生刚刚读过的一个单词 older（更老的，更年长）说了一个句子：I'm older than Ding Zihan. 并且将这个句子板书在黑板上。接着，学生读一读，说一说：形容词比较级的陈述句该怎么说？聂瑞杰第一个举手，他说：先说人，再说 be 动词，再说形容词比较级，再说 than，最后说人。观察归纳总结能力很不错，必须点赞。我让他在班级优化大师上面给自己加上一分，把他的发现写在黑板上，他高兴极了。然后，我让两个同学站在讲台前面，用形容词比较级陈述句来描述这两个同学。因为有了老师的示范，同学的归纳，其他同学消化吸收容易多了，纷纷想展示自己学习成果，高高举起的小手比比皆是。我让学习能力比较弱的学生发言，嘿嘿，他们居然都说对了。他们还发现了一个同学说 taller，另外一个同学可以说 shorter。他们还发现还可以将两个同学的外貌细节进行比较，比如眼睛的大小，脸盘的大小，腿的长短等等。他们争先恐后，一个比一个说得流利、准确。接着，我让他们翻一翻第一单元所有的书页，找一找类似的句子，看谁找得多，读得准，但不能重复别人的。思考一个问题：形容词比较级是不是只能用一个？规定的时间还未到，学生已经迫不及待地想回答。给他们一个机会。哇！没有漏掉一个句子，没有读错一个单词，没有一个人重复别人的。句子中的形容词比较级可以有多个，但是中间必须用 and 连接。答案真是完美！最后一项是家庭作业：用第一单元的黑体单词说一说自己和同学、朋友、家人、老师。学生送来一片掌声。估计是感觉这项作业太 easy 了吧。

这节课三十分钟，有讲有练，有说有笑。坐在后面听课的班主任牟老师说："作为一名语文老师，我听懂了，会说了，我感觉学生和我一样。时间把控的很好，目标达成度比较高。我认为这节课是高效的，是以学生为主的。"
哈哈，英语课得到了语文老师的表扬，心里美滋滋的，立马把环节记录下来，
以作纪念。

How heavy 的故事

今天英语课上，我引导学生对 How 开头的问句进行总结。比如，How much 问价格，How many 问多少，How old 问年龄……

"How heavy 问什么？"我问。

"How heavy 问质量。"学生异口同声回答。

什么？！什么？！How heavy 明明是问体重，怎么会是质量呢？比如教材后面黑体句子 How heavy are you? 汉语意思就是"你体重多少？"，而不是"你的质量多少？"。如果我是对的，难道学生都是错的？他们错也错的一样？太不可能了吧？

站在三尺讲台上将近 24 年，也带了不少的六年级，讲同样的知识点从来没有出现今天这样的状况，太打击我的专业信心了，我一定要弄清楚。

下课后，我走进六年级数学教师刘老师的办公室。

"刘老师，数学中有没有体重一说？"我开门见山问道。

刘老师满脸狐疑，我将课堂上发生的故事一五一十说了出来。听完后，刘老师笑着说："生活中我们经常说体重，重量，这些都是不严谨，不规范的，应该说质量。数学中，用千克，克等表示的都是和质量有关。问质量，才能用千克，克等回答。因为这些知识都是我在数学课上着重强调了的，学生人人都过关了的。所以，今天英语课上学生帮您纠正了。"听完刘老师的解释，我恍然大悟。不能教学生错误的知识，这是我对自己教育教学的底线。我马上回到教室，强调 How heavy 问质量。

感谢学生有勇气指出我的问题，也感谢刘老师的坦诚相告，让我在今天明白了这个知识点，没有教学生错误的知识，没有造成教学事故。

把课堂还给学生

昨天学生的作业不是很理想，今天必须集中讲解一下。

今天课堂上，我先让学生四人一组订正答案。然后，每组选派一人抓阄决定小组将要分享的题目。接着，全班商讨需要准备的时长，希沃白板计时。再接着，小组分工：入场和出场说什么，做什么；谁分享哪一题，怎么分享，分享的顺序、模式、语言组织，理由怎么说才充分，才让人心服口服。最后，小组分享，其他小组成员补充、提问、评价。

宣布活动开始。学生们马上下位，聚在一起，开始讨论。刚刚寂静无声的教室秒变喧闹嘈杂的菜市场。不，甚至比菜市场更喧嚣。瞧，成员水平齐整的 A 组组长正扯着嗓子分着工，组员竖着耳朵听着。B 组的人都知道小屈接受能力比较弱，记忆力比较差，三个人都看着他：你选择哪一题？你选择了，我们再分工。小屈指着一题："我选择这一个。"三个小脑袋齐聚在小屈脑袋附近："答案是什么？理由是什么？"小屈的眼睛透过厚厚的眼镜片，扫视了一下组员，一脸懵。见状，三个成员像热锅里的豆子，嘣嘣地跳出来，告诉他怎么说理由。英语科代表所在的 C 组，人员怎么超过了四人？哦，原来，是其他小组派出的求助使者，正围绕着科代表请教。科代表觉得帮助同学们掌握英语知识是他义不容辞的责任，他逐一耐心地回答着。

每一组的同学们都在热火朝天地讨论着。没有一个人闲着，没有一个人做别的事情，大家都想在有限的时间内把任务完成。

时间一分一秒地过去，任务一点一滴地完成。时间一到，分享开始。台上的同学井然有序，口若悬河。台下的观众聚精会神，时而泯然一笑，时而眉头紧锁。一组分享结束，台下小手林立。他们评论知识点讲授是否透彻、发言者举手投足是否得体、团队是否和谐一致。他们的评价，比我们教师更尖锐，更全面，更细致。让同学们点头称是，让教师自愧不如。

学生是课堂的主人，是学习的主体。把课堂还给学生，学生一定会给你一个大大的惊喜。

了不起的学生们

今天走进教室，让学生打开教材翻到 16 面，再读对话，对编者提建议。学生一听我的要求，先是不约而同面面相觑，然后齐刷刷地看着我，满脸疑问，似乎在问：对编者提建议？！我们没有听错吧？教材可是我们学习的范本，我们需要背诵才对，怎么还有问题？

"同学们要有批判性思维，不要觉得教材是专家和权威编写的，就没有问题。古人云，智者千虑，必有一失。我们来看一看哪位同学最有思想，最先发现问题。"我鼓励着他们。我看见鑫杨同学笃定地举起了手。他一向思维活跃，勇于创新，善于表达，让他来说一说吧。

"男孩 John 问女孩 Amy 这本电影杂志是否有趣。Amy 说有趣。接着她自顾自地把杂志内容说了—— It talked about a lot of new films. 这个句子不仅长，难得读通顺，而且有剧透嫌疑。如果我想读一本书，别人说了内容，我就不想读了。所以，我觉得 Amy 这句话不该说。别人怎么问，我们就怎么答。不要多此一举，画蛇添足。"嗯，他说得果然不错，有理有据，我让他在班级优化大师上面加分。他高兴极了，动作非常麻利，下位上台，加分上位。

"John 告诉 Amy 他想买一本新电影杂志。Amy 说她上个周末已经读了新电影杂志。由此，我们可以得出，Amy 买了 John 想要买的电影杂志，并且已经在上个周末读了。现在都提倡资源共享，因此 John 就没有必要再买这本杂志了，可以找 Amy 借了读。"小豪的观点引得同学们频频点头。看来，他对时事政治比较了解，知道资源共享，他还善于当家理财，不该花的钱不花。他也该点赞，在班级优化大师上面加分。

"John 邀请 Amy 一起去书店买杂志，Amy 没有表态。结果看见公共汽车来了，John 却让 Amy 和他一起乘坐公交车。我觉得 John 这样做有点儿不尊重女性。"小欣宇站起来不徐不疾地说。女孩子们一听她这样评价，对她竖起了大拇指。她越发有信心了，接着说："英美人不是特别讲究绅士风度吗？怎么这篇对话里男士没有一点儿绅士风度？"她说得好像也挺有道理。加分！

看来，我太不了解自己的学生了。原来，他们这么有思想，有生活经验和学习积累。既然已经开了头，学生有兴趣说下去，那就把前面学习过的内容都说一说，评一评吧。

有学生说教材 15 面的词组学习可以与时俱进，比如现在打扫房间不一定使用最原始的拖把，可以换成扫地机器人；比如洗衣服不一定是大盆浸泡，双手搓洗，还可以是洗衣机。

原来，学生一直都很了不起，只是，我总是低估他们，不放手，不放心，不给机会。看来，今后的教学我还真得要大胆放手！

课堂生成是最好的教育资源

上英语课的时候，坐在第一排紧挨着讲台的小郑同学突然发出微弱的声音："樊，樊老师，我不舒服。"我循声望去，他耷拉着脑袋，脸色煞白，嘴唇发白，下巴搁在课桌上来回移动，额头上大颗大颗滚圆的汗珠突然之间冒出来，顺着脸庞往下滑落。他本来就瘦小的身子因为此时的难受越发单薄。不好了，他的低血糖又犯了。上学期体育课他也是这样，幸好体育老师懂一点儿医学常识，让他喝了一杯红糖水，他就立马复苏，脸色红润，精神抖擞了。

"小杨，你赶快去找班主任拿一个杯子，倒点儿温热水来给他喝。"小杨个子高，腿长，跑路非常麻利，关键是他头脑灵活，让他去是最合适不过的。

小杨接到任务马上跑出教室。水很快就会到的，他喝了说不准就会舒服一点儿的。突然之间我也不知道哪位教师有红糖，或有糖果，或有巧克力。因为不知道，所以不敢叫小杨去找谁要。

三分钟过去了，小杨还没有出现在教室门口。

五分钟过去了，小杨还没有现身。

小郑似乎更难受了。他佝偻着身子，趴在桌上，头不停地转换方向。小杨去哪儿了呢？要到杯子了吗？真想有一双千里眼，一探究竟。过了六分钟的时候，小杨两手空空地站在教室门口："樊老师，班主任牟老师在开会。"我一听就炸毛了：这孩子怎么这么实诚？我说去找班主任拿方便杯，那就只能找班主任？班主任有事，不便打扰，那就找别的老师要呗！这个时候救人要紧。我急得像打机关枪一样："牟老师在开会，你可以找别的老师要一个方便杯呀。每间办公室都有方便杯。如果你实在不敢找别的老师要方便杯，你就去找数学刘老师，他这个时候一定在办公室。遇到困难要想办法，不要一条路走不通就不走了。"我着急的时候语速快，音量高，面目一定狰狞。小杨见了，迅速转身，再次下楼。

三分钟后，小杨进教室了。他一手端着热气腾腾的糖水，一手捏着糖果，小心翼翼走到小郑座位前。他把糖水放在小郑面前，然后张开手，把糖果放在红糖水的旁边。我发现花花绿绿的糖果中，有水果糖，有巧克力，还有饼干。小郑端过杯子大口喝了起来。慢慢的，他脸上有了颜色，脖子有力气了，头抬起来了。

偶发的事件，让学生再进入学习英语状态很难，还不如顺着事情的发生继续下去。我让小杨说一说他是怎么在这么短的时间内端来糖水，拿来糖果。小杨说，我的一通咆哮，一顿批评，让他知道该怎么做了。他找刘老师要了一个方便杯，但是刘老师没有糖，也没有糖果，他就拿着方便杯去找其他的老师。结果空堂课的老师在开教研会，他推开门，对大家说："对不起，打扰一下。我们班的小郑同学低血糖发了，请问大家谁有糖？"老师们马上停止了开会，回到办公桌去找糖。有的老师给他的是水果糖，有的老师从包包里翻出了巧克力，每位教师都给了他一样甜的零食。班主任把自己喝的蜂蜜拿出来，冲了温水，递给他。老师们的举动让他感受到了温暖和力量。

表扬了小杨后，我觉得还不够，不能到此为止。我让学生说一说，论一论今天这个事情给我们一些什么启示。有同学说，生命至上，当别人遇到身体不适，向你求助的时候，我们应该不顾一切，想方设法去营救；有人说，遇到困难要想办法，动脑筋，不要退缩；有人说，健康体魄是最重要的，我们平时要增加营养，加强锻炼；有人说，要学会做人，善待他人，这样当我们遇到困难的时候才有人愿意帮助我们……学生说到这儿，我觉得我想要的效果达到了。

课堂上发生的一切都是最好的教育资源。利用好它，就会事半功倍；不利用它，就会事倍功半。

有惊无险的师生配合

作为六年级的副班主任，我很是关注学生和家长的思想动态。前几天小黄同学的爸爸下午六点钟左右在钉钉群询问家长：小黄在哪个同学家里玩耍？可见，小黄同学放学没有直接回家，也没有和家长说清楚自己的去向，所以，父母非常着急。这样的事情千万不能再在班上出现了，我得找一个机会强调一下放学后的规矩。

今天的英语课内容是 John 没有去上学，张鹏给他打电话询问情况，得知 John 骑自行车摔倒了，一只脚受伤了没有上学。张鹏询问 John 是否可以去看望他。John 非常高兴，邀请张鹏到他家，看他五一假期在新疆拍摄的照片。

在情境中学习完了句子，我问道："从对话中我们可以知道张鹏是一个怎样的人？"同学们不约而同地回答道："他关心同学。"我接着问："张鹏能不能说去就去？"嘘，"张鹏不能说去就去。"小黄一双大大的眼睛看着我说。听见她的答案，我心中一阵窃喜：这个引子找对了，为自己的英明点一个赞吧。

"为什么呢？"我追问到。我必须让她说到我想要的答案上去，让其他同学思想受到洗启迪，不重蹈覆辙。

"我觉得他要带一点儿水果，因为 John 生病了，去看望病人要带水果。"她不紧不慢地说。我心里七上八下：她怎么说的和我想要的理由不一样？细细想一想，她说的也挺有道理的。现实生活中我们不是都是这样做的吗？我点了点头。认可她的同时，也希望她就此打住。

"张鹏还要带上书本和作业，给 John 把落下的功课补一补。"她依旧不紧不慢地说着。一双看着我的眸子格外清澈和纯净。看来，我们真的是有代沟，这个代沟不止一点点，而是十万八千里。我能说她错了吗？不能啊。她说的都是生活，是现实。好吧，我只能投降了。

"淑婷也是一个像张鹏一样的人，他们关心同学的去向，关心同学的身体健康，也关心同学的学习情况。同学们，我们出门之前，一定要和家人——。"既然她不能帮我到点上，那我只有自渡了。"要和家人说清楚。"同学们终于说出了我要的答案。我如释重负。

有惊无险的师生配合，让我深刻体会到了充分了解学情的重要性：凡事预则立，不预则废。这次靠经验化解了尴尬，下一次呢？下下一次呢？不可能始终有这么好的机会，也不可能每次有办法。所以，要做到万无一失，我还要多走进学生，多了解他们，多和他们沟通。

感谢遇见

英语授新课，作为教师的我甚是精心准备了一番，学生听得津津有味，教室里时而是我高亢的点拨声，时而是学生回答问题的声音。"啪！"我和学生循声望去，坐在第一排的俊豪手里拿着一支中性笔，尴尬地望着我。我细细一看，他书桌上摆放着一本英语书，一支红色中性笔，一支蓝色中性笔。他右手握着的是一支黑色中性笔，左手捏着修正带的盖子。他的任性是全校闻名的。记得有一次班主任牟老师让他帮忙把清洁区检查一下，他大喊大叫，扔掉了课本，推翻了书桌，继而像泼妇一样，号啕大哭，吐词不清地咆哮着。如果我这个时候批评他，他会不会再次失控，影响课堂教学呢？如果不说，其他的学生就会效仿。权衡再三，我决定还是指出他的问题。我记得同学们都说他非常喜欢笑。他的笑点很低，一笑就不可控制，笑着笑着就接受了别人的批评和指正。

文昊曾经也是一个好动的男孩子。前段时间他爸爸带他去市中心医院看了专家，专家给他开了一些膏药一样的东西，贴在耳朵后面，从此他的动作少多了，上课安静了许多。

我对文昊说："你把你的膏药借一个给俊豪贴一贴。他贴了，就不会上课把文具当玩具了。"我看了一眼俊豪，他马上把手里的东西放下，用右手摸了摸头，咧着嘴笑个不停，估计他明白了我的意思。正在这个时候，文昊站起来说："樊老师，我这个药贴很贵的。我爸爸说，一个药贴一百元。"我狠狠地瞪了他一眼：你怎么这么不来事呀？你以为我真的让俊豪贴那个药呀？全班同学见状，笑得前俯后仰，手舞足蹈。俊豪更是笑得从座位侧面弯下了腰，低下了头。

遇上这群亦正亦邪的孩童，让我每天都期待着和他们见面，和他们说说笑笑、七七八八、忙忙碌碌，让我的生活格外充实和有意义。感谢遇见，感谢平台！

优秀是一种习惯

　　今天晨读的下课铃一响，被全校师生公认为品学兼优的小林拿着英语作业本，出现在我的办公室门口。

　　"你是不是铃声一响就冲出了教室？"我笑着问她。

　　"嗯——。"她扭了扭脖子，不好意思地笑了，露出两排整洁的牙齿，"上周因为参加市足球比赛，我的课程落下了，作业也落下了。我本来想周五把所有作业补起来的，但是您心疼我，让我周末回家慢慢补，周一早上交作业。您对我这么好，我怎么能够辜负您呢？我一定要说话算话。"

　　"嗯，我为你的说话算话点赞。"

　　"嗯。"她抿着嘴巴，点点头。

　　常说"优秀是一种习惯。"习惯好了，人一定会优秀起来的。像小林这样，自己分内的事情，比如学习，比如作业，不用家长督促，也不用老师提醒，时刻将任务放在心上，落实在行动上。这样的孩子，还愁她不优秀吗？

家长孩子共进步

　　课间，俊豪坐在座位上，右手撑着脸蛋发呆。

　　"俊豪，你上次告诉我，你爸爸周末要回家。他回家了吗？"我走过去，弯下腰问他。

　　"回来了呀。"他坐正了身子，两眼看着我，仿佛在说：肯定回来了呀！这还用问吗？

　　"你希望你爸爸回家看你吗？"我问。以前通过和他聊天，我知道他的爸爸在枝江打工，他和他妈妈在家，他爸爸很少回家。

　　我以为他会眉飞色舞地说："我希望爸爸回家。"没有想到，他摇了摇头，满脸的无所谓。他怎么不想爸爸回家呢？他是独生子女，是爸爸妈妈的心头肉。爸爸妈妈所有的付出都是为了他，他太无情了。小时候，我和妈妈在枝江，爸爸在宜昌。尽管爸爸对我管教严格，经常口头测试我一些科学常识和国际国内大事，我回答不上来他又吼又打，但是我还是盼望着他回家。因为他每次回家都给我们带回一包包我们从未见过的奇异水果、山珍海味、漂亮服饰，开阔了我的眼界，满足了我的味蕾，启蒙了我对美学的认知。他带回的礼物足以让我在小伙伴面前嘚瑟或炫耀一阵子。咦，他不盼望爸爸回家是不是爸爸没有带礼物？

　　"你爸爸回家给你带礼物了没有？"我问。

　　他仍然摇摇头。

　　"什么都没有带？"我很是吃惊，提高了音量，张大了嘴巴。

　　他还是点点头。怎么可能呢？我见过他爸爸。他的爸爸长得高高大大的，一说话就笑，十分关心儿子的成长和性格。他长得就像是他爸爸的 mini 版型。

　　"你爸爸每次回家空着手吗？"

　　他摇摇头。

　　"带了一些什么东西？"我打破砂锅问到底。

"带了他换季的衣服。"他毫不犹豫地说。

"你爸爸今年回家了几次？"

"从过年到现在，只有这一次。"他的数学成绩不错，表达向来精准，不拖泥带水。

此时，上课铃声响起。我们的聊天到此结束，我的思考刚刚起步。

有很多家长自以为自己很爱孩子，带他吃最好吃的中外大餐，给他穿最昂贵的衣服鞋袜，给他住最漂亮的房间，给他用最有个性的文具……殊不知，孩子最需要的是陪伴，是理解，是交流。爱，不仅仅是说出来，更重要的是表现出来。尽可能地和孩子在一起，陪他学习、游戏、劳动、手工……在一起相处的过程中，了解他的需求，选择性地满足他的需求。

对照他人，反思自己。我自己是不是一个合格的母亲？我的孩子盼望着见到我吗？他喜欢和我分享他的点滴吗？我还有哪些需要改进的地方呢？

孩子在成长，家长也要成长。孩子在进步，家长也要进步。最好的亲子关系就是：我们一起学习，一起进步，变成自己喜欢的模样！

为学生照亮前行的路

眨眼之间，我们告别了三月，进入了四月的第一周。

开学之后，我们六年级语、数、英三位教师开会商讨这学期对学生的奖励。我们不约而同地想到了要用"表扬＋赞助"的方式鼓励和支持小徐同学。他父母离异，爸爸背井离乡在武汉打工，在工地上开大货车。妈妈不知去向，杳无音讯，处于失联状态。去年年底，爸爸清晨开车运土石，一快递小哥因雨天路滑，刹车滑倒，人车分离，人落在他爸爸货车后轮。他爸爸不知情，开车继续前行，导致快递小哥当场身亡。他爸爸被刑拘判刑，让原本贫困的家庭更加雪上加霜。但是小徐丝毫不为家庭困难所吓倒，坚信"知识改变命运"，奋发图强，刻苦学习，各学科成绩一次比一次上升，学习劲头一天比一天强。这样的学生怎能不表扬呢？

用一种什么样的方式让表扬更加合情合理，更加润物无声呢？经过讨论我们决定，每个月我们三位教师自掏腰包给他奖励。

奖励需要理由。

学校的三月君子学生，从六年级学生中间产生。这是一个宣传小徐同学的大好机会。经过教师的动员，同学的推荐，小徐同学成功成为君子学生。学校为他专门推送了一期微信公众号，让他成为家喻户晓的榜样。

奖励需要实践。

今天是四月的第一周，也是我们第一次按计划行事，必须有仪式感，必须有意义，必须足够激励人。班主任牟老师今天上午给他爷爷打了电话，约他下午到学校，他爷爷满口答应。

下午第一节课，他爷爷衣着整洁干净地出现在学校。小徐、他爷爷、我们三位教师在办公室齐聚一堂。我们三位教师首先汇报了小徐同学在校的进步和需要改进的地方。他爷爷听得喜笑颜开，频频点头。小徐也不好意思地扭了扭头。接着，由小徐同学的辅导员刘老师将红包送给爷爷。爷爷连忙推着，说："不用，不用，小徐能遇上您们这三位教师我已经感激不尽。平时您们对小徐额外的辅导和教育，我们不曾表示过。现在您们还自己拿钱表扬他，嗯，这钱是万万不能要的。"我们三位教师同时起身，拦住，说："这不是给您的，是奖励前段时间小徐同学的进步和努力。希望他再接再厉，取得更大的成绩和进步。"爷爷见状，只得接受。

作为教师的我们愿意穷尽所有，成为孩子成长道路上的一盏明灯，给他照亮前行的道路，给他温暖和力量。

懂事的小哥哥

今天我值日。

清晨，我在校门口迎接每一位学生和教师。忽然，瞥见四年级小明提着一块蛋糕。

"小明，过来！"我向他招了招手。

他提着蛋糕，不紧不慢地向我走来，一双眼睛却在校门外来回搜索着。他在看什么呀？难道想里应外合做一件什么事情？我顺着他的目光看了看。一群幼儿园的小朋友戴着口罩正走向入校通道。

艾家小学和艾家幼儿园共用一个校门，幼儿园的园长和老师们也在校门口和我一起迎接师生。

"估计小明是在等他的妹妹，他的妹妹这学期上的幼儿园。"幼儿园的一位老师告诉我。

"啊？他妹妹就上幼儿园啦？！我到艾家工作的时候，他妈妈刚刚生了二孩。"我吃惊地说。仔细想想，我已经在艾家工作了三年多，他妹妹也该上幼儿园了。时间过得可真快呀。

"是的。他们两兄妹的感情蛮好的。"

小明已经走到我的身边，我蹲下来，平视着他的眼睛。发现他的嘴角还有一点点蛋糕碎末。

"你今天的早餐吃的是蛋糕吗？"我问。

他点点头。

"蛋糕好吃吗？"他还是点点头。

"所以，你就给妹妹留了一块蛋糕？"他仍旧用点头的形式来回应我。

"哪个是你妹妹呀？"他还是不言不语，碎步跑过去，拉起一个小女孩儿的手，走到我面前。

我拉下小女孩的口罩，惊呼起来："小明，你的妹妹和你一样漂亮哦，尤其是皮肤都很白，你们两个人真相像。"小明和他妹妹听了都不好意思扭了扭头。

我对他妹妹说："哥哥很爱你哟。他觉得蛋糕很好吃，就给你留了一块，其实他能够吃下两块蛋糕。因为你是他妹妹，他也想让你尝一尝，他忍住了，留下了。你也要好好爱你哥哥。"小姑娘点点头。说这些话的时候，我想起了我的姐姐。她总是担心我不好好吃饭，拖坏了身子。于是，想方设法做一些好吃的，找一些借口让我到她那里去吃。不是爱，怎么会如此用心良苦呢？

我对小明说："你带妹妹去教室吧。"小明拉着妹妹的手，跑了一段距离，松开手，低下头，把蛋糕递给了妹妹。妹妹高兴地打开袋子，拿起蛋糕，吃了起来。

中午在食堂门口，我看见了小明，和他继续聊了起来。他告诉我，妹妹年龄小，早上不能按时起床，为了不迟到，她乘坐接送学生上下学的专车上学。他是哥哥，每天起床很早，到校很早。在食堂就餐后，又给妹妹买一份她爱吃的早餐，到校门口等她，牵她进教室。天天如此，妹妹已经习惯了。因为总是有哥哥在校门口拿着好吃的东西等她，妹妹上幼儿园从来不哭。

多么懂事的小哥哥呀！

有这样的小哥哥该是多么幸福呀！

最美的兄妹情深画面，就是这样子的吧。

手足之情是温暖的，它让我们即便在寒冷的冬天也能感到温暖如春；手足之情是清润的，它让我们的内心即使蒙上了岁月的风尘，依然清澈澄净；手足之情是绵绵不绝的，它激励我们学习、奋进、坚强。它在马路上，在家里，在学校，在人间的处处关爱中……

多交流才能少走弯路

今天早上到校后在电脑上整理了一个 Word 文档，按了"打印"后跑到打印室去拿纸质文件。习惯性地在出纸口摸了摸，没有摸到打印纸；低头看了看，确实没有一张打印纸。难道是打印机坏了没有打印？"滴－滴滴——。"打印机上亮起了一个红灯，显示屏上出现"缺纸"二字。我拉开纸盒一看，里面至少有五十来张打印纸。用手摸了摸，纸张比较干燥，不会出现纸张潮湿无法传送的情况。我关上纸盒，把打印机仔细检查了一遍，没有发现问题。"不知道怎么处理的时候，重启一下设备也许就能解决问题。"我记得学校信息技术教师张老师这样说过。我关掉电源，重新启动，上面情况又出现了。反反复复三次，问题还是没有解决。

我正准备放弃不打印了的时候，胡老师走了过来，拿她打印的东西。我连忙说："估计打印机坏了，老是出现缺纸二字，我捣鼓了三四次没有成功。"胡老师按了一下"清除"按钮，说："有可能是纸张设置有问题，按一下清除再试试。"我重新在电脑上点击"打印"。打印机还是红灯闪闪，并不工作。胡老师说："您去看看您文档纸张设置是不是 A4？"我打开一看，果不其然，文档设置的是 B5。难怪始终打印不成功呢？我立即调整页面布置，再点击打印，"呼呼——呼呼——"打印机工作啦。

如果我第一次失败就和教师们说一说，问题可能早就解决了。总以为自己想办法能够解决，囿于惯性思维和已有经验，就像陷入死胡同，始终走不出来。

我突然想起法国思想家卢梭说的一句话："人之所以会犯错误，不是因为他们不懂，而是因为他们自以为什么都懂。"今天的错误都是我自以为是，自欺欺人。希望今后遇到困难或者麻烦时，先停下来想一想，如果自己实在不能解决，勇敢和同行、同事、朋友沟通、交流，说不准，问题马上就解决了。

充分尊重，正确引导

今天英语课上，我让小豪说说他书上练习的答案和理由。他站起来非常流利地说道："They have some vegetables.（他们吃了一些蔬菜。）"

"小豪 some 用得非常好。小豪，你说说为什么用 some？"

"因为图上画了三个人。三个人怎么只吃一棵蔬菜呢？所以，我就用了"一些"——some。"他的话音刚刚落下，同学们不谋而合地撇嘴道"咦——。"他不服气地环视了一下周围，同学们并不为他犀利的眼神所吓倒，还是一副不赞同的表情。

"小钰，你反对的声音最大。你来说一说老师表扬他的理由。"

"三个人怎么不能吃一棵蔬菜呢？比如说白菜，一般都是一棵白菜炒一大盘，四五个人都够吃，更何况是三个人呢？"小钰拿出一副辩论赛的姿态责问小豪。小豪自知理亏，低下头，喃喃自语道："我不吃白菜，管他一棵白菜几个人吃呢？"尽管他的声音很小，同学们还是听见了，个个笑得前俯后仰，大家都知道小豪长得壮实是因为他是肉食动物。如果由着他们的性子和思路，这节课的任务就完成不了，达不到教学目标。时间宝贵，不能信马由缰，脚踩西瓜皮——滑到哪儿是哪儿。

"话题不要跑偏了，我们言归正传，回到书上。我提醒同学们一下，做题不仅要读文字，还要看文字后面的图片。为什么是 some vegetables？"我再次重申办法和问题。

"因为书上画的是两根胡萝卜和一棵大白菜，不止一种蔬菜。所以，应该用 some。"小琪站起来说道。

"小琪读题很仔细，观察很全面，理由很充分，值得我们学习。"在引导同学们像小琪学习的同时，我也不能忘了编者的意图，"为什么这一道题这么出呢？谁能理解编者意图？"

"这道题放在这里也是教育我们不挑食，多像书上小伙伴学习，多吃蔬菜

252

有营养。"小姝一语中的，大家频频点头。

　　"一千个读者就有一千个哈姆雷特。"在课堂上，同一个问题不同的孩子有不同的看法和理由，我们既要充分尊重他们，也要正确引导。

孩子的开心很简单

大课间的时间，学生先跳君子操，然后跑步四圈，最后特色运动。最后一项活动深受全校学生喜欢，无论是什么体育器材，学生都爱不释手，欢喜不已。

今天特色运动时，六年级是接力赛跑。学生看见两根接力棒两眼发亮，摩拳擦掌，跃跃欲试。他们自行分成四组，男女各两组，男的对男的，女的对女的，分别站在直行跑道的两端。体育委员一声令下，一男一女飞奔而去。加油声，呐喊声不绝于耳。六年级跟班的语数英教师分别站在跑道的不同地方，默默地观察他们，一如麦田里的守望者。

三轮下来，女孩子冲到班主任牟老师身边，七嘴八舌地说道："牟老师，我们比赛了三轮，女生赢了三次。"牟老师看着抑制不住喜悦的女孩子们，问："你们想怎么奖励？""男生绕操场跑三圈。"牟老师话音刚落，女孩子们异口同声说道。"行！男生站队，跑三圈！"牟老师命令着。女孩子高兴的跳了起来，伴随着一阵欢呼。

男孩子们垂头丧气地站在一起，开始执行命令。因为不甘心，不情愿，男生跑得七零八落的。我发现班上最壮的小锋一如既往地落在最后。他满脸怒气，拖着沉重的步伐沿着跑道走着。

"小锋，过来！"我叫道。

听见我的声音，他一瘸一拐地走近我，但并不看我。

"你的腿怎么啦？"

"我早就受伤了，现在还跑步？！"体型健壮的他一向说话轻言细语，这么怒气冲天地和我说话还是他第一次。

"说具体一些吧，我没有听懂。"我凑近他，发现他的眼里泪光闪闪。

"星期一下课后我为了下楼快一些，一步跨了几个台阶，不小心摔跤了，脚崴了，疼得不得了。星期二体育课老师让我们蛙跳，我跳完之后腿更疼，

254

今天又罚跑。"他一边快速地说着，一边用衣袖擦了一下眼泪。

"脚崴了擦药了吗？"

"擦了。本来擦了是好了一些，一锻炼，又开始疼。"他似乎满腹委屈。

"好了。我知道了。你这个时候就不跑也不走了。以后有什么情况及时和老师沟通交流，不要藏在心里。你不说，老师也不知道实情，肯定把你当正常人对待。"

他点点头，心中的梗似乎没有了。

"我也要给你提一个醒，不管什么时候都应该一步一个脚印，脚踏实地走好每一步。这次没有走稳，是脚崴了，说不准下次还会出什么岔子。"

他点点头。

"你去教室休息吧。"我说。他脸上马上露出笑容，快速离去。孩子们的开心就那么简单。一个课间活动，让学生兴奋不已；一个跑步的惩罚，让女孩子欢呼雀跃；一个简短的聊天，让一个怨气冲天的孩子喜笑颜开。

希望孩子们和教师们每天都开开心心、快快乐乐、健健康康、平平安安！

活跃的课堂带来意外的收获

英语课上我们首先进行了听力练习。正准备进行下一个环节的时候，教室里传来一阵嘈杂声，学生叽叽喳喳，七嘴八舌，听不清楚他们在说什么。

"你们在讨论什么？"我问。

"老师，John 这学期怎么老是在生病啊？"小豪坐在座位上，笑着问我。

"你有什么证据？"学生提出的这个问题我还真是不知道。韩愈在《师说》中说：师不必贤于弟子。既然我不知道，我可以以生为师，向他们学习呀。

"请同学们把书翻到第二单元，17 面有两幅图是关于 John 的，一副是 John 感冒了在擤鼻涕，一幅图是他在睡觉。这是他第一次生病。第二次生病是在第三单元，22 面和 25 面，他骑自行车摔伤了自己的脚。第三次生病是今天的听力练习，48 面，他生病了，需要休息，不能参加学校举行的告别会。"美琪站起来一口气说了一大堆。同学们边听边翻书边点头，看来大家的看法一样。没有想到学生对教材的每一幅图都如此印象深刻，记忆犹新。也没有想到学生串联能力这么强，这是我未曾关注的地方。看来，真的不能小觑学生的能力。

"为你们仔细看图，有着超强的记忆力点赞。我也有一个问题：为什么 John 喜欢生病？"我的话音刚落，同学们有的陷入沉思，有的马上翻书找理由，有的和同桌讨论了起来。

"John 长得黑，估计是非洲人。电视电影上面经常播放非洲儿童没有粮食吃，没有安全感。没有吃好怎么会有一副好身体呢？"小豪站起来说。同学们听了，趴在桌子上嘻嘻笑着

"不能以偏概全哦。John 在哪儿读书？他家里穷吗？"我说。

"从三年级我们开始学习英语就知道 John 在中国读书。外国人能够到中国读书，说明他不是生活在贫困线下。"文昊说。

教室一片安静。

"从本册教材中找证据。"我提示。

"我找到了。"欣怡站起来大声说道"请同学们看到第一单元第五面，John 比 Zhang Peng 矮。第七面 John 比 Jim 瘦。也就是说，John 和他的同龄人相比，他长得又瘦又矮。一般来说，长得又瘦又矮的人身体免疫力差，容易生病。"

"同学们同意吗？"我问。

"同意！"学生异口同声大声回答。

"为了不像 John 一样——一学期经常生病，我们应该怎么做？"我问。

"加强锻炼！""多吃蔬菜！""少聚餐，少聚会。"……学生的发言声音此起彼伏，句句在理。

平等的师生关系，民主的课堂氛围，发言的自由自在，都能产生意想不到的惊喜和收获。

集体的力量

今天英语课上小组分享时，我们约定台上台下的同学要配合默契：台上的同学说话时，台下的同学要安静倾听，用心思考，台上的同学可以根据台下的同学的表现，在班级优化大师上面加分或者减分。台上的同学分享完毕，台下的同学可以补充或者建议。补充有理，建议合理的同学，也可以在班级优化大师上面加分。约定公布出来，同学们喜笑颜开：加分的时候到了！

第一组分享完毕后，小嘉指出了台上一位同学单词读错了，并进行了纠正。被帮助的同学出队表示了谢意。接着，欣宇站起来说要给第一组所有的同学提一个建议：四人小组在台上站立的时候可以左边两人，右边两人，这样就可以把中间的一体机屏幕露出来，同学们看板书就更清楚。欣宇说完，再也没有人举手发言。这两个人的分怎么加呢？第一组组长向我投来了求助的目光。小嘉指出了同学的错误，该加分奖励。欣宇从观众的角度进行了科学建议，也该加分奖励。欣宇加 2 分，小嘉加 1 分。我把我思考的结果告诉学生，让他们猜一猜老师的理由。

小萌第一个举手发言，她说："台上的人是为台下的人服务的。台上的人必须要有服务意识，要站在对方的立场和角度来看待问题。思想领先于行动。所以，第二个人应该得分高一些。"嗯，说得不错。小聂站起来说："吾生有涯而知无涯也。知识是学不完的，学会方法比掌握知识更为重要。因为授人以鱼不如授人以渔，小嘉说的是知识，欣宇说的是方法。所以，欣宇比小嘉得分高一些。"哎，小聂说得也很有道理哦。

有了第一组的示范和引领，后面小组分享更为成功和顺利。

一节课就像一所学校的管理。首先，大家一起商讨确立游戏规则，建立规章制度。接着，在做事的过程中发现问题及时修正。最后，形成常规，全面推开。

要想学校这艘船乘风破浪，勇往直前，就要发挥集体的力量，让大家群策群力，克难奋进。

和谐的团队

因为3—6年级还在校外进行研学旅行，所以，今天学校只有一二年级。

大课间操照常进行。先是集体活动，然后分班活动。

一年级有三位跟班教师——大胡老师、小胡老师和谢老师。小胡老师和谢老师都是刚刚大学毕业分配到学校的，年轻有活力，斯文内敛。大胡老师五十岁了，大学毕业后就扎根艾家小学，成熟稳重，经验丰富。谁会带领孩子们开展活动呢？我很是好奇。于是跟着一年级来到篮球场。

谢老师是班主任，能歌善舞，今天穿的是一身运动装，说不准谢老师会挑大梁。小胡老师是学校最年轻的教师，从理论上来说接受能力最强，说不准她会是主讲。大胡老师年龄比较大，身体健康不佳，她估计是助教。

闵校长给一年级送来了一个篮球。大胡老师主动接过篮球，在地上拍了几下，跳起，投篮。球在球框上转了一圈，掉了下来。一年级的小朋友看了兴奋地拍手叫好。大胡老师让一年级学生站成体操队行，男女各二组。学生吵吵闹闹，拉拉扯扯，不能马上行动。谢老师和小胡老师连忙打下手，提醒学生大胡老师的指令，告诉学生应该怎么站。学生一会儿就各就各位，安静下来。大胡老师让学生仔细观察老师是怎么投篮的。谢老师和小胡老师各站在队列左右两边，示范如何站，如何听。大胡老师迅速转身，边跑边运球，篮板前立定投篮。篮球狠狠地和篮板击了一下掌，旋即离开，奔向地面。学生再次欢呼。谢老师点名让同学说投篮步骤，强调步骤。小胡老师巡视队列，确保纪律。学生明白了步骤后，逐个上前练习。一切都有条不紊，井然有序。

和谐的团队就是她们这个样子，不推诿，不埋怨，不计较，不拆台。在共同目标——让孩子们健康快乐成长的导向下，谁会干什么就干什么，不分你我，主动作为，主动担当，显现了君子教师的责任与担当。

累的时候不妨停下来歇一歇

今天晨读的时候，发现有两个孩子精神不振，哈欠连天。我有些生气。一日之计在于晨，在这样的大好时光里他们却昏昏欲睡。

午辅时间，发展到六七个孩子目光呆滞，面无表情，一副神游、完全不在状态的样子，我怒火冲天。老师我用心备课，精心准备课件，满腔热血到教室来打算施展拳脚，大干一场，哪知他们的萎靡不振犹如一盆冷水向我泼来。我想大吼大叫对他们进行一番思想教育。转念一想，吼一顿，吵一顿，问题就解决了吗？不！孩子们想睡觉的问题还摆在那里呢。

提醒自己要冷静，用数数的方法平息怒火。扭头望向窗外，外面春光明媚，鸟语花香，微风徐徐。不冷不热的温度，加上鸟鸣啾啾做催眠曲，谁不想睡觉呀？春困是正常的生理状况，如果刻意遏制，会适得其反。

"同学们，关上书，将桌面上的学习用具放进抽屉里。"我平和地说。学生突然没了睡意，面面相觑。

"趴在桌子上，闭上眼睛，不要说话，不要翻动。"我继续说。同学们相视一笑，马上照做。

须臾之间，学生全都倒下。教室里静悄悄的，只听见窗外百鸟争鸣的声音。十分钟后我再巡视，一个一个早已进入梦乡。

午辅结束的铃声响起来，没有一个学生抬头，更没有一个人下位，他们睡得多香呀。我叫醒了一个学生，让她轻轻提醒每一个学生该醒了。

下午，学生又恢复了往日的模样，个个生龙活虎，精神抖擞。学习效果不用说。

这就像我们的人生，不要总是想着超越谁，取得什么成绩，也不要不顾身体发出的警报，拼命向前，当我们累了困了就歇一歇。不要逞能，不顺其自然，不休息整顿就有可能事倍功半。

你是妈妈的宝贝

早上，我刚刚落坐在办公桌前，淑婷就出现在我的办公室门口，我招呼她进来。她在我面前端端正正站好，两颗黑葡萄似的眼睛盯着我的眼睛，口齿伶俐说：樊老师，我昨天下午放学后给妈妈打电话了，她说谢谢您对我的关心，还说五一假期后到学校来找您。"哦，我想起来了，昨天下午召开家长会，全班就她家长没有来。作为副班主任的我私下找她聊了聊她爸爸妈妈离婚后都再婚成家，她只有随爷爷奶奶生活。爷爷在外打工，奶奶在家开饭馆，也顾不上她，她平时都是自己照顾自己。她前天晚上和奶奶说学校要开家长会，奶奶说没有人有时间参加。她让奶奶给妈妈打电话参加，奶奶说打电话了，妈妈没有时间参加。

我们到她家里家访过，爷爷奶奶对她妈妈意见很大，提及她妈妈就是没完没了，一味指责，抱怨不休。爷爷奶奶从不主动和她妈妈联系，一般也不允许淑婷和妈妈联系。估计她奶奶没有实话实说，没有和她妈妈联系。她妈妈非常爱她，经常从枝江跑来偷偷看她，带她玩耍购物。如果她奶奶真的打电话了，她妈妈肯定会来参加她的家长会的。

我告诉她，她是她妈妈身上掉下的一块肉，尽管现在分开了，但仍然是妈妈心尖尖上的肉。有什么事情一定要亲自给妈妈打电话，告诉妈妈自己想干什么，我相信妈妈一定会成全你的。她听了点了点头，说一定会给妈妈打电话的。

没有想到，她说到做到了。做了之后还第一时间告诉我结果。

"我妈妈现在学习，过段时间要到重庆学习。"她满脸满眼的幸福与兴奋，不顾我是否愿意听，自顾自地说了起来"我昨天给她打了三次电话，第一次是在下午六点钟，第二次是六点半，第三次是七点钟。第三次打电话她才下课，才拿到电话，才接电话。"说完，她盯着我的眼睛，静静地，仿佛在等待我的回音。

"你妈妈的身体还好吗？"上次和她妈妈联系，她妈妈说她得了乳腺癌，正在治疗。

"我妈妈说还好。"她又眉飞色舞了。

"你妈妈身体好就好。你要记得妈妈的爱，学会关心妈妈，不要有事的时候才给妈妈打电话。"她懂事地点点头。

我向她挥挥手，她向我鞠了一个躬，和我告别，然后蹦蹦跳跳离开了。

和妈妈的一个电话，和老师的一个聊天，就足够让孩子开心与满足。

与孩子并肩成长

今天最开心的一件事情就是淑婷的妈妈给我发钉钉消息，她今天有时间有精力到学校来找我。为了方便她进校，我告诉她我的电话号码，让她记得到校门口给我打电话，并叮嘱保安让她进来。我和班主任牟老师、数学刘老师也说了这件事情，让他们也和她妈妈聊一聊。

她妈妈和爸爸离婚离家后，发现自己是癌症晚期，既要打工挣钱租房生活，又要定期化疗，延续生命。生活的捉襟见肘，未来的不可预知，让她不得已把淑婷送到了爸爸身边。可是爸爸另组家庭，新家没有她的立身之地，她只有回到爷爷奶奶家。爷爷在外打工很少回家，奶奶经营一家农家乐，一天到晚忙得晕头转向，水都喝不上一口，哪里有时间关心她呀？十一二岁的她正是需要父母陪伴的孩子。她每天上学还有小伙伴玩一玩，聊一聊。回家之后只有一个人躲在小房间里，自己和自己说话。她渴望沟通交流，渴望有人关心。她这学期不顾奶奶的反对，到同学家里小住了二天，即便玩耍受伤也不告诉奶奶，希望还有下一次住同学家的机会。她平时特别黏女教师，喜欢帮女教师做事，喜欢有一搭没一搭地和女教师聊天。我们三位教师到她家多次家访，她奶奶告诉我们，她特别喜欢她妈妈，喜欢和她妈妈在一起。但是她奶奶不喜欢她妈妈，不想他们见面，通电话。所以，她把对妈妈的爱埋在心底，希望从同学妈妈那里得到一点点母爱，也希望从女教师那里得到更多的关心和爱护。父母的爱，是一个孩子健康成长的基础，也是孩子人生道路上勇往直前的动力。既然我们无法唤醒她爸爸和爷爷奶奶对她的爱，那就试着劝说她妈妈吧，让妈妈多爱一点儿孩子。

她的妈妈如期而至。她略施粉黛，完全看不出是癌症患者的模样。她坐姿端正，言谈之间没有多余的动作。她首先感谢我对她孩子无微不至的关心，让她很受感动。淑婷小学阶段读了两所学校，最让她高兴的是她遇见了我们六年级的三位教师，刘老师就像爸爸一样教育她，我和牟老师就像妈妈一样关注她的点点滴滴。她很惭愧，对自己孩子的了解远远不如老师。老师不仅是自己孩子成长成才的引路人，也是她自己前行的鼓励者。她讲述了一件又一件她是怎么教育孩子的，孩子又是如何回馈她的故事。她的遣词造句显现她的文化素养还不错，她为孩子所思所想彰显她是一位很不错的母亲。我告诉她，孩子是自己的，不要因为外界的干扰减少对孩子的爱。自己活一天，就要为孩子着想一天，不要给自己留遗憾。我建议她，每周想方设法和孩子见见面，聊聊天，让孩子感受到自己的爱，不要让孩子像无头苍蝇一样到处觅爱。她满怀感激地点点头。

我把她带到刘老师和牟老师办公室，让他们也面对面聊一聊。

离开学校的时候，她找到了我，谢谢我邀请她到学校，和三位教师的谈话让她明白了今后的路该怎么走，她打算在学校附近租住房子，把女儿接过来，尽可能多地陪伴孩子。

父母的改变，是我们最有成就感的事情；父母与教师同行，是我们最喜欢看到的场景；父母与孩子肩并肩成长，是最好的成长状态。

我的好搭档

早上手机闹钟一响，我立马打开手机：天呐，今天是星期三！！！那么，昨天是星期二，应该轮到我陪六年级孩子们午睡。可是我记得清清楚楚，昨天中午我是趴在办公桌上睡觉的。太尴尬啦——我没有按照学校规定履职，没有在规定的时间去教室。孩子们还守纪吗？睡着了吗？有没有意外发生？我脑子里一阵胡思乱想。但转念一想，昨天下午没有一位教师向我反映午睡异常情况，也就意味着一切正常。也许是刘老师帮我去了教室吧，他的办公室就在我办公室旁边。一般他看见我有事或者有人找我，他就主动帮我把该做的事做了，说不准他昨天中午看见我趴在办公桌上睡着了就替我去教室了。无论怎样，我应该问问班主任昨天中午有没有意外发生。如果有，我应该承担责任。自己不能搞特殊，不能破坏规矩。

七点钟到达学校。班主任牟老师早已到达学校，我走进她的办公室。

"牟老师，昨天中午谁去的教室呀？"

"我啊。"牟老师笑着说。

"真是不好意思。昨天我忘了。"

"不要紧。反正昨天轮到我在学校值日，我就顺便在六年级待下了。"牟老师仍然一脸笑容。

"学生怎么样？"

"都还蛮好，个个都睡着了。"牟老师依旧笑容满面。我却觉得自己刚才的问话是多余的，有班主任在教室，谁还敢造次？！

"今天中午轮到谁去教室？"

"我啊。"

"今天中午我去吧。昨天辛苦你了。"

"不要紧，如果您有事您去忙。"

"我中午没事儿，说好了今天中午我去。"

"好吧。"

和牟老师、刘老师成为六年级搭档真好！他们总是默默地主动帮我分担任务，不计回报，不抱怨，不责备。

劳有所得，劳有所获

下午第一节课是室外劳动。

我、刘老师、牟老师是六年级跟班教师。牟老师是六年级班主任，她中午就将全班学生分组分任务了。所以，上课铃声响起，有的学生到储藏室拿劳动工具，有的赶往劳动场所。

牟老师让学生围着一畦菜田站成一个长方形。

她从一位学生手中拿过铁锹，问道："上次我们劳动课时分享了铁锹的使用办法，谁还记得？"学生三三两两举起了手，说了铁锹和土地的位置关系，脚、身体和铁锹怎么配合，怎么端起泥土走向目的地，如何注意劳动安全。复习完了铁锹的使用，牟老师又讲授了挖锄的使用方法和注意事项，并让男女同学进行了展示，其余同学进行了点评。牟老师主讲的时候，我和刘老师巡视，提醒学生注意听讲，仔细观察。根据学生的使用情况和表情，我们目测学生都掌握了挖锄的使用。

接着，牟老师讲了语文中"畦"就是有土埂围着的一块块排列整齐的田地，一般是长方形的。

牟老师边讲边比画，同学们一目了然，豁然开朗。

然后，牟老师提出今天的任务，用铁锹和挖锄使田地更加界线分明，提出要求：小组合作，工具均等，人人参加，讨论分工，限时完成。

一会儿田地四方热闹非凡。有的小组轮流上阵，有的小组一起上阵。个个忙得不亦乐乎，人人满脸通红，汗流浃背。

最后，进行了评价，看哪一组完成的任务好。

通过全程全心参加六年级的劳动课，我觉得，劳动课和室内教学一样，需要认真备课，精心设计，任务驱动，才能让学生喜欢，劳有所得，劳有所获。

家长最想见的人是……

　　学校有六名留守儿童的父母春节不回家，于是昨天下午我们班子策划今天上午去走访慰问两名六年级的学生，其中便有阿紫。阿紫两岁多的时候，爸爸妈妈离婚了，爸爸回到五峰老家，再也没有露面，也没有联系。妈妈后来改嫁外地，再婚生女，一年只来看她一次。她从小随外公外婆长大，特懂事，在家相当于大半个劳动力，做完家务活儿就下地干活儿，很少停歇。

　　早上乡村公路上的车和行人很少。远远地，我们就看见路边有一个浑身上下着白色衣服的人在等待什么。走近一看，原来是阿紫，她把我们带到她家，她生病的奶奶闻声也迎出来了。每次去她家家访，她奶奶都不在家。这是我们第一次和她奶奶见面。我们一行人有学校班子、年级学科教师、家校联系员。她奶奶看见这么多人来了，先是笑呵呵地欢迎，接着，伸出右手放在半空中，问道："您们中间谁是牟老师呀？"我们几个人相视一笑：这么多人她为什么单单想认识牟老师呢？见我们没有应声，她奶奶自顾自地说："我一直都蛮想见见牟老师。我听我外孙女阿紫说，牟老师冬天常常摸她的手，看她冷不冷，有时候还看她裤脚，看她穿了几条裤子。您们看，牟老师这是把阿紫当自己的孩子看啊？"说着，她把阿紫拉到身边。阿紫除了望着牟老师之外，不知道说什么、做什么。见状，刘书记走出来，说："我是阿紫的数学老师——刘老师，我来介绍一下，这就是牟老师。"牟老师笑着和奶奶打招呼。奶奶两手捏住牟老师的手，连忙说："您就是牟老师呀，我们太感谢您啦，我们最想见的人就是您呢。阿紫从小父母不在身边，但是不缺爱，您一直都很关心她。不仅关注她的学习，还留心她的饮食起居。这让我们家长很感动，我常常在村子里，在亲人间，在朋友中提及您。今天总算认得了您。"被奶奶在这么多人面前表扬与认可，牟老师除了咧着嘴巴笑，还是咧着嘴巴笑。

　　奶奶的一番话给我很多启发：一是教师对孩子的爱与关心，要从小处着手，从点滴开始，方方面面，持之以恒。二是"你的好，我会记得。"不要觉得付出了没有回报，也不要觉得孩子小不明白。

以牟老师为榜样从细微处着手关爱和关心学生，成为学生家长最想见的人。

思想是行动的先导

大课间的时候，六年级语数英教师汇聚在一起，谈论了本周学生好的和不好的现象。班主任牟老师边听边表态："您说的这个问题等会儿我再强调一下。""您看到的这个现象我要在全班教育警醒一下。"大课间操结束的时候，政教处张主任将学生在教学楼后面捡拾垃圾的情况进行了总结和号召，表扬了一些不扔垃圾的班级，宣布了保持卫生的奖惩办法。

分班解散的时机，牟老师把六年级留了下来，要求同学们眼睛看着老师，耳朵竖着听，老师讲完了要提问，看哪些同学听得最认真。

牟老师说："我接着张主任的话说。首先，表扬我们班今天没有在全校被点名批评，说明我们六年级全体同学为弟弟妹妹们做好了榜样，这是我们的责任和义务。这个表扬，不是哪一个人的功劳，而是我们全班每一位同学的坚持与自律，才赢得了这个赞誉。就像刚刚大课间操后我们进行的男女生接力赛跑。男女人数一样，男女比赛。按照常理来说，应该是男生赢。为什么三局比赛中女生赢了两局，男生赢了一局？那是因为女生有团队精神！女生之间是加油、鼓励，男生之间是抱怨、责备。出现问题，先从自己身上找原因：这件事中，我尽力了没有？我还能不能做的更多更好一些？海峰今天非常尽力，用力地在跑。但是，有几个男生看见团队输了就埋怨他。埋怨解决了问题没有？要从失败中找到原因，冷静分析，找到对策。这样才能反败为胜，这是我强调的团队意识。第二，规矩意识。本周一、二，鑫杨同学迟到了，周三、周四兴旺同学迟到了。六年级的学生还不熟悉学校的规章制度吗？既然熟悉，我们六年级的就要不折不扣地遵守，而不是做反面典型。我们马上就要面临小升初的考试了，希望同学们抓紧时间，争分夺秒地进行复习。第三，安全意识。今天我要讲的就是身体不适，比如头疼脑热，咽喉疼痛，手足长疱，千万不要硬撑着到学校来。我们有病看病，不提倡带病学习。一是对自己身体健康负责，二是对其他人的健康负责。现在疫情没有结束，各种流行病高发，认真严肃对待他人的健康，不要危害社会公共秩序。马上就是端午小长假，不要到处乱跑。尤其是不要和有传染病的同学、朋友接触和玩耍。A 和 B，你们两个喜欢和 C 在一起玩耍，她今天刚刚被确诊得了手足口疫，特殊时期保持适当距离。"说到这儿，上课铃声响起。牟老师也就到此为止。

细细品味牟老师的即兴训话，觉得她今天的讲话真可作为班主任训话样板。她条理清晰、有理有据地对学生进行了一次思想和习惯教育，让在一旁助教的我也受教育了。

一名优秀的教师，不仅仅是会传授知识，更重要的是像牟老师一样抓住时机对学生进行思想教育。因为思想是行动的先导。

立足当下，莫问前程

晨扫完毕带领学生去种植园，学生说庄稼需要拔草和浇水。我点点头。他们立马自行分工，男生提水，女生拔草。分工完毕，大家各就各位，开始行动。

"太阳好大，该不会把我晒黑吧？"长得比较白皙的欣宇一边拔草一边小声和旁边的淑婷说话。

"如果现在不好好学习，将来会比拔草更辛苦，更容易晒黑。"不知道牟老师什么时候走了过来，听见了她们的对话，笑着说道。

"我不要紧，反正我长得黑，不怕晒黑。"淑婷低声说道。

"无论是长得黑还是长得白，都应该好好学习，为自己美好未来奠基；无论是女孩子还是男孩子，都要热爱劳动，劳动最光荣，劳动创造财富。"我说道。

瞬间没有了说笑声，只有劳动工具发出的叮叮当当、吱吱呀呀的声音。我们三位教师就如麦田里的守望者一样，静静地看着他们。他们快乐地学习着，我们安静地守护着。我们就是这样一天天变老，他们一天天长大的。

看着这一群犹如春天小树苗般茁壮成长的他们，想着我们三位教师和他们相处的点点滴滴，不禁感慨万千：四年来我们朝夕相处，坦诚相见，携手共进，从当初家长不理解、不支持、不配合，学生不理睬教师、不完成作业、不尊敬师长，到现在家长一呼百应积极支持，学生主动学习，力争上游……四年一千多个日子里，留下太多的美好回忆与难忘时刻。不知当我们目送他们离校时，他们是否会依依不舍，是否会时常想念我们？

莫问前程，立足当下，做好自己！

美丽的误会

下午带领学生劳动之后，和他们一起来到操场边上的洗手池洗手。

洗手池附近就是种植园。早上精神抖擞、英姿飒爽的庄稼此时垂头丧气、无精打采的。扭头一看，洗手池中的一个水龙头上套着一根长长的水管。

"水管能不能拉到田地边？"我问。

"能！"男孩子大声齐答到。一群男孩子争先恐后去拿水管。

"启豪，你去给边上的包谷浇浇水吧，它们也口渴了。"我说道。

启豪打开水龙头，拉直水管，水管里的水汩汩流出来，在空中划过一道美丽的弧线，撒向田间地头。

"大家仔细观察呀。启豪用手把水管头捏紧了一些，水就冲向更远的地方。这说明启豪在家经常帮助家人做事，才积累了一些经验。"我一表扬，启豪用扭脖子的姿态告诉大家他害羞了。看见田地都湿润了，上课的时间也快到了。我让启豪停止浇水，他捏住水管头的手迅速转了一个圈，水管回到洗手池。"哇！"随着水落在我脸上、身上，我惊叫起来。看见我像落汤鸡，同学们窃窃地笑了。启豪一脸的尴尬。"没事儿的。你下次要注意先关水龙头再回放水管。"我用双手抹了一把脸，半睁着眼睛说道。启豪傻傻地笑了笑，我挥了挥手让他走。他低着头，讪讪地离去了。

我回办公室的路上，遇见正在上体育课的三年级学生，看见我从头到脚湿答答的，学生七嘴八舌说开了。有的学生提前来到操场，就看见了刚才的一幕。糗事有时候就像长了翅膀的飞虫一般，一会儿就传遍了校园。

"启豪真是胆大包天，居然敢给校长浇水？！"一个声音清晰地传入我的耳朵。

"那是因为校长热了，他给校长浇浇水，降降温。他也是一番好心。"我边走边说。

"哈哈。浇水？降温？哈哈——"学生笑得前俯后仰。

和孩子在一起，保持一颗童心，以心换心，快乐自己，也快乐孩子。

让学生有事可做

九层之台，起于累土。英语教材上的黑体单词和句子对于学生来说，就是"累土"，必须人人过关、落实。以前我总是在课前进行听写，一节课只有四十分钟，听写、批改、统计就需要使用近十分钟。太浪费时间了。于是，昨天下午我和同学们约定，四人一组课外进行听写，不限时间，一天内完成，每天进行。四人轮流报听写。一人报，三人写，互批改。如果全对，报听写的人在班级优化大师上面给他加一分。如果有错误，及时改错，一词四遍，写完之后交给报听写的同学检查。必须"今日事，今日毕"。

今天晨读前我走进教室，发现教室不像以往那样热闹，以前的教室里有的在打扫教室，有的在收作业，有的在抄作业，有的在闲聊，有的在疯赶打闹……而此时他们四人一组围在一起，正按照我们的约定在进行听写。写完了就交换检查，打分。之后报听写的同学跑到讲台上在一体机上的优化大师给满分者加分。每个人都明白自己的任务，知道做什么，怎么做。

于永正老师在《我的教育故事》一书说到"不让地里长草，就种上庄稼"。看来果真如此。即使在课间，学生自主自愿有事可做，他们就没有时间没有精力去做让人头疼的事情了。

做孩子成长的合伙人

今天艳阳高照，气温颇高。

大课间结束后，分班集合、总结，解散。当六年级班主任宣布解散后，学生分两队快速离开操场。没有任何教师的暗示或者提示，海峰和泽安自动留下，一人一边，抬起装满羽毛球拍的整理桶，向体育器材室走去。

太阳毒辣辣地，地面似乎着火了，炙烤着行人的腿脚。刚刚站满操场，兴高采烈拿着体育器材汗流浃背锻炼身体的学生已冲向教学楼。操场上只剩下三三两两搬运器材的学生。因为器材的形状和质量，他们不能奔跑，只能一步一个脚印地向目的地前进。

海峰和泽安走到教学楼前的小操场上，看见三年级两个学生在捣鼓足球车。一个在前面用力地拉，一个在后面用力地推。可能两个人不是一起发力，也有可能两个人的力气本身就很小，车纹丝不动地立在那里。泽安见状，马上放下羽毛球桶，走过去使力一推，车就像听话的孩子一样，按照泽安的想法老老实实地前移。泽安对那两个孩子说："你们走吧！我来！"两个孩子听见他这么说，说了"谢谢"，拔腿就跑，海峰和泽安配合得天衣无缝。当泽安放手羽毛球桶的时候，海峰一把抱下了桶。人员更换，桶却没有落地。就这样，一个推着车，一个抱着桶，两人向体育器材室走去。

站着他们的背后，默默地关注着他们的一举一动，让我感慨万千。他们是六年级两个极为普通的孩子。海峰因为肥胖，班上同学嘲笑他，不愿意和他玩耍。尽管班主任就此多次对学生进行教育，但收效甚微。慢慢地，海峰习惯了一个人默默地用自己的理解和速度做一切事情。泽安是班上公认的接受能力比较弱的孩子，他从不计较同学们对他的各种嫌弃。昨天下午的劳动技能大赛，同学们比赛完削苹果项目，拿着水果吃得津津有味。泽安却拿着一个垃圾袋，把同学们削下来的水果皮放进垃圾袋里。直到把所有垃圾装进垃圾袋，他才打开食品袋，拿出自己削好的水果，发现自己的水果已经生锈了。

这样的孩子，他们有温度，有大度，有良知，我们应该用不同的尺子去衡量他们，用不同的方式去赞美和肯定他们。我和班主任说了我看见的，想到的。牟老师二话不说，课前对他们进行了表扬，颁发了奖券。两个孩子站在领奖台上，露出了不好意思的笑容。

在孩子成长的路上，我们应该更多地走近他们，倾听他们，了解他们，成为他们的鼓励者和支持者，甚至是成长合伙人。

快乐活动，凝心聚力

今天大课间的时候，我们进行了四年级骑自行车展示活动。

从一年级到六年级的学生看见操场上五辆自行车，心里痒痒，跃跃欲试。当然了，今天只有四年级学生有机会一展风采。其余学生只有观摩和欣赏的份了。

班主任和体育教师将四年级学生分成了五组，每组八人，每次两人出发，看谁沿着跑道骑一圈，骑得又稳又快。男孩子对自行车的操控能力显然比女孩子强一些。男孩子大多数是身子前倾，用力蹬踏，力量源源，车轮滚滚。他们骑车的时候，时不时瞄一瞄观众，看看观众的表情。遇到转弯抹角处，他们减速缓行，灵活通过。到达终点后，他们麻利地刹车、下车、停车。女孩子斯斯文文的，坐在自行车上身子直直的，两眼目不斜视，直直看着前方。空中的风将她们的马尾巴吹起，裤裙吹鼓。蓝蓝的天空，绿绿的草坪，英姿飒爽的骑姿，看起来是那么的美好与青春。

四年级学生展示完毕，其他年级的学生也嚷嚷要骑一骑。六年级班主任最会为班级学生着想，抢到了第一个试骑的机会。有了这个机会，学生叽叽喳喳一通讨论，最后一致同意把机会给班上四个不会骑自行车的同学，会的帮助不会的。操场上又出现了同帮互助的温馨画面。

一个活动，掀起了一群学生学骑自行车的热潮。

一个展示，增进了同学情谊，凝聚了人心。

人有净气，风度自来

今天期末考试。

早上 7：15 进校园的时候，已经有很多师生到达了学校。早起三光，晚起三荒。早到位，早行动，总算是好的。

走进六年级教室，发现学生全部到齐，而且都端坐在书桌前，大声朗读着语文课本上的古诗词。六年的小学学习，六年的大大小小的考试，总算让他们逐渐适应了考试，掌握了迎考方法。学生的懂事与明理，让我们教师稍许松了一口气。六年级教室在教学楼三楼，也是最高层，透过窗户，可以看到操场。操场周围的跑道就是六年级的清洁区。清洁区有整整齐齐、高高大大的一排樟树。樟树春天落花，夏天落果，秋天落叶，冬天落枝。一年四季让我们不得闲着，必须天天打扫。否则第二天任务艰巨，很难在规定的时间内完成。此时的操场上狼藉一片，有的地方干干净净，一片落叶也没有，有些地方像铺了一层樟叶毯子，密密麻麻都是五颜六色的叶子。是让学生去打扫还是等下午考完了再扫？不行！现在本来就是打扫清洁的时间。他们不能为了考试连清洁都不做了！没有规矩，不能成方圆。学校规定是晨读前必须完成清洁任务的，谁都不能破坏这个规矩。

"有些同学估计心里只记得今天的期末考试，忘了到校之后还要打扫清洁。大家看一看，你的清洁区打扫完了吗？没有打扫的，赶紧去打扫！"我拍了拍手，教室瞬间安静下来，我说了上面一大段。学生纷纷站起来，向操场看去。一会儿，几个学生跑出教室，奔向操场。

环境美，心情才会美。心情美，做什么事情才会顺。

孟德斯鸠说过：美必须干干净净，清清白白，在形象上如此，在内心中更是如此。生活本来单纯，清白做人，干净做事。人有净气，风度自来。

感谢与你相遇

今天是考试的第二天，也是最后一天。对于六年级学生而言，今天将是他们在小学的最后一天。

早上我 7：15 进办公室。刚刚落座，门口就出现了手捧一束黄色花儿的欣雨。看到这个画面，被周围人认为反应敏捷的我却呆若木鸡。从我三年级开始教他们英语开始，无论什么日子，他们似乎没有给我送过花儿，甚至是路边的一朵野花，我也未曾见过。难道她今天给我送花来了？该不会是我想多了吧？欣雨两眼看着我，撅着嘴巴，小范围挪动着脚步，似乎被我的反应弄尴尬了。

"进来，欣雨。"我笑着对她说。

她仍然撅着嘴巴，不急不缓走到我办公桌前停下，双手捧出那束花，恭恭敬敬递给我。

"给我的吗？"我问道。

"是的。"她小声说道。

"好漂亮的花儿呀。"接过花儿，我惊呼道。这么漂亮的花儿她是哪儿来的呢？该不会是摘的别人的吧？如果是这样，我一定不能要。

"你在哪儿摘的这些花儿呀？"

"我在上学的路边摘的，他们是野花。"她着急地解释道。

"你家所在村是最美乡村，路边种了很多鲜花。你千万不能摘那儿的花儿哟。你是君子学校毕业的学生，言行举止要符合君子。"

"我知道。"她响亮地说道。"这花儿真的是我在我家路边摘的。那是我爷爷奶奶种的花儿。我有一次听您说，您也想像别的班的女教师一样，有学生送栀子花，让栀子花儿香满整间办公室。我家栀子花开罢了，所以，就送来了这样的花儿。"说完，她撅了撅嘴。

"谢谢你这么用心。我相信你是喜欢樊老师才把樊老师的话放在心里。我也一直很喜欢你。喜欢你的高情商，也喜欢你的一双巧手。希望你进入中学后把心思全都放在学习上，用心读书，争取进入自己心仪的高中。"

"嗯。"她仍然撅着嘴巴，点点头。

这是我最后一次和她单独聊天。该交代的事情我必须交代。

回想和他们相处的点点滴滴，用"教学相长，彼此成就。"来总结一点儿也不为过。和他们斗智斗勇的四年里，为了不让自己处处甘拜下风，我经常向同行请教，向书本讨方法，不停动脑筋，想办法，让自己的脑袋瓜不仅没有生锈，反而灵活了些许。他们为了不让我抓住把柄，实施小惩，不得不用心学习，掌握知识。

感谢相遇，让我们如切如磋，一起成长。

感恩相处，让我们互相懂得，惺惺相惜。

办法总会有的

这学期我是六年级的副班主任，负责室外清洁。六年级的打扫面积非常大，足球场和跑道。清扫任务也非常重。因为足球场和跑道向外一侧均是郁郁葱葱的香樟树。春掉花瓣，夏落果子，秋飘落叶，每天必须清扫。同时，六年级是全校班额最小的，全班28人，人手有限。班主任牟老师考虑到室外清洁的难度，教室只留了4名身体羸弱的学生打扫，其余的学生都参与室外打扫。

据我观察，教师7：20到校的人有一半，车辆也有一半。教师把车停在篮球场两棵树之间。如果想把足球场打扫干净，必须在教师停车之前。这块清洁区需要到校早，劳动力强，不计得失，互相配合的同学来完成。杨基辰每天到校很早，他个子高，力气大，爱劳动，会劳动。就让他来担任组长吧。组长确定组员，组员必须听从组长的安排，必须早到校，早行动。给他划定一个范围，很快，他就招募到了三个人：罗锦绮、吴浩宇、熊启云。剩下的同学只有20人了。

第一次的英语晨读，我把学生带到操场上，站到校门口，让龙浩冉和黄海峰一个人从左边数，一个人从右边数，看看跑道旁有多少棵树。龙浩冉是英语科代表，办事严谨细致，凡事交给他放心；黄海峰是学校有名的胖子，让他跑一跑，数一数，减减肥。不一会儿，两个人一前一后气喘吁吁向我们报到，共有20棵参天大树，20个空。两个人的答案是一模一样的，我当时就没有怀疑答案的正确性。我问同学们：20个人20个空怎么分？他们不假思索，异口同声说道："一个人一个空。"我说："好！现在每个人找一个空，站着不动，龙浩冉进行登记。"龙浩冉登记的时候，我提醒同学们做好记号，记住位置，按时打扫。有的同学在院墙上寻找记号，有的数香樟树，有的看足球场。一分钟之后各自找到相应的记号。

六年级的学生在校从来没有使用竹扫把，在家也没使用竹扫把。所以，有必要对他们进行培训一下。我示范了一遍，让同学们说一说怎么扫得快，扫得干净。大家总结出要弯腰，尽量让扫把和地面的接触面积最大。扫完之后，怎么清理最便捷？我让同学们用笤帚在跑道上和路砖上扫一扫，找到最好的方法。立马有同学说，树叶扫在路砖上清理比较快捷和干净。因为跑道是塑胶的，有颗粒，阻碍较大。打扫完成之后劳动工具放哪儿？怎么摆放？同学们通过观察和讨论，觉得放在操场转角的树空那儿，竹枝向上，竹竿在下，靠在栏杆上，一字摆开，整齐划一又保护工具。两辆推车放一侧，并排摆放，车斗向下。有着 23 年教龄的我，能够想到的只有这些了，我已经将我能够想到的问题都抛出来了。同学们配合得也相当不错，真是兵来将挡水来土掩。同学们回答得头头是道，完美的我没法补充。我心想：到底是六年级的学生，不一样就不一样。这个副班主任担任的真轻松啊。

　　第二天走进校园我就去清洁区。有同学跑来说：樊老师，×× 同学把我的清洁区打扫了。有同学和我说：樊老师，我忘了自己的清洁区在哪里了。也有两个人拉拉扯扯到我面前：樊老师，这是我的清洁区！他非说是他的清洁区……六年级的学生了，居然还像一年级的小朋友一样。我头变大，血向上涌，恨不得自己或者他们立刻消失。我不停对自己说：稳住，稳住！你是老师，他们是学生！我平复心跳，稳住情绪。问题出在哪儿？首先，20 棵树 20 个人，一人一个空，有没有问题？肯定有啊！小学数学植树问题就学习了，3 棵树 2 个空。20 棵树就是 19 个空。现在有 20 个人怎么办？对了，校门到第一棵树有一段距离，把那当作一个空吧。现在重新分配、登记。其次，每天学生到校的时间不一样，擅长的工作不一样，不能实行一刀切。两人一小组，可以互帮互助。万一其中有一个人因事因病请假还有另外一个人顶上。来得早的同学打扫，来得晚的同学清理垃圾。既培养了小组合作与团结，也顺利完成任务。最后，新的举措是现场安排和说明呢，还是纸质公示？昨天说好的人员和地点，今天就有学生忘了。古希腊哲学家赫拉克利特说"人不能两次踏进同一条河流"为了避免他们遗忘，增强记忆，还是纸质公示吧！于是，我做了一个"我们的室外清洁打扫约定"，打印，压膜，张贴。内容如下：

　　1.第一个人为小组长；

2. 小组商量打扫具体位置和时间，人人参与劳动，不得出现有人长期不参与打扫，一经发现，通报批评，劳动课程成绩酌情扣分；

3. 早上进校之后直接到清洁区打扫，5分钟内完成任务，洗手，吃早餐，进教室晨读；

4. 7：40之前清洁区全部打扫完毕；

5. 若因病因事给班主任请假之后，也要和小组成员通气，委托小组内其他人员帮忙打扫；

6. 无故迟到，故意拖沓的人第二天完成所有清洁区打扫和清理任务；

7. 黄海峰每天早上在校园广播音乐停后检查，每天清扫清理及时一周一奖励，每人在班优加1分；

8. 打扫卫生时注意安全，不能拿着劳动工具你追我赶，不能用笤帚捅蜂窝，戳树枝，一经发现，根据情节轻重班优扣分。

新的约定出来了，我让有点儿聪明但又不遵守规章制度的李鑫杨在英语课堂上为同学们大声读一遍，解释了一遍。同学们点头示意明白，遵照执行。

以后，当我走进校园，清洁区已经打扫得干干净净，劳动工具摆放得整整齐齐。

任何困扰，只要不停思考，不断尝试，总会找到解决问题的办法的。

刘同学的蜕变

刘同学是我班上的一个男孩子。刚开始接手这个班的时候，他的语文和数学成绩不错，英语一塌糊涂。他的妈妈非常着急，多次到学校来找我说孩子学习英语的困难，讨教学习方法。他的妈妈是本地人，爸爸是外地人，父母就这么一个孩子，而且还是一个男孩子，家人甭提多宠爱了。自从上学后，妈妈就没有上班，一心一意在家辅导他学习，照顾他生活。

因为他妈妈比较关注他，多次到校和我沟通交流，上英语课的时候我也就比较关注他，经常点他发言。如果他单词读错了，我示范了让他再读。他扭过头，撅起嘴巴，翻起眼睛，气呼呼的样子，不看老师，也不按照老师要求的去做。这样倔的学生，我一般采取冷处理。不理睬，照常上课。

估计班上学生放学之后告诉他妈妈他上课罚站的事情，他妈妈第二天到学校，告诉我，他大舌头，吐词不清，害怕同学们笑话，他不喜欢老师揪着他反复读单词。哦，原来如此！

因为读不准单词，他的听力和笔试都不是很强，所以成绩一般般。我建议他妈妈在家让他在家反复跟读点读机，大声朗读，每天必须做到。他妈妈坚持的很好。他的英语成绩逐渐有起色。读音准了，单词和句子意思明白了，答题准确了，成绩上来了。

接着我给他妈妈建议，黑体单词在家听写，回校老师也会听写。他妈妈不折不扣地落实了。他的英语成绩噌噌地上升了。

网课期间，他的进步尤为突出，各方面成为同学们的榜样。

2020 年春季学期没有复学，就结束了。我决定给他写一封信。信的内容如下：

刘同学，樊老师今天给你发的这段话，希望你和妈妈一起读。一学期的网课，你成长了不少，懂事了很多，樊老师越来越喜欢你啦。你上课认真听讲，积极发言，把老师说的每一个重点都记在书上，印在脑中。所以，你的每一次作业总是全对，你的每一次发言都是准确无误。更让老师感到欣慰的是，你的性格和品行越来越好。以前老师批评了你，你还噘起了嘴巴，翻起了眼睛，一脸的不高兴。现在老师批评你，你总是一脸不好意思的笑，然后就悄悄地改正了。老师大胆批评，你勇于进步。所以，网课期间大多数同学都在退步的时候，你一跃而上，成为所有老师交口称赞的孩子。这学期，老师批评了一次你的书法。你就改正了，书写漂亮了，卷面整洁了。这个好习惯，相信你在中考和高考的时候会得到更大的受益。希望你在暑假：一不要忘了学习，有规划地复习语数英；二不要忘了锻炼身体，因为你和樊老师的儿子一样，身体有点儿壮。我不希望你中考的时候，你的妈妈像樊老师一样为你的为体育成绩而着急；三不要忘了学习做家务，尤其是做饭收拾房间。今年这个疫情告诉我们，什么时候都应该争取自己做饭，回家吃饭是最幸福最安全的。最后，樊老师祝你暑假愉快，收获多多！

信是通过钉钉发送出去的。很快，钉钉就显示他已经阅读。十分钟后，他给我留言：谢谢樊老师的建议，在暑假期间，我一定会更加努力的。估计这个留言，是他和他的妈妈一起想，一起写的。猜想他和他妈妈读这封信的时候一定会有些许的感动吧。

在我的教育生涯中，我一定尽力关注每个孩子，为每个孩子量身打造学习方法。

有舍方有得

　　早上爬坡进校门，只顾埋头用力，倏地抬头一看，发现前面背书包的小女孩的发型是如此的精致与吸睛。小小的头顶似乎盘踞着一个五颜六色的海星。那海星，就是用橡皮筋和发绳将头发定成的形状。

　　"早上好！你的发型真漂亮！"我轻轻拍了拍她的肩膀说。

　　"这是我奶奶帮我梳的。"小女孩扭过头看着我，一脸的骄傲和自豪。

　　"你奶奶真能干，手很巧，能够梳出这么漂亮的发型。"

　　"我奶奶是看着抖音梳出来的。她一边看，一边梳的。"

　　"哦。是今天早上梳的还是昨天晚上梳的呀？"

　　"肯定是今天早上呀。昨天梳的是昨天的发型，今天梳的才是今天的发型。不能提前梳的。"小女孩一本正经的说着。

　　"这么复杂的发型，梳的时候疼不疼呢？你哭了没有？"

　　"妈妈说了，有舍才会有得。舍得头皮之苦，才能有发型之美。"小女孩像大人似的说着。

　　是啊。凡事都是舍在前，得在后。有舍才有得。就像我今天和她的聊天，我主动和她打招呼，送赞美，她就愿意和我说说笑笑，分享她的生活，让我一整天会因为这份美好的聊天而愉悦。

利用百家讲坛，开创德育校本课程

【论文摘要】

点军区点军小学在 2012 年秋季学期创建了"百家讲坛"，试图通过"百家讲坛"这一载体，充分开发和有效利用家长资源，来开发学校的德育校本课程，弥补学校德育校本课程的不足，有效推进家校共育，发挥教育的合力，切实提高德育的实效性。

【正文】

在新课程背景下，积极探索新的德育模式，切实提高德育的实效性，是学校当前非常紧迫的一项任务。在新课程实施中，课程资源开发是一个很关键的环节。同样在德育课程实施中，也应具备课程资源开发的意识。2012 年 9 月 1 日，点军小学整体搬进新校舍，学校学生人数达到 845 人，为了充分开发、利用家长的德育校本课程资源，学校开创了百家讲坛活动。

一、"百家讲坛"——德育校本课程开发的思考

学校教育、育人为本，德智体美、德育为先。充分挖掘各种课程资源以促进我国中小学德育教学已成为重中之重。而在资源开发过程中，家长已成了一个不可忽视的资源，其拥有其他因素不可替代的地位。要充分利用好家长的资源，形成德育的最大合力，早已成为大家的一种共识。

作为拥有八百多学生的学校，家长资源自然是十分丰富的，家长的职业牵涉到社会的各行各业，其间不乏有高精尖人才，还有更多的各行各业中的"状元"、专家。如何充分利用好家长这一个丰富的教育资源，有效补充和支撑学校的教育，拓宽学生的视野，已是一件刻不容缓的事情。为此我们学校一年前着手开始了家长"百家讲坛"，利用这一活动载体，充分挖掘家长的资

源，利用家长自身的专业知识为学生进行"配餐"，让学生走进了解三百六十行；充分挖掘家长的资源，利用自身的工作资源为学生提供实践的资源，让学生体会劳动的艰辛与魅力；充分挖掘家长的资源，利用自身的人生经历为学生讲述生活的甜酸苦辣，让学生感悟甜蜜的生活需要自己的努力与奋斗……我们希望通过"百家讲坛"这一活动载体，充分挖掘家长的课程资源，丰富学校德育课程的资源，拓宽德育课程实施的途径，促进学生智力因素和非智力因素的和谐发展，完善学生的人格；扩大学生的知识面，促进人文素养水平的提高，让学生对世界有着更美好的向往；帮助学生对于学校家庭以外的大世界有更为深入的了解；懂得如何保护自己，如何做得更出色，各方面健康地成长，做一个全面发展的人才。我们希望通过"百家讲坛"这一活动载体，让更多的家长直接走进学校教育，教育百家子女，使更多的孩子享受到百家的教育熏陶。同时树立家长和老师一样也是教育的主体力量的理念，促使我们的家长与老师一起主动承担起教育的重大责任。

二、"百家讲坛"——德育校本课程开发的步骤

为了能挖掘更多更好的家长资源，为了能让"百家讲坛"真正成为我校德育课程的拓展与延伸，为了能让家长真正成为学校德育课程的实施者，我们经过多次的实践、反思、总结，我们逐步形成了"百家讲坛"德育校本课程开发的操作步骤。

1. 全面了解各年级家长德育校本课程。

我们在学期初向家长发一份"百家讲坛"——德育校本课程征询单，征询单上写上我们诚挚的邀请以及学校德育校本课程需求的几大方面，随后要求班主任对自己班级的家长进行全面了解和沟通，在此基础上有目的的动员家长参加我们"百家讲坛"活动的报名，主动为学校提供德育校本课程，成为学校"百家讲坛"的义工讲师。我们要求每班至少每学期提供一个岛两个资源供学校选择，这样才能满足学校一个学期的需求。

2. 实地考证家长提供的德育校本课程。

为了确保家长提供的德育校本课程的适切性和可用性，我们学校项目负责人对各班级提供的资源进行一次考证和筛选，她不仅会与这些课程资源的提供者进行一次当面沟通，还会在沟通的基础上进行一次实地考察，看看上报的这些资源是否符合我们学校的要求，是否可操作，是否能促进学生的健康发展，同时在考证中还要看看这个资源适合放在哪个年段，这样就确保家长提供的德育校本课程的质量。

3. 妥善协调各年级家长德育校本课程。

通过推荐资源、筛选资源，我们与家长、各年级组长一起商议协调本学期各年级开设的课程内容，并完成内容、时间、地点、负责人老师和家长的具体安排，让大家都做到心中有数，做到根据安排提前做好各项准备工作。

三、"百家讲坛"——德育校本课程利用的策略

1. 周密性策略。

做好周密性的安排是开展"百家讲坛"活动的前奏曲，也是活动成败的关键。所以每一次活动的开展前，我们都会做翔实周密性的策划、安排和指导，确保活动正常有效的开展。

◆发出"邀请函"

为了让参与校园"百家讲坛"的家长重视并热情于此项活动，也为了表达校方的诚意，我们每次都以"邀请函"的形式向提供资源的家长发放邀请。邀请函上写明活动的时间、地点、需要提供的支持等，让家长对活动的整个开展了然于胸，为活动的有效开展奠定基础。

◆制定"安排表"

每一次校园"百家讲坛"活动我们都由一名老师负责，在活动之前翔实的制定活动方案。就活动开展的时间、地点、借车、活动注意事项等做一次周密详实的安排，并告知开展活动班级或年级的老师，保证活动开展的安全性、有效性等。

◆记录"全程行"

每一次校园"百家讲坛"活动,我们负责老师都要记录收集整个活动的全程资料,我们会对活动进行拍照、摄像,活动后收集好相关的所有资料,还进行视频的编辑,为活动后期的反思与改进提供可参考的翔实资料。

◆撰写"新闻稿"

每次校园"百家讲坛"活动后负责老师都要写图文一体化的新闻稿,公布于学校的网站。个别开展得特好意义深刻的活动还要做成视频上传区教育局信息网。当校园百家讲坛的每一次视频在教育局信息网和我们学校网站上播出时,引起了家长极大的兴趣,家长通过这一平台更深一层次了解了我们校园百家讲坛,这种宣传方式为就是后续资源的开发奠定基础做好铺垫工作。有位家长就是看了第一学期的几个活动视频后,主动和我们联系,表示也愿意提供自己的资源给大家共享。

2. 互动性策略。

活动前与家长的互动沟通是非常重要的,因为家长来自各行各业,工作忙碌,即使有专长,有热情,但教育学生,需要一定的方式方法。所以,在设计每个活动时,我们都通过电话、家访,或是家长到校与其交谈的方式与家长进行反复的沟通互动,了解家长的想法,了解家长需要学校配合支持的地方等,教师针对具体问题进行指导和协助,与家长一起做好活动的策划和准备。

我们在活动中也注重学生的互动性。我们学生每参加一次校园"百家讲坛"的活动就要进行一次互动评价。评价分为两大板块。一是对自己参与学习情况的评价。二是对校园"百家讲坛"活动的评价。我们用五星的形式让学生对活动进行整体的带有一点直观感受的评价。这种互动能提高学生对活动的重视度。

3. 反思性策略。

校园"百家讲坛"是一个新兴的举措,为了让每一次活动都能有所收获,能为后面的活动提供借鉴的地方,我们要求每一次活动后,组织活动的老师和家长都要对活动及时进行反思,提出合理化的建议,以便以后的活动内容更加丰富，更加贴近学生的生活，更加有效性。

4.激励性策略。

"百家讲坛"活动中，我们不仅注重对家长的激励，同时也注重对学生的激励，促使他们积极参与活动。

◆学生方面：每一次的活动，我们要求全体年级学生参加。参加完毕后，低年段的学生根据德育课程内容画一些画，中年级的写心得体会，高年段的学生办一份手抄报。凡是任务完成的优秀的，学校颁发证书，给予一定的物质奖励。

◆家长方面：参与校园"百家讲坛"的家长为学校校本课程提供了资源的同时，他们也付出了艰辛的劳动，为了激励家长们的这份热情与智慧，活动结束后，我们给家长颁发一张证书。别小看这一证书，这是家长们劳动、付出的"回报"。这"回报"不是金钱，而是一份信任，一份感谢，一份期望。

5.持续性策略。

每一次"百家讲坛"活动结束后，我们都会一种感觉，那就是意犹未尽。由于受时间的限定，很多家长提供的德育校本课程不是靠一次活动能全面呈现和落实的，很多活动孩子都没有尽兴，所以我们仅仅抓住一些好的德育资源，做进一步的持续规划和落实，让课程资源能做到最大化的利用。

四、"百家讲坛"——德育校本课程利用的反思

（一）成效

1.实现了德育课程内容师资的多元化。

我们在全面调查征询的提出上，根据家长提供的资源，根据学生的年龄特征，构建了不同年级的"百家讲坛"德育课程内容和课程目标。努力做到关注体验，促进学生道德的内化、关注认识，体现生活能力的发展、关注融合，体现生活经验的蓄充、关注问题，体现质疑解难能力的锻炼。课程实践

的形式也是呈现多元化的，有参观、有讲座、有动手操作的、有实地考察的、有实践体验的。上课的老师也是来自于各行各业的，也是不同年龄段的。这样多元化的课程内容、多途径的教育方式、多层面的执教老师，带给学生的是无尽的惊喜与兴趣，让学生走出课堂，走出校园，在实践中去体悟。实现了德育课程内容师资的多元化。

2. 形成家校共育家校合作的育人机制。

"百家讲坛"活动已经成为我校德育的一个亮点工作，深受家长和学生的青睐。通过"百家讲坛"活动架起了家校合作的桥梁，让家长能够零距离的接触学校，接触老师，接触学生。在活动中家校形成了很多育人的共识、在活动中家校建立了很多共享的资源、在活动中家校建立了深厚的友谊、在活动中形成家校共育家校合作的育人机制。

3. 增强了家长参与学校育人工作意识。

"百家讲坛"活动让家长走进了校门，走进了教室，体验了一回做老师的滋味，使得家长对学校的工作有了深层次的了解，对教师职业的艰辛有了深刻的体会，同时也树立了强烈的主人翁意识。在活动中呈现了一大批愿意主动参与"百家讲坛"的家长，热衷"百家讲坛"的家长，关心"百家讲坛"的家长，逐渐的家长把学校的事情当成了自己的事情，把自己当成了学校的一份子。

4. 弥补了学校现有教育资源的不足处。

学校的教育资源是十分有限的，特别是德育实践资源少之又少，但是这又是恰恰学生喜欢的。我们通过"百家讲坛"活动，家长为我校的学生提供了很多很好的学生喜欢的而学校没有的德育实践资源，让学生有了一种新的体验和感悟。

5. 促进了学生智力和非智力因素的培养。

"百家讲坛"这一活动载体，充分挖掘家长的课程资源，丰富学校德育课程的资源，拓宽德育课程实施的途径，促进学生智力因素和非智力因素的和谐发展，完善学生的人格；扩大学生的知识面，促进人文素养水平的提高，让学生对世界有着更美好的向往；帮助学生对于学校家庭以外的大世界有更为深入的了解。

（二）反思

目前我们在开发利用家长德育资源中，我们关注寻找的点相对来说是比较狭隘，也都是零星的，随意性比较大，也没有跟学校德育目标及活动序列有机结合起来，所以在下阶段工作中，我们想从以下几个方面着手，进一步充分开发与有效利用家长德育资源，并梳理固化为我校家长德育校本课程库，让家校德育实现无缝对接。

"百家讲坛"——德育校本课程开发利用对我们学校来说才刚刚起步，很多地方要有待于进一步的思考和探索，但是这种家校合作的教育方式值得我们深入实践与推广，因为它能够取社会之长补学校教育之短，充分利用优秀家长资源来填补学校老师教育空缺，为我们"全面高素质"人才的培养开拓了更为广阔的空间与途径，也创新了德育工作模式，丰富了德育校本课程，拓宽了德育的途径。

参考文献

王斌华著：《校本课程论》，上海教育出版社，2000 年版。

胡守棻主编：《德育原理》，北京师范大学出版社，1989 年版。

檀传宝著：《学校道德教育原理》，教育科学出版社，2000 年版。

【2013 年 12 月此文获得湖北省教育学会一等奖】

孩子，我也要做你的粉丝

龙浩冉，是四年级的英语科代表，也是我辅导的一个男孩子。别看他年龄小，粉丝可不少呢。有羡慕他勤奋好学的，有仰慕他诚实善良的，也有钦慕他人缘好的。刚开始接触那会儿，他在我的心中，只不过就是一名做事一丝不苟，有板有眼的学生罢了。随着接触的增多，我也慢慢加入他粉丝队伍中了。

（一）一个都不能掉队

我发现，学生在上课铃响了之后，不是左顾右盼就是无所事事。为了改变这一现状，我和龙浩冉约定，每次英语课前，由他带领同学们朗读英语。

一天，上课铃响之前，我走进教室。孩子们打开的英语书放在桌上，双手也放在桌上，坐得端端正正的。龙浩冉右手拿着书，在过道里来来往往巡视，时而低头对同学说什么，时而往前走。孩子们的眼珠也随着他的移动而移动。我们的课前约定到哪儿去了？男子汉怎么能够说话不算话呢？一名科代表，在朗读的黄金时段里浪费大家的时间。是可忍孰不可忍。我狠狠地瞪了他一眼，问："你为什么没有带领大家朗读英语？"他迎着我的目光，没有一丝恐惧："我想让每一个人打开书，翻到我指定的地方，然后跟着我读。"听了这话，我目光柔和了很多，心底一颤：要是我每节课都像他一样，把每一步做到位，何愁孩子们的英语成绩不提高呢？让每一个孩子爱上英语，让每一个孩子每节课都有所收获，这是我的追求。浮躁的世界造就了浮躁的人类。每一个人似乎都急急忙忙的，忙于生活，忙于工作。忙着忙着，就忘了自己的初衷。我自己也不例外。一节课四十分钟，为了完成教学任务，有时候不顾孩子们是否都掌握，就进入下一个环节。这样，就造成了有些孩子落伍，落伍的孩子就没有学习兴趣，没有兴趣成绩就无法提高。长期如此，就会恶性循环。

为了更好地为孩子们服务，龙浩冉，我要向你学习，学习你的不急不躁，学习你不让每一个同学掉队的工作作风。

（二）我有更重要的事情要做

我中午站在食堂前面，督促孩子们按部就班就餐。一扭头，发现龙浩冉急急忙忙跑来，把一碗没有吃的饭菜倒进了潲水桶里。这明摆着不是浪费粮食吗？浪费粮食可耻。作为学校大队委的他怎么能够带头这样做呢？得好好批评他才行。我回头一想，不对！在我的印象中，龙浩冉从来不挑食，从来不倒这么多的剩饭剩菜的。这是什么原因呢？我叫住正在放餐具的他：“你为什剩下了这么多的饭菜？”他边放碗筷边说：“我有重要的事情要做。来不及吃饭了。”说完，他扭头就跑了。是什么重要的事情呢？难道是他家里有重要的事情，他父母提前将他接离学校？想着想着，学校广播里传来了龙浩冉的声音：“大家中午好！我是今天的播音员，龙浩冉。”哦！原来，他着急着慌的，他认为“更重要的事情”，就是播音。为了播音，饭都不吃了？不吃饭，不是伤身体吗？下午的学习和锻炼怎么坚持得住？

等他播音完毕，我叫上他：“为什么午饭都没有吃就去播音？”他不慌不忙地说：“如果吃了饭，就不能准时播音了，耽误了学校整体工作。您不是说过吗？集体利益高于一切。”我点了点头。多么优秀的一个孩子呀！不仅把老师说的话记在心里，而且付诸在行动上。“集体利益高于一切。”说起来容易做起来难。他的这句话，犹如当头一棒，让我扪心自问：在工作和生活中，我是否做到了“集体利益高于一切”？不，我不是时时处处能够做到“集体利益高于一切”。当集体利益和个人利益产生冲突的时候，有时候，我选择了个人利益。作为一个成年人，尚不能时时处处践行这句话，更何况是一个还不到十岁的孩子呢？我想象着，下午他忍着饥饿，坚持上课，参加体育活动，收发作业，打扫卫生……

龙浩冉，我也要成为你的粉丝，向你学习！

【2020 年 10 月此文获得湖北省教育学会三等奖】

依托校本课程，提升学生核心素养

【摘要】本文以点军区中学英语校本课程为例，探讨了如何通过校本课程提升学生的核心素养。

【关键词】点军区，校本课程，核心素养，教师，学生

2011 年 5 月，国务院在《国务院关于基础教育改革与发展决定》中指出，实行国家、地方、校三级课程管理。国家、地方、学校三级课程的确定和实行，不仅是以适应不同地区社会经济发展需要和文化发展需要，体现国家对学生的基本要求，而且又为各地发展留有时间和空间，体现一定程度的弹性。特别是校本课程在整个课程计划中占的比重，可以使学校真正拥有选择的余地，可以使学校能够更好地体现办学特色，同时满足"个性化"的学校发展，还有利于教师专业水平的提高和学生个体性的发展，真正满足学生生存和发展的需要。

当前，核心素养成为教育一大热门词。关注核心素养，才能真正使课程在不断实施中得以升华，真正在课程整合、开发中彰显课程的本质，真正在课程的实施中促进学生的全面发展。

如何在校本课程中发展学生的英语核心素养？切入点在哪里？抓手在哪里？带着这些问题与困惑，2015 秋季学期，点军区教育局抓住"区域课程体系建设"项目的契机，立足学生核心素养，切实推进课程领导力建设，积极探索学生核心素养的内涵、培养途径与方法等，取得了一定的成效，促进了学校的新一轮发展。

一、立足核心素养，厘清育人目标

《国家中长期教育改革发展纲要（2010—2020）》明确规定，要在 2020 年

实现国家教育的现代化，把教育现代化放在国家战略发展的优先地位。以顾明远、陶西平先生等为代表的专家学者对教育现代化有基本一致的共识：即教育现代化的核心是人的现代化。人的现代化，关键是要发展人的核心素养。学校的根本任务是培养人、发展人，培养什么样的人，适应、促进并引领未来社会发展的人应该具有什么样的核心素养，是作为教育者的我们首先要达成的共识。

基于国家对人才的需求和学生适应未来发展的需要，结合点军中学生现状——与城区中小学生相比，普遍存在朝气不足、感觉钝化、缺乏合作，更有一些留守儿童孤独自闭、情感冷漠、自卑懦弱，点军区教育局提出了"培养阳光大气学生"的育人目标。"阳光大气学生"指学生德智体美全面发展的基础上，凸显"健康、开朗、文明、向上"品质，让学生像阳光一样灿烂、辉煌。

2016年暑假，点军区中学英语老师暑假集中学习鲁子问先生的《英语学科的核心素养》和中国教育学会外语教学专业委员会理事长龚亚夫在以"基础教育核心素养培养"为主题的2015中小学名校校长国际峰会上的发言，并展开了"面对核心素养，我们该如何开展英语校本课程"的大讨论。通过学习，老师们深刻认识到：学生学习外语并不仅仅为了让他能够与别人交流，而是要从各个方面改变他的生活，改变他的心智，这才是外语教学的目标。教师一定要把学生的兴趣、态度和行为方式考虑进去，而这些必须和他们熟悉的文化环境以及他们关心的事情建立起联系，而不是与他们生疏的外国社区环境相联系；通过讨论，我们确定英语校本课程目的是：拓展学生的知识面，充分挖掘学生潜能，培养学生学英语的兴趣；促进学生全方位了解英语国家的文化背景，提高学生学习水平；学会欣赏英语国家文化，提升创新能力；助力学生形成良好的道德品质和人文素养；培养学生国际参与意识和跨文化交际能力；发展学生的个性，提高学生的基本素质。

二、基于育人目标，规划课程体系

课程是实现育人目标的重要载体。点军区各校英语组在区教育局"整合开发课程资源，培养阳光大气学生"课程建设的思路下，围绕学生培养目标和具体要求，探索英语校本课程实施策略及途径方法。

英语组通过调查问卷，摸清学生喜好；征求老师意见，确定授课教师；多处走访，挖掘校内外资源。一系列的活动之后，教研组确定了校本课程名称、授课教师、授课内容，拟定了方案，规划了体系，整理了资源。

宜昌市 27 中地处城郊结合处，学校硬件设施较好，英语老师基本功过硬，七年级英语校本课程为"佳片有约"。他们收集了《当幸福来敲门》《花木兰》等近 20 部英语电影，通过观看电影中精彩的画面，扣人心弦的场景，紧张激烈的情节等，身心受到感染、情感受到熏陶，意志得到磨炼，从而形成积极向上，乐观合群、有顽强意志力和抗挫能力的良好心理素质；通过观看英语电影，让学生感受英语经典电影和歌曲的魅力，提高学生艺术欣赏能力；通过听英语对白，歌曲，改编和表演电影中的片段，提高学生英语听说用的能力；通过每堂课的学习，让学生保持愉快的情绪状态，对学英语产生兴趣。八年级校本课程为"礼节礼仪"，通过学校举办的年级节日活动，增加学生对中西方礼节礼仪的了解，培养学生国际视野，提高学生人文素养。九年级开发的课程为"Talk show"，通过"趣配音"等活动，提高学生的口语，增强学生模仿力。

宜昌市 28 中学生内向，学习英语兴趣不浓厚，不喜欢张嘴，学校开发了"我写我秀"的校本课程，七年级书法，八年级手抄报，九年级作文。

宜昌市 29 中地处偏远，学生住读，业余生活单调，学校开发了"七彩英语"的校本课程，七年级为英语歌曲，八年级为课本剧，九年级为"趣配阅读"。在阅读方面，学生入学时即开始有计划地拓展其阅读量，主要方式有两种。第一种是基于课本话题的拓展性阅读。现在的英语教材是以话题为引导的分单元式教学，要求学生对话题从不同的角度来理解，但因教材的篇目、难度有限，老师们会对教材进行改编。对于英语水平较好的学生，学校选择一些比教材难度更高的材料让其阅读；而对于英语水平比较薄弱的学生，学校选用低于教材难度的材料，这样就将同一话题下的学习材料多样化，让不同程度的学生都能进行拓展阅读。第二种是让学生多阅读。学校专门开设了阅读课，学生的阅读材料包括文学类的经典著作，从开始读简写本，发展到读原著。阅读材料中也包括科技类文章，如研究报告、通识类的科技文章，主要是为了让学生为今后进行学术阅读打下基础。

三、围绕核心素养，推进课程实施

经过半年的实施，点军区中学英语校本课程呈现了一番新景象：

1.课程资源更加丰富。

依托学校教师、学生、家长、社区、校友、高校、校外专家等力量共同进行课程开发，开发的英语校本课程有 5 余门，形成了一套丰富的课程资源。校本课程资源的丰富无疑给英语教学注入新鲜的血液，并在英语教学改革中，为学生创建了一个五彩缤纷的英语学习平台。

2.学生学习英语兴趣更加浓厚。

校本课程的开发充分考虑了学生的兴趣和需要，这是开发的出发点。校本课程的开发是基于学生的已有知识，是以学生的喜好为出发点的，所以，在课程没有开设之初，学生是期盼的。在课程实施中，师生共同商讨，共同完善，师生的成就感是相同的。

比如，宜昌市27中"佳片有约"通过师生的完善，归纳、形成了课程模式：

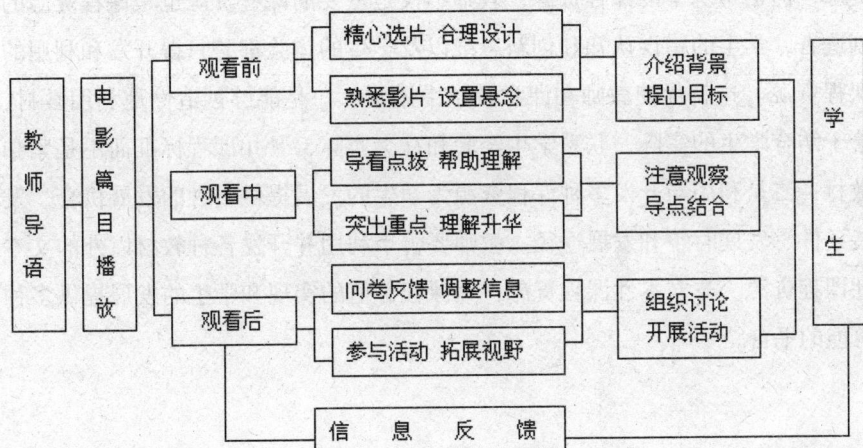

模式的形成，也是"佳片有约"的一项成果。成果显现，师生也就有了成就感，从而也产生了幸福感。随着课程的纵深发展，由"佳片有约"也衍生出了"跟着电影提高口语""跟着电影学唱英语歌曲""跟着电影看人生"等子课程。比如在欣赏《音乐之声》后，学生主动学会了主题曲"the sound of music"、轻快跳跃的"The Lonely Goatherd"、欢快活跃的"Do-Re-Mi"，特拉普上校演唱的一派深情的插曲"Edelweiss"，以及可爱俏皮的"Good night, Good bye"等。通过观看《当幸福来敲门》，主角克里斯·加纳因为成功复原魔方让他多了一次与高管见面的机会让学生明白了一技之长可以增加机遇的产生；主角的人生经历告诉我们面对困难，要不屈不挠，勇往直前，最终会"守得云开见月明"。通过看《疯狂动物城》，学生有了给树懒配音的冲动，在无数次的练习之后，学生口语更地道，表演性更强。

没有考试压力，学生学得愉快，教师教得轻松；学生在学习语言、增长知识的同时，陶冶情操、感受真善美、树立正确的人生观和价值观。

3. 师生关系更为融洽。

在校本课程的开发与实施中，学生和老师一起成长，一起进步。课程开发出来了，学生成绩起来了，师生关系也融洽了。

4. 教师课程意识更为增强。

通过校本课程的开发，英语老师们逐步认识到：教材不再是唯一的课程资源，但仍是基本的课程资源；教师不仅是重要的课程资源也是课程资源的创造者，学生的错误认知和创新思维以及学生的体验都是只得开发和利用的课程资源。这就促使教师在课堂教学中做到：一是能够创造性地利用教材，善于结合学生的实际，联系学生经验和社会实际，紧扣课程标准而不是紧扣教材；二是利用与开发多种课程资源为学生的发展提供多种的发展机会、发展条件、发展时空和发展途径。教师要善于利用并开发各种教材以外的文本性课程资源、非文本性课程资源，为课程价值的实现和学生的发展提供多种可能的平台。

四、困惑与展望

对学生核心素养内涵的理解是一个不断完善的过程。在校本课程的常态实施中，如何有效渗透对学生核心素养的培养还处于探索中，我们期待通过"课程改进、教学跟进"，努力提升学生的核心素养。

面向未来，我们将进一步深化对学生核心素养的理解，进一步完善课程体系、丰富课程内容、优化课程实施、探索更具合理性和科学性的评价方式和评价维度，进一步深化英语校本课程的开发与实施，切实做到轻负担、高质量、有特色，为实现培养有"人文素养、科学素养、创新素养"的家国栋梁而不懈努力，推进课程改革向更高的目标迈进。

参考文献

中华人民共和国教育部制定.英语课程标准（2011年版）[M].北京师范大学出版集团，2012.

朱浦.教学问题思考[M].上海教育出版社，2008.

鲁子问.《英语学科的核心素养》[Z] 2015.12.

【此文获得湖北省首届楚天基础教育学术论坛论文一等奖，并做现场交流发言】

演绎故事的精彩

——PEP 三年级下册 Unit 2 My family Story time 故事教学设计

一、教材分析

本课时是 PEP 英语三年级下册 Unit 2 My family Part C 部分的 Story time，也是这一单元的第六课时。本部分通过 Zip 到 Zoom 家做客的故事，重现了本单元部分重点词汇和核心句型，并加入了两个生词 actress 和 beautiful，目的是通过一个有趣味又有意义的故事，增加学生语言的输入，并且使学生逐步适应文本阅读。

二、学情分析

通过前五课时的学习，学生已经学习了单词：father，dad，man，woman，mother，mum，sister，brother，grandfather，grandpa，grandmother，grandma 句子：Who's that …？ He's my …Is she/he your …？ Yes, she/he is. No, she/he isn't. 这些知识的获得，为本节课故事的理解做下很好的铺垫。喜欢故事是孩子们的天性。儿童学习的一大特性是：Learning by doing. 而"故事教学"可以提供许多"做"中"学"的机会，让孩子们在愉快的"做"中，不知不觉地学会了新知识。

三、教学目标

1. 认知目标：能够在图片的帮助下理解故事内容，在教师的帮助下表演故事。能巩固复习掌握 Who's that man/woman？ He/She's my_____. He/She's a

_____. He/She's _____. 能运用描述人的形容词去描述自己的家人。

2. 技能目标：能综合运用所学对家人进行描述。

3. 情感目标：了解家人。

四、教学重难点

教学重点：Who's that _____? He/ She's my _____. He/ She's a _____.
He/ She's _____.

教学难点：描述人的形容词 cute，lovely，handsome，pretty，beautiful，cool.

五、教学过程

Step1.Revision

1. PPT 出示教师本人生活照片，问：Who's this？学生回答：Miss Fan. 由 Miss Fan 引出 teacher。引导学生评价老师 Am I beautiful？从而引出 beautiful。教师示范微型 Chant：Teacher，teacher，beautiful！并出示相应此卡，把 teacher 贴在 Word Bank 中的职业一栏，把 beautiful 贴在形容词一栏。

2. 用同样的方法，逐句引出 Chant：Student，student，lovely！ Father，father，handsome！ Mother，mother，pretty！ Brother，brother，cool！ Sister，sister，cute！把家庭成员贴在 Word Bank 中的家庭成员一栏。

3. PPT 出示完整的 Chant，教师带领学生一起边做动作，边 chant。

【设计意图：带领学生在欢快愉悦的氛围中学习复习关于形容人的相关形容词。为后面的授课做铺垫。】

Step 2. Lead in

1.PPT 出示《疯狂动物城》片段视频，由疯狂动物城中的部分动物引入新课。

T：Who is she?

S：Judy.

T: Judy is a rabbit. Look at the rabbit. It's _____. （引导学生用刚刚复习的形容词描述 Judy.）

S: It's cute/ beautiful ... 学生边说，教师边

同样的方法引出 fox（cool）, goat（beautiful）, lion（handsome）, Zip（lovely）. 引导学生用 Look at _____. He's/ She's _____. 描述这些动物角色。

【设计意图：学了就要用。创设情境，让学生在看图中使用刚刚复习的词汇和句子描述图片。】

2. PPT 出示森林的一间屋子，让学生猜这是谁的房子。教师用逐渐明晰的轮廓提醒学生猜。最后课件出现 Zoom. 告诉学生他们刚刚出现的所有动物是 Zoom 的好朋友，今天它们要去 Zoom 家做客。

【设计意图：好奇是孩子的天性。利用孩子们的好奇心理，顺利进入下一个环节的学习中。】

Step 3. Presentation

1. 这些动物到 Zoom 家做客，这些动物和 Zoom 一起讨论 Zoom's family picture.

T: The fox, the rabbit, the lion, the goat and Zip are coming to Zoom's home. Zoom is very happy. He gives some delicious food to them. （播放 Zoom 的声音）

Zoom：Have some fruits.

Animals：Thank you.

（播放讨论的声音）

T: Oh, listen! They're talking .Do you know what are they talking about? Can you guess?

【设计意图：让学生利用所学的知识进行大胆猜测。】

Ss: Who's that man/woman/girl/boy?

T: Oh, really? Let's listen to Zip.

（播放 Zip 的声音）

Zip: Look at the picture.

T: Zip and animals, they have some questions about the picture.

304

T: Lady first. Look！ What does Judy ask?（PPT 出示 Judy 的问题）

Ss：Who's that girl?

T：Who's that girl?（PPT 出示 Zoom 的回答。）

Ss：She's my sister. She's a student. She's pretty.

T：Who want to ask questions to Zoom? Who want to be the fox, the rabbit, the lion, the goat?

S1：...

由 Zoom 和 rabbit，fox，goat 对话交流引出整个故事，在边教边学故事的过程中，掌握基本句型对话。并用 Word Bank 里的词汇进行替换。

Who's that _____?

He/She's my_____.

He/She's a _____.

He/She's _____.

生生交流着，老师点击 PPT，Zoom 不见了。狮子问：But where is Zoom? Zoom 穿着漂亮的连衣裙，走出来了，说：I'm here. PPT 出示 Judy 对 Zoom 的评价。学生猜其他动物对 Zoom 穿连衣裙的评价。

305

Step 4 Practice

1. 看故事 Flash，回答：What does Zoom's mother do? 学读 actress。

2. T: Why does Zoom thinks his mother is beautiful?

S1: ...

【设计意图：引导学生关爱家人，热爱家人。】

3. 听音，跟读，注意语音语调。PPT 出示重读、连读等需要注意的地方。

4. 学生分角色表演。

【设计意图：运用分步教学，让学生发散思维，在自己的感知中学习。学生在教师提炼的核心问题中掌握句型。】

Step 5 Consolidation

1. Show Time

教师首先由提前录制好的视频给学生做样板参考，用视频和学生的照片呈现情境，示范创编对话，针对自己家的照片进行交流。学生准备，并在全班展示。PPT 给出支架语言：

A: Welcome!

B, C, D, E, F: Hi!

A: Have some cakes. Have some bananas. Have some strawberries. Have some apples. Have some candies.

B, C, D, E, F: Thank you!

B: Who's that boy?

A：He's my brother. He's a PE teacher.

B：Really?

A：Wait a minute.

（换装）

A：Look at me！

C：How cool！

D：How handsome！

E：How lovely！

F：How cute！

2.家庭作业

把故事读给父母听一听。

1. I can write: nurse, hamburger, girl, bird
2. I can read:

Level 1 ★★	Level 2 ★★★
girl ( ) bird ( )	purple( ) purse ( )
nurse( ) sir ( )	fur ( ) birth ( )
hamburger ( )	turtle( ) dirty( )

3. I can read: Purple purse

【设计意图】有意地培养学生根据不同的 rime 进行单词分类，并且初步让学生感知。在作业环节针对不同层次的学生进行分层处理，给学生自由选择的空间，从而发挥学生的自觉能动性和自主学习能力。

【此文发表《小学教学设计·英语》2018 年第 1 期 P28】

修订版 PEP 四（下）第一单元 Unit 1 My school A Let's Spell 教学设计

一、教材分析

本课时是 PEP 四下第一单元的语音课。主要是学习 er 的读音。在这一课时，有三个部分：Read, listen and chant, Read, underline and say, Look, listen and write. 第一部分呈现了 er 在单词中发 /ə/ 音的规则；第二部分通过读单词、划出发音相同的字母组合、跟读例词的活动强化记忆 er 的发音规则，帮助学生根据 er 的发音规则读出新词，巩固学习 er 的音和形的对应关系；第三部分通过看图、听音、写单词的活动帮助学生按照发音规则拼写单词，补全短语或句子。

二、设计思路

本课以介绍教师的个人信息切入，让学生自主发现字母组合 er 在单词中发 /ə/ 音的规则，然后通过跟读模仿、拼音游戏、情景操练等活动，强调字母组合的音形对应关系，提高学生见词能读的能力。接着，通过 Read, listen and chant 吟唱歌谣强化记忆；通过 Read, underline and say 巩固字母组合的音形对应关系，培养学生听词能拼的能力；通过 Look, listen and write 培养学生听音能写的能力。最后，欣赏绘本故事 Peter's Family，鼓励学生运用本科所学的语音知识，尝试朗读语篇，让学生学以致用，增强学习信心。

三、教学目标

1. 知识与能力目标

（1）能感知并发现字母组合 er 在单词中的发音规则；

（2）能读出符合 er 发音规则的单词；

（3）能根据单词的读音拼写出符合 er 发音规则的单词。

2. 情感态度目标

培养合作意识和自主探究能力。

四、教学重难点

1. 重点

（1）感知并发现字母组合 er 的发音规则，并根据该发音规则读出单词；

（2）根据单词的发音写出符合 er 发音规则的单词。

2. 难点

字母组合 er 发音规则的发现与运用。

五、教学准备

课件、第三部分的两个句子贴纸。

六、教学过程

Step 1：Warming-up

T：Hello, boys and girls. Nice to meet you. I'm new here today. I like playing games. Do you want to know me?

Ss：Yes.

T：Do you like playing games?

Ss：Yes!

T：（点击课件，出现游戏规则.）Look, the rule is If you think it is true, you say yeah, yeah, yeah. If you think it is false, you say no, no, no. Are you clear?

Ss: Yes!

T: (点击课件，逐一出现教师的个人信息，学生判断，大声说 Yeah 或者 No. 教师根据学生的猜测及自己的实际情况逐一回应。)

T: So，look！ This is about me. Let's be friends. OK?

Ss: OK!

【设计意图】四年级的孩子是天真烂漫的，喜欢各种各样的游戏活动的。通过让学生猜测教师的个人信息的互动，拉近师生距离，融洽课堂气氛，激发学生对教师的好奇和对课堂学习活动的兴趣，同时导入新课，为新课的呈现做好铺垫。

Step 2：Presentation & Practice

（1）自主发现 er 的发音规则

教师点击课件，教师个人信息的部分单词和标点去掉，只剩下 4 个单词：teacher，sister，computer，water。学生先自己试着读这 4 个单词，然后教师播放单词录音，学生跟读，最后，同桌之间展开讨论：What's the same about the four words？ 让学生自主体会、发现 er 发 /ə/ 音的规则。

为了巩固新学单词的发音，教师让学生观看 er 的发音视频（Phonics 中 er 发音视频资源），同时引导学生模仿跟读。

（2）操练 er 的发音 /ə/

①拼音游戏

教师利用课件，通过转盘的游戏，让学生根据自己发现的 er 的读音规则来读单词。

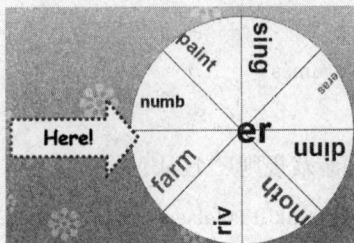

【设计意图】通过转盘游戏，趣味操练 er 的发音，培养学生见词能读的能力。

② Peter 和 Flower 的小韵文

教师利用课件先呈现电脑，接着呈现老虎，最后呈现老虎说的韵文。先让学生同桌试读，然后选择 1～2 组学生尝试在全班展示。

教师呈现小女孩及其话语，学生小组读，班内展示。

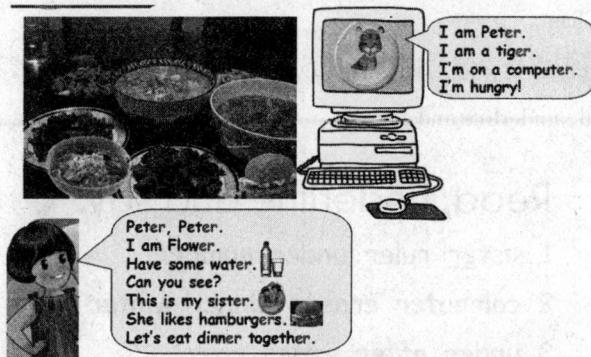

I am Peter.
I am a tiger.
I'm on a computer.
I'm hungry!

Peter, Peter.
I am Flower.
Have some water.
Can you see?
This is my sister.
She likes hamburgers.
Let's eat dinner together.

【设计意图】通过趣味韵文，让学生在语篇中操练 er 的发音。

（3）利用课本内容，综合巩固 er 发音规则

（1）Read, listen and chant

Read, listen and chant.

water

tiger

sister

computer

dinner

①教师用课件呈现课本内容，让学生试读单词，然后播放以下 Chant 录

音内容，让学生跟读。

Water, water, water. /w–ɔ:–t–ə/, water.

Tiger, tiger, tiger. /t–aɪ–gə/, tiger.

Sister, sister, sister, /s–ɪ–s–t–ə/, sister.

Computer, computer, computer, /k–ə–m–p–ju：–t–ə/, computer.

Dinner, dinner, dinner, /d–ɪ–n–ə/, dinner.

②学习 Chant。

第一遍听音感受，第二遍听音跟读。然后小组内读，班内展示。

（2）Read, underline and say

Read, underline and say. 🔊

1. sist**er** ruler under number
2. computer eraser dinner winter
3. under after water river

教师利用课件，出示 Read, underline and say。学生小组内试读，班内展示。然后学生自己根据 er 发音，在 er 下划线，读一读，小组内交流，班内展示。

（3）Look，listen and write.

Look, listen and write. 🎧🔊

my sister's _____   No ____ near the _____.

教师利用课件出示 Look，listen and write 的课件，学生先读一读。教师在学生读的时候将教材上的句子纸条贴在黑板上。

312

T: Now let's listen and write. OK?

Ss: OK.

T: Who can write on the blackboard?

S: Let me try.

教师播放本部分的录音，学生听音，完成句子。全班校正。

Step 3: Production

Peter is a painter. He likes hamburgers. His

father is a famer. His mother is a writer. His

sister is a dancer. She never eats a hamburger.

His brother is a driver. He likes water and he

don't like Coke.

教师在播放 Peter's Family 动画前，让学生试读故事的标题，然后播放 2 遍故事动画：第一遍侧重于让学生整体感知故事，第二遍鼓励学生尝试跟着录音一起朗读。

【设计意图】通过绘本故事进行拓展性阅读，巩固本课所学的语音知识，提高学生的语言运用能力。

Step 4: Homework

1. 找一找含有 er 组合字母且发音为 /ə/ 的单词，并读一读，下节课交流。

2. 用找到的单词编一个故事。

【此文发表在《小学教学设计·英语》2016 年第 1 期 P41】

小学起始年级语音教学的思考与实践

——以 PEP 小学英语教材为例

湖北省教学研究室周诗杰湖北省宜昌市点军小学　樊小华

【摘要】一线小学英语教师难以领会教材编者调整语音板块的意图，在实施语音教学时存在着许多疑惑，教学效果也难以达到教材编者的预期目标，根据这一实际情况，本文结合《义务教育英语课程标准（2011年版）》和《义务教育教科书英语（PEP）（三年级起点）》三年级教材对语音教学的要求，对小学起始阶段语音教学的目的和意义、原则和方法加以探讨，以期能够帮助一线小学英语教师深入理解新教材，更好地深化小学英语教学改革。

【关键词】语音教学语音意识自然拼读原则方法

根据《义务教育英语课程标准（2011年版）》的新要求，人民教育出版社与加拿大灵通教育有限公司对《义务教育课程标准实验教科书英语（PEP）（供三年级起始用）》进行了全面、系统的修订。修订后的新教材一个非常显著的变化是调整了原教材的语音呈现系统，将字母的学习从原来的三年级下册移到三年级上册，并在三年级上册的 A 部分专设了 Letters and sounds 板块，三年级下册安排了 Let's spell 板块，以"引导小学生发展自然拼读的能力"[1]（1）、"单词拼写能力"和"自主学习的能力"[2]。但是，很多一线小学英语教师难以领会教材编者调整语音板块的意图，在实施语音教学时存在着许多疑惑，教学效果也难以达到教材编者的预期目标。本文将结合《义务教育英语课程标准（2011年版）》和《义务教育教科书英语（PEP）（三年级起点）》三年级教材（以下简称新教材）对语音教学的要求，对小学起始阶段语音教学的目的和意义、原则和方法加以探讨，以期能够帮助一线小学英语教师深入理解新教材，更好地深化小学英语教学改革。

一、新旧版 PEP 小学英语教材语音体系安排对比

语音是语言的音、形、义三要素中的首要因素，是口语交流的基本物质单位。对于英语学习的入门阶段而言，语音训练和语音教学是首要的、基础的，并贯穿于整个教学活动的始终。因此，无论何种版本的教材均要对语音教学进行系统的规划。但是，随着时代的发展，语音教学系统的安排必将发生变化，反映各个时期教材编者对于语音教学的理解。要想准确把握教材的语音教学，首先需要对教材的语音安排有一个系统的、动态的把握。表1对新旧版本的 PEP 教材的语音安排做了一个对比：

表 1　新旧版 PEP 小学英语教材语音体系安排对比

	旧版 PEP 教材语音体系 [3]	新版 PEP 教材语音体系 [1]（2）
三上		26 个字母的名称音及辅音字母在单词中的发音
三下	26 个字母的名称音及例词	a, e, i, o, u 对应的短音
四上	26 个字母在单词中的发音	a, e, i, o, u 对应的长音
四下	5 个元音字母在单词中长短不同的发音	字母组合 or/ir, ur/ar, al, or, le 在单词中的发音
五上	22 个常见字母组合在单词中的发音	字母及字母组合 y, ee/ea, ow, oo, ai/ay, ou 在单词中的发音
五下	21 个常见字母组合在单词中的发音	辅音字母组合 cl/pl, br/gr, sh/ch, th, wh, ng/nk 在单词中的发音
六上	40 个国际音标的听音、认读训练	学习重音、连读、升降调等
六下	23 个国际音标的听音、认读训练	综合复习

从表1可以看出，新版 PEP 小学英语教材的语音安排具有如下几个特点：

1. 语音学习整体安排稍有提前，从原来教材的三年级下学期开始安排语音教学变为三年级上学期开始安排语音教学；

2. 旧版教材语音安排比较注重语音知识的整体性和系统性，最终小学英语语音教学的出口要求是使学生具备通过国际音标进行拼读的能力；新版教材则更加注重培养学生直接拼读能力和在语流中使用语音表意的能力；

3. 旧版教材的语音教学强调单音的认读及其准确性，新版教材的语音体系中没有涉及到国际音标的教学，更加注重语音意识在学生语言发展中的作用，整个体系吸收了自然拼读法（phonics）的优点。

二、新版 PEP 教材语音体系的规划理据

透过教材对语音教学内容、序列的安排，我们可以研究教材编者对语音和语音教学的基本观点。准确理解、把握这些基本观点对我们深入理解教材，减少教材使用的盲目性、随意性具有非常重要的意义。

（一）《义务教育英语课程标准（2011 年版）》对语音教学的新要求

语音教学是语言教学的重要内容之一，《英语课程标准》对语音教学的要求会直接影响到教材对语音教学内容、要求和评价的安排。2011 年版的《英语课程标准》根据十年课程改革的经验，对语音部分也进行了相应的修订（见表 1）：

表 2　语音二级标准对比分析

	《标准（实验稿）》语音二级标准[4]	《标准（2011 年版）》语音二级标准[5]
语音	1. 知道错误的发音会影响交际；2. 知道字母名称的读音；3. 了解简单的拼读规律；4. 了解单词有重音；5. 语音清楚，语调自然。	1. 正确读出 26 个英文字母；2. 了解简单的拼读规律；3. 了解单词有重音，句子有重读；4. 了解英语语音包括连读、节奏、停顿、语调等现象。

从以上的对比分析，我们不难看出《标准（2011 年版）》对小学英语语音教学的要求有了进一步的提升。新版课标强调通过对 26 个英文字母的名称、读音和写法的正确掌握来学习简单的拼读规律；强调要在语流中学习语音，在语流训练中掌握重音、重读、连读、节奏、停顿和语调。新版课标还提高了评价的要求。把原来的"知道字母名称的读音"改为"正确读出 26 个

英文字母"。

《标准（2011 年版）》对小学英语语音教学要求的提升直接影响了整套教材对语音教学安排的进程、容量和顺序，对新版课标语音部分标准的整体把握也是我们分析教材语音系统的出发点和落脚点。

（二）小学英语语音教学目标是培养小学生的英语语音意识，而非了解语音知识

语音意识是指一个人有关语言中语音单位的知识，包括能够识别单个音素和单个音素发音的能力。[6]语音意识的外在表现主要有三个方面：把整个的单词发音逐个分解成音素；把单个的音素组合成整体的单词发音；能明确单词中每个字母发什么音，即每个音素与什么字形相对应。只有达到这三方面的要求，才可以说具备了合格的语音意识。[7]

研究表明，语音意识对单词发音、形音一致性读音规则的掌握以及拼读能力的发展具有积极的促进作用。[8]语音意识在儿童阅读发展中的作用，被认为是近年来阅读发展研究领域最重要的理论发现，英语中的大量研究表明，语音意识是儿童单词阅读的最重要指标，而语音缺陷是导致儿童出现阅读困难的最重要原因。[9]有鉴于此，新版 PEP 教材将语音练习（Letters and sounds）和阅读启蒙（Start to read）在同一个单元之内有机结合，旨在充分发挥语音意识对阅读教学的重要促进作用。张志国等 [10]（1）在研究国内外语音意识研究概况后指出，语音意识的培养和提高对听说读写各项语言技能的发展有着不可忽视的作用。

《标准（2011 年版）》对小学阶段语音教学的四条目标要求严格说来，都属于语音意识的范畴：正确读出 26 个英文字母是开展语音意识训练的前提，了解简单的拼读规律是能够朗读单词的保证，而了解单词有重音、句子有重读和英语语音包括连读、节奏、停顿、语调等现象则强调语音意识在交际中的重要作用。

我国传统的语音教学大多以教授国际音标为主要内容，这种教学方法既割裂了英语作为表音文字音形统一的特点，又因为国际音标复杂难记，语音

教学效果一直不太理想，许多学生不会自主拼读单词，学习生词需要教师带读，导致英语朗读能力差，交流存在障碍，对教师依赖性强。另外，由于缺乏基本的音形规则和读音规则知识，许多学生不知道英语单词的读音和拼写存在音形对应的联系，他们在记忆单词时，不能利用拼读规则记忆单词，只能死记硬背，词汇记忆效果差，阅读时也只能一个一个词读，很难形成运用意群阅读的习惯，影响了阅读速度（？？）和阅读理解能力。有专家认为，语音意识的缺乏成了制约学生语言水平发展的主要因素。[11]（1）

因此，小学阶段的语音教学重点不在于让学生了解语音基础知识，更重要的是要培养学生的拼读能力，发展其语音意识。正确地认识语音教学目标对于理解教材的语音安排、实施语音教学意义重大。

（三）自然拼读法（Phonics）是培养学生语音意识的有效手段

自然拼读法（Phonics）是以英语为母语国家的小朋友阅读时普遍使用的一种学习方法，它通过帮助学生系统、直接地学习字母以及字母组合与发音之间的关系，将单词的发音与书写联系起来，将抽象的音素转换成字母以及单词，从而提高学生认读单词和阅读的能力。自然拼读法是目前国际语言教学界比较推崇的英语教学方法，也是美、英等国家儿童语言启蒙所采用的一种方法。

与自然拼读法相对的是整体语言教学（Whole language），主张直接告诉学习者单词的读音，使学习者通过看字词的整体来识别单词，而不是通过字母发音用声音"拼读"来识别单词。在教学中，教师提供给学生大量阅读资料，让他们通过多看，自然学会阅读和拼写。

自然拼读法与整体语言教学一直是语言教学界争论的焦点问题，语言教学也出现了从"字母拼音教学－整体语言教学－字母拼音教学……的钟摆现象"。[12]（1）进入21世纪后，美国政府为了提高学生的读写能力，在早期儿童教育中采用"阅读第一"的学习方案，在研讨了十万份有关阅读的论文后，重新认识到语音意识训练的重要性，以加强语音训练为重点的拼读教学法（自然拼读法）被作为最新的研究成果在全美国推广。潘莉莉[12]（2）认为在我国小学英语低段教学中，应当强化自然拼读法教学，因为自然拼读法是"培养儿童语言意识的源泉"。邱建华[13]的字母拼音教学的实证研究也认为"在我国，有必要对英语学习者加强字母拼音教学"。

新版 PEP 教材倡导用自然拼读法（Phonics）的教学途径来学习语音和词汇。在三年级的教师教学用书中[14]，编者明确提出"利用 Phonics 教学词汇是帮助学生掌握词汇行之有效的方法之一"，并建议使用 Phonics 来进行字母教学，让学生"了解自然发音的概念，并练习自然发音的技巧"。

三、新版 PEP 教材语音教学的原则和方法

（一）新版 PEP 教材起始年级语音教学的原则

新版 PEP 教材为了行文的连贯性和一致性，将 Letters and sounds 部分的活动编排为 Listen, repeat and chant；Listen and circle 和 Write and say 三种主要的活动；Let's spell 的活动由 Listen, repeat and chant；Read and listen 以及 Listen and write 三部分构成。如果我们按照教材照本宣科，语音教学肯定会变得枯燥乏味，学生也容易丧失学习语音的积极性和主动性。根据新的课程标准对语音教学的要求和教学实践经验，我们总结出了起始年级语音教学的原则如下：

1. 模仿原则

三年级上册 Letters and sounds 中单词的学习是为了更好地掌握 26 个英语字母作为首字母时在单词中的发音，尤其强调掌握辅音字母的发音。学生要通过多种形式的听、读、看、练活动来感受发音规律和方法。新版课程标准指出[5]，"在英语教学起始阶段，语音教学主要应通过模仿来进行，教师应提供大量听音、反复模仿和实践的机会，帮助学生养成良好的发音习惯"。

2. 语境原则

"词不离句，句不离语境。"为了让学生说好英语，无论是学习单词还是音素，都离不开句子，离不开一定的情境。[5] "语音教学应注重语义与语境、

语调与语流相结合，不要单纯追求单音的准确性"。

3. 显性原则 [11]

显性的语音意识培养可以促进学生的语音意识发展。所以，语音意识的培养必须作为一项专门的教学内容进行处理，不能在听、说、读、写或者词汇策略等知识或者技能教学的过程中进行渗透，否则学生的语音意识难以得到应有的发展。

4. 趣味原则

语音教学，尤其是拼读规则等内容的训练往往比较机械乏味，因此在教学中需要通过各种趣味性的活动，以激发学生的参与意识，降低疲劳训练产生的抵制情绪。

5. 对比原则 [11]

英语和汉语分属不同的语系，英语中有许多发音对学生会造成困难。因此，对于学生经常读错的音素，老师要进行对比分析，设计专项语音训练活动，突出难点，攻克难关。

（二）起始阶段常用的提高语音意识的基本训练方法

提高语音意识的基本方法有音素分解、合成、删除与替换训练 [10]，教师可以根据这些基本的方法，结合起始阶段学生的年龄特征，以游戏、歌曲歌谣、绕口令、诗歌等学生喜闻乐见的方式，在课堂教学中创造出各种有效的训练活动来。

1. 音素分解练习

此活动主要是培养学生在音节中区分单音的能力。教师先读一个单词，如 milk，然后读 /m/，并让学生把后面的 ilk 的音分别读出来。如果学生能将单词分为 /m//? //l//k/ 几个音素，会被认为是具有很强语音意识的表现。在进行音节分解时要遵循由易到难的顺序，先进行音节分割，即把复音节划分为音节，再把音节分解为音素。这项练习是常用的基础练习。

2. 音素删除练习

这项练习常常和第一种练习结合使用：比如教师示范朗读单词 bed 的发

音，然后分解为 /b//e//d/，接着问学生，如果没有了 /b/ 的音，剩下的发音应当怎么读？必要时，教师可以用拍手来代替被删除的音：比如 /b//e//d/，（拍手）/e//d/。

3. 音节合成拼读练习

此项活动是为了培养学生正确的拼读能力。比如教学生字母 p，e，t 在字母中的发音后，让学生尝试拼读 /t/，/e/+/t/–/et/，/p/+/e/+/t/–/pet/。合成拼读练习也是一种常用的基础练习。

4. 以韵为基础的替换拼读练习

发音相近的单词就形成了韵律。学生通过这些韵律容易找出相近的发音，而且很自然地就掌握这些单词。如教师先展示单词 all，然后在 all 的前面加上 b，让学生读出 b–all，ball；w–all，wall；t–all，tall；s–m–all，small 等。这种练习特别适合以旧词引新词的活动。

5. 音节意识练习

教师先从学生熟悉的教材人物名称入手，如在慢慢按照音节说 Wu Yifan 时，每念一个音节就同时拍一次手；然后说 Sarah 时，同时拍两次手；最后说 John 时，拍一次手。让学生按照相同的方式去操练 Mike，Amy，Miss White 等。

学生熟悉操练方式后，可以用教材上的词汇来进行音节意识的练习，如：table，chair，schoolbag，lunch，basketball，playground 等。

教师可以引导学生逐渐过渡到句子的音节练习，如 I have a new schoolbag，边念句子，边拍手六次。

四、PEP 三年级语音教学板块案例分析

语音板块的教学也可以使用情境教学模式、任务教学模式、交际教学模式等来实施语音教学。无论使用什么教学模式，语音教学的三个环节必不可少：即呈现语音教学内容、训练语音和应用所学的语音。下面以新版 PEP 三年级上册 Unit 3 Letters and sounds 为例，来说明起始阶段语音教学板块的课堂教学操作。

PEP 三上 Unit 3 Letters and sounds 语音教学设计

第一步：启动

1.（CAI 课件出示 ABC Song 动画）Sing ABC Song；

〔设计意图：开课伊始，师生齐唱 ABC song，重温 26 个字母的顺序和读音，既让孩子们很快从中文环境中进入英语学习的氛围中，也为新字母的学习做下铺垫。〕

2.（CAI 课件出示 ABCD 四个字母宝宝蹦蹦跳跳出来）

T：Who is it?　　　　　S：It's big/small…．

〔设计意图：形式活泼的 ABCD 字母宝宝复习，很快吸引孩子们的眼球，简单的字母复习让孩子们成就感倍增。〕

3.（CAI 课件出示老师照片和老师说的话语：If you do a good job, your group will get a star. If your group is No. 1, I will give you some gifts.）CAI 解释并带读 gift。

〔设计意图：没有规矩不成方圆。事先定好的游戏规则，让孩子们在一节课中始终有积极的学习态度和良好的小组合作学习愿景。评价紧紧围绕着本节课要学习的 gift 一词展开。让学生对新词 gift 有初步的印象。〕

4.（CAI 闯关游戏，出示闯关规则和评价标准）①字母连线。②读单词，找出相同的音素。③看图，用一个句子描述你所看见的图片。

〔设计意图：由易到难的闯关游戏紧紧抓住孩子争强好胜的心理特点和爱玩的特点，让孩子们在最短的时间内进入最佳的学习状态之中。〕

第二步：呈现

1.（CAI 逐一出示 efghi 大小写字母）T：Today we are going to learn efghi.

2.（CAI 出示大象）T：What's this?　It's an elephant.

教师指着课件上的 elephant 分音节慢读，学生仔细听，认真观察，小声模仿模仿。

〔设计意图：分音节慢读，培养学生的语音意识，降低学生模仿和记忆的难度。〕

个人读、小组读，师生评价。教师边分音节读边板书，学生听音、观看板书，回答：

① How many es in elephant?

② Do they have the same sound?

〔设计意图：让孩子自己读或者听他认读来感知两个 e 的发音不一样。孩子们自己的体验和感知最为深刻。〕

Make a sentence to describe the picture. 学生运用以前学过的句型来描述 CAI 给定的情境图。

〔设计意图：创设情境，让孩子们在学中用，在用中学。同时体现了单词教学词不离句，句不离于语境的原则。〕

3. 同样的教词方法教学 egg。

4. 听老师、同桌读这两个单词，回答：What's the same sound? 教师板书 /e/。

〔设计意图：把课堂还给学生。让学生自己读，自己听，自己归纳，自己学会学习，最终真正成为课堂的主人。〕

5. 用同样的方法教学单词 face, foot; gift, green; hand, hi; ice, ice-cream 和 f, g h, i 字母。教学 face 一词时，老师用学生刚刚学习过的 name 一词来引出 a 字母的发音；用已经学习过的 book 一词让学生试着自己拼读 foot；用已经学习过的 and 一词加上 h 的方法让学生读 hand。

〔设计意图：采用以旧带新的方法学习新单词，既激发了学生学习的兴趣，又增强了语音学习的成功感。〕

第三步：训练

1. 听音，跟读。

2. 听音，圈出字母。

3. 看 CAI，学写字母。

第四步：应用

利用 ipad 切西瓜的游戏，不同的水果上写有学生学习过的或者没有学习过的单词，学生用已学的语音知识读单词，读对者即为切掉水果，游戏成功。

〔设计意图：用当前最为流行的游戏巩固本节课的语音知识，孩子们积极性更高，掌握的效果也最好。〕

五、提高语音教学效果的建议

（一）加强英语课程标准的学习

《英语课程标准》是指导我们英语教学实践的准绳，我们一方面要熟知《标准》相关级别对语音教学内容的描述，另一方面需要研究《标准》对语音描述的变化，做到知其然，更要知其所以然。第三，我们需要研究《标准》对语音教学的整体安排，不仅要熟知小学阶段的一级、二级语音教学目标，也要了解其他级别的教学目标，仔细研读课标，思想上我们就会做到心中有数，行动中就会有尺度。

（二）加强对教材的研究

教材是语音教学内容的载体，离开了教学内容谈语音教学，那便是一句空话。并不是所有的教材都系统安排了语音教学活动，语音教学内容的选择、按照什么系列安排这些教学内容无疑都反射出编者的意图。作为教材使用者，我们首先应当分析教材语音教学的内容和活动设计，根据学生和教学环境的实际，设计出有效的教学活动方案来实施语音教学。

（三）加强对语音教学策略的研究

语音教学的成败直接与策略的选择和运用有关。而教学策略的选择必须要研究学生的现有语言水平、教学内容，然后教师结合自己本身的英语语音素养和语音教学的要求制定出合理的语音教学目标。传统上行之有效的教学策略如使用绕口令、朗读小童谣、学唱英文歌曲等需要继续发扬光大，而现代语音课堂教学中会有一些学习和分析软件进行可视化教学，提高学生的语音听辨能力和对英汉语差异的敏感度，这些辅助性的语音教学方式更值得我们去研究。

（四）提高教师自身的语音意识

语音是英语学习入门的关键，要教好语音，教师必须要具备过硬的语音知识和语音能力。如果教师自身的语音意识不强，甚至发音不准确，那么学生在缺乏英语真实语言环境的情况下，主要靠听和模仿教师来完成语音学习，他们肯定难以掌握正确规范的英语语音了。

在当前普遍重视听、说、读、写语言实践能力培养的形势下，充分认识语音意识对英语语言学习的重要性，开展正规系统的语音教学显得非常必要。但是，正规系统的语音教学需要教师采取各种策略去引导学生学习规则，在学习的过程中真正掌握并应用这些规则。作为一名小学英语教师，我们要不断地提高自身教学素养，积极地进行教学研究，要创造性地驾驭教材，真正改变语音教学费时低效的现状。

参考文献

[1] 吴欣 . 人教版义务教育教科书培训光盘英语（PEP）三年级 [M/CD]. 北京：人民教育出版社，2012.

[2] 人民教育出版社 . 第十一套义务教育教材介绍（2012）[Z]. 北京：人民教育出版社，2012：22.

[3] 人民教育出版社 . 义务教育课程标准实验教科书英语（PEP）（供三年级起始用）三年级上册 – 六年级下册 [T]. 北京：人民教育出版社，2008.

[4] 中华人民共和国教育部 . 全日制义务教育英语课程标准（实验稿）[S]. 北京：北京师范大学出版社，2001.

[5] 中华人民共和国教育部 . 义务教育英语课程标准（2011 年版）[S]. 北京：北京师范大学出版社，2012.

[6] R.E.Mayer. Learning and Instruction. Merrill Prentice Hall. 2002：36.

[7] 姚玉红 . 西方语音意识研究及其对我国教育的启示 [J]. 宁波大学学报（教育科学版），2001（8）：9.

[8] 姜涛，彭聘玲．关于语音意识的理论观点和研究概况 [J]．心理学动态，1996（3）：1-6．

[9] 李虹，饶夏溦，董琼，朱瑾，伍新春．语音意识、语素意识和快速命名在儿童言语发展中的作用 [J]．心理发展与教育，2011（2）：158．

[10] 张志国，卢峭梅．语音意识研究概况及其对英语语音教学法的影响 [J]．济南职业学院学报，2009（2）：110．

[11] 王笃勤．小学英语教学策略 [M]．北京：北京师范大学出版社，2010：59．

[12] 潘莉莉．从整体语言教学和字母拼音教学看我国小学英语阅读教学 [J]．怀化学院学报，2009（1）：155

[13] 邱建华．字母拼音教学的实证研究 [J]．基础英语教育，2007（2）：29．

[14] 人民教育出版社．义务教育教科书教师用书英语（PEP）三年级上册．北京：人民教育出版社，2012：11．

【此文发表在《课程．教材．教法》2013 年增刊】

新版 PEP 教材整合的方法

【摘要】本文从 PEP 教材优劣和现实教学情境两个维度简要分析了 PEP 小学英语教材整合的必要性，并以 PEP 教材中的教学内容为例，探讨了 PEP 教材整合的方法。

【关键词】PEP 教材，整合，方法

《义务教育英语课程标准（2011 年版）》在第四部分 "实施建议" —— "教材编写建议" 中指出："教材是实现教学目标的重要材料和手段。在教学中，教师要善于根据教学的需要，对教材加以适当的取舍和调整。" 2015 年 6 月 5 日，PEP 小学英语教材主编吴欣老师在人教社教材网络培训会上说："教材是学习资源、课程资源的核心内容，但不是唯一的内容。教材对教学具有重要的引导作用，但不是决定作用。" 末了，她语重心长的要求老师们要 "使用教材，超越教材。因材施教，顺势而为。" 由此可见，教师应多角度地钻研教材，创造性地理解和使用教材，要尽可能地由教材的 "复制者" 转变为教材的 "创造者"，要根据自己学生的实际情况和课程标准的要求，对使用的教材内容进行整合，从 "教教材" 向 "用教材去教" 转变，从而达到最好的教学实效。

一、PEP 教材整合的必要性

1. 新版 PEP 小学英语教材的优点是：图文并茂，活动内容丰富，贴近学生生活实际，实用性强，交际性强内容生活化，知识覆盖面广；缺点是：教材跨度大，内容难，容量多，情景缺乏。

2. 目前，我国小学英语课程的周课时普遍为 2 ~ 3 节（每节 40 分钟），这样的课时量本身对于语言的学习来说显然不够（王蔷，2005）。课时量的不足导致课与课的间隔时间时间拉长，在一定程度上降低了教材内容的复现频率，也就减少了相关教学内容的语言输入，影响了语言学习的效果。

此外，小学英语教学缺乏相应的语言交际环境，学生在英语课堂以外的大多数场合很少有使用英语的机会。如何充分利用极其有限的课堂教学时间，最大限度地为学习者提供尽可能多的、复现频率相对高的语言输入，成为小学英语教学亟待解决的重要课题。而整合教材是解决上述问题的途径之一。

二、PEP 教材整合的方法

1.解读教材，梳理话题内容

教材是教学的重要内容与标准。实施教材整合，对教材本身的研读必不可少。新版《PEP 小学英语》教材中涉及小学生生活和学习中的众多话题，如学校、家庭、饮食、动物、颜色、数字等。每一个话题又划分为成若干单元，按照由浅入深、由易到难的原则依次分布在八册课本中。教师在备课过程中可以采用表格的形式对各个主体的教学内容分布情况进行梳理，这样有利于学生整体把握该话题的学习内容（俞跃明，2013）。以五年级上册 Unit 3 What would you like? 为例，该单元的话题是 Food，所涉及的教学内容可列表格一如下：

教材	单元	涉及的主要词汇	涉及的主要句型
三上	Unit 5 Let's eat	5 种食物：egg, rice bread, cake, fish, 3 种饮料：juice, milk, water	I'd like... Have some... Thank you. You're welcome. Can I have some..., please? Here you are.
三下	Unit 5 Do you like pears?	7 种水果：apple, pear, orange, banana, grape, watermelon, strawberry	Do you like ...? Yes, I do. No, I don't. Have some ... Thanks. I like... Sorry, I don't like ... Can I have some...? Here you are.
四上	Unit 5 Dinner is ready	7 种食物：beef, rice, chicken, bread, fish, noodles, vegetables 3 种饮料：soup, juice, milk 5 种餐具：chopsticks, knife, bowl, fork, spoon	What would you like? I'd like some ….Dinner is ready. Help yourself. Thanks. Would you like ...? No, thanks. Yes, please.

教材	单元	涉及的主要词汇	涉及的主要句型
四下	Unit 4 At the farm	4 种蔬菜：tomatoes，potatoes，green beans，carrots	Are these ..? Yes, they are. No, they aren't. Look at ... They're big /yellow/ good/long... What are these/those? They are ... I like .. How many ...do you have?
五上	Unit 3 What would you like?	7 种食物：ice cream，hamburger, Sandwich，1 种饮料：tea 5 种形容：fresh，sweet healthy，hot，delicious	What would you like to eat? ..., please. I'd like ..., please. Here you are. What's your favourite food? I love/like ... I don't like ... It's fresh/ sweet... They are hot\healthy...

通过以上表格的梳理，教师可以清晰地了解该单元的主要内容，也了解了其他单元的教学内容，从而全面地把握该话题下的所有教学内容。

2. 设计目标，制定分目标

教学目标设计是教师把握教材、统筹整堂课的基础。有了明确的教学目标，教师才能设计教学思路、教学环节，整合教材。教学目标设计要按照语言学习的规律，由初步的认识到整体感知，再到熟练运用和语言输出（张园勤，2013）。在单元目标整体设计方面，要注意对所教授内容进行整体的知识划分，如单词、句型、语法、发音等；在分课时目标设计时，主要从语言技能、语言知识、语言运用、情感态度和学习策略等五个方面进行归类与设计。

以五年级上册 Unit 3 What would you like? 为例，单元总目标定为：

（1）能够听、说、读、写五个食品饮料类单词或词组：tea, ice cream, hamburger, salad, sandwich 以及五个描述食物特征的单词：fresh, healthy, delicious，hot，sweet。

（2）能够在情境中运用句型 What would you like to eat/drink? I'd like ... What's your favourite food/drink? It's …It's sweet.，询问并回答某人想吃什么，喝什么，某人喜欢的食物或饮料。

（3）能够在模拟点餐对话时正确使用上述单词和句型，并能填写菜单，或者根据图片的提示填充合适的单词描述食物或饮料。

（4）能够按照正确的意群和语音、语调朗读对话，并能进行角色表演，能够按照正确的意群和语音、语调朗读吴一凡和爷爷留给 Robin 的便条，理解便条内容并完成读后选图活动及补全个性化便条的写的活动。

分课时目标定为：

教学目标		第一课时	第二课时	第三课时	第四课时	第五课时
语言知识	单词	初步感知、体验单词 tea，ice cream，hamburger，salad，sandwich，理解单词的意思。	在第一课时的基础上建立五个目标单词的音、形、义的联系，以及单复数的形式，并能结合句型在语境中运用。	在熟练认读、拼写五个目标单词的基础上，滚动更多的食物饮料的单词。	在对食物饮料单词熟练运用的基础上，学习描述食物特征的5个单词 fresh，healthy- delicious，hot，sweet	能够听、说、读、写词汇部分的所有单词
	句型	What would you like to eat/drink? I'd like ...	What would you like to eat/drink? I'd like ...	What's your favourite food/drink?	What's your favourite food/drink? It's … It's sweet.	I don't like beef, but chicken is OK. I like vegetables but not carrots.
语言技能		1. 在图片和老师的帮助下理解对话大意，能按照正确的意群及语音、语调朗读对话，并进行角色扮演。2. 能在语境中理解新单词 sandwich 和 thirsty 的意思，并能正确发音。	能够听、说、读、写 5 个食品饮料类单词或词组：tea，ice cream hamburger，salad，sandwich	1. 能够完成听录音给图片连线的活动。2. 能够在图片和教师的帮助下理解对话大意。3. 能够用正确的语音、语调朗读对话，并能进行角色表演。4. 能够在语境中理解生词 delicious 的意思，并能正确发音。	能够听、说、读、写 5 个描述食物味道等特征的单词：fresh，healthy，delicious，hot，sweet	1. 能够在图片的帮助下读懂两张便条，完成读后选图的活动。2. 能够参考范例填充单词完成一张给机器人留的便条。3. 能够在教师的帮助下总结名词单数变复数的基本规则并完成相应练习。

330

教学目标	第一课时	第二课时	第三课时	第四课时	第五课时
语言运用	能在创设的情景中灵活运用句型 What would you like to eat/drink? I'd like … 询问并回答自己想要吃什么、喝什么。	1. 能够在语境中正确运用这5个单词或词组。2. 能够模拟点餐进行对话并填写菜单。	1. 能够在情景中运用句型 What's your favourite food? 询问对方最喜欢的食物或饮品，并完成调查活动，尝试进行汇报。	1. 能够在语境中正确运用这5个单词描述食物或饮品。2. 能够根据图片的提示填充合适的单词并进行描述。	能够运用本单元所学的核心单词、句型描写家人喜欢和不喜欢吃的食物。
情感态度	通过本单元的学习，让学生了解健康的食品，引导学生要保持健康的饮食习惯，坚持绿色生活。让学生在学习中慢慢感受到要珍惜粮食，不要浪费粮食，以树立良好的品德。同时通过观看不同人的饮食习惯和爱好，了解中西方饮食方面的文化差异，如：餐具差异、餐桌礼仪、主食差异等。				
学习策略	通过本课的对话学习，培养学生听前预测、听中抓关键词和记录关键信息等听力技能，并能在教师的帮助下了解名词单复数。	通过语篇，让学生整体感知新词汇，在语境中理解词汇意思。	通过本课的对话学习，培养学生听前预测、听中抓关键词和记录关键信息等听力技能，并能在教师的帮助下了解名词单复数的变化规律，并利用规律记忆名称的复数形式。	通过歌曲热身、猜测、小组合作等方式激活思维，尝试制作圣诞菜单。	通过头脑风暴、小组合作等方式激活思维，在阅读过程中培养学生 scanning、skimming、skipping 等阅读策略。

在以上表格中，把整个单元的教学目标分为语言知识、语言技能、语言运用、情感态度、学习策略五个方面，并进行了整体设计，从第一课时的"初步感知"到第二课时的"熟练认读、拼写"的整个过程的变化一目了然。其中，针对最初的"扶着走"到后来的"放开手，让其自己走"的整个过程，都作了缜密的规划。这样做不仅有利于教师理清教学思路，更梳理了学生"学"的脉络。

3. 优化组合，再构教学内容

（1）整合教学板块

为了促使单元整体推进取得良好的效果，教师要从整体语言教学观的思想出发，融语言知识、语言技能和语言运用能力为一体，结合实际对教材各个板块的内容进行优化组合，以使教材的内容更加符合学生需要，更加贴近学生的实际，从而有利于提高学生的学习兴趣和学习效率（俞跃明，2013）。一般而言，一个课时要涉及同一单元中两个或两个以上板块的内容，如何实现各板块的优化组合，应当因教材、学情、教师的思维方式及教学风格而定。虽然不同的组合能体现不同的教学特色，但组合的优劣程度却是形成不同教学效果的重要因素。在组合板块内容时，教师要考虑以下几个方面：①注重相近内容的组合；②注重词、句的整合；③注重新知识与活动方式的融合；④注重静、动的结合；⑤注重语言学习的循序渐进（钱希洁，2010）。

以 PEP 四年级下册 Unit 1 My school 单元为例，第二课时 A Let's learn 板块可以进行如下的整合：

第二课时	四年级下册 Unit 1 My school			五年级上册 Unit 4 What can you do?
重点词汇	A Let's learn	B let's learn	A Let's do	
	Teacher's office	Computer room	Teacher's office	sing
	library	Music room	library	draw
	Second floor	Art room	playground	dance
	First floor	playground	garden	play basketball
主要句型	Where is the ...?	Do you have ...?	Go to ... Read a book	What can you do?
		Yes, we do.	Go to ... Say hello	
	It's on the ...floor.	It's on the ...floor.	Go to ... Play football	I can ...
			Go to ... Water the flower	

通过以上表格，我们可以发现单元整体设计除了要关注本册书中各个板块之间的联系，还要关注整套系列教材之间的关系。这要求教师具备全局统筹能力，不仅要关注当下的教学，而且要关注日后的教学。

（2）重构教学内容

教学文本是落实教学目标的重要媒介，教学文本的质量直接影响教学成效的高低。如何使每一课时教学文本既体现单元整体，又为每一课时目标达成服务，最终达成单元总目标，这是设计单元教学文本的关键（王珏，2015）。人对于语言的学习强调系统性、整体性与情境性。教学内容在教材中呈现的可能比较散，而教师挖掘出来的内容显得更为凌乱。这样直接让学生去学习是达不到良好的学习效果的。教师要通过文本再构，在单元整体与单课教学的体系内合理安排好学习所需要学习的内容，将分散的知识点按照语境、话题、层次等逻辑顺序重整排列，使之符合学生的认知规律：从易到难、从学到用、从旧到新、螺旋式上升，既学习新内容又联系旧知识，既学习教材文本又整合文化内涵与生活实际。在进行单元整体设计的时候，要建立在学生原有知识经验基础上，系统的分析各个板块的特点，按照知识的建构特点进行整合和重组，以便更好的处理和安排各个板块之间的关系。

4. 设计过程，增强课时之间联系

教学过程是保障教学目标有效达成的前提。教师在设计各课时的教学过程时，要正确处理好各课时之间的逻辑关系，体现各课时的独特性、课时之间的延续性以及层次性，做到单元内各课时有侧重、相互融合、循序渐进，从而有效达成单元的总体教学目标（陈剑，2015）。课时的独特性体现在各课时教学重点的独特性，教师根据重难点精心设计教学活动，以有效达成每一课时的教学目标。课时的延续性可以体现为话题的延续，板书的延续以及作业的延续。课时的层次性主要体现在课时活动之间的层次性和梯度性。

教材整合是一项系统工程，教师要有全局意识，要始终遵循语言教学的规律，要把提高学生的综合语言运用能力放在首位。教材整合是一种再创造的过程，是十分艰巨的事情。教师只有具有了强烈的责任心和坚实的基本功才能做好这项工作。教材整合并不完全是把难的内容删掉或变简单，而是将教材内容整合以便使其更符合课标，更符合学生实际，更能提高教学效益。

参考文献

教育部 .2012. 义务教育英语课程标准（2011 年版）[M] .北京：北京师范大学出版社 .

人民教育出版社 .2012. 义务教育教科书·英语（三年级起点）[T] .北京：

北京师范大学出版社.

赵璐雯.2016.小学英语教学内容整合的途径和方法［J］.中小学外语教学（小学篇），（8）：16–20.

张园勤.2013.小学英语单元整体设计探索与实践［J］.中小学英语教学与研究，（2）：8–12.

王珏.2015.刍议小学英语单元整体教学设计［J］.中小学英语教学与研究，（1）：24–28.

陈剑.2015.译林版《英语》单元整体教学的实践与思考［J］.中小学外语教学，（1）：12–18.

俞跃明.2013.小学英语单元整体备课的思考［J］.中小学外语教学，（1）：16–17.

【此文发表在《小学教学设计．英语》2016 年第 12 期，后转载在中国人民大学主办的《小学英语教与学》2017 年第二期】

由一次磨课经历谈小学英语课堂评价设计的策略

【摘要】本文结合 PEP 英语四年级下册第二单元 Part B 对话课的五次教学实践，根据课堂教学效果反思改进教学评价的磨课经历，旨在探讨如何从教学内容和关注学生的角度出发，完善教学评价，优化教学设计，以提高小学英语对话课的实效性。

【关键词】教学评价；对话教学；磨课

一、磨课背景

2016 年 5 月宜昌市教科院要进行宜昌市小学英语优质课比赛。4 月 14 日点军区教研室举行了点军区小学英语优质课比赛。在这次比赛中，点军小学英语老师 Miss Jiang 遥遥领先，一举夺魁，将代表区参加市级比赛。比赛的内容为 PEP 英语四年级下册 Unit 2 What time is it Part B Let's talk。本课为本单元的第四课时，是一节对话课。通过前三个课时的学习，学生已经学习了 What time is it? It's …. It's time for…. 教材通过描述 Mike 早上起床、上学的情景，学习句型：It's time to/for…. 通过本节课的学习，学生能够在情景中理解短语 get up，go to school，hurry up 的意思并能正确发音，能够在情景中恰当运用句型 It's time to…. 和 It's time for…. 描述"到该做"某事的时候了。

二、磨课过程

第一次磨课：

Miss Jiang 第一次上课的班级有 45 个学生。课前，她把全班学生分成 9 个小组，每组合作制作一个钟面，设计一种小奖品，数量不限。每个小组制作的钟面各种各样，奖品千奇百怪，不计其数。上课时，小组将钟面和置放奖品的盒子放在课桌中奖。听见 Miss Jiang 的表扬后，小组长从奖品盒拿出奖品放在钟面上。下课铃声响起，Miss Jiang 带领学生一起清点各组奖品数目，评选出最佳小组。

【分析】

评价要与教学内容紧密相连，要让教学效果锦上添花。在这节课中，Miss Jiang 的评价与本节课的教学内容仅仅是沾了一点儿边——将奖品贴在钟面上。钟面在本节课中相当于一个盘子，一张纸…..只需能够盛放奖品。为什么上课教师想到了用钟面盛装奖品呢？那是因为 Miss Jiang 有着近十年的教学经验，知道评价要与教学内容相关。本节课是学习 It's … It's time to/for …Miss Jiang 于是用钟面盛装奖品。虽然学生表现好，小组能够得到奖品，刺激了学生参与课堂的积极性，但是，没有更好地为教学内容服务，纯粹是"为了评价而评价"。

【改进建议】

把本节课的评价设计为一个任务：看哪个小组制作钟面的速度最快？老师按照小组的个数准备没有数字的钟面。一个小组一个钟面，一袋装有从1到12的数字卡片。小组成员课堂表现好的，就奖励一个数字，建议小组按照1—12顺序贴到钟面，最快完成钟面的小组为优胜小组。最后，老师或者学生拿着完成的钟面，拨动时针和分针，问 What's the time? / What time is it? 学生看钟面回答时间，表述是做什么事情的时候了。最终，评价又为教学服务，巩固了本节课的教学重点。

第二次磨课：

按照第一次磨课后的建议，Miss Jiang 进行了第二次磨课。开课后，Miss Jiang 用英语告诉学生，如果大家做到认真倾听，大声回答和积极参与3个方面，小组就可以得到数字卡片作为奖励，然后利用这些数字完成一个时钟，最先完成的就是优秀小组。为了让孩子们操作的更明白，Miss Jiang 走近孩子们，拿起发给每个小组的钟面、指针和数字，边说边示范。课堂中，孩子们都想有更多的表现机会，争取得到数字奖品。有 5 次学生发言精彩，因为没有教师的首肯，学生没有拿数字奖品。整节课都是老师在对学生的表现进行评价。老师每次的奖励是一个数字奖品。一节课结束，表现最好的小组也只得到了 7 个数字。

【分析】

在课堂中，老师为学生搭建的平台太少。老师说的多，学生说的少。老师没有将课堂还给学生。

【改进建议】

给学生更多的表现机会，真正体现"学生为主体，教师为主导"。评价的形式可以多样，有教师评、小组评、学生评、自评。在进行评价的时候，可以根据回答的难易程度，可以奖励 1 个、2 个或 3 个数字，这样的话，完成钟面的几率就大了许多。

第三次磨课：

在第三次磨课中，Miss Jiang 评价形式更加丰富多彩，更加灵活多样。开始是教师评价，接着有小组评价、个人评价。每次评价不囿于 1 个数字奖励。让学生选择奖品的数量。遗憾的是，整堂课有 3 个小组得到了 9 个数字，依然没有一个小组完成钟面。

【分析】

没有一个小组完成钟面，说明这节课是有问题的，要么是教学设计有问题，要么是评价有问题。评价是没有问题的，由此推出：教学设计有问题。问题出在哪儿呢？给学生搭建的平台太少了。怎样把课堂还给学生？从开课到结束，进行了梳理。

【改进建议】

将上课流程重新修订：第一步，复习。首先是复习数字。先用多媒体出现各种不同形状的数字——3，6，9，12，20，30，45，50，这些数字出现的顺序不同，位置不同。学生看课件，大声快速说出数字。接着学生猜物体：What's this? 课件出现圆圈、刻度、时针、分针等等，提示学生。学生猜

出 clock 后，带读 clock。根据以往的教学实践，学生很容易将这个单词读成 /
klə□k/。而在表达整点时间时，这个单词非用不可。所以在这一个环节进行
强化。接着是复习句子。看着课件上的钟面，教师问学生：What time is it?
学生根据钟面回答：It's 8: 00 o'clock. 然后，老师说明本节课的评价：Let me
tell you the classroom assessment. If you listen carefully, say loudly and participate
actively, you can make your own clocks. Now please look at your desk. There is an
unfinished clock, but it has no numbers. If you listen carefully, answer my questions
loudly and actively, you may get some numbers. Please stick on this clock from 1 to
12. If you are the first one to make a whole clock, please show me and your group is
the best one.

　　第二步，新授。首先，谈论 Zoom 的一天。Zoom 是 PEP 人教版中常常出
现的卡通角色，他长得胖胖的，憨憨的，深受学生的喜爱。早上八点钟了，
是上英语课的时间了，但是 Zoom 在干什么呢？听声音，猜他在干什么。哦!
原来他还在睡觉。我们该怎么帮助他呢？叫醒他。师生开展一个活动，看谁
能够叫醒他。学生用本节课的次重点句子：Hurry up! Zoom. It's 8 o'clock. It's
time to get up. Zoom 醒来。课件出现第二幅时钟 -9: 00 及 Zoom 背着书包去上
学的图片。学生看图，用 It's 9 o'clock. It's time to go to school. 进行描述。引导
学生说出 It's time to go to school. 的另外一种表达为 It's time for school.。用课件
出示 Zoom 在 12: 00 和晚上 10: 00 所做的事情学生用 It's … It's time to/for 两
种句型进行描述。课件出示表格——Zoom's day。学生看表格提示，说 Zoom
的一天。根据学生能够说出的句子的多少进行相应的评价。学生看 Zoom's day
表格，谈自己的看法，给 Zoom 提出自己的建议，并重新制作一个新的作息
时间表。接着，走进 Mike 的一天。听音，回答选择图片回答问题：What time
does Mike get up? 看视频，完成句子：It's …It's time … English class. 读对话，
将时间和所做的事情连线。听音跟读。着重练习连读、爆破、升降调。分角
色朗读与表演。以 Mike 的口气介绍自己的一天。根据学生的介绍，教师提示
学生要 Get up early, and go to bed early.（早起早睡。）

　　第三步，练习。说自己的一天。用课件给出词汇银行和语言支架，学生

338

小组说自己的一天。班上展示。家庭作业实行分层：1. Please read the dialogue fluently. 请流利的读出对话。2. Please make a new dialogue. 请根据提示，创编一个新的对话。

第四步，小结。总结本节课学习的知识，获得的奖品，评出最佳小组。用完成的时钟进行本节课的知识巩固。

第四次磨课：

按照修订好的教学流程，Miss Jiang 再次走进另外一个班级进行试讲。由于给学生搭建了很多平台，开展了多种形式的评价方式，在课堂进行到 30 分钟和 38 分钟的时候，有小组成员举手示意老师顺利完成钟面，老师给他们带来了另外一面钟。老师按照既定的设计有条不紊地进行教学。下课铃声响起，老师宣布下课，学生久久不愿离开教室，眼睛盯着老师，小声嘀咕着："老师不是说要评选最佳小组的吗？难道老师在忽悠我们？！"

【分析】

评价要善始善终。不要因为时间的关系草草收场，或者有头无尾。老师要说话算话，才能在学生中树立起威信，才能让学生"亲其师，信其道。"

【改进建议】

如果因为时间原因，教学任务不能完成，剩下的环节一带而过，但是一定要进行评价小结，对学生要有一个交代。

第五次磨课：

由于有前四次的磨课经历，Miss Jiang 在最后的比赛中有条不紊地进行。布置家庭作业，进行评价小结，老师拿着学生完成的钟面，学生用举行描述：It's ….It's time for/to…. 在下课铃声响起，老师舍不得对学生说：It's 9：00 o'clock. It's time to say goodbye. Byebye！ Thank you！ 听课老师一片掌声。

通过这次优质课比赛，Miss Jiang 无论是课堂教学设计，还是课件制作、教学理念等都给了很大的收获。正如课标所说"Tell me and I'll forget; show me and I may remember; involve me and I'll understand."

三、感悟与启发

1.评价要与教学内容密切相关

评价促进教学效果的有效达成，教学内容的顺利完成依赖于评价的逐渐推进，评价与教学内容是相辅相成的。所以，评价只有与教学内容息息相关之后，才能更好地为教学服务。

2.评价要贯穿课堂全程

评价正如一幕戏剧，既要有开幕前的翘首以待，也要有闭幕后的回味无穷。在开课时，告诉学生评价方法和原则，让学生明确目标；在结束时，开展评价总结，给学生指明学习英语的方向和方法。

3.评价方式要多样化

作为课堂教学的重要组成部分，英语教师的课堂用语可以为学生提供良好的可理解的语言输入，可以让学生在教师的话语中不知不觉地了解英语。因为老师在本节课运用丰富的赞扬方式对学生进行评价，如语言——"Clever girl! / Wonderful! / Good job! / Well done! /Good! /Good idea! …."，动作——热烈拥抱、点头赞许、摸头首肯…所以，在学生互评、小组评价时，学生的评价语言和评价动作才丰富多彩。

4.评价指向要具体化

在进行课堂评价时，学生在哪一方面做的比较好，教师要指出来，有利于帮助学生掌握正确的学习方法和客观评价自己及他人。在这节课中，因为面对的是四年级的孩子，他们注意力不容易长时间集中，发言声音不够洪亮，所以，在这节课中将引导学生养成学习英语的这样品质：认真听讲、大胆发言、积极参与。当学生发言时，不仅老师给出奖励的数字数量，而且告诉学生奖励的理由。

"英语课程评价体系要有利于促进学生综合语言运用能力的发展，要通过采用多元优化的评价方式，评价学生综合语言运用能力的发展水平，并通过评价激发学生的学习兴级，促进学生的自主学习能力、思维能力、跨文化意识和健康人格的发展。"（教育部，2012）遵照新理念，我们把评价应贯穿于教学各环节，把学生和老师都看作评价主体，认为在教学中，评价是师生共同建构定义的过程，主张评价的主体互动性、内容多元化、过程动态化。我们应该不只尊重学习成果，同样注重学习过程，重视学生的学习体验，重视师生交流，以使学生能客观全面地了解自己，体验成功，看到不足，明确努力方向，进而主动地改进自己的学习策略，提高学习质量，更好地自主发展。

参考文献

教育部.2012.义务教育英语课程标准（2011年版）[M].北京：北京师范大学出版社.

人民教育出版社.2013.义务教育教科书.英语（三年级起点）四年级下册[T].北京：人民教育出版社.

【此文发表在《小学教学设计 . 英语》2017 年第五期】

五 "度" 俱全，搞好评课

听评课是各级教研部门和教研组常常开展的教研活动形式。听课后就要评课。那么，我们应该怎么评课呢?

一、站在目标的高度。

正所谓"站的高，看的远。"在评课时，我们不能局限于这一堂课的目标就课论课，而应站在课程标准、年段目标、单元目标和教材特点的高度，对所授课给予基本的、综合的评定。

二、具有一定的思想深度。

在评课时要视野开阔，理念先进。具备课程意识、问题意识和研究意识，具有一定的教育学、心理学修养，敏感地捕捉授课者的主要成败得失，从理论和实践相结合的层面进行评价，做到言出有据。

三、把握基本角度。

按照课堂教学的一般规律，从教学目标、教学过程、教学手段、教学方法、学生发展、学科训练以及学生自主学习和教师有效引导等方面，结合授课实际，选取重点内容进行分析评价。

四、仪态语言适度。

在评课时，要思路清晰，语言流畅，切中肯綮，褒贬适度。

五、指导有力度。

问题说准，亮点说够，方向指透。通过评课能让被评者对应该教什么和怎么教受到明确的启示。

只有这样，听评课活动才会有所实效:评课人在评课的活动中"打造专业亲和力，打造学术影响力，打造人格吸引力";被评者口服心服，收获多多。

【此文发表在《小学教学设计·英语》2016 年第 7 期 P58】

点燃孩子的热情

六年级马上就要进入复习了。经过近半月的精挑细选，我为孩子们选择了一套复习资料。细细看了看资料，我觉得很全面，讲练结合。怎样让孩子把这些知识都装进脑袋瓜呢？

首选进行的是字母复习。我先让孩子们做了资料后面的三道字母练习题。批改完所有孩子的作业，我惊讶地发现，孩子们压根儿就没有先读前面的资料而是直接　做题，所以，错题连连。

批评和指责不是解决问题的办法。走进教室，我让孩子们先默读资料上面有关字母方面的知识；然后，在草稿本上命制至少两道题目，接着，两人一组讨论题目；最后，按照座位，全班分成三组进行知识抢答比赛，胜利的一组没有笔头作业。第一轮，不到三分钟孩子们就说准备好了。于是，开始比赛。由于他们对资料上的内容囫囵吞枣，不求甚解，虽题目简单，但是答对的人很少。接着是第二轮，同样给他们三分钟的准备时间。三分钟到，我喊停的时候，他们还在聚精会神读资料，冥思苦想出题。于是，我又给了他们三分钟。这一次经过充分准备，提问和答题的孩子表现得都非常精彩。不知不觉，下课铃声已经响起。我只好宣布，下一节课的比赛内容为"语音"，希望孩子们在课后认真读资料，仔细出题，争取胜出。在一片欢呼声中我们结束了课程。

活动中孩子们的表现让我想起了刚刚读过的一本书《点燃孩子的热情》。在这本书里，雷夫说：一旦找到自己的兴趣，一个学者就诞生了。他在书中写道，一个叫山姆的孩子，起初非常邋遢，没有人愿意和他做朋友，后来雷夫引导他参加莎士比亚社团，发现他很喜欢历史，他贪婪地阅读有关书籍，慢慢地，他的思想变得系统了，爱干净了，后来他有了很多朋友。看来引导学生找到兴趣、保护学生的爱好，对他们的成长非常重要。

"兴趣是最好的老师"，这句话一点都没错，无论是外国的教育家还是中国的教育家，大家都有一个共识，就是只有激发学生的学习兴趣，让学生产生了浓厚的兴趣，他们才能积极投入到学习的过程中。

抓住孩子不服输的特点和兴趣来开展教学活动，就会点燃他们的热情，教学效果就会事半功倍！

【此文发表在《小学教学设计·英语》2017年第7期】

心存大爱，"错误"也能变美丽

大学毕业后，我一直在三尺讲台上，进行着"传道，授业，解惑"。每次带班，总有几个"特别"的学生喜欢和我过招。

这不，今天四年级的一节英语课中，我又遇到这样的事情：

今天的教学内容是 Home。当我在进行 home 这个单词的读音教学时，班里那几个老爱捣乱的学生在下面偷偷的把 home 念成"后母"，还不断地重复。发现他们没有认真朗读时，我很生气，但我没发火，而是看了他们一眼，好在他们的声音不大，听见的学生也不多。但令我气愤的是，当学生们玩开火车的游戏，一个个轮流读单词时，他们中的一个竟然把刚才台下的一幕搬到了台上，把 home 大声读成"后母"，还一边读一边笑。这回同学们可是听得真真切切了，学生们哄堂大笑。"在下面捣乱我没理你已经够意思了，你竟然敢故意起哄，这就是挑衅。"我火冒三丈，搜索着"对付"的策略。不一会儿，我软化了脸上的僵硬，微笑着，柔声说道："我知道大家为什么笑，因为你们都在表扬他。"（同学们又是笑）"因为这位同学找到了一个记忆单词的好办法，那就是用汉语的'后母'来记忆'home'一词的读音，你们说这种方法好吗？""好。"学生们止住了笑声，一致赞同。这位同学也露出了会心的笑容。我顺水推舟，接着问道："那你们还有什么好的方法来记忆这些单词呢？"学生们七嘴八舌开始讨论。这节课的单词学习收到了很好的效果。

课后，我想起了一个故事：北风和太阳比赛，看谁能最先把人们身上的大衣脱下来。北风对自己的威力很有自信，它开始怒吼呼啸，而路上的行人却把衣服裹得更紧了。北风不甘罢休，又加大了威力，可还是没有成功。而太阳呢，不动声色地把温暖的阳光撒向大地，人们感觉惬意舒服，不由得脱下了大衣，尽情享受阳光。

教学中，面对学生的错误，如果一味地训斥、压制，气头上的语言往往会变成冷酷的北风，冰冷的话语会刺伤学生的心灵，使学生把自己的心包裹得更加严实，而不愿与教师真正地进行沟通交流。相反，如果此时能冷静下来，因势利导，从"爱"字出发，努力让自己成为一个心胸宽广、能够包容万物的太阳，把学生在课堂上的错误当成资源，用艺术家的眼光把"错误"变成"美丽"，用一颗宽容的心看待自己的学生，那么我们的课堂就会充满阳光，我们的学生就会感到温暖，就会露出发自内心的灿烂笑容。

【此文发表在《英语周报》初中教师版第 25 期】

白果树瀑布之行

1997年我刚刚参加工作时，曾随学校的同事一起游览过白果树瀑布。不过，那次的游览并没有给自己留下太多太深的印象。今年，常常有朋友给我推荐白果树瀑布。百闻不如一见。终于，我在周六携夫将雏再次游览了白果树瀑布。

从夷陵广场乘100路出发，在100路终点站下车，转乘从小溪塔到雾渡河的班车，大约半小时就到达了景区门口。

第一次听说白果树瀑布的大名，我以为是跟风贵州黄果树瀑布。实际上这个名称是源于峡谷内生长的几株千年古木白果树，并且这里的瀑布落差要比黄果树瀑布高出近30米。良好的自然生态环境还吸引了珍稀动物猕猴的居住，园内专门设有猕猴投食点，让这些可爱的小生灵与人类和谐共处于这个如诗如画的世外桃源。

虽说景区是山路，但并不陡峭，一行人不觉之中走过了一座座山，一道道湾。沿途山林中响起悠扬玩转的山歌，不知道是哪位清丽的女子正在浅吟低唱。几处峭壁上，片片小瀑布顺流而下，如无数珍珠洒落，似层层水帘飘动。峡谷四周是一个自然植被保护完好的绿色处女地，可谓树的天堂，花的海洋，昆虫的乐园。由于空气湿润，这里的植物枝繁叶茂，郁郁葱葱，雨后的峡谷内水气氤氲，展示出一片迷人的绿色世界。

行至峡谷中央，已是遥看瀑布挂前川，高达102米宽约60米的大瀑布气势恢宏地飞流直下，四周青山相对，中间银流飞泻，上下天光一瀑万倾，水流之下雾气腾飞，银珠四溅，天地间混沌一片。难怪有游人赞道："朝游白果树，一山日头一山雾；午游白果树，一身凉爽一身舒；暮游白果树，一片晚霞一片露。

穿上景区免费发放的雨衣，依依不舍地收好相机，冲进瀑布底下的游览小道。只听见滔天的巨响在耳畔轰鸣，劈头盖脸的巨浪模糊了视线。刚进隧道没多久，就迎面看到一位游客一边大叫"受不了"一边跑着退回入口，不由佩服起瀑布的强大冲击力，但还是斗胆继续前行，让自己融入这排山倒海的大风浪之中。

走在前面的一对父子光着双脚冲瀑，因为甬道上遍布青苔，他们屡屡滑倒在瀑布奔腾而下的水流中，但是依然相互搀扶着一次又一次爬起来，让人好生感动。真正的亲人就是在风雨中告诉你，不要怕，擦干泪，只要还有梦，这点痛又算什么呢？

从瀑布中钻出来，我已淋得象落汤鸡，却又倍感畅快淋漓。站在观瀑台上，望着刚才让我心悸、让我不知所措的水浪，不由微微一笑。面对困难，有的人为其所惧不能跨越，有的人小心翼翼尝试前行，有的人彼此勉励互帮互助，有的人果敢坚决义无反顾……但是，任何痛苦都会时过境迁，任何灾难都能化作成长的动力，于个人如此，于国家亦然。

经过主体景观白果树瀑布后，发现绵延10公里的峡谷内步步皆景。作为一个集风景、文化、自然、探险、游乐为一体的迷人峡谷，地质公园开发了神女观瀑、纸糊洞、藏经洞、水帘洞、乌龟笑天、金钓桥、饮马岩、四不像、巴人戊洞、野人谷、巴人文字、长桥超渡、佛楠叶、白果树主瀑、珍珠瀑、仙女瀑、古龙潭、仙女潭、泰山大佛、千年鱼化石等20多个景点。且行且观景，晃晃悠悠的吊桥，深不见底的龙潭……尤其是气势恢宏的泰山大佛，让人刹那间心如止水。虔诚地向大佛许一个愿，也许人生一切期望乃至奢望都源自无尽的欲求。

游罢白果树瀑布，感触也象瀑布一样奔涌而出。看着景区门口广告牌上的那句"智者乐水，仁者乐山"，不禁联想，人们常常用山形容男子，水比喻女性。如果说山之美，美在群峰竞秀，参差林立，水之美，美在变化万千，时而宁静似镜，时而急流奔腾。瀑布则象征着女性力量在特定时候的爆发。即便缠绵如水的女子，也会有果敢刚强的一面。同时，正是山的沉稳，才衬托出水的灵动。缺少了山的水和缺少了水的山都是不完整的，山水相依才是最完美的风景画。

【此文发表在《点军通讯》2009年第6期】

承君子文化，做现代君子

2018 年 9 月 10 日，全国教育大会在北京召开。中共中央总书记、国家主席、中央军委主席习近平在大会上强调：坚持中国特色社会主义教育发展道路，培养德智体美劳全面发展的社会主义建设者和接班人。通过深入学习《全国教育大会》精神，我们认为在平时教育教学中一定要五育并重，德育为首。庆幸的是，艾家小学虽然是农村一所小规模学校，但是，长期坚持"五育并重，德育为首"。2009 年 4 月，艾家小学全体师生经过几番讨论，专家验证，确立了"传承国学经典，培养现代君子"的办学理念，以培养"谈君子之言，行君子之事，成君子之行"的现代君子为目标，通过"君子银行，促进学生自主管理"，"君子故事，激励学生自我教育"，"君子实践活动，提升学生综合素养"深入开展德育探索与实践。在"君子文化"的氛围中，艾家小学的学生正努力朝着"明礼、诚信、博学、雅行"的君子学生奋斗。

一、君子银行，促进队员自主管理

为了让每个学生都感受成功，让每个微小的进步都得到肯定，学校以君子银行为主线，以君子存折为载体，设立少先大队为君子银行总行，各中队为君子银行分行，每一位少先队员为储户。学生将自己的美德善行都存到自己的存折中，通过填写君子存折，支取君子币等活动将自己的点滴进步都记录下来。比如：某队员的作业书写很用心，奖励君子币一元；某同学心灵手巧，制作的作品漂亮，奖励君子币一元；某同学对同学团结友善，对老师谦逊有礼，奖励君子币一元；一堂课某同学听得最认真，大家应该向他学习，奖励君子币一元；某同学从"胆小"变得主动发言，奖励君子币一元……君子银行梯级评价特别强调："只要用心，谁都能做得很好，谁都能得到君子币奖励，每个人都能取得成功……"用"君子币"评价来促进队员自主发展，这是新环境条件下实施德育的一种尝试。这种激励体现了对善举价值的肯定，使得学生人人能获得满足，人人能感受到进步。君子银行像磁铁一样，把每位学生的"真、善、美"一点一滴都吸进君子银行之中，学生的思想道德建设就能看得见，还摸得着。

二、君子故事，激励队员自我教育

为了激励学生努力进取，在生机勃勃的校园里，学生不仅可以品味古代名人的君子故事，还可以感受身边队员的君子故事。

每月月底的少先队活动课，各中队在班主任的组织下，让同学们通过讲述发生在自己身边具有"君子品行"的真实故事来评比真正的"君子学生"，让学生知道原来"君子"就在身边，成为"君子"并不是件很难的事情。各中队经过少先队员们民主评议，评选出各类"君子学生"，然后由"君子学生"将"君子成长故事"记录下来，最后在每周的升旗仪式中的"君子学生成长故事"环节中分享，使学生对"君子品行"有了更进一步的认识，"从小事做起，从自己做起"，让少先队员们通过实际行动，成就真正地"君子品行"。

例如，在一次升旗仪式时，二年级中队的几名"君子学生"讲述的故事感动了全校的师生。一位7岁的小男孩，在妈妈生病时主动用自己的零花钱为妈妈买了方便面，因此被评为"孝心君"；另一位文静的女孩，在被同学们强烈推荐为"文雅君"时，觉得自己做得并不是最好的，主动推荐另一名队员，后来被评为了"谦让君"。就是这样的一些小故事，却让同学们受益匪浅。

三、君子实践活动，提升队员综合素养

（一）诵读经典，升华"君子"素养

艾家小学以经典诗文诵读活动为载体，让学生在诵读过程中获得古文经典的基本熏陶和修养，接受中国传统美德潜移默化的影响和教育，促进学生

文化和道德素质，增强民族自信心和自豪感。

"书读百遍，其义自见"，学生对经典一遍遍地诵读，每一遍都是一个感知过程，每一遍都是一个心灵涤荡的过程。"羊有跪乳之恩，鸦有反哺之恩。"让队员们知道要孝顺父母，学会感恩。"以责人之心责己，以恕己之心恕人。"让队员们知道为人处世的原则。"读书法，有三到，心眼口，功夫到。"教会了学生读书方法。"人而无信，百事皆虚。"让学生懂得做事要讲诚信。"一日为师，终身为父"教学生学会尊敬师长。"长者先，幼者后""称尊长，勿呼名"等规范了学生的言谈举止。在反复诵读中，诵读的水平在步步提高，学生对君子名言的理解体会也层层深入，道德修养也逐步完善。

（二）做"君子操"，强健"君子"体魄

每天大课间活动时间，随着优美的《三字经》音乐"人之初，性本善……"，学生翩翩起舞，颇有古代文人墨客的风范，这是学生最喜欢的"君子操"。此时此刻，每个学生总是一边声音洪亮的诵读《三字经》，一边整齐规范的做着"君子操"。

创编君子操是艾家小学君子文化研行的一次新的尝试，其目的是让国学经典渗透到少先队们所喜爱的体育活动中去，让队员们学经典、用经典、做经典。

（三）课外活动，培养"君子"素质

"君子不器"，作为君子不能只像器具一样，必须具备多种才能，琴棋书画等陶冶情操，怡情养性的课外活动是现代君子素养的重要组成部分，为了全面培养队员的兴趣，提高队员的文化素养，我校还开设有丰富多彩的课外兴趣活动，每周四下午定时开展课外兴趣活动，有魔方、舞蹈、手工制作、绘画、阅读、科技、信息技术、体育等，队员们在专业老师的指导下学习各项技能，提升君子素养。在丰富了同学们的校园生活的同时，提升了校园文化的文化艺术内涵。

课外兴趣活动的全面开展，使学生陆陆续续取得了令人骄傲的成绩，四

年级科技小组的自制小晴雨计观测天气获得省一等奖；电脑科幻画《举手之劳》、《虫虫大战》等多幅作品获得省级二、三等奖；还有航模组六位同学参加宜昌市纸飞机大赛，获得市级一等奖一名、二等奖五名的好成绩。科技调查《田螺的危害现状与解决对策》获得市级一等奖。课外兴趣活动为培养君子素养提供了一个生动的平台。

（四）校外实践活动，开拓"君子"视野

"书上得来终觉浅，绝知此事要躬行"，古人云：君子动口不动手。纵观学校的校外德育实践活动，培养的就是谦谦君子。谈君子之言，更应行君子之事。学生光动口读读说说，却不去动手写写画画，不去亲自参与社会实践，怎么能提高君子社会实践能力，开拓君子视野呢？校外实践活动正好是弥补君子教育活动的一个有效的载体，为此学校定期定量和其他单位开展一系列的君子社会实践活动。

去桥边高农科技园探索花卉知识，了解现代农业发展模式，体验无性繁殖，无土栽培；到中华鲟繁养放流基地开展志愿者活动，了解中华鲟生长繁育知识，体验放流过程，增强保护意识；到艾家敬老院参加志愿者活动，给孤寡老人送温暖，感受天伦之乐；走向大街开展净化家园活动；与点军消防联合举办防震救灾消防演习活动，学习防灾减灾知识，提高自我保护救护意识；与电力公司开展参观电力抢修设施设备，学习安全用电常识，体验抢修，救护程序；走进鸣翠谷师生一起烧烤，一同爬山，使少先队员们既学会了一些简单的生活技能，也培养了队员们的团结协作精神，同时陶冶了艺术情操等等……校外实践活动的全面开展，进一步拓宽了学生的视野，丰富了课余生活，全面提高君子实践能力。

（五）君子风采展示活动，展现"君子"魅力

每学年，学校都会举行一次"君子风采"展示活动，其目的是为了使每一名学生充分展现"君子"魅力。在活动中，不仅展示各中队经典诵读和君子操，同时展示各兴趣活动小组的成果。比如说文艺组编排的舞蹈、器乐合

奏、情景剧表演等精彩的节目，同时还包括科技组队员们的科技作品、养蚕结茧等自然学科的成果展示，更有少先队员们感兴趣的绘画、手工折纸等作品展示。君子风采展示活动，使学生展示自我，飞扬个性。

"路漫漫其修远兮，吾将上下而求索"。艾家小学是艾家镇每一个学生温暖的家。"君子文化"对学生道德品质和行为习惯的影响虽不是立竿见影的，但却是稳定渐进的，其潜在的教育功能将是长远的、全面的。艾家小学全体师生在"君子"文化的侵染下，校风好，学风好，师德高，专业强，成果多，得到了各级领导的肯定，收到了家长和社会的认可，学校先后被评为"宜昌市德育品牌学校""宜昌市诗意校园""宜昌市文明单位"，一所富有特色的精致的朝气蓬勃的乡村校园正在形成！

【此文发表在《学校文化》2018 年第 10 期】

君子赋

楚之西塞，桃李芳苑；执笏山下，古韵存延。

09 仲夏，久酝终发；君子之道，国学经典。

万圣师表，入君子之园；梅兰竹菊，满书香圣殿。

教室内外，贴君子良言，潜移默化，浸润心田。

院墙上下，宣君子故事，礼义廉耻，德艺双全。

创君子银行，积点滴善念，梯级评价，创新争先。

编君子读本，设特色课程，修己安人，师从圣贤。

开君子讲坛，研君子之法，文化传承，艾家论剑。

讲君子故事，述君子体验，亲躬率先，成长借鉴。

做君子体操，强君子体魄，能文善武，身强体健。

练君子才艺，育君子情怀，琴棋书画，阳光少年。

搭君子舞台，人人都行君子事；

展君子风采，个个皆谈君子言。

博学雅行，牢记心间；明礼诚信，风靡校园。

君子教师，堪为世范；君子学生，层出不鲜。

君子研行，育才前沿；君子教育，蔚成新篇。

嗟夫！君子特色，光耀乡间；君子文化，道存高远！

【此文发表在《学校文化》2018 年第 11 期 P54】

354

"小餐桌"带动"大文明"

习近平总书记一直高度重视粮食安全和提倡"厉行节约、反对浪费"的社会风尚，多次强调要制止餐饮浪费行为。强调要进一步加强宣传教育，切实培养节约习惯，在全社会营造浪费可耻、节约为荣的氛围。而风尚的养成，须从娃娃抓起。

文明餐桌是对传统美德的延续。古人言："一粥一饭，当思来之不易；半丝半缕，恒念物力维艰。"作为素有礼仪之邦之称的国民，我们有义务践行使命，弘扬传统美德，让讲健康、讲节俭的文明习惯生生不息，成为新时代的新风尚。小餐桌亦能作文明大文章，文明餐桌还能传播节俭、绿色观念，是对传统美德最好的传承。

2020年突如其来的新冠肺炎让人们的生活方式发生了翻天覆地的变化，学生在校学习和生活环境要求更为严格。

因为疫情的影响，学生在家度过了一个漫长的寒假和暑假。在校的很多好习惯和好行为也随之抛之脑后。开学后，一周的巡查让我发现学生就餐习惯惨不忍睹。三四年级在餐厅就餐后，桌面上堆着高低不一的小山丘，有的是擦嘴巴的卫生纸，有的是不吃的菜肴，有的是不能吃的骨头。放眼望去，没有一张餐桌是干净的。而随后就餐的五六年级学生因为桌面脏，影响食欲，不愿在餐厅就座。有些学生端着饭碗在操场上边走边吃，有些学生在餐厅外的大树下坐着吃，有的就在食堂窗口站着吃。目之所及，都是学生各种各样的吃相，还有随地都可见的厨余垃圾。陈鹤琴说过"人类的动作十分之八九是习惯，而这种习惯又大部分是在幼年养成的，所以在幼年时代，应当特别注意习惯的养成。但是习惯不是一律的，有好有坏；习惯养得好，终身受其福，习惯养得不好，则终身受其累。"这样的场景和新时代的要求是格格不入的，必须拿出切实可行的办法来制止和纠正。

一、集会班会齐上阵

（一）集会讲。我们利用周一升国旗，全校师生大集合的机会，少先队发出"光盘行动，从我做起"的倡议，提出最近一个月学校少先大队着重检查就餐的行为习惯。每天大课间操后，少先大队对近期检查情况进行通报，点到人，点到班。对剩饭剩菜特别多的同学，出队亮相。

（二）班会讲。周五的班会课，开展以"光盘行动，从我开始"的主题班会。教育学生懂得，勤俭节约是中华民族的优良传统，也是一个中学生应具有的美德。让学生认识到每个人都可以为勤俭节约做很多事，养成良好的节俭习惯。带领学生许下光盘行动承诺书，教育学生把节俭落实到平时的生活中。同时，班主任和辅导员通过QQ、钉钉、微信等，告知家长，学校最近培养学生哪些行为习惯，有哪些要求，同时要求家长和学校一起配合，要求学生无论在家在校都应该节约粮食，吃多少打多少，实行光盘行动。家长更应该为学生做好榜样示范。

二、以奖代惩促改变

（一）立标杆。塞·巴特勒说"赞美是美德的影子。"卡耐基说"要改变人而不触犯或引起反感，那么，请称赞他们最微小的进步，并称赞每个进步。"一味地批评和指责，或者总是抓反面典型，只会让更多的不文明行为出现。我们借助学校君子文化，评选"光盘君子"学生。让君子学生在全校分享他美誉的由来，让周围的同学夸一夸他的行为，让班主任讲一讲他的光盘行动故事，让辅导员宣读学校给予的颁奖词，大张旗鼓地表彰与宣传，让榜样立起来，亮起来。

（二）制约定。韩非子说："欲成方面圆而随其规矩，则万事之功形矣，而万物莫不有规矩，议言之士，计会规矩也。"由此可见规矩的重要性。为了让这些规定或者约定更全面，更接地气，我们通过召开班主任和班子会议，制定出了奖励措施。就餐时，符合以下条件的人给予奖励：桌面干净，离开和来时一样洁净；地面干净，没有杂物和水渍；碗勺干净，碗里的饭菜吃完，勺子不沾菜叶或饭粒；嘴巴干净，没有讲话，没有油渍和饭粒。由当天陪餐值日教师观察、评价、发放奖券。奖券由学校政教处制定，每张奖券上面印有学校学生评选出来的吉祥物小艾或小佳提醒同学们"谁知盘中餐，粒粒皆辛苦""一粥一饭，当思来之不易""民以食为天，食以粮为先""文明用餐，厉行节约"等古诗词或标语。得到奖券的同学必须保管好奖券，不能遗失，不能揉皱，集齐5张后即可兑奖。兑奖时可以选择，比如学习用具，比如面包饼干。奖励标准一宣布，同学们欢呼雀跃，蠢蠢欲动。为了让学生有甜头，第一周的奖励我们发放的比较松，只要达到标准百分之七八十的就发奖券。学生们的积极性调动起来了，人人争当"光盘君子"，互相督促，暗暗竞争。就餐时餐厅里干干净净，安安静静。为了让学生变得更完美，更优秀，第二周，发放标准稍微严格一些。

通过两周的观察，发现有些学生为了更快地排队吃饭，饭前洗手敷衍了事，排队叽叽喳喳，端着饭碗横冲直撞，回收碗勺时叮叮当当。我们的约定进行了一些修改，加入了饭前洗手、排队、走路、进餐厅的具体要求，也加入了餐中不能随意走动，餐后离开餐厅路线以及放碗勺的标准做法。想要得到一张奖券，一周比一周难；想要成为一名君子学生，一言一行都得进步，都得无把柄。就这样，一张张小小的奖券，把学生的就餐行为习惯约束起来，也把附带的习惯规范起来了。

三、齐抓共管成常态

在培养学生好习惯的路上，必须持之以恒，必须齐抓共管。好习惯的养成不是一蹴而就的。齐心协力才能事半功倍。比如，学生就餐时表现好得到的奖券，如果在课堂上表现不佳，学科教师可以没收，达成协议，如果改掉什么坏习惯或者坏毛病，奖券就可以回到自己的手上。每位教师必须关注每位学生的发展。好，则表扬，指出好的地方，下一步目标；不好，指出问题，提出建议，明一个方向。

四、劳动教育受教育

教育部提出，根据教育教学规律和不同年龄段学生特点，把勤俭节约内容有机融入教育环节之中，让节约教育在学校随处可见，营造浓厚氛围。

我们将节约教育纳入课程体系，每学期至少组织开展 2 至 3 次与学龄段相适应的勤俭节约体验活动，指导学生开展相关社会实践、问题调查和研究性学习。学校开辟了一处小菜园，每个班级都有负责的地块，同学们在里面种了大葱、黄瓜、西红柿、土豆、白菜、萝卜等常见蔬菜。

"快看，我们种的花生成熟啦！""萝卜长出来了。"……每到课余时间，同学们会跑来看看蔬菜的生长情况，成就感满满。老师们还会留一些"特别"的课余作业，让孩子们帮着父母在家种菜，与同学们分享劳动的感受。除了开展校内劳动活动，学校还组织学生走出课堂，开展社会实践活动，让同学们从小就知农、爱农。在丰富多彩的体验实践活动中，爱粮节粮、勤俭节约意识不断在学生们的心中生根发芽。

文明餐桌需要全社会付诸行动。文明餐桌是一项长期性工程，唯有全社会共同行动、齐抓共管，才能久久为功。你我一小步，文明一大步，小餐桌能带动大文明。让我们选择文明的生活方式，将文明餐桌行动进行到底，同享文明创建幸福之果。

【此文发表在《学校文化》2021 年第 2 期】

学海无涯篇

让“蒲公英“肆意生长

终于在今天读完了日本佐藤学写的《静悄悄的革命》。其中让我最感兴趣、最难以忘怀的篇章是——从“蒲公英”的学习开始。

有个孩子采摘了一棵在上学途中发现的蒲公英，然后把它带到教室里。学生们非常感兴趣，教室里一下午都在讨论这个问题。后来连孩子的父母都参与进来，和孩子们一起寻找蒲公英、辨别蒲公英。原田老师和孩子们一道栽种蒲公英，由牛奶盒移栽到花坛时，家长们积极行动，把自己找到的日本蒲公英和珍稀种类的蒲公英也都拿了出来。原来，“蒲公英学习”在学生的家里也一直持续着……

看到这儿，我有点感动。想象一下，这件事如果发生在我们的身边，会是怎样的呢？首先，我肯定做不到原田老师那样，让学生把精力都放在蒲公英上，我要完成我的教学任务呀！我的学生要参加考试，蒲公英不是他们的考试内容呀。再说说家长们，他们会帮助孩子去了解蒲公英吗？当孩子拿回蒲公英的时候，可能就是一顿训斥吧？“自己的作业都写不好，只知道玩，扔掉扔掉！”当孩子们向他们咨询的时候，他们会像日本家长那样帮助孩子吗？在他们眼里，考到高分才是最重要的，整天玩这些无用的东西，会影响成绩的，所以是绝不允许的。一棵蒲公英就这样消失了，孩子们强烈的求知欲望就这样被浇灭了。

这让我想起前段时间读过的日本作家黑柳彻子写的《窗边的小豆豆》这本书，说的就是生态式的教育目标，若想求得学生智能的发展，必须要关注学生其他相关方面的培养，如学生学习兴趣、好奇心和求知欲的培养，学生良好的心理素质和健康的身体素质的培养等等。小豆豆是个问题孩子，被学校开除后，来到“巴学园”，在小林校长的爱护与引导下，成了一个大家都喜欢的好孩子。小林校长就是一个保护孩子学习兴趣的好校长，那儿的孩子可以从自己喜欢的课程开始学习，如果学习完了，可以出去散步学习地理和自然。在巴学园里，同学们自由自在，无拘无束。或许，我们觉得这种教学方法是异想天开，因为它对爱心、耐心、想象力的要求远远超出了对知识的要求，但我觉得这种教学方法应该是许多孩子的心声。

"兴趣才是最好的老师！"学生只有热衷于某样东西时，才会认真地去学习，去探究，成不了科学家咱可以当园丁。中国不是有句俗话"三百六十行，行行出状元"吗？

如果这棵"蒲公英"在我们身边，我希望我们的老师、家长也能和书中的老师、家长一样，让它肆意生长！

做张印通校长的追随者

　　我以前读书就像大户人家的孩子吃饭一样，总是很挑食，专读自己喜爱读的书。现在读书就像饿汉在闹市街头，只要能吃就行，不管什么类型，自己喜不喜欢。因为总是觉得自己很浅薄，知之甚少，方方面面需要提升。

　　今天读了一篇关于张印通先生的文章，让我在大开眼界的同时，也深深折服。

　　张印通，1897年出生于嘉兴泰石桥张家湾。自小品学兼优，为模范生，中学得校长计仰先的赏识，推荐其考取官费生，留学日本。1931年起任浙江省嘉兴中学校长。

　　张印通初任嘉兴中学校长时，年纪尚轻，学校中有不少老师是教过他的老师。其中有几位老师喜欢夜饮，经常喝酒喝到深夜回校，看门的工友必须起床为这些老师开门，特别是冬天，半夜起床开门是很冷的。久而久之，这位工友不免有些怨言。

　　张印通知道这件事后，考虑了良久，有了自己的主意。他让那位工友在学校关门后先去休息，自己看门。等这些老师喝完酒回来，亲自为他们开门。每进来一位老师，他都恭恭敬敬地一鞠躬，并说："某老师，您回来了！"

　　这样一连好几天，这些老师看到张印通作为一校之长，深夜不休息为自己开门，有所感触，就自觉地放弃了夜饮的习惯。而这位工友也深受感动，以后有老师外出，半夜起来开门再也没有怨言了。

　　我读这一段极为震惊，这就是那个时代的校长。有知识，有见识，有胆识，有变通，有情感，有教育，有气象。张印通是小字辈，许多人是自己的老师，即便是一校之长，尊师重教还是需要的。但老师深夜外出喝酒，并且已经与工友产生了矛盾，怎么处理就是一个大问题。我想无非有以下几种处理方式，第一，装作看不见，听之任之，可能就会有大事发生。且不说别的老师看在眼里，有样学样，就是看门的工友也对校长有意见。第二，让工友过时关门，不让夜饮老师回校。这样势必激化矛盾，很可能造成新的对立。第三，通过制度，禁止老师夜饮。这样老师夜饮问题解决了，但心里的疙瘩产生了。

明明只有这三条路，但张印通却选择了第四条路。他让工友放学后自去休息，自己每晚亲自恭候，为夜饮的老师开门，逐一鞠躬，说您回来了。一校之长，如此放下身段，如此低调谦和，不置一词。这些夜饮的老师无比汗颜，从此不再外出夜饮。看门的工友万分感动，从此晚上起床开门，也不再抱怨。

做校长就应该像张印通先生一样，凡事用情用心用力，持之以恒，一定会润物细无声，化腐朽为神奇。

与世界共成长

    静下心来细细读了好几遍《3X 时光成长计划简版教程之四》，里面说的每一句话，每一个字我都觉得极美，极准。

    文章里面的"学会面对变化，与世界共成长"让我感触良深。

    昨天去土城小学开会。三年前去土城，出城区，上至喜桥，过桥边，到土城。凭着记忆，走着老路，一条条大道宽阔平坦，纵横交错，颇有大都市高架桥、快速通道的感觉。路上车辆较少，交通灯少见。跟着感觉，过了桥边小学再走十来分钟就可以到达目的地了。结果，走着走着，发现自己走到了路的尽头。环视四周，没有一个人，也没有一个标志。拿出手机开始导航，掉头，上快速通道，不到十分钟顺利到达了学校。

    到了土城小学后，发现肖校长早已经到达了，正在参观校园。和肖校长闲聊刚刚的经历。肖校长听后问："为什么开始没导航呢？"是啊。手机在手，麻烦全无。如果早一些导航，那就会少一些不安，少走一些弯路，早一些到达。

    害怕返程再次迷路，跟着肖校长的车走。没有想到的是，出土城后上快速通道，一条直路到至喜大桥。原来，世界日新月异，飞速发展。而我，长期待在一个地方，少有出门，不了解、不关心外面的变化与发展，还在用以前的经验行事，所以，让自己迷了路，耽搁了时间。

    通过这件事情，我深刻认识到在今后的工作和生活中，我要放眼世界，与时俱进，学会面对变化，与世界共同成长。

在机会来临前，请认真准备

今天读了我 N 年前给儿子买的《寓言故事》。有一则故事是这样的：有一个穷人每天都在向上帝祈祷，希望有一天能够让自己腰缠万贯，成为富人。后来有一天上帝真的来了，问他有什么愿望，他看到邻居家靠开矿赚了很多钱，于是脱口说出："我希望自己也能有一座矿。"

于是上帝答应给他一座矿，但这个人却不会管理矿的开采，最后还是一无所有。

读罢这个故事，让我感慨万千。一个没有能力的人，即便让他成为百万富翁，他也很有可能不知道怎么样让钱生钱，怎么合理安排自己的财产，最后还是只会挥霍自己的财产，依然一无所有。

人生向来不会事事顺利，有能力有深度的人遇见事情会认真去思考事情发生的原因和解决方法，在机会还没有来临之前他们会做好充分的准备，让状态最好的自己去迎接机会。

而那些没什么能力的人只会一味地等待，即便是机会真正来临了，也会失之交臂白白浪费。一旦遇见什么困难，他们的第一反应并不是要寻求解决问题的办法，而是去抱怨为什么别人可以自己不可以，会为自己的无能找借口。

"脚踩西瓜皮，滑到哪里算哪里的人"永远都没有自己的人生规划，也不知道怎样才能实现自己的人生价值，除了抱怨一无所有。

抓 "关键少数"

　　"如果你让有问题地学生的父母到学校来面谈学生的事情，门打开，刚好一个人进入，谁最先进入？"心理学老师的问题一抛出来，下面地听课老师大脑迅速搜索，想着怎么回答。没有一个人无所事事，昏昏欲睡。

　　"是不是家里地位最高，分量最重的人最先进入？"没有听见有人回答的声音，老师说出了答案，让我们判断。仔细一想，好像是的。如果家里是爸爸说了算的，爸爸最先进屋；如果家里是妈妈当家作主的，就是妈妈先进去。

　　"如果一个人走在前面，进门的时候回头给另一个人以眼神暗示，或动作提醒，这就不容易判断出谁是家里最厉害的了。那就要看进门之后在沙发上怎么落座。"老师抑扬顿挫地说着，听课的教师屏气凝神地听着。"为什么要关注谁是家里最厉害的人呢？因为问题学生的背后都有问题家长。谁的问题最大？当然是家里最厉害的人了。"

　　每学期我们都要和家长见面，要么在学生家里，要么在学校里。每次见面我们都在努力尝试着改变家长不正确的教育观和育儿观，但是收效甚微。今天听心理学教师讲习一天，忽然明白做任何事情就应该像打蛇打七寸一样，抓事物的关键和核心，一举用力，方能成功。

　　教育家长，也应该注意方法，要善于"抓关键少数"。

　　提升自己，也要抓关键事件，要牢记"活到老学到老。"

勇敢走出舒适区

利用培训的闲暇时间，把《肖申克的救赎》重温了一遍。每次读它，有不同的感受和发现。这次的阅读，让我对文中的布鲁克斯有了新的看法和认识。

肖申克监狱里的人都意志消沉，因为他们不知道该做些什么，只能漫无目的地打发日子，布鲁克斯也是其中一员，他也同样没有了追求。在他心中，图书管理员是一个很好的工作，日子过得清闲，也不用打打杀杀，最适合他这种与世无争的人，慢慢地，他失去了想要走出监狱，开始新生活的梦想。可以说，如果不是因为处在舒适圈太久，布鲁克斯也许会像安迪一样，想要逃出这个令人生厌的监狱，而不是留在这里等死，更不用说，在这里当一辈子的图书管理员。所以，是舒适圈让布鲁克斯没有了对生活的追求。

因为舒适圈让布鲁克斯的生命以悲剧结尾。当了大半辈子的图书管理员，布鲁克斯已经欣然接受，并打算就这样一直干下去，但事情并没有像他想的那样发展，因为布鲁克斯即将刑满释放。于是为了改变这一情况，布鲁克斯打起了劫持狱友的主意，不过好在没有伤及无辜，就被制止了。最后，布鲁克斯还是被迫走出了监狱，可没过多久，他就因为适应不了这个社会而自杀。不难看出，如果不是因为处在舒适圈太久，布鲁克斯不会想待在监狱，对区区一个图书管理员职位依依不舍，也不会铤而走险劫持狱友，更不会自杀，而是巴不得赶紧离开，奔向外面美好的世界。所以，是舒适圈让布鲁克斯的生命以悲剧结尾。

从布鲁克斯身上，我深深地意识到舒适圈对一个人的危害有多么大，它会使人慢慢失去对生活的追求，满足于现状，从而不思进取，最后成为一个没有梦想的人。而这样的人最终会被社会淘汰，成为下一个"布鲁克斯"。因此，我们需要不停审视自己的观念，不要让舒适圈毁了自己，要勇敢走出舒适圈，去寻求属于自己的美好未来。

与青年教师交心谈心

习近平总书记 2017 年 5 月在中国政法大学考察时说："中国的未来属于青年，中华民族的未来也属于青年。青年一代的理想信念、精神状态、综合素质，是一个国家发展活力的重要体现，也是一个国家核心竞争力重要因素。"我认为，青年教师之于学校，也一样是学校的未来属于青年。

鉴于此，学校召开了青年教师成长专题座谈会。

一直以为青年教师大多都是独生子女，她们身上带有独生子女的特点，比如，比较自我，比较没心没肺，比较好逸恶劳。没有想到，当她们在谈到工作和生活中同事、领导对她们的帮助和鼓励时，她们哽咽不语；她们谈到同行对她们课堂教学的批评和点拨时，她们感激涕零；她们谈到自己专业成长时，更多的是责备自己接受能力不强，不能照单全收，使效果无法显著，没有丝毫的责怪和埋怨他人。

小小的会议室，短短的交心谈心，让我更加了解她们，理解她们，也更想为她们做好成长的服务工作，让她们更快更好地成长与成进步。

与积极者同行

今天下午邀请了区党史学习教育宣讲团成员余国华主任到校为教师宣讲。余主任从为什么学、学什么、怎么学三个方面进行了深入浅出的讲解。

通过余主任的宣讲，我有以下感想：

一、活到老，学到老。余主任本就是大学历史专业毕业，但是已经毕业近三十年了。如果没有经常的温故而知新，估计很多知识早已还给老师了。余主任能够将目前的党史学习教育内容讲得清清楚楚、明明白白，可见课前是花了不少的心思和心血的，是认认真真、扎扎实实学习了习近平总书记系列讲话和党史学习教育读本的。所以，要想学科教学与时俱进，要想听众学有所得，作为教师必须时刻保持向上的姿态，不断学习，提升自己，才能把讲台站稳，把专业做强。

二、历史是最好的教科书。这句话是习近平总书记说的。以前不觉得这句话说得有多好，多么有哲理。今天余主任就这句话结合历史事件娓娓道来，改变了我的看法，加深了我的印象。要想把事情做好，少走弯路，多些胜算，还真得好好向历史学习。

三、学习的方式有很多。很多教师感慨年纪大了，记忆力下降了，历史事件的时间、地点、人物、事情经过和结果有时候会混乱。余主任说，最近中央电视台播放的电视连续剧，比如《觉醒年代》等可以让大家在故事里理清头绪，加深理解。

每天和不同的人打交道得到不一样的信息，每天在他人的激励和感召下向前迈进一步，长期坚持，那该进步多少啊？

和积极者同行！

每天进步一点点！

凡事早一点儿

我一直认为守时是一个人最基本的素养和礼仪，我经常提醒自己：千万不能迟到！我也经常教育孩子：上学一定不能迟到！

儿子班主任要求早上 6：50 前到教室。从我家到学校大约 20 分钟。我们一般 6：10 出发，6：30 到他的学校。

今天 6：05 坐到车上，准备启动的时候，发现已经给儿子准备好的水果盒落在家里的餐桌上。心里还是小纠结了一下：多大一回事儿呀，一餐不吃水果不要紧，还是不要上楼去拿了吧？既耽搁时间，又爬楼爬得气喘吁吁，一时半刻不能平静。转念一想，如果这个时候不拿，家里没人，等下午下班回家，水果岂不是坏了？太浪费啦。赶紧上楼去拿吧。打开车门，拔腿就跑，一口气爬上楼，开门，拿水果，锁门，下楼，再次上车，总共没有用到三分钟。到达学校依旧是 6：30。

细细想一想，为什么出现了意外还不影响结果？那是因为早出发，有时间去弥补意外带来的损失。

记得读小学时，有一篇课文是《从百草园到三味书屋》，里面写到了 12 岁的鲁迅在课桌上刻了一个"早"字。现在学习党史，知道了鲁迅后来凡事求早，早早救国救民。

鲁迅先生从小一直事事提前，尽早去做。在他的人格和行为举止方面也会表现出实事求是，诚实守信的原则。当然这与他的一个经历不无关系。

这个故事就跟他的启蒙老师寿镜吾有关。本文是一个令人拍案叫绝的一字故事：也就是经典的"一字座右铭"。

鲁迅 12 岁的时候，就读于浙江绍兴的"三味书屋"。一次，因为帮母亲鲁氏处理家族的事儿，耽误了上学，结果寿镜吾老师就狠狠地批评了他。为了牢记教诲，同时也为自己因为家务常常迟到而感到不快，也是为了不打扰同学们的学习进度，鲁迅发誓再也不能迟到。为了严格要求，他便在桌子上方方正正地刻下一个"早"字。

长大后的鲁迅凡在学校里，公开场所，都会早到。二十世纪初，刚刚成年的迅哥便以优异的成绩考进了南京矿院，而且顺利取得留日学习的资格。

一切都是为了"早"，更为了中国人早早摆脱腐朽和落后，鲁迅便走在时代的最前方，呼吁呐喊国民摆脱封建思想，早日解放被压迫的传统人性。

我一直深受鲁迅先生"早"字的影响，尽量做到"事事早，时时早。"我也在践行中享受着"早"字给我带来的福利。

做自己就好

关上家门，打开空调，躺在沙发上，手机调为静音，静心静气看完了《穿普拉达的女王》这部电影。

安吉利亚是一位二十多岁正在找工作的女孩子，由于之前的工作能力突出，简历优秀，误打误撞被最顶尖的时尚杂志《天桥》聘为助理，这对所有的女生来说都是一份求之不得的工作。但是这时的女主角安吉利亚是一个外貌平平，穿着普通，身材微胖的样子，似乎与时尚格格不入。若被正式录用，还需被称为时尚女魔头的强人主编马琳达的面试。面对马琳达的一系列刁钻的问题，安吉利亚以她的独特性和实力获得了马琳达的青睐，但这仅仅是最初的考验，入职后的她，面临着不停的考验和打击。必须随叫随到，买咖啡、提包、整理时尚杂志，必要时花一天背诵两大本时尚派对的人物名单是家常便饭。

尽管安吉利亚已经尽了她最大的努力，一心三用还得尽善尽美，时常加班到凌晨，但是始终都不能让马琳达满意，马琳达甚至说她不如之前笨庸的助理，这令安吉利亚深受打击，一向自信的她开始怀疑自己是否适合这份工作。安吉利亚向公司的搭配师好朋友倾诉自己的想法，搭配师早已了解马琳达的行事作风，于是帮助安吉利亚在搭配造型上面重拾自信，这一改变让最开始连睫毛膏都不知道，受同事耻笑的她改头换面，重新找回来自信，进军时尚领域，令马琳达也感到吃惊，同时也让马琳达对她寄予越来越多的期望。慢慢的，安吉利亚越来越懂得各种奢侈品品牌，并运用自如地进行搭配。虽然安吉利亚偶尔犯错，但是她令马琳达逐渐信任了她。她自己本来的生活也开始发生了改变，和男朋友的相处时间越来越少，两个人之间的交流互动、生活中的惊喜逐渐消失，时常沉默，和朋友聚会时，工作永远是最重要的，无论何时何地，马琳达的电话会让她抛弃所有，第一时间赶到。

对于自己生活的改变和职场一步步站稳脚跟，这样的付出和得到，可能是成正比的吧。毕竟，鱼与熊掌从来都不是可以兼得的，就看你如何取舍了。

就像马琳达自己的人生一样，离过一次婚，有两个幼小的女儿，在职场中叱咤风云，工作就是她的全部，她的权势和名望如日中天，但她无法权衡生活和家庭，最终她又将与第二任丈夫离婚。尽管独自一人的她也会为自己的遗憾流泪，但是第二天她还是会和以前一样工作，哪怕媒体在报纸上恣意揣测她的人生，可她越发表现得刀枪不入，因为她没有其他的选择。随着安吉利亚和马琳达的接触越来越多，她发现马琳达外表光鲜后面也有人们看不到的心酸。

　　安吉利亚在职场中接触越来越多的社会人士，她无法克制自己对于成功人士的欣赏，在一次时尚派对结束后，她和一名作家邂逅了。众所周知这样的一夜情似乎在这一领域中是稀疏平常的事情了，一觉醒来，他们可以重新回到陌生的关系，如果能进一步发展，那是因为利益关系驱使。所谓的真心相对，那可能是骗自己罢了。马琳达对安吉利亚说，在她身上看到了年轻时候的自己，安吉利亚说她不是。她是有血有肉，有情感的，她的确证实了这一点。在到达巴黎时装派对前，安吉利亚放弃了她所得到的一切，下了车，丢掉了手机。这意味着，她选择离开时尚这个她付出了太多的领域，回归到了曾经的普通外套、牛仔衣、大背包的生活。和男友、朋友回到了最初的状态，可能会有人不理解她的行为，明明有机会进入高层领域的生活，成为名流中的一人，又或是十多年后达到和马琳达一样的高度，背着女生都羡慕的名牌包包，穿着搭配出众，妆容精致，可她都选择放弃。在《天桥》工作的这一段经历对她而言成为了过去，我想这其中最重要的是她明白了做自己才是她想要的，这种真实甚至是马琳达所欣赏和做不到的。

　　每一个群体都会有一个标签，为了走进这个群体，为自己打上这个标签便成为了我们每一个人的夙愿。这个标签不知不觉中改变了我们的想法、我们的习惯，甚至我们的精神追求。追求标签的旅途必定是痛苦的，很多时候需要我们放弃很多原本拥有的东西，例如平淡、亲情、友情。原本朴素的生活或许因为这执拗的追逐而变得华丽，或许变得更加平淡。无论怎样，自己要明白：我是谁？我来自哪里？我将要到哪儿去？不要随波逐流，认清自己，脚踏实地，不负韶华。

小小的约定，大大的改变

　　儿子读小学的时候，宜昌市正掀起"小组合作"的热潮。为了开展好小组合作，学校里的老师和孩子们制定了很多的"我们的约定"。我觉得"我们的约定"能够约束你我，能够让你我共同成长。于是，在家里和儿子也制定了很多的"我们的约定"。有平常的约定，也有寒暑假的约定。这些约定，对儿子的成长起了很大的作用。

　　读了《陪孩子走过小学六年》，被文中的"契约约束"很有必要吸引住了：虽然以书面契约方式跟孩子进行的约定稍微麻烦了一点，但是对孩子行为习惯和学习习惯的培养确实会有帮助，而且也会有效地建立孩子的规则意识，是事半功倍的好事。一直以为学习方式方法是可以约定的，没有想到，生活中的点点滴滴也是可以约定的，比如进屋之后摆放鞋子，说话声音大小……我也要试着用一用这一招。

　　晚饭是一家三口舒舒服服坐在一起享受美食的幸福时光，我说："今天我读了《陪孩子走过小学六年》，里面有一个契约约束很好。本来陈俊言是九年级了。但是我相信我们一家三口都有向上向善的潜质，我们现在开始践行也不晚。我们也来一个契约，怎么样？"老公说："可以！"儿子说"行！"见他们父子俩这么给力，我肯定不会放过这个大好时机："我们一起拟定契约。如果谁违反了契约，谁就被罚款，罚款的钱给陈俊言。当罚款的金额达到300元，我们全家去饭馆一次。大家有没有意见？"儿子说："妈妈，你和爸爸都有工作，都有工资。可是我还是学生，我哪儿来的钱交罚款呢？"这确实是一个问题。我想了想说："首先，我给你一百元的启动资金；其次，你要严格遵守契约，争取不罚款。你看行不行？"手中有钱，心中不慌。儿子点点头。我问老公有没有意见。老公摇摇头。既然大家对我的这个提议没有意见，那就赶紧实施呗。我趁热打铁："今天晚饭后我们就拟定契约吧。"老公说要洗碗没有时间，儿子说要做作业没有时间参加，他们委托我拟定。那敢情好啊。哼哼！你们父子俩平时的表现我都尽收眼底。我一定要抓住这个机会，把我希望他们做到的事情都写进去。每天进家门，总是看见门口的鞋子摆放的乱七八糟，有的在鞋架上面，有的在沙发下面，有的在门背后，这个要写进去；每次吃完饭，老公总是喜欢躺在沙发上看手机，而我一向看不惯家里横七竖八，脏脏兮兮。于是我催他洗碗，他老是说："你放心，碗我会洗的。"有个时候，他半夜洗碗，叮叮当当的，吵得人难以入眠；有的时候他忘记了，第二天才洗；有个时候我催他，他不耐烦，两人吵吵闹闹一顿，伤了夫妻和气。这个也要写进去；儿子犯了错误，老公批评儿子喜欢说"像你妈妈一样，不动脑筋。"嗯，这样的话让人听了就反感，应该禁止他说，要写进去；儿子胃口好，长得胖，要锻炼，我们一家人都要陪练，这个也要写进去。

1. 进门后，把脱下的鞋摆放整齐，不摆放整齐，一次罚款 5 元；

2. 吃完饭，把各自的碗筷收拾到厨房，不收拾者洗碗两次，罚款 5 元；

3. 对别人有意见，要好好说话，不能大声嚷嚷，不能盖棺定论，不能恶言相向，如"不动脑筋""像你爸爸 / 妈妈……"违反者，彻底打扫屋子一次，罚款 50 元；

4. 爸爸洗碗洗衣，妈妈买菜做饭，儿子倒垃圾。各司其职。如若不能"今日事，今日毕"，一次罚款 10 元；

5. 儿子统考成绩排名有进步，爸爸妈妈各奖励 100 元；

6. 周末全家锻炼身体，不参加罚款 50 元 / 人·次。

拟订好了契约，我打印出来让他们父子提建议，他们表示没有意见。好！那我们就按照这个"契约"去执行。文化熏陶人，提示警醒人。我把契约装饰好贴在客厅里，老公儿子陆陆续续跑到它跟前阅读起来。很好！要的就是这种效果。人人知晓，人人执行，人人进步。

第二天晚饭后，我什么话也没有说，老公吃完饭就去洗碗。儿子吃完饭就去倒垃圾。家里没有因什么时候洗碗而争吵不休，也没有因谁倒垃圾而嚷嚷，屋内的每个人各司其职，一片祥和。我心中窃喜。

第三天下雨，淅淅沥沥不停。睡觉前，我对儿子说："你是不是忘记了倒垃圾了？"儿子"哦"的一声，马上换鞋拿伞出去倒垃圾了。

第四天，我去菜市场买菜，太多太重，老公说他来接我。一个小时过去了，他才现身，我怒不可遏："你说你马上就到达的。你看看：几点钟了？"老公一言不发看着我，等我说完了，他指着我说："你是要罚款的，是要罚款的。"我一下子就像泄了气的皮球，耷拉着脑袋。在一旁的姐姐见状，忙问："他说你是要干什么的呀？我没有听清楚。"我把我们家契约的事情和她讲了一遍。讲的时候姐夫在旁边听着。等我讲完，他和姐姐说："尽管我们的女儿上大学了，家里只剩下我们俩，但是我觉得我们也可以来一个契约。第一条，就是你不能莫名其妙生气。你一生气，我就不知道该怎么办了。"姐姐和姐夫商量着家里的契约了。

小小的契约，是对美好生活的向往，是遇见美好自己的"摆渡人"。它改变了你我的生活，让我们变成自己喜欢的模样。

做自己的摆渡人

很多人不喜欢读外国作品，可能是因为人名和地名比较长，难于记忆，也有可能是因为外国作品开篇都很枯燥乏味。

《摆渡人》这本书，我前年就买了，因为前面提及的两个原因，断断续续的，一直没有读完。国庆节后，我老公的爸爸生病住院，几度抢救，命悬一线。人死后会发生什么事情呢？带着这份好奇，在他生病住院期间，我再次拿起了这本书读了起来。读着读着，就一发不可收拾，被里面的情节吸引住了，走到哪儿读到哪儿。

读完之后，我心中的疑惑豁然开朗：人死了之后，你的灵魂和躯体会分开。灵魂在走向天堂的过程中，上天会为你安排一个摆渡人，为你指引方向，为你保驾护航。文中的主角是一个十三四岁的中学女孩儿——迪伦，她父母离异，随母生活，母女关系不是那么融洽，她的学习生活也不是那么如意。她想去见一见自己从未见过的父亲，和父亲联系好了，偷偷出发了。不幸的是，火车在隧道里发生事故，迪伦灵魂出窍，遇上了她的摆渡人——崔斯坦。在穿越荒原的那些天，她与她的灵魂摆渡人——崔斯坦相爱了。穿越荒原途中，勇敢、强悍的崔斯坦化解了一次又一次恶魔的进攻，引领着迪伦的灵魂穿越危险的荒原，她到达了灵魂称之为"家"的地方。这些天，她收获了爱情，也让她明白虽然"家"很美好，但是没有崔斯坦的"家"是残缺的，是一座散发虚幻光芒的荒凉城堡。于是她寻找一切机会逃离"家"，重返荒原，并以自己坚韧的意志在荒原找到了摆渡人崔斯坦。在从荒原返回人世的途中，她又耐心地解开了封存崔斯坦多年的思想禁锢，并勇敢地引领他和自己一起尝试着返回人世。她成了崔斯坦的摆渡人。

故事开始，崔斯坦是迪伦的摆渡人。随着情节的发展，迪伦成了崔斯坦的摆渡人。无论谁是谁的摆渡人，都需要一个条件——比被摆渡人强大。在经过荒原、山坡、湖泊时，那是崔斯坦的地盘，他了如指掌，信心满满，引领着迪伦一步一步走向天堂。返回人间时，迪伦的决心很坚定，信心很十足，所以，她不断地鼓励着崔斯坦，和崔斯坦一起在人世间相遇。

无论自己是否是摆渡人，都不能停止前进的步伐，都不能放弃自己的成长。

穿越人生的荒原，最值得信赖的摆渡人，永远是你自己。

生活与作品

我喜欢读张爱玲的文章，诧异于她对文字的掌控力。以前就书读书，不关心作者的简历，也不关心文章背后的故事，所以，对文章的理解不够深刻和透彻。最近读了一些大咖对张爱玲的评论，把她写的文章理了一遍，有了新的理解和看法。

说起张爱玲，想必大家不会陌生。她是天才少女，19岁就写出《天才梦》，说出："生命是一袭华丽的袍子，爬满了虱子。"她23岁前没谈过恋爱，就写出旷世爱情传奇《倾城之恋》。她一生没当母亲，却在24岁就写出影响文学史的典型恶母曹七巧。24岁出版小说集《传奇》，很不谦虚地说："出名要趁早，来得太晚的话，快乐也不那么痛快。"

天才不是凭空而来，才华藏着基因的秘密。张爱玲出身名门，祖父张佩纶是清末名臣，祖母李菊耦是朝廷重臣李鸿章的女儿。但到第二代就大不如前，父亲张志沂有深厚的古典文学修养，但是个成天赖在躺椅上抽大烟的遗少；母亲黄逸梵是有文化的新式女性，但在爱玲很小时她就抛儿弃女去留洋，在爱玲十岁时她就离婚，过上打麻将、泡靓仔的生活。父母亲在事业上没有上一代那么辉煌，家庭也没有维系好。难怪张爱玲听说祖辈的辉煌时，不甘心得牙痒痒："恨不得早点出生，扒开棺材，赶上他们的盛世。"

没有赶上家族盛世，但却隔代遗传了祖上的优秀基因。12岁，在从不发小说的《凤藻》上发短篇小说《不幸的她》。13岁，发表第一篇散文《迟暮》。17岁，发表小说《霸王别姬》。23岁，在当时顶尖的报刊《紫罗兰》上，发表小说《沉香屑·第一炉香》，一举成名。《紫罗兰》主编周瘦鹃刚看到这篇文章，大叹一声："这文章惊为天人！"他以为又捕捞到一枚中年作家，因为那时张爱玲用了笔名，雌雄莫辨、老少难分。那一年，张爱玲写出了《沉香屑·第二炉香》、《倾城之恋》《心经》《谈女人》，还有《封锁》。如花的岁月，她宅在房里写，躲在金丝眼镜后写，想把基因里的才华逼出来，踮起脚尖靠一靠祖辈的辉煌历史。一心想成名的她没有想到，爱情会随着文章循声走来。有天，她写完文章，发现门缝塞了张纸条。来人说看了《封锁》，忍不住要拜见作者，留下电话，落款：胡兰成。一开始张爱玲是拒绝的，她天性害怕跟人打交道，但缘分就是这么神奇，隔天她还是好奇地联系了胡兰成。胡兰成再登门时，第一句话就说："没想到你是个女人。"第二句话就说："你怎么可以生得这么高？"质问得莫名其妙，又暧昧得合情合理。就像钱钟书第一次见杨绛就说："我没有女朋友。"就像鹿晗给关晓彤的生日祝福是："小怂，你已经够高了，不要再长高了。"情话写得满天飞的张爱玲懂他的意思。她害羞得低着头，他却滔滔不绝地分享了一下午的读后感。第二天下午，胡兰成还来。第三天下午，胡兰成还来。第四天下午，胡兰成还来。不用问了，张爱玲恋爱了。

张爱玲非常古怪，没谈恋爱时像看破红尘的老人，写了一大堆痴男怨女的恋爱心理："恋爱着的男子向来是喜欢说，恋爱着的女人向来是喜欢听。恋爱着的女人破例地不大爱说话，因为下意识地她知道：男人彻底地懂得了一个女人之后，是不会爱她的。""一般的男人，喜欢把女人教坏了，又喜欢去感化坏女人，使她变为好女人。""一个女人上了男人的当，就该死；女人给当给男人上，那更是淫妇；如果一个女人想给当给男人上而失败了，反而上了人家的当，那是双料的淫恶，杀了她也还污了刀。"

但谈了恋爱时，却蜕化成一个痴痴的小女孩。明知胡兰成有两妻一妾，介意，但还是抵不住爱他。明知胡兰成 38 岁，大自己 15 岁，又在汪精卫手下办事，论情场和政治手腕都不会少，但还是毫无保留地爱他。明知胡兰成对女人没个定性，没了新鲜感就换新的，定情时选了自己最好看的照片给胡兰成，在照片背面直接告白："当她见到他，她变得很低很低，低到尘埃里，但心是欢喜的，从尘埃里开出花来。"胡兰成夸她穿那双粉色金丝绒鞋好看，她关上房门，穿好，等他来。胡兰成给她买一件貂皮大衣，她高兴得要写篇文章来炫夫："花着他的钱，心里是欢喜的。花他的钱，不是因为女人的贪婪。因为女人也不是随便哪个男人的钱都会拿来花的，同样是过尽千帆的慎重选择，女人用可否花到他的钱来验证他的爱，而男人是用她是否愿花他的钱来试探她的爱。所以一个男人愿意他所爱的女人花到他的钱。"张爱玲曾说:"最恨天才女人太早结婚。"可是遇到胡兰成之后,她似乎忘了自己写过这些。

1944 年 2 月,胡兰成登门拜访。1944 年 8 月,胡张二人登报公示结婚:"胡兰成张爱玲签订终身,结为夫妇,愿使岁月静好,现世安稳。"张爱玲拟前两句,胡兰成补后两句。

1945 年初,他们结婚不过四个月,汪精卫一脉政治出了问题,胡兰成自己逃难到武汉,不顾张爱玲在上海被人骂为汉奸妻。这还不算完,刚到武汉不到一个月,就勾搭上护士小周,毫不避讳地写信给张爱玲:"我爱上了别人……"张爱玲万念俱灰,胡兰成完全不在乎。1946 年,胡兰成带着小周逃到温州,张爱玲跑到温州找他,要他在自己和小周之间做出选择,胡兰成死活不肯。张爱玲质问他:"你与我结婚时,登报写'现世安稳',你现在哪里给我安稳?"胡兰成理直气壮地回答:"我待你,天上地下,无有得比较。若选择,不但于你是委屈,亦对不起小周。人世迢迢如岁月,但是无嫌猜,安不上取舍的话。"说得多么好听,你们谁都是我的至爱,舍不得放弃任何一个。简而言之就是,老子没钱没权还是要坐享齐人之福。张爱玲认识胡兰成之前,就写出最广为人称道的爱情小说《倾城之恋》。小说以日军攻占香港为背景,写香港为了成全失婚女白流苏嫁得钻石王老五范柳原而倾覆。范白两人原本没有确定关系,一直在相互较量,白流苏没那么爱范柳原,但要一份现世安稳的关系,范柳原喜欢白流苏,但跟胡兰成一样,还留恋外面那些莺莺燕燕。珍珠港事变当天,范柳原冲回香港,救出差点被炸弹炸伤的白流苏,两人默契地放下心里那点小九九,终于走到了一起。

在黯然离开温州的时候,张爱玲把 30 万元稿费留给这个绝情的男人。"生于这世上,没有一样东西不是千疮百孔的。"痛苦到极至的张爱玲这样诉说,逻辑的链条断裂了,生命的热血在喷涌。因爱而慈悲的张爱玲忍受着嫉妒的烟焰炙烤,内心的挣扎一览无余。

"如果我不爱你,我就不会思念你,我就不会妒忌你身边的异性,我也不会失去自信心和斗志,我更不会痛苦。如果我能够不爱你,那该多好。"可是爱情不是水龙头,能够随时随地地拧上,醉里挑灯的张爱玲还是痛苦,借酒浇愁似乎也失去了效应，"酒在肚子里，事在心里，中间总好象隔着一层，无论喝多少酒，都淹不到心上去。"

在《半生缘》中，失散了十几年的恋人顾曼桢与沈世钧，别后重逢，竟然同时感叹："我们再也回不去了。"是的，回不去了。这是古往今来的最苍凉的凄婉和最无可奈何的一声叹息。

温州别后大半年，胡兰成去上海看张爱玲。因为嫉妒周训德和范秀美，张爱玲态度冷淡，当夜二人分室而居。第二天清晨，胡兰成去张爱玲的床前，俯身吻她，张爱玲伸出双手紧抱着他，哽咽一句：兰成！一时哽咽难当，伤心落泪。

"如果情感和岁月也能轻轻撕碎，扔到海中，那么，我愿意从此就在海底沉默。你的言语，我爱听，却不懂得，我的沉默，你愿见，却不明白。"可是情感和岁月怎么能撕碎？它们不仅醒着，而且还高举着，在招摇。

又半年后，张爱玲给胡写信，说："我已经不喜欢你了。你是早已不喜欢我了的。这次的决心，我是经过一年半长时间考虑的，彼惟时以小劫故，不欲增加你的困难。你不要来寻我，即或写信来，我亦是不看了的。"从此一段旷世奇缘，石沉大海。

当年张爱玲就伤心赴美。在余下的整整半个世纪里，张爱玲都在四处漂泊中度过。后来她虽然还有一次与赖雅的婚姻，只是曾经沧海之后，不再有爱情。

1994年，张爱玲出版《对照记》，用相片叙说自己的故事，不仅没有赖雅一张相片，甚至对他只字不提，而且整本书没有一个爱字，张爱玲的字典里已经没有这个字的温度和湿度了。"执子之手，与子偕老"的梦想，早已经遗失在40年代的上海，"雨打风吹去"，赖雅不久病逝，张爱玲一个人孤单度过漫长的三十年。

张爱玲所有传世的作品几乎都在25岁之前完成，与胡兰成分手后，有好长一段时间她没有动笔。她的确如她所言，从此萎谢了。

作品都是从生活中来。优秀的作家，总能在静心静气的时候，将自己想象的或亲身经历的一些事情，娓娓道来，让人读了有一种说不出的舒服，让读者铭记于心。如果作家的生活不如意，才华也会枯萎，作品也不尽人意。

骨干是折腾出来的

看到这个书名，我不由的想起了王玉蓉老师上过的"一课三议"的课题——《自己的花是让别人看的》。她的这堂课我听了三遍，独到的设计让我记忆犹新：自己的花是让别人看的？——自己的花是让别人看的！——自己的花是让别人看的。之所以读清华大学张建华教授的畅销经管图书——《骨干是折腾出来的》，也是基于好奇——骨干是折腾出来的？读完书后就有"骨干是折腾出来的！"的感觉。细细回味，"骨干是折腾出来的"的感触也就油然而生了。

一、敢折腾才有机会。机会是留给有胆识、敢折腾的人的。抓住机遇需要有胆识，但没有"胆"是不可能有"识"的。在激烈的市场拼杀中，永远保持一种创业的冲动，保持一种激情，从不畏惧，从不胆怯，"狭路相逢勇者胜"，敢于刺刀见红，敢于"亮剑"。这些是职业成功的必备条件。

二、经折腾才能成长。合理的要求是锻炼，无理的要求是磨炼。要想成长，就要经受得住来自组织、社会以及环境反复不断的磨炼——折腾。如同一块好钢，需要千锤百炼。在职业生涯中，要能够承受来自方方面面的压力，扛得住各种心理和生理方面的重负，艰难困苦，玉汝于成。就像唐僧取经，历经九九八十一难，最终修成正果。人才只有经受组织反复不断的磨炼，才能成为组织可用之才。所有梦想成为骨干的人都要具备坚韧的抗击打能力。

三、善折腾才会成功。管理者的任务之一，是培养人才、包括培养管理者自己。今天，很多事情一个人难以完成，组织也不可能让一个人把所有事情完成。要想成功就必须培养一批能履行职责、完成任务的下属。卓有成效的管理者必须具备折腾下属的能力。

读了这些，我认为，要想成功，就得辗转反复，翻过来倒过去地折腾。就像头被埋在水中，在强烈求生意愿指导下的折腾，方能诞生翻过来倒过去地追求成功的行为。又或者，我们每每辗转反侧睡不着，大概是因为心内有事，或担心或记挂，于是有人用凌晨四点的闹钟催醒自己来想创意，有人深夜端坐电脑前勤耕，还有人一早六点起床赶工，这是类似于求生的折腾。而我们教师更是如此，备一堂课要反复折腾，备教案、试教、评议、再改教案、再试教，这是真正的折腾，折腾以后，一节好课才会出炉。所以，要成功，需要野心，有野心，必然翻来覆去地追去，这就是折腾！成功是折腾出来的，没错。

取得成功，还要反复，并不是反复自省，而是反复做事。比如对某位公认的骨干教师我们心存欣赏，赏其德才兼备，赏其认真勤奋，赏其不恃才傲物，而请她分享工作的时候，她又时时谦逊，时时认真，一如既往。这样的人怎能不问鼎华山？所以我几乎断定，这样的教师，会始终优秀！而这种优秀便是一种反复，将好的言行反反复复地做，一丝不苟地做！

对骨干，当然要折磨。想成功的人，会被成功的企望便时时折磨，想必那也是甜蜜的折磨吧。折腾是一个正常人，成熟的人必定经过的生活，而且它将会伴随一生。要么你自己愿意过平庸而无味的生活。如新教师有新教师的折腾，骨干教师有骨干教师的折腾。不同的折腾需要上下传递，在折腾中得到乐趣。老祖宗早就明了这折磨得含义，几千年前的孟夫子就说："天将降大任于斯人也必先苦其心志，劳其筋骨……"，这难道不是折磨？还有"梅花香自苦寒来"，难道这又不是折磨？穷人的孩子早当家讲的大约也是这个道理，所以骨干是折磨出来的。

骨干是要有强烈的野心和辗转反侧追求的。

骨干是要反反复复重复成功的方法和心态的。

骨干是折磨出来的！

做简爱一样的女子

大学时，泛读课程老师常常要求我们读英语原著小说。随着岁月的流逝，诸多故事的情节在我的大脑中就像溪中的水草一样，缠缠绕绕在一起，无法分清，比如《蝴蝶梦》和《简·爱》。为了不让故事情节再混淆、打搅，疫情期间，我再次读了《简·爱》。

简自幼父母双亡，孤苦伶仃的她寄住在舅母家，残忍的舅母违背了丈夫临终前托她好好对待简的承诺。因此，简在舅母家受尽了舅母的虐待，表哥的欺凌。后来又被称作一个"撒谎者"被送进了专门收养孤女的半慈善学院——劳乌德，继续在饥饿、体罚、疾病缠绕的环境里艰难地挣扎。她以顽强的生命力在劳乌德完成了六年学业并担任了两年教师后，十六岁的简带着对自由的渴望和对生活的向往，应聘到桑菲尔德府担任家庭教师，开始了新的生活。桑菲尔德的主人罗切斯特先生被简的单纯坦率所吸引，两颗相爱的心在反复探视后终于碰撞出火花。可就在婚礼当天，有人证明罗切斯特先生早已娶了一个疯女人。简痛苦而理智地不辞而别。但在内心反复思考的促使下，她决定去探望罗切斯特先生。当她满怀希望的走向桑菲尔德府时，那里已经被疯女人烧成了一片废墟，而罗切斯特先生也因救疯女人而残疾。简满怀爱情和罗切斯特先生开始了无比幸福的生活。

相貌平平，身材矮小的简·爱以非凡的气质吸引着我。她平凡得像我的姐妹，又高尚得让我敬仰！她饱受折磨，却把爱带给每一个需要她的人。她善良，冒着被传染的危险去探望重病的海伦，给海伦带来最后的安慰；她宽容，从心底原谅了百般虐待自己的舅妈，真诚地和临终前的舅妈和好；她自知，无论身在何处，遭遇怎样的处境，她知道自己是爱罗切斯特的，是应该回到他的身边的。不仅如此，简的动人魅力更在于她对人格尊严的捍卫和对精神平等的不懈追求。这个可怜的孩子，从来没有体会过亲人的爱抚是多么温暖，没有受到过一丝一毫来自人类的善意，孤苦无依地处在奸邪与罪恶的包围之中，在饥饿与惊吓中长大。但这一切都没有摧毁她，因为一种强大的自尊自爱的信念，这种捍卫和追求贯彻了简的一生，正如简自己所说："如今我认识到这个世界是无限广阔的，希望与绝望，机遇与挑战并存，而这个世界属于有胆识、勇气去追求和探索的人。"

面对表兄里德少爷的辱骂和毒打，幼小的简"像是要造反的奴隶一样"，拼命和他扭打；面对地位、财富远远高出自己的罗切斯特先生，她勇敢地宣称："你以为，因为我穷，微不足道，长得丑，身材矮小，我就没有灵魂没有心吗？……我的灵魂和你一样丰富，我的心胸也跟你一样完整！……我的心灵在同你的心灵说话；就像两个人都踏进坟墓，将同样站在上帝面前一样，我们彼此相等——我们生来如此！"当他们结婚计划被粉碎时，罗切斯特提议到法国去过同居生活，尽管这个方案对于热恋中的人来说具有无法抗拒的诱惑力，但是她拒绝了——"我关心我自己。越孤独，越没有朋友，越没有人帮助，我越要自重。"因此她逃离了，以行动表明了自己对平等、理想爱情的向往。

第一次阅读《简·爱》是在大学，那时青春年少，只是觉得女主角多么的不容易，像海伦·凯勒那样一直奋斗着。

而现在，当我再一次翻开《简·爱》，一个活生生的不被命运所征服的女孩就站在我眼前。我翻着书，如同在和她面对面地交流。渐渐地，我开始被这个女孩所感染、所吸引，就像了解我自己一样了解她。我和她共呼吸，共哀乐，我为她流泪，被她震撼！

在随后的岁月里，简·爱的点点滴滴将一直伴随着我，清扫心情灰尘，净化我的灵魂，纯洁我的观念，我生活的天空也因此而更加高远辽阔！

在写作中成长

在写作的道路上，没有人指点，一路磕磕碰碰。

自己在艾家小学最欣慰的是一篇一篇的文章变为铅字。其中不乏教学叙事和教学反思。

多篇文章发表之后，总结出来自己似乎最擅长写叙事。

而说起写稿投稿的心得，我觉得首先就在于兴趣。兴趣是最好的老师，只有对一件事抱有浓厚的兴趣，才有动力去把它做好，且感到乐此不疲。每一次成功或者失败的课堂之后，无论多忙，我总喜欢把它迅速写下来。思想起源于实践、形成于思考，而思考的最好方式就是写作。在我看来，写作是思想的磨刀石，写作是教师是否具备思考力的外显性标示。思考固然可以不动笔，但你必须承认，不动笔、不形成文字的思考往往是肤浅的、零碎的、断断续续的、浮光掠影的，写作的好处在于能强迫人静下心来把模糊变成清晰、破碎变得完整、凌乱变得有条理，它促进人把观点表达得更科学更经得起推敲；写作是一趟深层的思考之旅。思考之马奔跑起来，起初还能控制，还知道方向和周围环境，随着渐行渐远，就必然顾了后边忘了前边、惦记前面又无法继续深入，这种时刻，只有拿起笔来，一路走下去，一路记下来，边走边记，等回过神来，纸上文字便是这趟思考之旅的见证和收获。真正的写作不能是信马由缰的记录，它必须条理清晰，充实严谨，写作的好处，在于梳理，在于促使人阅读更多的书籍、查证更多的资料，以求证自己的思索；这个过程成了一种吸收性极强的学习。写作是思想最外显的痕迹表露。所以有人说锤炼语言，就是锤炼思想，追求表达的独特与精致，也就是追求思想的独特与精致。你想证明你是个思想者而不是糊涂蛋，那么你就得拿起笔来，而不是和他人争个面红耳赤；你想证明你是个思考者，而不是一厢情愿的思想者，那么就请你用文字来证明你的儒雅、你的智慧。中国不是个重视演讲的国家，中国历史崇尚的君子是"讷于言而敏于行"，不要你巧舌如簧，而要你把事做出来。对于一个有思想的教师来说，重要的行动之一，就是把你的思想写出来，外化成字、成文乃至成书，让人捧着，看得见摸得着，心服口服。

其次，要做有心人，要"多"一双眼睛，"多"一双耳朵。平时要多关注单位的同事和他们的工作，积极挖掘素材。

再者，要耐得住寂寞。写稿是枯燥的，在别人娱乐休闲的时候，你却在埋头写稿，反复酝酿。有时写好的文章还不一定能够刊用，相当于之前的辛苦全部白费。这时候，你不能打退堂鼓，应该分析原因，力争做到精益求精。

当然，这一切的一切对于写稿人来说都无所谓，因为那种文章被刊用的快乐是一般人体会不到的。我的心中，时刻充满着写稿的乐趣。

用新的方式敲响 2017

——观《蒙娜丽莎的微笑》有感

看大片，是我的爱好。

在 2017 年到来之际，我用我喜欢的方式重温了一遍《蒙娜丽莎的微笑》。我希望通过这部电影来敲响我的 2017 年。

电影主角是凯瑟琳·沃森。她是美国马萨诸塞州的名校——卫斯理女子学院艺术史系的一名老师。开学第一课，女学生们给了她一个下马威，她要讲的内容，刚刚开口，学生们抢过话题，倒背如流，她干脆停下课来问："你们有多少人看过通篇教材？"学生纷纷举起手，用轻蔑的眼神看着老师，回答："我们都看过了，还看过了补充教材。""如果老师你没有别的新内容可以讲，我们要去自修了。""州立学校的水平太差了。"然后，各自散去。可以说，凯瑟琳·沃森老师给女生们上的第一堂课非常失败，但她没有退缩，而是勇敢地坚持自己的教学理念，大胆地开拓崭新的教学思路与方法。第二堂课上，凯瑟琳给学生们展示了教学大纲外的几幅艺术作品，这些课本上没有介绍的作品让学生们不知所措，纷纷说："这是课本上没有的知识呀。"凯瑟琳顺着学生们争论的思路，自然而然地提出了这门课所要回答的最重要的问题——"什么是艺术？是什么决定了艺术的好坏？又由谁来决定？"这些问题看似简单，实难回答，它往往使人陷入更深层次的思考。影片在此实际上是借凯瑟琳之口引出了故事的真正主题——"什么是人生？是什么决定了生活的好坏？又由谁来决定？"正如"什么是艺术？"一样，这些问题看似简单，实难回答，它往往使人陷入更深层次的思考。由此，凯瑟琳赢回了课堂的主动权，开始了她"标新立异"的教学。

当学生们正在观赏一部杰克逊·波洛克的作品时，凯瑟琳告诉她们该做就是思考。这一情节启示我：教育不是用书本知识把学生的脑袋塞得满满的，而是教育要"留白"，应当给学生足够的多元化思维空间，教师自己应当有独特的风格及内涵，让学生们有自由独立思考的能力。在评判一件事物之前，先全面了解它。人之所以为人，是因为有自己的思想。抛弃僵化的标准，每一个学生都应该有自己的想法，并且能够找到支持自己想法的理由，从而不害怕自己和别人不同，为了一个独特的自己而骄傲。如同影片台词所说，"没有错的答案，也没有教科书告诉你该怎么想"。也如同蔡元培先生所提出的"兼容并包"。在学生接触足够多来自各方面的信息和材料并经过老师引导以及自己充分的比较和分析，树立独立鲜明的个人观点就不再那么困难。

在另一堂精彩的艺术课中，凯瑟琳老师给学生们分享梵高著名的绘画作品《向日葵》。她评价说："他（梵高）画出感受，而非眼睛所见。人们不能理解。对他们而言，它幼稚又粗糙。"充满理想与热情的凯瑟琳老师向学生们所表达的一个重要道理，就是《向日葵》有各种不同的画法，没有约定俗成的正确标准化的答案，每个人要按照自己的理解去欣赏去创造。她并非一味地否定女性要成为贤妻良母，而是希望她们能够有其他的追求，能够不浪费自己的聪明才智，能够好好地思考：什么是女性的自由？什么是女性的价值？什么是女性的梦想？她希望这些女孩子对艺术和人生能有新的认识——每个人都有自己的选择权，你能选择顺从家庭和社会强加于你们的意志，你也能选择走自己的路。每个人的生活亦如此，要自我决定，自我选择。

她作为一名艺术历史老师，不仅在专业知识领域里让她们"大开眼界，发散思维"。更用她的勇气和智慧让她们敞开心扉，回归心灵的选择。并让这群学生重新审视自己的世界观和价值观。她坚定地告诉她们"不，这不是你们想要的，你们可以做得更好，找回自己"，她的勇气激励了她们，更让我们敬佩。可是，凯瑟琳老师也尝到了现实的力量，她感受到学生的挑战和学校的各种压力，但是她并没有放弃，不仅仅是不放弃自己的教育，更不会放弃对学生的关注，于是，她没有像其他老师那样沿袭学校一贯的教学做法和风格，而是根据自己的判断和教学的方法，使得这些"新意"的教法让学生们"睁大了眼睛"。并且，她还鼓励学生们挖掘自己的兴趣，实践她们的才能。于是她和她的学生一起在传统和理想中挣扎，解脱。最后，当学生们骑着单车，追着跑着来跟她道别时，我们知道，她胜利了，她得到了这群学生的理解和爱戴。她以她那青春率直的人格魅力，丰富的艺术史知识以及风趣热情的授课风格，打动了这群有理想有抱负的学生，她们爱上了老师的"微笑"，被女学生称为"蒙娜丽莎"。这个最后一个场景也让我感动不已，这样的场景也证明了凯瑟琳教育方式的成功。

看完这部电影，让我佩服的不仅仅是凯瑟琳的坚持，敢于挑战传统的精神，更加让我佩服的是凯瑟琳的教育方法。她总是引导学生不要放弃自己的兴趣，然后鼓励学生为了自己的兴趣去学习，从而扩展了学生们的人生。其实我们也可以和她一样，在课本上学习到的知识是有限的，有时确实会很枯燥乏味。所以，我们教师有时可以给学生提供一些书本上没有的知识，让学生体会到和课本上不一样的世界，也许真的能激发学生的兴趣，然后让他们根据自己的兴趣去学习一些新的东西，这样未尝不是一件好事。

凯瑟琳，狠狠地冲击了同为教师的我，也重重敲响了我的 2017 年钟声。

2017 年，我要像凯瑟琳一样，坚持自己的梦想，勇往直前！

人生得一知己足矣

——观《三傻大闹宝莱坞》和《心灵捕手》有感

都说，喜欢怀旧的人是老了。

我发疯一般读书和看电影，电影都是 N 年以前拍的，老电影。也许，我是真的老了。

看《三傻大闹宝莱坞》，让我最为受启发的不是作为教师要不断学习，更新教育方法和理念，而是感动于三傻的兄弟情深；欣赏《心灵捕手》，我感动的不是两位老师为了一个天才孩子所做的事情，而是感动于威尔和查克之间的情谊。

《三傻大闹宝莱坞》剧中当拉杜的父亲病危时，兰乔第一时间赶到了拉杜家。在交通不便的情况下，兰乔用电动车及时地把他送到医院抢救，挽回了拉杜父亲的生命，并和拉杜一起陪在他父亲身边。"考试多的是，而老爸只有一个！放心，只要邮政局长还在这里我们就不会走，不用怕！""谢谢哥们！"，看着他们相拥在一起，听着这些的话语，我眼中的泪水在不停地打转，自己有了一种心灵上的震动，心与心似乎在电影中找到了平衡点。他们之间的纯真的友谊，深深地打动着我，让我感受到了友谊的宝贵。是朋友，陪我们走过了艰难的时刻，给我们的生活增添了无数乐趣。所以，我们应该珍惜身边的每一个朋友，珍惜每一份感动。

《心灵捕手》中，在建筑工地上休息时，威尔说，他觉得整天这样做体力活也不错，他希望他们的孩子能在未来一起玩耍和生活。没料到，查克却对他说，如果我们 50 岁时，你还和我在一起，我会杀死你。这令威尔非常震惊，也许比面对西恩时还要震惊，因为他觉得，他和查克是如此好的朋友，他们在一起的时光是他们都很享受的。但查克告诉他，他每天最幸福的时候只有 10 秒，就是每天他去威尔家接他出来时。每次，他都想象，这次见不到威尔了，那意味着威尔到了能施展他的才华的地方。然而，每次他都能见到威尔开门，这种幸福感便消失了。看到这儿的时候，我不能自己，泪流满面。威尔之所以自甘堕落，之所以浪费才华，无比重要的原因是，他通过这样的方式赢得了友谊，而他和查克等3名死党的友谊，是他多年以来在这个世界上仅有的支持。所以，当查克也对他说，你走吧，我渴望你顺应你的天才时，威尔真正解脱了。前面有爱情、事业等美好而正确的生活等着他，后面则是多年死党的督促、威逼和容纳，那么威尔还有什么好犹豫的呢？所以，威尔最后走出去，做自己想做的事情了。如果没有查克的鼓励与支持，他自己是无法迈出这一步的。

婚姻不是美丽的誓言

——观《万箭穿心》有感

2020 年，一场突发的疫情让我们全部禁足在家。每天睁眼的第一件事情，就是阅读湖北籍作家方方的关于疫情的日记。读着读着，不仅读正文，还读文章下面的留言。一位读者说："看见武汉的现状，真想大喊一声：李宝莉，你在哪里？"李宝莉是谁呢？为什么这个读者要这样留言呢？好奇心驱使着我在网上搜索。哦，原来，李宝莉是方方中篇小说《万箭穿心》的女主角。

于是，在网上下载了《万箭穿心》大快朵颐读了起来。

主人公李宝莉年轻时美貌能干，但性格过于不饶人。嘴上的厉害让丈夫马学武一日日活在压抑之中。为了排解生活的苦闷，马学武与同厂的打字员成了秘密情人。李宝莉发现了这个秘密后，打电话报警，马学武和打字员在旅馆被抓。丈夫得知事情的真相后跳江自尽。李宝莉一个人用扁担挑起来一家老小。尽管她累死累活，毫无怨言，但是儿子小宝不能原谅母亲对父亲的伤害。大学毕业后毅然与母亲断绝关系。为了购买新房，将旧房卖掉，把母亲赶出家门。

读罢之后，万箭穿心，不能自己。今天，我想和大家一起分析她婚姻失败的一个原因——她把结婚前马学武的誓言当真。

虽然是平民家的女儿，但李宝莉是武汉本地人，有一种土著的优越感，所以，当乡下大学生马学武跪在她面前保证，一辈子对她好时，她就相信，这个誓言会果真保鲜一辈子；她就相信，她从此拥有了对马学武颐指气使的本钱和资质。

其实，所谓忠贞的誓言，从来就是荒谬的许诺、一时的失言。张爱玲说：诺言的诺字和誓言的誓字都是有口无心的。誓言对于爱情或婚姻来说，是美丽的点缀，但的确不是保鲜的良方。一个健康的婚姻，前提就应该是彼此平等，相互尊重。生性懦弱的马学武，在李宝莉面前，连话语权都没有，何来尊严。日积月累的窝囊和憋屈，在一次搬家工人的嘲笑和同情下，彻底爆发。

　　李宝莉不明白，自己巴心巴肺地伺候一家人，辛辛苦苦地操劳，一分钱掰成两半地节省，却换来丈夫的"离婚"和不忠。其实，在婚姻里，一味地付出，一厢情愿地牺牲，并不能给予婚姻多少养分。丈夫是相互理解的伴侣，不是言听计从的仆人。婚姻这座城，如果没有相互理解，相互愉悦，沟通交流，待久了，谁都会窒息。

伟大来自平凡

——观《许三观卖血记》有感

　　读完了方方的《万箭穿心》，看到有人评论：方方和余华的作品很相似。余华的《活着》我读了很多遍，福贵和李宝莉很相似，无论遭遇了什么苦难，总是能够坦然面对，坚强地活下来。

　　读余华的《许三观卖血记》时，受《活着》影响，读这本书之前，我便想到许三观最终一定是卖血身亡。但作者余华这次却为他安排了一个很好的结局——许三观和家人都好好的活着。

　　《许三观卖血记》共29章，讲述了一个叫许三观的丝厂送茧工在生活困难的年代多次卖血求生的故事。他第一次卖血是出于好奇，为了证明自己的身体结实。第二次卖血是因为他的大儿子一乐打伤了方铁匠的儿子，他不赔钱，方铁匠就带人拉走了许家的东西，无奈，只好再一次去卖血。第三次卖血是因为他一直暗中喜欢的女工林芬芳踩上西瓜皮摔断了右脚，他趁虚而入，终于如愿以偿地得到了自己的初恋情人，为了报答她的好心，让她吃到"肉骨头炖黄豆"，早日痊愈，于是，他走进了医院。第四次卖血是1958年的"大跃进"、大炼钢和大食堂之后，全民大饥荒，无论他老婆许玉兰怎样精打细算也不能填饱一家人的肚子，他的"嘴巴牙祭"也无济于事，在一家人喝了57天玉米粥之后，又找到了李血头。第五次卖血是因为下乡当知青的一乐生病了，并将卖血的钱直接给了一乐。第六次卖血是在刚送走一乐后，二乐所在生产队的队长又来了，为了招待队长，万般无奈的许玉兰在不知情的情况下第一次开口求丈夫："许三观，只好求你再去献一次血了。"然而，这次卖血却遇到了麻烦，由于"血友"根龙连续卖血后死亡，让他感到了恐惧。就在这之后不久，二乐背着病重的一乐回来了，为了救一乐，许三观一个上午借到了63元钱，他一边让许玉兰护送一乐去上海，一边再次找到李血头。可李血头不再理他，他只好拼死一搏，设计好旅行路线，在六个地方上岸，

"一路卖着血去上海"。这一路卖血几乎要了许三观的命。40 年以后，当许三观一家"不再有缺钱的时候"，他又突发奇想，想再卖一次血，可已经没有人要他的血了。"40 年来，每次家里遇到灾祸，他都是靠卖血渡过去的，以后他的血没人要了，家里再有灾祸怎么办？许三观开始哭"。

读完故事，我认为许三观是个真男人，是个好父亲。谈起一乐，人们都说他长得像妻子许玉兰的情人何小勇。因为这事，许三观觉得自己当了"乌龟"，他恨，他恼，他不再喜欢一乐，他也愁，为什么他最喜欢的一乐是别人的儿子。饥荒时，许三观卖血带妻子、二乐、三乐去吃面条，却唯独不带一乐去，这是他卖血的钱啊！他怎么舍得让别人家的儿了共享呢？在知道一乐无比委屈后，他心软了，带着一乐去吃面条，并且在以后的日子里，对待一乐如亲生儿子。最动人的是一乐患病时，他去筹集医药费，一路靠卖血艰难来到一乐治病的上海，而这其中的艰辛又有谁知道。他身子发虚晕倒醒来再卖，终于在上海见到思念至深的儿子，许三观就是这样散发父爱的光辉。

世上像许三观这样的父亲真的很伟大，尽管他们平凡或卑微，但是他们也很崇高，值得我们用一整颗心去爱戴。

一花一世界，一树一菩提

——观《喜马拉雅》有感

《喜马拉雅》这部电影是由一个法国人拍摄出的极具藏区人民乡土气息的电影巨著。整篇电影如同一部浩瀚的史诗，为我们讲述了一个小村庄为了换取冬天足够的粮食而进行原始贸易贩盐的故事。电影中的每一个镜头都刻画得极其细腻，情节设置环环相扣，引人入胜。不仅如此，更是全方位地让我们了解了西藏人民原始淳朴的生活，他们顽强反抗的天性。

电影伊始，映入眼帘的是一大片黄灿灿的丰盛的小麦地，由天尼和帕桑两人的对话得知其实即便这样茂盛的小麦也不够整个村子里的人三个月的粮食，这从侧面反映出了村庄土地的贫瘠，更是为后面老天尼和年轻人卡马不得不艰苦贩盐埋下了伏笔。其实贩盐正是贯穿了全文的线索，围绕这个线索，电影向我们在不经意间展示了他们的日常生活。首先，头人因贩盐的意外死亡让我们看到了虔诚却又残酷天葬，想必每位人都是受到了极大的震撼。秃鹰，头人被肢解的尸体，喃喃诵读梵文的天葬师和近乎于祭祀的奇怪舞蹈，让头人以这样一种方式回归自然，去到达有佛的地方。我还记得老头人天尼对他的孙子帕桑说过："没有人不会死。""人就是死了复生再死的过程。"因此，在老天尼最终死在了群山的怀抱中时，他年幼的孙子出我们意料地没有哭泣，相反劝说大家将他留在群山中，让自己的爷爷和爸爸团聚，显现出了作为未来的头人的那一份睿智和豁达。再者，因为头人的死亡，整个贩盐队变成了两部分，一部分是由卡马——最有能力担任头人的年轻人与村子里的年轻人们，另一部分则是由天尼——已经年迈的老头人，因孙子过小而不得不承担起代替头人的责任以及他到处游说极其不易地召集来的年迈的伙伴们。卡马所率领的年轻人们没有按照占卜师所占卜出的吉日，也不顾长辈们的阻拦提前四日出发；而天尼所率领的老人和他的小儿子以及媳妇孙子则选择在占卦所定的吉日出发。其中不难看出，村民们对于神灵是极其虔诚的。在很多事情没有达成目标之时，他们的第一反应是他们得罪了神灵，是神灵不让他们达成。见面时互相碰额的招呼，贩盐前的梳头扎辫，向天撒盐感谢神灵，这样一种在我们看来是一种刻板僵化的迷信，他们却视之若宝，似乎除了虔诚，再也找不到词来形容他们了。同时，这样一种几近疯狂的迷信也是贯穿着全文，有这样的两个细节：为了避免孙子受到恶灵的困扰，老头人天尼给孙子改成了铁匠的名字"帕桑"取代了先前喇嘛取的"提瑟因"；天尼的小儿子是喇嘛，他在画壁画时认为没有来不来得及，只有神灵想不想让你完成，当然这是后话。第三，老天尼为了赶上提前四天出发的卡马，带领他的贩盐队走上了魔鬼之路，历经千难万苦游走在生死之间之后，最终以损失了一头牦牛两袋盐的代价赶上了先行四天的卡马的队伍。这可谓是一个奇迹，卡马的队伍也为之震动。然而好景不长，两队人马却在暴风雪是否会来临的问题上又出现了分歧，虽然老天尼以自己的经验拯救了所有人，但是结果是又一次先出发的老天尼倒在了暴风雪里而被后出发的卡马所救。最终，老天尼将头人之位传给了卡马后去世，而这一次艰苦的贩盐也得到了成功。贩盐的起承转合似乎是落下帷幕，但我们却看到了许许多多的矛盾，神定的日子与人定的日子、盐巴在火中的暴风雪预言、天尼的反抗喇嘛却又将小儿子送去做喇嘛等等诸多人们依靠着神灵却又质疑着神灵的矛盾。但也正是这样激烈的矛盾才能折射出，激发出人们在曲折中不断反抗的精神！

在这里我还是不得不提一位女子，她身份特殊，既是老天尼的媳妇也是年轻人卡马的心仪之人——帕玛。在这部影片里可能很多人的目光会被固执又矛盾的老天尼，热血的卡马，可爱率真的帕桑所吸引，可我更愿意关注帕玛，这个大部分时间沉默寡言的年轻母亲。在我看来，她是一个感情极其细腻丰富又顽强的女子。在看到自己的丈夫拉赫伯死了之后，她情难自已地哭泣，并扯下了自己的项链，种种细节不难看出她对她的丈夫一往情深。然而，我们可以看到她在一次又一次地拒绝卡马的示好之后却又最终接受了卡马的爱意。片中有这样的一个细节，在卡马所率领的年轻人出发的前一晚，卡马在一个偏僻的角落遇到了帕玛，并劝说她和他一起走。从这个细节中我们不仅可以看到帕玛对卡马示好的拒绝，更可以看到两人其实可谓青梅竹马，自小一起长大，这当然也为在暴风雪来临之前帕玛的那一句"哪怕是为了我"来劝说卡马跟天尼一起走埋下了伏笔。最终，卡马的真情与爱意打动了帕玛，这也是本片中最为浪漫的一条线索。当然，帕玛同时也是一位顽强的女子，她可以带着儿子跟老天尼一起贩盐，可以在断裂的魔鬼之路上镇定地将手伸给诺布，不断地安慰着他鼓励着他帮助他，帮助着整个队伍渡过难关。这样的一位不起眼的女子，在那一刻却是迸发出了最大的能量，让人肃然起敬。

从片始到片终，我们都不难看出这样的一群人在和群山在和大自然不停地做着斗争，尤其是老天尼——这样一个固执得过分的但其实心里什么都了解的老人。他其实并不是不知道自己老了，也并不是不知道卡马是当下最适合的头人，他只是在反抗着迷信与神灵之时又被迷信与神灵框在了里面，好在他在最后一次贩盐中了明白了一切，既没有反对帕玛和卡马的爱情，也没有继续固执于自己家族的头人之位，让我们看到了破除迷信的曙光。其实作为年迈的老人别说在糟糕的天气下贩盐的不易，更别提他竟带领队伍安全走过魔鬼之路，这已然是一个奇迹中的奇迹。一个耄耋老人和大自然的斗争也是直击人心的，不仅如此他最后跟卡马和解时说的"你跟我太像了，一个真正的头人开始就要有反抗精神"，也昭示着这是人类在向天神挑战，这何尝不是一种破除封建迷信的举动呢？老天尼在生命的最终一刻呐喊出心灵深处那份欲求掌握命运的渴望！影片的最后，我们看到了帕桑看到了传说中的树，一颗并不是特别高大却生机勃勃的树，这也正预示着生命的顽强不息，象征着生命的轮回和不凡。而如同史诗般的壁画中，也正是老天尼坐在了那棵象征着生命力的树之中。宛若神灵一般，面向苍茫的群山。

影片用真实自然的笔触，把这样一个神秘而又遥远的世界展示在我们的面前，让我们不得不感动于人类面对困难时勇气之巨大，自然的凄美，以及那足够撼动人心的人定胜天的信念。一花一世界，一树一菩提，真挚真实真诚的民族精神，人类精神深深触动着人心，久久不能忘怀。更值得一提的是纵贯整个影片的背景音乐一直是一曲独特神秘好似在喃喃自语的梵语，这样的梵语把电影的空间幻化，仿佛带我们进入到超凡脱俗的空间，更是给人以心灵荡涤的，虔诚神圣的发自内心的震动。可以说这样的背景音乐更能够符合这样的一个人定胜天的凄美又温暖的故事，也更能诠释藏族人民的淳朴又勇于抗争的天性，人类顽强拼搏、自强不息的信仰！

谁的眼睛瞎了？

——观《闻香识女人》有感

我一直很喜欢看获奥斯卡金奖的影片，很经典，值得一看。《闻香识女人》是获得奥斯卡金奖的。老牌明星艾尔·帕西诺在这部影片中的表演丝丝入扣，打动人心，真实地揭示了失明退伍军人的内心世界。其精湛的演技使他第6次获奥斯卡金像奖提名，获得1993年第65届奥斯卡最佳男主角奖，登上了影帝宝座，同时获得金球奖最佳男演员奖。

看见电影名字时，我非常纳闷：这部电影为什么叫这么香艳的一个名字？！看完后，我认为故事的主题是困境与走出困境，影片里大概就只有那段探戈算是沾了点儿女人的边儿。

故事情节是这样的：年轻的学生查理（克里斯奥唐纳饰）无意间目睹了几个学生准备戏弄校长的过程，校长让他说出恶作剧的主谋，否则将予以处罚。查理带着烦恼来到退伍军人史法兰中校（艾尔帕西诺饰）家中做周末兼职。中校曾经是巴顿将军的副官，经历过战争和许多挫折，在一次意外事故中双眼被炸瞎。长期的失明生活使得史法兰中校对听觉和嗅觉异常敏感，甚至能靠闻对方的香水味道识别其身高、发色乃至眼睛的颜色。其实这都源于他对生活的深刻理解和感悟。他整天在家里无所事事，失去了生活下去的勇气和信心。这样，影片在一开始就把观众领进了一个困难的境地。一个如果坚守做人原则就可能被学校开除的男孩和一个与亲人格格不入又双目失明的退役中校军官。一般来说，同样遇到困难的人在一起，通常会有两个结局，一是各奔东西，一是同舟共济。特定的环境下，他们无法各奔东西，所以就只能同舟共济。中校有一个特别的计划，他打算自杀，但是在自杀之前，他要把一生的积蓄拿出来先享受一番。这是一个很典型的心理状态，就像当一个人得了不治之症，医生会对他的家属说：他想吃点儿啥就让他吃点儿啥吧！于是，他们来到了纽约。他们坐头等舱，住最好的酒店，租最豪华的车，中校还找了一个最好的妓女。但是奢华总是短暂的，享受完了中校曾经梦想的一切之后，他要自杀了。这个时候，男孩帮他制伏了心魔，让他阴郁、颓废、放任的心又找到了活下去的勇气和意义。在结束旅程之后，中校又用他充满魅力的演讲帮男孩解脱了困境。两个人的人生都回到了正确的轨道上。

影片里有两个片段让人难忘：一个是盲人中校请陌生的女孩跳的那曲探戈，绝对是电影史上最让人心动的舞蹈之一；一个是中校试驾法拉利超速行驶居然还拐 90 度的弯。男孩在给中校不自杀的理由的时候说的就是：你跳探戈和开法拉利的样子特帅。

还有一个情节让人深省：当中校在中学的礼堂中以大河一样洪亮的嗓音喊出那些激愤而正义的言辞，我被震撼了。这段讲话并不比《斯巴达 300 勇士》的大吼大叫夸张，也没有他们的壮丽音乐烘托。中校讲话的时候，没有任何音乐，礼堂静的就像他看见的那一片黑暗。

"我看见过比他们小的孩子，断手折足，但没有残缺的灵魂可怕，因为灵魂不可靠义肢补救。"

"我一生经历过很多转折。我从来都知道什么叫'正途'，但我从来都不走正途，因为我知道，走正途太累了。"

中校是瞎的，但他看到的比我们任何人都光明。真正瞎掉的，是我们这些睁着眼睛看世界的人。

这样的友谊，让我羡慕

——再观《三傻大闹宝莱坞》有感

　　电影《三傻大闹宝莱坞》中"三傻"是兰彻、法汗和拉朱。他们三个是印度皇家理工学院一年级的学生。他们既是同班同学，又是惺惺惜惺惺，肝胆相照的好朋友。他们三个人的智商，毋庸置疑是卓尔不凡的。因为片中的"皇家理工学院"其原型就是印度理工学院。在 2000 年《亚洲周刊》评选亚洲最佳理工学院时，印度理工学院（IIT）以 7 所分校中的 5 所占据了前十强的"半壁江山"。在印度流行这么一种说法：一流的学生进印度理工学院，二流的才出国念美国名校。美国"60 分钟"节目评论：把哈佛、麻省理工、普利斯顿大学加在一起，就是印度理工学院在印度的地位。闲话少说，言归正传。电影中有亲情，爱情，师生情，友情。但是，最打动我的是他们三人之间的友情。

　　电影一开头就不同凡响，为了见一个旧友，已经功成名就、坐在飞机头等舱的法汗急中生智，装病跌倒，口吐白沫，不省人事，飞机不得不返航；而拉朱接到法汗将要见到兰彻的电话，兴奋、激动，以至于忘记了穿裤子和袜子。可见兰彻这位朋友在他们生命中的位置多重要。与查图尔在大学水塔见面，没有看见兰彻，三人走上了寻找兰彻之路。红色的越野车在山谷间穿行，车上的三人默不作声，沉浸在回忆之中。车两边的景物如雄鹰掠过，场面开阔优美，大气。和着深情的音乐，诗一样的歌词直抵人心："他如风般自由，似风筝翱翔在天际，他去了那里，让我们去寻觅。我们为脚下征途牵引，他却独辟蹊径，路途艰险却毫无烦忧。我们为明日愁颜，他只顾畅想当今，让每一刻壮美不凡，他来自何处，触动你我的心弦又消失不见。烈日下他如同一片绿荫，大漠之中，他便似一片绿州，对受伤的心，他是良药一剂，恐惧着，我们都泥足于井底，无畏着，他畅游于海天之际。毫不迟疑地迎接潮汐，他如一片浮云独自飘逸，却是我们最好的知己。"通俗易懂的歌词将神一般的朋友——兰彻，活灵活现地展现在我们的面前。

三个好朋友中，兰彻就像一座灯塔，点亮了法汗和拉朱的精神世界，改变了他们的人生，实现了他们的人生梦想。

法汗第一次看见兰彻，便觉得他与众不同，对他顶礼膜拜，瞬间成为死党。法汗有一个说得过去的家庭，有一个特立独行的父亲。他的人生，好像都在说"是是是""好好好"，他的父母帮他安排好了一切，"你应该去做什么，你这样做才会有前途。"他打出生的时候，他的父亲就给他设定好了人生轨迹，在印度皇家理工学院求学，走上社会成为一名工程师。为了让法汗好好学习，父母把家里唯一的一台空调安装在法汗的卧室里。法汗左右为难，一边是自己喜欢的动物摄影师的爱好，一边是父母喜欢的工种，他在不喜欢的大学里痛苦地学习着自己不喜欢的专业，成绩总是垫底。作为好朋友的兰彻对他说："知道我为什么第一名吗？因为我热爱机械，工程学就是我的兴趣所在，知道你的兴趣吗？这就是你的兴趣……跟工程学说拜拜，跟摄影业结婚，发挥你的才能，想想迈克尔杰克逊的爸爸硬逼他成为拳击手，拳王阿里的爸爸非要他去唱歌，想想后果多可怕？"当他决定接受兰彻的建议，从事摄影的时候，成功向他打开了一扇门。他鼓足勇气，找他的爸爸妈妈说："我想说服你，爸。但不会以死相胁，爸，我做一名摄影家又会怎样呢？挣得少一点，房子小一点，车子小一点，但我会很快乐，会真正幸福。"他爸爸妈妈听后沉思片刻，同意了他的想法，让他学习摄影。因为兴趣，因为执着，他在摄影方面也取得了丰硕的成果。

拉朱，一个被信仰缠住的男人。他不是没有实力，只是，他家境的贫穷和本身的自卑让他认不清自己。他没有自信，他把一切都寄希望于那些他信仰的神，他以为那些信仰能改变他，能给他带来好运。开始的时候，他怕被兰彻的影响到自己的前程而搬离了原来的寝室和查图尔一间寝室。有一次他的父亲病危。兰彻当机立断，用摩托车将拉杜的父亲送往医院。兰彻用"我们可以有很多考试，但爸爸只有一个"的理由留在医院而没有回学校准备第二天的考试。事实上，人生是掌握在自己手上的，在经历过一次死里逃生以后，他懂了，他变得自信，他变得不卑不亢，他变得有自己的坚持。这一切的改变都是因为兰彻。

电影的主角是兰彻，兰彻对法汗和拉朱的影响更大一些。但并不是说，法汗和拉朱没有帮助兰彻。法汗使用激将法刺激兰彻去向皮娅表白，拉朱宁愿跳楼自杀也不愿为病毒作证供出兰彻。

对于剧中三人组之间的友情，我想我们每一个人都是渴望的，那是一种真实——"在人类行为学课上我们曾学过，朋友失败时，你难过。朋友成功时，你更难过"；是一种默契——"笨蛋……别撒谎了"；是一种良师益友——因为你是懦夫，害怕未来，看看这个，戒指比手指头还多。为开始戴，为姐姐嫁妆戴，为工作戴……你这么害怕明天，怎么能过好今天？又怎么能专注于学业？两怪兄弟，一个害怕，一个虚伪……；是一种永远不忘——"但他总说，有两个傻瓜会来找我的"。

这样的友谊，让我羡慕！

如何说话，才能够激发一个人的斗志

——观《摔跤吧，爸爸》有感

印度电影《摔跤吧！爸爸》中，Geeta 有两个教练——爸爸和大学教练。两个年龄相当、同样不苟言笑的男人，对待 Geeta 的培养方式完全不一样，说话的方式也大相径庭。Geeta 成长关键期，两个教练对她说的话天上地下，起到的作用也是天壤之别。反复回看，仔细体味，让我明白了怎样说话，才能激发一个人的斗志。

Geeta 在莫斯科、雅加达和伊斯坦布尔的比赛中连连失利，一败涂地，惨不忍睹。Geeta 一个人坐在休息室，心情复杂。教练走进来对她说："我们已经很努力了。大多数人都无法在国际大赛中取胜。"假如我是 Geeta，听了这话，我会想：国家体育学院的专家教授都说了，大多数人都无法在国家大赛中取胜。仔细想想，确实如此。我一介普普通通女子，不是出身名门，有着良好的家世和社会关系，不是有着童子功，也不是从小就有专家点拨和指导，就算再有天赋，也只不过是"大多数人"中的一员。确实不能获得国际大奖。而 Geeta 的爸爸，在把她交给教练时，对教练说的是："只要她得到合适的训练，她必定能够拿到国际奖牌。"爸爸的话，既是恳求教练好好培养自己的女儿，也是对女儿提出了更高的要求。这个要求的提出，是基于对自己女儿的了解和信任，也是基于对自己专业知识和专业技能的笃定。

接二连三的失败，Geeta 迷失了方向，不敢再相信自己，问妹妹："你也觉得我无法拿到国际奖牌吗？"妹妹说："我不知道，我只知道你是那个在泥坑里胜过男孩的女孩，你是那个体重不够却能拿全国青少年冠军的女孩，你是那个连续三年在国内比赛中击败所有对手的人。如果你不能取得国际奖牌，我不知道印度还有谁能？"妹妹眼中的姐姐是无人能企及的，曾经的努力拼搏和光辉成绩，都证明了：在印度，只有姐姐能够拿到国际奖牌。妹妹的言外之意，便是：姐姐只有回到从前的不服输的精神状态和保持刻苦训练的劲头儿，才会得到大奖。一个人对另外一个人基于事实的客观评价和目标定位，也能激发一个人的潜能。

在英联邦比赛前的训练中，教练留下 Geeta，对她说："你要拿一块奖牌。"爸爸在体育学院等到女儿，满脸深情说"：冠军，怎么样？"教练对 Geeta 的期望值是 Geeta 不需努力就能够达到的。一个人对另外一个人的期望值过低，会让听者感到伤心、失落、耻辱，进而会影响行动和效果。爸爸不一样，无论什么时候，女儿就是冠军，就是自己的骄傲。冠军，是爸爸给女儿的标签，也是目标。它，时刻提醒着 Geeta，激励着 Geeta。塞涅卡说："如果一个人不知道他要驶向哪里，那么任何风都不是顺风。"有了爸爸的定位，就像黑夜前行的人有了 GPS，不会迷失方向和目标。另外，大家注意，这个时候的爸爸，在 Geeta 心中是无人能够企及的，她是信任爸爸，仰视爸爸，崇拜爸爸的。所以，爸爸给她的定位，无异于一剂强心针，让她更加有信心。如果是她的表兄给她这样定位，她不会相信，只会觉得她表兄是在嘲笑与讽刺她。所以，正确的定位，一定要由德高望重、自己顶礼膜拜的智者提出。

女子 55 公斤级摔跤比赛中，Geeta 的对手是威尔士选手梅丽莎，第一回合梅丽莎得 6 分，中途休息的时候，教练走上前去对 Geeta 说："Geeta，你在搞什么，别输的那么难看！"第二回合进行，Geeta 的成绩仍然不尽人意，印度观众摇头、叹息、流泪，坐在观众席上一直默不作声的爸爸大声喊道："你还没输，Geeta。"绝望的 Geeta 抬头向爸爸望去，爸爸瞪大眼睛，摇了摇头，似乎在说："努把力，你一定不会输的。"听了爸爸的话语，看了爸爸的动作和表情，Getta 有了新的思路，新的做法，一鼓作气，扭转了局面，赢得了比赛。在一个人成长的道路上，不可能一帆风顺，风和日丽，遇到泥泞坎坷，心灰意冷的时候，我们需要有人为我们呐喊、加油。积极的心理暗示，也会让一个人发挥超常。

在新闻发布会上，教练说："如今银牌已经稳当当了。"比赛前，爸爸和 Geeta 坐在熙熙攘攘的街上，爸爸说："明天只有一个策略，你要以一种能让人们记住你的方式去战斗。如果你只得到银牌，要不了多久你就会被忘记。假如你夺到金牌，你就会成为榜样。而榜样会激励孩子们，永远不会被人忘记。看见那些女孩子们了吗？如果你明天获胜，不是你一个人的胜利，是成千上万的女孩赢得的胜利。"每个人内心都有一种英雄主义，都想成为自己心中的英雄。旁人恰到好处地点拨，英雄主义之火就会熊熊燃烧，让自己成为焦点，也点亮了他人。

让自己成为一个德高望重的长者，有一个青出于蓝而胜于蓝的初心；让自己成为一个德艺双馨的同行，真心诚意帮助同行，成就他人，也成就自己；让自己成为一些人的至交，积极向上、直言不讳、设身处地为朋友着想，一心一意希望朋友过得好。当你爱的人——无论是子女还是同行、朋友，遇到困难时需要你的帮助时，你对他的了解，对他的爱，你会一语中的，直击要害，激发他的斗志。

铁人王进喜

——观《铁人》有感

下班回家，老公说要请我看电影。我当时很纳闷：太阳打西边出来啦？什么时候变得这么浪漫了。仔细追问，才明白原因：他们单位每月给党员发放一张电影票，这个月发放的电影票是《铁人》。估计是讲铁人王进喜的故事，他们纷纷表示要学雷锋舍己为人，将自己的福利送与他人。因此，老公得到了三张电影票。考虑到一张电影票价值50元钱，又有可能放的是诸如蜘蛛侠之类的美国大片，我便欣然随他前往影院。

进入一号影院，发现在座的都是一些50岁以上的老人，我开始有一些后悔：看来是讲铁人王进喜无疑了，真是上了个大当——还有一大堆的事情没做，自己却在这里打发时间。但是，随着故事的展开，我心中的后悔之意便荡然无存了。

影片是在以"铁人"王进喜为代表的老一代劳模和以刘思成为代表的新一代劳模间传承的故事里交错展开的。影片既重现了几十年前石油工人战天斗地的艰苦场面，又展示了新时期青年人继承前辈光荣传统、爱岗敬业的风貌。年轻的石油工人刘思成是单位的业务标兵，喜欢收藏王铁人的所有物品。刘思成的父亲刘文瑞是和王铁人并肩战斗过的战友。铁人后辈的身份带给刘思成无上荣誉的同时也日益成为他的困扰。在美丽的心理医师吴梦夏的帮助下，刘思成开始尝试打开心结。与此同时，赵一林因和女友的不检点行为被揭发而双双被迫离队。恼羞成怒的赵一林当众怒斥此事的惟一知情人刘思成，认为刘和他的父亲刘文瑞一样都是只知道沽名钓誉的骗子。父亲到底是和铁人战斗到底的英雄，还是如赵一林所言半路当了逃兵？伴随着刘思成的追问，时光退回到半个世纪前……

一列破旧的火车把王进喜和他的1205钻井队从甘肃玉门油田拉到了大庆。作为石油大会战的主力军，王进喜和他的队伍肩负着让新中国甩掉贫油帽子的希望。这只除却血肉之躯和钢铁意志几乎一无所有的队伍在队长王进喜的带领下，苦干 5 天 5 夜，大庆第一口油井终于开钻。房东老大娘见王进喜连续的不分昼夜奋战在井架，感慨"王队长真是个铁人！"，"王铁人"的名字从此传开。第一口油井打好之后，王进喜的腿被滚落的钻杆砸伤，他却顾不上住院。拄着拐杖缠着绷带连夜回到井队。突遇第二口油井即将发生井喷，在没有重晶石粉堵塞井喷的危急时刻，他当机立断用水泥代替，水泥沉在泥浆池底必须搅拌，现场却没有搅拌机，王进喜便扔掉双拐，纵身跳进泥浆池，用身体搅拌泥浆。在他的带动下，工友们也纷纷跳进入，经过三个多小时奋战，井喷终于被制服，油井和钻机保住了。20 世纪 60 年代初，王进喜和他的队伍面遭遇到前所未有的考验。在严重的饥饿和高强度的作业下，队友们意志纷纷崩溃。王进喜省出自己的口粮，甚至不惜犯政治错误，想方设法给大家填肚子。看似粗枝大叶的王进喜对爱徒"小知识份子"刘文瑞更呵护备至，还让妻子为其缝补护膝。刘文瑞最终还是偷偷踏上了返程的火车，师傅王进喜留下的那袋口粮和孤独的背影却成了刘文瑞一生的心债。伴随着对这段回忆的追惜，刘思成陪父亲度过了他最后的时光。此时传来离队的赵一林和女友在沙漠遇险的消息，刘思成毫不犹豫地只身开始他的搜救行动。恍惚间，刘思成的眼前出现了王铁人父亲一样的笑脸……

观看后，很多场面让我热泪盈眶，作为一名共产党员，一名人民教师，心中颇多感慨。

首先想到的是我们要有坚定不移的信念。20 世纪 60 年代，物质贫乏，他们吃不饱却在拼命工作，因为他们有信念，有追求，他们的精神世界是丰富的，是我辈不及的。我们这一代，不愁吃了，不愁喝了，但我们缺少一种信念，一种信仰，总觉得生活里缺点什么。很多时候我们有着错误的人生观、价值观。《中国共产党章程》中，把实现共产主义作为最高理想。如果我们都有崇高的理想，眼前的一点个人利益就会变得十分渺小。"从某种意义上说，人不是活在物质世界里，而是活在精神世界里，活在理想与信念之中。对于人的生命而言，要存活，只要一碗饭，一杯水足矣；但是要想活得精彩，就要有精神，就要有远大的理想和坚定的信念。理想信念使贫困的人变得富足，使黑暗中的人看见光明，使绝境中的人看到希望，使梦想变成现实。"

其次我们要有锲而不舍的追求。王进喜是一个石油工人，因为他锲而不舍的追求，在国家困难时期，那种"有条件要上，没有条件也要上"的精神，从当年没有吊车，只有撬杠，甚至在危急时刻铁人王进喜带领他的工友们跳进冰冷的泥浆池，去搅拌泥浆。重要的是锲而不舍的追求才能胜利，放弃就必然会是失败。当年的"铁人"不但为国家贡献了石油，而且为我们留下了宝贵的精神财富。他勤勤恳恳，踏实工作，受到人民的称赞，为劳动者树立了榜样。当今时代，新知识、新信息大量涌现，教师只有学而不厌，拼命吸取，知识才能不断增进与更新，才能适应教育教学的需要。教师工作平凡而且繁忙，不可能有整段学习时间，这就更需要锲而不舍地把握每一个时机进行学习。教师是学生增长知识和思想进步的导师，必须掌握渊博的文化科学知识。渊者，深也，博者，广也。首先对所授课程的基本理论、基本概念、基本技能要了如指掌，熟透专深，融会贯通。精深必须以广博为基础。教师要获得渊博的知识，必须下苦功夫学习，做到锲而不舍，学而不厌。"积一勺以成江河，累微尘以成峻极。"教师在求知苦学中，要一点一滴地去咀嚼、汇集。特别是当今世界，科学技术突飞猛进，知识经济已见端倪，要求教师掌握的知识越来越多。随着科学技术的发展，广播、电影、电视、图书馆、计算机网络、博物馆的日益普及，学生的知识面越来越广。这对教师的专业知识要求越来越高。教师只有做到刻苦学习，锲而不舍，才能是"铢积寸累，日进有功"，才能使自己在教育教学中有汩汩而流的源头活水。

再次我们要有无私奉献的精神。王进喜说："只要能多挖油，多出油，哪怕少活二十年也值得"，多么朴实的话语，令我再次感动得热泪盈眶。奉献精神是一种高尚的情操、表现和行为，更是一种高尚的品质和修养。奉献精神作为一种时代精神，在推动社会发展与进步中发挥了重要作用。"春蚕到死丝方尽，蜡炬成灰泪始干"，无私奉献是老师的本色。《长大后我就成了你》这首歌曾经传遍神州大地，唱响了几十年，至今仍然深受人们的喜爱，一方面是因为它曲调悠扬，旋律动听，更重要的是它表现了人民教师的无私奉献的情怀。践行科学发展观的过程中，老师有了无私奉献精神，才会有高度的事业心和责任感，时刻把广大学生放在心上，才能忠于职守，尽职尽责，开拓创新。

在践行科学发展观的过程中，我们有了无私奉献精神，才会有高度的事业心和责任感，时刻把广大群众的利益和要求放在心上，才能忠于职守，尽职尽责，开拓创新，努力创一流业绩，时时做好模范带头作用，为构建和谐团队、和谐教育做出自己尽可能的贡献。

每个孩子都需要父母的爱

——观《放牛班的春天》有感

　　莎士比亚说："一千个读者就有一千个哈姆雷特。"看完《放牛班的春天》，我的感受就是：每个孩子都需要父母的爱。

　　需要一个怎样的父亲呢？马修老师就是一个大家臆想中理想的父亲形象：他不是专业领域的成功人士，只是芸芸众生中的一个普通人。他长得又矮又胖，还秃顶，他慈眉善目，和颜悦色，能够走进我们的心里，知道我们想要什么，不顾一切帮助我们实现梦想。电影中最不逗人喜欢的蒙丹也希望有这样的父亲。

　　蒙丹的身世大体是：父亲有问题（酗酒家暴或者其他，我们不得而知，但肯定是让他不想见的父亲，而父亲本身对孩子也没有关心）。母亲可能是从事特殊职业的（为谋生也好、为自己快活也好，从蒙丹熟练的唱黄色小调儿，我们大概可以揣测一二，从小看着母亲做这种职业、从嫖客嘴里学着那些小调），慢慢长大的蒙丹在街面上混迹，他所知道的交朋友的方法，就是一起抽烟一起喝酒，他所知道的对话就是威胁"谁再笑我就让你好看"（从这句话里大概也可以揣测，在他原生的圈子里，别的小朋友也是经常嘲笑他的）。有一次派皮诺没有给他钱，他不让派皮诺在床上睡觉。这件事情被马修老师发现了，马修老师警告他说："不要和派皮诺说话，不要靠近他！"蒙丹感觉：在这里，学监已经不只是一个老师的身份，更像一个父亲，一个非常关心自己孩子的父亲。只有父亲，才会带着愤怒、克制、去让坏孩子远离自己的孩子，才会说出无论如何我要好好保护他、不许你伤害他的这些话。蒙丹这次没有反驳，被老师的愤怒镇住了、或者被这种像父亲一样的保护震动了，他的视线从直视，慢慢看向了下方。在直视的眼神中，我们已经看不到一开始那样的挑衅、戾气；而眼神向下，在行为学上，这是一种认错或者屈服的表现。由此可见，就像蒙丹这样坏透的学生，也渴望有一个像马修老师一样的父亲，护着自己，感化自己。

电影中最可爱的孩子我认为就是派皮诺。他没有强悍的身体保护自己，也当然不会有人为这个笨到连理想都要想半天的家伙"出头"。吃饭，得用珠子去换盘子，睡觉还要付钱。他的智商很低，无法明白马修冒险提醒的手势，以为被枪决的元帅是打猎死的。他故作聪明，套近乎得来"5×7＝53"的答案让他喜笑颜开。他连一句儿歌都不会唱，在沸腾了所有人的合唱团里他也只能默不作声，隐藏在大家动听的歌声里期待自己的星期六。但他有爱。他知道自己的爸爸已死，但他依然要等待，因为他的爱没有死，他需要一个盛放自己稚嫩的爱的爸爸存在，所以他依然趴在铁门上等待春天的来临。春天真的来了。秃头的马修会问他"怎么了？"，会在他睡觉的时候帮他掖好被角，会警告蒙丹之辈远离他，会从他这个助手手里接过触手可及的东西。于是，他的爱有了着落。有了这份爱，他向马修老师举报皮埃尔扔下了墨水瓶。所以他才会带着自己的小小行囊和布熊，可怜兮兮的向马修提要求，要他带自己走，是爱给了他离开的动力。依然是爱，让他在星期六的下午，跟着一位秃头的天使坐上了通往幸福的班车。派皮诺被马修抱起来的那一刻，我们仿佛看到一对父子，登上了那辆通往幸福的红色班车。

马修老师倾注心血最多的就是皮埃尔，皮埃尔也是马修老师最成功的学生。他现在是交响乐团的指挥家，万人瞩目，功成名就。皮埃尔是这部电影的中心人物——首先他引出整个故事，另外，请注意合影的时候他在照片中的位置，正中央。皮埃尔喜欢马修老师，他也知道马修老师喜欢他。因为马修老师为他绝美的嗓音开小灶指导他，让他在合唱中独唱，让他在自我陶醉、不可一世中觉醒。也因为马修老师是他的伯乐，为他的前途着想，私底下找他的母亲，说服他的母亲把他送到音乐学院学习。

说完了父亲，我们再来说一说母亲。整部电影，女性角色只有三个：学校洗衣服的阿姨，皮埃尔的妈妈和到学校来听合唱的伯爵夫人。皮埃尔的母亲是一位美丽优雅的单身母亲。"池塘之底"的孩子们希望皮埃尔的妈妈是来探望他们的妈妈。她爱自己的孩子，孩子调皮捣蛋，遭人嫌弃。但是她不离不弃。到处求人，让学校接受她的儿子受教育。儿子在"池塘之底"学校，她不以为耻，不抛弃，不放弃，她经常去学校看望儿子，希望儿子有热的中餐和晚餐。她给儿子带来换洗衣服和巧克力，她拥抱孩子，她希望儿子没有受到老师的惩罚。她希望儿子有美好的前途，她向马修老师打听儿子的一切，听取老师的建议，让他离开池塘之底学校，到里昂音乐学院学习。妈妈总是考虑孩子的感受，为了生活，她在餐厅当服务员，靠自己的双手，养活儿子和自己。蒙丹因为羡慕皮埃尔有这样一个爱自己、关心自己的母亲，而胡言乱语"你妈妈把你扔在这里，自己在外面快活。""你妈妈是婊子"。皮埃尔怀疑了母亲，大雨天偷偷跑出去，躲在汽车旁边观察妈妈。看见妈妈在餐厅走来走去，忙来忙去。儿子的心结打开了：妈妈是爱我的，妈妈是不会做对不起我的事情的。妈妈为了儿子的美好前途，让儿子放心地去追梦、圆梦，离开了她所爱的机械师，独自居住，孤苦终老，凄冷去世。

孩子们希望自己有一个马修老师一样的父亲，有一个皮埃尔妈妈一样的母亲。他们的爱，在孩子的成长中都不可或缺。为了让孩子们快乐健康地成长，作为教师的我们，在孩子的成长过程中，时而要做马修一样的父亲，时而要做皮埃尔的母亲。尽管辛苦，尽管艰难，无论怎样，被人需要是一件极其幸福的事情。

爸爸的教育智慧

——观《奇迹男孩》有感

　　《奇迹男孩》中奥吉的爸爸内特.普尔曼是一个非常有智慧的人。从电影开头可窥豹一斑。

　　十岁的奥吉第一天去上学，爸爸、妈妈、姐姐三人护送到校门。妈妈和姐姐依次向戴着头盔的奥吉告别，尽管该交代的事情都交代了，该鼓励的话语也都说了，但是，她们还是舍不得，站在校门口，满是担心，含着泪花，望着奥吉。看到这儿，我觉得女性在重要的、关键的时刻一般都比较词穷、手足无措，而男人大脑会更冷静、反应会更敏捷。妈妈姐姐无言的时候，爸爸说："让我们俩单独说两句。"为什么是他们俩呢？因为他们是家中的两个男子汉，这个时候应该是男人和男人之间的对话了。爸爸希望奥吉能够像男人一样，理性地分析现在的形势，勇敢地面对周遭的一切。爸爸牵着奥吉的手走进学校大门，停下来，对奥吉说："我只能送你到这儿了，从这就不能让爸爸进了。"言外之意，今后很多路，需要你一个人走，很多事情，需要你自己面对。作为父母的我们，不可能陪你一辈子，帮你解决所有问题。对于从来没有上过学的奥吉来说，让他一个人面对同学们异样的目光和奇怪的举动，他很不适应，很害怕。心底还是希望爸爸能够再陪他走一段路的。爸爸说："和爸妈走在一起，显得你不够酷。"奥吉说："可你很酷啊！"西装革履的爸爸当然明白奥吉的一点儿小心思了，他说："我知道我很酷。但是严格说来，很多爸爸都不怎么样。"弦外之音是：我不够酷，我也不能再陪你往前走了。爸爸环视校园，学生三三两两的，都快快乐乐的。他接着说："戴着头盔也是不酷的。"头盔对于奥吉来说是非常重要的。它隐藏了奥吉因为各种手术而伤痕累累的脸庞，它不仅完美地隐藏起了奥吉脆弱自卑的内心，也成功地防止了奥吉的模样吓到别的孩子。没有了头盔，奥吉也就没有一丝一毫的安全感了。但是，戴着头盔，更显得奥吉与正常人不一样，会引来更多的伤害与痛苦。妈妈和姐姐也想让奥吉摘掉头盔，但是他们没有找到更好的理由，更合适的方法。瞧，爸爸承上启下做的多么好，既鼓励儿子一个人走进学校，又水到渠成地建议他摘掉头盔。他把奥吉的头盔打开，看见奥吉奇奇怪怪的五官，还有一双惊恐万分、不知所措的眼神。爸爸也是有些许的不舍，他弯下腰，一本正经说道："两条规矩，一是每节课只举一次手，不管你知道多少答案，除了科学课，那节课答个痛快。二是你会感到很孤独，但我们都陪在你身边。"可怜天下父母心啊。爸爸担心儿子在学校锋芒毕露，遭人妒忌，建议他韬光养晦，安全第一。儿子明白爸爸，用太空宇航员和地面发号员的语言"收到"回答。感觉到儿子情绪有好转，爸爸不依不饶，依然坚持："我们摘了头盔吧。这是万圣节戴的。"姐姐知道摘下头盔不亚于让弟弟赤手空拳上战场，她害怕地看了看妈妈，妈妈也是一脸的惊慌。爸爸说："预备，头盔升空。"姐姐心有余悸地楼了搂妈妈的肩。爸爸取下头盔，摸了摸奥吉金黄色的头发。奥吉明白，无论怎样，现在必须一个人往前走。奥吉双手拉着书包带，徐徐向教室走去。突然，他转身，跑到爸爸身边，抱住爸爸。爸爸说"我爱你。"奥吉回应："我也爱你。"然后，奥吉勇敢地离开爸爸，向自己的目的地走去。姐姐松了一口气，妈妈心中的石头也落了地。

在孩子的成长过程中，爸爸妈妈的角色都不可或缺。甚至有些时候，爸爸对孩子的教育会更有智慧和技巧。

我儿子六年级上学期的时候，有一天班主任给我 QQ 留言："你儿子早恋了。"看见这六个字，我先是诧异：我儿子怎么会早恋呢？就算全班的男孩子早恋，我儿子都不可能。我儿子情商先天不足，生活中从不察言观色，我行我素，陶醉在自己的世界中；学习中，但凡是涉及语文阅读表达什么情感的，他的答案和标准答案素来是风马牛不相及。后来我一想：万一他早恋了怎么办呢？我是不是应该和他谈一谈？如果应该，我该采取什么方式呢？我不停地找方法，又不断地否定这些方法。苦苦无求之后，突然想到：儿子不是我一个人的，我应该和孩子爸爸说一声。给他打电话，他说："你不要胡思乱想，这个事情交给我。"下班回家，儿子在房间做作业，我悄悄问老公事情办得怎么样。老公笑了笑，说："儿子没有早恋。"我问："你怎么知道？"他说："今天中午我去学校接他，主动带他到学校旁边的文具店买东西。走到礼品区，我对他说，儿子，如果你有新朋友了，一定要告诉爸爸。因为你们既然是好朋友，你就要记得朋友的生日，记得在朋友生日的时候送上你的礼物。要不然，别人就不会把你当朋友了。既然要买礼物，你哪里有钱呢？爸爸还是非常乐意像以前一样，陪你挑选礼物，掏腰包帮你给你的朋友买礼物的。儿子边听边点头。我就接着说，今年除了给你的老朋友黄妍彦买礼物，还有没有别人呀？儿子说没有。我再次问了一遍，儿子还是说没有。"老公的这个办法真是好，从为朋友买生日礼物着手，准确判断出儿子的好朋友有几个，有没有新交的，进而得出结论：儿子没有新异性朋友。不到一周，班主任再次给我 QQ 留言："你儿子没有早恋，是班上另外一个男生。"其实，无论班主任是否告诉我这个结果，已经不重要了。因为我们选择了相信自己的孩子，选择了相信自己的办法。

亲爱的妈妈们，在陪伴孩子成长的路上，多放手，让孩子的爸爸参与其中。爸爸的思维方式和妈妈不一样，处理问题的方法和妈妈不一样，培养出来的孩子也大不一样。

相信爸爸！

相信爸爸的教育智慧！

更要相信自己的选择没错！

爱，不是控制

——观《死亡诗社》有感

电影《死亡诗社》中 Neal 十七岁左右，是威尔顿中学里一个品学兼优的学生。令人心痛的是，"花儿一般的年龄""别人家的孩子"的他自杀了。他为什么会自杀？他的室友 Todd 为什么说杀手是他的父亲？反反复复回看，发现影片中 Neal 和父亲培瑞先生有三次对话。从这三次对话中，我们可以看到父亲的强势与控制，Neal 的期待、隐忍和懦弱，为 Neal 最终的选择埋下了伏笔。

一、开学典礼后

第一个场景是开学典礼后，Neal 和同学在寝室里谈论着有趣的话题，此时，敲门声响起。当培瑞先生进来时，Neal 身边的空气仿佛都冻结了。他盯着父亲，紧张地说："爸爸，我以为你走了？"培瑞先生说："Neal，我刚和诺伦先生谈过，我认为这个学期你的课外活动过多。我决定要你辞去校刊社的职务。"Neal 说："可是今年我是助理编辑。培瑞先生说："我很遗憾。"Neal 说："爸爸，我不能辞职，那不公平。"

当对话进行到这里，培瑞先生因为 Neal 的公然反抗而感到难堪，他把儿子叫到了门外。他说："别在公开场合与我争辩，知道吗？等你上医学院毕业，自己能独立自主，便可以任意为之。但在那之前，你得照我说的话做，明白吗？"Neal 瞬间失望了，他放弃了继续争取自己权利的机会："是的。"看到儿子表现出一贯以来顺从的样子，培瑞先生的口气弱了，柔和了一些，他开始打亲情牌："你知道这对你的母亲意义重大。"Neal 是个乖儿子，他很会给父亲台阶下，他适时地说："你了解我，总是太贪心。"听到这句顺心的解释，培瑞先生终于松了口气，笑着说："那才是我的好儿子。需要任何东西通知我们。"Neal："是。"不知道大家注意了没有？电影中，Neal 对父亲说"是"的英文表达是"Yes, sir.""Sir"在英语中一般是下级对上级的尊称，抑或是对性别区分的词语。如果父子关系融洽，孩子对父亲观点的认可会说"Yes, Papa."

威尔顿中学是常青藤大学的预备学校，相当于高中。青春的荷尔蒙和梦想，让 Neal 有自己的爱好。但是从他和父亲的对话中，明显感觉了他的有心和无力。培瑞先生是一个绝对的控制狂，他以爱之名，对 Neal 提许多要求：暑期的化学补习班、放弃校刊社的职务、不许和父母争辩，哪怕是恰当的维权……在父亲的眼里，他是在用他过来人的方式培养一个未来的医生，培养一个青年才俊。而当我们跳出父母的角色，这和奴役奴隶并没有什么两样。

击中我心的，不是父亲所提的要求，而是 Neal 答应父亲的无理要求后，培瑞先生接着出的两张牌：Neal 母亲的期待，Neal 需要任何东西通知他们。这简直浇灭了儿子的梦想，还要儿子为他的控制欲买单。这就是霸道的父爱！

Neal 呢，呆呆地靠在寝室的走廊里，他在为自己的怯懦后悔、无奈、难过。当查理和纳克斯问他为什么不反抗时，查理反倒合理化了自己的行为："你们不是也一样不敢告诉父母自己的想法，别教我和父亲谈话的方式。"这是威尔顿中学里一群听话的孩子，在强势的父母面前，他们对自己的梦想无计可施。

二、话剧前对话

Keating 是个有情怀的老师，他对梦想和自由有自己的理解，虽然他曾经是威尔顿中学的优秀毕业生，剑桥的学子。他用释放天性的方式点燃了 Neal 对文学梦想，Neal 成立了"死亡诗社"。

Neal 决定要做一个演员。一天，当同室好友 Todd 一个人在床上为 Keating 老师布置的诗歌作业而烦恼时，Neal 兴冲冲地闯了进来，递给 Todd 一张剧院的海报："我已经发现了，我要干的事，我体内的感受！"Neal 兴奋地告诉 Todd：亨利剧院将要排演莎士比亚的名剧《仲夏夜之梦》，他将要争取那个主角，他要上台演戏。他告诉 Todd，他从小酷爱表演，甚至想过上戏剧学校。他充满激情地对 Todd 讲："我要成为一个演员。这是我这一生首次自己要做的事，并且付诸实践，不论我父亲是否同意。" Todd 再三提醒 Neal 要先征得父亲的同意。Neal 发怒了："如果我不告诉他，至少不是违抗他。我连用此刻的念头自娱片刻都不行吗？"

是的，Neal 有梦想，可悲的是他没有和父亲对抗的勇气。直到 Neal 得到了话剧主角的角色，在正式开演的前夕，Neal 和父亲有了本片的第二次对话。至此，Neal 的形象逐渐了丰满起来。

"但是房间，仙女，奥勃朗来了。"《仲夏夜之梦》彩排结束后，Neal 兴奋地背着话剧里的台词，飞奔着回寝室。当他推开门的一刹那，仿佛刚刚的张扬与快乐都是梦一场。他恐惧地叫了一声："爸爸。"培瑞先生说："Neal。"Neal 已经预料到了即将来临的暴风雨，他着急地说："在你开口之前，请让我解释。"他怕爸爸一开口，他的解释便成为争辩。但培瑞先生从没想过自己的乖儿子会违抗他的控制，甚至在不知会他的情况下做了自己喜欢的事情，此刻，他已经失去了理智："不准你顶嘴。你把时间浪费在这个荒诞的演出上已经够糟糕了。而且你还骗我，你凭什么以为就这样算了？回答我！是谁怂恿你这么做的，是新教师 Keating？"Neal 说："没人怂恿我。我想让你意外，我每门成绩都是甲等！"Neal 试图解释自己的行为，他觉得父亲最在意的是成绩，只要成绩好，或许父亲可以答应他的做法。但 Neal 错了，培瑞先生要的不仅是成绩，他是个控制狂——他要的是 Neal 绝对的顺从，他来学校只是告诉 Neal 他的决定。培瑞先生："你真以为我不会知道了吗？我侄子和令公子在同一出戏中演出，马克斯太太告诉我。不，我说我儿子没有参加任何演出。你害我说谎了，Neal！明天，你去找剧团的人，告诉他们你要退出演出。"Neal 说："不行，我扮演的是主要角色，明天晚上就要演出了。"培瑞先生说："就算明天是世界末日，我也不管，你和这出戏完了。听清楚了吗？"Neal 说："是的。"愤怒的培瑞先生疯狂地表达着他的控制欲。他觉得儿子门门功课拿甲等是正常的，他在意的是儿子没有告诉他演戏的事，让他在马克斯太太那里丢了脸。他没想过明天就要演出了，儿子怎能在此时背信弃义？他想要的是儿子绝对的顺从。为孩子着想的理由在此已经说不通了。

培瑞先生离开的时候，说："我做了很大的牺牲，才把你送来这里，你不能让我失望。"是的，Neal 的家境在同学群里只能是一般，父亲肯定做了许多努力才挤进了好学校。在培瑞先生的眼里，父爱的打开方式就是让儿子考上医学院，过上开挂的人生。可是，儿子到底要的是什么？他不听！从这句话里，我们清楚地看到，儿子是培瑞先生实现自己梦想的工具。

那什么是父爱的正确打开方式？打个比方，如果 Neal 的梦想是考医学院，父亲帮助他完成梦想，这叫尊重和助力。可是，Neal 的目标是想当个演员，并且也展示了他有可以达到目标的才华，父亲却因为他想儿子考医学院，强行让 Neal 放弃所有的娱乐，这就控制。

Neal 悲痛地对父亲说："不会的。"他明白，他想通过自己在学业上的优异表现来说服父亲的想法已经破灭，而他没有勇气对父亲说出内心真正的感受。

无可奈何的 Neal 找 Keating 老师寻求解决之道，他说："我热爱演戏，但父亲不在乎这些。我们家不很富裕，他想替我安排我的将来，但他从来不问我想什么？他们会说他们就指望我了，说一切只是为了我！"当 Keating 老师问他为什么不告诉父亲你是这样地热爱演戏时，Neal 含着泪说："我不能，我不能用这样的方式与父亲说话。"父亲一贯的教育让 Neal 想做一个孝顺的儿子，他无法允许自己用抗争的方式对父亲说话。Neal 很痛苦，明天就要公演，他该如何做抉择？他哭着说："我被困住了。"

是的，Neal 被困住了。纪伯伦曾说过："世上有两种活法。一种是醒在睡梦中，睡在现实里；一种是沉睡在梦中，醒在现实里。"在遇到 Keating 老师之前，Neal 一直在父亲编织的医生梦里醒着。现在 Neal 真的醒了，他想要配合父亲卖力演出，但演员的梦想让他不能"入睡"了！

三、话剧后对话

《仲夏夜之梦》的公演成了大伙的节日，Keating 带着小伙子们前往剧院为 Neal 捧场。掌声雷动，喝彩四起，获得了巨大成功的 Neal 被一次次地推到前台向观众谢幕。整个剧场中只有一个人阴沉着脸，这就是 Neal 的父亲。虽然培瑞先生明明看到了儿子的精彩表现，看到了儿子身上的巨大天赋，但他却做出了一个最终将儿子推向死亡的决定。

公演结束后，众人向 Neal 祝贺，Neal 的父亲冲上来，在众目睽睽下把儿子从 Keating 老师身边拉开，不容分说地将他推进汽车。回到家后，Neal 和的父亲的第三次对话开始了。

培瑞先生："我们试图了解，你为什么坚持反对我们，但不管原因如何，我不能让你毁了你的生活。明天，我让你从威尔顿退学，帮你到布瑞登军事学院注册。你要上哈佛，你要当医生。"父亲用坚定的语气陈述了自己对 Neal 未来的安排，仿佛这些关于儿子未来的规划从来不需要本人的同意。从另一个角度来说，父亲的"控制欲"也是 Neal "宠"出来的，Neal 一贯的退缩让父亲完全无视 Neal 的需要。

Neal 看向一旁流泪的母亲，希望母亲能给予一点支持，但母亲什么也没回应。这次，Neal 试图说出自己的感觉："那要再花十年，父亲，那是终身的事。"培瑞先生："闭嘴，不要这么戏剧化，说得好像刑期一样。你不明白，Neal，你拥有我从来没有梦想过的机会，我不会让你白白糟蹋的。"Neal 愤怒了，他鼓起勇气大声对父亲说："我必须告诉你我的感觉……"坐在一边的母亲总算开口说话了："我们担心死了，那怎么说。"父亲针锋相对："告诉我们你的感觉，是什么？"Neal 看看父亲的决绝，看看一旁幽幽流泪的母亲，做个好儿子的愿望让他停止了争取自身自由的权利。父亲继续说："还是关于演戏那档子事吗？你可以不用想了！那是什么？"面对父亲的逼问，Neal 彻底无望了，这次的退缩便是诀别："没什么！"冲突结束的时候，Neal 喃喃自语地说："我演得好，我演得真的很好！"母亲正沉浸在儿子不听话的悲伤中，看到儿子退行得像个婴儿般，她不想理解儿子的需求，答非所问地说："那去

424

睡觉吧！"

面对父母的霸道，Neal 对现实妥协了，但是内心演员的梦想却如此坚定。他不想要这样的生活，可是一直以来的家庭教育让他不能发出自己的心声，哪怕是争取自己合理的权利。梦想和现实的冲突让 Neal 困住了，完全困住了！

我步入丛林 / 因为我希望生活得有意义 / 我希望活得深刻 / 吸取生命中所有的精华 / 把非生命的一切都击溃 / 以免当我生命终结 / 发现自己从没有活过 /

当枪声惊醒睡梦中的父母时，Neal 终于不再扮演一个孝顺的儿子，他用结束生命的方式给了父母绝望的一击。Neal 戴着演出时的花环，用自杀的方式坚守了自己对梦想的坚持，以此脱离父母的控制。看着培瑞先生抱着 Neal 的尸体悲恸不已，我也痛得"酣畅淋漓"：如果培瑞夫妇给 Neal 说话的机会；如果 Neal 能够再勇敢一点；如果大家都不以"顺从"作为好孩子的标志，结局会不会不一样？如果，可惜，世上没有如果。

成为家长，我们无证上岗，从孩子出生开始，我们自然就业。作为家长，我们兢兢业业，参加家长会，阅读各种教子书籍，听专家讲座，读微信公众号育儿知识。昨天，中国虎妈说"我如何不让孩子输在起跑线"，明天，专家出来辟谣说"没有起跑线之说"。昨天，公众号里写"最好的教育方式就是带孩子旅游"，明天又出来一篇"没有好家境，你每天旅游算个啥"。鞋，合不合适，脚知道。教育理念百家争鸣，但只有适合孩子的才是最好的。实行各种教育理念时，我们要清晰地理解什么是爱。爱是理解，爱是尊重，爱也可以是助力。但爱，绝不是控制！

相由心生

——观《桂贤娣分享》有感

去年秋天，胡红玉老师到郑州参加骨干教师培训。回校后的第一个午餐时间，她迫不及待和学校部分老师分享了最让她难忘的讲座——桂贤娣老师的讲座。桂老师到湖北竹山送教，发现漫山遍野的竹子，想到马上要带刚入学的一年级小朋友去听音乐会，需要确保学生路上安全，她灵机一动，两根竹子可以当移动的斑马线，于是她想方设法弄回武汉，让学生安安全全、快快乐乐参加了音乐会。这个故事让我至今记忆犹新，备受启发。这么冰雪聪明、对学生用心良苦的桂老师长得什么样子呢？她一定不再年轻。因为我百度了，她 1961 年 11 月出生，马上就要 59 岁了。一位即将退休的老师，怎么会有如此大的魅力，不仅让学生喜欢，而且也让家长和同行大受欢迎呢？我一直很好奇，想一睹芳容，聆听她的讲座。幸好，疫情期间桂老师讲故事了，闵校长将她的视频录制下来了。《听桂老师讲故事》这个视频，三大块九个小故事，我看了三遍，做了满满二张 A4 纸的笔记。慢慢地看，细细地想，静静地悟，"相由心生"这四个字不停出现在我的脑海里。

桂老师是时尚的。看见镜头前的桂老师，我非常惊讶，她是如此的时尚。59 岁的年龄，有着一头可爱的短卷发，当她绘声绘色讲故事的时候，小小的、卷卷的头发随着她抑扬顿挫的声音和恰到好处的动作跳跃着，是我想象中的她那群可爱的学生。桂老师额头中间的刘海，她用俏皮的发夹卡在头顶上，显得那么年轻、活泼。她的眉毛也很夺人眼球，线条流畅，颜色适宜，和她的圆脸相当匹配。一双眼睛清澈透底，无言地告诉和她面对面的人："我简单真诚。"桂老师的穿着也是时尚的。一件英伦风格的小背心套在圆领衬衣上，更增添了她的学院风，让人一见就格外亲切，情不自禁想靠近她。桂老师的语言也是时尚的。她模仿学生王琰 "Yes, sir." "Yes, Madam." 中英文夹杂，动作表情，惟妙惟肖。她模仿学生之间流传的儿歌——一年级的苕，二年级的贼，三年级的靓妹没人追，四年级的帅哥有人围，五年级的情书满天飞，六年级的帅哥靓妹一对对，就像一个说学逗唱的相声演员。她演绎杨玉琪下雨上学后爸爸妈妈之间的对话，仿佛就是一个演员。

桂老师是美丽的。她有团队精神，知道一个人的力量是有限的，明白帮助别人就是在帮助自己。第一个故事中，桂老师的搭档——数学刘老师遇到了尴尬。听了刘老师的讲述，桂老师二话不说，走进教室，帮助刘老师解决了这个问题，并一语中的"你心里有鬼，我心里没有鬼。"桂老师"小银行""急救站"的设置，帮助的不仅仅是学生，还有家长。桂老师"生进师访"的新举措，不仅尊重了学生的自尊心，增强了学生的自信心，满足了学生的成就感，达到了拉近师生距离，密切师生关系，增进教师、学生、家长之间感情等诸多目的，可谓一举多得。心里有爱，行动有力，成效有佳，脸上才会有自信，嘴角才会上扬，眉眼才会含笑，容颜才会美丽。

从穿衣打扮到言谈举止，桂老师给人的感觉是清清爽爽、舒舒服服的，是好看的。这里的好看不单是容颜的美丽，而是面相上的温暖，是眼角眉梢的清风朗月，举手投足间的赏心悦目，更是言谈举止透露的修养气度。林肯说："一个人四十岁以前的脸是父母决定的，但四十岁以后的脸却是自己修来的。"这句话的言外之意就是，你前半生经历过的事，学习到的知识，都在无形中改变着你后半生的容貌，决定你以后的人生。

小时候看一个人长得好不好看，只是单纯的通过外表去判断。长大后再看，才发觉同样一张面孔，有人亲切柔和，有人一脸凶相；有人越看越顺眼，有人却越发丑陋。想起鲁迅笔下有一个经典人物，杨二嫂。杨二嫂年轻时美艳动人，每天擦着白粉卖豆腐，人称豆腐西施。可惜后来，在生活的压迫下，她变得自私、贪婪、势利，脸相也迅速衰老下来，成了"凸颧骨，薄嘴唇"的"细脚伶仃的圆规"。其实人的相貌并非一朝而就，都是点滴沉淀所致。

写到这儿，我想起了另外一个故事。清朝藏书家温汝适，少年时期就珠玑迭出，他想着只要自己勤奋苦干，就一定前途无量。一天在路上巧遇一个相师，相师仔细打量他一番，摇头叹气："大人这一生最多做到四品官。"温汝适深感失望，不料此时家乡发生洪涝，农田被淹，百姓流离失所，他就挨家挨户游说倡议当地的富豪们捐款，重建家园。日后又遇此相师，相师见了他大惊失色，慌着作揖行礼，感叹道："大人一定种了许多福德，不然面相和骨格怎么改变许多呢？大人以后至少能升到二品官！"说来也巧，温汝适一生积善行德，职位也升得越来越快，最后还做了嘉庆皇帝的老师。

佛经里常讲，相由心生，境由心转。这，大概就是所谓的心相吧。世间万物本身没什么变化，最大的改变就在自己心里。时间就像雕刻师，会把人的面相调整，恶人面貌狰狞，善人样貌年轻。怪不得有人说，人老了之后，会变成两种人，一种慈眉善目，一种凶神恶煞。现在看来确有几分道理，人的面相和心灵是互通的，容貌也会随品行渐变。心地善良的人，厚道淳朴，为人热忱，脸上绽放出大气柔美的贵人气质。心怀鬼胎的人，弄虚作假，巧言令色，脸上呈现出刁钻刻薄的小人之相。因为心有所想，行有所向，所以心相，是一个人最直接的投影。一张好的心相背后，是一个人优雅纯良的生活态度和品格。

桂老师年近花甲之年，仍然好看、优雅，源于她对生活的热爱，对学生的热爱。如果我们期望在退休之时，像桂老师一样，那就从现在开始，保持一颗童心，蹲下来和孩子一起看世界，用心处理每一件孩子的事情。

愿我们每一个人永远年轻、好看！

愿你被温柔以待

今天带着儿子去电影院看了《你好，李焕英》。主要原因是：第一，我一直比较喜欢贾玲，喜欢她靠个人努力和人格魅力在演艺圈站稳脚跟。这部电影是她的处女作，豆瓣评分较高，想满足自己的好奇心。第二，她是湖北襄阳人，拍摄地点大多数在襄阳，作为湖北人必须力挺。第三，电影简介说这是一部关于母爱的真实故事。和儿子一起看，让他在电影的感召下回忆我为他所做的一切，让他明白母亲有多么的不容易。

儿子就坐在我的旁边看电影。前面的情节，我拉着他的手和他一起开怀大笑，后面的部分，我松开他的手抹眼泪。偷偷瞟了一眼他，他也在擦眼泪。

走出电影院，还沉浸在电影情节之中。坐进车里，我打开了话匣子，从李焕英婚前不会缝裤子到有了孩子偷偷学习，把孩子磨破的裤子缝得漂漂亮亮开始，讲述李焕英为了孩子全心全意付出，乃至下辈子"我还是当你妈"。讲完了李焕英，我又开始回忆自己从一个天真烂漫、什么都不会的女孩子到有了孩子什么都会都敢的女汉子。讲述完了我作为母亲的点滴故事，又接着讲述我的母亲为我成长倾囊相助的事例。一个接一个的故事，一分一秒地过去。儿子任由我絮絮叨叨，没完没了。他默默地听着，想着。

仔细想想，母亲真的非常伟大。母亲总是一心一意，无怨无悔地为孩子付出，一生都是围绕着孩子在转。从不奢望孩子为自己做什么，只愿"孩子健康快乐"就行。

愿天底下的母亲都能被温柔以待！

多彩生活篇

自觉主动的学习来源于自我提高的内驱力

"丁零零，丁零零……"儿子房间的闹钟响了。我睁开眼，房间里伸手不见五指，漆黑一片，窗外也是一片昏暗。我摸来手机一看，六点钟。今天他上学吗？不对呀！昨天所有的课程都结束了呀。我穿戴整齐后走进他的房间。发现他已经端坐在书桌前，正在翻阅语文书。今天是不是太阳打西边出来了呀？上学的时候无论我怎么叫他起床，他都难得睁开眼睛。现在我没有叫他，他就起床了，而且，还拿起他曾经最讨厌的语文书？！

"你是不是打算晨读？"

"是的。"

"怎么突然想起来语文晨读了呀？"

"老师说得语文者得天下。我觉得老师说的非常有道理。我现在的理科成绩排名都在年级前面，要想多考一分就很难，还不如提升语文成绩。语文是我所有学科中最弱的，提升的空间最大。我想从高中课本开始复习，每天朗读、背诵。对了，妈妈，你帮我把初中的语文书都找出来。高中语文复习完了，我就接着复习初中的。现在语文试卷中也有初中语文书上的。"

"好的。妈妈要为你点赞。第一，你能够客观分析自己学科优势和劣势，能够发现问题，找到解决问题的办法；第二，你能够想到就做到，马上行动。妈妈希望你能够坚持下去，不要三天打鱼，两天晒网。我会督促你，陪伴你。"

"嗯。"

我走出房间，背后传来儿子朗朗的读书声。

以前不说每天，至少每周都要对儿子苦口婆心劝说不要放弃语文学习。办法找了很多，言语也说了很多。不仅没有成功说服他，还闹得母子关系不和谐。现在不说了，他却明白了。

一味的说教是不奏效的。只有让他身受其苦他才会真正懂得。当孩子意识到学习是自己的事情，发自肺腑地"我要学习"，他的学习，才会主动，才会自觉，才会进步！

让我们一起学习吧

儿子四月份的月考成绩出来了。英语成绩下滑的特别厉害。由以前班级第一下滑到班级均分，年级十四降到年级七百三十名。

成绩起起伏伏，我能够接受。但是，每一次的起落，必须总结，必须找到成败原因，明确下一步的努力方向。根据我的观察，儿子把大多数的时间花费在数理化生学科上面了，语文和英语很少读、记、背。这或许是导致成绩不够理想的原因。我找他的英语老师，我的好朋友李翠银老师咨询如何破解困局。李老师一针见血指出他的词汇量非常匮乏，导致阅读和写作丢分。她建议他扩大词汇量。我也是一名有着 23 年教龄的英语老师，也经历过三年高中苦读和大学的不懈勤学。回忆自己学习英语的经验，想想学生记忆单词的方法，我决定先找他谈话，做通工作，商定方法，达成一致。

儿子今年十六岁，开始有一点儿叛逆。有时候不愿意和我说话，一看见我走进他的房间就喜欢摆摆手，说："妈妈，出去吧。我要学习。"高中生的学习时间是非常宝贵的，我深有体会。他常常早起晚睡，感觉时间还不够用。我有时强行让他睡觉休息，这么大的男子汉还委屈地掉泪。既然儿子要学习，不想和我说话，我就不说吧。但目前下滑的成绩，我必须找他谈一谈。怎么谈，才让他愿意听呢？对，他是一个典型的吃货。只要有美味可吃，尤其是有他喜欢吃的美味时，他的心情就会大好，此时和他说什么事情就会比较顺畅。

母亲的厨艺日渐增长，中午做了他最爱吃的牛肉火锅。在烹饪过程中，牛肉的香味飘满了整间房子，让人时时走神，心心念念想马上吃到。看见牛肉，儿子两眼发光，迅速用筷子夹起一块牛肉放到嘴巴里，美滋滋地咀嚼着。见状，我说："你觉得这次月考成绩怎么样？"他说："不行。"我说："哪门不行，我们来分析一下。他心知肚明地嚼着牛肉，懒得说话。我说：我们先说英语吧。你上次期末考试英语成绩班级第一，现在位居中等。要是我是你同学，我会怀疑你上次的成绩是假的，是舞弊得来的。老实说，你上次成绩

434

是蒙的，还是抄的？"他边吃边说："我也很怀疑我上次的成绩。"我说："其实不用怀疑，一分耕耘一分收获。考试前，你每天记忆单词，大声朗读，还刷阅读题。能够取得第一名是预料之中的。而这次考试前，你自己说你朗读了吗？背过单词了吗？做过阅读理解题吗？"他边吃边摇头。我说："为了避免不在同一个地方摔跤，我们这样来做，每天6：20起床，语文和英语大声朗读各二十分钟，每天背20个英语单词，下午锻炼后我检查你背的20个单词。"他觉得20个单词太多。我问：你说多少呢？他开始沉思。决不能让他避重就轻。到时候吃亏的就是他自己。重蹈慈母败儿之辙。儿子是有能力、有条件赶上并超越排名靠前的同学的。作为母亲，我得引导他。我说："你说20个太多，你决定是19个还是18个呢？英语李老师说每天必须20个。学习是自己的事情，决定权在你那儿。我允许你适当少一点儿学习任务。"儿子看了看我，说："18个。"他把自己每天的时间都安排的满满的，增加一个任务，就相当于他要忍痛割爱减少理科学习时间，或者挤时间。我以为他会选择10到15的，没有想到他选择了18。儿子比较好说话，在执行的过程中稍微做一下工作，20个单词还是没有问题的。我立马接话：行！那就18个。你自己选择是哪18个单词。他点点头。

下午锻炼后，儿子主动和我说："妈妈，18个单词你还检查吗？"我说："当然检查了。"我接着问："单词在哪儿？"他说："在笔记本上。"我随他一起上楼，走到他的书房，他递给我一本笔记本，翻开，指着第一面的笔记说："这是我阅读后记载下来的生词，我打算从第一个开始。"我看了看，自从儿子进入高中后，英语书法变得漂亮多了，以前我看他的英语作业要辨认好久才能认出一个单词，现在是一笔一画，每一笔都很到位，给人赏心悦目的感觉。我从第一个数到18个，做上记号。指给他看："今天就检查这18个单词。"他非常爽快："好！"我说："你先读一遍给我听听吧！"他一听傻眼了："妈妈，还要读啊？会写不就行了吗？"我说："会读就会写。先读再写。"见我的语气不容争辩，他不好意思说："妈妈，我只会读其中的一个单词，其他的不会。"我说："不要紧，妈妈来教你。"我指着第一个单词 status，说："你查音标，我来做笔记。"儿子马上拿来了手机，输入，查找，找到，点击读音，边听边递给我看："妈妈，这个单词这样读。"他读了一遍。我在他的笔记本上一边做笔记一边说："读准一个单词，首先要弄清楚元音字母的发音，其次是单词的重读和次重读，最后就是辅音字母的特殊读音。今天我示范怎么做笔记，以后你就仿照我的样子，自己来。"儿子点点头。做完了笔记，我指着我写的音标让他读。他又是一句："我不会读。"指责和批评不是解决问题的办法，直接告诉他答案也不是好办法。我看着他的眼睛说："看着这个音标，再想想，你一定会想出来的。"他回望我的眼睛，说："是不是 /ei/？"我以为他真的什么都不会。现在他居然张嘴读出来了，而且是正确的。我高兴极了。他不抵触我，他在按照我的要求努力在思考。我大声说："嗯，正确。我说你行的吧？"我指着下一个音标让他读，尽管他不是那么迅速说出来，但是他都说对了。读完了单词中的元音字母，再读辅音字母，接着将辅音和元音合拼，一个音节就读出来了。最后将一个一个音节合在一起，加上重读，一个单词就读出来了。我说："其实单词读音都有规律可循，不是想象中的那么可怕和困难。拳不离手曲不离口，多读多记多思考，你就能发现规律。"他点点头。可能是第一次单词他自己读出来了，给了他莫大的信心和力量。

我们照样子学习了第二个、第三个生单词。学习第四个单词的时候，我感觉儿子硬硬的头发在戳我的头皮。儿子小时候特别喜欢狗，喜欢模仿狗妈妈和狗宝宝头挨头，蹭痒痒式地表达爱意。我瞟了一眼，果不其然，他像小时候一样用头在蹭我的头。这种情景，这种亲密，在他进入中学以后就不曾有过了。可能是因为他长大了知道男女有别，也可能是因为我远离了他的学习让他生疏。对于一个老母亲而言，这是多么幸福的时刻，是多么温馨的画面啊。我像以前一样，用我的头抵了抵他的头，他也用力回应，就像两头嬉戏的小狗狗。

我们一边学习，一边头抵头嬉戏。以前儿子学习英语，总是一副痛苦状。而此时，他笑嘻嘻的，我说什么，他听什么，我让他重复他就重复，让他再读他就再读，我说学习完了今天的 18 个单词，再把明天的 18 个单词预习一下，他也连连答应。我说明天就学习 20 个单词吧，按照你做的笔记，明天学习 18 个单词，那么，一行就剩下了两个单词孤零零的。也不好做记号。他竟然满口答应，没有厌烦的表情和动作。

和儿子一起学习，既巩固了自己的专业知识，又用自己的专业知识和专业技能帮助了儿子的英语学习，还将学习过程变成了亲子时光，儿子既能感觉母亲的爱和母亲活到老学到老的精神，又于无声中缩去了之前的生疏。这样两全其美的事情何乐而不为呢？

儿子逐渐长大，会像龙应台的《目送》一样，在我们的目送下，一步一步离开我们。作为父母，我们要珍惜和孩子在一起的时间，尝试各种方法走进孩子的心里，了解他们，竭尽所能帮助他们。能够成为他成长路上的朋友当然是最好。如果不能成为朋友，我们也要让他任何时候一回头就能看到父母的爱一直都在，有父母的地方，就是他能停泊的最安全的港湾，也是他最能放松的地方。

儿子，既然你喜欢和妈妈一起学习，那么，从今天开始，让我们一起学习，一起成长！

努力改变自己

早上去夷陵中学的路上，儿子打开笔记本电脑，看了我为他做的关于空间大战的PPT。看完后，他合上笔记本电脑，默不作声三分钟。

"妈妈，你要多读书。"他说。

"我读书了呀。别人在校门口等孩子是散步锻炼身体；而我是在读书。你看，妈妈车上放的都是书，有时间就读书。你怎么这么说妈妈呢？"听他这么说，我很委屈，很伤心，一股脑儿地说了一大堆。"你读的都是一些心灵鸡汤类的书。你能不能读一些高端的书？比如你给我买的霍金写的《时间简史》《果壳中的宇宙》《我的简史》，你可以读一读。还有一些科学院士写的文章，你也可以读一读。要不然，我和你怎么说的到一块儿去呢？你看，我让你帮我做的空间大战的PPT，太肤浅了，和我想的完全不在同一频道。"儿子说话语速很缓慢，声音很低沉，但是带了一些不满和怨气。

他真是太自私了。我为什么要读他喜欢的书呢？要以他的意志为转移呢？我也有我的兴趣爱好，也有我的追求，我不能为了儿子失去了自我。还有，他的作业我帮他做了，他还数落我。我闲着没事干吗？哼！以后别求我帮忙了。就算求我帮忙，我答应了，我也不会自以为是，全权包办代替。

"妈妈，你是学校管理者，你要尽可能地开阔自己的视野，拓宽知识面，不要自己不喜欢的就不加强学习。否则，你就会被别人牵着鼻子走。"他这一番话倒让我的怒气像泄了气的气球一样，心情平和了许多。没有想到，平时看起来大大咧咧、没心没肺的他现在居然还为我的工作着想。到底是长大了，涨知识了。

经常听专家说，亲子矛盾多半是家长跟不上孩子成长步伐，家长被孩子鄙视，孩子不愿意和家长沟通交流。

在家里，我不能和儿子没有共同语言，被儿子嫌弃；在学校，我也不能因为无知被学生瞧不起。因为爱，所以爱。为了儿子，也为了自己的未来，我今后要努力改变自己，尝试新的领域的学习和研究。

与孩子同成长，共进步

"儿子，你今天是不是和班上的 A，B，C 三位同学一起吃了小火锅和炒菜？"

"嗯。"

"你们是不是连续吃了三天？"

"你怎么知道的？"

"A 的妈妈今天和我在校门口等你们的时候告诉我的。"

"……"

"我好羡慕 A 的妈妈呀。她儿子什么话都和她说，包括和谁在一起吃了什么。我也希望你经常我聊一聊，让我了解你，走近你。"

"妈妈，土豆和玉米都是农作物。你说他们的种植方法一样吗？"

"你的言外之意是你和 A 是不同类型的孩子，做父母的应该有着不同的培养方式和要求？"

"是。你不是马云。我不会要求你像马云一样富有和有资源。我是土豆，长在土里面，你不能让我像玉米一样立于地表，将果实高高挂起。"

"……"

我一时哑口无言。

为什么会出现这种情况？那是因为我没有走近他，更没有走进他的心里。没有仔细观察他的喜好，不了解他的心里想法，不知道怎么和他聊天。如果我走近他一些，用心用情去感悟他的喜怒哀乐，利用所学的心理学和教育学知识和他沟通交流，就不会出现这种情况。

父母之爱子，则为之计深远。

生而为母，必须生命不息，学习不止，与孩子同成长，共进步。

换个角度看问题

　　中午和儿子在国贸吃烤肉。服务员把食材、味碟、餐具端来摆放好后，我开始用夹子把拌好调料的肉一片一片放在烤架上。一会儿，浓烟四起。不好了，中间的那片肉好像糊了，我连忙用夹子去翻那片肉。那片肉还没有翻好，其他地方的肉也吱吱作响，青烟缭绕。我一阵手忙脚乱，无比尴尬。

　　这时走过来一位戴着眼镜的男服务员，弯腰低头，隔着口罩说："您好！请把夹子给我吧！"我老老实实地递过夹子。他接过夹子，娴熟地用左手的夹子翻着肉，不时夹起肉看一看，然后用剪刀剪成碎块，用夹子将肉翻滚几下，肉色变黯淡了。他用夹子将随肉夹到边上，说："您们可以吃了。"儿子大快朵颐，不亦乐乎。

　　他在一旁一直默不作声忙个不停，直到把所有的肉都烤完才离开。

　　他一离开，我对儿子说："瞧，我们今天运气真好，有这么个小哥哥帮我们烤肉，烤得又快又好。不像上一次我们吃烤肉，必须有一个人不吃，全程烤肉。"

　　儿子看了我一眼，笑着说："算了吧！你知道为什么别人帮我们烤肉吗？"

　　我说："他肯定是觉得我们母子关系和谐，尤其是羡慕你有我这么一个好妈妈，不吃不喝为儿子烤肉，我感动了他，他才主动帮忙。"

　　儿子瞥了我一眼："拉倒吧！他是看你不会，过来帮忙，免得你有不好的体验，下次不来就餐了。喏，你看一看全场，就我们这一桌有服务员全程服务。"

　　我环视了一下周围，果不其然，桌桌客人都是自己动手，丰衣足食。

　　和不同性别的人交谈，与不同年龄的人沟通，会让你换一个角度看问题，把问题看得更全面，更透彻。

学会放手

今天儿子的规划是完成生物手工作业——肾模型。动手之前，他读了又读生物老师建议的步骤，清楚了需要哪些材料，然后拟定了采购清单。他邀请我和他一起去采购，我欣然答应。

最为曲折的是买可溶性塑料吸管，粗细和长短就是奶茶店里吸管的模样。前些日子读 3X 时光计划圈子里小宋老师的打卡日记，我知道了奶茶店从 2021 年 1 月 1 日起使用的就是环保的纸质吸管。到哪个奶茶店去找可溶性塑料吸管呢？在步行街，我们一家一家奶茶店询问着。终于，在第四家奶茶店——古茗找到了。奶茶店的小姐姐很热心地撕开了吸管的外包装给我们看。儿子很是兴奋，连忙说："妈妈，就是这种！"我把儿子拉到奶茶店的旁边，问道："我们怎么得到这个吸管呢？"

"买一杯奶茶吧。"儿子毫不犹豫地说。

"你想喝奶茶吗？"我很纠结，儿子长得很胖，医生建议最好不喝奶茶。

"我不想喝奶茶。"儿子斩钉截铁地说。

"既然你不想喝，我们就不买。你不是经常说'浪费可耻'吗？你看奶茶店的小姐姐很热情，我们说明了原因之后，她肯定会免费送我们一根吸管的。"我分析着。

"我不喝奶茶，你可以喝呀？不要光考虑我，你还要考虑考虑你自己。"儿子一本正经地说。

儿子的情商不是为零吗？今天怎么说出这么暖心的话呢？我有点儿怀疑自己的耳朵。可是，关键是我这个时候也不想喝奶茶呀。

"刚刚吃完饭，我也不想喝奶茶。"我实话实说。

"妈妈，无论怎样，你要消费了再找人家要一根吸管。不能占小便宜。这是你教我的。"儿子不依不饶。

他说得对呀。作为母亲，我必须言传身教，做好榜样。不能要求他不占小便宜，而自己去占划得来。

"我们两个都不想喝奶茶，买下奶茶又不喝不是浪费了吗？"我问道。

"我们不喝可以送给别人喝呀，比如姐姐，她喜欢喝奶茶，这样我们得到了吸管，同时也给姐姐送了爱心。一举两得，怎么不可以呢？"儿子振振有词。

"好！"儿子的建议听起来很有道理。为什么不支持他呢？我买了一杯奶茶，要了两根吸管。小姐姐一如既往地笑意盈盈，将奶茶和吸管递给了我们。

我和儿子的对话，使我想起了我的课堂。在课堂上，我也常常将问题抛给学生，不停追问，让他们在思考中越来越明白该怎么做。在课堂，问计于学生，让学生当家作主，积极思考，主动作为。在家里，问计于儿子，让他学会思考，学会做人。

无论是别人家的孩子，还是自己的孩子，都是作为教师母亲的我们服务的对象。多放手，多示弱，会让孩子成长得更快；同时，也让我们更加了解孩子的需求，让我们的菜单式服务更受欢迎！

一切刚刚好

"儿子，从班主任发的自习照片看，你是不是坐在第一排，讲台那里？"昨天早上送儿子上学时，我问他。

"嗯。"他懒洋洋地说。过了一会儿，他加快语速说："对了，妈妈，你能不能和班主任说一下，不要让我老是坐第一排了？"

"这样的事情你自己去说比较合适。如果我去说了，老师会批评我为你包办的事情太多。"

"妈妈，我已经和班主任说了，班主任不同意。"

"班主任说了理由没有？"

"没有！"

"你为什么不想坐在第一排呢？那可是甲等座位，很多家长和学生求之不得的好位置呢。"

"我的视力那么好，是班上唯一一个不戴眼镜的人。坐在哪儿都看得见黑板。可是我们班上好多同学戴着眼镜都看不见黑板。如果他们坐在我这个位置，说不准就看得见黑板上的字了。"听起来他蛮舍己为人，顾全大局的，作为听众应该为他点赞喝彩。其实不然。他的班主任早上六点钟到学校，晚上十一点钟离开学校。学生三千米赛跑，他陪跑三千米；学生 25 公里徒步，他一路陪走；学生水火箭比赛，他给每个水火箭加气加压，希望每个学生获奖；学生大课间操比赛，他把自己的课拿一半来给学生练习，满足学生获奖的心愿……可以这样说，他把所有时间和精力都放在班上，放在学生身上。因为他爱学生如爱子，德艺双馨，成绩突出，学校把重点班给他带，同事想方设法把子女送到他的班上。这样的班主任怎么可能在安排座位上随心所欲，不动脑筋呢？我儿子有英语课刷数学题的前科。现在坐在第一排，只能老老实实，规规矩矩跟着老师走，哪能想干什么就干什么呢。估计他是受不了这个约束，所以想到"天高皇帝远"的位置去。现在是高三了，怎么还能够任性呢？但是，和青春期的高三孩子也不能硬碰硬。否则，两败俱伤，得不偿失。

"你安心上学，我等会儿和班主任沟通一下。"我语气愉快地说。

"好。"儿子心情大好，声音洪亮，干净利落。

看着他高高兴兴地走进校园，我开始琢磨着怎么回他的话。

晚上去接他。他为了上化学奥赛课没有吃晚餐。上车之后就在吃饭，没有时间和机会说。

"儿子，昨天我和班主任联系了。"今天早上上学路上我和他说，"班主任说当初分班的时候你是班上第一名，而且是遥遥领先。在这个班上，无论是课上还是课下，无论是周测还是统考，你都是大家的榜样。老师希望你坐在第一排，让班上所有同学都向你看齐，抬头就能看见你，你认真听讲他们就会认真听讲，你埋头刷题他们就会埋头刷题。"

"你少听老师瞎说。我哪里优秀呀？我优秀不就进了清北班？"

"无论你自己是否承认自己优秀，在班主任和同学心里，你就是学霸。你看，每次同学家长看见我都叫我"学霸妈妈"。这次没有进清北班，班主任也和你说了，物理学科最后一题阅卷错误，少给了你十几分，所以进清北班就差了几分。进不进清北班，在老师和妈妈心里，你都是优秀的。没有进清北班，你原班不动，说明你和班主任还是蛮有缘份。那就你帮我，我帮你，一起往前走呗。你不会不帮班主任吧？"

"好吧。那我还是继续坐在第一排吧。"儿子快快说道。

"你看班主任对你多好，期望值多高。班主任昨天中午在家长群说了，班上男孩子比较多，思想比较活跃。昨天上午四节课，坐在后面的几个男生上课就在讨论。如果你坐到后面，是不是也会受到影响呢？"

"嗯。"

"一切都刚刚好。儿子，你要接受并享受当前的所有。"

"好吧。"

耶～～～成功～！

每次给儿子做工作成功，我都特别高兴，不亚于上了一节师生都认可的公开课。要想谈话成功，就要做足功课，收集分析材料，为我所用，只有这样，才能做到兵来将挡，水来土掩。

功在平时

下课铃响后，校园林荫小道上不见一个人影，真是奇了怪了。以往铃声一响，总有几个孩子像放箭一样从教室冲向小道，冲向校门。今天是怎么啦？难道学校统一开会，或者临时加课，或者临时有事？我正纳闷的时候，一个女孩子步履蹒跚地出现在大家的视野中。她每一步的移动似乎都很艰难，很痛苦。校门外翘首以待的家长恨不能用目光去搀扶她，但只能无助地看着，心疼着。一会儿，女孩子的后面出现了一个男孩子，他像鸭子一样慢慢走着。

"现在的孩子真是太弱不禁风了。一个 25 公里的徒步拉练活动，他们就成这样子了。"我身后的一个妈妈摇着头说。

"他们没有锻炼的时间，天天就是上课、写作业、刷题、上补习班。哪里有时间去锻炼哟？平时没有锻炼，今天突然拉练，肯定就倒下了一大批人。"另外一位妈妈说。

校园的小道上陆陆续续出现了更多的孩子。没有一个人疾步向前，也没有一个人奋力奔跑，更没有一个人面露喜色。

我的儿子应该不会这么惨吧？每年暑假带他出去旅游，每一天都是四万多步，他都像没事儿一样，第二天照常早起，继续游玩。

一般下课铃响后五分钟他就会出现在校门口。今天难道和别人一样光荣负伤了，八分钟过去了还不见身影？我踮起脚尖，目光越过栅栏搜寻着他的身影。十分钟的时候，他一瘸一拐地现身了。他一出校门，我就迎上去，扶着他："你怎么啦？哪儿不舒服？"他一脸痛苦："我的膝盖疼。今天徒步的时候不觉得疼，回校休息了一会儿膝盖就开始疼了起来。"我安慰道："没事儿的。突然加大强度和力度练习，延长锻炼时间，就会出现这种情况。平时加强锻炼就没问题了。"儿子龇牙咧嘴地点点头。

一口吃不成胖子，一步登不上青天。要想平安顺遂地到达目的地，关键在平时。平时要根据目标有的放矢地练习、积累、分析、反思、实践。持之以恒地坚持到底，一定会有量到质的飞跃。

反复打磨，必出精品

前天烧鸡。卖鸡的老板说这鸡养了两年，需要多煮一些时间。于是我用高压锅压了十五分钟。结果，上桌的时候，发现鸡肉紧紧贴着骨头，不用力撕扯，肉根本就拉不下来。就算撕扯下来，咀嚼也必须费力才行。导致一家人对一锅味道不错的鸡认可度不高，下筷率比较低。作为厨子的我很是尴尬，下决心下次一定多煮一会儿，尽量易于咀嚼。有着多年厨娘经历的我不死心，决心要把火候掌握好，让菜肴软硬适度。今天再次烧鸡。尽管卖鸡的老板说这是新鸡，只需稍微煮一下就可以了。但是，前车之鉴，让我不敢掉以轻心。这次用高压锅压了十分钟。打开锅盖，发现鸡肉居然骨肉分离了。再次尴尬，再次反思。

由此看来，要想把一件事情做到极致，必须下的一番苦功夫，要经过多次操练与总结，才能让自己满意，让他人认可。

为你熬制爱的汤药

从 2020 年 10 月开始，儿子一直咳嗽不停。他的每一声咳嗽，都让我揪心，恨不能替他遭受这份折磨和痛苦。看过中医，也见过西医，各项检查，各样药品，都不能让他有所好转。昨天听朋友说雪梨炖贝母很有效，于是像抓到了救命稻草一样，刨根问底地一番询问：雪梨是什么样子的？贝母在哪儿买？雪梨和贝母的比例是多少？蒸多长时间？苦不苦？怎么让孩子喜欢吃？……朋友一边说，我一边做笔记，如获至宝，唯恐漏掉任何一个细节和信息。

今天早上把儿子送到学校，就兴高采烈地去采购雪梨、贝母、冰糖。不同的药材在不同的地方购买。虽然来回奔波有点儿辛苦与劳累，但是想到儿子喝了就会痊愈，脚步就变得格外轻盈，心里突然敞亮。回到家，洗梨，削梨，切丁，装入炖盅，一层雪梨丁一层贝母粉末，面上撒上一层碾碎的老冰糖，放入蒸锅中，中小火蒸。我站在蒸锅旁，聚精会神地看着药材的变化。随着时间的推移，冰糖化了，雪梨变棕色了，贝母粉变湿润了，炖盅内的水慢慢上升了。

二十分钟后，将炖盅取出，尝了一口，雪梨有点儿脆，贝母有点儿苦，但是，整个味道不是那么苦，那么难吃。于是，催促儿子趁热吃下。

雪梨炖贝母，看似是一味中药，实则为一份浓爱。只有为真爱的人，才会花上心思，舍得时间，购买药材，亲自下厨，小火慢炖，萃取精华，只为他喝了就健健康康。

白灼秋葵

　　今天去菜市场，发现秋葵鲜嫩得很，于是买了一些。

　　秋葵在我的厨艺世界里，除了滚刀炒五花肉，就是白灼。因为秋葵切了之后，涎哒哒地，砧板、刀具、手上都是涎，让人很是不爽。所以，我一般不做红烧的，喜欢白灼。

　　白灼秋葵没有让秋葵营养流失，而且颜色漂亮，易于调味，颇受欢迎。怎么做这一道菜呢？在这里和大家分享一下。

　　首先，将秋葵洗净，切掉上面的蒂头，锅内放水，烧开，放入秋葵。接着，锅内再放入植物油，盐，和味精，大火再煮三四分钟，等秋葵软了以后就可以捞上来装盘了！敲黑板划重点啦！秋葵最好煮的软一点，这样里面的果胶才可以充分的煮出来，才有营养哦！最后，配上大蒜姜末、小米辣椒、酱油、醋、香油。

　　瞧！这就是我做的白灼秋葵！怎么样，是不是色香味俱全？你也可以在家试一试哦！

448

吃一堑，长一智

晚上接儿子放学回家，已经是七点钟了。上楼梯的时候，听见楼上楼下锅碗瓢盆叮叮当当地响，估计家家户户都已经结束晚餐，处于洗刷刷阶段。

进门先进厨房，因为不吃晚餐继续学习对儿子来说那是不可能的事情。腊蹄子炖山药，这是儿子午饭后钦点的晚餐菜谱。下午送他去学校之前，我已经用高压锅压好了腊蹄子，装进了砂锅，砂锅放在煤气灶上。进厨房，打燃火，定位中小火后，我去切洗好的山药。"啪"的一声，我循声望去，炉子的火旺旺的，砂锅锅盖那儿的小孔开始冒气了。"该不会是砂锅烧裂了吧？"念头在脑海中闪了闪。记得母亲在家做砂锅炖牛肉时，也是这种"啪"的声音，仔细一看就是砂锅破了。如果这个砂锅破了，那么里面的汤汁就会流出来，火就会"哧哧"响。我仔细看了一下砂锅外壁，没有汤汁；看了一下火焰，也没有什么变化。可能是别的地方发出的声音吧。不要这么多疑，我安慰着自己。

尝了一下山药，绵绵的，软软的。关火，端锅上桌。似乎一切都很正常。走了四五步，整块锅底瞬间落地，锅里的菜肴也随之进行着自由落体运动。"啪——啪啪啪——"锅底落在瓷砖上马上四分五裂，发出清脆的声音；腊蹄子在地板上蹦跳着；山药软绵绵地躺在地上一动也不动；乳白色的汤汁在地板上迅速弥漫开来。一切，都迅雷不及掩耳之势地发生了。我呆若木鸡，傻傻地端着没有底子的砂锅愣在原地。儿子闻声在书房问道："妈妈，怎么啦？"我马上回过神来，平复一下情绪，说："砂锅底子掉了。我马上去给你蒸肉沫鸡蛋。一会儿就吃晚饭。"儿子"哦"一声之后，继续刷着他的题。

把没有底子的砂锅直接扔进垃圾桶，立马进行下一道菜肴的准备之中。蒸鸡蛋的空档，我把刚才的残局打扫了一遍。一边打扫一边反思，如果今天下午盛菜时仔细查看了砂锅，发现破损，立即停用，就不会发生"破了砂锅，废了菜肴"的事情。如果"啪"的一声后，小心谨慎，不再使用砂锅，把菜肴盛进汤碗，这样也可以不浪费一锅腊蹄子。

世界上没有后悔药吃，只有"吃一堑，长一智"。今后，任何一个异常现象或者声音都要引起重视。防患于未然的检查与整改不要走马观花，大而化之。否则，后患无穷。

超越自己，不断"蜕皮"

今天早上炒完菜，将锅放在水龙头下面冲洗，右手拿着洗碗抹布去擦洗锅底，一不小心，胳膊挨到锅沿，一阵钻心的疼痛马上传进大脑。缩回胳膊一看，胳膊上多了一圈月牙儿形状的水泡。皮肉有多痛，记忆就有多深。

既然已成事实，无需纠缠，要放过自己。过几天，水泡破了，新皮就长出来了……

看着一个个密密麻麻的水泡，让我想起了"蜕皮效应"。

"蜕皮效应"是由美国作家迪斯所提出的一个著名心理效应，迪斯指出：每个人都会给自己划定一个安全区，但如果你希望能突破和超越现有的成就，那你就必须打破这个安全区，不要画地自限。只有不断地接受挑战，我们才能不断超越自己，变得比昨天更优秀。

在自然界中，昆虫纲和甲壳纲的节肢动物和线形动物，它们的体表都覆盖着一层坚硬的壳，能够保护他们柔软的身体，不受侵害。同时，这种坚硬的壳也限制了它们身体的生长和发育。因此，这些昆虫纲和甲壳纲动物在生长和发育过程中，需要经历一些甚至数次的蜕皮，每一次蜕皮，都会比从前更大一些，甚至成长为虫。

昆虫为了成长需要蜕皮，而我们人类成长又何尝不是如此呢？在日常生活中，我们其实无时无刻不在经历着"蜕皮现象"。年龄的增长，除了身体的发育和成熟之外，我们的思维和想法也在不断变化，对社会许多问题的思考也会变得更加成熟，这就是我们的蜕皮。任何人的一生都是如此，都要经历无数次的"蜕皮"才能真正走向成熟，成为一个有担当的人。如果总是停滞不前，不肯打破固有的安全区，那我们也就无法获得成长，只能一直处于"幼稚阶段"。

著名的奥斯卡获奖影片《阿甘正传》中，男主阿甘是个智商只有 75 的人士，在母亲的关怀和鼓励下，不聪明的阿甘很早就克服自卑的阴影。他不聪明，也不机智，当面对周遭同学的欺侮时，他只学会了用一种方法去应对，那就是——跑！痛苦时，他在努力奔跑；困惑时，他仍旧在努力奔跑。不聪明的阿甘想不到更好的方法来宣泄内心的痛苦，也想不到更有效的方法来解决眼前的困境。他只是一直在执着地奔跑着，然而，正是这种执着的奔跑，他不断改进，不断蜕变，最终创造了属于自己的人生奇迹。

每个人在内心深处都会给自己设置一个"舒服区"。在这个"舒服区"里，我们都会觉得一切都非常安全，一切都会有保障，这种感觉是非常奇妙，让人难以割舍的，就像是昆虫的硬壳一样，只要乖乖龟缩在其中，仿佛就可以逃避一切风雨和伤害。但与此同时，这个"舒服区"也像昆虫的硬壳一样，在保护我们的同时，也在限制着我们的成长，让我们不知不觉地画地为牢，止步不前。然而，我们止步，社会却是不断地前进着，一旦无法赶上社会前进的步伐，我们将会成为被时代淘汰、抛弃的失败者。

所以，只有超越了自己，打破对自己的限制，我们才能真正地超越，在生活中的博弈中不断地"蜕皮"，不断地成长！

步步登高，点点思考

每年初一看朋友圈，总是有不少朋友携家人登山。上网一查，才知道年初一登山迎新年是我国传统的习俗，既有步步登高的吉祥寓意，又传承了积极向上、勇于攀登、不断进取、不畏困难、与时俱进的新时代精神。既然这样，我们也决定今天去爬宜昌最高的山——磨基山。

夷陵大桥点军桥头停车场已经没有停车位，慢慢往前走，发现宽大的马路边也停靠了一条长龙似的车，路边的草坡上三三两两坐着一些人，或闲聊，或吃零食，或仰卧闭目养神。找到车位，停好车辆，姐姐号召大家把外套都脱了放车里再上山。大伙儿觉得主意极好，马上照办。儿子和侄女儿到底是花儿一般的年纪，壮牛一样的身体，顺着台阶"噔噔"就往上爬。山上人来人往，坡陡弯多，杂树丛生，为了避免和孩子走散，我和姐姐在后面穷追不舍，一边气喘吁吁往上爬，一边上气不接下气地搜索孩子们的身影。也许是孩子们照顾我们老人，也许是我们比较拼命，孩子和我们始终保持一段距离，他们边走边等我们，我们边歇边加劲追赶。一会儿后背发热，脑门流汗。本想坐下来好好歇一歇，哪知孩子们在前面喊道："妈妈，快爬，快到山顶啦！"孩子的召唤就是前进的动力。抱着"不给孩子美好生活拖后腿"的想法，安慰自己目前的疲惫和磨难就是黎明前的黑暗，胜利马上在望，美景就在眼前。鼓一把劲，加一点油。终于在山顶和孩子们汇合了。

对面的高楼大厦如一帧水墨画铺呈在眼前，脚底下的长江波光粼粼，一幅"春来江水绿如蓝"的景色，周围小山尽收眼底，颇有"一览众山小"的味道。站在山顶，没有城市的喧嚣，没有熙熙攘攘的人群，没有车水马龙的拥挤，有的只是平静，宽广和静谧，令人沉思。

不积跬步，无以至千里。没有一步一步的坚持，就不会到达山顶，无法领略"风景这边独好"的意境。

正如习近平总书记说的，我们每个人都在奔跑，我们都是追梦人，我们都很了不起。

常老师的愿望树

四年前，我在井冈山参加全国名师工作室活动时，认识了新疆伊犁的一名高中英语特级教师——常老师，他是教育厅认定的省级名师工作室主持人。从认识的第一天开始，他每天早上七点半给我发一张照片，标注他在哪儿，气温怎么样，并送上一句问候语。

今天早上，他给我发了这张照片，告诉我这是他做的一道凉拌菜。乍一看，是一幅画；仔细一看，就是胡萝卜和西兰花搭配的凉菜。看似简单，却是花费了一番心思。首先要考虑用什么食材，怎么搭配这些食材。他是多年糖尿病患者，医生建议"管住嘴，迈开腿"，饮食少油少盐，他就采用了这两种健康食物，用盐水和菜油焯一下，杀死细菌的同时，也保色入味。接着，要构思造型。西兰花是绿色的，做一棵树的造型最为简单，胡萝卜是橙色的，做果子点缀最为漂亮。一道健康美味的凉菜就做成了。寓意也非常深刻，2021年站成一棵树，不为外界环境的影响，一心一意搞好教学和研究，争取年尾收获满满。听完常老师的讲解，我不得不为他点赞。

"朱哥板栗"火爆秘诀

在步行街，远远地就看见朱哥板栗店门口排起了长龙似的队伍。排队，缴费，拿号，等待，取物，离开。一会儿，箩筐里小山丘似的板栗就卖完了。而旁边的大自然板栗店尽管同等的价格且买一送一，但门可罗雀。我很是好奇，买了一斤板栗后坐在店家门口一边观察一边品尝板栗。

炒板栗的在店里面，是机器翻炒。一个壮小伙站在旁边照看，约摸一段时间后，他不时地从机器出口迅速拿出一颗板栗，剥壳，咀嚼，咂摸。过一会儿再取出一颗，再品尝。反复这样的动作几次后，他关掉机器电源，板栗从传输带连蹦带跳着进了箩筐。他眼睛一眨不眨地盯着传输带上的板栗，有时像火中取栗一样拿出一颗扔进垃圾桶。待得板栗全部落进箩筐，他再颠簸几次，最后择出坏掉或者破损的板栗，然后，把箩筐放在售货台上。

门店的外面，堆放着一筐又一筐的板栗。一位大叔在仔细甄别板栗，把坏的板栗挑出来。我问道："您们卖板栗多少年了呀？"他看了我一眼，马上又低下头，一边继续手中的活儿一边说："我们经营了二十年了。从我四十几岁开始到现在六十几岁。开始的时候，我们连门面都没有，就是在这儿街边推一个三轮车，煤炉灶上架大铁锅，人力翻炒。现在先进多了，省力又省时。"我接着说："在我的记忆中，您们的生意一直非常好，无论什么时候来，都需要排队。您觉得生意火爆的秘诀是什么呀？"他头也没有抬，波澜不惊地说："诚信。你吃我们的板栗，有没有吃到烂的？不甜的？"我想了想，还真没有。我说："确实没有吃到烂的，不甜的。您们是怎么做到的呢？"他说："为了让大家吃到好板栗，我们亲自到江西深山之中去挑选野板栗，圆的，小的，甜的。选好之后，运回宜昌，冷库储备。出库之后，我们在每一个环节上反反复复查看，将烂的扔掉。"

原来如此！每一件被人称道的事件背后，都有不为人知的艰辛和不易。要想尽善尽美，人人称赞，就得付出不一般的努力和汗水。

母子在一起就好

　　在母亲家吃午饭的时候，饭桌下蹲着我常见的那只花猫，它的头一直向上望着，期盼着有鱼骨或者鸡骨赏给它。我是素食者，自然没有骨头给它。它就静静地蹲在那儿，没有任何表情，也没有一点儿精气神。"喵——"外面传来一阵猫叫，声音脆脆的，很有力，仿佛正值青少年。听见外面的猫叫，桌下的猫像箭一样飞奔出去。我问母亲那是谁家的猫。母亲说那也是我们家的。我马上反问道："您不是春节期间送给别人了吗？怎么又回来了？"

　　"小猫满月了，饭量越来越大，猫妈妈瘦骨嶙峋，走路都打晃，但是小猫还是天天缠着猫妈妈吃奶。为了救猫妈妈，我请村子里年轻力壮的小伙子——虎子，骑着摩托车把刚刚满月的三只小猫送到了千米之外的人家。哪知道，三个月之后，这只黄猫回来了。"母亲说。

　　"您怎么知道这只小猫就是我们家的那只？"

　　"我不知道猫妈妈知道呀。哪个妈妈不认识自己的孩子？！小猫回来的那天，猫妈妈高兴地迎上去，又是闻又是舔，然后两个就在院子里玩耍着，亲热得不得了。"

　　"所以，您感动了，就留下了小猫？"

　　"是的。一只猫是养，两只猫也是一样养，没有麻烦多少。"

　　"您喜欢您就养。"

　　动物和人类太相似了。母亲为了孩子可以不顾生命，孩子为了找妈妈可以不远千里，风餐露宿，食不果腹。

　　爱，太神奇，太了不起了。

　　妈妈和孩子在一起就好！

愿你我活出美好的样子

中午在姐姐家吃饭。姐姐煎的鱼可以说是一绝，外酥里嫩，丝丝入味，撒上香菜和香葱，香味更足，让人垂涎三尺，恨不得马上动筷就吃。

吃饭的时候，姐姐问我："菜市场那么多卖鱼的，你会在哪个摊位买鱼？"我想了想，说："我没有固定买鱼的地方，只要鱼新鲜，看着顺眼，我就买了。"姐姐夹了一块鱼肚放到我的碗里，说："尝尝这鱼的味道怎么样。"还用尝吗？每次吃鱼，都会想起姐姐煎的鱼，觉得谁煎的鱼都没有姐姐煎的鱼好吃。我吃了一口鱼，鱼皮金黄金黄的，很 Q 弹，很有味儿，鱼肉鲜又嫩。我说："鱼蛮好吃啊。"姐姐说："我常常在同一家鱼摊买鱼。如果我不能去买鱼，我也让你姐夫去那家店里购买。"我很是好奇，问道："为什么呢？"姐姐边吃饭边讲了起来："有一次我去菜市场买菜，买完了准备回家的时候，经过这家鱼摊。男主人正在杀鲶鱼。鲶鱼被捞起后，一阵乱蹦，把地上的泥水浆甩到了男主人的脸上。因为忙着给顾客收拾鱼，没有时间，也腾不出手来去擦一擦。在一旁收款的女主人看见了，拿过一条毛巾，迅速给他擦干净了。整个过程谁都没有说话，那么默契，那么自然。就是喜欢这个画面的美好，所以，我当时就决定以后就在他们那里买鱼。"姐姐的故事让我陷入了沉思。

其实，人人都喜欢美好的东西，都想向美好靠拢。比如，《三十而已》里面王漫妮经常在街边买那对恩爱夫妻的摊饼；比如我们看见手牵手相互扶持的老爷爷老奶奶就会投去羡慕的目光，希望自己老了也能如此；比如在公园看见幸福快乐的一家三口就露出笑脸，满眼憧憬……

祝愿我们每一个人都活出别人眼中的美好！

一句话的艺术

今天下午儿子就要去学校。进了校门，就会投入到紧张的学习之中，没有时间去做学习以外的事情。所以，中午时分带他去理发。理发小哥手脚麻利，不到半个小时就修剪好了，叫我看看。我上看下看，左看右看，就是觉得儿子的新发型奇奇怪怪。奇怪在哪儿？我也说不出来。

和儿子从理发店出来，遇见了我姐姐。她惊讶地叫道："怎么剪成了彩蛋头？"是彩蛋吗？我仔细一看，上面尖，下面圆，果真像彩蛋。要是儿子到学校同学们笑话他怎么办呢？我拉着儿子，说："走！我们再去找那个理发师，让他改一改，要不然同学们笑死了。"儿子不以为然："就这样子蛮好，不要折腾，只有华而不实的人才喜欢在衣着外貌上折腾。"儿子这样一说，我就尴尬了：去吧，那就意味着承认自己的孩子是华而不实的人。不去吧，那么丑，有碍观瞻，遭人嘲笑。正在我犹豫纠结之际，姐姐看了我一眼，说："你不知道今年流行彩蛋头？年轻人都理这个发型。"彩蛋头？我怎么没有听说过呢？我望了姐姐一眼，她朝我在挤眼睛。我立马明白了。我转头对儿子说："听听你姨妈说的，你理的就是今年最流行的发型。"儿子一听，马上喜上眉梢，羞赧地说："那是的。"言外之意就是：我不时尚谁时尚？

一句话，可以让你的心情如阳光明媚；一句话，也可以让你的心情如深冬残阳。说话，真是一门艺术。轻松驾驭它可不是一件容易的事情。

困难时有人搭把手就是幸福

早上送儿子去上学，目送他走进教室后，我转身去开车回家。一位老奶奶手挽一个大大的粉红色袋子从我身边迅速走过，边走边说："你这么早啊？"我以为是和我说话，扭过头看了她一眼，满头华发，一脸皱纹，脚步倒是轻盈的很。她是谁呢？我在大脑中搜索。"昨天天气好，我弄了一些菜。今天不是大家都上班了吗？正好卖。"循声望去，我右前方有一个和她年龄相仿的老奶奶正弯腰屈背提一篮子蔬菜。篮子里的蔬菜满满当当，装到篮子提手那儿了。估计是为了保鲜，洒了一些水，篮子湿漉漉的。这个老奶奶提了提，篮子勉强离开地面。她胳膊紧挨着腹部，想借力再往上挪，却怎么都挪不上来。这个时候，先说话的老奶奶三步并作两步，迅速上前走到篮子另一边，伸出右胳膊，挽进篮子里，用力一提，篮子起来了。哦，是她们两个在说话，她们是老相识。就这样，篮子的左边一个老奶奶，右边一个老奶奶，她们虽然都不再年轻强壮，但是因为有人搭把手，她们就有了力量，有了勇气，提起了一个人不可能提起来的一篮子蔬菜，向着目的地走去。你有困难我来搭把手的画面让我觉得暖暖的，她们肩并肩，边走边聊着天的背影让我觉得特别温馨与美好。

无论什么时候，什么地点，当你遇到困难，遇到苦恼，有人搭把手，该是多么幸运与幸福啊。

让我们也成为能够搭把手的人！

也祝愿我们在困难和险阻面前，有一个搭把手的人！

不吝赐教

今天上午去环球港的沃尔玛超市买番茄酱。货架上的番茄酱琳琅满目，有瓶装的，有袋装的；有进口的，也有国产的；有几元钱的，也有十几元钱的。看得我眼花缭乱，不知道买哪一种好了。思来想去，还是买了两小袋国产挤挤装的。以前在超市买番茄酱，经不起售货员的一番游说，觉得大包装更经济划算，买回一大瓶，结果，半年炸不了三次薯条，也只用去一小部分番茄酱。等再次想起要使用的时候，发现已经过期了，只有扔进垃圾桶。前车之鉴，我不想买大包装的。是亨氏的番茄酱好呢，还是味好美的呢？把两个厂家的成分描述看了又看，发现没有多大的差别。那就把两个厂家的都买一小份吧。如果儿子觉得哪家不好吃，下次就不要买了，浪费不了多少。

我拿着两小袋挤挤装番茄酱去结算区买单，站在我身后的是一位说着普通话的大妈。我把货物递给收银员的时候，大妈把头伸到我的胸前，两眼盯着番茄酱，问："姑娘，你买的是不是番茄酱？"我点点头，担心她看不见，又补了一句："是的。"她接着问："你为什么买两袋呢？是不是这两个牌子的蛮好吃呢？"我看了看她，一脸的真诚与好奇。我说："我不知道哪个牌子的番茄酱好吃。所以，买了两个品牌的小包装。万一哪个不好吃，也不至于浪费太多。"大妈惊呼一声："是的哦，我怎么没有想到买小包装呢。我孙子也蛮喜欢吃番茄酱的。但是不知道他喜欢的是哪个品牌的哪种包装。我应该像你一样的，都买一点儿让他尝一尝，最后敲定。"我笑着点点头。

我交了费，拿着东西出超市。我身后响起一阵急促的脚步声。我扭头一看，是刚刚和我说话的大妈。她追上我，喘着气，说："姑娘，你真会当家。"我笑着说："谢谢您的夸奖。"

我步履轻盈地走在回家的路上，边走边回想大妈的赞美。大妈夸奖我会当家呢？！我会当家吗？想一想，我好像是蛮会当家的呢。我一般不乱花钱买东西。需要什么就买什么。不需要的东西，再便宜再优惠也不会去买。

瞧！明明购完物我可以乘坐公汽回家，而我却步行。不仅锻炼了身体，也观赏了路边的景色，也留了生活空白，让自己忆一忆，想一想。

今天的心情为什么会如此好呢？步伐会如此轻快呢？路途会如此短呢？那是因为有了陌生大妈的赞美。

一声赞美，让我们的心里晴空万里；一声赞美，让我们觉得世界如此美好；一声赞美，让我们把好情绪传染给他人……

所以，无论是孩童，还是成人，抑或耄耋老人，都喜欢被人赞美。不要吝啬我们的赞美，大大方方，坦坦诚诚，发自肺腑地赞美我们周围的人吧。

大胆地试一试，你会发现意想不到的收获。

分享的力量

孩子们进教室上课，妈妈们就进超市买菜。

"胡萝卜怎么做孩子才喜欢吃呢？这么好的蔬菜，儿子居然不喜欢吃。"看见新鲜的胡萝卜，朋友拿在手里掂了掂，摇摇头，又放回去了。

"胡萝卜做咖喱饭很好吃。我儿子不吃胡萝卜。但是我做咖喱饭时放一些他都吃了。"我马上接话。

"咖喱饭？我从来没有听说过，也没有吃过，不知道儿子会不会喜欢。"朋友有点儿担心。

"试一下不就知道了吗？我儿子七岁的时候到同学家吃饭，吃的就是咖喱饭。他回家之后就嚷着让我做，我打电话向他同学妈妈求助，她讲了一遍，我就记住了，就做成功了。"

"真的吗？"朋友有点儿不相信。

"我们先去买好侍咖喱，这个牌子是老牌子，比较正宗，味道醇厚。"我找到好侍咖喱，拿过来，翻过去，指着背后的说明书，和朋友说："你看，现在商家特别人性化，考虑到顾客需求，在包装上都印有菜名和做法。你就照着上面的步骤去做，一定不会错。"

朋友接过咖喱，看起了说明。看完之后，买了一根胡萝卜、一个土豆、一个洋葱。走出超市，她笑着说："正好家里有卤牛肉。今天中午就做咖喱饭。"我说："还有两点需要注意：一是放油之后，先放牛肉炒，再放胡萝卜和土豆丁翻炒，最后放洋葱丁。因为洋葱易熟。二是稍微多放一点儿水，等待牛肉、胡萝卜、土豆熟软了再加咖喱块。加了咖喱块改为小火焖。"朋友点点头。

儿子们下课后，我们各回各家做饭、吃饭。

我和儿子正在吃午饭的时候，朋友发来了咖喱饭的照片。她说她儿子看见咖喱饭非常诧异：妈妈居然会做咖喱饭？！儿子尝了一口，感觉味道好极了，说晚上还要吃。朋友做咖喱饭的自信心爆棚，忍不住马上和我分享。

听完朋友的分享，我也感觉非常快乐。因为把自己成功的做饭经验和她分享，她很感兴趣，立马尝试，果真成功。这也许就是"独乐乐不如众乐乐"吧。

我的这种做法和快乐，就像课堂上的"小老师"。因为自己会了，就教小伙伴。在教小伙伴的过程中，也是一次知识梳理和总结的过程。小伙伴学会了，自己会觉得更有成就感，更有幸福感。

你有一个苹果，我有一个梨，我们交换一下，我们就会各有两种味道的体验；你有一个想法，我有一个想法，我们交换一下，我们各有两个想法。

经常分享，不仅会常常获得"两个想法"，而且会收获更多的快乐、友谊和人气。

立足当下，走好每一步

　　在学校后门等待儿子放学。遇见一位朋友，她和我一样，既是教师，又是家长。我们一边踮起脚尖透过栅栏搜寻着儿子的身影，一边有一搭没一搭地聊着天。后门只有一个一米左右的通道，每次只能通过一个人。站在这儿等待儿子，一般不会错过。

　　我说："昨天晚上我在校门口接儿子，一位妈妈站在我侧后方，目不转睛地扒着手机，儿子出校门了妈妈浑然不知。儿子走到妈妈身后，默不作声，伸着脖子瞅妈妈在看什么。儿子比妈妈高出两个头，他的头似乎就搁在妈妈头上。两分钟过去了，妈妈才感觉身边有人，惊叫一声，扭头发现是自己的儿子。一边埋怨着一边拉着儿子就向路边跑去。"

　　朋友说："这个妈妈太大意了，拎不清轻重缓急，忘了这个时候什么最重要。"

　　我说："是的。无论这个时候有多大的事情，先把孩子接到了再说。"

　　过了一会儿，我问："马上就要合格考了，你们的费用交了没有？我们班主任说了，时间截至今天晚上。家长在网上自己交，没有缴费的孩子将不能参加考试。"

　　朋友大呼一声："啊？！真的？！我们还没有交呢。在哪个网上交的？怎么交的？"

　　我拿出手机，点开班级钉钉群，搜寻着班主任发的相关通知。迅速滑动了一遍，没有找到。看来真是心急吃不了热豆腐，得慢慢地来。我又从最新的消息开始，一条一条翻阅。功夫不负有心人，终于找到了，我马上转发给朋友。朋友点开，看了一遍，一边看一边问。我们两个人的头挨在一起，眼睛盯着屏幕看，商讨着怎么缴费。

　　还没有弄清楚，朋友的电话响了，我听见朋友接电话说："妈妈就在学校后门啊。你在哪里？"说完，她就跑开了，去和儿子会面了。哈哈，她儿子出校门了，她居然没有看到。我千万不能犯她这样的错误了。

　　我踮起脚尖，从寝室门口的道路到校门口搜寻了一遍，没有发现儿子。看了看手表，他应该早就出来了呀。人去哪儿了呢？难道我也是一个不称职的妈妈，错过了儿子放学？！脑子里一团麻的时候，我的手机也响了，传来儿子一字一顿的声音："妈妈，你在哪里啊？"我急忙说："我一直都在学校后门等着你呀。你在哪儿？"儿子说："我站在你车旁边。"我马上说："哦哦，好的好的。我马上过来。"

　　刚刚在笑话别人的我们也犯了和别人一样的错误：扒手机，忘了本职工作。我们真是五十步笑百步。

　　古人说得好：心无二用。尤其是我们这样上了年纪的老母亲，越发不能抱有侥幸心理，觉得自己可以一心两用，一边这件一边那件，那都是扯淡。

　　一心一意做好手头的事情，一步一步走好当下每一步。别人没做好，不嘲笑，不讥讽，不猜测，不打击；自己没做好，不埋怨，不狡辩，常反思，常调整，常进步。

妈妈是超人

　　昨天把山药去皮，切短，放盘之后，儿子却说他前段时间吃腻了腊蹄子炖山药，不想再吃山药了。都做成这样了，他不吃了，怎么办呢？丢了，太浪费，太可耻。不丢，换一个什么花样吃下去呢？我想起来十年前在北京吃的蓝莓山药。那是我人生第一次吃蓝莓山药。它的品相和美味至今在我脑子挥之不去，想起来就直咽口水。

　　按照我想象的和已有的做饭经验。我把山药装进碗里，放入蒸锅，隔水蒸半个小时。揭开锅盖，山药变成乳白色，表面一层现出明显的颗粒状。我用筷子一戳，山药即碎，筷子穿过。接着，我用勺子按压山药，把它按压成糊状。糊状太干了，勺子难以回旋自如。我想起来我吃的蓝莓山药没有这么干涩，稍微有一点儿稀，还有一点儿奶香味。应该是加了牛奶的吧。家里没有盒装牛奶，那就加椰子汁吧。我倒了一点儿椰子汁。果然不错，加了椰子汁之后，容易搅拌多了，还有甜味儿了，有椰子香味了。然后，我用勺子整理形状，把山药糊造型成一座火山。最后，淋上丘比蓝莓酱。尝一口，感觉和十年前的味道一样了。

　　当我把蓝莓山药端上桌的时候，儿子问："这是什么菜呀？"我说："尝尝看，好吃不？"儿子用勺子挖了一小勺，尝了尝，大声说道："太美味啦。"我说："这是蓝莓山药，是一道非常有特色的甜品，我凭着自己在北京吃的蓝莓山药记忆做出来的。怎么样，妈妈蛮厉害吧？"儿子使劲地点点头。

　　妈妈就是超人。没有当妈之前，什么都不会，是娇娇小姐。当了妈，会做饭，会洗衣，会缝补，会手工，会……。没有妈妈不会的。就算有不会的，也会学会。

陪跑的妈妈

早上给儿子买早点回来，迎面跑来一个十二三岁的儿子，他又瘦又矮，精疲力尽地沿着小区走道跑着。看他上气不接下气的样子，估计已经跑了一些时间和距离。过了一会儿，又跑来一位身穿白色运动衣的妈妈。她的双眼一直深情地盯着前面的小男孩儿，双脚始终追随着他。不用说，他们是母子关系；也不用猜，儿子正在读中学，体育要中考，为了能够得到满分，妈妈在陪跑。

我看着他们一前一后跑了一圈又一圈，没有停下来的意思。

妈妈迎风飘扬的枯燥的头发，越来越沉重的呼吸，越来越迈不动的双腿，都昭示着她已经不再年轻，不再矫健。但是，为了儿子，她不得不陪着，跑着，一步又一步，一圈又一圈，这是多么了不起的妈妈呀。

就像绘本《猜猜我有多爱你》流露出的道理一样，父母对孩子的爱，永远都比孩子多，深，广。

希望了不起的妈妈培养出的孩子都能善待母亲，不像《你好，李焕英》中的贾晓玲一样对母亲心存愧疚，留有遗憾。

了不起的母亲

今天是母亲节，清晨打开微信，发现有的女性朋友在祝自己的母亲以及自己节日快乐，有的在晒收到老公或子女的祝福或红包。

韩国电视剧《请回答 1988》中说："听说神不能无处不在，所以创造了妈妈。到了妈妈的年龄，妈妈仍然是妈妈的守护神。妈妈这个词，只是叫一叫，也触动心弦。"我觉得说的颇有道理。妈妈不仅是守护神，还是智多星。

和一位家长妈妈聊天，发现面对孩子出现的种种问题和困扰，女性智商一点儿都不逊色于男性。

有一次她半夜起床上厕所，发现了姑娘的房间有微弱的灯光，通过门缝看见她正全神贯注地盯着 Ipad。她什么都没有说。第二天晚上临睡前她对姑娘说："爸爸经常出差，妈妈害怕，一个人睡不着。你也长大了，是一个高中生了，应该能够帮妈妈做些事情了。从今天起，你就和妈妈睡，陪着妈妈，妈妈就能很快入眠了。"姑娘听了，点点头。从此，姑娘晚上按时睡觉，早上按点起床。

姑娘放学后喜欢磨蹭。她说："你下午 4：50 放学，妈妈中午就在校门口排队等着你。太阳太毒辣了，晒得路边的树叶都蔫了。在车里坐着开空调不安全，又不环保。下车在路边坐着又像烤咸鱼，太难受了。妈妈希望你放学前把东西收好，下课铃一响就往外跑。"姑娘又点点头，从此保持出校前五的好成绩。

母亲是一个天生的语言学家，表达能力自不用说。在孩子面前适当地示弱，会让孩子更勇敢，更有责任感和使命感，达到自己预期的目的。

她不仅擅长于在孩子面前示弱，也精于让孩子会生活。以前她为了帮助孩子节省时间，每天下午就洗完澡去接孩子。后来发现孩子回家洗澡至少需要半个小时，浪费了大把大把的宝贵时间。她对姑娘说："现在空气污染严重，我洗了澡再去接你，满脸灰尘，浑身汗臭，回家需要再洗。所以，我决定接你回家之后，你洗了我再洗，我洗完澡就洗衣服。我在这里提醒你呀，无论是女孩子还是女人都应该保持个人卫生，干干净净，清清爽爽，同时也要注意保养，先擦乳，再擦霜。程序较多，时间有限，动作必须快。我估算了一下，你洗澡最多二十分钟。否则，我们就要忙到十一点多钟才能上床睡觉。"姑娘表示同意，再也没有出现长时间占据卫生间的情况，也学会了护肤。

面对孩子的问题，妈妈一般不会退却，要么加强学习，提升自己，找到办法；要么向外人求助，学习经验，减少试错成本。

梁晓声曾经说过："民族和民族的较量，也往往是母亲和母亲们的较量。"我们可以引申为"孩子和孩子的较量，也往往是母亲和母亲们的较量。"

母亲是一个了不起的物种！

离别的另一面

下午和一位校长朋友送儿子去学校。因为儿子，我们相识、相知、相伴。

她的儿子是住读，我的儿子是走读。担心儿子在学校吃不好，喝不好，她今天中午去超市买了两件牛奶，还有一大包零食。车停在校门口后，两个儿子下车背上书包，我和她把后备箱的东西一一递给他们。我一边递东西，一边叮嘱儿子一定要帮他把东西送到寝室后再去教室，儿子点点头。朋友也在叮嘱她的儿子多喝水，多吃饭，及时增减衣服，她的儿子也是点点头。两个儿子拿完了东西，有说有笑离开了我们，走进了校门。我们回到车内，看着两个身穿校服的儿子渐行渐远。车内一阵寂静。

他们应该会回头看看的吧，我对自己说。不说两个儿子都回头，至少有一个，朋友的儿子情商比较高，他肯定会回头的。说不准，在朋友儿子的带动下，我那个智商为零的儿子也会回头的。一分钟过去了，没有一个人回头；二分钟过去了，没有一个人回头；五分钟过去了，也没有一个人回头。直至他们消失在我们的视线中，也没有一个儿子回头看一看。他们怎么这么对待母亲呢？他们不知道母亲都多么舍不得，多么希望他们回头看一看我们呀。今天他们不回头看一看我们，一年后他们去他乡求学，更不会回头看我们。我想起了龙应台写的《目送》。是啊，我们就是在一次次目送中一边期待一边老去，而他们在我们的驻足目送中逐渐自立，走向成熟。也许，是我们父母太自作多情了，太跟不上孩子成长的步伐，不明白孩子已经长大了，他们有他们的生活圈子，生活目标和人生追求。

想到这里，我心里释然许多。我扭头一看，朋友早已泪流满面，不能自己。也许她感觉到我发现了她脆弱的一面，她用手背擦了擦脸上的泪水，笑着说："每次儿子离开，我总是控制不住自己，喜欢落泪。"我拉了拉她的手，说："我能够理解。"

离别对于孩子来说，是欢喜的，是自由的；对于母亲来说，是伤感的，是难舍的。但我们始终坚信，每一次离别，都是为了更好地相聚。

唉，可怜天下父母心！

优秀孩子的背后是优秀的家长

因为孩子在一个班，妈妈们也都熟悉了。孩子们上课学习的时候，妈妈们在一起聊聊家常，说说育儿经。

今天，儿子班上的一个女同学妈妈主动和我聊天。那么多妈妈们，为什么和我聊天呢？我认为那是因为人和人之间有一种磁场。

她说，女儿没有进这个班之前，她从来没有想到自己会拿驾照，会买车，会开车。因为她一直很排斥、畏惧机动车。年轻的时候就没有学车拿驾照的想法，现在四十几岁了，更没有这个想法。现在交通便利，出门方便，乘坐出租车、滴滴等招之即来，来之即走，达之即离，完全不用操心。可是孩子进入这个班之后，发现同学们不仅个个智商高，而且更努力。自己需要加倍勤奋、刻苦。时间从哪儿来？挤！高尔基说过，时间就像海绵里的水，只要挤，总会有的。为了让女儿有更多的时间学习，上下学的时间要缩短，不能人等车，只能车等人。拿驾照、买车，就提到议事日程。孩子的爸爸是红绿色盲，不能考驾照。这个艰巨的任务就落到了她的身上。去年九月份报名学驾照，早也练习，晚也练习，一个月就拿到了驾照。在学驾照期间，开车，买车，等车。拿到驾照，就提车、上路。她说着说着，让我猜她拿到车后在哪条路上练车。我说：你家到你单位？她摇摇头。我接着猜：你家到你母亲家？她还是摇摇头。我说：你家到你老公单位？她急了，告诉我："从我家到夷陵中学的路上。每天下班后从我家到姑娘学校跑两遍。一遍看空中的指示灯，一遍看地上的指示标志。刚学车，感觉眼睛、智商不够用，只能顾一头。每天两遍，加强记忆，巩固操作。"她边说，我边在脑中想象着这个画面。昏暗的路灯下，空旷的公路上，一辆汽车慢慢地行驶着。开车的中年妇女满头大汗，她却顾不上擦一擦。她高度紧张，坐得直直的，握着方向盘的手紧紧的，眼睛一眨不眨的盯着前面。她没有因为练车场地荒无人烟而担惊害怕，也没有因为顾不上吃晚饭而心不在焉，也没有因为缺少休息而无精打采，因为她心中始终想的是，我再练一练，就可以帮孩子了。这是一位多么了不起的妈妈呀！为了孩子，她不知畏惧，不觉疲惫，不怕饥饿，只有一个念头要勇往直前，用尽全力。

末了，她捋了一下耳边的长发。我发现，她的发根大多变白。她笑着说："我现在开车蛮溜了呢。犯错误的时候少了，速度提起来了，时间节约起来了。我姑娘说她要为我点赞。"我说："我也要为你点赞。你比李焕英更伟大，更让人肃然起敬。"她不好意思地笑了笑。

每一个优秀孩子的背后都有优秀的家长。看来，这话说得一点儿都不错。

一篮土鸡蛋

今天早上送儿子去上课的时候，遇见了和我做同样事情的朋友。目送两个儿子走进了教室，她对我说："我从当阳给你带了二十个新鲜土鸡蛋。我表姐家自产的，绿色无污染，你做给儿子吃。"她边说边去拿鸡蛋。

"我不要，你正月十五送儿子上学时给我带的土鸡蛋还没有吃完。你留着给你儿子吃。"本是朋友，但是不能一而再，再而三地接受她的礼物。我态度非常坚决，不容置疑。

"如果你妈妈好好的，她会给你准备土鸡蛋，我就不会操这份心。但是你妈妈生病了，她自己照顾自己都成问题，哪里顾得上你呢？我从县里来，弄几个土鸡蛋小菜一碟，顺带的事情，你就收下吧。"说着，她把一袋鸡蛋递给我。那个语气和眼神告诉我：我必须收下！我接过鸡蛋，眼眶湿润了。可能是前四十年活得没心没肺，所以极少落泪。过了四十岁，极小的一件事情或者一句话，就能让我感动得泪流满面不能自己。

我的这位朋友，其实比我小四岁。但是，在很多方面，她就像我的人生导师，告诉我面对困难该怎么去应对，遇到矛盾该怎么去化解，看到苗头该怎么去扑灭，想到不测该怎么去预防。

没有想到的是，她现在居然像母亲一样关心我的生活，猜测我的需要，提供她的帮助。二十个鸡蛋，大小不一，颜色各异，但是她的那份情，那份意，如今天的阳光和轻风一样，让人温暖如春，隽永绵长。

品牌的力量

　　昨天晚上在姐姐家吃饭，她炒的泡菜肉丝特别入味下饭。泡菜脆生生的，有一丝甜味，也有一点咸味，不咸不淡正好，让人吃了不能停箸。我看见儿子的筷子也频频光顾这盘菜。我问她泡菜是哪儿来的，她说在东门菜市场买的，一位大妈常年提着篮子专卖泡菜。我还想继续追问细节，她却话锋一转，问我是不是想买，如果想买，她去给我买。姐姐对我好，我怎么能够得寸进尺，经常占划得来呢？我摇摇头，说只是自己好奇。

　　今天早上七点多我就跑到东门菜市场，从星火路打开门店营业的第一家店铺走到二医院后门菜市场终结，我每家店铺里里外外仔细打量，没有看见一位提着篮子卖泡菜的大妈。就这么空手而归吗？不行！今天没有买到就只有等到下个星期天才有时间来买了。我折回菜市场，走到一家卖豆腐的店铺，她家这个时候没有顾客光顾。我问："请问常年提着篮子在东门菜市场卖泡菜的大妈在哪里呀？"她心不在焉地说："确实有这么一个人。这个人哪……？"说着说着没有下文了。怎么办呢？这个时候走过来一位衣着整洁、干净、讲究的大妈，看样子她也是在买菜。她可能听见了我的问话，对我说："姑娘，她在这条路的第一家铺面门口卖泡菜。喏，就是你这个朝向的右手边。她家泡菜是很不错，你赶快去买吧，她一天就卖一篮子。"我说："我刚刚从那边走过来，没有看见呢。"大妈说："可能你来得太早了，她还没有来。这个时候她应该来了，你再去看一看吧。"我道了谢，连忙奔向她说的地方。

　　走到路的尽头，果然看到第一家铺面外有一个衣着朴素的大妈提着篮子坐在那里，有三个中年妇女围着她。走近一看，发现她们和我一样都是在买泡菜。

　　简简单单、普普通通的泡菜，只要用心，长期研究，不断改进，也能成为一个家喻户晓的品牌，走进寻常百姓家的餐桌上，让大家走近它，记住它，留住它。

　　这就是品牌的力量！

莫要小瞧身边人

我家楼下有一个收破烂的门面，店主是一对来自仙桃的中年夫妻，在这个小区里经营了好几年生意。起初，我秉着"不要和陌生人说话"的观点，不主动和他们说话。后来，我下班回家，只要他们看见我没有找到车位，他们两口子主动帮我找车位，并且指挥我停车。他们的热情与善良温暖了我，上楼前和他们闲聊几句，家里的废品分类后给他们免费送去成了我的生活常态。

今天出门要用车，走到车位发现车尾横着一辆车，将我的车堵得严严实实的。我前后左右看了看，车上没有留电话号码。等一等吧。也许车主有急事，一会儿就回来了呢。十分钟过去了，也不见有人朝这辆车走来。本来就是着急的事情，不方便打车才用车。我开始着急了。怎么办呢？我围绕着这辆车，来来回回走着，想着办法。如果将车拍照发在小区群里，车主不在群，或者没有网络，或者手机不在身边，就有可能不知道。如果盲目地等下去，将误了我的事情。对了，收破烂的两口子天天在路边看人来人往，说不准知道这辆车的主人呢？

我走过去，问他们是否知道车的主人。女主人摇着头说不知道，男主人说他有办法。他有什么办法？我好奇地走近他。他掏出手机，打开网络，点击"交管12123"App的"一键挪车"，输入车牌号码，拍照上传图片。三分钟后，一位中年男子走了过来，汽车前后灯闪了闪。他就是车的主人！他拉开车门，启动车辆，麻利地将车驶离。我也立即上车，顺利办完了事情。

不要小觑身边的任何一个人。寸有所长，尺有所短。你不知道的，不一定别人也不知道；你不会的，不一定别人也不会。好的人际关系，就是平等互利，你来我往，互相帮助，互相成全。

与积极者同行，努力成为积极者

买菜回家经过小区内的运动场，看见十几位老爷爷、老奶奶提着锤子一样的东西在场上走来走去。十点多钟了，阳光正好，温度正好，他们不言不语地来来回回，这是干什么呀？走近一看，原来场地是凹下去的塑胶球场，上面有横的竖的黄色标记线，还有球洞。这些老人是在打球，类似于打高尔夫一样。

我站在一边看了起来。

十位老人分成了两组，正在比赛。有一位满头银发的老奶奶在记分板那儿记分。他们按照游戏规则不紧不慢地进行着。一个人提着球棒击球，其他成员都站在一边观看。没有人交头接耳，也没有人呐喊助威，整个场地静悄悄的。无论击球的人打得怎么样，队员不发表任何意见。一组的成员完成动作之后，另外一组有人自动站出来击球。每一个人的表情都很淡淡然，不悲不喜。这和我平时在电视或者现场看到的比赛完全不一样。

场地外，有一位老爷爷带着一只狗在全神贯注地观看，他好像看得懂，也似乎认识这些人。我走近他，问道："老爷爷，您怎么不参加呢？"他看了我一眼，说："最近身体不好，不敢参加，只能当观众。"我说："您天天来吗？"他望着球场，说："是的。我们这些人每天买完菜，准备好午饭食材就在这里集合，一起锻炼锻炼身体。"过了一会儿，他接着说："和这些老伙伴儿在一起很快乐，时间很好打发。我们在一起从不说是非，不抱怨，不指责。打球就打球。打球完了各回各的家。如果有人生病了不能参加，要么像我一样来当观众，要么在医院就医。如果在医院，我们会轮流去看望 TA，不让TA 感到孤独和寂寞。不要小看我们这群老年人哦。我们都很积极向上的。我们抱团取暖，互相鼓励，积极锻炼身体，努力做到不给家庭添包袱，不给社会添麻烦。"

是的，积极的人在哪里都像一道光，温暖着人，吸引着人，感化着人。

喜欢和积极的人在一起的，不仅仅是老年人，还有年轻人、学生。和积极的人在一起，看问题的角度不一样，解决问题的方法会更多，成功的概率径也会更大。和积极的人打交道，你的天空始终是晴天，你的办法总比问题多，你的办事效率就是高。要不然，宜昌市一中怎么把"和积极者同行"刻进大石头里，烙印在每一位学子的心中呢？希望我们永远和积极者同行，吸取力量，不断前行，成长为自己喜欢的样子。

也希望我们自身强大和优秀，成为别人眼中的"积极者"，引领他人，成就他人。

别具一格的店名

今天早上去民主路菜市场买菜，发现路边的一个门店名叫"烟燃一笑"，这四个字高高悬挂在店门上面。从字面上看，好像是卖烟的。走近一看，果不其然，是一家香烟专卖店。

看见"烟燃一笑"四字，我脑中浮现了这样的画面：香烟点燃了，吸烟人笑了，它的画面感是多么的强呀。它将一个资深烟民的形象刻画得入木三分，栩栩如生。"烟燃一笑"谐音于"嫣然一笑"。嫣然一笑出自于《登徒子好色赋》："腰如束素，齿如含贝，嫣然一笑，惑阳城，迷下蔡。"原本是形容笑得很美的样子。在这里，我认为它的意思是：爱好吸烟的人在这家店里买到了从不失望的品牌香烟，拿到烟就叼到嘴上，立马点燃了它，一吸一吐，轻烟袅袅，飘飘然似神仙，嘴角露出了惬意的笑纹。这个笑，大家觉得美吗？

社会进步需要文明，美好生活需要健康。希望"烟燃一笑"的画面少一些，强身健体的活动多一些；烟雾缭绕的场景少一些，清新自然的空气多一些。

吾生有涯而知无涯

在校外等待儿子放学的时候，打开《人生由我》继续读了起来。梅耶真是一个了不起的女性，不仅自己活得光彩夺目，还把孩子们培养得出类拔萃。三个子女都是各自领域的精英，比如大儿子埃隆是特斯拉的创始人，被世人称为硅谷钢铁侠。

长时间一个姿势读书，感觉脖子有点儿酸痛，胳膊有些僵硬。抬头扭了扭脖子，发现我车的旁边停了一辆黑黢黢的小轿车。这个时候守在校门口的都是学生家长。这个家长也真是的，开一辆这个颜色的车来学校接孩子——黑色多不美丽呀。我瞟了一眼车窗，隐隐绰绰是一位中年男子的身影。

一会儿，儿子同学的妈妈来了。我下车和她站在我车头聊孩子们的徒步拉练，聊得热火朝天，笑声不断。我瞟了一眼他的车牌，是绿色的，也就是说，它是一辆纯电动车。在我心底，奔驰、宝马、奥迪才是一线品牌，才是成功人士的标配。

"嗖——嗖——"我微信响了。点开一看，是表妹发给我的信息，她说她想换车，换成特斯拉。接着，她连发了三张图片，告诉我，她看中的是这样的特斯拉。咦！这照片上的车不就是我旁边的车吗？我仔细看了看，确实是一样的：利剑一样的车标，黑黢黢的油漆，长长的车身。

此时此刻我感到无比的羞愧与可耻。自己不就是自己最讨厌的那种人吗？都说女人"头发长，见识短。"以前我还很反对这句话。现在自己着着实实践行了一把它的含义。古人说"以貌取人"，而我是"以车取人"。自以为自己会读书，其实读书读得是一知半解，不求甚解。如果真的会读书，那么在读书的时候就一定会读通读透。书中提及到了特斯拉就应该找找图片看一看，问问身边懂的人，也就不至于像文盲。

"没文化，真可怕。"说的大概就是我这种人吧。吾生有涯而知无涯也。看来，自己还要静下心来，加强学习。唯有如此，才不会再闹笑话，再当文盲。

生活即课堂，处处有学问

今天晚上儿子提议去国贸湘菜馆吃饭，因为他觉得高中学习太紧张，太辛苦，需要美食缓解一下压力。理由充分，条件允许，于是我们欣然前往。

以往在餐馆吃饭，都是一群认识的人一桌，团团而坐，边吃边聊。而湘菜馆是一个铁板烧的开放式厨房，一面是厨师操作的地方，三面细长桌环绕，每面可以坐二到四人。我们这一桌由三家客人组成。北边是三口之家，爸爸妈妈都很年轻，带着三岁左右的小男孩，西边是我们，南边是一对小情侣。先到的先点菜，下单之后，点餐单送到厨师手上，食材和调料也随之而来，接下来厨师对照菜单开始工作。

厨师操作的时候，三方客人的眼睛都目不转睛地盯着铁板，看厨师如何处理、翻炒、放佐料、盛盘、递送。菜肴在铁板上吱吱作响，香气四溢时，客人都咽了一下口水，想着：看起来非常好吃呢。不知道这是不是我们点的菜。看到厨师把菜递给一方客人时，那方客人喜上眉梢，欢天喜地拿起筷子就开吃。另外两边的客人煞是羡慕，连忙叫来服务员加菜。如此一来，三方客人面前的菜肴就变成了一模一样。因为有着共同的菜肴，于是三方客人有了共同的话题，就菜说菜，开始聊天，氛围极好。

吃着吃着，不得不为餐馆的创始人点赞。食客和厨师面对面，原材料一目了然，加工过程尽收眼底，就餐者更为放心和安心。食客在观察厨师操作的时候，对于商家来说是宣传，对于食客来说是学习。商家和消费者互惠互利。商家让互不认识的食客围坐一起，互相关注，互相影响，人多抢食成了必然。最得利的，便是商家。

这样的经营模式就像课堂上的小组合作。人多的那方客人就是小组中的佼佼者，他们引领其他两方客人消费。人少的那方客人相当于学困生。他们在优秀学生的带领和影响下，不知不觉向他们靠拢。

生活即课堂，处处有学问。想要把每一项工作做好，还真得花费一番心思。

一生的必修课

"妈妈，你吃菜啊。你不是不喜欢拍照吗？怎么最近经常给我拍照？"儿子一边不受任何干扰地吃着他在饭店里点的美食，一边和我聊天。

"你吃你的，不用管我。妈妈和你一起享受美食的日子进入了倒计时。无论你离开妈妈之后是否会想念我，但我一定会想你的。如果我想你了，我就可以看看手机里你的照片。"我一边起身从不同角度给儿子拍照，一边解说着。

进入青春期的孩子都想远离家庭和父母，去一个离家远的城市读书。有的甚至去了外地，不常给家人打电话，不常回家，彻彻底底地成了一个高高飘摇在天空的风筝。我可不想自己的孩子也这样，我希望他经常给我打电话、微信我，更希望他经常回家看看我。

"你读大学了，会给妈妈打电话吗？"

"如果有时间，我会的。"儿子会心一笑。

"如果你想吃大餐了，给妈妈打电话。妈妈会去学校看望你，请你的朋友和室友吃大餐。"

"嗯。"儿子停顿了一下，问道："是不是我无论在多远的城市求学，你都会去看我？"

"那当然啦。谁叫我是你妈呢？"转念一想，必须给他一个明确的方向。我说："如果你在北京、上海、合肥、南京、杭州等城市，交通更便捷，妈妈去看你的频率可能就更高，你吃大餐的几率也就更高。"

儿子点点头。

"所以，现在要争分夺秒地学习，再吃一年的苦，你就能去心仪的学校学习，和志同道合的小伙伴一起做研究。"

儿子依旧波澜不惊地点点头。

教育自己的孩子是天底下父母一生的必修课。这个必修课因为孩子个体不同，没有全盘照搬的可能性。一千个孩子，就有一千个孩子的教育方法。但父母的愿望一样：希望孩子更优秀，有一个美好的未来。

路漫漫其修远兮，吾将上下而求索。

爱操心的母亲

中午妈妈打来电话，兴奋地告诉我，她今天一大早将冰箱里的肉拿出，把每一块肉皮割了下来，大约有一斤多，她准备请五一回老家的人帮我带来。说这些话的时候，她语气轻松，速度较快，容不得我插话。

"冻肉那么硬，肉皮哪里容易切下来呢？"听了她的话，我非常生气。因为她年前做了一个大手术，才从鬼门关把她拉了回来。出院时医生再三叮嘱要好好静养，不能用力，二年后才能恢复正常。还不到半年的时间，伤口还没愈合，她就手摸冻肉，使劲切割。万一伤口裂开，或者腹腔积液，如何是好？

"肉是很硬，但是我有的是时间，我慢慢地切啊。"她轻快地说道。

"以后您千万不要再做这样的事情了。万一伤口有什么问题，花钱治疗不说，关键是您痛苦啊。"我劝道。

"你放心，我会悠着点儿的。我天天在家闲着，想到孙子喜欢吃卤肉皮，你又难得在菜市场买到放心的肉皮，所以就把家里的肉皮切割下来了。五一假期你放假了，正好有时间，就把肉皮卤了，做给他吃。"当妈的就有操不完的心。心疼自己的闺女，也疼爱孙子。一生都在为下一代以及下下一代无怨无悔地付出。也正是因为有着一代又一代母亲用尽全力的举托，才出现一代比一代强的美好光景。

我的母亲给我做了很好的榜样。在她的熏陶、教诲、督促下，我也走在努力成为合格母亲的路上。

母亲的劝告

抽空去看母亲。临走时，母亲问我："东西都收好了吧？"我一边检查一边说："我再看看。"好像没有什么东西落下了。我系好安全带，准备出发。

"你最重要的东西掉了。"母亲的声音从餐厅传出来。我最重要的东西是什么？我大脑迅速搜索。钥匙？手机？钱包？我在包里一阵翻腾，这些东西都在。那是什么呢？正疑惑的时候，母亲快速走到车旁边，递给我一本书，说："这是你回家时放在茶几上的一本书，里面还夹了一支笔，估计你还没有看完这本书。"我接过书，很是惭愧，拿回家了却一眼都没有看。母亲接着说："书是憨头的药。是应该有时间就读书。"我点点头。

母亲是典型的农村妇女，没有多少文化，却一直鼓励和督促我多读书。母亲的"有时间就读书"让我汗颜不已。多久没有读一本高质量的书了？细细想一想，似乎有一年多了。教育教学杂志、心灵鸡汤类的书倒是读了不少，专业和经典的书籍却一本未读。

暑假是让教师充电、调整，更好地再出发。借着闲暇时间，真正践行母亲的"有时间就读书"的期许。

为你点赞

早上去家附近的虎记包子铺买包子。虎记包子铺在宜昌比较有名气，每天早上来这儿买包子的人不计其数，今天也不例外。

老板是一位精瘦精瘦的中年男子，个头有点儿高，目光很犀利，手脚很麻利。最让人敬佩的是他记性特别好，心算能力特强。顾客说完包子的种类和数量，他就能立马说出总价钱。并且，他从来没有将顾客先来后到的顺序弄错过，也没有出现包子种类和数量有误的事件。

按照老板的要求，顾客扫码付费后就可以闪一边等待，以便给后来者缴费腾地儿。一个个缴了费的顾客目不转睛地盯着蒸笼，希望自己要的包子马上蒸熟。

这时，一位身材矮小，头发油腻的大叔挤了进去，站在老板旁边，指着热气腾腾的包子说："给我拿四个肉包子。"

老板眼睛皮都没有抬一下，自顾自地给其他顾客捡包子。

"老板，给我拿四个肉包子。"大叔提高音量说着。

"没有！"老板斩钉截铁地回答道。

"你这不是包子是什么？"大叔指着老板正在捡的包子说道。语气似乎不是那么友好了。

"这是前面顾客的，排队总还要讲究个先来后到啊。你不能像开车一样，总想着插队。宜昌是文明城市，我们是文明市民。插队是不文明的行为，是要遭人嫌弃和鄙视的。"老板一边捡包子一边说着。声音不高不低，语速不快不慢。顾客将他的每一句话都听得清清楚楚、明明白白。有的顾客还把鄙视的目光投向了大叔。大叔的脸一阵红一阵白。没有了先前的昂首挺胸，不可一世。

一会儿，大叔低下了头，佝偻了背，迅速离开人群，消失在大家的视线中。

面对不文明行为，总得有人站出来。

为包子铺的老板点赞。不仅仅是他的包子做得好，更重要的是他敢于批评不文明行为，让购物环境更加优美。

感知自然与生活，收获幸福与美好

姐姐去买菜，回来的时候，手上不仅提着大包小包的瓜果蔬菜，还有两支含苞待放的荷花。

"买花干什么呢？它能吃吗？"一向勤俭节约的姐夫语气中明显不悦。

"它不仅能够观赏，也能够做菜肴，我等它开罢了就油炸了吃。"姐姐气定神闲地说。

姐夫一听，顿时明白荷花不是仅仅挂眼科，还能解口馋，这两支荷花买的就值当了。他马上拿来一个空矿泉水瓶子，在中上方挖了一个口子，从瓶口注入一些干净的自来水。把荷花柄部切成斜口，插入挖好的口中，荷花就算在那儿安家落户了。矿泉水瓶子就放在客厅的电视柜上，白的墙，绿的瓶，粉的花苞，让人赏心悦目，心情大好。

中午，他们一家三口惊喜地发现，有一支荷花开了。三个脑袋凑在一起仔细观察，说着自己的发现。这画面，太温馨了。

姐姐的一些做法让我想起了李子柒。一年四季，旮旮旯旯，李子柒周围都摆放了各种各样的花儿。她劳作的时候，想必也有累的时候，想必累了看看鲜艳欲滴的花儿马上舒心解乏，干劲十足。李子柒总能以出人意料的方式做出各种各样的美食，原因大概是对生活的热爱，对身边事物的细微感知，也是对自然的感激吧！爱好花草的我们又何尝不是这样一群人呢？在纷扰的车水马龙里，为了心中的那一点绿色与梦想，捧回家一盆又一盆的盆栽，细心照料，看它们叶子长好了，花朵开放了，心里也无时无刻不在感知着自然与生活，幸福与美好，诗与远方。

亚洲"苏神"

陪儿子去理发店理发。店里只有一名理发师，她正在给一个大学生修剪头发。等待的空隙，只有将目光投向正在播放奥运会男子百米赛跑的电视上面。

直播是用汉语解说的，特写镜头大多都是苏炳添。半决赛中苏炳添跑出了破亚洲纪录的 9 秒 83，以半决赛第一的身份晋级决赛，苏炳添已经改写了中国田径的历史，成为亚洲人甚至是黄种人的骄傲。按照半决赛的战绩，苏炳添有望冲击奖牌甚至金牌。决赛中，苏炳添在第 6 道出战，旁边是两位美国选手科尔利和贝克，加拿大的德格拉塞在第 9 道。英国的休斯抢跑被罚下，比赛只剩 7 人。比赛再次发枪，苏炳添的起跑反应不是很好，虽然在中途有一个加速，不过还是没能反超，最终获得第 6，成绩是 9 秒 98。虽然遗憾无缘奖牌，但苏炳添已经创造了中国田径的历史新高，也创造了亚洲田径的历史新高，他是电计时时代首位杀进奥运百米决赛的亚洲选手，这样的成绩就连归化猛将奥古诺德等人也没有做到。9 秒 83 的战绩排进历史第 12 位，苏炳添让中国速度在东京闪耀。

画面的转换，声音的激昂，中国选手的一抹红，让我屏住呼吸，眼睛一眨不眨地盯着电视，似乎我的呼吸，我的分神，都能影响选手成绩一样。我也终于明白了为什么大家爱看体育赛事，体会到了什么叫"荣辱与共""休戚相关"。

没有身临其境，就没有感同身受。

没有感同身受，就没有共情。

没有共情，就没有共鸣。

踏破铁鞋无觅处，得来全不费工夫

  家里有一个苏泊尔小高压锅，非常适合三口之家烹饪食物，给我们的生活带来了很多的便捷。非常可惜的是，有一次清洗的时候，锅盖把柄处有一颗螺帽滑落了，被自来水冲走了，导致锅盖把柄活甩甩的。考虑到安全，再也不敢使用了。闲置不用就像鸡肋，弃之可惜。

  为了止损，我把锅拿去苏泊尔专卖店修理，他们告知我店里没有螺丝帽这个小配件，让我去废旧回收的地方去看看。那可是炊具啊，煮的食物是进肠胃的呀，怎么能够去废旧回收的地方找一个螺丝帽呢？于是我在淘宝网找店家询问配件，他们发给了我一张图片——各地售后的地址和联系方式，让我去找实体店。几番折腾，让我只好作罢。今天大清早去办事，太阳明晃晃的，晒得我低垂着脑袋匆匆赶路。咦，刚刚刷黑的路面上躺着一颗螺丝帽，格外显眼。我目测了一下，好像和我不小心丢失的高压锅螺帽一样大小。我弯腰捡了起来，放在手掌心里看了看：高压锅螺帽就是这个规格！

  回家拿出高压锅螺丝，对上一拧，太好了，果真匹配。我连忙找出锅盖，将螺丝上紧，把柄也稳稳当当，不摇不晃了。

  看来，有些事情是不能着急着慌的。

积极响应国家号召

"我告诉你，你的婆婆今天打了疫苗。"中午妈妈给我打电话说。

"啊？！她101岁了，走路都成问题。她怎么打的疫苗呢？难道是医生上门服务的吗？"我吃惊的同时，也自责没有回家帮忙。

"村委会包的面包车接送的。两个村干部上门搀扶着她出门，先抱上轮椅，接着从轮椅上抱到面包车上，到了卫生院他们又从车上抱到轮椅上，推到接种处，打了疫苗，就推回面包车上，送回家，到原处。"妈妈一五一十地说着。

"您怎么知道这么清楚呢？"我问。

"为了以防万一，出现意外，作为你婆婆的监护人，我随同去了呀。"

"您做完手术还没有复原，您该不会出力了吧？"担心妈妈的身体状况，我追问了一句。

"那没有。村干部知道我的情况，都是他们做的，我只是在一旁看着。他们还把我扶上扶下的呢。"妈妈爽快地说道。

听到这些，真让我感到高兴。我们一家老老小小都积极响应国家号召——"应打尽打""应快尽快"，一个不落地接种完毕。尤其是我婆婆，这么大年龄了，在村干部的帮助下也顺利接种成功。

是非分明，净化社会空气

早上乘坐公汽买菜。在南苑东站上来了两口子，大约五十多岁，两人衣冠整洁，走路带风。女的上车刷了老年卡，手机出示了健康码。男的刷了乘车卡，但是扫码之后码没有出来，司机停车原地耐心地等待着。绿码没有出来，男人下车扫前门的二维码，仍然没有出来。司机不疾不徐地提醒他是否开了流量。他声如洪钟、不耐烦地说："开了。开了。"再扫，码还是没有出来。司机耐心地提醒他可以用支付宝的健康码。他恶狠狠地说："没有！"他又扫了一遍，码还是没有出来。他叽叽咕咕地上车，扫司机旁边张贴的和车门一模一样的二维码，码还是没有出来。他已经落座的老婆提醒他："是不是死机了？把手机重启一下。"他找了一个空座位，不慌不忙地坐下，关机，重启，再扫，码还是没有出来。一直鸦雀无声的车厢有一个中年男子说话了："您能不能等下一趟车？"话还没有落音，那男子太高音量，盖住了车里所有的声音："对不起，我错了。好不好？"他依旧手指不离屏幕，但是绿码就是没有显示。车厢里再没有人说话了。十分钟后，他把手机给司机看，车辆缓缓启动了。

第二站，710站，又有一位老人刷了乘车卡但是没有绿码，上上下下扫码。这时，坐在后面的一位三十多岁的女同志走到前门，对那位老同志说："我们要着急上班，能不能麻烦您乘坐下一趟车？"两人连忙说："好的。好的。"对司机挥了挥手，司机启动车辆走了。

这时，在南苑东站上车的两口子说话了。女的说："你有点公德心好不好？这是公共汽车，人人都可以乘坐。你要着急上班你可以乘坐的士呀？来挤什么公汽呢？"男的见女人说完了，一副咄咄逼人的样子接话："你以为我们码不出来不着急呀？老了就不该出门啊？凭什么你们年轻人可以乘坐公汽我们老年人就不行？你们怎么就不能等等我们？"

他们的话就像一根竹棍狠狠地捅了几下马蜂窝，一车的人开始指责他们。

有的站起来怒气冲冲用手指指着他们说话，有的边说边用手敲打面前的扶手，有的走到他们附近手指不停地捣。"我们一车人等了你们两口子多长时间？有没有人说话？没有！你们不要讨了好还卖乖。""这么早乘车的都是上班的，上班是要按点的，哪能像你们一样没事干到处窜。""我是退休人员，我要替这位姑娘说句公道话。她是和别人商量的，别人善解人意，知道大家赶时间，才坐下一趟车。你们以前没有上过班？你们的子女没上班？上班就有上班的规章制度，是不能迟到的。你们就不能为上班的人想一想？知道乘车要健康码就应该提前在站台扫码，或者将健康码打印出来做一个牌子带着。"……刚刚不可一世，唯我独尊的两口子见引起了众怒，连忙闭上了嘴，低下了头。下一站，公汽一停，他们灰溜溜地下了车。

　　越来越多的人是非分明，敢于批评，勇于表达。只有这样，自私自利的人才无处可遁，慢慢变好。

多为别人考虑的人，运气都不会太差

菜市场有一个摊位专卖藕，他的藕又多又新鲜。无论你看中了哪一节藕，他都会把两头的藕节去掉，甩甩水，看看孔里是否有淤泥，如果有，他就放一边不卖，让你再选。正因为他的实诚与周到，他摊位前的顾客总是络绎不绝。

今天我去买藕，习惯性地找他。他忙得团团转，一会儿称称，一会儿收钱，一会儿看顾客手机支付是否成功。摊位上还有一个中年男子，和他长得很相像，估计是他哥哥，给他打下手。

"别的摊位上的藕 3.5 元一斤。你为什么要卖四元一斤？"一位大妈选好了藕，递给他称的时候，语气极其不友好地问道。

"你觉得他的藕便宜你怎么不买呢？你说的摊位我知道。你看他的藕颜色……"哥哥话还没有说完。弟弟打断他："你这么大年纪了怎么说话呢？只说自己，不说别人，更不能说损人利己的话。"哥哥听了马上闭嘴不说话，干活儿去了。弟弟对那个大妈说："一分钱一分货，如果您看中了我们的藕，您就买。您看不来，我们也绝对不会强迫您买。"大妈连忙说："你看我选都选好了，肯定是买的撒。"弟弟麻利地称称，收费。

真正聪明的人，就是那个弟弟。站在对方的立场上做生意与为人处世，看似吃了亏，其实收获是盆满钵满。

有你们，真好

晚上脚麻，醒来多次，难以入睡，于是痛下决心，无论出行怎样困难，第二天一定要去药店买药治疗。

第二天十点钟左右，我戴上口罩，再次摸了摸口袋里的医保卡，拿上手机出门去药店。在小区关卡口扫码，接受志愿者测量体温，出小区。人行道上没有行人，马路上稀稀落落的车辆在奔驰。五分钟左右走到宜草堂大药房，售货员告诉我今天可以刷医保卡。我一阵窃喜，幸好带了医保卡。我双手在衣服口袋里摸了摸，右边的口袋只有一部手机。怎么可能呢？出门的时候我明明还摸到了医保卡的。难道是医保卡贴在手机上了？我掏出手机，上下翻看，没有医保卡！把手机放在药房柜台上，双手又在口袋里摸了摸，什么都没有！怎么可能呢？出了家门之后，我就在小区卡口停留了一会儿，遇见了几个志愿者呀。难道是落在了卡口处了？想起来了，我在扫码的时候，有一个高高大大的男人站在我身后看我扫码。当时我心里一紧，现在要求人和人之间要相隔一米五的距离，他怎么能够离我这么近呢？他该不会有新冠肺炎吧？我回头看了他一眼，只看见他的一双眼睛，因为戴着口罩看不清他的相貌。等我回过头来的时候，我扫码成功，信息出来了。我盯着手机屏幕，那个男人对我说："嗯，可以了，你可以出去了。"也就是说，他是志愿者。志愿者为什么不穿红马甲或者戴红袖章以示区别呢？让我虚惊一场。是不是在那个时候，医保卡遗落了呢？不管这么多，身体健康最为重要，先用支付宝把药买了。

如果医保卡在路上丢了，路上没有行人，我原路返回，是可以找到的。我的医保卡放在卡套里，卡套里还放了几张药店的优惠券，让卡套就显得鼓鼓囊囊的，让人很容易发现。我一路边走边看，没有发现我的医保卡。经过小区唯一卡口的时候，也没有人和我说话。既然路上没有，该不会是落在家里了吧？我在家里翻箱倒柜，仔仔细细寻找了一遍，没有找到！怎么办呢？

医保卡现在是市民卡，有很多的个人信息，很多的功能，比如可以看病买药，可以刷卡乘坐公汽，也可以刷卡在商场购物……被一个胆大包天的坏人捡到了后果不堪设想。我在网上搜索了一下，可以拨打12333进行挂失。我马上拨打电话，尽管是疫情期间，接电话的小姑娘很及时，耐心告诉我在"市民 e 家"挂失，疫情结束后带身份证到医保中心去确认遗失或者撤销挂失。现在挂失吗？万一找到了呢？

不知不觉中，十八线女主播的时间到了。不管怎样，学生最为重要，先去上课，上完课再找找看。如果到晚上还没有找到，就在网上挂失。就这么愉快决定吧。

学生做眼保健操的时候，微信来了信息。是小区格格，她问我认识"屈浩"这个人吗？我平素待在小区时间少，不怎么和小区的人说话，更不喜欢和陌生人打交道，我怎么会认识这个人呢？我迅速回复：不认识。三个字，冷冰冰，干巴巴。过了一会儿，她接着说：你的医保卡掉了，被他捡到交到我这儿来了，你有时间来找我拿。一看这个消息，我高兴极了，之前的所有猜测及不愉快一扫而光。屈浩做了好事留了名，我还是要谢谢他的。于是追问格格：屈浩是谁？格格马上回复：他是小区卡口的志愿者。十有八九就是我出小区关卡时站在我背后的那个男人。

上完直播课，我兴冲冲来到社区服务中心。格格告诉我，幸好你是刚刚返宜的，我记得你的名字、楼栋和房间号码，所以，屈浩在我们这儿询问樊小华是不是这个社区的时候，我就说是的，告诉他你是我负责的楼栋居民，他委托我一定要把这个卡交给你，免得丢落了卡，遇到了麻烦。拿了卡，谢了格格，走出社区，遇到一个老奶奶，她笑呵呵对我说："你看我有健康证明，我能够出去买药了。"她边说边把证明在我眼前亮了亮。我瞟了一眼，一脸懵地问："不是扫码、测量体温就可以出去了吗？"老奶奶说："这是你们年轻人都会做的。我们老年人使用的老年手机，哪里有绿码呀？这不，社区格格想到了我们的出行，办好了健康证明，打电话让我来拿的。不说了，我马上出社区去买药。"说完，老奶奶一脸笑容向卡口走去。

以前，总是抱怨社区格格为居民做的太少，从来不登门服务，不和我们打照面，他们不认识我们，我们也不认识他们。殊不知，因为我们的工作性质和家庭活动，我们很少白天在家，格格上门总是碰壁。他们给我们打电话，我们以为是骚扰电话而挂掉；加我们居民为微信好友我们以为是推销员而拒绝；晚上敲门询问或者统计，我们总是觉得晚上为陌生人开门危险系数大而佯装家里无人。想起前些日子要回家，主动找到格格，询问怎么才能回家。无论多么早或者多么晚，格格总是及时回复，耐心讲解，帮助我把所有手续办齐，拍照传给我。并再三叮嘱我路上注意安全，从小区哪个入口进入。想起城市解封前政府规定小区可以凭借出入卡出入小区，格格连夜为每家每户制作纸质卡片，填写基本信息，把卡片送到每栋楼房入口处，通知一家一家下楼拿卡片。每一张卡片的完成也许很容易，但是从无到有，一手一脚全凭一个格格乃至几个格格去完成，这个工作量之大、之艰巨、之辛劳是可想而知的。

感谢社区的志愿者，感谢小区的格格，为我们疫情期间的生活提供了保障和方便，让我们感受到了大家庭的温暖和关怀。

特别的爱给特别的你

儿子从小到现在，比较听老师的话，能够不折不扣地落实老师布置的各项任务，成绩不是很糟糕。随着儿子的成长，我越来越发现儿子的情商存在问题，成了我心中的一根刺。

我生日那天，儿子一声"祝妈妈生日快乐"的话语都没有，更谈不上生日礼物。我伤心透顶，悔恨交加：总是强调学习，从来没有引导他如何爱人。自己身上掉下的肉，总不能发现他有问题，又任其发展吧？我希望我的下一代比我强，过得比我好，但是，我更希望我的晚年生活更幸福，儿子能够善待我。

腊月二十一，点军区组织部人才办主任电话我，告诉我，因为我是区管优秀人才，组织部长赵春梅同志要慰问我，她询问我明天在哪儿。我告诉她，我第二天要走访慰问学校的退休教师。末了，我说，我知道区委区政府领导春节前非常繁忙，既要处理日常工作，又要走访慰问一些人，我就不用走访慰问了。她连忙说："那不行。对于您这样的人才，我们部长说了，一定要见上一面，把政府的心意表达到。"腊月二十二下午，主任再次电话我，询问我明天的行程。我告诉她，我会在区教育局开会。得到我确切的地点，她很高兴，连忙说："行！明天您保持电话畅通，我明天陪赵部长走访。如果我们快到教育局了，我就给你打电话，您就出来。"

主任的两次电话，让我心潮澎湃，感触颇多。主任本和我素不相识，连续两天电话询问行程，说明赵部长是真心诚意想和我见面。而我，一介小学老师，没有惊天动地的成绩，也没有闻名天下的举动，却让公务繁忙的组织部长牵挂。想到这儿，我非常惭愧，也很后悔在2019年没有再努力一些，没有多做一些贡献。

腊月二十三上午，我正在区教育局开会，主任打电话给我，告诉我他们已经在路上了。挂掉电话，我匆匆下楼，来到区教育局大门口等候。不到五分钟，写有"公务车"的黑色小轿车停在区教育局，赵部长下车，径直走向我，握着我的手。一切都是那么随意，那么自然。赵部长笑着说："樊老师，感谢您 2019 年对点军发展的贡献，我代表区委区政府前来慰问。"我嗫嚅着嘴巴，说："谢谢赵部长。我很惭愧，我做的不够好。"说这话的时候，我的眼泪就要流下来了。以前在电视和电影上看见这样的场景时，我总是觉得很做作，很虚伪。现在，我觉得媒体对细节的打造是多么的明智与真实。我想流泪，不仅仅是组织部长亲自慰问，而是我发自内心深处的自责与愧疚。2020 年，我不能徒有虚名，我不能失望于自己。赵部长双手递上一个牛皮信封，说："这是我们的一点儿心意。有给区管优秀人才的两封信，一张体检卡，一些慰问金。祝愿你 2020 年身体健康，阖家欢乐，为点军多做贡献。2019 年我做得不够，没有多关心你，没有多和你谈心。2020 年，我一定要挤时间和你多聊聊。"赵部长的话，让我更加无地自容，愧汗怍人。

赵部长再次握住我的双手，表示感谢。我已经心潮澎湃，不能自己。打开信封，第一封信，是 2019 年度点军区大事综述，读罢让我为点军的发展和成绩倍感骄傲和自豪；第二封信，是给区管人才的一封信，让我觉得自己能够走到今天，取得一点不足挂齿的成绩，那是因为点军的人才培养机制和措施，让我觉得工作在点军是何等的幸运和幸福。两封信，都是用粉红色的信笺纸。那是我常常为老师们写信的信纸颜色，那代表爱。这么小小的细节，领导们都考虑到了，都费了心思。这告诉我们在今后的任何事情和任何细节上，都得用心，都得思虑。这是一个导向，这也是一个示范。

除了鼓舞人心的两封信，还有一张宜昌市一医院的体检卡，体检截止时间是 2020 年 12 月 30 日，可以体检 940 元的项目。习近平总书记经常说必须"把人们身体健康和生命安全放在第一位"。点军区委区政府把人才的身体健康和生命安全也放在心上，让他们眼中的人才去体检，去保重身体，去好好工作，再做贡献。

信封里还有一千元的现金。领导亲临现场的慰问，亲人般的握手，长者样的叮嘱，已经让我感动的热泪盈眶。信封里的信和体检卡，让我感觉领导的良苦用心，自己的成绩不够斐然。

文康在《儿女英雄传》里说的"大处着眼小处着手"，想必就是向点军区领导的这种做法的。

把一件极小的事情想方设法做到极致，既是对自己工作的一种态度，也是对他人的一种激励。做好一件事情，仅仅有智商是不够的，还要有情商。

春节前领导走访慰问，给我上了生动一课，也让我对儿子的教育有了信心。

我要把这个故事讲给儿子听，在春节那天，郑重地把领导对我的奖励送给儿子，让他明白母亲的用心，知道情商比智商更为重要，更能成事。

儿子总有一天会踏上工作岗位，也可能被倚重成为管理人员。在管理的时候，要时刻想起这个故事，要从中吸取精华，学以致用。人心凝聚了，没有什么做不成的事情。人心怎么凝聚？靠的就是情商。从现在开始，在提高自己智商的同时，也不要忘了加强情商的培养。多观察，多思考，多行动，多总结，一定会有所提升。

聊天是一个技术活儿

儿子复学之后，老公一个人晚上去学校接他回家。我在家里收拾，点亮灯光迎接儿子。读过很多文章，知道如果晚归的人看见家为他一直亮着灯就会感觉温暖和感动；我自己也深刻体会到晚上回家看见家里的灯亮着，心里就会急切地想立即踏进家门，就会感觉回家真好。

今天早上送儿子回校之后，老公和我说："儿子学校昨天进行了复学后的趣味运动会，我仔细放大了班主任发在群里的照片，没有找到儿子。不知道是班主任不让他参加还是他觉得自己胖了自卑不愿参加。"老公自从儿子进入中学之后，就成了一个典型的孩奴。估计他为这事儿焦虑了，我说："你问问儿子不就知道了吗？"老公说："问了。他不说。"过了一会儿，老公接着说："我感觉儿子不愿和我说话，无论我在车上怎样挑起话题，他都爱听不听，不愿理睬，也不回应。"我没有做声。老公开启了自言自语模式："我昨天还问了他的同桌叫什么名字，他也没有回答。"我问："你是怎么问的？"老公说："我说，儿子，我看你的同桌块头和你一样大，粗胳膊粗腿的。他叫什么名字？结果他两眼看着车窗外，一声不吭。"

我突然明白了儿子为什么不愿和爸爸说话。

我决定今天和老公一起接儿子回家。

在车上，儿子喝完了酸奶，头靠座椅，闭着眼睛，一脸的疲惫。我说："你们昨天的趣味运动会我看了，好有趣哦。尤其是龟兔赛跑，同学们都乐在其中。"儿子没有反应，我接着说："对了，我怎么没有在照片上找到你的人呢？"儿子闭着眼睛有气无力地说："我没有参加。"我说："这么好玩的活动你怎么没有参加呢？"儿子说："每个班上定了参加的人数，自愿报名。我还是喜欢坐在路边为别人鼓掌。"

"也就是说你一直在旁边观看比赛咯？"

"是的。"

"那你肯定看了自己班上所有参赛选手的比赛。"

"是的。"

"通过观察，你发现了什么或者得到了什么启示？"

儿子一下子睁开了眼睛，坐直了身子。

"妈妈先说啊。龟兔赛跑其实就是两组比赛，一组是兔子，一组是乌龟。每组五人，必须钻进乌龟或者兔子的造型圈里。五人中，前后各一人，中间三人。这就需要团队合作，排兵布阵。直行的时候，最前面的人决定了方向和速度；转弯的时候，最后一个人决定了转弯的速度。所以，这两个人的选拔至关重要。"

儿子一动也不动，看样子不仅在听，而且在思考。

我的话音刚落，他说："我发现后面的人容易蹲下来。"

"那你分析一下他怎么容易蹲下来？按理说，应该说是中间的人容易蹲。前面有人有腿有脚，后面也是。中间的人无法施展拳脚，容易被前后的人夹击而乱了阵脚。"

"最后一个人向前迈步受限制，需要谨慎，搞不好就把前面的人绊倒了，而发力是后腿，可以无所顾忌。两条腿协调不好，就容易蹲下来。"

"嗯，说的有道理。所以，我觉得比赛前一定要热身，练习。也就是我们平时说的预演。只有踏踏实实地实践，才会发现问题，才有解决办法。比如，小组直行的时候步伐一定要一致，可以喊口号来统一；转弯的时候中后部的人都要碎步快行，转弯之后，又要喊口令统一步伐。"

儿子边听边点头。

我接着说："你的同桌看样子是体育特长生，看照片我发现他也没有参加趣味运动会。他是不是去参加体育队训练了呢？"

"他不是体育特长生。他是学生会干部。他去检查班务了就没有参加。"

"哦。他叫什么名字呀？"

"李云龙。"

"啊？！《亮剑》中的李云龙？！我就非常仰视李云龙。他不按常规出牌，常常出奇制胜。现在党中央号召大家都学习李云龙。"

"妈妈，他不是《亮剑》中的李云龙那三个字，是李鋆龙。"

"哦，就是中间一个字写法不一样，读音是一样的。他这个名字，旁人听了印象就很深，好感也随之提升。有个好听好记的名字也非常重要哦。能够让人在较短的时间之内记住他。"

不知不觉，已经到家了，我们的车上聊天也结束了。

从整个对话可以看出，我说得仍然比较多，可能是老师家长的通病。学生不说，教师就不停地引导，启发。无论怎样，我们想从儿子那儿了解到的信息都得到了。

聊天确实是一个技术活儿。

孩子年龄越来越大，话越来越少，离我们越来越远。为了孩子的健康成长，也为了孩子成长的路上有父母最坚强的后盾和依靠，作为父母的确实要加强学习，学习聊天的技术，学习心理学，努力成为孩子的好伙伴，好引路人。

打破思维的壁垒

上午乘坐 18 路公汽去东湖海鲜市场给儿子买花甲。因为埋头翻看兄弟姐妹们的 3X 打卡文章，一不留神，坐过了车站，下车后凭着记忆往回走。走着走着，看见了 CBD，唤醒了方向与位置记忆。嗯，以前乘坐 18 路公汽总是在三江桥头下车，过马路，进市场，买东西，出市场，过马路，右转，到车站。五年的时间，总是走着同样的线路，做着同样的事情。因为思维的定式，从未想过出市场，过马路，右转。右转可以到达 CBD，CBD 是宜昌市中心，交通便利，回家的方式也就多了，节省的时间也就多了。

由此，我想到了我的教学与管理。对于很多知识的传授和事情的处理，我总是习惯于用惯性思维，用以前曾经成功的办法去处理。很少用一种新的思维去思考、分析、解决。也许，新的做法会更合适，更省力、省时。

在今后的工作中我要像今天一样，静下心来，看看周围的景色，想想自己的位置，选择更好的途径。

成就你的梦想

今天早上下楼，发现楼下停了一辆新车，贼亮贼亮的油漆，一尘不染的玻璃，图案清晰的轮胎，更显著的特征是车牌都还没有上。经过车尾，发现上面写有 Build your dreams（成就你的梦想）。三个普普通通的英语单词组合在一起，是那么的美好，那么的吸睛。只要你有梦想，我们就能帮你实现；只要您买了这辆车，您的梦想都有可能成为现实。其实，每个人心底都有一个或者几个梦想，都希望自己的梦想能够成真。而它，能够帮你实现！这是什么品牌的车？这个企业怎么会有如此与时俱进、直抵人心的标语？我很是好奇。根据我已有的生活经验，我知道车尾一般都有生产企业标志或者名称。我走近车尾，弯下腰，上上下下打量着车尾。咦，这不是有"比亚迪"三个字吗？原来，BYD 不仅仅是"比亚迪"三个汉字拼音首写字母的组合，也是 Build your dreams 的缩写。

我不得不为比亚迪汽车公司点赞。一个公司的发展，其实也是一种文化的发展：从开始的"比亚迪"拼音组合，到 Build your dreams 缩写，从国内视野到国际视野，从生产电瓶到"成就你的梦想"，规模越来越大，视野越来越开阔，愿景越来越清晰，目标越来越接近。正如我们的学习和生活，只要"动起来"，"干起来"，咬定目标不放松，遇到困难不放弃，梦想，一定就会实现！

妈妈的百宝箱

"妈妈，我学校的抽纸用完了。"

"您放心，妈妈车上备了有。你下车的时候我在纸箱里拿一包给你。"

"妈妈，学校饮水机的水一直都是温热的。这个季节用水杯接了喝，比较热，汗不停。"

"哦。妈妈后备箱有一件矿泉水，你下车的时候拿一瓶。"

我在校门口把车停稳，儿子跳下车，打开后备箱，提出一件矿泉水，撕扯矿泉水的塑料外包装袋。由于又急又慌，肩阔腰圆年轻气盛的儿子竟一时半刻没有弄出一条口子。我赶紧打开车门，一手拿抽纸，一手拿剪刀跳下车，跑到儿子跟前。"哧溜"，塑料袋开了，水拿出来了。儿子接过抽纸和矿泉水，奔向校门口。一切刚刚好。不早，不晚。

妈妈的车就像杂货铺，里面放满了孩子需要的种种，吃的，喝的，用的……

妈妈的角色就是多元的，专职司机、保姆、家庭教师……

妈妈的动作总是麻利的，总能在最短的时间内解决孩子遇到的问题。

妈妈的大脑一直都很灵活，想孩子之所想，急孩子之所急。孩子没开口之前，就会预料到他会说什么。

天下的妈妈都一样：无所不能，坚不可摧。

愿妈妈在孩子长大成人后都能被孩子温柔以待，幸福绵延。

热心的司机

今天乘坐 20 路公共汽车，在四季花园站上来了一位头发稀疏，驻着拐杖，两腿颤巍巍的老爷爷。他步履蹒跚，每一步似乎用了很大的力气。他刷了老年卡之后，一双浑浊的眼睛看着司机，张开没有一颗牙齿的嘴巴，吐词不清地问："请问这个车到不到三峡大学？"公汽司机是一位女同志，估计工作时间比较长，听惯了全国各地乘客的口音，于是很快明白了他的意思，回答道："这个车不到三峡大学，您可以在北山坡换乘 17 路到三峡大学。"老爷爷用手抹了一下即将要落下的口水，惊恐地说道："我不知道北山坡在哪里。"司机说："老爷爷，您先坐下，我要启动车辆了，等会儿到了北山坡我叫您。"老爷爷站在刷卡处不动，自言自语地说："这怎么办呢？我不知道北山坡。"离他最近的一位大叔，头发已经花白，连忙站起来，指着自己的座位，对他大声说："老爷爷，您坐我的位置。您不担心，司机说了，到了北山坡叫您。"老爷爷这次似乎明白了，有人提醒他。他慢吞吞地向里走。看见站着的大叔和空着的座位，马上知道有人给他让座了。老爷爷摆了摆手说："您坐。我到后面去坐。我看您的头发也白了，年龄也不小了。"老爷爷一边说，一边挂着拐杖往里走。他旁边的一位大姐见状，立马站起来，说："那您坐我的位置，您不要再走动了，蛮危险。我到后面去坐。"说完，大姐走到了后面。

老爷爷慢慢转身，落座，收拾好拐杖。司机从后视镜看见他坐好，慢慢启动车辆。刚刚让座的大叔坐回自己的位置，也就在老爷爷的身后。车辆行驶，车厢里安静极了。老爷爷侧过身，不知道对着谁说："我今年 82 岁了，我还能出门乘坐公共汽车。现在人的素质都提高了，司机有耐心了，不嫌弃我们老人了，愿意等一等，帮一把。乘客有爱心了，会抢着给我们让座了。所以呀，尽管年龄大了，我还能出门走一走，看一看。"车厢里静悄悄的，没有一个人回应老爷爷。想必大家都是认可老爷爷的观点的。

到了北山坡。司机转过头来，大声说道："老爷爷，您在这里下车。"老爷爷一听，迅速从座位上站起来，腿只哆嗦，手也发抖。后面的大叔立马站起来，扶着他，让他把拐杖调试好，慢慢引领他走向车门。车内的乘客向他们行注目礼。

社会环境越来越好，公民素质越来越高，出行条件越来越便利，人民满意度越来越高。生活在大中国真幸福！

时不我待，及时行孝

　　早上从医院出来，看见前面一男一女离得不远不近地走着。男的头发花白，女的头发板栗色。他们两个比我先到达公汽站，女的弯腰低头看了看公汽站的候车座位，说："爸爸，这个座位蛮脏，有泥巴浆子，我没有带纸，您就将就站一会儿。"男的啥也没有说，双手插在棉袄口袋里，依旧站在他刚落脚的地方，一双眼睛木然地平视着前方。

　　姑娘不急不躁地走到爸爸身边，看了爸爸一眼，伸出双手，把爸爸陷到外套里面的秋衣衣领拉出来，又把棉袄的拉链向上拉了拉，说："没有想到这个时候起风了，您要注意保暖，不要感冒了。"爸爸仍然一声不吭，一动不动地站着。

　　不一会儿，车来了，姑娘扶着爸爸上车。姑娘环视了一下车厢，发现有很多空着的座位，说："爸爸，您自己找一个座位坐下来，我来刷卡。"爸爸径直向前走，找了两个挨着的空座位坐了下来。姑娘刷了卡，走过去挨着爸爸坐了下来。我坐在他们的对面，正好可以仔仔细细地观察他们一番。爸爸大约五十多岁，可能生病了，心情不是很好，面无表情。姑娘二十多岁的样子，皮肤紧致，打扮时尚。爸爸的鞋上沾了一些黄泥，已经干枯了。说不准爸爸是今天早上从山村或者农村赶过来看病，在医院这个有空调的地方一待，泥巴就干枯了。姑娘的鞋子干干净净的，袜子和鞋子搭配的非常好看。估计是姑娘要求爸爸到宜昌市中心人民医院来看病，爸爸拗不过，只好照办。

　　这么年轻的女孩子怎么就知道照顾爸爸呢？当年我二十几岁的时候，刚刚大学毕业，自己都还照顾不好自己，更不用说照顾父母了。虽然我现在四十几岁了，已为人母，但是在照顾父母方面，也不如她悉心。如果自己的言语或者行动没有得到父母的回应，我会不再理睬。而她，爸爸自始至终没有说一句话，没有用一个动作回应，她依旧无微不至地照顾着他，关心着他。

　　看看她，想想自己，真是汗颜。

幸好父母都还健在，幸好周围有很多镜子让我看到了作为子女做得不足的地方，幸好都还来得及。

时不我待，好好善待自己的父母。不给自己留遗憾，不让亲人失望。

讲规矩的小女孩

坐在公交车上，车厢内一片寂静，车体摇摇晃晃的，就像摇篮，摇得人昏昏欲睡，不能自己。突然，听见一个女童奶声奶气地大声叫到："老爷爷！"猛地睁开双眼，定睛一看，一个小女孩站在车厢过道上，戴着口罩，面对着一位秃顶的、老态龙钟的老爷爷。老爷爷佝偻着背，靠着门，扶着栏杆站着，似乎没有听见小女孩的喊声——因为他没有任何反应。小女孩做了一个漂亮的"请"的手势，提高音量，对着老爷爷说："老爷爷，请您坐到这个红色椅子上去吧！您这样站着很危险，会摔跤的。"老爷爷摆了摆手，指着他旁边的红色爱心专座，对小女孩说："小朋友，谢谢你。你坐吧！我站一会儿。"小女孩双手摆个不停，说："不行！上面画了图案的，红色的是老人坐的。您是老人，就应该坐红色的椅子。"老爷爷就像接触不良的机器，又没有反应了，两眼空洞，望着窗外。小女孩着急了，跺了一下脚，走到坐在另外一把红色椅子上的爷爷说："爷爷，您劝劝这位老爷爷，让他坐在您旁边的红色椅子上。我说他不听。"如果没有戴口罩，估计就可以看见她撅着的小嘴巴了。爷爷说："老爷爷不坐就算了。来！你来坐到我旁边的红色椅子上！你是小朋友，也可以坐红色的椅子。"小女孩甩了一下辫子，"哼！"，把头扭过去，不理睬自己的爷爷了。

车厢里寥寥可数的乘客有一点儿人声了。有的两人窃窃私语夸奖这个小女孩懂礼貌，有的自言自语说这个小女孩萌萌哒，有的劝着小女孩坐好。司机一个点刹，老爷爷岿然不动，小女孩一个趔趄，爷爷眼疾手快，连忙扶住了她，顺便把她拉到身边，示意她坐在红色椅子上。小女孩一个转身，麻利地坐到了爷爷腿上，嘟嘟囔囔说："红色椅子是爱心专座，是给老人坐的，都画图说清楚了。我不能坐！"

看到这儿，我不禁惊叹于小女孩的老师或家人对她的教育非常到位，小女孩将常识牢记于心并付诸行动。自己做到，也希望别人做到。如果每一位公民都能像小女孩一样遵守社会公德，社会将更加和谐与美好。我们的教育不就应该如此吗？

一个口罩的温度

　　早上七点多钟乘坐公交车去买菜。在四季花园站，上来了一位中年男子，拿着雨伞，刷了手机径直走向后面。司机说："请刚刚上车的同志戴好口罩。"这站只有他上车，司机这么一说，车上不同位置的乘客都把目光投向了他。他在后门停住了脚，不知道下一步怎么做。我这个时候才发现，他没有戴口罩，下巴下面也没有口罩。他尴尬地用雨伞挡住了自己的口鼻，他自言自语道："出门急，忘了戴口罩。车站附近没有药房，商店也没有卖的。"司机毫不留情地说："乘坐公交车必须戴口罩，您得为其他乘客的健康安全着想和负责。如果您没有口罩，请您下车去购买。"男子嗫嚅着："我有急事，已经上车了，怎么办呢？"他环视了一下乘客，满眼期待，说道："谁有多的口罩？能不能卖我一个啊？"

　　我包里好像还有一个新口罩。我马上打开包包，里里外外正翻得带劲。我旁边的一个打扮入时的帅哥说道："我有！"然后，递出了一个新口罩，男子感激得连忙说着"谢谢"。接过口罩马上戴好，他立马掏出手机，对帅哥说："我扫您微信，把钱付给您。"帅哥说："不用了。"男子再次道谢，坐到座位上。

　　司机启动车，徐徐出发。车厢内鸦雀无声，估计大家都陷入了沉思。

　　不得不为司机点赞，他坚持原则，为其他乘客安危着想，不因为男子有特殊原因就轻易放弃底线和原则。在很多事情面前，人们的恻隐之心一旦勾起，就容易抱有侥幸心理，不顾原则，不想后果，随了弱者去，结果导致不幸发生。

　　不得不为帅哥点赞，虽为陌生人，但当别人遇到困难时，毫不犹豫地站出来为人解难。帮助别人就是帮助自己，我相信有一天他遇到困难时，一定会有人站出来帮助他的。

　　一个清晨，一路公汽，一段路程，一群同路人，一个暖人心窝的故事，一定会明媚大家一天的心情。

做让学生听得懂的教育

"儿子，你们班主任真幽默。家长会上说你们晚自习就像……"

"刁子鱼。"我的话还没有说完，儿子就接过话。他这个反应速度前所未有。他长得胖胖的，做事说话就像他这个体重吨位一样，稳稳地，慢慢地。

"哈哈。你怎么知道班主任是这样说的？开家长会的时候你们不是在新教室自习吗？"

"班主任经常这样批评我们。"

"哦。老师为什么这么描述你们呢？"

"不知道。我只见过菜市场被炸得金黄的刁子鱼。"

"它们是不是又细又长，个头不大？"

"是的。"

"刁子鱼和草鱼都是池塘里的鱼儿，它们两类就像是丛林灌木和参天大树。刁子鱼经常跳出水面，而草鱼常常沉在水底。"

"噢。"

"我小时候在夏天的傍晚观察过池塘的刁子鱼。白天他们还好，沉在水里，看不见踪影。一到傍晚，它们就像杂技表演一样，争先恐后跳出水面透一口气，然后又快速跃进水里，整个动作就像鲤鱼跳龙门一样连贯流畅。场面非常壮观、热闹。"

"哦。"

"高中生的晚自习应该都是埋头苦干，冥思苦想的，就像沉在水里的大鱼一样，不见其形。如果抬头，就像刁子鱼跳出水面。"

"原来如此。刁子鱼是不是像浅罐子？——古话说，满罐子不荡浅罐子荡。"

"你理解是对的。你是做刁子鱼还是草鱼，是满罐子还是浅罐子，我相信你心中已经有了答案。"

"嗯。"

　　通过和儿子的对话，我觉得教师说话要让学生听得懂，悟得明，否则，和没说一样。

幸运的一天

进了家门，把手机往沙发上一丢，就去厨房放大包小包的蔬菜瓜果。等我收拾完毕，去拿手机的时候，发现手机已经滑落在地。拿起手机，看见屏幕上布满了大大小小、长长短短的线条。是不是水珠在屏幕上散开了呢？我用手指去抹。不对，这不是水珠，而是玻璃碴，有一小部分玻璃碴刺进了我的肉里。也顾不上疼不疼了，用手指按了一下，屏幕上的裂纹迅速蔓延，发出轻微的"哧溜"声音。竖起手机，对着灯光一看，屏幕中间缺了一块；用手指一摸，有一个小坑。这下糟糕了，手机屏幕摔碎了。没有手机，怎么出门、购物、乘车……？是换一个屏还是再买一部手机呢？小心翼翼在屏幕上扒拉一下，咦，居然还可以用。赶紧百度一下，换一个屏多少钱。不查不知道，一查吓一跳。换一个原装屏需要一千多元！

也许网上和实体店价格不一样呢，还是拿到维修店去看一看吧。

步行街苹果维修店有几家。经过一家店面的时候，看见一个面相老实的小伙子正在里面工作。我走过去，递上手机，说换一个屏。小伙子拿过手机，用手指按住"设置"按钮，在屏幕到处划拉。几个轮回后，他抬头对我说："还好。换一个上面的屏就可以了。最贵的一百三十元。"天哪，太出乎我的意料了。这么专业的帅哥，这么优惠的价格，还犹豫什么呢？换呗。

帅哥埋头工作了半个小时之后，他递给我手机，让我看一看是否满意。哇，手感和速度和之前一模一样。太完美啦。赶快扫码支付费用。

今天真是幸运的一天！

主动认错，会有意想不到的好结果

和老公从超市购买生活必需品回家，已经是晚上九点半了。小区里的路灯一如耄耋老人的双眼一样，浑浊不清，让人有一种把它擦干净的冲动。一棵挨一棵的大树在路灯和清风的作用下影影绰绰，瑟瑟簌簌。路上行人寥寥可数。在停车位附近，老公降低了车速，倒车，他想一盘子把车停在停车位上。男人的方向感和车感向来是比女人要强的。我只管坐在后排座位上就好。

"咣当"一声，我人随着车一阵前后颠簸。"糟了，我们的车撞别人车上了。"我的心一阵紧。我回头看了一下，我们的车尾紧挨着另一辆黑色越野车的车尾。撞击声在寂静的夜晚显得尤为响亮。二楼的楼梯口探出一颗脑袋，向下张望着，急切地想知道楼下发生了什么事情。不知道什么时候走过来了一个人，他的人形、拖鞋和地面接触发出的声音以及他嘴上忽明忽暗的烟头，告诉我们：他正在走向我们。这可怎么办呢？车主是一个怎样的人呢？要是车主是一个扯皮拉筋的人，估计这段时间我们都不得安宁了。我胡思乱想，天马行空的时候，老公拉手刹，熄火，下车，拿出手机，调出手电筒，查看对方的车被撞的怎么样了。吸烟的男人三步并着两步，凑过来，借着光，边看边自顾自地说："他的尾灯被你撞坏了。估计要个千儿八百的才修理的好。"我一动不动坐在原处，心想：要你多事。少说几句不行吗？老公关掉手机的电筒，走到越野车车头，借助路灯，拨打挡风玻璃上留下的电话号码。他说话的声音素来比较小，但是这个时候我听得清清楚楚。"喂！您好！请问您是尾号48的车主吗？"停了一下，他接着说："真是不好意思。我这个时候倒车的时候，不小心把您的车撞了一下。能不能麻烦您下来看一看？"又停了一下，他说了"好"之后，挂掉电话。又打开手电筒，看看别人的车尾，又看看我们的车尾。从我家那个单元首先传出来用力关门的声音，接着是下楼小跑的拖鞋声。估计是很着急，脚步声又急又重。声音越来越近，体型也来越清晰。原来，是我家楼下的那个胖子！对这个胖子，我印象非常不好。有一次我下班回家，在楼底下看见一个车位，正在小心翼翼倒车入位的时候，他也开着车回家了，对，这就是这辆车，他一把，看样子车技很好，就把车开进了我看好的车位，留下我在原地愕然：看起来高大挺拔的男人，居然和我这个弱女子抢车位？！太没有素质了。这样的人，被我们把他的车撞了，而且我们主动告知他，让他来协商，他会善罢甘休吗？

我在心底暗暗责怪老公自投罗网。这黑咕隆咚的夜晚，我们不说，谁会多嘴告诉车主？这下可好了，胖子肯定会狮子大开口。

胖子肥胖的身子急剧地左右扭动着，一会儿就扭到了他的车尾。老公打开手电筒，照着被撞的部位，喃喃自语着："唉！视线不好，不知怎么的，就撞上了你的车尾。我已经看了好几遍了，雾灯这儿好像撞松动了。"说着，老公伸出手摸了摸他的雾灯。胖子叉着腰腆着肚子看了看，接着弯下腰，凑到尾灯那儿，看了看，摸了摸。抬起头，昏暗的路灯正照在他那张圆盘似的脸上。他面向我老公，分开两腿，左手放在腰背后，右手摆了摆："不碍事，就是雾灯松动了。等到哪天问题比较多了，我去修理厂弄一下。"我老公咧着嘴，不好意思笑了笑。胖子接着说："你这个人还比较实诚啊。我的车停在这儿，被别人的车蹭了好几次。你看这儿，还有那里。漆掉了，壳瘪了，没有人和我说一声。你倒好，这么小的问题，还专门给我打一个电话说一说。呃，今天这个事情确实不大，没事儿，没事儿。"说罢，他不紧不慢地上楼去了。

老公目送他消失在楼道口，回身，进车，点火，把车停在了自己的车位上。

我却陷入了沉思。如果借助天黑人少，撞了人家的车逃避。车主可能一时半刻不知晓，也有可能一辈子都不知道。但是，作为肇事方的我们，会惶惶不可终日，会如惊弓之鸟，会不开心，不释怀。老公的做法光明磊落，知错认错，换来了受害者的原谅与理解，得到了皆大欢喜的结果。

人非圣贤，孰能无过？一旦有过的时候，主动认错，会有意想不到的好结果。因为，有谁会揪着主动认错的人不放呢？

点亮同行篇

容器？火把？

张静

　　去年开学的一次升旗仪式上，樊校长和我说："我们把升旗仪式改变一下形式，融入一些君子故事分享，怎么样？"作为政教主任，樊校长提出的这个新点子，我觉得可以使学校的君子文化更加丰满，因此非常赞同。当即回答说，当然可以啊！

　　回到办公室，我就开始琢磨，怎么去做呢？把自己当个容器，校长怎么说就怎么做吗？还是按樊校长的点子进行发散创新，把活动变得更完整，又成系列呢？以前的君子学生评价就只是每周升旗时，君子学生站在前面领一个胸牌。时间一长，大家都麻木了，忘记了哪些同学是君子学生，学他们什么。做就做一次革新！我们的君子学生们个个都有自己的故事，就让他们上台分享吧！如果想做好，又怎么样把它做得有仪式感，让更多的人知道这个活动并且受益呢……一系列的问题喷涌而来。

　　根据家校合作理念，我就想，我们学校有那么多优秀的家长，在教育孩子上都有自己的一套功夫，何不让他们也参与到这么有意义的活动中来呢！讲一讲亲子之间的故事，分享一些教育金点子和心得。在给孩子准备奖状的时候，也给家长准备了一份证书吧。每一个优秀的孩子，或者每一个孩子身上的优秀品质，都是父母教育的结金，父母也值得被肯定。我不能吝啬这一纸奖状。

　　辅导员是最了解学生的，就让他们来分享与君子学生之间发生的点滴动人故事吧。班主任作为班级管理者，对学生的评价应该更全面，班主任就拟写并宣读颁奖词吧。

　　就这样做，第一期君子学生故事分享如期举行了。一年级的苏雅叶彤的故事引燃了大家的兴趣。踏实、寡言的爸爸最后说了一句"在教育小孩子的时候，应先自省吾身，谨言慎行，切莫简单随意！"点燃了我的一个想法，也让我发现了一些问题：我们的家长不是没有教育思想，而是教育方法太少，如果有人长期指导，再加上长期实施，家庭教育一定能有更好地效果。什么样的"人"能随时帮助到有困惑的家长们呢？于是，我就寻求樊校长帮助，很快找到了这个"指导人"——《陪孩子走过小学六年》这本书。我们通过全校教师齐读一本书活动，人人阅读这本书，并肯定了这本书中的一些教育方法，学校便马上购回50套，作为礼物送给每一期的君子学生家长。既然是礼物，就要有赠言，有包装。我请老师们提供相关的名言，然后投票，最后决定请学校书写最漂亮的郭锦媛老师在扉页上赠言：陪伴是最长情的告白。并购买了彩带进行手工装饰。

实行了几周分享后，我发现孩子们的个性特征更突出了，相互之间的学习和肯定更多了，家长也更愿意主动与老师交流了。艾家小学微信公众号中自制的连续剧——《我们的故事》同步更新，家长们在家也能随时知晓学校的教育动态，学习其他家长的教育方法。这也让更多的社会人士关注到了这群平凡可爱的孩子们，了解他们的所思所想，肯定他们的每一步前进、每一次成长，用更多的爱去温暖他们。

身为政教主任，我虽然年轻，没有太多经验。但我有热情和活力，我愿做一个火把，用这些小小的故事点燃"君子文化"的浓浓氛围。我愿做一个火把，用心、用情做好学校德育工作，将金点子实践并发光发热。

夏校长是最后一个人进入我工作室的教师。刚刚进入工作室时，她是长阳黄荆庄小学的校长。当然，也是英语教师。虽然校长事务性事情很多，但是她尽力参加每一次的工作室活动。在活动中，她收获了友谊、思想、技能等。她非常喜欢我这个工作室。三个月后，她为工作室写了一篇文章。文章内容如下。

致我们自己

夏玉珍

不必问"你来自何方"，因为我们都知道"情归何处"；我们不在年轻，皱纹早已悄悄爬上了额头，银发也在肆意滋长，但是为了曾今的夙愿，为了一份"教育情怀"，我们离不开、放不下，我们聚在了一起，抱团前行！

山不在高，有仙则名；水不在深，有龙则灵。工作室不在多有名，在于实干与引领。我们做不了天上那颗最亮的星星，也许我们的光亮还很微弱，但是我们会向萤火虫那样使劲发光，我们不祈求会改变很多人，但是我们能影响一个就是我们最大的心愿。

我们不是看客或者评论员，不会指手画脚、高谈阔论，我们自己也在不停地学习历练：一学期一个教学设计、上一节优质课、写一篇论文、一篇叙事、读一本书，用这些武装我们自己，让自己的底蕴能够丰韵，强大自己的内心足以撑起我们的"形象"躯壳。

我们是铿锵玫瑰，犀利的语言，掷地有声、落地生根，因为学术问题来不得半点虚假；我们也柔情似水，对新手上路的 90 后，竖起耳朵、睁大眼睛，不吝啬一个微笑、一个拥抱，竖起大拇指。

我们每至一地，校方的热情，一线教师的拥戴，一点一滴都默默地烙在每个人的心底，激励着我们"教育路漫漫，同志仍需努力"。

前行的路上会有荆棘，甚至险峰歧路，但是领航的那面旗子"樊小华名师工作室"永远不会倒下，每个内心的一份信念会支撑着我们排除万难，勇往直前！当岁月败给颜值的时候，我们的每一根银发都会凝结着"教育情愫"的影踪！

"樊小华名师工作室，你在哪里？"——在长阳，在兴山，在枝江，在五峰……在每一个宜昌的旮旮旯旯，甚至遥远的新疆大地。

"樊小华名师工作室，你在哪里？"——在路上，在路上！

感动成长温暖

——致我们的团队，我们的伙伴

樊小华名师工作室　杜新苗

人生中有许多各种各样的遇见，而我与樊老师的遇见，与其他伙伴的遇见无疑是幸运的，美好的。也是在与他们的遇见中，我不断遇见更好的自己。

还记得 2016 年 3 月 14 日，那一天，我正式成为"樊小华名师工作室"的一员，我们团队的所有伙伴首次相聚在宜昌市一中，认识了彼此，开始了我们的共同学习与成长之旅。两年多来，我们这个团队在主持人樊小华老师的引领下一直行走在提升自己，引领他人的路途上。在这个团队里，我感受着大家的谦逊、精湛、协作、包容，我们一起成长！

这是一个志同道合，令我感动的团队。

还记得每一次工作室送教下乡活动，每位成员都主动要求上课、做讲座、分享；还记得不管哪位成员上示范课，其他人总是和她一起做课前准备，帮着擦黑板，准备教具，发放学习资料；还记得远在长阳黄金堂小学的夏玉珍老师、还有五峰的谭天平老师，虽然路途很远、交通不便，但他们仍然和我们相聚在一起学习研究；还记得那次广州学习，我们一同分享各自带的美食，一路上相互帮助，一起分享学习的感受；还记得去年 6 月，我和宋胜男老师一起参加点军区的公开招聘，我们同台竞技，我们一起商议面试，一起交流探讨，还相互给对方提建议，俨然没有竞争，都希望对方能够成功；还记得每一次外出培训后经费管理员严春燕老师总是把账目整理的清清楚楚，把报账的费用及时地转给大家；还记得樊老师在经费还没有拨付到位的情况下，哪怕自己垫钱也坚持按计划开展工作室的各种活动；两年来，点点滴滴都历历在目，记忆犹新，这样的团队，叫我如何不感动。

这是一个业务精湛，促我成长的团队。

在我们的团队中，我觉得每一个人都非常优秀，专业能力都特别强，主持人樊老师谦逊的人格，精湛的业务水平和率先垂范的领导风范让我们坚信有她的引领，我们一群人会走得更远。还有王爱华老师，有着先进的教育理念以及成就他人的大爱；还有其他的老师，个个都曾获得过省级、市级优质课。而我，确实还需要努力提高。于是，我将读书作为首要的学习成长方式。工作室为每位成员征订的《小学英语教学设计》杂志、《中国著名教师的精彩课堂》、英语优质课教学光碟；我自己从网上购买的《课堂密码》、《名师课堂教学实录》等专业书籍；微信订阅号"光明社教育家""未来教育家杂志""中国教育学会""一师一优课"网；一个讲座、一个报告、每一次例会、与他人的一次谈话等等，我觉得都是学习的机会，都能学到东西，而经过学习我也在不断反思，并在反思中不断改进，成长。两年来，我也取得了一些不足挂齿看得见的成绩，比如：优秀教师、骨干教师、优秀共产党员、优质课、专业成果奖、课题结题、演讲比赛获奖等等。最令我欣喜的还是我自己思想理念以及综合素养的成长。经过工作室各项活动的开展和大家的影响，我感受到了思考与写作的快乐，现在的我常常动笔写下自己的感悟、反思。在大家的鼓励与帮助下，今天站在这里向大家分享我的感受，对我来说也是一次成长。而且在这样团队中，怎么会不成长？

这是一个善于包容，令我温暖的团队。

我们工作室的每个人都有分工，有自己侧重的工作，我和王爱华老师是负责每一次活动的宣传以及资料整理，而王爱华老师总是很体谅我，每次活动后都早早写好活动报道，整理好相关资料供我们大家学习分享；还有每一次活动樊老师都亲自拟定好方案，做好一切活动准备，大包小包拎着各种活动资料，她能做的，从不要我们多做；她们总是那样无怨无悔地付出，包容和体谅我，我也向她们一样做一个体谅他人，包容他人的人。

每到节日，樊老师总会在群里发送温暖的祝福信息。这是我从群里截取的大家的交流片段。看着这些文字，大家应该能感受到我们的温馨与和睦。每一次工作室的集中活动，我们都很期待，每一次见面都觉得特别亲切、轻松，有时甚至只是说起我们的工作室，我都倍感温暖。

回顾成为名师工作室成员两年来的时光，因为志同道合，我们彼此感动；因为业务精湛，我们一起成长；因为善于包容，我们倍感温暖。我觉得一切美好的词语都属于我们的团队，我们的伙伴，如果非要用一个词来表达我的感受，那便是幸福！成为樊小华名师工作室的一员，我很幸福！

走近名师，携手同伴，成长与共

樊小华名师工作室　宋胜男

我始终相信，每个生命都有自己独特的频率，或者说是波段。你会遇见很多人，但那些和你波段相近、震动频率相近的人，才是能够一起同行的人。若是能够和一群优秀的人一起行走，必然是人生一大幸事。而我，无疑是那个幸运儿！今天，我就来讲讲自己和樊小华名师工作室的同伴们一起成长的故事……

一、初识名师

15 年寒假的一天，我在老家度假。突然接到一个陌生的电话，声音很甜美、极具亲和力，内容是这样的"宋老师，你好。我是点军区的教研员樊小华。省教研员周诗杰老师让我邀请一个团队，编写小学英语 3-6 年级的听力教材，时间是一个月。如果质量高的话，还能出版。我想邀请你，愿意参加吗？"我被惊吓到了，哆嗦着说"啊，时间紧，要求高，我担心承担不了。"樊老师笑盈盈地说"没事，相信自己，我们相互帮助，共同来完成。"就这样，我掉进了樊老师温柔的"电话陷阱"里，只好硬着头皮来做这事。事情真没有想象得那么容易，12 天仅完成两个单元，且问题百出，樊老师看完后，给我打电话说："宋老师，如果你觉得这件事情确实有难度完成，就跟我直说啊。"听了这番话，我心里特别难受，很明显，樊老师对我前期的工作很失望。但自尊心极强的我绝不能就这样被樊老师看扁，我深吸一口气说："樊老师，后面我再好好努力，请您相信我。"那个寒假，我仅仅休息了 5 天，其余时间全部用在研读教材、查阅资料、设计题目上。然而文稿最终没有出版，但是樊老师却想尽办法为我们每人争取到了 1000 元的辛苦费。感谢这次经历，因为这次编写，让我第一次真正静下心来去解读教材、反思课堂、思考英语教学的方向。也正是因为这次编写，让我初步了解到了这个"厉害"的樊小华老师，也才有了后面相知相伴的情愫。

二、结缘团队

16年春天之所以能够成为我人生中一段美好的日子，完全是因为樊老师的垂爱。她非常真诚地邀请我加入"樊小华名师工作室"，希望我和更多优秀的老师一起结伴同行。事实证明，这确实是一个活力十足、团结奋进的团队。德艺双馨的领路人樊小华老师，带领我们开展丰富多彩的活动；幽默风趣的谭天平、严春燕老师，让我们的工作总是与欢笑为伴；细腻体贴的王爱华、杜新苗老师，默默耕耘着工作室的后方阵地；教学能手廖瑜华、余苗老师总是呈现给我们精彩的课堂盛宴；优雅才女许婷婷、李俊蓉、夏玉珍老师，经常有佳作发表在核心期刊上。而我，一个无名小卒，有幸得到樊老师的认可，有机会和这样一群发光的人一起行走，确实是一件特别幸运的事。自此，我对自己有了更高的要求，希望通过不断努力，能够和团队里的老师们靠得更近、走得更远。

三、感恩前行

因为有了方向，前路不再迷茫。在樊老师的精心引领和工作室同伴的帮助下，我渐渐成长。2016年我认真反思自己的课堂教学、研究课题，两篇文章发表在《小学教学设计》和《湖北教研》上，5月份我执教的课例在宜昌市优质课竞赛中荣获一等奖第一名的好成绩，9月获县级骨干教师的称号，11月在"一师一优课"活动中获省优，17年4月为全县小学英语老师开展读写课教学专题讲座，6月顺利通过点军区骨干教师招聘。

初到点军，新环境让我陷入了焦虑和无助中。细心的樊老师似乎读懂了我，她什么也没有多说，就默默推荐一些好书和电影给我看。《平凡的世界》《追风筝的人》让我相信正义、忠诚、良知"这就是信念的力量，也是人性的光辉；读《优秀教师成长的"三关"》，让我明白了优秀教师是如何成长起来的，开始找寻自己和他们的差距；而电影《心灵捕手》、《地球上的星星》让我明白每个孩子都是独一无二的，总有一天，他们会走出自己的路。即使遇到像聪明绝顶却叛逆不羁的 will 那样的孩子，我一定会向 Sean 一样用爱和包容给予他信任和理解，守护他小小的傲娇和梦想；而马里奥·普佐的《教父》三部曲，让我看到美国现实主义社会的生存法则，那里并不是理想国。这些好书和经典电影，充裕我的同时，让我更有力量，也让我看到远方！忘不了第一次当班主任，布置了主题教室，樊老师在朋友圈留言说"太美了，收藏收藏"；缺乏自信的我第一次战战兢兢当主持人，樊老师将图片发在群里，还说了句"猜猜这小仙女是谁？"那一刻，我感动得想哭，因为主持得很不好，可樊老师却没有责怪我，在每个细微处鼓励我。每每想起这些，我就会特别感激她。逢年过节的时候，发个几块钱的小红包逗一逗她，她从来不接受，而她自己却在工作室群里给老师们发吉祥红包，祝福大家。

感恩我的导师，樊小华老师，她渊博的学识、清爽干净的心地、坦荡的为人，值得我们每个人钦佩和爱戴；感恩工作室的同伴们，因为有你们，足够温暖、足够美好！以后的日子，我们仍要继续携手，共同奋斗，开创更加美好幸福的教育生活！

特殊的新年礼物

艾家小学　牟玉红

　　大家请看！这是我 2018 年到 2021 年收到的最特殊的新年礼物——四封手写书信。我们艾家小学的每一位老师都有一份这样特殊的新年礼物。接下来，我就和大家分享一下这份特殊的新年礼物的故事。

　　记得 2017 年的最后一天，不是教师例会的时间。老师们却接到开会的通知。来到会议室，我们发现会场不似往常那般严肃，在热闹的《新年好》的乐曲声中，樊校长微笑着为我们每一位老师送上了一封手写书信。当老师们看到这份礼物时，有些惊讶，有些欣喜，有些感动。有的老师双手接过信，连声道谢；有的老师已经迫不及待地打开信封读起信来，脸上浮现出孩子般的开心微笑……

　　之后的每一年，新年来临之际，樊校长都以一封手写书信，给老师们及家人送来新年祝福！2018 年，一张粉色的信笺叠得整整齐齐，那是爱的象征。2019 年，那封书信包裹在樊校长亲手折的孔雀开屏信封中。樊校长说，她希望每位教师的工作和生活如孔雀开屏般美丽与永恒。2020 年，粉色的书信装在一个火红的福袋里，里面还有两颗巧克力。樊校长说，这次的福袋和巧克力是祝愿大家工作如巧克力般顺滑，生活如巧克力般甜蜜。2021 年，我们收到了带有两朵向日葵的漂亮明信片，依然还有两颗甜蜜的巧克力相伴。樊校长祝愿我们的日子过得越来越美，心情永远如阳光般灿烂。每年的书信从外观上都发生着变化，但不变的是那一封封手写书信，满满都是情谊，满满都是祝福。信中记录了樊校长看到的老师们对工作的点滴付出，写下了她关注到的老师们的喜怒哀乐，同时也寄托了她激励老师们成长的殷切希望。我清楚地记得，樊校长给我的书信中，每一年都给我提出了不同的新年小目标：2018 年的目标是希望我能多和她交流课堂教学的小妙招，跟她一起走得更远一些；2019 年，她说，希望我们更多更好交流，学科教学和班级管理上同进步；2020 年，她用村上春树的话鼓励我说，大胆地去追求自己的梦想，任何时候都不算晚，她还说什么时候都不应该停止前进的步伐……一个校长，若不是真心地想帮助我提高，怎会如此用心？

这份特殊的新年礼物，影响着我，激励着我不断提升自己：2018 年，我坚持阅读有关教学专业杂志，一小点一小点地改进自己的课堂教学；2019 年，我在班级管理上尝试放手，培养学生的自主管理能力，偶尔也把一些与学生之间的故事写下来和她分享；2020 年，我开始读那些原来觉得枯燥的教育专业书籍，希望能从中汲取营养，做更好的自己。

这份特殊的新年礼物，让每位老师信心满满，做好当下的自己；这份特殊的新年礼物凝心聚力，使艾小的老师们紧密团结在一起，向充满希望的方向奔去！

暖

艾家小学　向泓泉

2019 年 6 月我参加了校招，成功加入了点军教师的队伍。作为一名初出茅庐的新老师，对于接下来的生活我满怀期待，我渴望成为一名优秀的人民教师，但也深知教育工作任重而道远，心中既期待又不免忐忑。

还没到学校报到，樊校长就多次给我打电话，问我有什么需要，工作中有什么困难，有什么要求，她耐心地询问，细心地回答我的疑虑与担忧。她为我们考虑得非常周到，有这样一个暖心的领导，我对这个学校更加充满期待了。

正式上班之前，我和父母带着行李来到了学校。学校早已给我们安排了周转房，我和父母忙着打扫布置。樊校长来了，她热心的说："这屋子里还可以放两张桌子，既可以当书桌，又可以放东西。还有什么需要的尽管说，我们一起解决。"有了她的帮助，小小的屋子顿时温馨了许多。

午饭前，一位老师把我和父母一起引到了会议室。我心想着："还没安顿好呢，就要开始工作了，这也太紧凑了吧。"去了才知道，原来还有一个大大的惊喜等着我。樊校长还为我们新老师和家长专门准备了一场"泓燕展翅，花开姣美"的欢迎会，老师们满面含笑，表达着对我们的欢迎，樊校长热情洋溢，向我们介绍了学校和同事们，还笑着对我的父母说："您们把孩子送到我们学校，尽管放心。"我们围坐在一起相互交谈、快乐游戏。就在这简短又温馨的欢迎会上，我再一次感受到了艾家小学老师们的热情、亲切、友善、温暖。小小的美好正在发生……

当天下午，我们又被通知去教育局召开新进老师入职会，会上，我被正式通知加入了艾家小学。会议很快就结束了，我想着那么远的学校，我们又没有车，怎么回去呢？正在犯愁的时候，樊校长打来了电话："你们不用着急，学校有老师在门口等着你们，赶紧和他们联系吧。"真没想到她想的这么细致，让我的心里充满了暖意。

正式入职不久的一天下午，我正在办公室里备课。樊校长走进来，坐在我身旁的椅子上，笑着问道："你们住在学校，生活饮水问题是怎么解决的呀？"我说："开学的时候爸妈给我买了几箱矿泉水，而且我们还联系了镇上的送水员送了桶装水过来。"樊校长听后，说："我就是担心你们在学校喝水不方便，所以想跟你说一声你可以请严老师通知送水员送水的时候给你们也带两桶水，现在看来你们已经解决这个问题了。不过，你们以后一定要注意，你和谢老师两个女孩子一定要懂得保护自己呀，虽然校内是比较安全的，但谨慎一些总归是好的。"看着樊校长关切的眼神，我的心情很是复杂。一方面是被这暖心的话语所感动，有一股暖流瞬间涌遍全身。另一方面还有一些意外，从小到大，我心中的校长形象都是高冷的，难以接近的，没想到工作后遇到的樊校长是这么的平易近人，对我的所言所语就像一位母亲对孩子一样。

参加工作这一年多来，樊校长对我的话语，有生活上的关心，有工作上的鼓励，让我感到非常幸福，如沐春风里。正是因为有这样一位无微不至，知性又温暖的前辈在引领着我，才让我真正的爱上了这里。

变的是办公室，不变的是……

我是郭锦媛，今年 50 岁。今年是我到艾家小学工作的第三个年头，期间我换了三间办公室。

去年暑假期间，学校克服困难，新装修了一间办公室，明亮宽大的窗户，清新典雅的墙壁和素净的地面，不禁让人眼前一亮。美好的东西人人都喜欢，谁会在这个办公室办公呢？我心里想着，大概是领导们要换办公室了吧。谁知，最终进驻这个办公室的竟然有我，怎么会这样呢？樊校长开玩笑说："最优秀的老师坐最好的办公室。"原来，在樊校长心里我也是一个优秀的老师啊，我心里不由暗自惭愧。相比同办公室的胡正容老师和牟玉红老师，无论是在班主任工作还是教学工作，我都自愧不如。这下和他们同坐一个办公室，我一定要虚心向他们学习，让自己真正成为和他们一样优秀的老师。

和他们坐在一间办公室，确实让我受益匪浅。因为我们都带中高年级，在学生管理上总有相同的话题，他们也很乐意为我指点迷津。我所带的四年级，学生人数多，有五分之一的学生来自单亲家庭，调皮的学生也多，特别是一学期的网课，好不容易改掉的一些如不交作业、不讲卫生、不文明行为等坏习惯又回来了。怎么办呢？除了静静地聆听两位老师的好经验外，他们还会主动地热心地帮我出主意、想办法。针对我班上的个别孩子，他们还会抽空和孩子们谈心，了解他们的家庭状况，帮忙做孩子的思想工作。因为两位老师都是艾家本地人，熟人也比较多，当我遇到孩子间发生矛盾时，需要和家长沟通交流的时候，他们不仅积极帮我出主意，还会主动打电话给孩子家长，替我解释和协调，让棘手的问题轻松解决。

在他们悉心帮助和指导下，我班的班风和学风有了很大的进步，在秋季学期的君子班级的月评比中，我班有三次上榜。

年前，樊校长找我谈话，问我现在感觉怎样。我笑着说："还不错啊。"樊校长说："你没发现你来了不到三年，换了三次办公室吗？"

换办公室不是很正常吗？难道还有什么蹊跷？我疑惑地看着她，她接着说："您的第一间办公室在二楼教务处，和英语老师坐在一起，两个人难得碰面，不是你在上课就是她在上课。第二间办公室在一楼，同办公室的都是语文老师兼班主任，个个都是大忙人，几乎难得闲下来交流工作心得。感觉您一直没有适应班主任工作，所以又跟您把办公室换了，让胡老师、牟老师和您坐一个办公室，有他们的帮助，这些工作就没有想象中那么难了吧？"

此时我才恍然大悟，原来如此啊。不过是调换办公室这样一件微不足道的小事，樊校长竟然考虑这么周到。由此可见，樊校长不仅善于关注细节，更默默关注着我们每一位老师。

我们变的是办公室，不变的是什么？关心？爱心？不抛弃不放弃？我想，都有吧……

正面巡视，我能行

艾家小学　胡正容

我是艾家小学的胡正容老师，今年 52 岁，从事一线教学已经三十多年，今天有幸站在这里和大家分享我的教育故事——正面巡视，我能行！

记得那天我正在上数学课，讲的正带劲儿，却发现有几个孩子眼睛都望到了窗外，虽然没有停留很长时间，却让我心里很恼火。上课开小差可不行，我立马批评了他们"在干什么？上课可要认真听讲！"一个孩子说："樊校长刚才在外面。"哦，原来樊校长又在巡视课堂了。

我心里也有点惴惴不安，不禁在想："刚才我的课堂语言够不够精炼？我的解题思路够不够清晰？"虽然是一名老将了，可不能在自己的阵地上丢了份儿。

之后不久，在教师例会上我得到了樊校长的亲口表扬。当着全校老师的面她说我的课堂上学生注意力都很集中，连调皮的文馨同学都坐的端端正正，在认真听课。后来，她又在教师例会上肯定了我在学生考前培训时关注了细节。当时已经临近期中考试，数学这门学科又每每放在下午，我在对学生提考试要求的时候，不仅强调了考场纪律，用品准备，还特意提醒孩子们下午考试可不能睡觉。没想到这也得到了樊校长认可。

能够当着全体老师的面得到樊校长的表扬，我的心情真是美极了。事后细想，樊校长的巡视可真见功夫，虽然只是在教室外面，但是讲课的老师对课堂的把握，孩子们的课堂表现其实她已经尽收眼底。黄忠七十都不服老，我比他年轻，可不能输了阵势。唯有将自己的课堂完美呈现，才能不惧樊校长的每一次巡视，借着这个鞭策，我也要让我的课堂更好。于是，我每次课前总会反复研究教材，翻看教案、课件，梳理教学思路，优化教学环节，细细思索整个教学流程，立求教学过程流畅清晰，课堂效果实效高效。

回首这几年，我已经习惯了樊校长时不时的课堂外巡视。我的课堂也在这样的无形鞭策下更具实效，孩子们上课的状态好了，成绩也提高了。正确的看待领导巡视，我相信，我能行！

力量

艾家小学　肖美

　　去年国庆节后，我收到了宜昌市千人计划培训通知，当时我心里非常高兴，高兴的是千人计划入选条件苛刻，名额有限，能成为其中一员，我感到非常幸运。但是我又有些焦虑，虽然我很想去培训，但是想到学校老师少，学校会不会让我去？我不仅是语文老师还是班主任，如果我去培训了，我的工作怎么办？给其他同事增加工作量，我又于心不忍。假如要是去参加培训，那培训文件要求的第三项作业又该怎么办？这样的矛盾心理让我不知所措、在夜间辗转反侧不得入睡。

　　第二天上午，我鼓起勇气走向了樊校长办公室，樊校长见我进来，放下了手中的笔头，亲切地询问我有什么事情。本来我有些紧张，但是在看到她和蔼可亲的笑容后，我紧张的情绪一下子就缓和了。我把千人计划培训通知给樊校长说了一下，没想到樊校长斩钉截铁地说："去，一定要去，这是一个非常好的学习平台。"听到这话，我的心里有一股暖流在流淌。我又试探性地问了："那我去了，我的班主任工作和语文课怎么办呢？"樊校长安慰着我："你不用担心，不论是班主任工作还是教学工作，我都会给你安排好的。"顿时我心里的那块石头落了下来。

　　因为培训中需要提交的第三项作业是提供一段30秒的小视频，内容是单位领导对此次培训之旅的寄语或祝愿，但后面括号里写着可选做。虽然是选做题，可我还是想把它不折不扣地完成，我怀着忐忑的心情又一次鼓起勇气给樊校长说了作业的事情，令我意想不到的是樊校长不但没有拒绝我请求，反而说："你把心放在肚子里，我会拍好的。"樊校长为了能够完美的呈现视频内容，她不厌其烦地拍了一次又一次，直到我和她都满意为止。这次的培训会上共有100人参与，而单位领导寄语环节的视频却屈指可数。当樊校长寄语视频在大屏幕上播放的时候，那温暖的话语在我耳畔萦绕，我心中的感动和自豪油然而生，同时也为自己有这么好的领导而感到幸福！真诚温暖的寄语也时刻提醒着我要把握好这次机会，努力提升自己，争取学有所获，不辜负樊校长对我的期望！正如视频里的寄语那样："我希望肖美老师在十天的培训中，能做到两个清零，一是思想能够清零，给大脑腾出空间来容纳新的知识；二是事务上能够清零，心无旁骛地向同学学习，向教师请教，满载而归。"为了让我很好地"清零"，樊校长召开班子会议商议我培训期间的工作安排，最后的结果是：我的任课由全校语文老师轮流上，班主任工作由蹲班班子成员接手。培训期间，她在电话里多次鼓励我积极参加培训活动，耐心主动的给我提了很多宝贵的建议。最终在她的鼓励下，我鼓起勇气报名了培训期间里第一次晨分享，分享题目为《终身学习是成为幸福教师的源泉》，这是我人生中第一次面对 100 多名老师和专家发言，而我因为参加培训表现优异，不仅顺利结业，还被评为"优秀学员"，这份成长离不开樊校长的谆谆教导和正确引领，离不开艾家小学老师们的鼎力支持。

风有"过江千尺浪，入竹万竿斜"的力量；

水有"昨夜江边春水生，艨艟巨舰一毛轻"的力量；

在我彷徨无助的时候，樊校长给了我"山重水复疑无路，柳暗花明又一村"的力量；

在我彷徨无助的时候，艾家小学的老师们给了我"同舟共济扬帆起，乘风破浪万里航的力量"；

一个人可以走得很快，一群人可以走得更远！

引路人

艾家小学　胡玉芳

11月3日，我走进艾家小学成为一名小学教师。

11月19日，我在一年级上了一节新老师见面课，学校樊校长、刘书记、闵校长、数学教研组长胡老师、彭老师，还有空堂课的老师都来到了教室参与了听课。一节课还没有结束，我就已经感到情况不太妙，一年级的孩子根本就不听我的，我预想的很简单的数学问题孩子们根本说不清楚，巨大的挫败感如潮水般涌来，我的心里真是难受极了。

回到办公室，我木然的盯着电脑，怎么办？怎么办！不知什么时候，樊校长来到了我身边，我实在是觉得尴尬、难为情，一时之间也不知道说什么才好。倒是樊校长先开了口，她笑着说："我知道，你有点着急。这一节课下来好像看到的都是问题，心里慌了吧？"我噙着泪，默默点了点头。"没事儿，大家都是这么过来的，慢慢来，我们一起来寻求解决办法。"樊校长依旧不徐不疾的说着。我心里突然好像没那么慌了。接着，樊校长给我想了好办法：在校内，樊校长帮我找了一个教学经验丰富的数学老师彭老师当师傅，让我尽量多去听彭老师的课，有问题和彭老师多交流。校外，请教研组长胡老师陪着去我兄弟学校听同年级的数学课。听了樊校长的建议，我既高兴，又有点不好意思，轻轻地说："我来到学校，给您们添麻烦了。"樊校长笑着说："其实帮你不就是在帮我们自己吗？你变得优秀了，我们就更加放心了呀！"我笑了，内心深处的那种自信好像又回来了。

没过两天，胡老师就带着我出了门，我们来到点军小学听一年级的数学老师罗老师的课。我和胡老师坐在教室后面，胡老师时不时悄悄的跟我说："你看，这个地方，罗老师这么说，孩子们一下子就听清楚了。""我们在做示范的时候要关注到所有学生，你看罗老师是怎么处理的？"哦，此时我才明白，胡老师不光是陪我听课，还要陪着我把课听懂啊。樊校长的安排实在是用心良苦。

　　一节课听完了，我们准备离开了，胡老师还给罗老师送上了一罐蓝色的全是英文字母的奶粉。我悄悄的问，这是怎么回事啊？胡老师说这是樊校长从家里拿的，我们去听课，上课老师是精心准备了的，我们应该小小的感谢一下。原来樊校长不仅在教我如何教学，还在教我如何做人啊。

　　走上教学岗位，我茫然无措，却有幸碰上了樊校长、胡老师，彭老师，罗老师这些前辈们，他们就是我教师路上的引路人。何其有幸，能够得到他们的帮助，何其有幸，能与他们共同战斗。虽然现在我还没有成长为自己想要的样子，但是我坚信，在这条教师路上，我终将越走越坚定，越走越顺利。

老教师也能开发新课程

我叫陈雪君，今年53岁，在艾家小学工作已经整整三十年，学校的一草一木我都了如指掌，应该说我就是艾家小学发展变化的见证人。今天我分享的题目是《老教师也能开发新课程》。

随着教育的发展，我这个老家伙也常常听到很多新名词，比如课程，比如以生为本。我常想我们能不能利用现有的条件来开发课程，发展学生的思维了？想倒是敢想，真的实施时又觉得好像没有什么可以拿来做文章的，一时之间，计划搁浅。

一天傍晚，我一人惬意的漫步在操场上，享受着这难得的娴静，微风拂过，树叶纷纷飘散。偶有一两片还停歇到了我的肩上，我随手捏起一片，在指尖转了转。小小的一片叶子，在学校随处可见，这是不是能拿来做做文章了？

第二天，我就给孩子们布置了一个小任务，请你收集身边的树叶，找找身边特别的树叶。这对于孩子们来说实在太简单了。等到我们来汇总的时候，娃娃们已经收集了很多不同的树叶了。

于是，我请孩子们仔细观察手中的树叶，你觉得它像什么？拿起手边的树叶，孩子们有的冥思苦想，有的左右比画，不一会儿，答案都出来了"老师，我这个像降落伞""老师，我这个像气球""老师，我这个像眉毛……"此时的树叶在孩子心中已经不仅仅是一片普通的树叶了，它变成了孩子想象的媒介。

"老师，我觉得这个树叶的颜色很特别，一片树叶有好几种颜色"孩子的观察越来越细致了。一石激起千层浪，更多的孩子开始关注树叶的颜色了，他们开始寻找红色、紫色、金黄、碧绿、淡黄……

趁着孩子们对树叶热情不减，我又提了一个小要求，既然你觉得这树叶这么有趣，你能不能尝试用树叶来做一幅画了？本就是尝试，其实对孩子我并没有过多的要求，可是，后来的结果却让我大吃一惊。请大家看看我们孩

子的作品吧。（介绍这是长辫子的花姑娘，这是一只正在水中游动的小鱼由课件图片决定这里的作品介绍）

当我把孩子们的作品以黑板报的形式展示在班级文化墙上，命名为《秋之韵》，引来了许多老师和学生啧啧称赞。

樊校长提醒我，你把这些资料收集整理一下，这就是你开发的课程。我顿时恍然大悟，原来，课程并不是遥不可及，抓住生活中的小灵感引导学生寻找美，发现美。这就是课程的意义所在。

原来，我们这样的老家伙也是可以做课程的！

一封封家书

9月，我依依不舍离开了艾家小学。不久，我收到了艾家小学老师们给我手写的家书。每次阅读，脑中都是和他们相处的点点滴滴，心情久久不能平静。现在将这些家书和大家分享。

樊校长：

记忆中还是您第一次到艾家小学来听我的数学课时的样子。您知道我是教体育的，但评课时您却是满口的褒奖和鼓励，让我倍感轻松和温暖，以至于我从没觉得"数学是体育老师教的"这句话有多难堪。

2017年我当妈妈归来，新任校长的您直接提拔我为政教主任。这份信任让我异常紧张和焦虑，特别害怕自己做不好，但您总是一句"大胆做你想做的"，使我加速成长，不断强大。

后来的四年半时间里，闲暇时，我们的办公室常有您谈天阔地的笑声；会议时，总有您雷厉风行的决策；活动时，常有您出其不意的金点子；困难时，总有您细致入微的引导，过年时也总会收到您满满期待的信件……

您的一举一动，一言一语，都悄然成了我向往的样子。现在，空余时间我会拿起书了，文章写不出来我会找方法了，遇到问题我会理性思考了，教育自己的孩子我也有目标方向了。

您留给我们的太多太多，离开时却风轻云淡，只愿借此信，祝愿您未来的日子顺顺利利，开开心心，平平安安，健健康康！

张静
2021.9.8

樊校长：

　　您好！和您相处的时间不长，但是却在您身上学到了很多，也经常得到您的帮助。

　　您的敬业和认真给我留下了深刻的印象。作为校长，您有很多事情要处理，但是您还能把自己的教学工作做得这么好，我对您感到由衷的敬佩。另外，您在艾家小学的最后几天，都还在帮我指导孩子们做清洁，把班级管理的井井有条，真的非常感谢您。

　　同时，您的教学方法更值得我学习。在来艾小之前，我就知道您是一位非常优秀的英语名师，所以我是抱着一颗学习的心态来的。在听完我的课后，您给我提出了良好的建议；在复习课交流会上，你也给我传授了宝贵的经验。非常感谢您对我的耐心指导。

　　本来想着"近水楼台先得月"，能够在名师旁边获益更多，只是可惜，还没来得及向您学习更多，请教更多，您就换了一个学校。不过，我相信以后还会有交流学习的机会，希望以后还能向您多学习，也希望您能继续不吝指教。

　　最后，祝您在新的学校工作顺利，事业蒸蒸日上！

鲍冰洁
2021.9.8

尊敬的樊校长：

　　您好！

　　第一次见您是在新教师培训会上，那时我觉得您是一个精致且概干练的人。

　　一路走来，您是我教育道路上的一盏明灯。当您在桌前分享您的点滴事迹，我的内心澎湃不已，只能想到"卓乎不群"四个字来形容您。更我没想到的是日后竟有幸和您一同工作。刚走上工作岗位的我，教学技能匮乏，您没有丝毫放弃我的意思，而是不遗余力的帮助我！校内，您请彭老师给予我教学上的经验，让我快速走上道；校外，您不惜自掏腰包请罗老师指点我，有了您的帮助，这些老师们倾囊相授，让我一下子学到了不少专业知识，也因此慢慢找到了上课的感觉，找回了以往的自信。我想说，我之所以能重拾这份自信、能握住这份责任源于您对我的重视和支持。一路走来，感谢您！！！

再一次见您是在学校里，那时我觉得您是一位平易近人的领导。生活中，您对我关爱有加。在收拾宿舍那天，您还来帮我看看基本的生活用品是否齐全，没有就找学校帮忙。那一刻，我感到了家一般的温暖。平日里，路过办公室您总会关心我，食堂里，您也总关心着我……您还总是默默关注着，记得上次和您车旁聊天，您还问我车轮是不是剐蹭了一点，令我惊讶不已，在我看来这微不足道，真没想到作为校长的您会注意到。在我眼里，您是忙碌的，却没想到你是这么细致，这么无微不至！说实在的，能在艾家这片土地上遇到您，我很幸运，也很开心！一路有您，真好！

感谢您对我的关怀和指导，现在您离开我们了，虽然很不舍，但是我仍然要祝福您，希望您在以后的生活、工作中，身体健康，事事顺心，工作顺利！

胡玉芳

2021.9.8

樊校长：

您好！没想到您这么快就调离艾家小学了，真诚讲我舍不得你离开。教育家陶行知先生曾经说过："一个好校长就是一所好学校！"2017 年春您来到艾家小学，就给艾小带来春的生机与希望。短短的四年半时间，我们在您的带领下，学校的各项工作开展得有声有色，受到学生家庭及社会的广泛好评，得到各级领导的高度肯定。艾家小学近几年都被评为市级先进文明单位，多次现场会在艾小召开，各项工作均走在全区前列，艾小的美名越越远。当下，校园内处处充满文化气息，只要走进校园无不认为这里是个育人的好地方，这些成绩的取得，与您丰富的教育思想和独到的见解分不开！

在我工作的几十年的经历中，您是最具管理能力，最有情怀的校长，您以您的人格魅力和果敢的工作作风，把全体老师紧密团结起来，凝心聚力，扭成一股绳，以往从没像现在这样团结一心。您总是设身处地的为每位老师着想，关爱着每位孩子。谁取得了成绩，总有您的赞扬，谁有了困难，总有您的帮助，谁有健康问题您总是送去关爱与问候。您尤其重视老师的成长，把专业人士请进来传经送宝，把老师们送出去培训，丰富老师们的思想，增长老师们的见识，让每位老师都有最大限度的发展。优秀的孩子人人喜爱，调皮的学生总惹人生怨，而您却不同。连自己父母都惹不起的牟俊杰，您却带着老师们登门拜访，肯定孩子的各种积极表现，黄明子悦是全校最难教的孩子，而您曾几次点名让其分享点滴进步，逐渐您的良苦用心，又有几位领导能像您这样细致呢？迎接新进老师，送别调离同志，您总是安排隆重的迎送仪式，只要有客人来学校您都要亲自到校门处迎接，每一次分享活动，总在暖场中开始，在笑声中结束，让每位参与者倍觉温暖和幸福。

于我而言，您是我生命中重要的一员，在短短的四年多，我受您教诲，受您影响，给我推荐阅读书目，分享书中思想，肯定我的工作状态，使我受益匪浅。那次我生病了，您亲自到办公室叮嘱我去治疗；那次工作上的麻烦求助您，您安慰我到"肖老师，您放心，背后有我们有学校有组织。"我在高级职评过程中，您起了关键性作用，这是我该永远感谢您！我家的吴老师常跟我说，樊校长是和善的人，优雅的人，有思想的人！

工作很重要，但健康更重要，樊校长，您一定要注意身体，不要太劳累。希望您在新岗位上一切顺利，祝您家人健康快乐，期待您儿子俊言明年高考传佳音！

肖君芳

2021.9.8

樊校长：

您好！

您来艾家四年多了吧！这四年来，我们的学校在您的带领下变得越来越好，作为一个土生土长的艾家人，我打心眼里感谢您。同时作为您领导下的一位教师，我也特别敬佩您：首先，敬佩您勤劳好学的精神。您无论多忙，都能坚持阅读和写作这一点。特别让我佩服，我这人想法很多，可总是没有坚持下来的恒心和毅力，所以蹉跎半生、一事无成。其次，敬佩您的从容和淡定。四年多了，您一直都是那么从从容容，无论是家中的老人生病，还是学校的琐事繁多，您总是那么有条不紊，气定神闲。这样的大家风范特别好！还有您那得体的衣着，扎扎实实的工作态度，一切的一切，都深深映刻在我的心里。

人们说："天下没有不散的宴席"，相识相伴是一种缘分，愿您在今后的日子里工作顺顺利利，生活开开心心！

您的同事：胡红玉

2021.9.6 下午

亲爱的樊校长：

您好！其实在您第一次给我们写书信时，我当时就很想给您写一封回信，只是觉得难为情就放弃了。没想到这一等，却是在我们即将在不同学校工作时才提起了笔。千言万语只化作两个词：一是感谢，感谢您几年来对我的指导和帮助。作为校长，您就像一盏明灯，指引着我们不断进取，让艾家小学越来越好！作为我所带班级的科任老师，您给我的班主任工作出了好多点子，让我的工作少走了弯路，变得更轻松，同时也给我的工作给予了肯定和鼓励，真的好感谢你！有时我常想：如果我早点遇见您，是不是能更好那么一丢丢。（我知道，这是我给自己找的借口）作为同龄人，感谢您关心我的生活和家庭，特别感谢您还为我儿子牵线搭桥！二是祝福，祝福您在新的学校后顺心顺意，祝您的儿子明年高考大捷！

牟玉红

2021.9.6

樊校长

　　您好！

　　感谢您一直以来对我的提携与帮助，因为您我爱上了阅读；因为您，我做到了用文字记录生活；因为您，对于如何做好一名母亲，我有了更多的思考……

　　去年冬天，我收到母亲发来的信息，疼我宠我的外公病危，当我去向您请假的时候，我是很惶恐，疫情尚未结束，我不该因为个人事务而增添组织的麻烦，但那是我最亲近的老人，我还是自私的回去见见他，您当时二话没说，直接说"可以"。转过身我就红了眼眶。后来，外公离我们而去，我很庆幸我回去了一趟，这份庆幸是您赋予我的！真的，谢谢您！您对我们的包容真是太多太多了，我们从您身上也看到了领导的格局与气度。不仅如此，您对于母亲角色的体悟，也让我无法企及。您对儿子无微不至的关怀，事无巨细的付出，让我觉得您就是只"叮当猫"——无论何时何地，只要您儿子需要，您都能变出来！您与儿子之间无话不谈的关系更是让人羡慕，也是我所渴望的！

　　啰啰嗦嗦这么多，还是无法尽抒我对您的感激与倾佩。愿您所遇皆美好，所得皆所愿！常回"家"看看！

许佳音

2021.9.7

亲爱的樊校长：

　　您好，您知道的，我不太会说话，容易紧张。所以，很高兴能用书信的形式向您表达我的心里话。听说您去了新的学校任职，在这里先祝您工作顺利，事业顺心。

　　或许是您不太喜欢伤感的环境吧。那天下午上完课回来，听说您已经离开学校了。您挥一挥衣袖，不带走一片云彩，还是那么自由、洒脱。果然第二天，没有看到您的身影，我感觉很遗憾，还没跟您好好道别呢！

很幸福遇到您，您是我教育生涯中遇到的第一位校长，虽然我们仅相处短短两年的时光，但您却在我的教育生涯中留下了浓墨重彩的一笔，深深地影响着我。

您跟我印象中的校长不太一样，我想我永远也不会忘记，从我踏入艾家小学的那一刻，您就像妈妈一样，关心我们的工作和成长，像对待自己的孩子那样无微不至，我的点滴进步都离不开您的教导，您对我的爱，我将永远铭记于心，谢谢您！

最后借用阿甘正传里的一句话："good morning good noon and good evening when I can't see you again！"

Best wishes for you!

泉

樊校长：

您好！自从听到您要调走的那一刻起，我的内心是有多么的不舍。与您共事这几年，您就像一棵大树罩着我们，像一盏明灯指引着我们，我们已经习惯了这种感觉。您突然要调离，内心有一种莫名的失落感，虽有不舍但也万般无奈。在您即将调离之际，我想除了对您说"感谢"之外，还是感谢！

感谢您这几年对我的帮助和关照。没有您，就没有我今天的成就，尤其是职称评定。各项荣誉的评选您首先想到的是我，在我还在犹豫时，您总能及时给我以信心，帮助和促进我积累，并给我积极创造条件。在这里，我衷心的对您说一声："谢谢您！"除此外，您的人格魅力，工作方法，业务能力，领导艺术等也时时刻刻影响着我，使我受益匪浅。

最后，祝您在新的工作岗位上，万事顺遂，再展宏图！

刘建桥
2021.9.8 于中午

敬爱的樊校长：

　　您好！您曾经说过我跟您很有缘，我也这样觉得。我刚好从事了教师这么高尚的职业，刚好加入了点军教师团队，刚好您是我的引路人，一切都是刚刚好。

　　我一直认为我很幸运，从小到大一路上都遇见贵人，且受益于贵人。在我的教学生涯中，您是我的贵人。回顾在您领导下工作的这两年，您为我搭建了成长的舞台，给予我不少的支持和帮助。还记得那次新教师岗前培训，作为主持，我有些紧张，于是在介绍您的时候忘了词，场面一度十分尴尬。下台后我的心情很糟糕，内心也很忐忑。一方面是担心自己的表现会让人笑话，另一方面是担心您会不开心。回到学校后，我来到了您的办公室，看见我进来您停下手中的工作，笑着问我什么事情。我如实说了从主持前到主持后的心路历程。本以为您会责怪我，没想到您的第一句话是："你太可爱了，不要紧，以后多锻炼就好了。"听到您的这句话，我心头的大石稳稳地落下了。接着您还给我传授了一些类似事件的经验。总之，这是一次愉悦且让我难忘的对话。它是一剂良药，以后每次遇到类似的场合，它总能迅速缓解我的紧张情绪，并给我莫大的力量。诸如此类的事情，还有许多许多。

　　分别在即，我想对您说的第一个词是感谢，感谢您不吝惜自己的时间和经验指点我，感谢您的教育情怀和个人魅力对我的深远影响，感谢您平日里对我细致入微的关心和爱护。

　　我想对您说的第二个词是祝福。海为龙世界，云是鹤家乡。像您这样优秀的校长，无论在哪里都能散发出独有的耀眼光芒。祝福您生活幸福安康，工作蒸蒸日上，万事顺心如意！

谢姣

2021.9.6

樊校长：

您好！

和您四年多的相处，让我们留下了许多美好！从一开始的不理解，到现在的懂您。

您是我见过的非常有才华的领导者：文采没得说，张口便是精彩；坚持读有分量的书，观有深度的影片，最难得的是看过后都会有思考，所以眼界很广。我想这辈子我是做不到您的境界了。

您是我见过的穿衣最有品质的女人；人一到岁数，总是慢慢就懒散了，但是您的穿着从不随意。欣赏您的穿衣成了我每天必须做的事，我想这也体现了您对生活的一种态度。

您知道，我的嘴比较笨，不善表达。祝您以后的工作、生活顺顺利利，永远绽放精彩！同事缘分不褪色！

彭冬梅

2021.9.7

尊敬的樊校长：

您好！提笔最想给您写的是感谢。感谢您对我的信任，感谢您赐予我的力量，感谢您引领我成长！

回想 2019 年 7 月我到艾家小学报道的日子，就好像发生在昨天一样，历历在目。刚到的那天，您的人文关怀就触动了我的心弦，您关心我来校交通便不便捷，关心我家里孩子谁照顾，关心我产后恢复情况……这让我有了家的感觉。后来，我担任一年级班主任，您不带我们班课，但是您却主动走进我们班教室，帮我组织第一次家长会，在家长面前夸我，其实我根本没有您说的那么好，我知道那是您在帮我在家长面前树立威信；会上您向家长宣传家校合作理念，这成了我后期班主任工作顺利开展的助推剂。自此，我也告诫自己，不能辜负您的信任和期望。

工作六年来，艾家小学是我成长的沃土，您是我成长的指路人。我担心家校共建模范班评不上时，您却宽慰我："不要紧，"当我拿到家校共建模范班荣誉证书时，我觉得他是沉甸甸的，因为那里有您背后的工作。当我想参加千人计划培训时，您不厌其烦地帮我一遍又一遍地拍摄校长寄语视频，让我作业不折不扣地完成，不仅如此，您还安排好我的班主任和语文教学工作，解除我的后顾之忧，让我心无旁骛的学习。三月的校长文化现场会和七月的打卡活动，我都有幸成为登台的一员，而每一次活动，我对自己都持怀疑态度，而您不但没给我压力，反而给了我很多勇气，上台前耳边传来您充满力量的话语："别紧张，放轻松，你可以。"台下您那充满笑容的面颊和坚定的眼神，让我有了胸有成竹的底气，让我收获了很多成长。

　　两年的时光，转瞬即逝，您对我的帮助远不止如上所写，所有的点点滴滴都印在了我的心里，让我受益一生，怀念一生。成长之路，遇见您真好！成长之路，感谢有您！祝您今后工作顺利，生活开心！

肖美
2021.9.7

尊敬的樊校长：

　　从教三十多年，我工作的地方学校领导如走马灯似的更新换代，对于我来说早已是司空见惯习以为常的了，内心毫无波澜，但对于您的离任却多了一种不念与留恋……尤其是亲笔书信来表达我更显得紧张和珍惜，满满的回忆，您来艾家我们一起工作，学习，生活的四年多里，艾家小学的校园环境，教师队伍，教育质量所发生的变化不是三言两语能描述总结的，全体教师，社会家长，各级领导有目共睹！这是我一个地道的艾家人，一个普通的百姓老师，一个长您七岁的老教师的心里话！于私我们万般不舍，于公更高的天空，更重的担子等着您，万语千言化作一句祝福：身体永远健康，工作永远顺利，家人永远幸福安康！

艾小：胡正容
2021.9.7

后记

有一种时光，叫作青春：有种方式，叫作回忆：有一种态度，叫作珍惜；更有一种蜕变，叫作成长。

四年前，我来到艾家小学工作。那是一所农村小规模学校。学校在山顶上，面朝浩浩荡荡的长江，背靠巍峨挺拔的执笏山。校园一年四季树木葱茏，鸟语花香。天然的氧吧，静谧的环境，让我瞬间静下心来。每天站在办公室窗前，看着滚滚东流的长江，犹如丝带一样的盘山公路，来来往往奔驰的玩具似的汽车，越发感觉自己的渺小与普通。

办公室一桌一椅，靠墙是书柜，书柜装满了我的书：新的，旧的；自己买的，别人送的；专业杂志，经典名著，五花八门。自己就像一个饥肠辘辘的人面前摆满了各种各样的美食，我静静地读书，实践，反思，记录。越来越感觉自己非常浅薄与无知。

老师们淳朴善良，看见我有空就走进我的办公室和我聊天，说说工作的喜怒哀乐，讲讲生活的柴米油盐酱醋茶。进我办公室次数最多的，是学校的老教师，家就在学校附近。他们勤勤恳恳、踏踏实实在艾家小学工作一辈子，不知不觉中将学校视为自己的另外一个家，希望这个大家庭越来越好。他们告诉我哪些学生的家庭比较特殊，需要格外关注；叮嘱我最近某某教师最近身体状况或教学情况有些反常，建议怎么处理。他们真诚的眼睛，坦诚的建议，诚心的初衷，让我不得不思考、选择、采用最好的办法为师生的成长和成才服务。年轻教师很少进我的办公室。如果进来，一般是汇报工作。他们开阔的眼界，坚定的决心，多维的思维，完美的方案，让我诧异、惊叹、称赞。学生活泼开朗，经常到我的办公室和我说说悄悄话。家里几口人，是怎么相处的，希望家人怎么对待他。班上的好朋友是谁，平时在一起玩什么游戏，还有偶尔的小矛盾。最喜欢的教师是谁，为什么喜欢他。目前学生活动和环境设施有哪些问题，希望学校怎么改进。家长踏进我的办公室，说着学校的变化，学生的进步、教师的敬业，还有对学校的信任。政府对艾家有新规划，很多家庭的房子和田地被征用，被搬迁到城市或者另外一个集镇。但是他们舍不得离开艾家小学，就算租房，也要在这儿上学。既然在这儿上学，就会全力支持学校的工作。家长质朴的话语，殷切的期望，让我越发感觉肩上的担子沉甸甸的，我一定要把学校办好，让家长满意，师生满意。

每天，学校有故事发生，教室有惊喜出现，校园有温情展现。一个个鲜活的人物，一桩桩感人的事件，激荡着我的心灵，敦促着我记录下来。我深知我没有生花的妙笔，深厚的文字功底，但是我不想把这些旧时光遗忘、丢失。每天无论多忙多累，我总要挤出一些时间，用我笨拙的笔，把所见、所思、所想、所做，一一记载下来，在我的人生道路上留下了一串串深深浅浅的脚印，让我不再迷茫，不再犹豫，不再焦虑，让我更加清楚地知道我从哪里出发，现在都到哪儿了，下一步该怎么走。

冯发俊说："每天用几百字描写学校生活，并附上自己的心得。这其中包含着我们的喜怒哀乐。这已经不是日记了，而是我们内心对生活的感触，是最真的记忆。"对于我来说，确实如此，每一天的日记，每一篇的感想，都是我最真实的记忆和感受。

岁月匆匆，时光悠悠。不知不觉，四年一晃而过。一千四百多个日子的积累与坚持，有了近五十万字。重温再读，过往的故事仿佛就在昨天，感恩的心境却丝毫未减。给曾经的同事、学生一个交代，也给自己一个交代，整理、删减到四十万字，出版出来，以作纪念，以慰来者。

感谢艾家小学的那段岁月，温暖了我。

感谢在艾家小学经历的所有事情，磨炼了我。

感谢裹挟了我前进的朴实老师们，成就了我。

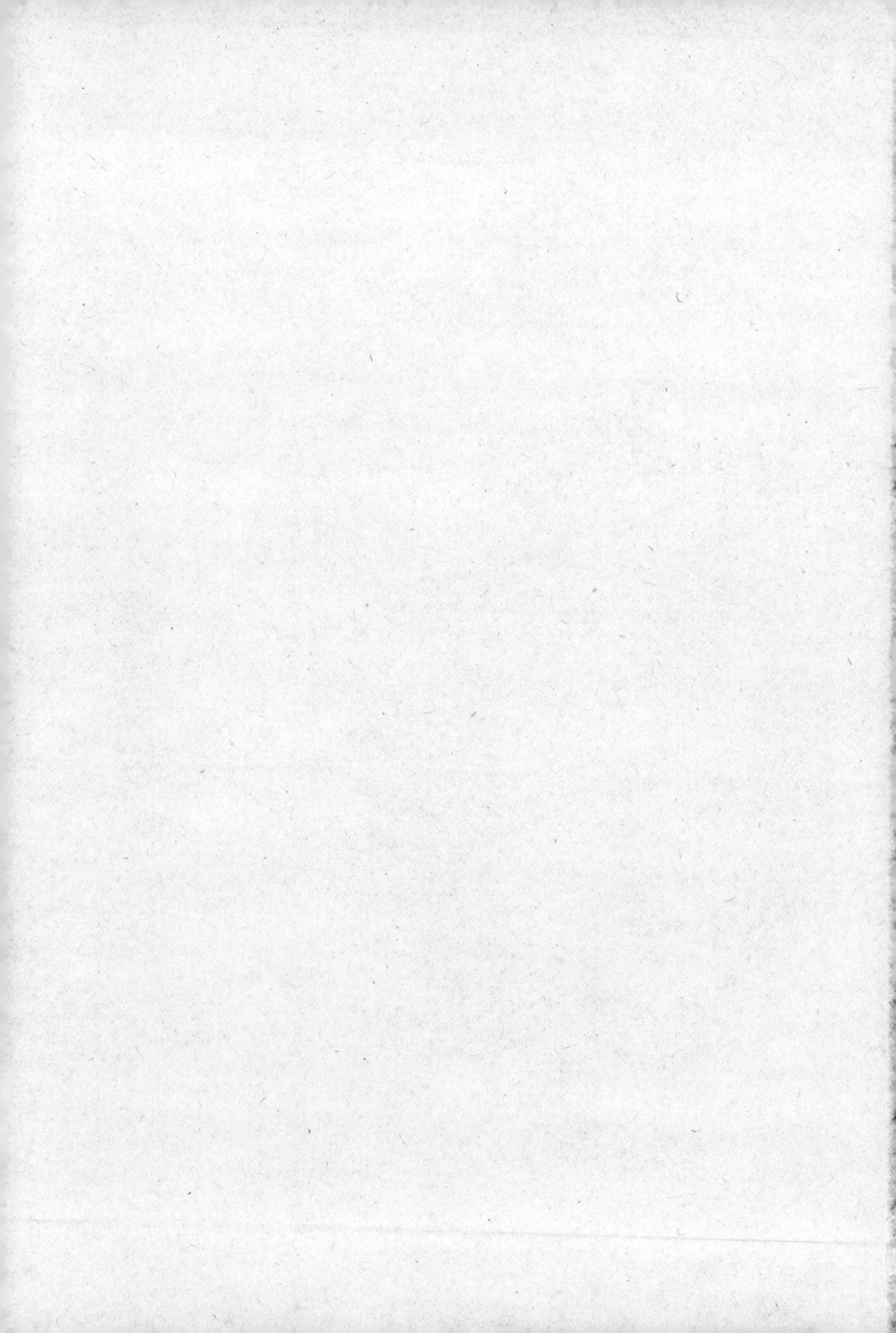